伊人睽睽
著

人民文学出版社

艳歌行
第一卷

图书在版编目（CIP）数据

尚公主.第一卷，艳歌行/伊人睽睽著.--北京：人民文学出版社，2024
（2025.6 重印）
ISBN 978-7-02-018416-3

Ⅰ.①尚… Ⅱ.①伊… Ⅲ.①长篇小说－中国－当代 Ⅳ.①I247.5

中国国家版本馆CIP数据核字（2024）第001659号

选题策划　胡玉萍
责任编辑　秦雪莹
装帧设计　李思安
责任印制　王重艺

出版发行　人民文学出版社
社　　址　北京市朝内大街166号
邮政编码　100705

印　　刷　侨友印刷(河北)有限公司
经　　销　全国新华书店等

字　　数　555千字
开　　本　890毫米×1290毫米　1/32
印　　张　17　插页3
版　　次　2024年3月北京第1版
印　　次　2025年6月第2次印刷

书　　号　978-7-02-018416-3
定　　价　66.00元

如有印装质量问题，请与本社图书销售中心调换。电话：010-65233595

第一章

  有女怀芬芳,媞媞步东厢。蛾眉分翠羽,明眸发清扬……徽音冠青云,声响流四方。妙哉英媛德,宜配侯与王……
——《艳歌行·有女篇》

  十月,大雨连三日。
  通南北的梅关古道被雨所淹,茫茫生雾,烟垂淡淡。
  少年言石生背着木匣,手撑一把油纸伞,深一脚浅一脚地行在古道泥泞雨水间。
  岭南地区古来险恶,崎岖难行,行人进出全靠开凿在大庾岭中的梅关古道。言石生进出求学,除了这条古道,别无他路。
  绿野葱郁,雨水沙沙,原本畅通的前路,被数辆马车所堵。又有大伞遮雨,人影幢幢,言石生怔了一下,不禁走近看去。
  原来是数辆马车中最前面的一辆车陷入了泥泞坑洼地中,数位衣着轻便干练的仆从正围着那马车想法子,努力将车从坑中推出来。
  这倒不稀奇。
  言石生目光凝在马车旁:马车旁,竟不知从哪里搬出了一矮马,放置于路旁。
  一女郎施施然屈膝坐于矮马上,有貌美侍女为她撑伞,立于她身后。
  大雨滂沱,却好似与那坐于矮马上的女郎全然无关。
  她梳着样式简单的螺髻,云鬟间尽是金钗步摇。发间步摇与颈间璎珞被风吹得轻轻晃,又映衬着她那一身曳铺在地的嫣红罗裙。
  长裙曳地,艳丽夺目。
  而她眼尾斜红,眉心点珠。此女长眸半阖,且摇着一把羽扇,似在悠悠

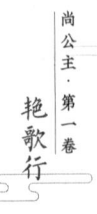

然赏雨。

马车被困、大雨滂沱、荒山野岭，全都无损她那一身华贵典雅之美。

言石生只觉得满眼都只剩下她那一身红艳耀耀了。

那辛苦撑伞的貌美侍女看到有赶路少年出现在了这里，还盯着自家女郎看，不禁开口呵斥："大胆狂徒，盯着我家娘子看什么？"

悠然阖目的女郎向这个方向抬了脸，周身慵懒之气不收，她睁眼时，妍丽之美瞬间逼人。

隔着雨帘迷离，她看向了这路上突然出现的少年人。

她盯着这人：这背着木匣、撑着伞的赶路书生不过一身圆领白衫，用布束发，衣着简陋粗鄙。然而他眉清目明，风貌神俊，在这大雨蔽日中，看着竟有些像神仙中人。

虽此人甚俊，暮晚摇却只是摇着羽扇，心不在焉地想：一个岭南荒野下的乡巴佬罢了。

言石生被侍女所喝，面容红了一下，连忙俯身作揖道歉："是小生孟浪，扰了娘子。"

坐于矮马上的女郎，实则是当今皇帝幼女，丹阳公主暮晚摇。丹阳公主前夫逝后，她便出京养心。

这些自然是那乡下少年不知道的。

暮晚摇用羽扇抵着下巴，微扬目，望向他的眼波如翘着钩子一般妩媚，然眼底神色却清而冷。

她压根没有开口。

身后撑伞侍女面容和缓些，道："既然知道惊扰了我家娘子，还不快走？"

言石生踟蹰一二，没有挪动脚步。

他想了想，又作了一揖，向那坐于矮马上的艳丽女郎温声道："敢问娘子可是要过大庾岭？"

暮晚摇依然没开口。

是她的侍女开口道："关你何事？"

对方的冷脸和警惕，言石生并不介意。他依然温温和和道："小生家便在前路不远的沙水镇，娘子再走一段便可去歇脚了。"

侍女有些愕然，不知该如何回答，便看向自家女郎。而暮晚摇望着这白衫书生，忽而露出笑容，打破了她身上那份冷然感。

她开了口，声音柔柔如沙："荒山野岭，前路迢迢，郎君莫不是想邀我做伴，与你去你家中一行？"

暮晚摇柔柔弱弱地叹口气，仍稳稳坐于矮马上，姿势都不变一下："郎君可是见我孤身一人，又有香车宝马，似权贵之人。郎君便起了狼心，想与我……做个朋友？"

羽扇遮着琼鼻以下的脸，她眼睛含笑，眼神却倏尔冷寒，带出一股腾腾锐气："狂野书生，你配吗？！"

此言一出，若是寻常人被人当面如此羞辱，必或怒或愧，转身就走。

言石生却只是怔了一下，面色僵一下，仍温和解释道："娘子误会小生了。我并非歹人。因大庾岭道长，梅关古道从天亮走到天黑，恐都不到尽头。而我家在前方不远的沙水镇，正好可供客旅休憩。我见娘子舟车疲惫，被困于雨，便想娘子可前去休息。"

他垂目道："沙水镇中人家不少，并不是只我一家。"

此言一出，倒换暮晚摇眸子扬了一下。

她探寻地盯着他：难道她误会他了？他不是见色起意的孟浪之徒？

言石生也知陌生女子行在此古道上，恐不安全，对方误会自己也情有可原。他便又耐心建议："上月也有人家行在此道，被野狼所袭。娘子还是勿要在此地多耽误。"

言石生再道："小生还要去学府，便不打扰娘子了。"

他拱手告辞，除了一开始看了暮晚摇一眼，之后到现在，他一直恭敬垂着眼，不多看她一下。

而暮晚摇神色冷淡地看他告退。

她看到他衣袖上溅了泥点。

泥点污浊，脏了他那一身白袍。白璧微瑕，看着有些刺目。

这般美少年的衣上沾了泥点，让人恨不得擦去那泥，拿出新衣为他换上。

且马车中置物名目繁多，一身少年身量的衣衫，还是能拿得出来的。

暮晚摇神色淡淡地看着这个书生告退远走，她眼睛一直盯着他袖子上的泥点。

那般碍眼。

她却并没有再开口，就看着他渐渐消失在茫茫古道上。

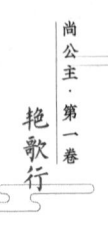

雨水沙沙。

仆从们还在推马车。

侍女们端正而立,依然为公主撑着伞。

暮晚摇忽而道:"前方可是沙水镇?"

侍女惭愧道:"岭南荒僻,舆地图不甚清晰,婢子也不知前路是什么镇乡。"

暮晚摇慢悠悠道:"那我们便赶路,听那乡巴佬的,去宿那沙水镇好了。"

侍女忧心忡忡:"若那书生是诓骗我们?"

暮晚摇发间金钗轻晃,她摇扇而笑:"我就是要看看他是真的见色起意,想效仿那些荒诞古书发展些什么,还是真的好心,是个罕见傻子。"

言石生去学府要一个时辰,回来时又要一个时辰。

大雨不驻,天黑得早,到夜里,他才提着马灯,回到了村中,前往自己家。

原本寻常行程,不想今日到家院门篱笆外,隔着距离,他便看到三三两两的人候在院外,又和什么人吵着。

言石生脸色一变,以为家中出事,连忙加快步伐。

他到自家院门口时,见到灯火通明,院子被侍女、仆从、卫士守着,他们进进出出地往屋子里搬着金银之物。而自家父亲、兄弟则被赶出了院子,乡亲们围在外面指指点点,有想进去的,被卫士扔了出来。

"你们怎么这样?!这是我家房子,你们怎么能说拿走就拿走?"言石生还没到跟前,就听到了自己的三弟吼道。

言家三郎言木生,旁的本事没有,就一副好嗓子。他一开口,方圆十里的人,俱被震得耳朵疼。

言家大郎则劝道:"三弟,算了算了……"

三郎言木生还要再吵,一回头,看到了撑伞提灯、快步行来的言石生。

三郎大嗓门响彻云霄:"二哥!"

言家其他人,看到言石生回来,一下子全都围了过来。

言父苦着脸:"这也不知道怎么回事,他们把村子走了一圈,看中了我们家,说要住在这里,就把我们都赶了出来。"

大郎羞愧讷讷道:"那些卫士魁梧,我打不过。"

三郎嚷道:"我跟他们讲理,他们听都不听!"

幺妹不安道:"二哥,咱们家的房子还能回来吗?我们住哪里啊?"

旁边村长从人群中挤出来，小声劝道："二郎，你回来了！我跟你说，这群人看着很有权势，非富即贵，你们最好吃了这哑巴亏，不要惹事……"

三郎吼道："这是我们的房子！"

村长耳朵嗡嗡嗡的："二郎，你劝劝你三弟，别让他吼我。我一大把年纪……"

"二郎……"

"二郎……"

七嘴八舌，所有人都抓着言石生说话。

言石生竟也没有不耐烦，一一抚慰道：

"我知晓了。多谢老伯的劝告。"

"不会有事的，爹、兄长、三弟、小妹，你们莫要着急，我进去看看情况。"

"莫要慌张。若是当真无法住，我也会想法子的，你们今夜不会露宿街头，安心些。"

他不急不缓地一个个回答过去，乱糟糟的人群情绪才都好了。

看言石生从人群中步出，走向那守着院门的卫士，弯身作揖行礼。

屋舍中，侍女在垂帐子布置里间，而外厅中，临时铺上了华丽地衣。

地衣四角用金麒麟香炉镇住，正中央，美丽的丹阳公主坐于榻上，酌一口清茶。

侍女进来通报，说这家二郎回来了，没有和其他人那样吵吵嚷嚷，只想求见公主一面。

暮晚摇有些不耐，"呵"了一声，并没拒绝。

一会儿，言石生从门外步入，与暮晚摇四目相对。

他怔忡，脱口而出："竟然是你？！"

暮晚摇一手捧茶盏，一手支下颔。

她看到他，也很惊诧。

但下一刻，她便弯眸而笑。

暮晚摇柔声："你现在是后悔自己的见色起意呢，还是后悔自己的胡乱好心呢？"

"引恶狼入室，且恶狼霸占你的房子，还不准备让出，敢问郎君后悔自己白日的行为吗？"

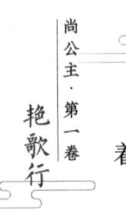

舍中炉香缕缕，芬芳绕梁。而丹阳公主兴致盎然，公然欺负他，就在等着他后悔。

言家二郎，白衣书生，站在自家屋舍的外厅中见到那华裳少女。第一面惊愕，之后他就迅速调整好了情绪。

言石生不动声色地、飞快地打量了一下自己家的屋舍。

岭南荒僻，没什么富人。他家不过是沙水镇中一个小户，说不上多好，但比起寻常百姓，还是稍微好上一些。

而现在再看屋舍，却是"好上加好"。

空荡荡的墙上挂上了字画和不知从何而来的一副棋盘，几案和坐具上都覆着茵褥，地上铺着地衣。侍女又用香重新熏了屋舍，挂起珠帘。整间屋子，从原先的简朴，变得低调雅致。

言石生判断出，此女恐怕非富即贵。

这般尊贵的女郎，绝不可得罪，甚至还应与对方交好。

哪怕对方"凶神恶煞"。

这般想清楚后，言石生无视暮晚摇那暗蕴几分挑衅的噙笑目光，他抬袖弯身，向公主做了一个叉手礼。

暮晚摇："……"

叉手礼，是此年代既简单又恭敬，行起来还几乎不会出错的一种礼。只是她才恶意嘲笑对方，对方就毫无芥蒂地对她行礼？

暮晚摇望他秀白的面容半晌，她眼底神色意味深长。

她道："你想做什么？"

言石生垂目开口，声调温和、娓娓道来："娘子远道而来，恐是见小生家中是附近最好的一家房舍，便想借住一晚。只是娘子是否不喜欢他人打扰呢？"

暮晚摇："啧。"

她托着腮，换了个姿势，慵懒地看着这个婆婆妈妈的书生。

她声音沙而乏，唇角轻轻一勾："想说什么你便说什么。你再这般绕下去，我就要赶你出去了。"

言石生微微笑一下，仍没有抬眼看她，大概是做好了一直垂目不看她的准备。

这让暮晚摇诧异，他可真是谨记她一开始觉得他不安好心的教训啊。

只听言石生道："小生只是想娘子这般温柔善良的人，恐怕也不见得喜欢看旁人因为娘子而受罪。小生想娘子入住寒舍，却将小生家人赶出，这事当不是娘子吩咐的。该是下人自作主张，反污了娘子的名誉。"

暮晚摇轻轻扬了眉，她原本只是一路南行、闷久了找个人随便逗逗，万没想到这个人……这个乡野狂徒，这么会说话。

暮晚摇是大魏的丹阳公主。

她自来是位高者，没有为平民让路的道理。她入住哪里，哪里自然要为她让出位置。如此理所当然，暮晚摇连想都不用去想。而被她霸占屋子的人，自然有她的下属去安排。她一个公主，操心那些琐事做什么？

暮晚摇都到了大魏最偏僻的岭南了，她并不介意自己成为一个恶贯满盈的公主。

然而本是她为恶人，这个书生却说是她的下属堕了她的好名声。

暮晚摇一目不错地望着言石生，她开始觉得这个人恐怕真的有些意思了。

她缓缓道："郎君，你错了，其实做坏事的人，就是我呀。想霸占你们屋子的人，就是我啊。"

言石生错愕。

他一时竟控制不住表情，瞬间抬目看向她的面容。他第一次见到这种把"我是坏人"写在脸上、根本不走他递出的台阶的小女子。

言石生怔忡，心神有些恍惚。

暮晚摇看到他这副样子，突然扑哧而笑，弯腰伏在案上。云鬟间金翠乱摇，眼尾与眉梢荡着笑，她笑个不停。

仰起脸再望他时，女郎眉目泛红，春情暖绵。

她柔柔地道："你接着说呀，你说得好，我就不做这个恶人了。"

言石生被她笑得脸热，侧了下头，调整了呼吸后，重新垂目恭敬答："小生不敢问娘子是何身份，恐娘子也不会说。只是听娘子口音，娘子似从北而来。岭南已是大魏最偏远的地方，是化外之地、瘴疠之乡，教化不立、人畜不蕃，与大魏其他地方皆不同。娘子若只是过夜还好，如想多住几日，最好

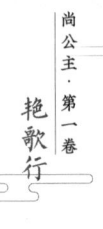

请当地人陪同。"

暮晚摇:"你说的当地人,该不会是指你吧?"

言石生微微一笑。

他接着说:"不瞒娘子,我父亲是此地难得的一位乡绅。他年轻时考中过进士,只是恃才傲物,不做官而已!"

说到此时,他心跳咚咚两下,兀自脸颊滚烫,有些心虚地偷偷看了暮晚摇一眼。

心中祈祷这位娘子可以被自己用"进士"身份给唬住。毕竟此年代,能中进士,就是万里挑一的人才。进士即使没有官位,在一乡也会成为领袖,代表百姓和当地官寺交往极深。

当然,言石生的父亲……不提也罢。

可一个进士,应该能唬住人吧?

暮晚摇却仍笑吟吟的,对他说的"进士"不置可否,她还耐心地等着他接着说。

言石生定定神,继续:"我父亲与当地县令交好,两家时常往来。"

这是为了说明自己家也不是那么好欺负的。

"而我家又热心待客,极为欢迎娘子入住。且我妹妹酿的酒极为香甜,明日娘子醒来,可喝一碗热酒。若是住得远了,娘子喝不到这酒,便可惜了。"

这是为了说明最好不要把他们赶走。

"天色已暗,荒山小乡,有本地人照应,总是方便些。"

"当然,娘子远道而来,我家自来欢迎客人,愿扫榻相迎。家中最好的屋舍,确是要留下来招待客人。而我家中有两间不常住的客舍,万万不敢让客人住,我们兄妹应付一夜便是。"

"只是怕我兄长半夜打鼾,会吵了娘子。"

他终于抬了眼,看向暮晚摇,声音中带着几分真诚与恳切:"若娘子嫌我兄长鼾声吵,我们今夜借住旁人家,也是可以的。"

他连余地都给暮晚摇留好了。

即便暮晚摇仍要做个恶人赶他们一家人出去,他也分明要做出和这位女郎交好的架势。

做出一副"是我们自愿离开,不是娘子恶毒赶我们走"的架势。

这人……实在会说话。

侍女春华觑在内舍帘子口，在和其他几女为公主打扫内舍时，听到外面那郎君清幽温雅的说话声。春华不禁悄悄打量，见公主坐在灯下，竟被说得有些怔住了，直直看着那白衣书生。

春华心中感慨，震撼连连：这个乡巴佬，一点也不像乡巴佬。

他太能说了。

他让自家公主这么坏脾气的人，都发不出火来！

他把公主说得坐在那里呆住了！

陋室沉静。

暮晚摇静坐，言石生垂手而立。

半晌，暮晚摇开口："方桐！"

"在！"厅门外传来男子一声应，接下来，一位身材高大、一身武袍的卫士拱手而立，立在堂中。

暮晚摇看也不看那卫士，眼睛只盯着言石生："你安排的今夜住宿，是不是将这一家人直接赶出去，没有安排他们接下来住在哪里？"

名叫方桐的卫士沉声："是！"

暮晚摇点头。

她面容冷淡，声音中蕴含着某种威严："收拾偏房给他们一家子住。此事你处理不好，出去领二十杖。"

言石生愕然，没想到因为自己一席话就有人要挨打。而他不及阻拦，那个卫士仍是眉毛都不抬一下就掷地有声地回答："是！"

暮晚摇便笑看言石生："阁下可还满意？若仍不满意，我让他为你们家赔命。"

言石生看向暮晚摇。

她仍是笑吟吟的，眼底却一点笑意都没有，如冰雪下掩藏的剑锋般。剑锋不出鞘，寒气却谁人不可感知？

言石生叹："何至于此。"

他拱手道："多谢娘子做主了。"

暮晚摇点头。

她扬了一下下巴，意思是"下去吧"。这般高傲漠然的模样，好似理所当然将言石生当作她的仆从一样。言石生眸子一缩，想她身份恐怕极高……

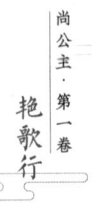

不敢多想，言石生行礼后转身告辞。

暮晚摇却叫住他："你是当地人？"

言石生微侧身，拱了拱手："是。"

暮晚摇若有所思地看向窗外滴滴答答的雨："那你可能看出，明日能天晴吗？"

言石生答："恐此雨还要多下几日。"

暮晚摇并不在意，淡淡"哦"一声，说："那看来我们要多叨扰几日，和你们同住一屋檐下了。"

言石生点了点头。

他微踟蹰，想或许该和此女拉近些关系。他便含笑介绍："之前仓促，竟没有与娘子说，小生姓言，名唤石生，家中排行第二……"

暮晚摇懒懒问："哪个石生？"

言石生便答了。

暮晚摇低头琢磨一下，忽而抬脸，美目望他，眼中瞬间一改方才的冷漠，生起了促狭的笑："我听说你们乡下，贱名好养活，你是不是本名叫'石头'，然后因为自己读书，觉得不雅，便把名字改了？"

言石生目色僵一下。

暮晚摇扑哧笑出声。她眉眼弯弯，捂住嘴，不住地上下打量他。

言石生无视她的戏弄，继续温和道："娘子称我言二郎便可。接下来同处一屋檐下，不知娘子如何称呼？"

暮晚摇道："妾身名唤暮晚摇。'黄昏暮暮，小船晚摇'的暮晚摇。"

听公主说话的侍女春华一惊，没想到公主竟然将自己的芳名告诉一陌生人。公主的芳名岂能随便与人说？

不光侍女春华这般想，就是言石生都僵了下，有些不能理解。

但言石生淡定。

他夸道："娘子名字甚好，可见父母疼爱。"

暮晚摇语气寥寥："可惜一个送我远嫁，一个盼着我死。"

那还在内舍挂帘子的侍女春华吓白了脸，呼啦啦一片，屋舍中所有侍女和卫士全都跪了下去，惊恐开口："娘子！"

怎能……怎能这样说皇帝与先后！

若是被人听到了该如何是好？！

言石生："……"

他沉思：他们为何……这样就跪了？

这女子到底是什么身份？

暮……等等，暮好像是国姓。

言石生心中咯噔，面上却不动声色，仍温温地当作听不懂那女子和仆从在搞什么，他和气道："那小生便称娘子为'暮娘子'好了。"

暮晚摇一指抵在下巴上，扬目乜他，眼尾飞挑。

她眨眼，故作天真道："你也可唤我'摇摇'呀。"

媚眼流波，情若水流，若有若无。

言石生："……"

而侍女们继续惊恐："娘子！"

怎能让人这样唤她？！

言石生尴尬道："娘子真会开玩笑。"

他苦笑，他要真敢这么叫，她恐怕当场就翻脸了。

言石生转身，怕这位女郎再说出什么可怕的话，逃也似的离开了。

清长背影融于夜雨中，雨水贴袖，衣扬若鹤。他在这荒野之地，鹤立鸡群，如青山玉骨一般好看秀致。

暮晚摇长久凝视，直到看不见。她望着虚空，有些寂寥地收回了目光。

第三章

言石生出了主屋，沿着檐角行了几步，便看到了焦急缩在墙角下的一家人。

门外篱笆处，火如点星，伴着雨水滴答，撑着伞的镇上人、村中人还踮着脚、伸长脖子，想看看被卫士守住门的言家现在成了什么样子。

言石生出来，他一家人就急忙迎上，眼巴巴地盯着他。

言父人到中年，却仪表堂堂，颇有风采。他背着手踱步过来，一副清瘦老学究的样子。但一到跟前，他敏捷地伸出瘦长胳膊，惶惶挽住儿子的衣角："二郎啊……"

言石生将衣袖从父亲手中扯走："稍等。"

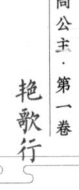

他先不安抚自家人,而是隔着篱笆,向外面关心的百姓躬身行礼道谢,又对着村长使眼色,示意自己家的问题解决了,大家不必担心。

细雨斜风,只听得少年书生声音清润:"……如此,改日再登门道谢,多谢邻里乡亲的关心。"

村长笑道:"些微小事,我们也没做什么。总之言二郎你回来,我们便知你家事情必然解决。待在这里不走,不过是求个心安。既然没事了,大家便散了吧。"

言石生便再次作揖。

言家三郎声大如雷,大咧咧道:"二哥,都是乡里自家人,你何必这么迂腐客套……"

言石生望他一眼,三郎瞬间被身后的幺妹拉到一旁,示意他别给二哥添麻烦了。

待门外的人散了,言石生才对言家人交代了自己和暮晚摇的对话。

听到他们还能住在家里,言父先松了口气,愁眉苦脸的面上露出笑。自己家被占走,他不敢上前交涉,硬是等到二郎回来,才解决了这个问题。

言家其他人也点头,三郎对于他们只能用偏房有些微词,但在言石生的凝视下,他并没有把不满的嘀咕说出口。

看到稳住了他们,言石生才面向自家小妹言晓舟,柔声道:"幺妹,今夜你独自住一屋,早些睡。明日起得早一些,拿我们家去年埋在后门树下的灵溪博罗出来。灵溪博罗是岭南名酒,暮娘子初来乍到,恐没有喝过,你明日就烧酒请她。"

幺妹言晓舟惊诧。

她睁大清澄的眼睛,有些弱地争取:"可是灵溪博罗很珍贵,我酿了整整一年,说好是大哥娶妻的时候再喝。怎么现在就要给那个陌生女郎喝?她只是过路的呀!"

言石生道:"东西再好,也要在合适的时候拿出来用。那位暮娘子身份高贵,我们非但不能得罪,还应与她交好。你们……算了,这事我来便好。"

言石生摇了摇头,并不放心自家人凑去那女郎面前。

方才那些侍女跪了一整屋、暮晚摇淡然自如的场景仍让他心悸,觉得此女恐怕是经常被人跪,才这样习惯。他绝不能让自家人凑上去,万一惹恼了那位娘子,说不定他们一家都会招来杀身之祸。

这种事，还是自己多上心些吧。

言石生心中思量好后，再问言家大郎："大哥，我让小妹取灵溪博罗来，你不介意吧？"

言大郎身量魁梧高大，有上山打虎之威，是几人中最壮实生猛的。他无比信任自己二弟，当即拍胸："无妨无妨。我还不知道什么时候才能为你们娶上嫂嫂，这酒喝了便喝了吧。"

言石生赞许。

就他三弟不屑地撇了撇嘴。但鉴于言石生在他们家的话语权，三郎没敢再开口。

天亮时候，销金缂丝的罗帐后，暮晚摇幽幽转醒。侍女们端衣候在帐外，替公主掀开帷帐，看那长发垂至脚踝的妙龄少女懒懒步出。

雪鸦一般的赤足踩在温暖地衣上，她鞋袜不穿，指甲上涂着红丹蔻，明丽如一片片花瓣。如此晶莹剔透，惹人遐想。

暮晚摇坐下，侍女春华与其他几女迎上前，为公主梳发试衣。

暮晚摇忽闻到一阵香气。

她皱了皱眉。

不等她问，春华察言观色，边梳着公主那乌黑秀发，边为公主解答："是言家幺女大早上便在外面烧火煮酒，说是她二哥吩咐的，让她将家里珍藏的什么灵什么罗酒取来给公主。"

暮晚摇讶了一下，没想到昨夜那个言二郎说一句让他妹妹拿酿的酒给她喝，竟然还真把酒送来了。

这种小事，竟然都不是哄骗她的。

暮晚摇低头看着自己纤长细白的手指，兀自发笑。

春华观察公主那似笑非笑的表情，迟疑着判断道："……恐怕岭南乡下也不会有什么好酒，公主不喜欢，我让那言家女退下便是。"

靠着茵褥，暮晚摇嫌弃地瞥侍女一眼。

她慢条斯理道："岭南灵溪博罗，四川剑南烧春，还有乌程箬下等等，这都是当今天下的名酒。你可真有意思，人都到岭南了，连岭南最著名的灵溪博罗都没听说过。"

侍女春华赔笑："婢子才学浅薄，白丁一个，娘子博学多才，还要多指

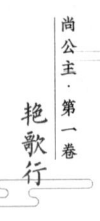

教奴婢。"

许是她这句话恭维得好听,暮晚摇扬唇笑了一下。

一朵芍药点在暮晚摇额心,华胜垂下,金翠照嫣红,鲜妍妩媚。

言石生天未亮,就撑着伞,冒雨去学堂了。而言家么女言晓舟,乖巧无比,天还灰蒙蒙的,她就将埋在后门古树下的酒坛子挖了出来,按照二哥的吩咐,烧了一早上酒。

谁知道这位女客架子极大。言晓舟都抱着酒坛请人喝酒了,那女客的侍女却把她拦在门外,冷冰冰地说"娘子未醒,你且候着吧"。

言晓舟有些不满,然而她又胆小,看自己家被卫士围得水泄不通,她不敢生气,只好委委屈屈地等人醒来。

言晓舟在廊下脚都要站得麻木了,才有一个侍女推开门,让她进去。

隔着段距离,言晓舟莫名其妙地站在大厅下处,不明白自己为什么要和侍女一般,等着那女客召唤自己。她想得迷茫时,暮晚摇踩着翘头履,终于出来了。

言晓舟打开酒坛,示意侍女斟酒。言晓舟不光带来了酒,还打开食盒,带来了一碗香软小酪。

她声音轻柔软糯,伶俐无比地将碗碟放下:"娘子刚刚醒来,只喝酒不好,我还为娘子准备了荔枝酪,希望娘子喜欢。"

暮晚摇坐下,手托着腮,看那伶俐的言家么女动作。她似笑非笑:"谁让你准备酪的?"

言晓舟低头小声:"我二哥说娘子来自中原,恐吃不惯我们这里的饭菜。二哥说北方人食酪,我们这边又产荔枝,北方却不多见。两相结合,也许娘子会喜欢这样的早膳。"

说话间,侍女已经端着碟子回到了暮晚摇身边。

暮晚摇伸指,拈了一口酪。那酥软食物在舌尖一点,便立刻如流乳般化开。同时荔枝的果香,中和了奶酪天然有的一股腥味,吃起来,当真软绵可口。

暮晚摇又喝了一口酒。

她若有所思:"这酒好像不只灵溪博罗的味儿。"

言晓舟有些诧异,这时才信这位女郎真的如自己二哥说的那般,出身高贵,连灵溪博罗都喝过。

因为即便他们岭南产此酒,此酒也非一般人喝得起的。他们家就藏了这么一坛，自己喝都心疼，这位娘子却能品出味道正不正。

言晓舟解释说："我二哥说近日雨水不停，娘子连日赶路，恐身体疲惫。他让我在酒中添一些红枣，为娘子清心养脾。"

春华有些茫然，又感觉到一丝危机感。这言家二郎未免太细致，把她们侍女应该做的活儿都抢走了。公主会不会觉得她们太无能？

暮晚摇再喝一口酒。

她嗤道："谁要清心养脾？某个乡巴佬真是多此一举。"

言晓舟微怒，即便怕这位女郎，她还是鼓起勇气抬头开口："你不能这么说我二哥！"

目中带焰，将言家幺女几分柔弱的面容竟衬出一些勃勃生气来。

暮晚摇"呵"一声。

她懒洋洋问："你二哥怎么不自己过来伺候？"

听这娘子竟说她二哥是来伺候人的，言晓舟心里更气。她要反驳时，见暮晚摇妙目盈盈望来。细碎浮冰，藏在那笑意后。

言晓舟打个哆嗦，声音重新弱了下去："……我二哥去学堂了。"

暮晚摇淡淡"哦"一声，有些无趣地推开了案上的奶酪和薄酒。

她并不贪杯贪食，只是缺有趣的人逗乐而已。

雨仍旧下着。

言家人战战兢兢，怕那暮娘子再找麻烦。

然而并没有。自早上言晓舟为暮晚摇送酒后，那暮娘子也没有出来走动。除了院子里多出来的这些侍女和卫士让人心悸，家中并没发生什么事。

下午的时候，言石生跟学堂告了假，回到家中。他已经请了数日假，一是家中贵客难说话，二是下雨天确实往来不便，他便干脆在自家读书，不去学堂了。

言石生回来后，听家中人说那暮娘子并未再找他们说话，甚至连门都不见出，言石生也松口气。

他想了想，觉得彼此不打扰，相安无事也挺好。

安抚了家中人一通，让该练武的去练武，该读书的去读书，言石生自己也从帙袋中取出书来，准备攻读。

他心中忧虑，想每年年底，州县都会选出合格的学生送去长安，好参加下一年年初的考试，如此才有中进士的可能。

但是他已经连续考了三年，都没有被州县推举去长安。今年第四年，不知是否可行……

言石生将杂念屏蔽，摊开卷轴，准备读书。但是低头时，发现这偏房光线不好，昏昏沉沉，看不清字。

言石生迟疑一下，还是没舍得在大白天点烛火。他便卷起书卷，冒雨去外面廊下，找到一合适的地方读书。

坐在廊下，听着雨声潺潺，言石生满意地打开《尚书》。

而言家幺女言晓舟偷偷摸摸来，向言石生告状，说那娘子的可怕，又忧心忡忡地问言石生，那娘子什么时候能走。

暮晚摇靠着窗，端正地坐在一棋盘前，自己与自己下棋。她下棋下得无趣，渐有些困顿，便头靠着窗一点点磕着，昏昏欲睡。

侍女们隔着帘子看到公主这样，私下嘀咕，却没有人敢上前问公主是否要歇息。

暮晚摇昏昏间，梦到她骑马行在千嶂石碑间，长风掠衣，她骑马纵行，畅意无比，将心中阴郁一扫而空。

白马仰头长啸，骑在马上的公主回头看自己身后被丢下的石碑、千军万马。她忍不住自得而笑，然而她还没挑衅那些追她的人呢，却忽地一跌，身下马踩空，她从高处跌落下去……

"咚！"暮晚摇的头磕在了棋盘上。

声音清脆，吓了侍女们一跳。

暮晚摇睁开了眼，她撩起衣裙，踩上棋盘，扒在窗口，侧耳倾听外面那刻意压低的说话声——正是把她从梦中吓醒的罪魁祸首。

侍女们看公主如此不讲究，顿时面面相觑，脸色古怪。

"啪"一声。

言石生正坐在台阶上压低声音劝妹妹别乱说，后方窗子忽然打开，一碗棋子当头罩下。那棋子砸下来的架势如同冰雹般，差点没把言石生砸死。

这就是谋杀。

言家兄妹仓促站起，言石生将妹妹抱在怀里保护。棋子噼里啪啦打在他身上,他咬牙坚忍,回过头,见身后开了窗,暮晚摇撩目而望。

片雨拂面,香气若绕。

她微笑:"你们是问我何时离开吗?"

言石生即刻回道:"恐怕我们之间有些误会……"

暮晚摇笑盈盈:"没有误会。我听出你们希望我早些走。我本来明日就走,现在却打算在此长住了。言石生,你又要被我多折磨几日了,生不生气?"

言石生:"……"

第四章

言石生被暮晚摇用棋子砸了一身,衣角还溅上了泥水。非但如此,暮晚摇还决定在他们这里多待两日。

对于屋舍被占用的言家人来说,摊上这样的事,简直是晴天霹雳。

言石生因为衣服脏了,只能去换衣裳。他从屋中出来时,怀中抱着一摞换下的旧衣,显然是打算去洗了。

"我来我来!"刚出门,言石生怀中抱着的旧衣就被守在门口的幺妹言晓舟抢走了。

她冲兄长露出不安又讨好的笑容:"二哥衣服脏了,我帮二哥洗吧。二哥还要读书,这种小事就不要做了。"

言石生衣服被抢走,他也没有去抢回来。俯眼望着紧紧抱住他旧衣的小妹,言石生温温一笑:"那便谢谢小妹了。"

说完,他转身就进了屋。

言晓舟怔愣一下,她咬下唇,推开门进去。看到言石生清颀的背影背对着她,他似在屋中翻找什么。

言晓舟以为二哥是生她气、不想和她说话,她心中委屈,迎上去小声道:"二哥,你别不理我呀。是我错了,害你被那暮娘子拿棋子打。"

言石生道:"不碍事。"

他叹道:"你以后便是要与我说悄悄话,也不该坐在客人窗下说。既不礼貌,还易被人发觉。且我也不知暮娘子如何得罪了你,你追过来也要说人坏话?"

他仍在找东西。

言晓舟急了,她道:"那暮娘子霸占了我们家房子,我不该说她吗?"

言石生回头,温润清眸,望着年少的妹妹。

他柔声:"你可知她身份尊贵?"

言晓舟:"我、我知。"

言石生:"那你可知士庶有别,身份尊贵的人,天生就比我们寻常百姓享受更多好处?你可知我们的生死皆在他们的一念之间?你可知若那暮娘子真生了气,她要我们一家赔命,也许我们都是无可反抗的?"

言晓舟张口结舌。

她讷讷道:"可是……这是不对的呀。"

言石生温声:"世道如此。对不对与你何干?你又无法撼动权威。想要伸张正义,不如等你有了那般本事再说。你若有朝一日能与那暮娘子平起平坐,那时再发难,才不白白送了性命,也不必劳我为你担心。"

小娘子抱着兄长的衣服,惶惶无比地跌坐在坐榻上。好一会儿,她才垂头:"我知错了,二哥。"

言石生这才走来,伸手揉了揉妹妹的发顶,叹道:"你与父亲、大哥、三弟他们,将这些话也多说一说。既然不会委屈小意,就不要凑到暮娘子身边。暮娘子想要在我们家多住两日,我多照看些,你们不要跟她的人发生争执。"

言晓舟羞愧点头。

许是二哥读书读得多,比他们看世事更分明些。言家大小事务,向来是二哥说了算。

言晓舟心中已经决定将二哥的话多在其他人面前说说,尤其是三哥。三哥脾气躁,可千万别去惹事。他们稳稳当当地等那暮娘子走了,说不定还真能得到些好处。哪怕只是给些钱财也好哇……

言晓舟这样想着,却见言石生从床铺一层层被褥下,找出了藏起来的一瓶药粉。言石生拿上药粉,便要出门。

言晓舟微惊:"二哥,你拿药干什么?你是不是被棋子打伤了?你快脱衣,让我帮你看看。"

她着急地拽住二哥的袖子,催促言石生脱衣。

言石生又窘又无奈,脸微微红了下,说:"我没受伤。只是昨夜暮娘子身边有一卫士因我们而被杖了二十,我去给他送些药。"

言晓舟:"啊……"

……这是她二哥能做出的事。

方桐是丹阳公主身边的侍卫长。

他跟随公主南北往返,不管是在哪里,都誓死保护公主。昨夜因他没有处理好言家人住舍的事,公主让人打了他二十杖,他并没有怨言。

这二十杖也不至于要了他的命,不过是皮肉伤。只是今日他便在屋中养伤,不方便拖着病体去公主身边点卯了。

方桐百无聊赖地趴在屋中的长榻上,看着虚空发呆,想如何把这养伤的时间熬过去。门外响起两声敲门声,不紧不慢。

方桐不耐:"进来。"

他以为是有卫士回来,连动都懒得动,结果一抬眼,发现青衫乌幞,竟是那个少年书生来了。

方桐一怔,打着赤膊坐了起来。他想到是这人害自己被打,便语气不好:"你有什么事?"

言石生先行了一礼,然后将自己手中的药瓶放下,温声:"这是我家中珍藏多年的伤药,平时我大哥上山砍柴被猛虎所伤,用此药都只一晚便能见效。"

方桐嗤之以鼻:"不用了。"

跟在公主身边,他什么样的好药没有见识过?

言石生察言观色道:"自然比不上郎君用的那些好药,却也是我的一片心意。小生惭愧,不过口舌之争,却害郎君受伤,不知如何道歉,只能送些伤药了。"

方桐:"……"

言石生又道:"郎君一人待在屋中,想来也十分无趣,不如小生留下,与郎君说说话?"

方桐漠然:"我与你无话可说。"

言石生用包容无比的眼神看着他,微微一笑:"小生也读过几本话本,可以讲些传奇故事,给郎君解闷。"

方桐很费解:"……你没其他事做了?"

言石生道:"只是聊表歉意。郎君可以不接受,我却一定要做。"

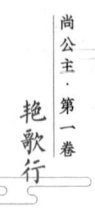

方桐不说话,他干咳一声。

青年黑沉的面孔,在言石生使人如沐春风的目光下,轻微抽了一下,甚至生起几分赧然感。

觉得人家也不是故意,而且是自己占了人家的房子,人家又送药又陪人聊天的……自己是不是对人太防备了些?

如此,屋中保持着诡异的气氛,直到言石生真的开始讲话本故事给方桐听了。

方桐怀着一种尴尬又古怪的心情,在言石生循循善诱的游说下,用了言石生送来的药膏。在言石生走的时候,方桐对这名书生已经完全改观,觉得此人极为良善。

是自己之前以小人之心度君子之腹。

尤其是第二日清晨,当方桐醒来,惊喜地发现自己身上的伤果真好了,他更为佩服言石生。

不提本就不是什么重伤,对言石生观感极好的侍卫长方桐,已经完全将自己能这么快下床的缘故,归结于言二郎送的良药上了。

既然伤好了,方桐自然要去公主那里点卯。

方桐向公主请安的时候,暮晚摇正斜靠着凭几,坐在一方木案前,看侍女春华在收拾她的书籍。

春华看眼外面淋漓小雨,忧声问公主:"娘子,大雨数日,这是上天在阻我们的路。我们当真还要留在岭南,去看望李公吗?"

春华说的,是丹阳公主千里迢迢来到岭南的目的——

看望暮晚摇的舅舅,即现今在南海县做县令的李执。

皇后的去世,代表着皇后的本姓李家在权力的博弈中败了。整个大家族迁回金陵,而李家最为有本事的、先皇后的弟弟、暮晚摇的舅舅,则干脆被皇帝贬来了岭南这荒山野岭。

侍女们心中不安,觉得皇后都殁了,李家都离开长安了,公主这大张旗鼓地来岭南看望李执,便不怕陛下疑心吗?

暮晚摇懒洋洋道:"你放心吧。我在前夫逝后回到长安,如今这种情况,我若是完全不在乎我舅舅,我阿父才会疑心我。我来看我舅舅,阿父说不定还觉得我孝顺,不忘本。"

春华听了公主这话，若有所思之外，目有哀意。

她最清楚公主重新回到长安有多不易，而今为了消除陛下的疑心，竟还要千里迢迢跑来岭南看望李公……公主也是金枝玉叶，陛下为何如此对公主？

以前不是这样的。

她在心中小声说，以前皇帝、先后，不是这样对公主的。

皇帝幼女丹阳公主，在十五岁前，曾是皇帝与皇后膝下最为疼爱的女儿。

那时候，皇后还活着，皇帝看暮晚摇的眼神，也是宠爱有加。

每年暮晚摇生辰，她父皇亲自做簪子、刻书籍送给她，她母后亲自磨面脂手膏、胭脂水粉送给她。

父皇送她的簪子，各式各样，从虫鸟到花卉，栩栩如生；母后送她的胭脂水粉，堆满了她的闺房，那些鲜艳的颜色，不知让多少人羡慕……

外面突然传来带着哭腔的吵闹声，将暮晚摇从自己的回忆中惊醒。

暮晚摇扬了下眉。

跟在她身边的春华有些不安，她知道公主最不喜欢别人吵她了。

春华道："婢子出去看看。"

暮晚摇没吭气，在春华走后，她翻着春华整理的这些书卷，也不知道其中是否有她父皇曾送她的孤本……思绪漫漫中，春华仓促焦急的脚步声回来。

暮晚摇抬头。

见貌美的侍女面色苍白，神色不堪。

春华扑通跪在暮晚摇面前，声音颤颤："娘子，是奴婢没有管教好人……我们带来的箱子里的胭脂水粉，先皇后曾送公主的那一匣子面脂手膏，不知为什么淋了雨，被弄脏了，已经不能用了……"

暮晚摇蓦地站起，厉声："谁弄的？"

春华颤声："下人说是言家……"

侍女话不曾说完，暮晚摇当即冷笑一声。她起身迈步，路过卫士身边时，她一把抽出卫士方桐腰间的剑。

听说情况急匆匆赶来的言二郎言石生，撑伞站在雨中，蓦地抬目——

见那提剑步出屋宅的少女，衣袂飞扬溅雨，杀气腾腾！

第五章

暮晚摇提着剑走出屋舍，侍女和卫士都亦步亦趋地跟在她身后。看样子，没有人敢在这时候阻拦公主。

台阶下，撑着伞前来的言石生看到暮晚摇这架势，心中便觉不好。暮晚摇下了台阶，他立刻上前："暮娘子……"

暮晚摇眉目生得艳丽，神情却永如渊下冰水一般寒冷。

她手中的剑掠起一层雨水，身后紧跟的侍女春华匆忙撑开伞追着公主，还因为雨天路滑，春华差点跌倒，被侍卫长方桐扶了一把。

言石生不怕死地跟上暮晚摇："暮娘子，今日雨似乎小了些……"

他试图通过说话来让暮晚摇冷静。

但暮晚摇一把推开这个碍眼的书生，继续大步前行。

言石生看出情况不对，暮晚摇连听他辩解的机会都不给了。

他心里暗道糟糕。

他仍尽力跟上暮晚摇的步伐，语速加快，试图在几个呼吸间能让暮晚摇听进去他的话——

"暮娘子，其中恐怕有误会。小生方才在屋中读书，听到院中吵嚷，见是你的侍女和我的三弟在吵，似乎是有什么东西损坏了。娘子，不如先停下来，具体了解一番……"

言石生："娘子不妨喝口茶冷静一下。岭南也有中原没有的茗茶，我可为娘子掬来。"

暮晚摇衣袂掠飞，脚步不停。

转个弯，他们一行人追着那提剑少女，已经看到了院中一偏屋前，伺候暮晚摇的两三个侍女将言家三郎围着，吵嚷着让言家三郎赔什么。

言家三郎言木生，素来以大嗓门闻名四野。

此时言木生的说话声，就让前来的暮晚摇和他的二哥听得一清二楚："关我什么事？那屋檐半夜漏水，又不是我拆的。这怎么能怪到我家头上？而且是你们强占的我家房子，弄坏东西得怪你们自己不长眼吧！"

三个侍女急得眼红。

她们抢话道："当夜让你挑一间屋子，说放重要的物件。就是你推荐的你们家放杂物的屋子,还拍胸脯保证安全,现在出了事,当然怪你!"

"就是!而且谁知道是不是你半夜偷偷把屋顶给弄坏的?别以为我们不知道,这几日,就是你一直白眼看人!"

言三郎吼道:"真是强词夺理!要我说,就算我真想损坏你们的东西,那也是你们活该!就你们这强盗行径……"

远远听到三弟在大放厥词的言石生心里一沉,他余光看到暮晚摇的冷淡眼神,不禁扬声斥道:"三弟,住口!"

这种话怎么能随便说!

却已经来不及了。

那边侍女们和言木生,全都看向了这边杀气腾腾走过来的公主。

侍女们一个个伏身:"娘子,此事是言家故意坑害我们……"

言木生则看着美艳少女走来,先是痴了一下,待看到暮晚摇手中提着的剑,他才不安后退:"你这个娘子,提着剑走来是什么意思,难道你想杀人?这天下是有王法的,你可不能随便杀人!"

暮晚摇打断言三郎的色厉内荏,道:"我便是王法!"

轰——

伴随着暮晚摇这句铿锵之音,天边炸雷响起。

雾如洪奔,出岫生烟。

三尺剑雪映照女郎的眼睛,她理所当然,理直气壮。而她只是站在这里——

她就是王法!

言三郎为暮晚摇那句声势所震慑,一动不动地看着天地间雨点噼里啪啦地敲在少女头上的沉木伞上。眼睛一缩,他看到暮晚摇手中的剑向前刺出。

而再往后几步,紧跟着暮晚摇的言家二郎言石生,脸色微变,扔伞向前倾身撞来。

"咚——"

电光石火间,言石生手中撑着的伞扔出,砸出一圈雨坑。他身子向前扑,长袖飞袍扬起,徒手去握暮晚摇手中的剑。

言石生厉声:"暮晚摇,住手——"

言三郎眼见二哥要撞上暮晚摇手中的剑,心里猛慌。他二哥一介白衣书生,哪里有什么本事拦剑?他目眦欲裂,向前扑来:"二哥!"

侍卫长方桐原本在忧心言石生恐要在公主剑下受伤，现在看到言三郎似乎要扑过来伤害公主，方桐立刻向前跨出一步，抓住那言家三郎的肩膀，不让对方碰到公主的一片衣角。

同时间，众目睽睽之下，暮晚摇手中的剑向下劈出——

两绺秀发，飘飘然，从侍女绾起的发髻间扬起，再被剑砍中，秀发飘落向地。

几个侍女原本安静地等着公主挥剑砍那言三郎，公主到了跟前抬起剑，剑向她们的方向劈来时，她们才察觉不对。

对上公主冰雪般清寒幽冷的眼睛，一个侍女呆若木鸡，直直地被吓晕了过去，另外两个侍女僵硬地看着公主的剑拂过脸颊，砍断了她们的长发。

言石生不防暮晚摇手中的剑不是对着言三郎的，他扑了个空，趔趄一下后回头，看到暮晚摇手中的剑斩断了两个侍女的青丝。

青丝乌发，泠泠落地。

除了一个已经被吓晕倒在地上的侍女，另外两个侍女的发髻乱了，她们披头散发，眼睛发直地看着自己的长发被斩断。

而回过神来，她们扑通跪地，浑身冷汗，唇角哆嗦，一句完整的求饶话都说不出来。

暮晚摇俯眼睥睨她们。

她再侧过脸，看向那个方才想拦剑却没有拦住的言石生。

暮晚摇看着言石生："你方才叫我什么？"

言石生："……"

暮晚摇唰地沉下脸："我的芳名，也是你配叫的？"

言石生木然。

见暮晚摇再道："你以为我是要杀你三弟？"

言石生不语。

暮晚摇脸上落了几滴雨水，面容清丽，神情冷漠。她仍提着她那把剑，立在诸人前，却忽而笑一下："怎么，以为我是非不分，不问缘由，见人就杀吗？"

言石生嘴张了张，却终是放弃。

他睫毛轻轻颤动，漆黑眼睛盯着这在雨下挥剑砍断侍女青丝的华裳少女。他看着这场闹剧，注意力放在了这个女郎身上。

而暮晚摇见他温和乖巧，便不再理会他。

她瞥向那几个被自己斩了几绺发丝的侍女，慢条斯理："我将我的匣子交给你们保管，出了事当然拿你们问罪。以为推到言家人身上，我就能放过你们？指望我是傻子的你们，到底是毒妇，还是蠢货？"

侍女们瑟瑟发抖，再不敢抱有侥幸心理，她们弯下腰磕头，哆嗦道："娘子，婢子错了⋯⋯"

暮晚摇扔了剑。

她回头对方桐道："罚她们一人三十杖，打死活该。"

不理会身后的凄惨求饶声，暮晚摇再不看身后那些跪在雨地中的侍女。

春华还有些犹疑，不知自己该如何，就听到暮晚摇叫她："春华，跟我走！"

春华匆忙答："是！"

她提着裙裾去追公主，只来得及回头仓促道："方卫士，这边事你来处理！"

暮晚摇戴着帷帽，堪堪能挡一点雨，就和春华一起骑马出门了。

她火冒三丈，自然不满意那些侍女想推卸责任。然而她更不悦的，是母后亲手磨的膏子被雨淋湿，不能用了。

那怎么可以？

那是母亲留给她为数不多的东西了。随着她回归，旧日的许多恩宠，她会一点点失去。而旧人留下的那些东西，她不想失去。她要留下母亲的东西，就如同留下母亲曾许给她的宠爱一般。

只有这些东西在，她才会记得，母亲也曾是爱自己的。

暮晚摇固执地淋雨出门，骑马去镇上。此地路不好走，她和春华在镇上乱转，一家家去推开商铺门，问有没有一些材料。

她要将那膏子重新补回来，她脑子乱哄哄的不知道该具体准备些什么材料，但是她必须找回来。

暮晚摇问春华："面脂手膏要用什么材料？"

春华其实也不太懂，但她只能绞尽脑汁："起码要朱砂、白芷⋯⋯对了，婢子能闻到藿香味。"

暮晚摇淡淡"嗯"一声。

两名女子浑身淋湿，骑着马在镇上找商铺。春华并不觉得公主能恢复先后留下的那面脂，她看过了，她觉得他们都不行。但是春华并不敢对公主说实话，只好陪着公主淋雨，陪着公主买那些不知道能不能用到的材料。

又从一家商铺出来，暮晚摇抱着好说歹说才买下的一点雄黄，下台阶，准备去找下一家商铺。

头顶，一把伞出现。

暮晚摇缓缓抬头，雨水蒙蒙，顺着她眼睫向下滴落，她眯着眼，在伞撑起时，一点点看清了面前的人。

言石生站在她面前，为她撑着伞。

暮晚摇一身华裳已经沾上了泥水，云鬓也有些凌乱，然而她背脊挺直、气势傲然，依然是高高在上的丹阳公主。这位公主神色冷淡，理也不理他，抱着自己怀中的油纸包便要走。

言石生伸手来，轻轻托住了她的手腕，虚拦了她一下。她似被烫到了一般躲开，瞪向他："让路，不然我杀了你。"

言石生声音温柔："你为什么要杀我？我是来帮你的。"

雨丝如河水般在头顶流过，落在伞上，溅起雾气蒙蒙。

滴滴答答间，暮晚摇步子顿住。在言石生眼中，她仰起脸，眼睛圆而媚，像浅浅的湖泊浸满月光，晶莹而动人。

第六章

雨敲在屋檐上。

侍女春华站在暮晚摇身后，悄悄打量这位拦在她们面前的言二郎。

看到言二郎出来，春华实则松了口气。毕竟骑着马跟公主在雨里晃，并不是什么愉快经历。

帷帽后，暮晚摇凉凉笑一声。

她讥诮道："言二郎，你知道我出来是做什么的吗，就说帮我？"

言石生叹口气。

其实是方卫士拜托他出来找这位暮娘子的。方卫士忙着惩罚那些胆大的侍女，但又怕公主在这里转丢了，当然要拉一个本地人出来帮忙。而且在方卫士眼中，总觉得这个言石生，好像很有本事。

言石生确实很有本事。

他劝公主:"我听方卫士说,那被雨淋坏了的,是娘子母亲留给娘子的遗物。面脂手膏,是娘子母亲亲自磨制,自然对娘子十分重要。娘子现在冒雨出来,不出我的意料,当是想复原那面脂手膏吧?"

暮晚摇便不说话了。

她讨厌这种一点即透、被人看破的感觉。

言石生当然懂这位娘子不是好相处的人,他也不敢太显摆自己聪明。稍微点了一下,言石生就几分赧然道:"其实我会做面脂手膏。"

暮晚摇:"……?"

她瞪圆了眼。

就连春华都"啊"了一声,惊诧道:"什么,你会?"

春华在心里嘀咕,这个言二郎是不是太抢她的活儿了?

看她们这种反应,言石生忍不住笑了,那几分赧然也消退了些。

言石生干咳一声,解释:"我家虽然因为我阿父是乡绅,家中情况比邻里好些,但是岭南此地荒僻,很多东西都是没有的。我家中尚有待字闺中的妹妹,妹妹更小时,她的面脂手膏就是我帮忙做的。"

言石生:"我阿父收藏了一些稀奇古怪的古书,我从里面学到的。"

暮晚摇打量他半晌,道:"然而不同人做的面脂手膏,是不一样的。"

言石生躬身向她作揖,叹道:"小生也不过是尽力一试,希望娘子给这个机会。娘子淋雨这么久,终究是让人担心的。"

"让人担心"这几个字落在暮晚摇耳中,如石子击入深渊古潭,让暮晚摇晃了一下神。她的冰雪心肠,竟然被打动了。

暮晚摇不再一脸冷然,而是眼眸微眯,带出一丝笑:"难道你担心我?"

言石生抬目。

她站在台阶上微俯身,凑来望他,一段雪颈下,伴随着香气缕缕,冰雪做成的山丘微鼓,似要探出。言石生身子一僵,向后退开半步。

他怕这位娘子又误会自己对她有非分之想,便恭恭敬敬道:"女客入住陋室,远道是客,小生自然担心女客住得好不好,也不愿女客因为房屋粗陋而冒雨出去生了病。"

暮晚摇脸蓦地重新沉了下去:"哼!"

竟然拿主人客人那一套来搪塞她。

难道她不是客人,他就不关心她了?

暮晚摇走过言石生身后,身后春华连忙跟上。言石生有些傻眼,不知道自己哪里说错了,自己都这么客气恭敬了,她怎么越说还脾气越大了?

"娘子!"言石生回头唤道,长袍被雨打湿,发带和衣袖缠于一处。

暮晚摇已经站在了自己的白马前,准备上马了。她回头,看到言石生立在远处,青袍微扬,眉目若山似水,恰是俊俏。

暮晚摇目中一闪,她笑盈盈,翘唇嗔道:"不是要我回去,帮我制面脂手膏吗?怎么还不走?"

言石生惊喜,没想到自己说服了她。

他却在她手握缰绳要上马时,连忙道:"且慢!"

暮晚摇不耐烦这种婆婆妈妈的书生:"又怎么了?"

言石生撑伞步来,到她们面前,他让不解的春华先帮他拿伞,然后放下自己身后背着的木箱,从中翻起东西。

暮晚摇疑惑:"不会是要拿伞给我吧?不需要!我戴着帷帽呢。你就不要啰唆……"

她不耐烦的声音吞了下去,帷帽后,眼眸微缩。因她看得清清楚楚,言石生从他身后背着的木箱中翻出一件雪狐氅衣。

她要是没看错,这么大的木箱,也就只能放这么一件衣服。而言石生背了一路。

言石生要将氅衣披来给她。

暮晚摇向后退了一步。

言石生愣一下,然后解释:"这是我出行前,向方卫士借走的属于娘子自己的衣氅,不是我家中的。娘子不用担心这是旁人穿过、我拿来委屈娘子的。"

隔着帷帽,暮晚摇静静看他。

她道:"你连这个都准备了。"

言石生解释:"我素来如此,没有万全准备不出门……我怕娘子淋雨生病。"

他见她不再躲却也不主动过来,只是沉静立着。

隔着帷帽,他也看不清她的表情,迟疑一下,他主动上来,将衣氅扯来,披到她身上。见她连动都不动一下,言石生无奈,只好自己帮她系好衣带。

想来她是养尊处优,习惯了别人帮她做事,才连个衣带都不自己系吧。

暮晚摇就看着他站在一步之内，垂下眼帮她穿好这大氅。而有着一层纱之隔，暮晚摇用一种新奇的、古怪的、复杂的眼神，看着这个俊美书生。

她看着他，恍恍惚惚的思绪飘远，想了很多……直到言石生向后退开，声音清润："好了，娘子且上马吧。"

暮晚摇心不在焉地"哦"一声。

她上了马，春华也上了马。暮晚摇看向孤零零站在地上撑伞跟在她们后面的言石生。

暮晚摇道："春华，下来与我同乘一骑，把你那马让给言二郎。"

她似怕他们多想，赶紧加了一句："我是怕言二郎走得太慢，给弄丢了。"

于是两匹马载着人，就这样走起了回头路。

春华坐在公主身后，她回头，悄悄打量那个言石生。因为公主为这个人破例很多了，虽然看着都不明显，但公主自性情大变后，对谁都没耐心，却对这个人……也是这个书生厉害。

暮晚摇慢条斯理地开口："言石生。"

言石生正在紧张控马，他一个岭南乡巴佬，不像公主那样日常出行都是骑马。他情绪紧张，就怕自己从马上摔下。暮晚摇突然开口，他紧绷地道："嗯？"

因注意力全在马上，都没有恭敬地回一句"娘子"了。

暮晚摇与他闲聊："你多大了？"

言石生："小生今年十七。"

他顿一下，心想她这么问，是不是准备报答他？

那就不枉费他对她这么用心侍候了。

言石生便多说了一句话："小生十四岁开始准备州道的考试，然而可能是我才疏学浅，至今没有考中。"

其实此年代，想要考中，需要上面的提携。但显然言石生没有。他这么一说，便是在暗示这位看似身份与众不同的暮娘子。

暮晚摇根本没有注意到他的暗示，她只回头诧异微笑："我今年也十七。我三月生辰，你呢？"

言石生："小生是十月生辰。"

暮晚摇："那你是刚刚十七啊，比我小半岁……你可曾婚配？"

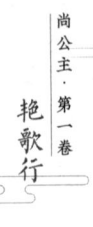

言石生:"……?"

他关心的是仕途,并不是婚配!这位娘子在想什么啊? 也罢……若是这位娘子要给他做媒,那人生两件大事,他也能完成其中一项了。

言石生只好道:"小生一直忙着读书,没有遇到合适的人。"

暮晚摇:"哦。"

之后就没有下文了。

言石生伸长脖子等了很久,也没等到暮晚摇要给他做媒的保证,不禁有些失望。

她确实太难讨好了。

言石生如此便将暮晚摇劝了回去,回到言家,暮晚摇自然被众星捧月地拥走了,言石生也松口气。

言石生找到自家兄妹几个,板着脸,再次提醒他们,能避就避,不要招惹那位娘子。

而且言石生现在还开始产生了一种幻想:"……若是将她成功哄好,说不定能得些好处。"

暮晚摇那问他的问题,显然是想给他安排姻缘的意思。岭南这么偏的地方,言石生也确实没什么好姻缘。

如果暮娘子愿意……当然很好啊。

暮晚摇可没想过要给他做媒。

她睡了好觉,次日被院子里的声音吵醒。

她心情不悦地推开窗时,见原来昨夜雨就停了,今天放晴,太阳倒很大。

然这不是重点,重点是她看到院子里围着一圈,站着很多侍女卫士,他们都在看戏一般围观。

暮晚摇便也靠在窗口,定睛看去,不禁惊奇得差点把眼珠跌出。

她看到竟然是言石生在院子里跑步,众人围观。

言石生换了一件窄袖衣衫,腿上被绑了沙袋,正被他那个大哥吆喝着跑:"二郎,再加把劲,再跑一圈!你天天读书当然很重要,但也不能手无缚鸡之力,大哥是为了你好……再跑一圈!"

而方卫士等人:"言二郎放心!这点步数死不了人的,你每日多跑几圈,就能像我等一样身体健硕……"

言石生喘气，苦笑："我也没求身体健硕啊……"

而侍女们则红着脸小声嘀咕："言二郎这样额上渗汗、满面绯红，看着真好看啊。能不能求娘子……"

暮晚摇心里呵一声，嗤笑她们眼光低，一个乡巴佬有什么好看的。

暮晚摇傲然抱胸，冷不丁看到那被众人鼓励的言石生目光向这边瞥来。也许他根本不是看她，但是暮晚摇做贼心虚一样，啪一下把窗关上了。

关上窗后，暮晚摇不禁咬唇懊恼，恨自己在心虚什么。自己理所当然，想做什么就做什么！

然而她垂着目沉思，到底没去推开窗。

言石生终于跑完了自己大哥要求的步数，他累得不行，缓步走，找到一面少人的墙，扶着便坐下。

那边言大郎和方卫士正在严肃讨论，下一次该怎样锻炼言石生。

言大郎觉得自己二弟就算不能文武双全，那也不能被体力拖累，得每天锻炼才是。方卫士则是军伍出身，对此有很多法子可以参考。

言石生看他们讨论得高兴，坐在墙下，不禁惆怅。

被人太关心也不是什么好事啊……

他怅然时，头顶一扇窗打开，少女嚯笑的声音响在他头顶："哎，言石生，我帮你个忙，来改善你这体质呗。"

她煞有介事："你是喜欢金钱万贯，还是喜欢美人如玉？"

言石生怔一下，仰起头，便看到暮晚摇俯下的脸。她窄腰纤纤，面若桃红，眉梢眼角自带风流。

如春景暄妍，无一不美，无一不艳。

言石生一下子大脑空白，他被这盛丽的美艳镇得没回过神，没想起来行礼。

第七章

言石生呆坐在墙下，仰头看着韶光一般明媚的少女攀在窗口。她俯眼望

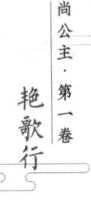

他,好一会儿,言石生才想起自己应该爬起来行礼。

但是他兄长和方卫士训练他训练得太狠了,他发间尽是汗,小腹紧绷,腿肚子也酸麻,一时半会还真站不起来。

而且见暮晚摇眉眼轻弯的模样,看似心情极好,不像是要发脾气的样子。

言石生便坐姿不变,以有些随便的口吻与她闲聊:"娘子打算如何帮我?我爱金钱万贯如何,爱美人如玉又如何?"

暮晚摇笑吟吟:"你爱金钱万贯,我就让人备下金钱万贯放在马背上,你追着马儿跑。你爱美人如玉,我就让我的侍女们骑上马,让你追逐。不瞒你说,我的侍女们个个貌美如花,在……时,不知道让多少人踏破我的门。"

她提起那个被她缩略的地名,根本没有说出口,敷衍了一下就略过去了。

言石生若有所思:为什么不提那个地名?那个地名有什么问题?她是怕被人知道,还是不想被人知道?

暮晚摇:"问你话呢,发什么愣?"

言石生便回答:"那娘子的好心要被辜负了。我既不爱金钱万贯,也不爱美人如玉。"

暮晚摇挑一下眉,仍笑嘻嘻:"那你爱什么?名利?权势?"

言石生摇了摇头,轻笑:"也不爱。"

暮晚摇便不再说话了,她青黑的眼眸盯着他,判断他是说真的,还是故作姿态。

少年书生态度端正,风骨清致,他的眼睛干净清明,确实没什么妄念……

暮晚摇却沉下脸,冷笑两声。

男人怎么可能没有欲望?不管是位高权重,还是蝼蚁小人,只要一有机会,他们就放弃所有去向上爬。抛妻弃子在所不惜,杀人放火家常便饭。

言石生怎么可能和其他男人不一样?他凭什么和其他男人不一样?

遍地污浊,他凭什么就能清白?

他这么说,也不过是装模作样、故作姿态罢了。

暮晚摇淡声:"哦,没兴趣啊。那你真是可惜了,不爱名利不爱色,你这辈子没什么出息了。"

说完,她"啪"一下,将言石生上方的窗子重新合上了。

言石生莫名其妙。

本来天晴了，春华想建议公主动身去南海，早日见到公主舅舅，此间事早日了结。

但现在因为公主等着言石生制好那面脂手膏，暮晚摇便给南海去了封信，告诉舅舅自己要晚些时候到。

不提南海县县令李执，即暮晚摇的舅舅有多担心她，暮晚摇暂时仍留在言家，将言石生拖到自己面前，等着面脂手膏。

傍晚时分，侍女与卫士待在外边，隔着竹帘，他们看到悬黎屏风上，隐约照出一男一女的影像。

他们不敢多看，眼下他们和言家幺女言晓舟在一起，盯着炉子上汩汩烧着的热酒。

时人喜欢烧酒，不喝生酒。他们用微火慢烧，待酒热了暖胃，那才是人间一绝。

之前的灵溪博罗送给了公主，自然没有了。但是岭南和中原不一样，岭南家家酿酒，言家还有其他美酒，侍女和卫士们当然馋得不行，想要尝尝。

外头火炉上的酒香缕缕飘入窗内，而屋舍中，点着灯烛，暮晚摇跌坐于锦褟上，侧方放着凭几，正好让她依偎。

闻到酒香，闭目养神的暮晚摇睁开了眼，看向坐在侧方的言石生。

言石生面前的长案上，左边是书，右边摆满了各篓子材料，有白附子、白芷、甘松香、木香、藿香……林林总总，二三十种。

这些材料都是暮晚摇这边提供的，而磨面脂手膏这样的手艺活，就交给了言石生。

言石生从上午就坐在了这边，试验了好多遍，却都和暮晚摇母亲那个不一样。言石生也不气馁，一遍遍重试。

暮晚摇就坐在旁边，津津有味地看他辛苦了一整日。

他垂着眉目，面容清肃，一言不发，这副样子看在暮晚摇眼中，实在有趣。

现在闻到酒香，暮晚摇盯着言石生的侧影，才想到他好像很久没换过姿势了。暮晚摇从旁边摸出扇子来，换了个随便的屈膝坐姿。

她摇着扇子，大约因屋中沉闷，她太久没说话，开口时便声音酥懒、勾魂摄魄："阿郎。"

然而，媚眼抛给了瞎子。

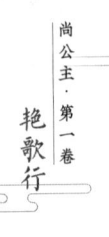

言石生没反应。

暮晚摇将手中镶着珍珠的羽扇抛过去，砸上言石生后背，再唤了一声："阿郎！"

言石生侧过脸，诧异看她："……你在叫我？"

她怎么又换了一种称呼？

暮晚摇哼一声，在他起身将她扔过去的羽扇还回来时，她用羽扇托着下巴，含笑道："他们在外面喝酒，好香的酒啊。阿郎要喝一盏吗？"

言石生笑一下，摇头："我怕误事，性不饮酒。"

暮晚摇："……"

她将他上上下下地打量，想这是什么奇葩怪物。不过才十七岁，居然能忍着不喝酒。整个大魏，不喝酒的怪物，屈指可数吧。

暮晚摇嗤笑："你也太谨慎了。"

他微微笑，不再说什么，继续低头去照着书研究膏子去了。暮晚摇看到好几种样式摆在他面前，他却仍不太满意。

暮晚摇有些无聊。

两人坐得近，她看到言石生那淡然沉静、清心寡欲的样子，就忍不住想打扰他。

她伸出脚背，鞋尖在他背脊上轻轻一戳。暮晚摇轻声唤道："阿郎！"

娘子以脚来踢他，似轻似重，似惩罚，又似打情骂俏。让人心里又热又冷，背脊上忍不住泛起一层过电般的战栗感。

言石生僵硬回头，灯烛后，她襟口微露，流乳光暖。

他脸蓦地有些热，侧过脸后尴尬道："……娘子还是不要叫我'阿郎'了。"

叫得他一身冷汗。

暮晚摇才不理他，她与他聊天："我且问你，那日我的侍女们因为诬陷你的三弟而被我削了发，之后又被打了三十杖，这事你还记得吧？"

言石生低头，淡淡"嗯"了一声。

暮晚摇托腮："你之后去看望过她们，给她们送过药吗？"

言石生诧异，不知道她为什么这么问。他摇头："不曾。"

暮晚摇："哦，区别对待啊。方卫士受伤你就去看望，我的侍女受伤你就不去。我想不通原因。"

言石生没说话，也没回头。

暮晚摇不紧不慢地摇着她的羽扇,他既不回答,她便再次伸脚去戳他。罗裙曳锦绣,她的珠履华贵,一下又一下地戳言石生的腰。

而她口上含笑:"阿郎,怎么又不理我了?"

言石生终是被她逼得没办法。

他起身,坐得离她远了些,才回答:"暮娘子,我不是圣人。那日我亲眼看到她们污蔑我三弟,我三弟差点被娘子的剑所伤。我怎么可能不怪她们,又怎么可能毫无芥蒂地去看望? 我没有好心到那种地步。"

暮晚摇诧异:"你不是滥好人吗?"

言石生无奈抬头:"我什么时候是滥好人了?"

他的长目与她圆而清的眼眸对上,二人对望片刻,沉默之时,忽然觉得气氛有些古怪。

二人皆不动声色地移开了目光。

言石生低头制膏子。

暮晚摇摸了摸自己的心口,有些心不在焉。

她发呆一会儿,不知道想了什么,忽然问言石生:"你的膏子怎么还没制好? 天这么晚了,你还不走,不会是想趁机赖在我这里吧?"

言石生沉默一会儿,温声细语答:"我研究了一整日,无法完全复原你阿母留给你的膏子。现在只有七八成像,恐怕还要多研究两日——"

暮晚摇打断:"七八成像就够了,不必在这上面多费心力。完成了就交给我侍女吧。"

这下换言石生惊诧抬眼,看向她了。

暮晚摇淡声:"我阿母对我也没多好,七八成相似,就如她对我的七八成好。她当时送我这面脂手膏,是送我嫁人。不过是想我念着她的好,乖乖听她摆布而已。现在都结束了,实在没必要完全一致。你可以走了。"

言石生沉默,且惊。

他脱口而出:"送你嫁人? 你嫁过人?"

暮晚摇:"……"

她那妩媚的眼睛,覆起一层寒霜,冷厉乜来:"你这么惊诧做什么? 歧视我吗?! 瞧不起我吗?!"

言石生连忙:"不敢不敢,我只是……"

只是觉得她年龄尚小,实在看不出她是有夫之妇啊。而且有夫之妇,跑来岭南……

言石生犹豫半天，没有将"你夫君呢"这几个字问出。

因为暮晚摇已经拍着案木，大发雷霆："起来！你给我滚！"

她这次是真生了气，和之前的小打小闹完全不一样。

言石生猝不及防，被她赶出了屋舍。他回头想致歉，门已经狠狠关上，就差把他鼻梁撞断。

暮晚摇心情不悦。

当夜，她做了一个梦，梦回了她两年前的那场婚宴。

她从没在梦里回去过那场大婚，因为那是一场噩梦。她已经亲手斩碎了那个噩梦，她心中无愧，也不想重温。然而今晚她却梦到了。

她梦到平原广袤，千军万马。十五岁的丹阳公主着一身曳地的朱红华裳，珠玉垂额。她云鬓花颜，端庄高贵，自辇上走下。裙摆铺在平原上，如夕阳余晖般灿烂夺目。

这象征着整个大魏的无与伦比的盛大之美。

朱袍丹帜沉默在后，旗帜空落落地在半空中呼啸，在丹阳公主与她的夫君头顶上方，鹰隼在天上腾飞旋转，发出清亮啸声。

丹阳公主面无表情地立在千万人前，等着她那夫君来牵她的手，与她歃血，与她共立盟约，承诺永不相负。

暮晚摇等了许久，都没等到十五岁那年，那个男人冷漠地向她拽来的手。她心无波澜，平平静静地看过去——这一眼却一瞬惊骇。

在她梦中，站在她旁边的新婚夫君，眉目温雅，气质如玉。这个夫君，不再是那个人，而是……言家二郎言石生。

暮晚摇："……"

第八章

侍女们来掀床帷时，惊讶地发现公主今日竟然早早醒了。

不知公主何时醒来的，她坐于榻上，只着中衣，长发散乱铺在褥上。微暗的室内光下，春华挑帘时，只见公主肤色白得发透，虚望着半空，不知在想什么。

这样的暮晚摇蹙着眉，隐隐有些不悦。

侍女们互相以眼暗示，提醒着要小心侍候今日这个不知为什么而心情不好的公主。

暮晚摇梳洗后，便出了门，站在廊下，看卫士在言家这小小院中练武。她看了半晌，见离篱笆门较近的一间偏房开了门，青衫宽袖的言石生拿着书卷走了出来。

言石生抬头，便看到了站在廊檐下的暮晚摇。言石生上前行了个礼："今日娘子起得很早呀。"

暮晚摇虚落在院中练武卫士身上的目光收了回来，看向台阶下那向她行叉手礼的少年书生。

言石生想她估计还在怪他昨日提及她有夫君的事，他既不好辩解，也不好劝，只心里琢磨这个娘子恐怕和夫君感情不好，才这么不喜欢旁人提起。

言石生见她没消气，便打算自觉离开了。

不想暮晚摇盯着他，目光如电如刃，倒看得抬起头来的言石生几分僵硬，觉得自己好似要被她挫骨扬灰一样。

暮晚摇看着言石生这张脸，就想到了自己昨晚那个梦。她想到自己昨晚的梦，就想到自己梦中那个前夫，居然被自己替换成了言石生。

那紧接着，暮晚摇就把自己和她前夫之间的事，挂到了言石生头上。

想到言石生这张隽秀的脸，顶着她前夫的身份，丝毫不给她大魏公主应有的尊重。

他肆无忌惮地嘲笑她、瞧不起她，任由他的同族侮辱她、诋毁她。他和其他女子相携而行，又任由他的妾室在她面前耀武扬威……

十五岁的那个暮晚摇，只会躲在屋中哭的暮晚摇……她穆穆皇皇的时期在前夫手中死去，公主的骄傲埋在贫瘠的泥土下枯萎。

当大魏使臣出现来看她时，她的前夫威胁着她，她连求助都不敢。而她知道，即便她求助也没办法，一个使臣是做不了主的。能做得了主的人，只希望她永远留在那里，不要回来。等大魏使臣一走，她的前夫便又开始折磨她……

何其可恶！

站在廊檐下的暮晚摇,眼看着脸色越来越难看,神情越来越冰冷。

只是向她行了个礼的言石生被她的冷目看得无言,有些惊奇她为何越看自己,眼中的杀意越浓……

言石生赶紧开口打断她的联想:"娘子气色不好,可是昨夜没睡好?"

暮晚摇的思绪被打断,她俯眼看言石生半响,冷哼一声,理都不理他,转身进屋去了。

言石生:"……"

他自然想不到,昨夜暮晚摇的梦本应是旖旎美好的,然暮晚摇没什么豆蔻少女情怀,她与自己的梦背道而驰。

将言石生想成自己的夫君,暮晚摇非但不开心,还越想越生气,以至于见到他时好感荡然无存,反感却是越浓。

这日,暮晚摇在屋中和侍女玩牌,听说言石生来了。

她嫌恶:"整天来得这么殷勤干什么?看着就烦。"

侍女春华近日来和言家人熟了,便替言二郎赔笑道:"言二郎是尊重娘子啊,婢子出去看看。"

暮晚摇抿了下唇,没有说好,也没有说不好。

春华一下子就懂公主这是想和言二郎说话,却放不下面子。

一会儿工夫,暮晚摇看着窗口,见春华和言石生在门口说了几句话后,春华转身,竟然将言石生领进屋舍来了。

暮晚摇:"……?"

她一下子竟有些慌乱,吩咐侍女:"放下帘子!我才不见外男!"

侍女们面面相觑,只好起身去放下了公主面前的竹帘。

当春华领着言石生过来时,言石生看到的,便是竹帘相挡,只隐隐约约可见后面暮晚摇与她的侍女们静坐的身影。

春华讶然公主的多此一举,却只是屈膝行礼:"娘子,言二郎有事与娘子说。"

暮晚摇端肃,低头看着自己的牌面,懒洋洋:"你要跟我说什么?"

她手中握着的牌,牌面呈叶子状,看着分外新奇。言石生隔着帘子看了一眼,没有见过这样的物件,他有几分兴趣。

言石生回神道:"我是来给娘子送一点茶的。"

暮晚摇嗤笑:"多少好茶我没喝过？你们这里的乡下茶，我没什么兴趣。"

言石生微笑:"我既然送你，自然有它的好处。你且尝尝。"

言石生向外招呼了一声，他的小妹言晓舟就端着一个茶壶进来了。

言晓舟坐于言石生身后，怯怯地看眼帘子后的暮晚摇。

每次见到暮晚摇，言晓舟都觉得对方尊贵得让她连看都不敢多看。言晓舟再偷看自己二哥，却见她二哥镇定非常。

言石生隔帘而坐，让春华等人取来茶杯。他将已经煮好的茶一一倒入茶杯，姿势看着还好，并不露怯。

他先将一杯清茶，示意侍女拿给帘子后的暮晚摇。

暮晚摇拿过茶，见浮于水上的叶子翠绿微卷，茶色明亮，心中就一喜，知道是好茶。

但她不动声色，在喝了他一盏茶后，闭目品尝，觉此茶香气清浓，滋味甘甜醇厚，回味无穷。

然而明前龙井、雨前龙井岂不比这茶更好？

暮晚摇摇头叹，想言石生到底是一个长在岭南的乡巴佬，没喝过真正的好茶，把这普通茶当好的来巴结她，却巴结错了。

看到她摇头，言石生只笑:"怎么，不好吃？"

暮晚摇见他主动来献茶，前两日见到他这张脸就生起的厌恶感消退了些。而回过神后，暮晚摇也觉得自己很没道理，因为一个梦就迁怒言石生。

暮晚摇便好心分析他这茶:"不过尔尔罢了。你日后还是不要拿出这茶来给人显摆了。"

听闻暮晚摇这话，言石生还没如何，他身后坐的言晓舟已经涨红了脸，颇觉羞耻。

言石生坚持道:"那这茶滋味也算中上，对吧？"

暮晚摇同情他的见识，就点了点头。

言石生笑了，他说:"那你再看。"

他不喝茶，而是侧身从自己妹妹手中的方帕中取了那茶叶。

他将茶叶含在口中，暮晚摇惊讶时，见他又从腰下针线粗陋、磨得都已经看不清颜色的荷包中，取了一枚铜板，含于口中。

他将茶叶与铜钱一同咀嚼。

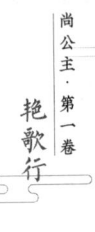

屋舍静谧无声，除了言晓舟，所有人都惊奇地看着言石生。之后大家听到极轻的"嘎嘣"一声，言石生将口中的东西涂在了手中的方帕上。

外面离言石生近的春华先看到，她惊道："娘子，这铜钱一分为二，碎了！"

暮晚摇霎地掀开了帘子，终于自帘后走出来了。

她一下子就到了言石生面前，俯下身看他手中方帕上碎了的铜钱。而言石生另取一帕，将口中的茶叶也吐出。

言石生做完这些回头，僵了下。因看到暮晚摇俯面，她立在他面前弯下身，脸就快贴过来。

而暮晚摇伸手就扣住他下巴，命令："张嘴，让我看看。"

言石生睫毛猛颤，目光飘虚。

言晓舟呆了。

这位娘子这般彪悍！直接奔出帘子不提，还掐住她二哥下巴，命令她二哥张嘴……

言晓舟低下头，暮晚摇没害羞，她却尴尬得红了脸。

言石生也就比他妹妹强一点。

他红了耳根，镇定半晌后，张开嘴。香风阵阵，他屏着呼吸，她的面容在他眼前放大。

知道她在看他嘴里，言石生不禁思绪散发，想自己今日漱口有没有漱干净、刚才的茶叶有没有遗留下痕迹、舌苔的颜色正不正常、牙齿整不整齐……

他面容越来越红之时，暮晚摇稀奇地开了口："你真的咬碎了铜钱！"

她惊喜得像个小孩子。

她放下他的下巴，转头又要去看那方帕上被咬碎的铜钱。暮晚摇从没见过这种稀奇事，她不相信，伸手就要去摸这铜钱是不是真的。

言石生情急之下，一把握住了她伸出的纤长手指。

暮晚摇手被他握住，一怔。

言石生道："娘子，那个脏了，不要碰！"

暮晚摇也是这时才想起这是他嘴里含过的东西……她恨恨地将手从他手中抽走，怒道："我不知道吗？用你说！"

言石生无奈看她。

暮晚摇目光闪烁，躲开他的凝视，低头揉了下自己被摸过的手。

再过了一刻，所有人都含过这茶叶，证明这茶叶确实可以搅碎铜钱，不由一阵稀奇。

言石生道："这是我们这里产的白牛茶。人们并不在意此茶，因此茶树随便长在野间，也无人打理，我看着觉得可惜。世间好茶不少，但茶叶碎铜，只此一家。"

暮晚摇连连点头："你有心了。你这茶若拿去长安卖，那些贵人定十分喜欢。"

言石生道："只是送给娘子的礼物而已。"

暮晚摇瞬间就想到了这茶若是能到自己手中，政治上自己会得到什么好处。也不知道这个言二郎懂不懂……但是管他呢，反正她要霸占此茶。

暮晚摇心里算计着如何霸占这茶，面上却是与他相望，眉目含情。

她面颊有些红，轻声："我知道了。多谢。你有什么相求的吗？"

言石生："倒真有一事。"

暮晚摇脸唰的一下就沉下去了。

她心中不悦，似笑非笑："怎么，才送了我一点茶叶，就要从我这里拿好处？你不怕你这般现实，让我讨厌吗？"

言石生道："只是想求问娘子玩的什么牌，我从未见识过，有些好奇。"

暮晚摇与他对视半响，然后重新露出笑容。

她柔声："这种牌叫'游祥和'，是长安宫廷中才有的一种牌。那些后妃公主闲得无聊，就整日拿'游祥和'来玩。"

言石生眉目一动：宫廷，后妃公主……这位暮娘子，他大概猜出她身份了。

而暮晚摇再柔声："阿郎，你且过来，我不光要将这副牌送你，我还要教你如何玩这牌。"

言石生："……小生要去读书，玩牌大可不必。"

他不过是来试探暮晚摇身份而已，而今他已经试探出……目的达到，言石生不准备再留了。

暮晚摇勾眼望他："可我偏偏要教你玩牌。"

"坐下！陪我玩牌！"

一直旁观的言晓舟看着她二哥被暮娘子给拽走,拖进了竹帘后,颇像"恶女霸夫"。

暮晚摇逼着言石生坐下,言石生几度拒绝,暮晚摇便无奈道:"那随便你吧。"

言石生起身穿屐,准备走。

暮晚摇慢悠悠:"阿郎啊。"

言石生背对着她,后背僵硬:"……娘子可以不要这么叫我吗?"

暮晚摇并不理会他的意愿:"阿郎啊,你读书这么多年,可知道你的古音不正?而古音不正,哪怕你考中你们州道的试,进士及第也是没希望的。哪怕你走出岭南,好像也没什么用呀。"

言石生回头,沉默看她。他确实第一次知道自己的古音不正。他父亲给他条件读书就不错了,古音是从来不管的。

而暮晚摇看他读书看了这么多天,到今天才说……

实在可恶!

可恶的暮晚摇倚门而立,眼角眉梢,楚楚流波。

言石生便挽起袖子,走了回来:"那我便陪娘子玩一下午牌吧。只求娘子教我古音。"

暮晚摇为难他:"那得看你牌玩得怎么样。我要是输了自然不高兴,我要是赢了我还不高兴。你且看着办吧。"

言石生含笑入座:"你且看我能不能哄你高兴吧。"

言晓舟:"……"

言晓舟和暮晚摇的侍女们面面相觑,退出了屋舍。

只觉得她们多余无比。

第九章

日头掠过窗棂,云涌入窗,案头浮上一层细碎荫翳。

言石生伏在案上,按照暮晚摇的要求,将那白牛茶的茶树模样画给暮晚摇。

暮晚摇听说言石生这里只有不到一斤的白牛茶,她顿觉嫌弃,想这么点,怎么够长安那些人分?

最好的法子,就是弄清楚这白牛茶的茶树长什么样,她让自己的人去野外找。如果能将岭南的白牛茶茶树移到长安种植养活,那是最好了。

而州考在即,言石生要读书,他只肯帮暮晚摇把茶树的样子画出来。这还是暮晚摇以教他《切韵》、帮他修正他的古音为条件换的。

如此下午,自然是暮晚摇百无聊赖地翻着《切韵》一书,言石生在画茶树了。

安静宁和之时,门院篱笆外,传来嗒嗒马蹄声。有人还没进门,就大呼小叫:"言二郎!言二郎你且出来!"

被窗外声音一惊,言石生手中的狼毫向下一按,浓郁墨汁晕在宣纸上,笔下树身上,出现了一道深沉的阴影。

暮晚摇心疼画:"谁在外面喧哗?"

侍女春华向外走:"奴婢去看看。"

言石生听到有人喊他,当即要起身去看。暮晚摇伸手把他一拉,向窗外偏过脸,道:"且让春华去看看怎么回事。这么大呼小叫,万一是持棍要伤你的恶徒呢?"

言石生手中狼毫一抖,有些看不懂,又有些欣慰地望暮晚摇一眼:这位娘子竟然维护他?他没听错吧?

暮晚摇下一句道:"你还要帮我画茶树,这时候不能受伤。"

言石生无言。

言家的篱笆门外,停了一匹棕马。一个少年书生骑马而来,马上驮着极厚的书目和干粮。

这少年书生下了马,没有进院子就开始喊:"言二郎!言石生!我阿父让我来找你,你人呢?"

他下了马后,看到言家和昔日不同,院子里多了很多卫士和侍女。他只是奇怪了一下,却并不惊恐,仍是拉着自己的马进院门。

言家其他人这时候不在家,没人招呼这个客人。侍女春华打帘而出,娇喝道:"是谁在此处吵闹?"

春华下了台阶,身边侍女们一指,她看到了那已经进了院子但被卫士拦住的少年。

春华看去,怔了一下。因此人年少,衣着锦裳,眉目隽永颇有才气,和寻常岭南人完全不同。

春华心中不禁嘀咕，岭南这么荒僻的地方，有一个言石生长得不错就不容易了，这时怎么又冒出一个？不知道的人见了，还以为这不是岭南，是黄金窟长安呢。

少年没料到一个腰肢纤细的貌美女郎横眉立在阶前，他也怔愣一下，然后目中的傲气和不耐烦瞬间一收，雪白面上突兀地红了一下。

他有点慌地放下牵马缰绳，弯身作揖："不知小娘子如何称呼？此处应是言二郎的家舍吧？小生姓刘，我阿父让我寻言二郎，问问今年州考之事。若是没其他缘故，我阿父让我与言二郎一起去参加州考。"

春华登时了然。

每年深冬时节，大魏各州、道会通过考试，将合格的学生推举去长安尚书省应考。待到了那时候，便是"科考"了。这位少年书生来找言石生，自然是为了最开始那道"推举"考试了。

春华屈膝行礼，柔声答："郎君稍等，妾身这便去寻言二郎出来。"

她转身进屋，又回过头，向院中那远道而来的刘姓书生看去。

书生痴痴地看着她，目不转睛，眼神明亮。

见冬日暖阳葳蕤，女郎长身玉立，亭亭绽放，非寻常之美。

微风拂过面颊乱发，春华面容再一红，她对书生微微一笑，低下了头。这次春华便再不回头，直接进去找公主了。

那书生名唤刘文吉，今年堪堪十八，比言石生还要年长一岁。

他父亲曾当过御史，后来得罪了朝中大官，便被贬来岭南了。

据言石生说，刘文吉是岭南道有名的神童。言石生自己读书，就是跟随刘文吉的父亲。言石生已经参加过三年州考，刘文吉却没有他那般急躁。

刘文吉今年才是第一年来参加州考。他被他父亲派来找言石生询问州考经验，并打算与言石生一起结伴去考试。

刘文吉虽是第一年来考试，却信心满满，觉得自己一定能考中。

刘文吉为了去考试方便，打算住在言家。言石生便把刘文吉的情况告诉暮晚摇，希望暮晚摇能够允许刘文吉住下。

暮晚摇瞥着向她说明情况的言石生，显然言石生这么耐心地解释，是想将人留下的。

而侍女春华也柔声:"岭南镇与镇之间相距甚远,刘郎好不容易才来到这里,若是赶他回去,说不定会耽误考试。"

暮晚摇神色古怪:"你希望他住下,过两日与你一起去考试?"

言石生温声:"是。刘兄学问极好,他如果住下,小生还能向他讨教。而我二人一起去考试,能相互照应。"

暮晚摇:"他有'神童'之称?"

言石生点头。

暮晚摇好奇极了:"你学问比他如何?"

言石生面红,惭愧道:"刘兄家学渊博,我不如他。"

如此,暮晚摇就极为震惊了。

她站起来,绕着言石生走一圈:"这么说来,你是要留一个能够威胁你、很可能抢了你名次的人住在你家?这种极有威胁的人,你不把人赶走,还唯恐对方休息不好,供对方好吃好喝?你是已经做好自己落第的准备,打算巴结人家神童了?"

言石生道:"我也不一定会输。"

"噗。"

言石生:"噗"是什么意思?

暮晚摇坐了回去,她巴巴地仰望他:"大魏南北十五道,东西五十关,每年推举人才去尚书省参加科考。十五道加上五十关,天下学子无数,每年却只会推举千余人。"

"那些大州能得推举的人多,像你们岭南这种偏远的地方,每年也就一两人的名额吧。既然刘文吉有'神童'之称,那他就是你最大的威胁。"

暮晚摇眼尾若飞,跃跃欲试地为他出主意:"你可以在一开始,就将这个威胁排除了。"

言石生沉默半晌。

他问:"你觉得我该赶他走?"

暮晚摇双肘撑案,乖巧又娇俏:"当然要住下。"

言石生诧异地扬了下眉。

暮晚摇为他出主意:"我看他似是骄傲、从无挫折的人。这种人,刚极易折。以你的心机,足可以在窃取他的才学时,扰乱他的心思,让他考试失利,成为你的踏脚石,助你州考得利。虽然你不一定能赢,但他却一定会输。"

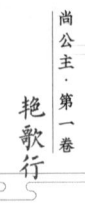

"人生之事，奋勇向前，本就一个'争'字！"

公主言语含笑，内容却这般狠。

言石生盯暮晚摇片刻，缓缓道："人生之事，奋勇向前，却不只一个'争'字，还有德、忠、仁、义。"

他道："我自然学问不够好，神童的名号拿不到，连续考了三年州考都没有结果。但我绝不会拿他人的未来，去为我自己铺路。天道有酬，我有我的道，只求俯仰天地间，问心无愧。"

暮晚摇脸色不改。

她仍蛊惑他做坏人："你不说，谁又知道你做过什么？反正做过了，也就过去了。"

言石生温声："这世间，没有任何事情会真正过去。它不会过去的。"

听他说了一番大道理，暮晚摇尚且没有脸色难看，却是如今这几个字，如重锤击在内心，让暮晚摇心脏陡痛。

她后退一步，脸色骤变，神情变得有些许苍白。

在这世间，没有任何事情可以过去吗？过去的所有痕迹，会化作噩梦，一次次回来折磨你，对吗？

看她脸色不好，言石生关心地问："你怎么了？"

暮晚摇撑着案几，细瘦骨节轻轻颤抖。她面上却不表现一点柔弱，恶狠狠道："我的建议已经提完了，你既然不听，就滚吧！"

言石生观察她半天，未果，他收回目光。

过了两日，言石生与刘文吉来向暮晚摇辞行，二人要一起去参加州考，一两日是回不来了。

暮晚摇看那个刘文吉不停地偷看她的侍女春华，而言石生眉目温和，平平静静。言家的兄妹们鼓励言石生好好考，依依不舍地送别言石生。

隔着帘子，看他们互相鼓励、兄妹情深，暮晚摇讽刺道："这便要蟾宫折桂去了？"

言石生礼貌道："多谢娘子近日的照拂。"

暮晚摇口上关心地问："可有想过你根本考不上吗？"

言家人一下子齐齐怒视暮晚摇。

没有人愿意做恶人，暮晚摇却偏偏喜欢做那个恶人。她掩口故作惊奇：

"我说的是实话呀。天意难测,难道你们不做最坏准备吗?"

言石生便彬彬有礼:"那小生只能祈祷人定胜天了。"

言石生一走,暮晚摇就不再笑脸相迎,而是把人都赶了出去。

她喝着卫士们:"随我去野外,我们去寻白牛茶树! 待找到了,我等就离开此地,见过我舅舅后,我们回长安!"

春华怯怯问:"我们不等言二郎的考试结果吗? 不等言二郎回来吗?"

暮晚摇说:"等他做什么?"

她轻蔑:"没有人照拂,考得中吗他?"

春华心动:"不如娘子你……"

暮晚摇微笑道:"他不是要凭借他自己的本事搏天命吗? 那我怎么敢耽误言二郎的正道? 我这种小人,还是找我的茶树要紧。"

第十章

南海大雾。

南海县令李执坐于一住舍,来回翻看最新收到的信件。

此处说是清寂,实则荒僻。但李执并不在意环境粗陋,他边看信边喝茶,身形清癯,大袖翩翩,颇有几分当世大儒的样子。

先后还在的时候,李执是李氏一族杰出的领头人,带领长安一众世家与皇权相抗衡。不过先后都已经去了一年了,李氏早被皇帝赶回金陵养老,李执更是被贬来岭南。

当今皇帝是个妙人。

先后在世时他与先后一系斗得旗鼓相当,先后殁了,他又"哀痛欲死",让全天下人为先后服丧一年。皇帝甚至没有对李氏赶尽杀绝,都说是看在先后的面子上。

是或不是,都随皇帝说吧。

反正李执被贬来鸟不拉屎的南海县,此生估计不会有回归的机会了。

李执此时翻看的书信,是他的外甥女、丹阳公主暮晚摇写来的。暮晚摇要亲自来看望他,人还没到,就没影儿了。而提起自己这位外甥女,李执呷

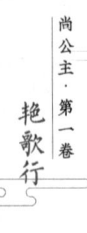

口茶,也是感慨连连……

竹屋门被推开,李夫人进屋为自己夫君添茶。李执看到夫人来,就顺口问:"可是公主的信件又来了?"

李夫人道:"公主的信已经断了三天了……郎君,要不要派去看看?"

李执面色微变,不觉用手指敲着长案。岭南之地,可不是好待的。当初他刚来此地时,幼子差点夭折。暮晚摇一个娇滴滴的小娘子……李执当即道:"叫县丞进来,我们得派人去接公主才是。"

当天下午,一队骑士从南海离开,快马加鞭去大庾岭找寻丹阳公主。

此时密林重重,雾起弥漫。

暮晚摇与春华深一脚浅一脚地走在山林坑洼地中,方桐等卫士让人看顾马车后,也跟随在公主身边。

他们在林中转了数日,都是为了找到那白牛茶树。

暮晚摇心里将言二郎怪了一遍又一遍。名不见经传的茶树,告诉她干什么?既然这茶树有意思,为什么不主动把茶树送她,还要她自己来找?

言二郎是去参加考试了,但在暮晚摇心里,他考也白考,还不如留下带她一起找茶树。

连续数日,山林中雾越来越浓。

他们这些外地人,却感觉不出其中的非比寻常,只觉得这里交通不便,山林甚广,路途崎岖,卫士们只是提防公主被野兽所伤、掉到水里瀑里,其他的,倒没人觉得有危险。

深陷林中,暮晚摇越走越心烦。

忽然,扶着她手臂的春华向山头斜向上凸出的一个悬崖方向一指,惊喜道:"娘子你看!那是不是我们要找的白牛茶树?"

众人顺着春华所指看去,见葱郁矮树孤零零地长在山壁前,再与公主手中的画像一对比,一模一样。

当即,所有人振奋起来。

暮晚摇也露出多日来的笑容:"走,那树旁边肯定也能多几株茶树。我们去挖几株带回长安。挖到这树,我们就去南海见我舅舅。"

春华正要应和,却忽然感觉一滴水从上滴下,溅在她额头上。

春华抹了下额头,又仰头看灰蒙蒙的天空。她忧心道:"娘子,似乎要下雨了。"

暮晚摇安抚她："无妨，我们挖完树就离开，不会耽误太久。"

广州之地，大批士子走出州考院，一时间都有些头重脚轻、脚步虚浮。

言石生立在门口，看到莘莘士子鱼贯而出，再想到暮晚摇前几日说他们岭南一年也送不了两个士子去长安，不觉心中几分唏嘘。

相比中原繁华，岭南被称为"不教之地"。寻常中原人被贬来此地就是等死，哪里还有重回的奢望呢？

不过是各搏天命罢了。

就是他自己读书，他阿父也整日喝酒，根本不管他。言家举全家之力供他读书，也不过是他们家人丁稀少，不缺这点钱财，言二郎身量清瘦又不适合下地种田罢了……

言石生想这些时，后面不断有学子和他打招呼，言石生也一一向他们含笑致意，恭祝大家今年能有好结果。

其实大部分人都知道自己不会有出头之日，不过言石生说话温声细语、让人如沐春风，大家都喜欢与言二郎交往说话罢了……后方传来唤声："言二郎，你还没走啊？"

言石生回头，见是少年天才刘文吉来了。

看到刘文吉来，围在言石生身边说话的书生们一个个目光闪烁，纷纷躲开了："言二郎，我还有事，改日再聊。"

刘文吉过来，看到言石生身边清空一大片，他根本不觉得那些书生是烦自己，他道："一群乌合之众而已。你怎么总是和这群没什么用的人混在一起？"

言石生面色不变："岭南落魄乡，天下读书人。哪有什么有用无用？刘兄这话说得很没道理。"

刘文吉清俊的面上浮起一丝轻蔑。

言石生向来是谁也不得罪，刘文吉却不一样。这些庸才一辈子走不出岭南，而他走出后，绝不会再回来了。

刘文吉虽然自恃才学出众，但他阿父又总是在他面前夸言二郎的为人处世之圆滑，便让刘文吉在面对言石生时，有一种微妙的嫉妒又不屑的感觉。

刘文吉跟言石生打探："我们考的那一诗一赋，你写得如何？今年可有信心？"

言石生看出刘文吉那种提防他的眼神。

言石生微笑。

他道："刘兄是知道我的，我向来不擅长作诗，赋也写得中规中矩。有刘兄在，我哪里能有信心？"

刘文吉嘴角翘了一下。

但他又觉得自己太得意不好，就虚伪夸道："其实你也挺厉害的，我阿父常在我面前夸你。如果州考有两个名额，我之下那个名额，一定是你的！"

言石生饶有趣味地点了点头，他听刘文吉这勉强的夸赞，倒觉得有些意思。

刘文吉跟在他身后："言二郎，你这是打算回家了？"

言石生点头："不瞒刘兄，数日赶路，我疲惫十分，正要回家闷头睡两日才行。"

刘文吉心中一动，想到了自己在言石生家中见过的那位貌美侍女。

那位侍女是跟着她的女主人借住言家，也不知这时，她们还在不在？

刘文吉不好意思问言石生，便主动道："你家近一些，我可否先回你家休息两日，再回我家？"

言石生若有所思地看刘文吉一眼。

电光石火间，他脑子里迅速将刘文吉在自己家中的一连串痕迹牵到一起。

心中有了猜测，他面上却不表现，只一贯和气生财："好啊。"

雨到底下了起来，绵绵若沙。

如暮晚摇所料，悬崖边生着好几株茶树。

她怕卫士笨手笨脚弄坏了茶树，便和春华一起，打算亲自把树挖出来。

起初没任何意外，然而当树根被从土里拔出，众人皆放松了警惕时，一条蛇从土里钻出。迅雷不及掩耳，它猛地蹿出，吐着蛇芯咬向两个女郎沾了泥土的素手……

春华一声惨叫，被蛇一口咬在腕上。她踢打那蛇，却怎么也甩不开，只觉腕内一阵剧痛袭来！

那条蛇眼见要钻入春华的衣袖内，"叮"一声，她眼前白光一现，见那蛇被暮晚摇从袖中拔出的匕首钉在了地上。蛇抖动了两下，没有了声息。

谁也没想到，公主竟随身带着匕首……

方桐等卫士围上来，方桐一把将被蛇咬中的春华拉扯起来，看到春华纤白的手腕迅速变紫、变黑……

他们紧张地去看公主，见公主手中的匕首插在蛇身上，暮晚摇蹲在地上，只是脸色白了一点。暮晚摇道："我没事。"

然而方桐不敢大意，因接下来，他们听到野林围着他们的四面八方，传来"咝咝"声。他抬头，目力惊人，看到四方向他们涌来的蛇群……众卫士们纷纷拔剑，额上俱是渗了汗。

暮晚摇让人抱起她挖出的茶树，站了起来。她看眼春华，见春华跌靠在方桐怀里，已经开始面渗冷汗，身子颤抖。

暮晚摇蹙了下眉。

她只从书里看到过岭南多蛇，但现在也是第一次看到……

方桐道："公主，我们快离开此地！"

暮晚摇幽声："恐怕难走出了。"

她吩咐："点火！"

春华浑身发冷，意识渐渐开始模糊。她被方卫士扶着肩，此时只能勉强说出一句话提醒公主："下了雨……这火恐怕点不起来……"

暮晚摇默然，却仍向前一步，任细密雨点溅上长睫，蒙蒙一片。她握着匕首，长衣掠袖，立在卫士前，冷目看着四面八方的蛇："点火！"

便是搏，也要搏出一条生路！

小雨不停，沙沙入夜。

三更半夜之际，言家听到剧烈的敲门声。刘文吉也被外面那急促的敲门声惊醒，他扒着窗子，看到言家大郎和三郎一起披着蓑笠、举着火把去开篱笆门，而一列威严卫士站在门口。

卫士首领喝道："公主呢？你们将公主藏在哪里？"

言父瑟瑟发抖地躲在屋子里，根本没敢出去。而幺女言晓舟躲在两个兄长身后，胆怯地探出头问了一句："什么公主？"

对方不耐烦地推开他们："让开！"

言三郎喊道："怎么又私闯民宅？大哥，我们且拦住他们！"

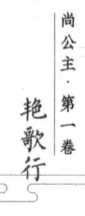

言石生回来后就睡了，此时也被雨声和外面的吆喝声吵醒。他披衣出去，正好看到卫士和自家两个兄弟在推搡，眼看要发生冲突。

言石生立在冷雨廊下，长袍微掀，长发半束，在寒夜中眼眸黑静，清和无比："发生何事？"

言晓舟也怕他们打起来，回头看到二哥萧萧肃肃的身形，不觉惊喜，告状道："二哥，他们要找什么公主！我们哪里知道什么公主？"

言石生微默。

他缓缓道："我知道。"

即将开打的众人："……！"

霎时间，不管是言家兄弟还是被南海县令派来接暮晚摇的卫士，目光全都向言石生看来。

卫士首领打量他一番，见只是一个书生，便狞笑道："看来郎君是你们家的主事人了。你知道我等在找什么公主？"

说是找公主，其实也想趁机夜闯民宅，抢些钱财。

在偏远地方，兵者，贼也。贼过如梳，而兵过如剃。

言石生看着这些不速之客，只含笑道："你们要找的，是曾经和亲乌蛮，在乌蛮分散后重归我国的丹阳公主暮晚摇，对吗？"

言石生道："公主前几日确实借住我家，而今却已经走了。"

众人："……！"

言家三个子女，包括躲在屋中的言父，全都怔怔地看着言石生——

同住一屋檐，同吃一碗饭。

人和人的差距这么大。

第十一章

南蛮，位于大魏西南方向。这个邻居至今实行部落奴隶制，野蛮好战，百年来素来让大魏头痛。

南蛮共有五部，各部有贵族称王，乌蛮乃南蛮五部之一。

南蛮五部之间多年混战，南蛮王毫无威慑力。而在混战中，乌蛮部统一了部中声音，向大魏称臣，求娶大魏公主，以寻结盟。

大魏为了间离南蛮五部，避免南蛮统一，自然同意了乌蛮的和亲政策。大魏更想着扶持乌蛮上位，让乌蛮王成为整个南蛮五部的王，统一南蛮。

为了以示决心，大魏将皇后亲女，当年年仅十五岁的丹阳公主，嫁给了已经三十岁出头的乌蛮王。

丹阳公主嫁给乌蛮王，乌蛮王原来的本部王妃被削成妾。

因为此次和亲，乃是皇帝亲女、皇后幼女，并非寻常的宗亲公主，这个意义，在整个大魏都非比寻常。当年丹阳公主嫁去乌蛮时，声势极大，整个大魏的子民都在祝福并怜悯这位年少公主。

然而仅仅两年，乌蛮王在与他部的战斗中中了箭，这位王者命不久矣时，将王位传给了自己的继任者。

继任者准备娶了父亲留下的原妻丹阳公主，继续乌蛮和大魏之间的友好协议。

但继任者尚未迎娶丹阳公主，内部就战乱爆发。

新的乌蛮王惨死在内战中，丹阳公主带着她的仆从浴血在战乱中杀出一条生路，重回大魏。

而今乌蛮仍在混乱中，大魏边军也探不出这南蛮五部至今是什么状况。

因此事极大，大魏中关注此事的人不少。

而今在岭南沙水镇一寻常乡绅家中，夜雨绵绵，言家二郎言石生道破暮晚摇的身份，让那夜里来寻公主的卫士们警惕万分。

卫士们拔剑，厉声："据在下所知，公主到岭南后，从未公布自己的行踪。你是如何知道她是公主的？"

言石生仍立在廊下，他半夜被吵醒，显然有些疲累，声音也有些喑哑："她虽未曾明说自己的身份，但蛛丝马迹却遗留不少。她自称姓暮，又会玩长安宫廷才有的'游祥和'牌。再加上身边仆从对她尊敬万分，小生便斗胆猜她乃是暮氏的皇亲国戚。

"乌蛮陷入内乱不是小事，丹阳公主重回长安亦不是小事。天下人多多少少都听说过。

"而岭南近一年来，发生的最大一件事，便是先后本家李氏的李公被贬来南海，成为南海县令。

"如此一联系，小生便不得不猜，丹阳公主是来岭南看望她的舅舅、现今南海县令李公的，对不对？"

堵在言家门口的卫士们面面相觑，一时目中惊疑，因言石生猜得竟分毫不差。

不等他们多想，言石生已经主动为他们解了惑："不过公主那样的大人物，她既然不愿意明示自己的身份，小生纵是猜出来了，也从未告诉任何人。诸位不信的话，大可四处探问。"

他这般一说，那篱笆外站着的卫士们的脸色好上了很多。

卫士首领更是脸色几变后，收起了自己先前面对这书生的不屑狞笑。这位书生心思缜密，又和公主多日相处……难保不是个厉害人物。

这样一想，他拱手致意时，便将手中刀面朝自己，以示自己对这位书生并没有恶意。

这位卫士首领有些恭敬地道："既然郎君猜出了我等的身份，可否告知公主现今在何处？"

暗夜中，言石生的面容掩在雨幕中，长眉几不可见地轻轻扬了下。

他说出的话却依然温润关切："公主三日前便离开我家了。怎么，公主不曾前去南海吗？诸位寻不到公主？"

众人苦笑。

如此，言家堵在大门口的人也不将这些卫士当成贼，而是请他们进屋说话。这些卫士因忌惮言家这位二郎敏锐的观察力，一时也不敢小瞧言家。双方和和气气地见面，商量寻找公主的事。

躲在自己屋子里一直没出来的言父，在屋中长长一叹。他人到中年，面容依旧儒雅俊美，隔着门缝，他复杂的眼神看向院中那领着卫士进家门的自家小二——

儿子这般有本事，小小一个岭南，恐怕是真的藏不住的。

而躲在另一屋中的刘文吉，此时也出来，帮助言石生等几个子女一起招待那卫士。

一晚上折腾，刘文吉心中也是起伏不定，一时惊骇，一时失落。他万没想到之前住在言家的那个一脸傲慢、理都不理他们的女郎，竟然是大名鼎鼎的丹阳公主。

那么，那位貌美侍女，自然是公主的侍女了……来头竟都这样大。

言石生招待了那些卫士，双方对了线索，当即拍板，决定一起去寻公主。

诸人披上蓑衣打算出去寻人时，言家幺女言晓舟趁其他人不备，将她二哥拉到了墙角。

仰头看着二哥清润又有些疲惫的眼神，言晓舟板着脸："二哥，你到底在做什么啊？"

言石生微微扬眉，温和问："小妹在问什么？"

言晓舟跺脚。

言家几个子女里，言大郎头脑简单、舞刀弄枪，言三郎跟着言二郎一起在读书，但是读书效果没看出来，目前只看出言三郎的嗓门大……这几个子女里，要说稍微有点心思的，只有年纪尚小的言晓舟了。

言晓舟躲着那些卫士，小声又焦急："二哥，旁人不知道你，难道我们自家人不知道吗？你早早就猜出了公主的身份，却谁也不说，你莫不是在暗自筹谋什么吧？你怎么敢算计到一个公主头上？"

她慌得不得了："你到底在算计什么啊？会不会为咱们家惹来大祸啊？"

言石生目光微微一闪，望着她。

言晓舟见他不说话，便知他这是默认的态度。言晓舟心中更慌——

她二哥看着非常地人畜无害、与人为善，他从不生气，从不发脾气，但是那也不表示她二哥是一个特别正直的人。

一个人若是能够让认识他的所有人都对他印象极好……这个人，本身就很恐怖。

言晓舟强作镇定："二哥，你说，我们是不是该趁机躲出去避难……"

言石生扑哧一笑。

他伸手，揉了揉妹妹的发顶："小妹，我怎么会让整个家因我而去避难呢？"

言晓舟："那你和公主之间……"

言石生叹道："我承认，我确实小小算计了一把。"

言晓舟脸色霎时白了。

言石生却又道："但我走的是阳谋，并不是阴谋。我本就不会伤害公主，你实在不必多心。我只是……试探一些东西，求一个前程而已。"

他这么说，总算让言晓舟放下了心。

她又自嘲，想自己怕什么呢。二哥是个好人啊。

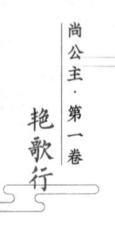

等等，二哥是个好人……吧？

雨停了。

丹阳公主一行人，精疲力竭地在林中又转悠了一天。此时天又黑了，大雾浓密，重新弥漫高林。

卫士们疲惫地靠着树桩休息。

暮晚摇握着自己的匕首，坐在火堆边。两日奔波，仍未走出这片山林。饶是她心性极强，此时也不禁心烦意乱。

而随着时间延长，她身体也出现了不适，冷热交替，头脑也有些昏沉。

方桐过来公主身边，他垂目望着公主被火光照映得冷白的面容，低声："春华还在高烧，仍未醒来。"

暮晚摇有些心乱地"嗯"了一声。

另一个卫士过来，用不安的声音告诉公主："殿下，我们似乎遇上'鬼打墙'了。一直在这林中转悠，却出不去。"

他声音不大不小，周围不少卫士听到了"鬼打墙"几个字，一时间都有些慌。

暮晚摇冷冷瞪了那个说"鬼打墙"的卫士一眼，道："不过是这几日天气不好，林中起了雾。你们一群废物，辨别不出方向而已。不要给自己的没用找借口。"

诸人顿时低头反省自己，虽被公主喝骂，但有公主这个主心骨在，倒也没那么慌了。

见稳定住了他们，暮晚摇站了起来。她站起时，身子轻轻晃了一下，方桐连忙扶住她。

暮晚摇给了方桐一个眼色，两人走到了一边。

方桐压低声音，忧心忡忡："如殿下所说，这林中雾实在太大，再走不出去，春华中的'蛇毒'没有人解，恐怕就命丧于此了。"

暮晚摇沉思一二。

她开口："春华不能再等了，我们接着赶路。"

方桐："只是一个侍女而已。大家已经疲累……"

暮晚摇淡声："不仅是一个侍女。"

她清寒美目，盯着方桐，缓缓道："我能带着你们走出乌蛮，自然也能带着你们走出这片'鬼打墙'。"

她回头,眺望天地间笼罩的大雾。

女郎清晰的声音,响彻在所有人耳畔:"自离开乌蛮那一夜,我便发誓,绝不让我身边的人再度牺牲,再度受伤!"

她眼睛盯着所有的卫士,一字一句:"我不会放弃你们任何一个人!现在,跟我上路!"

众人怔怔看着公主,然后默不作声地,一个个都站了起来,扶起武器。他们沉默地行在山林草木间,窸窸窣窣中,他们坚定地追随着公主。

这一行,又不知默默走了多久。雾一直跟着他们,他们好似还在原地打转,却也没有人再说话扰乱人心。

暮晚摇行在最前方,她忽然听到什么声音,将她昏沉的大脑蓦地一激。她快走两步,拨开前方半人高的草丛,看到有人提着马灯,向此处走来。她静默观望,提灯行在丛林中的少年书生蓦地抬眼。

二人四目相对。

……是言石生!

立在杂草间,他对她露出笑容,温暖清和:"暮娘子安好?"

第十二章

昏昏大雾,身处光阴斑驳的深林中,一个山水迂曲般的少年书生提着马灯,从晦暗中步出。

他眉目轻垂,只是微微一笑,身上那流水淡烟一般的清润气质,竟让跟随着丹阳公主的糙汉卫士们集体为之一振——

这男女通杀的本事,其实也没有旁的特殊原因,不过是言二郎能走到他们面前,说明这"鬼打墙"被他破了。

而且言二郎是岭南本地人,公主这些人走不出去的深林,言二郎大约可以轻易走出。

就在众人的振奋心下,言石生走到了暮晚摇身边。他也并非真的闲庭信步,毕竟他就是一个普通书生。

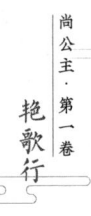

在暮晚摇的冷眼下,她看到走到她面前的书生虽表现得很淡定,但他的衣襟上、袖尾衫口,也沾上了很多细碎草屑。

他吭吭哧哧地在山中走,看着也没比他们多轻松嘛!

暮晚摇冷冷看他。

言石生盯着她片刻,向她弯身行大礼:"小生见过公主殿下!"

公主殿下!

周围人面色再变。

暮晚摇也变了,她瞬间对言石生生起了警惕心,手中一直握着的匕首一下子拔了出来。言石生刚行礼完站直身体,他就被推得向后趔趄两步,脖颈被公主手中的匕首抵住了。

方卫士等人紧张直呼:"殿下!"

杀了言二郎,就没人带他们走出这里了!

暮晚摇才不理他们,暮晚摇用匕首抵着言石生,只硬邦邦问:"你怎么知道我是公主?"

言石生手中提着的马灯摔在了地上,晦暗摇晃的灯火照着他二人。暮晚摇拽着言石生,将他的面容看得一清二楚。

睫毛纤长,皮肤洁白。他风姿郁美,被火光照着脸,衬出几分山鬼般的诡谲幽美感。

这让暮晚摇一时间竟有些恍惚。

听他苦笑一声,叹道:"殿下,你不会觉得你失踪这么久,所有人都无动于衷吧?"

二人目光再对上。

暮晚摇被他握住手,她轻微一颤,手中的匕首便被他移开了。而她唇角扯一下,隔着袖子被他拽住的手只是推了一把,并没有再为难他。

言石生解释了所有人都出来找公主,而他不过是运气好,找到了公主而已。

所有卫士,背着伤员的、抱着茶树的,都来感激言石生,觉得言石生在此夜就是他们的救命恩人。

就暮晚摇高高在上,她脸色透白,神情冷漠,排除了最开始的敌意后,她连看都不看言石生一眼。

如此傲慢。

言石生在她背后无奈唤一声:"殿下稍等!"

暮晚摇身体骤冷骤热,头脑昏昏。她也是有些不舒服,根本不想耽误时间和言石生寒暄。言石生叫住在前面走的她,他走到她面前来时,她都是没什么表情的。

又美丽,又漠然。

如同开在深渊风海前的艳丽玫瑰一般,孤芳自赏,不与他人说美。

言石生蹲在她面前,暮晚摇向后退开一步,见他伸手,将她原本踩在脚下的一株草拔掉。不光如此,他蹲在地上,连续地将周围许多草一一拔掉。

那草到人膝盖,似草非草,似树非树,而它们的叶子,像风车一样兀自转动。这种草在这林中无人在意,而言石生蹲在暮晚摇脚边,毫不迟疑地把它们全都拔掉。

暮晚摇稀奇:"你在拔什么?"

言石生温声答:"迷魂草。"

他抬头仰望她,道:"公主不是说遇上'鬼打墙'吗?我方才想了下,心里有了猜测。眼下看到这种草,我便知道了。这'迷魂草'便可迷惑人的心智,让人在同一个地方不停转,走不出去,人自己却感觉不到。所谓的'鬼打墙',多半就是它们在作祟。

"我们此地的老人讲,在野外遇到'迷魂草',绝不可心存侥幸。一定要砍了才好。"

暮晚摇惊疑,她身后诸人也一时感慨。没想到岭南稀奇古怪的事这么多,连棵小小的看着普通的草,都能让他们着道。

暮晚摇愤恨地盯着被言石生拔起的草,脸色难看。

而言石生抬头看她一眼,又忽然笑道:"我们这里还有一种传说,'迷魂草'只有遇见美人才会出现。"

暮晚摇一怔。

而他蹲在她脚边,手上沾着泥土,只是仰头看着她:"殿下必是绝代佳人,才让这'迷魂草'神魂颠倒,舍不得殿下,非要跟着殿下走。"

暮晚摇原本面容冰冷,与他对视一瞬,再听他借草夸她是美人,她撑了半天,却终究耐不住,扑哧一声笑了。

而她一笑,诸人间的紧张气氛才消退了。

在清除了"迷魂草"后,再次行路,众人发现,他们这才开始走出那魔

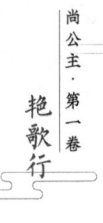

障一般的圈子，能走出这里了。所有人松了口气，知道他们得救了。果然需要一个本地人领路啊。

此时便是言石生提着马灯走在最前面，之后是公主，然后才是这些卫士。众人心情都好。

暮晚摇跟在言石生身后，她眼看着大家走出那一直打转的圈子，心情也好了很多。一时放松之下，她身体的疲惫袭来，竟让她在跟着言石生时，脚下一软，眼看就要摔倒。

暮晚摇自己暗叫不好，旁边却伸来一只手，托在她手下。

暮晚摇的手被人碰，她颤了一下后缩。

言石生并没有收回手，他手掌仍向上张开。看到她后缩，他脸微有些红，却只是垂目看她。

野林静谧，无人说话。

二人对望。

身后又跟着不知情的、好奇他们怎么停下来的卫士们："言二郎，殿下？"

暮晚摇没吭气，手却递了过去，被言石生托住了。之后他手才沿着她的手臂上滑，托住了她的手臂。他这般扶着她，避免她摔倒。

二人扭过脸，各自无言，沉默走路。只有二人手中藏着的汗渍、二人时刻因为没有默契感而不自觉撞到一起的身体，才能看出这两人心中的各怀鬼胎。

言石生低头看不平的地面，专注十分。

暮晚摇抬目，看虚空中弥漫的雾气，认真研究。

前方的景色渐渐清晰，他们在言石生的带领下走出了迷雾阵。

看到了山下影影绰绰的火光，暮晚摇舒口气。她目中波如清湖一般柔婉流动，她声音懒怠："敢碰我的手，你这是以下犯上。"

言石生低声："我在救你。"

她声音里带着一丝笑："那也是以下犯上。"

言石生道："那便等安全了，殿下惩罚我吧。"

暮晚摇似笑非笑："你以为我傻？你成了我的救命恩人，我说要惩罚你，旁人会怎么想我？你以为一个和亲后归国的公主很好当？"

言石生怔一下。

他垂着目，轻声："交浅而言深，乃是大忌。殿下不该与我说这么私密的话。"

暮晚摇反手,一把握住了他本就托着她的手。他被惊得僵住身体,看她倾身,美目俯来,缕缕香气也向他飘来。

暮晚摇扣住他的手,笑吟吟:"我偏要说。言石生,你别想摆脱什么。"

言石生长睫一颤,不解她这话是什么意思。

但他还来不及问,就见这公主身体一软,向他怀中倒来。他顿时大惊,手中灯也掉了,手忙脚乱地抱住这位软下身倒过来的公主。

他太过仓促,没有接住她,反而抱着她,与她一起跌坐在地上。言石生只来得及搂住她的肩,不让她摔倒在地。

前后左右都传来呼声:"殿下!"

火光重重,言石生抬头一看,原来他们已经走出了那片荒僻的地方。下面有几个卫士提着灯在搜索,公主这么一倒下,下面的人全都看到了,急忙向他们这边赶来。

显而易见,是暮晚摇跟在言石生身后,言石生专注看地上的路,暮晚摇却看到了接应的人。看到了接应的人,她才放心地倒了下来。

可悲的便是言石生了。

言石生抱着她坐在地上,她的脸贴着他的脖颈,气息拂着他颈间喉结。温香软玉在怀,他浑身却很是僵硬,满心都是被坑一把的无奈。

言石生:"殿下?你真要如此?你如此倒下,旁人还以为我怎么了你。这不是徒惹误会吗?殿下你哪里不适?能不能再坚持一下?"

女郎被他晃动手臂,他还在催促她醒来。周围这么多人围上来,也让言石生紧张无比。

而那被他拥着坐在地上、靠着他脖颈放心闭上眼的丹阳公主唇角一勾。他越是摇她,她越是满心促狭,要欺负他、折腾他。

她斥道:"聒噪!"

她额头贴着他被激得滚烫的颈间喉结,觉得有暖风拂在发顶。

她唇角带笑,昏迷前最后遗留的声音含着一丝魅惑与戏弄,道:"我偏要折腾你。谁让你不带我找白牛茶树的位置,让我自己找?"

"你活该!"

贴着她的耳,言石生终是有些气急败坏:"我可是刚救了你的人!"

他当然可以对她用心机,但是丹阳公主又当然是一个任性的公主。

暮晚摇被他抱在怀中,已经昏迷过去,不能回答他了。言石生抬头,看

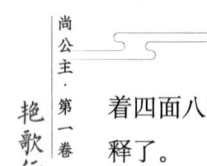

着四面八方围过来的疑惑卫士们,他沉默半晌,长叹口气,知道自己有得解释了。

第十三章

言石生的筹谋并不复杂。

暮晚摇告诉他,若是无人照拂,恐怕他是拿不到州考后的进京名额的。

言石生没有告诉暮晚摇他早就知道,并不用旁人提点。他读了这么多年书,早就知道本朝科考所看重的诗赋,正是自己最薄弱的一项。他拿自己最薄弱的才识去挑战科考,几乎没有出头的机会。

那他便与少年天才刘文吉所走的路不一样了。

刘文吉也许靠才华就能进长安,言石生却少不了用些其他手段……例如,成为丹阳公主的救命恩人。

亲自向公主示范白牛茶可嚼碎铜钱是预谋,试探出暮晚摇是公主身份也是预谋,给公主画出茶树的图却不亲自带公主去野外找茶树还是预谋……他赌公主想得到那茶树,想将茶树带走。

而生长茶树的附近,据言石生自己知道,有蛇窝潜伏,有"迷魂草"生长。有公主那些卫士在,言石生不觉得公主会有什么生命危险。但是在"迷魂草"的作用下,在野外迷上几天路,又是理所当然的事。

而一定会有人发现公主失踪,一定会有人需要言石生帮忙去找回公主。

成为公主的救命恩人,哪怕公主自己不提,言石生相信岭南那些大小官员,为了巴结公主,也一定会给言石生一个去长安的名额。

因为今年州考已经过了,公主来到岭南的消息瞒得好、不一定及时传得出去,言石生谋算的,便是今年州考名额是刘文吉的,而明年那个名额,当是他的。

他给了刘文吉今年这个大展才华的机会。希望刘文吉能够用得上。

这是阳谋。要不要白牛茶树,去不去找茶树,是不是亲自去找……那都是暮晚摇自己的事。言石生不可能逼着她去找茶树,绑着她去迷路。

这种阳谋即使事后有人察觉,也不能怪到言石生头上。

可惜的是言石生算好了一切，独独没有算到暮晚摇会晕倒。

公主晕倒一事超乎了他的预料，也让他不知所措了一把——岭南多瘴，乃是"瘴疠之乡"。

丹阳公主没有被蛇所害，却倒在了野外那迷雾重重的瘴气下。

只有她一人倒在瘴毒下，其他跟随的侍女、卫士都好好的。

那只能是……公主身体比寻常人弱了。

这超出预料的情况，颇让言石生惭愧、懊恼。

因为觉得正是自己没有预料到这种情况才害公主病倒了，待公主被带回距离最近的言家休养时，言石生便亲自去为公主熬药。

岭南这种荒僻地，一时间也找不到什么厉害的巫医。公主病倒后，卫士们已经快马加鞭去广州找医工，但幸好是瘴毒，那医工还没有到，言家这种本地人，却自然也有些药，能帮外地人调养身体。

如是，南海县令派来的卫士们看公主重新回到言家休养身体，他们便赶回南海，向县令去汇报消息。

言家则在知道了暮晚摇的真实身份后，战战兢兢地重新将屋舍空了出来给公主用。这一次不光空出了公主之前住的那间最大的屋舍，言家还为昏迷的侍女春华，也专门挑了仅次于公主的屋舍。

毕竟春华是中了蛇毒。

真算起来，春华的情况比公主要艰难得多。

下午日头昏沉，言石生蹲在廊下摇着扇子，一边被烟呛得咳嗽，一边为公主煎药。里头服侍的侍女们隔着帘子看到辛苦的言二郎，心中都感叹言二郎可真是好人。

然侍女们也是忧心忡忡，因公主昏昏沉沉，一直不曾醒。

侍女们发愁中，见门外言石生端着药进来，他咳嗽着说："将此药端给殿下喝吧。我们平时都是喝这种药来对付瘴毒的。若是效果好，也许医工还没有请来，殿下就能醒了。"

侍女们从他手里端过药，连连感谢："郎君你从昨晚回来就忙到现在，一夜未曾合眼，快去歇歇吧。"

言石生温声："殿下喝了药，我放下心便走。"

侍女们点头，端药进去给暮晚摇喂药了。言石生迟疑一下，并没有回避，而是跟着她们进内舍，显然也想看看情况。侍女们只是回头奇怪地看他一眼，想到他是本地人，便也没有制止。

毕竟他是这般温柔和善的郎君，有谁舍得呵斥他滚出公主的屋舍呢？

侍女们坐在公主床畔边，试图给公主喂药。言石生隔着帘帐望去，见她们低声说话，侍女们退了一个又一个，却没有一人能将药喂进去。言石生在后看得目光闪烁，然碍于他是外男，能站在这里已经不容易了，他并不好多说什么。

终于，侍女们端着药掀开帘子出来了，怅然道："郎君，不行，公主不肯喝药。"

言石生道："可否让小生看看？"

一个侍女迟疑下，却觉得言石生应该也没办法，就将药碗递给了言石生。而其他侍女商量一下后，就向舍外走，说道："不行，我们得催促人，让医工快点来。"

言石生心中想：你们殿下的问题是不肯喝药，请来医工有什么用？

言石生撩袍掀帘，俯眼看那卧于帐中的女郎。

她闭着目，长发黑墨一般浓密散于枕间，面容因为发着烧，有些酡红，如同涂着胭脂一般，娇妍无比。她睡在帐中，也许是忽然感觉到有人凝视，她睁了眼看来。

浓密的睫毛轻闪，乌黑如清墨的眼睛迷离地看向言石生。

这般乖巧柔弱。

言石生心口一烫，定神让自己不要多想。他低声："殿下，你醒着？"

暮晚摇只是看着他，却不说话。

言石生余光看眼外面站着的侍女，他试探地舀一勺药汁喂她，果然如侍女所说，她抿着唇，根本不张口喝药。言石生试了几次后，他莞尔一笑，也不说话，只是趁侍女不注意，飞快地从袖中掏了一块糖，塞到她嘴边。

暮晚摇眼睛微睁大，圆圆的，如猫眼一般。

她竟然张口吃糖了。

言石生心中了然，他坐在榻边，看她吃了糖，就低声与她商量："……殿下，我可是背着你侍女送糖给你吃的，你可不能出卖我。既然吃了我的糖，就将药喝了。不然下次就没有糖吃了，好不好？"

暮晚摇垂着目，只鼓着腮咬糖，并不理会他。

言石生也不知道她有没有打算听，他再次试探喂药，她竟然一扭头，还是不肯喝。

言石生:"殿下?"

言石生服气了。

这么多侍女守着,他也不能捏她腮帮逼她喝药啊?

言石生盯她片刻,起身打算出去想其他法子。然而他才起身,袖子就被暮晚摇扯住了。他一怔,回头看向她。

暮晚摇卧于沉重被褥下,声音都有些哑、有些弱:"不要走。"

她垂着眼皮,眼睛欲睁未睁,恬静又虚弱:"别丢下我。"

言石生怔怔看她,他从未见过她这般模样。

他低声:"你不喝药,我留下做什么?"

暮晚摇:"你又不叫我,我为什么要喝药?"

言石生奇怪了:"我哪里没叫你了?我不是一直叫你'殿下'吗?"

暮晚摇并不看他,她眼睛清如泉水,只是看着她扯着言石生的袖子。空寥寥的眼睛,又安静,又羸弱。

她还偏有些小女孩儿般的赌气:"你没有叫我。我不叫'殿下'。"

言石生心中一动,他轻声:"暮晚摇?"

她闭上眼,只是扯着他袖子,却不吭气了。

而言石生何等聪慧。

他坐了回去,开始试探:"我叫你'暮晚摇殿下',你肯喝药吗?"

暮晚摇睁开眼:"我叫'暮晚摇',不叫'暮晚摇殿下'。"

言石生犹豫下:"暮晚摇?"

暮晚摇轻声:"可是我身为公主,怎能叫我芳名呢?"

言石生:"……"

他忍不住笑了。

他叹息一声,察觉了她此时的状态不是她平时的样子。她平时骄傲强势,此时却这般弱,然而又这般乖巧。

他低笑,轻声唤:"摇摇。"

暮晚摇眼睫一颤,向上睁开眼,片刻后,她点头"嗯"了一声,对他露出一个清浅的笑来。柔柔的,如同风中雪棠,美好万分。

言石生久久凝视她,忽道:"……我现在只希望我这么叫了,你醒来后不要跟我算账,不要打死我。"

暮晚摇迷茫地看他。

见他伸手，在她脸上招了一下，似在泄愤一般。

言石生俯下来时，衣料凉凉地擦过她的脸，盖住她眼睛。一片黑暗中，她听到他将她抱起，柔声："好了，摇摇，不要闹脾气了，起来喝药。"

待侍女们商量好回头看，便见帐内，少年书生拥着她们殿下，成功地将药喂了下去。

侍女们："……"

摇摇。

他这么连哄带骗，一直喊了两天，喂了暮晚摇很多次药。而暮晚摇真的傻乎乎的，他给糖吃她就张口，他喊"摇摇"她就微笑，他说什么她都不怎么反驳。她还扯着他衣袖，一直不舍他走，闹得侍女们不停劝。

而公主被劝得泪水涟涟，惹人心怜。

又好笑。

随着喝了药，暮晚摇的身体也一点点好了起来，让人松了口气。

某个晚上，暮晚摇从昏沉中醒来，她揉着额头，忽然想到了这几天那个言二郎一直喊她"摇摇"。

暮晚摇顿住，心中不禁涌上极大羞耻感——

她在病中是疯了吗！

自从她十五岁开始，就没有人这么喊她了。

暮晚摇沉吟，思索自己是不是该杀了言石生，好藏住这个羞耻的秘密。

天亮时，侍女们开始起身梳洗。暮晚摇仍旧坐在榻上沉思，直到听到外面言石生温雅声音："摇摇，该吃药了。"

暮晚摇冷着脸坐在帐内："……"

第十四章

言石生端着药碗候在屋外，向里面的公主请示。

但显然暮晚摇病着，不会回答他。

言石生进去时，见舍中清静，侍女们各司其职，或持拂尘清扫器具，或站在窗前认真地修剪花枝……总之都很专注，专注得都有些过了。

绕过屏风，他看到葳蕤翠帐低垂，帐角缀着香囊金球等物。整个内间，有着女儿家的粉润青春之美。只是今日，似乎燃起了香。

他掀开帷帐，见暮晚摇合眼而睡，粉面一半藏于褥下，只露出奶白的额头来。他掀开帘子的光惊扰到了她，她手抓着被褥，一点点从褥子下露出脸来。清水般的漆黑眼眸，秀美可亲的鼻尖。

言石生坐于榻边，伸臂要扶她起来。他声音比往日更轻柔些："摇摇，今日这么早便醒了？昨夜睡得好不好？该起来吃药了。"

暮晚摇目不转睛地看着他，并不说话。

因她前两日也是这样，言石生便也没如何，仍轻言细语地诱哄她起来。就见这位公主慢吞吞地从一团暖烘床褥间爬起来，大概被闷得慌，她被他揽入怀中时，整张脸都有点红。

言石生俯眼，他看到她乌浓稠密的长发下，睫毛轻轻上翘，再一点儿粉面，就完全看不到她何种神色了。

他变戏法一样，从袖中掏出一枚糖，在她张口时塞到了她嘴里。

暮晚摇一下子被塞了满嘴："……"

腮帮都被塞得鼓起来了。

她要发怒他逾矩之时，良好的修养让她不能将塞到嘴里的东西再吐出来。她只好愤愤不平地用力去嚼嘴里的糖，这糖甜丝丝的，但竟然不腻，还有点酸……

什么糖啊？

言石生舀了一勺浓黑药汁，要喂到她嘴里。

被他扶在怀里的娘子已经清醒，之前装模作样不过是试探他到底对她做过些什么。既然早就醒了，暮晚摇当然不肯喝药了。她幽幽道："原来你就是这样哄骗一个病中的可怜人喝药的啊？"

言石生端着药匙的手轻微一颤。

靠着他肩膀，不喝那药，暮晚摇慢吞吞地抬眼，凝目睇来，冷然怒意与似是而非的慵懒气息同时向他裹挟而来。

她很有气势。

如果不是嘴里没有完全咽下去的糖害得她说话声含糊的话，丹阳公主理应更有气势些。

而言石生心中平静。

他早猜到她清醒了，不然侍女们不会强作镇定。

但是公主要试探他，他只能满足她，被她试探了。

言石生改了称呼："殿下。"

暮晚摇唇角勾一下，言石生起身请罪之际，她手中一掀，就将药碗掀翻，砸到了地上。药碗砸碎，药汁溅在地上，吓得外头的侍女们慌乱来看，不安地请罪。

而言石生后退之时，衣料粗糙的衣摆也溅上了药汁。

他却只是俯身行礼，眼睛看也不看溅到自己脚边的药汁，口上欢喜道："见到殿下醒了，小生总算放心了。"

暮晚摇怒拍床板："你放心个……！"

因为不雅，她最后一个"屁"字没有说出。但她坐在床上气势凌人地瞪着言石生，俨然一副要秋后算账的架势。

言石生温声："其实小生早就想过，小生虽照顾公主身体，但也间接逾矩，殿下醒来必然要与我算账。我既不能放任殿下不管，也不能坐着等死，便绞尽脑汁，也想了法子来帮殿下秋后算账。"

暮晚摇衣衫不整地坐于榻上，酥肩半露，玉颈修长，乳儿被掩在长发下，若隐若现。而她俯身，感兴趣道："你又有法子帮我解惑了？"

言石生眼睛立刻挪开，不多看她一分。他道："所谓惩罚，不过是长痛与短痛。短痛的话，殿下一剑杀了小生，便了结此事；长痛的话，殿下多折腾小生几日，大约也能消气。"

暮晚摇眼神讳莫如深。

她道："你是不是以为我会选长痛？"

暮晚摇笑道："我选短痛。"

言石生一滞。

他余光看到她下了榻，雪玉一般的赤足踩上地衣，之后裙褥才落下，挡住了她的雪足。她就这般走下来，一步步向他走来。香气缕缕，脚步停在了他面前。

一声"叮"，当是抽剑声。

言石生想起来，床幔角边可是悬着一把剑的。暮晚摇要抽剑，实在容易。

他蓦地抬头，向她看来。果然，暮晚摇手中的剑已经拔出，在他的注视下，她的剑搭在了他肩膀上。

暮晚摇慢悠悠："这剑，是当今太子殿下送给我的，说有此剑在，我杀了谁，他替我一力担着。我之前试了试，这剑吹灰可破，牛毛可斩。比之前方卫士那把剑，不知道好了多少。我将它挂在床头，便是防着不法之徒，对我不敬。"

言石生与她对视。

男女之间，博弈若此。

言石生道："太子殿下将此剑送给殿下，当是爱护，却也是警告。小生以为殿下当小心使用此剑，些微小事，也不必上纲上线。"

暮晚摇："叫我'摇摇'，这是小事吗？"

言石生叹："是殿下逼着小生叫，小生不叫殿下就不喝药，小生不能见死不救，也实在没办法啊。"

言石生紧张那把搭在肩上的剑，暮晚摇却轻松："你这般说，可见你是笃定我不会杀你。你凭什么认为我会不杀你？"

言石生看着她。

他缓缓道："我确实在赌，赌殿下……怜惜小生。"

暮晚摇："……"

言石生见好就收。

他伸手握住她的手腕，将她手中的剑抽走，远远地丢开。他作揖道："殿下且饶我一命吧。殿下要杀小生容易，后续事件却麻烦，还不如殿下放我一马，让小生'长痛'来伺候殿下呢？"

他温声细语，又眼中带笑，半是开玩笑，半是真赔罪。

倒是这种态度，让暮晚摇也不好生气了。

因为……本来就是一件小事。

暮晚摇板着脸："我病中的样子……"

言石生："我一个字也不会说出去。"

暮晚摇："那叫我'摇摇'……"

言石生："以后绝不敢叫了！"

暮晚摇脸色冷一下，好像有些生气，但也不知道在气什么。她最后闷闷道："那这事便算了，下不为例。"

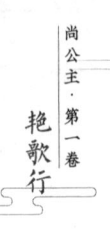

言石生松口气。

外头小心翼翼观望的侍女们也松口气。

暮晚摇解决了此事,脸色便好很多,她向言石生扬下巴:"我打算去看看春华。"

言石生闻弦知雅意,立刻道:"那我陪殿下一道去。春华娘子已经醒了,应该没有大碍。"

暮晚摇点头。

她道:"我要更衣。"

言石生转身向外走。

暮晚摇喝道:"你走什么?!"

言石生后背僵住,迟疑回头:"……那总不能是让小生来服侍?"

暮晚摇大怒,要张口,却又抿唇,半天不知道怎么说。言石生疑惑而专注地凝视她,安静等待。好一会儿,暮晚摇眼神向上轻轻飘一下。

她道:"你给我吃的糖……"

言石生懂了。

他小声道:"你还要吗?"

暮晚摇:"……不要。"

言石生不说话,他只是走了回来,将袖中装着糖的荷包放在了床边小几上,让暮晚摇触手可碰。而他再次拱了拱手后,这次真离去了。

待他走后,暮晚摇摸到那荷包,从看着用了很多年、一点也不好看的荷包中掏出糖豆来吃。

依然是甜甜的,酸酸的。

暮晚摇一个人坐在屋中吃了会儿糖。

她目光瞥向窗外,隐约能听到自己侍女们关心地在询问言二郎,问言二郎有没有被公主吓到,而言石生温柔回答。

暮晚摇咬着糖嗤一声,心里骂他虚伪。

他这样的人,处处体贴,太容易让人喜欢上了。

日头刚升,春华坐于屋前晒太阳。

刘文吉犹豫着过来,看到她脸色雪白地坐在太阳下,他脚步都有些慌。而扭捏了半天,他红着脸上前,将一个草编的小人放在了台阶上。

刘文吉轻声:"听说你醒了……我送你玩的。"

春华惊讶,抬头看这清俊书生一眼。她指尖颤颤,接过了那草编小人。春华红着脸,低着头不说话。

刘文吉倒是吭吭哧哧地开口:"我知道你是公主身边的侍女,我这样的白身,现在是攀不上你。但你且等一等,待我中了进士……"

有女声懒洋洋地传来:"等什么?"

春华立刻惊慌站起:"殿下!"

刘文吉有些茫然地看去——

那女郎摇着扇子、自屋廊口拐入,梳高髻,插步摇。裙摆曳地,披帛飞扬。

而跟在她身后的人,穿窄袖文士衫,布束发,目清雅。竟是言石生。

言石生看刘文吉一眼,示意刘文吉赶紧请安,别得罪丹阳公主。

刘文吉却在沉思:言二郎为何跟在公主身边?

言二郎怎么和公主这么熟?

言二郎和公主这么熟,那他和春华是不是……

不等他思量完,有脚步声匆匆而来。暮晚摇看去,见是卫士们拦住要闯过来的人。那闯过来的人,是言石生的大哥和三弟。

暮晚摇诧异。

言石生心中却一动。

言大郎和言三郎到了他们这里,只仓促地向公主请了安,就神情复杂地道:"州考结果出了……今年的名额,是刘郎,刘文吉。"

言石生不说话。

言大郎不知道该怎么说,只努力压抑自己的同情:"……二郎,没事,咱们还有下一年。"

言石生回过神,笑道:"该是恭祝刘兄。大哥、三弟,我不难过。"

因为这正在他的预料之中。

但是周围一片愁云笼罩,除了刘文吉和公主,这里其他人好像都因为喜欢言二郎的原因,没有人开心——

"言二郎,没关系,你一定能去长安的。"

"二郎,你别伤心。"

"二郎,要不你求求人?"

最后那句是春华在暗示言石生求助公主,言石生一一回答大家的关心,

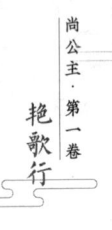

看着很忙。

暮晚摇倚着廊柱,摇着扇子看他们。

她真不懂他们伤心什么。

她奇怪道:"他失败不是意料之中的吗? 你们愁什么?"

众人敢怒不敢言。

暮晚摇根本不在乎这些,她看向言石生:"你身上什么香?"

言石生:"啊?"

暮晚摇看着他:"我要。"

所有人里,大概只有暮晚摇根本不为言二郎的州考失败伤心了。言石生无奈地,微笑着看她一眼。

第十五章

言石生彬彬有礼道:"小生不曾用香。"

暮晚摇不信。

她耸鼻子嗅了嗅,确实觉得言石生身上有一种极淡的香,闻着很雅。丹阳公主自然也不必看旁人的脸色。她喜欢这香,便走向言石生,拽住他袖子就要细闻。

暮晚摇上前一步。

言石生后退一步。

暮晚摇再上前。

言石生再后退。

暮晚摇不高兴了:"你躲什么?!"

在众人瞠目结舌的注视下,言二郎再镇定,也不由面容通红,哪里撑得住公主这般肆意妄为?

唉。

关上门也罢……

大庭广众之下……

不对,关上门也不能。

在暮晚摇拽住言石生的袖子就要他停下来别躲时,言石生退无可退,只好急促地打断她的靠近:"殿下,小生想起来这是什么香了!"

暮晚摇掀眼皮,似笑一下:"我一靠近你,你就想起来了。你的急智,难道还要靠我激发?"

语气中暗藏讽刺。

言石生装作没有听懂公主的嘲讽,他不动声色地将自己的衣袖从暮晚摇手中拽出,冥思苦想后答:"……小生确实不用香。但我家小妹正是爱俏的小娘子,恐怕是我平时帮她熏衣时,不小心沾了点香。

"此香叫'降真香'。殿下可以问问我小妹。"

暮晚摇"哦"一声,无可无不可。

而有公主这般打岔,众人都怔怔看着言石生,大概在猜言石生和暮晚摇到底是什么关系。他们已经不太关注言石生又失败了一年这样的小事……

之后暮晚摇进了屋,问了春华的身体几句。

其间,暮晚摇的眼睛若有若无地撩过站在屋外和言石生说话的刘文吉。她看到言石生向刘文吉贺喜,刘文吉眉目间皆是志得意满的欢喜……暮晚摇冷嗤一声。

春华正被侍女们搀扶着回到榻上歇着,她见暮晚摇一直瞥那屋外的刘文吉,不知为何,有些紧张:"殿下……是不喜欢刘郎吗?"

暮晚摇收回视线。

她喝口茶,美目轻轻一扬,黑色瞳孔下,妩媚神色一勾而逝。她蹙着眉:"我喜不喜欢也没关系。只是他州考出来了,怎么还不回他家,还住在言家?是为了硌硬言石生吗?"

春华心跳咚咚。

她面色绯红,暗自猜测刘文吉是为了她而赖在言家不走。

春华支吾道:"也许刘郎和言二郎关系极好。"

暮晚摇:"言石生和谁关系不好吗?"

春华与公主怔然对望,这话……她无话可说。

暮晚摇很快结束了这个话题:"无所谓。他们谁中谁不中,又有什么用呢?刘文吉现在倒是看着志得意满,好似中了一个州考就能飞上枝头了……等到了长安,他才会知道像他这样的神童,长安不知有多少!"

她幸灾乐祸:"州考只是第一步。没有名望的人,想向上走,等他们在

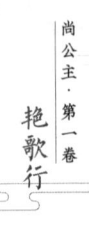

长安蹉跎上几年,钱财花光了都寻不到一个出路的时候,他们就会知道,这条路有多难。"

春华唏嘘。

春华问:"殿下,我们何时离开此地?"

暮晚摇一愣。

她有些忘了这事了。

原本取完白牛茶树就应该去南海找她舅舅了,但是机缘巧合,她又回了言家,重新碰上了言二郎……暮晚摇含糊道:"等你身体好了。"

春华抿嘴,其实她的身体已经可以出行了。

只是……春华看看窗外的刘文吉,她心中有了心事,便也做鸵鸟状,不主动说什么了。

暮晚摇在春华这里坐了一会儿,很快就走了。待公主一行人走后,春华坐于屋中,听到外头刘文吉说话:"娘子?娘子,你可在听我说话吗?"

春华下了床,走到屋门前。听到刘文吉在外低声道:"我与我家写了书信,说留在这里教言二郎读几天书。我看娘子伤势未好,娘子有需要我照应的地方吗?"

隔着一扇门,刘文吉等了半天,才等到屋中女郎细弱的声音:"有的。"

他顿时心生欢喜!知她是隐晦地同意他留下。

下午的时候,暮晚摇午睡醒来时,言石生的妹妹言晓舟来登门,说为公主献上"降真香"。

刚睡醒的暮晚摇揉着额头,在侍女夏容的服侍下梳洗穿衣。

夏容观察镜中公主的面容,见暮晚摇唇角噙着一丝笑,显然此时心情不错。

春华病了后,公主身边的贴身侍女就由夏容顶上。夏容有心讨好殿下,就一边为公主梳发,一边说:"言小娘子应当是二郎派来的。二郎为人实在太体贴,殿下随口一句话,二郎就放在心上了。"

暮晚摇听了她的话,瞥了她一眼。

暮晚摇道:"什么叫我随口提了一句,他就放在心上?我那是见他被众人围着,我可怜他,帮他解围。我帮他解围,他投桃报李,不是应该的吗?"

夏容愕然。

身后其他服侍的侍女同样愕然。

夏容代表众女说出了大家的震惊："殿下那话，竟是在帮言二郎解围吗？婢子、婢子……倒没有看出。"

暮晚摇心情仍很好，没有呵斥侍女们："你们这般蠢笨之人，自然不懂我的好。言石生能听懂就行了。他果然听懂了。不枉费本殿下难得散发善心。"

言晓舟以前就有点怕暮晚摇。现在知道了暮晚摇是公主，她在进屋后，立在暮晚摇面前，更是局促。小娘子面容娇俏，却一径低着头脸红，让暮晚摇看得稀奇。

言晓舟将自己怀中的匣子递给公主的侍女，闷声道："这匣子里是我二哥与我一起制的香饼。我用了大半，仍剩下一些。殿下若不嫌弃，拿去试用便好。殿下若喜欢，我再做些便是。"

暮晚摇让侍女们收好香，见言晓舟屈膝行礼后就要退出去，她一瞥，看到小娘子眼角有些红。

暮晚摇："哭什么？送我点香，让你这么委屈？"

言晓舟被公主的眼尖和冷言冷语吓一跳。

她抬头，果然眼圈红红，但她连连摆手："不不不，我不是因为送殿下一点香哭的！殿下喜欢这香，是我的福气，我哪里会委屈？"

暮晚摇望着她。

言晓舟眼圈依然红红的，抿着唇。

暮晚摇好整以暇地以手支颔，懒懒道："想说什么便说什么，不要学你二哥那样拐弯抹角。"

言晓舟脸再红，这次是羞的。

她小声："……我二哥读书那么多年，殿下真的不能帮他吗？"

暮晚摇："能。"

言晓舟本只是试一试，暮晚摇如此干脆，她当即惊喜抬目。

但是暮晚摇撩目微笑："然而我要他来求我。"

言石生坐于案前，正在整理书册，沉思接下来一年的计划。

他预计自己成了殿下的救命恩人，在公主走后，下一年的州考所点名额是他的囊中之物，根本不用他多费心。

他轻而易举能去长安。

但是长安乃是整个大魏的政治中心，天下学子、才子都在长安。那么多

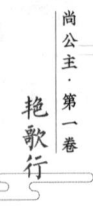

人耽误许多年，在科考上都没有结果……他这个诗赋不好的人，凭什么能脱颖而出呢？

得在别的地方下些功夫才是。

言石生边想边写，列举自己下一年要看的书目，定下自己要掌握的才学，打算如何抓住暮晚摇没有离开的这段时间，从暮晚摇那里套出长安名士们、豪门们的信息……他如此严谨，边写边将写好的字条烧了，一点痕迹也不留。

言晓舟敲门进屋，便被满屋的烟熏火燎呛得直咳嗽。

言晓舟："二哥……喀喀，你又在烧东西了啊？"

言石生起身将妹妹迎入，开了窗子走风，再递上茶水，温和笑道："天有些冷，我烧些东西取暖。"

言晓舟被哥哥按着肩坐下："……"

她不说其他的，只进入自己的主题："……总之，殿下不是不帮你，是等着你求呢！二哥你快去吧！"

她仰望自己二哥，欢喜催促道："二哥你之前的打算是对的。我看公主殿下还是很喜欢二哥你的。"

言石生默然。

半晌，他颇有些大义凛然，拂袖道："大丈夫屹立于世，有所为有所不为，岂能走这些偏门之道？小妹，平时我是这样教你的吗？"

"不用多说！让我以色事人，就算了吧。"

星月载天，边关之地，守卫大魏边界的边军，迎来了一行骑兵。

那行骑兵从南蛮的方向疾驰而来，尘烟滚滚之下，兵临边郡城下，自称是乌蛮王来见。

军马出城，边军将领在帐中听到消息，如临大敌："乌蛮王？一年前，乌蛮不是已经陷入内乱，自顾不暇了吗？"

大魏边军自带着大批兵马出营，在星夜下，双方各带兵马，隔着一条长河对峙。

对方骑兵站在山岚上，朗声喊话："……我新任乌蛮王已平定内乱，特来向大魏称臣！还请将军将书信送去长安，告知君父一声！"

因和亲称臣的缘故，乌蛮王直接称大魏皇帝为"君父"。

边军将军面容严肃，乌蛮重新统一内部……也不知是不是好消息。

他却也不得罪对方，让手下兵骑马过去取了书信，称会快马加鞭送信去长安，告知天下乌蛮王的回归。

这位将军知道这事不是小事，说完几句话便骑马要走，那边乌蛮人中却传来一道有些生硬，但已经算是字正腔圆地说着大魏官话的男声："将军且慢。"

将军回头，见与己方对峙的山岚之上，葱郁密林，黑压压的乌蛮骑兵中，一黑马飒飒出列。马上，乃是一戴着兜帽、面容遮得严实的身材颀长雄伟的男子。

月色下，男子兜帽向后扬一点，露出一点下巴。

俊冷傲然。

男人似笑非笑："我便是新任的乌蛮王。"

大魏将军全身绷紧，警惕地看着这个亲自来边关之地的乌蛮王。手下大魏军队也持着武器，提防对方作乱。

那骑在马上的兜帽男子却面不改色。

他道："我没有恶意。我只是想问诸位……可知丹阳公主的下落？不瞒诸位，本王与她……关系匪浅。将军暂且帮本王传话，且问问她，是否还记得她与本王的约定？"

将军警惕："什么约定？"

男人大笑。

笑声震得密林簌簌、众鸟高飞，而他仰头大笑，何等雄伟气概！

再听他懒洋洋道："男女之间，你说什么约定？"

第十六章

向大魏边军传了话，为防对方误会、引起战争，乌蛮一队骑士从山上退了下去。

大魏边军的探军回报说那些蛮夷人退走了，边军这边也才撤下，回到军营。

而乌蛮那边，驰马下了山岗，骑士们跟随着他们新的王，并未回营，而是上了另一重山岗。此处山岗与大魏边关有些距离，打仗时不方便占领，但此时不打仗，立在此处浓林密遮处，倒很方便看到大魏边军那边的情况。

看那边军营彻夜通火，火照十里而不灭。

戴着兜帽的乌蛮王骑在高头大马上，抱臂而望。

他身后一骑士道："大王，为何不直接让那些大魏人将他们的公主送回来？大王特意来此一趟，不正是为了那位公主吗？"

面容掩在兜帽下的乌蛮王，闻言哂笑。

他名叫蒙在石，是丹阳公主所嫁的上任乌蛮王的长子。

一年前乌蛮内乱，该继任的乌蛮王死了，公主也离开了。原本蒙在石也应该死于那场战乱中。

蒙在石答非所问："大魏人明日定会派人来询问详细情况，到时候说我只是前任王者的一个族人便罢。就让大魏人以为前任王者家眷死透，我只是个趁乱登位的小贼。"

立即有人道："大王是勇者，是我乌蛮的救世者！岂是小贼可比？！"

蒙在石盯着大魏边军那灯火通明的方向，对下属的马屁没有反应。

这让那吹捧的人有点尴尬。

另一人狠狠瞪了那个没有拍对马屁的人，小心翼翼询问："大王既然要蒙蔽大魏人，为何要向丹阳公主传话？丹阳公主若知道大王是谁，大魏皇帝不也知道了吗？"

蒙在石淡声："那可未必。咱们这位公主，未必和她父皇一条心。我倒是要看看，她会不会将我还活着的消息告诉大魏皇帝，让大魏皇帝早早提防。我赌她不会。"

"咱们这位前王后，那可不是一般女子。"

这下子，他身后的下属们都低着头，不敢发言了。蒙在石与前乌蛮王后的关系……即使作为下属，也应当作不知。

而他们也确实不知，只隐约听说过一些流言罢了。

众人眺望着大魏边军方向，倏忽一刻，见山下有骑兵偷偷摸摸，向大魏边军方向潜去，却没什么马蹄声，因马蹄用布所包。虽然行动有碍，但他们躲过了大魏边军的探查。

这行军队钻入树林中，显然要趁夜对大魏边军做些什么。

乌蛮王高高在上，眯眼凝视。

身后一属下有些兴奋道："看来大王所得的消息不假！南蛮王真的忍不住，要在今夜骚扰大魏边军，抢夺粮草和土地！"

南蛮五部，乌蛮只是其中之一。

南蛮也有王，只不过南蛮五部并不听这位王者的话。然而大魏消息滞后，他们却不知，近年来，南蛮有一位年轻的王，励精图治，正在长成。这位年轻的王立志收服整片南蛮五部，征服大魏！且在大魏不知道的时候，这位年轻的王，已经开始征战，扫荡整片南蛮之地！

今夜便是年轻的南蛮王派军骚扰大魏边军。

蒙在石只是骑马立于高处，看到下方战事在悄然开始，他微笑："看来那位年轻的王，真的想收服整个五部啊。不过他还没有收服五部，就想从大魏这里得些好处？果然年轻而悍勇啊。"

下属道："自然不如大王您！"

下属又道："大魏边军今夜先因我等的到来，去连夜商量对策了。今夜南蛮王派来的军队，说不定真能打大魏一个措手不及。大王，虽然我等并未归顺南蛮王，但我等也算是南蛮子民吧？我们要不要跟上去，趁机从中吃些好处？"

身后的军士们闻言，跃跃欲试。他们骁勇好战，眼前看到有好处可得，当然一个个都按捺不住兴奋。

蒙在石淡声："想去你们便去吧。"

看大王不反对，当即数位下属出列，骑马下山，去整合自己手下人。

却也有会看眼色的下属，见大王不置可否，他们咬牙忍着贪婪，跟随在大王身后，和大王一起俯视下方人趁夜作乱。

有人不解："大王，明明能得到好处的事，大王为什么不心动？"

蒙在石从马上下来，他长身而立，黑袍裹身。他长臂一扬，虚虚指着大魏方向："偷啊抢啊，到底只是一时。终生如此，未免可笑。"

身后人互相对视，不懂大王的话。

他们听蒙在石手抚下巴，边沉思边说："这么多年，我们有粮食了就吃，没有了就去大魏那里抢。整个南蛮都是这样，因为常年打仗，我们个个善战。大魏最强力的军队是边军，但边军在我们眼里不足一提。

"既然我们这么强，为何我们不能像大魏一样富饶？我们的子民为什么那么蠢笨，我们的房子为什么没有大魏坚固，我们为什么连年征战而不停？我们想要的，仅仅是大魏珍贵的珠宝和漂亮的女人吗？"

蒙在石转身，看向身后面面相觑的诸人。

他淡笑："原本我想从丹阳公主那里知道答案。可惜她是个没有信用的

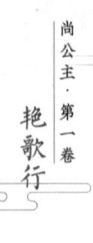

合作者。那我便只好换种方式,让南蛮王去实验了。"

"我在此发誓! 在我毕生,我何止要做这个乌蛮王,我要做整个南蛮的王者。我要带领我的子民走出如今境界,我要我们变得像大魏一样强大,甚至超越大魏!"

星夜下,众骑士纷纷下马,跪在他们的王者脚下。他们怀着虔诚的心膜拜,他们有种预感——

最强大的王者,眼前的男人,将带领他们走出不一样的未来!

边军再一次被那些蛮族人骚扰,并未引起太大关注。因常年如此,这本就是边军存在的意义。

快马加鞭,各州选出的年轻才俊名单被送去长安,这些是明年参加科考的人士;

披星戴月,乌蛮有了新王者的消息也送去长安,这是南蛮这片土地新的变化的开始。

而岭南又下了雨,淅沥如愁。

黄昏之时,暮晚摇仍在午睡。因前些天中了瘴毒,她的身体未完全康复,需要睡眠来养精蓄锐。

昏昏沉沉的睡梦中,她做着一些关于过往的噩梦,压得她后背冷汗淋淋、心跳急速。她陷入噩梦中醒不过来,忽然一道清朗的读书声,将她从梦中惊醒。

纱帐茫茫,暮晚摇有些迷离地坐在床上,蹙眉听着外面的读书声——

"硕鼠硕鼠,无食我黍……"

往往复复,声如雨清。

暮晚摇拢着长发,扯开帘帐,沉着脸起来。她就知道,又是讨厌的言石生在读书了!

又在读书了!

她撩帐起身,推开窗子,果然看到了那坐在廊下抱着书苦读的少年书生。暮晚摇正要训他读书声太大,却见潇潇暮雨下,似乎一滴雨水飞斜,溅上他的睫毛。

他睫毛轻轻颤抖,抬手拂去眼睫上的水渍。而他抬眼,眺望着漫天细雨,静然而坐。

背影清肃,侧容清隽,气质如远山清水般辽阔浩瀚。

暮晚摇不禁看得呆住。

……名门子弟才会养成的好气质，怎会出现在一个岭南乡巴佬的身上？读书有这么神奇吗？

可他读书也没见读得多好啊。

言石生看了一会儿雨，再次将心收回到自己手中的书卷上。他才朗声要继续，后方飞来一扇子，砸在他后脑勺上。

言石生："哎。"

他被砸得一跌，回头手忙脚乱地收了扇子，看到是一把镶着许多珍珠的羽扇。这扇子是暮晚摇常用的那一把，他抱着扇子抬头，果然看到红裙摇曳，暮晚摇腰肢款款地沿着走廊向他走来。

她呵斥他："读书时应低声寻义，不要学村学生高喉大嗓乱喊一气！"

言石生目中浮起无奈，起身将扇子还给她。他道："小生受教了。"

……其实他读书声也没多大，但估计吵到暮晚摇了。

言石生见公主并没有什么事要吩咐，便重新坐下，这次沉默着读自己的书。雨声滴滴答答，言石生后背绷着，心神抽出一分来，思考公主怎么还不走。

她站在他后面，在干什么？

暮晚摇眼中流波闪烁，不紧不慢地摇着自己的羽扇。

她冷淡地问："言石生，你想去长安？"

言石生回答："是。"

他要起身面朝她，暮晚摇却从后按住他的肩，不让他面对她。她按着他坐着，让他就这么和她说话。女郎的手扶在肩上，她人就站在他后方，观察着他。言石生面容古怪，心里有些不自在。

暮晚摇："你是想当官？"

言石生顿一下，缓声："是。"

暮晚摇奇怪："为什么？你不是说你不好名，不好权吗？那你当什么官？"

言石生不语。

暮晚摇在他肩上戳一下，轻轻一点，似撩非撩。她的声音也俨然如烟雨空茫，含着一丝魅惑："问你话呢。能不能说句实话？说句实话对你有这么难吗？"

言石生低笑。

他望雨而叹："非是我不说实话，而是实话多可笑，没有人信罢了。"

暮晚摇俏皮道:"说不定我信呢?"

言石生沉默。

暮晚摇勾着他的肩,再次一戳。如鱼尾戏扫一池清水,从肩膀处开始,言石生都要被她戳得半身发麻了。

他涨红了脸,几次想起身,却均被她按着坐下。

他只好僵硬着坐直身体,望着天地间的暮雨绵绵,轻声回答:"那这话,我只说一次。日后殿下再问,我不会再承认了。"

暮晚摇好笑:"你说啊。"

暮雨下,她听言石生声音低柔:"殿下可曾见过'路有冻死骨',可曾见过'苍生多寒无可救'? 我幼时母亲尚未过世,我们兄妹几人跟随他们在南方游学,遇到过大旱,遇到过人吃人。我阿父说天下不仁,这样艰苦的百姓到处都是。

"后来我年岁渐长,见得就更多了。我会不禁想,我能为这天下做些什么? 我一介书生,因于岭南乡隅,我要改变这世道,除了科考、做官,我无路可走。

"我要天下泰康,要民众不屈。要邻里不扰,要盛世太平。我除了当官,无路可走。"

书生意气,少年热血。言石生柔声:"公主听到我方才念的《硕鼠》了吗?"

暮雨如沙,他二人于雨下,一坐一站。少年书生坐于前方,少年公主将手搭在他肩上。二人的声音隔着绵雨,一前一后地交叠在一处:"硕鼠硕鼠,无食我苗! 三岁贯女,莫我肯劳。逝将去女,适彼乐郊。乐郊乐郊,谁之永号?"

——乐郊啊乐郊,到底在哪里?!

与他一道念出这诗,暮晚摇满心激荡,无以复加。满腔情绪强忍不住,搂着他的肩,她俯身从后贴于他面上,在他脸颊上轻轻一吻。

第十七章

天黑了有一段时间,夜雨如流,隐约闻见院外清新花香,静谧无声。

舍内一灯如豆，侍女们端上茶水后便退了下去。

言石生坐于暮晚摇对面，心跳咚咚如雷，他看着对面的少年公主。

见她高髻云鬟，朱唇美目。她的美丽璀璨辉煌，将整个言家寒舍衬得富丽堂皇。这般公主，与他乃是云泥之别。

这样的公主，她怎会那般唐突，吻他面颊？

言石生能感觉到他和暮晚摇相处时，有时候气氛会比较怪。然他和公主平时没有默契，在这个时候却分外有默契。每每气氛古怪，二人都会心照不宣地移开目光，破坏气氛。

之前都做得很好，为什么她突然亲他了？

更让他迷惘的，是他分明……忘不了她俯面贴来的甜美气息。温软，暖甜。她柔软的唇贴在他脸颊上时，整个天地在那一瞬间静止了。

暮晚摇也在悄然打量言石生，他坐于她对面，白衣粗布，垂着眼，眼睫上好似被火光罩上了一层金粉，细碎而柔美。

暮晚摇看得心旌摇曳，忍不住咳嗽一声。

言石生睫毛轻轻一颤，向她看来。

四目相对，星火幽幽。二人又是一阵无言尴尬。

暮晚摇渐有些恼，有些烦。她理直气壮："你方才为什么不躲？"

言石生："……大概是因为我背对着殿下，脑后没有长眼睛的缘故。"

暮晚摇面颊绯红，拿扇子扇了扇风："哦。"

两人便又沉默下去了。

好一会儿，言石生大概觉得他必须得说点什么，他干巴巴地开了口："……殿下为何突然亲我？"

暮晚摇施施然，对他露出笑容："因我看你为百姓愁苦，为国家忧心，我被你的胸襟感动。那激荡之情席卷我，没有什么语言能够表达我对你的敬佩。情不自禁，我就亲了你。"

言石生默然。

半晌，他露出一丝有些勉强的微笑："原来如此。看来殿下是胸怀天下的人。"

暮晚摇飞他一眼。

她说："我不是。你不要误会。"

言石生："……"

暮晚摇道："正是因为我不是你那样的人，所以才会敬佩你，敬佩你有我这种凡人没有的东西。我若是与你一样的人，当时反应恐怕不是亲你，而是与你结拜兄妹……啊姐弟。"

言石生望着她不语：姐弟？

不过大他半岁而已，也值得她一直记得？

他容貌俊朗，明目温润，尚有些少年气在。这般幽幽若若地向暮晚摇看来，颇让暮晚摇腮晕面热、心如鹿撞，顶不住压力。

暮晚摇侧过脸，用羽扇挡住了眼睛以下的面容。她明眸滴溜溜地睇他一眼，打个哈欠，起身道："天色不早了，我要睡了，你也早早就寝吧。"

她要从旁走去内舍时，言石生忽起身，走了几步，挡在她面前。他不说话，俯身向她作了一揖。

暮晚摇顿时有些气急败坏："你还要干什么？我都说是太过激动了。要怪就怪你自己忽然说那么激情澎湃的话！"

言石生望她："所以殿下是一个说法也不给小生了？"

暮晚摇扬下巴："难道你要我赔你损失吗？赠你千金如何？"

言石生道："倒也不必如此。"

暮晚摇羞怒："那你要怎样？"

言石生俯下眼，道："殿下教教小生该读些什么书，学些什么技艺，长安有哪些不能得罪的豪强，有哪些名门世家需要拜门……如此便好了。"

暮晚摇一怔，收回了自己那强作镇定的目光。

她微微一笑，拿羽扇在他肩上挑了一下，笑吟吟："这么简单？好啊。"

言石生望向她搭在他肩上的羽扇。

暮晚摇呵一声，收回自己的扇子，转身摇摇走了，背影婀娜妩媚。

言石生盯着帷帐在她身后纷纷落下，她走入深深浅浅的浓红帐后，侍女们纷纷入舍侍候。言石生猝不及防地收回自己的目光，再行一礼才告退。

如是，气氛变得欲盖弥彰地和谐。

刘文吉他家中一直催着他回去，但刘文吉知道公主一行人恐怕在言家待不了多久，他硬是扛着家里压力不肯回去，在言家进进出出，殷勤地讨好侍女春华。

春华温柔而羞赧，又不敢告诉公主。刘文吉说待他中了进士，他便来求公主许出春华。他说得多了,春华也渐渐期盼起他中进士的风采……大家都说刘文吉才学好,是岭南神童,那中进士,应该也是容易的吧?

比起刘文吉这边的红袖添香,言石生就有些苦哈哈了。

暮晚摇说是教他,但暮晚摇是公主,她的教,和旁人怎么能一样?

暮晚摇轻轻松松说了一堆言石生从未听过的书名,她鄙视他乡巴佬一通,才又改了一遍他能接触到的书。言石生拜托自己的三弟去找刘文吉的父亲借书,自己则坐在公主屋舍内,被侍女们看着练字。

隔着帘帐,暮晚摇讥诮道:"你这笔字呢,得从现在就练,就改。亏你阿父还中过进士,居然都不教你好好练字。"

言石生苦笑:"我的字也没那般差吧。"

暮晚摇:"你的字当然不差。但是长安名门子弟,多的是百年世家教出来的书法大家。他们出手的一笔字,绝不是你这种乡野书生能写出来的。我给你一本字帖,你慢慢照着写吧。估计你也写不出什么成就来,我就当把字帖丢了吧。"

言石生自动过滤她的嘲讽,将她的意见好好记下。

暮晚摇再喝杯言石生调给她的乌梅浆,酸甜的味道让她眉目含笑:"还有啊,你得从现在开始把武艺提上去。我大魏讲究的是文武全才,我见过的那些大臣,谁不是说拔剑就拔剑的? 你连马都骑不好,这样不行。"

言石生沉思:"我大哥武艺好,我多听他的便是。殿下还有什么要教我的吗?"

暮晚摇想了想,盯着他:"你最应该改的,就是这一身气度了。"

言石生怔住:"啊?"

暮晚摇笑吟吟道:"长安推崇的,都是那类豪气冲天、狂妄肆意的人。就你这种内敛至极的,到长安了,旁人可不喜欢。"

言石生瞠目结舌。

他低声:"你莫不是在诳我?"

暮晚摇板着脸:"我可没有,我说的是实话。你爱信不信。反正没人喜欢你这样的。"

言石生请教:"如何才叫'豪气冲天、狂妄肆意'?"

暮晚摇:"就是对谁都面不改色吼回去吧。"

言石生道:"但我若是敢吼殿下一声,殿下床头悬着的剑会直接砍下来吧?"

帷内传来少女忍俊不禁的笑声，清亮如泉。

言石生忍不住侧头看去，见帐内影影绰绰，她似乎笑得趴伏在了床榻上，花枝乱颤。他心中微动，也不禁随着她微微一笑。

暮晚摇又忽地停了笑，板起脸："我累了，要午睡了。你自己读书吧，不要出声，不要打扰我。"

言石生："不如小生出去……"

暮晚摇没有理会。

言石生便没有出去，仍是坐在窗下读书。

细雨绵绵。

暮晚摇睡醒，见到他仍在帐外坐着。侍女们不知何时离开了，坐于外头阶下闲聊。而屋中窗下那读书少年，他坐如修竹，并未休息一刻。

暮晚摇下床，云鬓蓬松，就这样掀帘出去，站在了他身后。

言石生似有察觉，他要抬头时，暮晚摇从后倾身，纤纤素手握住了他的手，与他一起握着那支有些秃了的毛笔。

暮晚摇淡声："你这字写得不对，我教你。"

言石生全身僵硬，并不作声。

又听她在他耳畔一笑，气息揉上他微红的耳际，轻如烟霞："你呀，只是死记硬背，却文理不通，气势不足不畅；家中无权无势，你又不去交际。这般读下去，再过十年，你科考也中不了。"

言石生抬头看她。

二人对视一瞬，又各自移开目光，看天看雨。

暮晚摇在言家休养得不错，只是她舅舅不断来信，催着她去南海。暮晚摇借口春华身体还没好，仍想多拖两日。

她平日里骂一骂言石生，再教一教言石生读书，这样的日子轻快，倒比她在长安还要好些。

这一晚，暮晚摇吃完茶，收到了一封来自长安的信件。

信是太子殿下让丹阳公主府上的幕僚送出的——

乌蛮重新统一，新任乌蛮王上位。

新任乌蛮王托人问她，是否还记得他们之间的约定？

暮晚摇脸色猛变。

在这一瞬，她刻意遗忘的、丢弃的过往，如海潮呼啸着，重新向她席卷而来，淹没向她。

在乌蛮孤零零被排挤的时候，眼睁睁看着侍女被欺凌而死的日子，蒙在石贴着她耳牵着她手、说与她合作的日子……

全都重新回来了。

就如言石生说的那样，过去的事情，永远不会过去。

哪怕现在再好！

天边炸雷，轰轰作响。

夜色溶溶，言石生立在屋前，看着灰暗天幕出神，想大概明日又要下雨了。

想到下雨，他就不禁想到那日……言石生抚了抚自己的脸颊，好似还能感觉到她那时的暖香。

他闭目，压下自己的绮思。

言家三郎咋咋呼呼的大嗓门在后喊起来："二哥，你摸着你的脸笑什么？"

言石生："……"

言石生睁开眼，见言三郎刚从外面回来，气喘吁吁地为他背来了一箱子书。言石生上去，与三弟一起卸书时，听到"砰"的巨大推门声。

他本能地侧头看去，见暮晚摇出了主屋，立在廊上。

她看到了他，目光微微一顿。

暮晚摇厉声对满院子的人说："收拾东西，明日我们去南海！"

满院子的卫士和侍女们愕然，没想到如此突然。

天边闷雷阵阵，电光时而照得廊木清光凛凛。吩咐好卫士和侍女们收拾东西，暮晚摇转身在廊上走，言石生跟在她身后。

言石生："殿下、殿下……暮晚摇！"

他追上她，一把拽住她手腕。

暮晚摇被他拽得转过了身，与他对视。

言石生目中光变得温和，他叹气："为何这般匆忙要离开？如果有什么问题，我或许可帮殿下想想法子……"

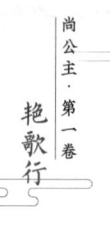

暮晚摇冷冷看着他。

暮晚摇道："你这么关心我，难道打算跟我一起走？我身边能够长留的人，只有内宦。你做好阉了自己的准备了吗？"

言石生："……"

第十八章

言石生还是将暮晚摇劝回了屋舍。

侍女们在外打理行装，暮晚摇坐着，看言石生回来，为她端了一碗热茶。

言石生："殿下方才在外面喊累了，喝口茶润润嗓子吧。"

暮晚摇捧着茶盏，语气古怪："我那般说你，你竟然不生气吗？"

言石生说："这世间，到目前为止，还没有出现过让我生气的事。"

暮晚摇身子前倾，饶有趣味道："你这般说，就让我忍不住想挑衅你了。"

言石生："然而殿下要走了，也没时间挑衅了。"

这么一说，二人视线同时一怔。

暮晚摇移开了目光，低头默默地喝茶。她垂下的视线中，看到言二郎跪坐于她身畔，轻轻扯了她绣着流云纹的锦袖一下。暮晚摇盯着茶盏中漂浮着的茶渍，看得分外专注。

言石生道："殿下如果遇上什么难题，我纵使帮不了殿下，或许也可以为殿下提些建议。殿下纵使不理会我的建议，多个人说话，也能抒发下心中抑郁，不是吗？

"况且殿下马上就要走了，就算跟我说了什么，也应该不怕我宣扬。毕竟小生身在岭南这样的荒僻地，殿下应当对我放心一二。"

暮晚摇抬目，看到他跪于她身畔，青衫垂地，幞头束发。他眉目间蕴含着天生的抚平人心的温和气质，让人心中一顿，有些想信赖他。

但是暮晚摇终归是和过亲的丹阳公主，她早不信人和人的感情，她只信无利不起早。

她也不觉得一个乡野书生，毫无见识，能对自己的困境提出什么解决方法。

暮晚摇便怀着一种抒发心中抑郁的目的，语气寥落地随口与他道："我一位故人，和我有些矛盾。他最近恐怕要找我麻烦，我得解决此事。"

言石生问："陛下能管吗？"

暮晚摇："此事不能让我父皇知道。最好是我自己解决。我父皇一旦插手，情势就于我不利了。"

言石生道："对方家世如何，对待亲朋眷属如何，可有什么弱点？殿下是想一劳永逸，还是只是暂时解决？"

暮晚摇："……"

言石生笑："怎么？我哪里说错了？"

暮晚摇："……我觉得你在暗示我杀了此人。"

言石生微笑："殿下没有听错。"

"哐"一声。

暮晚摇手中捧着的茶盏摔下去，茶盏碎在地上，湿了地衣，然而屋舍中相依而坐的少年男女都没有管那茶盏的事。二人沉静对视，暮晚摇震惊得无以复加。

她几乎不认识言石生了："你不就是一个普通的书生吗，为何会谈'杀'而面不改色？"

言石生敛目："小生只是随口一说。"

暮晚摇静半晌，她被鬼迷了心窍，竟真的去想言石生话中的可能。

杀蒙在石吗？

她早就想杀了……一年前乌蛮内乱时，她已经下杀手了。然而那人没有死。

暮晚摇摇头："他死里逃生，恐怕对我的手段会非常警惕。而且我也杀不了他。他手中能用到的势力远比我大，那是他的地盘，我根本接近不了他。但让我等着他来找我，我又心中不甘。"

言石生缓缓道："如此，不能永除后患的话，当将事情拖过去……例如他有什么在意，殿下能够用很小的代价换取的，殿下可让他忙于此事。"

暮晚摇微微颔首，陷入沉思。

言石生微微一笑，从怀中取出帕子，蹲在地上将碎了的茶盏碎片一一捡起，避免有人进来被瓷器碎片弄伤。他收拾完后，再看暮晚摇，见她仍低着头。

她平时美目流波，但她不说话不理人的时候，神色是有些冷漠的。

言石生不再打扰她，他推门出去时，忽地回头："殿下。"

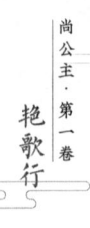

暮晚摇冷淡抬头："嗯？"

言石生立在门口，面容掩在阴影中，只露出一点俊逸勾出的轮廓。他问："殿下说的故人，与乌蛮有关吗？"

暮晚摇："……？！"

次日，天降绵绵细雨，言家所有人，还有刘文吉，一起撑伞出门送行。看到公主一行浩荡的车马，众人心思各异。

春华戴着幕篱遮雨，和其他侍女一起拜别言家人，将公主赐下的礼物赠给言家。到刘文吉身边时，隔着幕篱纱帐，春华飞快地看刘文吉一眼。

刘文吉痴声："娘子，待明年三月我进了长安，我便去找你。"

春华借着将笔墨赠给刘文吉的工夫，将手中一张纸团塞入刘文吉手中。刘文吉诧异时，春华已与其他侍女一起转身背对了他，只擦肩时留下低低一语："待妾身走了，刘郎再看。"

刘文吉惊喜地攥紧手，目光湛湛。

侍女们和卫士们忙碌，暮晚摇则从头到尾没有露面。

暮晚摇坐在马车中，打开一个黑色木匣。这木匣是今日天未亮时，言石生敲开她的门送来的。

木匣中，静静躺着一本折子。

暮晚摇打开折子，本是漫不经心，却越看，目光越凝。

折子上写的是该如何对付乌蛮势力。

言石生猜，暮晚摇得罪的，当是蛮族的高层。鉴于乌蛮至今仍是奴隶制，言石生大胆揣摩，乌蛮有人登王位，暮晚摇得罪的人是乌蛮王。既然得罪乌蛮王，那让乌蛮王最心痛的，便当是土地受损，族人受损。

据言石生所知，丹阳公主的母家李氏，曾掌管边军。此时虽然已经不掌管了，但李氏经营边军那么多年，应该也有些高层军官至今追随李氏。那么可以小股边军骚扰，也不与乌蛮开战，而是掳一些乌蛮百姓，或者火烧一些营帐，再或者挑拨乌蛮和南蛮其他四部的关系……

言石生足足写了十条可行之策。

暮晚摇："……"

她捧着这折子，一时间，竟感觉心潮激荡，一字千金。他是熬了一宿没睡，为她献策吗？

暮晚摇捧着折子静坐时,春华在外敲了敲车窗,柔声:"殿下,言二郎在外向您请安。"

暮晚摇回过神,她盯着手中折子上的字,抿了抿唇,压下心中烦躁,问:"你过来干什么?"

车外言石生道:"只是告诉殿下一声,我将家中剩下的灵溪博罗、我与小妹重新制好的降真香,还有殿下喜欢的糖,都让春华娘子带走了。其他还好,糖豆怕化了,特来告知殿下一声。"

暮晚摇沉默。

言石生有些疑惑的声音传来:"殿下?"

暮晚摇幽声:"你将你家的岭南名酒,灵溪博罗整坛都送过来了?"

言石生:"是。"

暮晚摇:"要与我喝一杯告别酒吗?"

立在马车外的言石生怔一下,诧异公主难道忘了,他曾说过他不饮酒的。言石生便再次重复:"我不饮酒。"

暮晚摇声音悠慢,带着一份遗憾:"哦。"

言石生见自己送了她这么多礼,她都压根没有下车相见最后一面的意思,心中颇有些失落。

既然公主最后一面都不见,言石生只好无奈地向春华点下头,便要转身走了。暮晚摇的声音却忽然从马车内传来:"你靠近一点。"

言石生看看春华,他向马车走近一点。

暮晚摇声音在细雨中透出几分妖冶:"再近一点。"

言石生已经挨着马车了,不得不收了伞。

暮晚摇再道:"上马车来。"

言石生犹豫下,撩袍踩上登车小凳。他弯身之时,那紧闭着的车门"哐"一声从内推开,他抬目,片刻怔愣之时,暮晚摇一把拽住他的手腕,将他扯进了马车中。

下方侍女和卫士面面相觑,见马车门重新关上。

被拽进车中,言石生趔趄一下,跌坐在茵褥上。一绺发丝落在脸颊上,他抬头向她看去,正要说句话,暮晚摇倾身而来,搂住他的脖颈,唇贴上他。

言石生双目瞪大,后脑勺磕在车壁上。他向后躲,暮晚摇却直贴而来,根本不给他拒绝的机会。他张口欲辩,她眉目一弯,抓住这机会,鼻尖与他

轻擦，与他一勾一舔。

言石生半身发麻。

他反抗要推，她贴着他的唇幽声："你想让外面的人都知道我们在做什么吗？"

言石生便全身更僵。

后背靠着车壁，他头微微仰，看到她浓黑的睫毛，感受她的温度。香气缕缕绕绕，齿间的热与柔，让他手肘一下子撞在了车壁上。

那细雨隔着木棂窗飘入，又凉，又热；那地上繁复的茵褥，又旋转，又铺陈。

手肘传来的麻痛，眼前弥漫开的雾气，心头生起的战栗，一股股被锁在冰川压抑下又冲破铁索的冲动……

言石生一动不敢动，想推不敢推。外面尽是侍女和卫士，他甚至连一点声音都不好发出。他屏着呼吸，面容飞快涨红，唇间气息融融，就如心头被蚊子狠狠扎了一下。

额头上向下渗汗，眼尾的红晕一点点荡开。动弹不得的禁锢与不为人知的快意同时到来，冰火两重天下，让人又羞耻，又沉醉。

汗渍滴下，情不自禁，双目迷离，言石生抬起手，虚虚搂住她的后背，想回应她……

"砰——"

言石生被一把推下了马车，多亏下方的方卫士扶住了他。

车中，暮晚摇的声音沙哑响起："我们走吧。"

雨丝连城。

言石生站在雨中，身体被淋湿也没在意，还是言晓舟踮脚撑伞，为二哥挡雨。他失魂落魄地，久久凝视那雨，凝视那远去的车队。

恍惚看见最开始，她坐于车下矮凳上，红裙曳地，侧过脸掩着羽扇，看着他笑；

恍惚看见方才，她将他压在车中，那般戏弄他。

公主的车队远去，戴着幕篱的春华骑在马上，回头，看向身后送行的人。他们的身形消失在雨幕中，刘文吉悄悄地，将春华塞给他的纸条打开。

上面写着清丽小楷——

"相亲勿相忘,努力爱春华。"

相亲勿相忘,努力爱春华!

第十九章

十一月初,丹阳公主到了南海。

下马车时,南海百姓争相围观。他们从未见过公主来他们这样的地方,公主曳锦绣,耀珠翠,让他们望之敬仰。

短暂接见礼仪之后,暮晚摇前去南海县令李执的书舍,拜见自己的舅舅。

李执哪里会让一个公主真向自己行礼,暮晚摇只是才屈膝,就被李执诚惶诚恐地扶了起来。

甥舅二人对望,都觉得时光悾偬,自三年前长安别后,各自都变了很多。

暮晚摇再不是十四五岁时那个娇软可爱、懵懵懂懂的小公主;李执已有了孙辈,如今三世同堂。

李执是个面相偏瘦的文人形象,他请外甥女坐下,让侍女端茶递水:"殿下十月份就来岭南了,臣整日翘首以盼,却是过了一月有余才见到殿下。真是不容易。"

暮晚摇微微一笑,道:"自家人,舅舅不必与我太过讲礼数。十月份我生了场病,不得不在沙水镇养身子,让舅舅担心了。"

李执关心问:"臣听说了,却听得不太清楚。殿下能具体说说吗?"

暮晚摇便将自己想找白牛茶树带回长安的事大略讲了讲。

她刚过来时已经问过人,南海这边对白牛茶树也不太清楚,可见她是真得到了稀有的好东西。

李执抚着须,若有所思道:"好一出阳谋。臣隐约听说那言二郎不过十七,倒是好手段。"

暮晚摇一怔。

她将自己找茶树的细节想了下,失笑:"舅舅在说什么?什么阳谋?这和言二郎有什么关系?"

李执深目望向丹阳公主。不说是这个并不怎么懂政治的外甥女,就是他

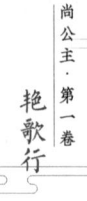

初听此谋，都只能叹一声"阳谋"。而阳谋，最是让人无可奈何，也不能让人说错的了。

李执指点她道："那言二郎曾亲自示意过你白牛茶的有趣之处，要是不出我意料，在你的仆从表明你身份前，他应该也拐弯抹角猜出了你的身份。他既然向你演示了白牛茶，为何不送佛送到西，干脆将茶树送你，偏偏让你自己去找？

"他既是本地人，难道他不知道那里有蛇窝，有'迷魂草'吗？可以说他是很少去那边，所以不清楚。但他也可能很清楚。我猜即便当时南海没有派人去寻你，言二郎也必然找一个借口去野外救你。但谁也不能说他，因你去不去野外，是由你自己控制的；蛇咬不咬你，那蛇又不是他养的。

"他欲成为你的救命恩人，想攀上殿下啊。"

暮晚摇怔忡："攀上我做什么……是了。"

她瞬间懂了。成为她的救命恩人，在她走后，岭南道这边的官员必然会关注言家。言石生一心科考，想用这种方式成功。

可笑！

李执观察暮晚摇神情，看她神色变冷，好奇地问："我以为他攀上殿下，是想尚公主？但言二郎以为他一个乡野书生，就能尚公主吗？这似乎与他能想出阳谋的才智不符合啊。"

暮晚摇冷笑："他哪里是想尚公主，他是想明年州考得到官员们的推举，能够去长安！"

李执哑然，然后失笑。

暮晚摇道："因他这人诗赋一道乱七八糟不值一提！他要是能靠他的才学得到州考名额，我简直可以跟他姓了！他竟将我玩弄于股掌间……"

暮晚摇咬牙切齿，越说越怒，将茶盏重重摔在案上。

亏她以为言石生对自己……亏她临别时对他还生了愧疚之心……

暮晚摇高扬声调怒道："来人，去沙水镇给我找言二郎，将他……"

然而吩咐到一半，暮晚摇又蓦地收了口。

她想起临别时他被压在车壁上，眉眼泛红，喘息微微。他被强迫半晌后动了情，但他才想搂她肩就被她毫不留情推下去……

暮晚摇脸颊发烫，掩饰地喝口茶，却被茶烫得脸更红，染了胭脂一般。

李执全程关注着公主的态度，似笑非笑。

因发现自己被言石生利用了一把，暮晚摇心情不悦。她忍了许久没有忍下去，到晚膳的时候，憋了一天的公主到底是让方卫士走了一趟。

她让方桐去沙水镇，将言石生狠狠骂上两个时辰！

暮晚摇笑吟吟："最好是你半夜三更去敲门，将他从被窝里拽出来骂上两个时辰，如此才能解我恨。"

次日中午方桐回来，快马加鞭赶路后，方桐疲惫地向暮晚摇描述半夜被喊起来挨骂的言二郎是何等无奈又错愕。

暮晚摇听闻言石生错愕且无奈，扑哧一声笑出来。

她原谅了那人后，才想起来言二郎临别时写给她的折子。暮晚摇便又去找李执，将言石生写的对付乌蛮的折子献出去。

暮晚摇要解决蒙在石一事，急匆匆来南海，自然是要问策李执的。

她舅舅曾掌管十万边军，又在长安是政斗一把好手。言石生的策略有没有用，李执过目了暮晚摇才能放心。

倒不是说李执这个舅舅多么疼爱自己姐姐膝下仅剩的一个幼女，而是政治使然。暮晚摇回归长安需要靠金陵李氏，金陵李氏想翻身，也得靠暮晚摇在长安的周旋。双方互利，已统一战线。

李执看了那折子，目中渐渐亮起，道："可惜了。"

暮晚摇紧张："怎么？"

李执道："若不是你说这言二郎一心要去长安，我倒想让他来我身边做一谋士。你说你从未告诉他乌蛮的情况，他自己却猜得八九不离十。这般人物，前途不可限量啊。"

暮晚摇唇角轻轻一勾，倒像是舅舅在夸她似的。

然而她又嫌弃道："有什么难得的？让他写诗作赋能难死他。我看他使了这么多心机要去长安，可到长安还得考诗赋。他连进士都够悬，我看他没有别的本事了。"

李执摇头笑笑，没有理会公主的嘴硬。

李执收下了折子，道："言二郎计策中的一条很不错，我打算用了。我虽已不掌管边军，但边军中还是有些人听我话的。有此计，我会帮殿下解决乌蛮王此人。起码一年时间，乌蛮王是没空去骚扰殿下的。"

暮晚摇目光清湛，流波若雾气氅氅。

连李执这个长辈看她,都觉得她娇俏妩媚,语气不禁软三分:"殿下受苦了。殿下且放心,既然你已经从乌蛮回来了,我便绝不会让你再回到乌蛮那种蛮荒之地了。"

暮晚摇敷衍道谢。

她心知肚明,当日她嫁去乌蛮,也是这个舅舅和自己母后商量的结果。

那时候李氏需要牺牲她,在长安得到话语权;现在李氏帮她,也是为了李氏日后能够翻身。

利益使然而已。

她要是觉得舅舅是心疼她才帮她,也太傻了。

果然,说完此事,李执就顺口说到了她的婚姻。

李执笑问:"旧事已了,殿下又芳华如此,可在长安有喜欢的郎君?咱们大魏的儿女,并没有嫁过人后就不能再嫁的道理。寻常百姓能再嫁,和过亲的公主当然也可以。"

暮晚摇慢悠悠:"我没有。太子殿下倒给我推荐过不少。"

因为太子也想拉她入阵营,想要她背后的李氏势力。

李执目光一闪,不置可否。

显然,李氏既默许暮晚摇在长安依附于太子,又不愿暮晚摇和太子的关系更近一步。

李执道:"我去年来岭南前,曾路过洛阳。殿下当知道洛阳大姓韦氏。殿下不应和韦家嫡系子弟成亲,因陛下会提防。但如果只是一个庶子,陛下倒也不会质疑太多。

"我在洛阳时,遇见过一个天才少年,正是韦家一个庶子。他母亲是外室,回到韦家后颇不受待见。我收了他做弟子,教了他几天学问。临别时我与他说,他可去长安参加科考,向丹阳公主投名。

"殿下到时见一见他。若是觉得可以,不妨让他成为驸马。"

暮晚摇默然片刻,轻轻点了下头。

李执见她态度冷淡,便多说几句:"殿下可放心,臣看中的弟子,绝不是无名之辈。他风采极佳,才华横溢,若非被韦氏常年打压,也轮不到臣去收买。喀喀,不过殿下也不必急着嫁人,你们可以先了解彼此。拖上一两年、两三年的,都没什么。"

拖上一两年、两三年都没事?

李执这话说得很奇怪。

暮晚摇诧异地看了舅舅一眼:"他叫什么?"

李执言简意赅:"韦树,我为他取了字,巨源。也许你现在无所谓,但你见了韦巨源,便会知我并非在逼迫你嫁人。比起太子为你找的姻缘,韦巨源他更适合成为你的良配。"

暮晚摇再次点头。

李执盯她片刻。

问:"怎么,你不愿吗?难道你有自己喜欢的?对方是哪家大姓子弟?舅舅可帮你参详。"

大姓子弟?

暮晚摇眉目弯起。

与李执谈了一整晚,月上梢头。

清雅室内,清光拂面,她手托腮,睫毛覆在眼上,媚色百转:"舅舅误会了。我嫁谁都无所谓的。"

李执望她许久,目中也生怜意。

他低声:"若是过了很多年……你有了喜欢的,也可和离,去嫁你真正喜欢的。只是现在不行。你懂吗,摇摇?"

暮晚摇看舅舅这么认真,忍不住扑哧笑了:"舅舅真的误会了,我没有喜欢谁。以前不喜欢,以后也不喜欢。从乌蛮回来,我发誓要做一个肆意任性、坏脾气的公主。婚嫁在我这里,无所谓的。"

她侧过脸,目光矜矜地静看窗外月光——

重回长安的和亲公主不容易。

她不能想嫁谁就嫁谁的。

所以她谁也不喜欢。

她再不会让自己受委屈,让身边人受委屈了。

第二十章

星垂山野。

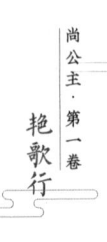

乌蛮王庭帐下，灯火达旦，歌舞尽欢。

帐中最中间放着一青铜大鼎，正汩汩地煮着沸水。

有四个身材魁伟的力士抬着一头全羊进帐，威风赫赫。紧接着，他们站在大鼎四方，郑重地将切好的羊肉扔进鼎中煮沸。

肉香扑鼻，帐中这些被邀请而来的人个个局促着，又都有些不安地盯着鼎中正在煮的羊肉。

乌蛮王蒙在石大马金刀地坐在虎皮王座上，看下方人欣赏歌舞都不自在，又偷偷窥探自己。他面容冷峻，在阴影光下显得几分阴鸷。

他抬手让身边服侍的侍女退下，端起一碗烧酒。

帐中静下，只有煮水声沸腾，还有肉香阵阵。

众人听乌蛮王用一种慵懒的调子开口："今夜召你们，不是什么坏事，诸位不必紧张。本王欲效仿大魏制度，解除你们的奴隶身份，封尔等为贵族，赐尔等金银珠宝、美人羊群。今后除了面对本王，尔等自己可以养奴隶，养牛羊，不再有罪。

"诸位与本王在此歃血为盟，本王在一日，便不会辜负你们。今后你们跟着本王打仗，也不必将所有财物献上，允许你们留一部分。"

众人面面相觑，不解乌蛮王的意思。

乌蛮制度落后，唯一的主人是乌蛮王，其他所有人，不管是跟着大王打仗的，还是伺候大王的，全都是奴隶。

奴隶没有人权，没有隐瞒财物的权力。只要被乌蛮王发现，就是死罪。

但是总有些人羡慕那些漂亮的珠宝，想要那些华丽的绸缎……他们偷偷藏起来，又怕乌蛮王发现，怪罪下来。

而今夜，乌蛮王说，要废除他们的奴隶身份！

众人颤颤地："大王，这是什么意思……我们不懂。"

蒙在石哂笑，他说："你们不必明白，只需知道从此后你们是主人，不再是奴隶就好。"

说罢，蒙在石抬手，让力士献上匕首。他缓缓起身，高大修长的身形站起来，震慑力让整个营帐静谧无声。

这位雄才伟略的王者，握着匕首在手掌划出一道长口子，看着血一滴滴落入碗中。他一饮而尽，向诸人示意，众人慌忙跟上。

蒙在石看着他们这些新封的贵族，若有所思。大魏来的丹阳公主，说他们大魏不是所有人都是奴隶。皇帝可以让人帮自己治理国家，但皇帝不能侮辱一个士人。

大魏有很多贵族，有这些贵族在，大魏皇帝的命令才能自上而下地执行。

昔日黄昏下，那位公主与他一道骑着马，在石林间穿行。她行在前方，握着马缰，回头与他笑道："你不可能让所有人都听你的，却不给你的人一点尊重，对不对？"

蒙在石眯眸："那殿下与我合作，又是想从我这里得到什么好处呢？"

她美目盈盈噙水，道："妾身只愿郎君做了大王，不要辜负妾身。"

想到此，蒙在石喷一声。昔日他与佳人真真假假地做戏，哪想到佳人也在利用他呢！好端端一个漂亮的和亲公主，硬是被他父王逼成了一个诡计多端的公主……太不可爱了。

"大王，远方好像有火光！"蒙在石正怀念公主的浅笑倩兮时，骤然看到毡帘推开，一个武士进来通报。

他脸色骤变，猛地站起。

当夜，乌蛮王和身后这群自己刚封的贵族登上了山顶，果然看到远方火光冲天。那火光却不属于乌蛮，而是来自与乌蛮相邻的赤蛮。

下方有人猜："应该是大魏军队趁夜偷袭赤蛮。"

"反正是赤蛮在和大魏打仗，和我们没关系。"

蒙在石没理会身后人的如释重负，他皱着眉，心事重重。返回王庭后，蒙在石吩咐军队，准备迎接战争。

而下属们还在茫然，心想大魏偷袭赤蛮，跟他们乌蛮有什么关系？

只过了两天，当赤蛮有人带着羊群逃来乌蛮时，就有新封的贵族坐不住了。

他们跑来蒙在石面前指手画脚："……那赤蛮逃来的人不光愿意和我们拿畜生换粮食，还说那大火烧得很大，赤蛮王愤怒不已，正在追杀大魏军队。逃来的人说，他们那里很多丢在路边的兽皮，都没有人要。大王，我们去取了吧，取了后和大魏换珠宝！"

贵族们兴奋地讨论时，蒙在石退出了营帐，漫然骑马而行。很快，下属们将打探的消息带回来，说那些贵族都希望打仗。

蒙在石不置可否："你们也觉得此时应该和赤蛮开战？"

手下派出一聪慧的人说道："大王刚统一了乌蛮，而今想在乌蛮内部开展从大魏学来的工技，就不宜在此时开战。打来打去，只为了一点珠宝，得不偿失啊。"

蒙在石任由他们发表意见。

很快他们讨论出了结果，一致来劝蒙在石不要和赤蛮打仗。

蒙在石淡声："哦，我说不开战就不开战吗？"

下属怔愣。

蒙在石手臂一挥，指向远方营帐门口那群热烈讨论的贵族。

他冷笑："你看他们个个贪婪无度，刚被封了贵族，就想着抢占珠宝绸缎、牛羊美人。因为这是本王刚给的权力嘛！图个新鲜感，怕本王哪天收回了权力。

"贪婪遮蔽他们的眼睛，愚昧让他们目光短浅。本王要是在此时说我们不要打仗了，你猜本王约束得了？或者镇压了，他们会觉得本王出尔反尔，依然将他当奴隶。那本王之前做的，就白做了。"

身后跟随的下属们悚然而望，那批蝗虫，此时若是约束，大王反而要失民心……

蒙在石闭目，慢慢露出一个有些阴沉的笑："这仗，目前只能打。趁此机会，干脆统一赤蛮，让赤蛮成为乌蛮部下。

"大魏一出祸水东引，他们早料到他们偷袭赤蛮，会波及乌蛮这个刚统一的部族吧。南蛮两大部开战，大魏只损失了一批兵马就可以作壁上观，他们求之不得！"

下属们心惊，但他们又纷纷夸乌蛮王："大王那夜看到大火，就让我等准备开战，显然大王那时候就料到了这一切。大王的谋略，不比大魏差！"

蒙在石不理会恭维。

他又若有所思："我们和大魏是和亲关系，大魏不想和我们开战，又想收拾我们，就利用赤蛮让我们打起来……有意思。

"本王刚让人带话给大魏，就出了这种事。说不定还真是那位公主的手段。但公主并不这么懂政治才是……"

青年闭目沉思后，又睁开眼，目中迸发漆黑冷光：

"让我们在大魏的暗探，去查是谁给大魏边军出的这个主意！

"我非杀了他不可！"

李执送走丹阳公主后，打探到乌蛮和赤蛮开战了，也不由一声笑，心中记住了那献策的言二郎。

而在年关前，丹阳公主终于返回了长安，回到自己的公主府上。

此年元日，时隔三年，丹阳公主再次和自己的一众兄长、姐姐，与皇帝在皇宫过元日节。只是比起三年前，皇后早已不在了。

元日后众人交际，公主府上迎来了曾经在府上做过幕僚而今是户部侍郎的一个大官。

对方感恩公主的栽培，暮晚摇勉励对方跟着太子，好好做事。

如是，许多人前来拜访暮晚摇，大多是从公主府上出去而今有了好前程的。暮晚摇耐着性子一一安抚了他们。来拜见的人多了，暮晚摇又烦得干脆称病不出门了。

三月份，科考开始。

春华从二月中旬就开始心慌，不停地寻借口出公主府，打探科考的情况。

放榜时，春华得知榜上没有刘文吉的名字，心里一阵失落。但她又强打精神安慰自己，大魏的科考每年都很难，刘文吉一年不中，也是正常的。

然而春华赶着出公主府去安慰自己落榜的情郎，却一整日都没找到刘文吉。估计刘文吉是羞愧无比，故意躲着自己，春华只好先回公主府。

傍晚时的公主府上，春华失魂落魄地边走边想刘文吉的事，旁边一人喊住她："春华！"

春华抬目看去，见是方桐方卫士，手上捏着一封信，愁眉苦脸地过来："春华，你帮我念念，言二郎给我的信上都写了些什么。言二郎这么客气地写信，可我连字都不认识……"

春华打起精神，帮方桐看言二郎寄来的信。

不防隔着廊子，暮晚摇刚从外吃酒回来。她正摇摇地走着，美目含晕，霞飞腮畔，冷不丁听到了"言二郎"几个字。

暮晚摇疑心自己听错了。

她顿住脚步，隔着帷帐，问那凑在一起读信的春华和方桐："言石生写的信？"

方桐看到是公主回来了，行过礼后愣愣地答："是啊，言二郎真是好人，经常给属下写信……"

他被春华狠狠踹了一脚，"哎哟"一声后，不解地看春华，不知道她踹

自己干什么。

帷帐后的长廊上,暮晚摇默然片刻,问春华:"他也与你写过信吗?"

春华尴尬地:"只是偶尔向婢子讨教一些问题……"

方桐不解:"殿下这么问是什么意思?难道言二郎不曾与殿下写过信吗?怎么可能?言二郎那么会做人,哈哈……"

他的笑声尴尬地弱了下去。

因侍女们掀开了帘子,暮晚摇目光冰冷地看着他。

春华在旁小声:"方卫士你别说了。言二郎从未给殿下写过一封信……殿下甚至都不知道言二郎给我们写过信。"

第二十一章

因为在太子那里吃了酒,现在也不用晚膳,暮晚摇直接让侍女们与卫士们来堂前排排站。

她要审问,到底有谁收到了言二郎的信。

春华也作为被审问者,立在堂下。她小心抬目看眼公主的神色,见公主眼尾的金银粉妆晕后,脸色有些苍白。

公主枕着手臂斜卧在长榻上,侍女们小心伺候,大气不敢出,唯恐殿下发怒。

在暮晚摇的质问下,三三两两的侍卫和侍女们站了出来,不安地说自己收到过言二郎的信——

"之前在岭南时,属下与言二郎闲聊,告诉他属下有些旧伤,下雨天会头痛。二郎后来就写信来问此事,还寄了草药来。"

"婢子是在岭南时,有一日得了风寒,是二郎给的药。回到长安后,二郎问婢子一些长安琐事的时候,婢子见他人那般好,就如实答了。"

下方人说得絮絮叨叨,暮晚摇脸色则越听越难看。

她听明白了。那个神通广大的言二郎,不光和她的仆从们来往书信,还时不时寄些东西。

见还有人在说,暮晚摇起身,一盏茶泼了出去。

下方当即噤声。

暮晚摇道:"方卫士。"

方桐:"是!"

暮晚摇醉酒得厉害,脾气就比往日更大些:"一事不劳二主。既然你曾经骂过言二郎,还因此和他骂出了情谊,那这一次,你来说,让春华写信。你帮本公主好好将言二郎骂一顿,问他为何如此不知感恩?

"为何与我一句话也没有? 当日不是利用我利用得很好吗,不是像狗一样讨好我吗,怎么一转眼就翻脸不认人了?

"这可不行啊言石生! 要讨好本公主,那就得持之以恒!"

暮晚摇说得很难听,一边拍案一边咬牙切齿:"给我好生骂!"

旁边侍女们小声劝:"殿下醉了,该去歇息了。"

众女簇拥着公主回去歇息,春华让下人们先散了,和方桐面面相觑。

一会儿,侍女夏容出来,告诉二人:"今日公主在太子宴上,有大臣说她一个和过亲的公主不该到处乱逛。殿下在太子那里就发了火,还被太子骂了。殿下当时直接就走了。

"所以心情不好,回来才说话重了些。好在是冲着言二郎发的火,没有打杀我等。"

春华和方桐叹口气,心中皆有些酸楚。又担心公主这般不给太子面子,日后醒了酒,大概又得忍着去和太子道歉……

殿下不只是为了自己,也是为了整个公主府上的人啊。

方桐问:"那骂言二郎的这封信,还写不写?"

春华无奈道:"写吧。不写的话,公主又要生气。再加一封信向言二郎说明情况便是,让他别怪我们殿下。"

信件写好,次日暮晚摇醒酒后看了一下,"唔"一声后就不说什么了。

春华便出去让人去岭南送信,有侍女来通报她:"春华姐姐,刘郎来府上找你了。"

春华一怔,能见到情郎的喜悦自然了不得。昨日放榜,榜上没有刘文吉的名字,她一直为情郎担心。

不知刘文吉今日状态可好?

她手中还拿着信,就出了内宅,去外宅门楼耳房外,果然见到一身桐布

轻衫的郎君背对着她，望着公主府的门墙出神。

听到脚步声，刘文吉回过身，面容清隽中，眼中带几分熬夜后的红血丝。

他对春华露出笑。

春华道："昨日放榜……"

刘文吉打断："没什么的，不过是落榜而已！我在长安这两个月也看明白了，才子这么多，我一时不适应而已。我打算与我家中去信，告诉我阿父阿母我要留在长安，明年再考一次。不成进士，我绝不回岭南！有了第一次经验，明年三月，我定会及第！"

春华忧心忡忡，因她从小跟着公主长在长安，知道这里才子有多少，能中进士的不过千万分之一。

但是看刘文吉信心满满，目中尽是少年人独有的桀骜与自信，春华便轻轻笑了一下，点头鼓励他。

刘文吉看到她温柔的笑容，脸微微红了一下，也为自己昨日躲着不见她而羞愧。

他咳嗽一声，转移话题："你手中拿的是什么？帮你们公主寄信吗？"

春华柔声："是呀，殿下要寄信去岭南，和言二郎……喀喀，问一些事情。"

刘文吉怔了一下，心情古怪："言二郎居然还和公主殿下有往来啊。"

刘文吉自然是和言石生有书信往来，此时听到言石生和公主书信往来，他心中觉得不舒服。

他想到了自己在长安听到的，多少才子拿着干谒诗、行卷投名，四处找那些大臣、皇亲，希望得到对方赏识，好在科举中及第。

刘文吉素来瞧不起这种人。

没想到言石生竟然也……

春华笑问他："对了刘郎，你是不是也要向岭南寄信？不如把你要寄的信拿来，我让公主府一并寄出去？公主府寄出的信，驿站那里定然处理很快，你很快就能收到回信。"

刘文吉目中浮起羞恼色，道："我不是攀附权贵、阿谀奉承之人！公主府的好，我是没缘分受的。"

春华抿下唇，知道他是自尊心强，也向来不喜欢那种靠关系的人，便不再说什么了。

只是刘郎何时才能明白，水至清，则无鱼。

一个月后的岭南沙水镇，言石生坐在屋中，看着来自长安、来自暮晚摇的信。

　　公主责问他为何不与她写信。

　　言石生沉默而坐。

　　想起暮晚摇，他便想起临别时，她将他扯进车中亲他……那日她手抚着他脸颊、唇齿清香的感觉，至今让他想起就心烦意乱，夜不能寐。

　　他不知该如何面对暮晚摇。

　　但是至少现在看，公主是没有受到任何影响的。

　　她不觉得她临走时那一亲代表什么，也不觉得那一亲会让他们关系变得奇怪……她又不喜欢他，不过是一时情动，在逗他罢了。

　　丹阳公主将他当作一个玩物，走时一句话不说，走后一个信息不给。

　　她用无情的行动告诉他，那不代表什么，他也别想以此要挟她什么。

　　坐在窗下，言石生眉目温润，暗自琢磨她的意思。

　　她是个任性的女郎。既不想他对两人的关系多想，又不希望他刻意回避。然而方卫士又说公主现在很难……

　　言石生不想让她更难过。

　　他枯坐在案前，手执狼毫，很久不知该怎么回这样的信。

　　外面幺妹言晓舟喊道："二哥，你已经坐了一下午了，大哥喊你出去跟他跑步！"

　　言石生应一声，放下了手中笔。

　　暮晚摇还是收到言石生的信了。

　　她都写信去骂了，按照言二郎那会做人的态度，怎么可能会不给她回信？

　　五月份的时候，暮晚摇坐在廊下吃着樱桃，听春华念信。

　　春华道："……总之，二郎向殿下道歉，为了赔礼，他还赠了画眉石来。说是岭南有名的石黛，给殿下画眉用。"

　　暮晚摇不以为然——

　　岭南产石黛，温润松软，再滴香露，其后磨出的墨液鲜亮遂心，用来画眉最为清新好看。

　　这谁不知道？就他会借花献佛。

然而春华捧着匣子过来时，暮晚摇还是慢悠悠地打开了匣子。

十二生肖状的画眉石摆在匣子中，雕刻得栩栩如生，像十二只小动物一般，巴巴地看着暮晚摇。

侍候的侍女们齐声："天啊！"

暮晚摇怔住，伸手把玩一尊画眉石，再爱不释手地去把玩另一尊。她细白的手指轻轻摩挲，看出这是刚雕好的。

暮晚摇心中一动，按照言石生为人的谨慎劲儿，这十二生肖，应当是他自己雕的，绝不可能假以他手。

他这人……面子功夫永远做得最好，就怕对方感受不到他的用心一般。

暮晚摇抿了唇，恨他太会讨好人，但恋恋不舍地摸着十二生肖，她又抚腮笑了出来，眉眼弯起。

不管他跟别人送什么礼物，送她这里的，是最费事、最好的便是。

春华看公主眉目含笑的样子，知道她消气了，便故意道："殿下这下高兴了？"

暮晚摇道："高兴什么？把画眉石雕得这么好，还让人怎么舍得用？他就是故意让我只看不能用吧？"

春华："……"

公主太难讨好了。

暮晚摇抿一下唇，又小声："你送些从西域运来的蒲陶（葡萄）给岭南。"

春华吃惊："是太子殿下送公主的吗？这路途遥远，若是中途坏了……"

暮晚摇掩着扇子挡住自己的脸，在榻上翻个身。帷帐飞扬，挡住了她的身形。

侍女们看不到公主的神色，只听到她漫不经心："坏了就坏了。我只是觉得乡巴佬没有吃过蒲陶，让他尝尝而已。要是中途坏了，就是他没有缘分。"

侍女们正在围着公主说话，讨好公主，忽有人在外传话："殿下，有个韦七郎求见，说是他老师让他来拜。"

众侍女不明所以。

埋脸于枕下的暮晚摇睁开了眼，想了起来。她舅舅推荐的韦家庶子韦巨源，来长安了。

按照舅舅的计划，这应该是她的驸马了。

……该去为难为难。

第二十二章

暮晚摇在侍女簇拥下,慢悠悠地前往那半露天正堂。

此年代权贵人家,大部分的正堂都没有四面墙,而是用几根柱子支起"檐顶",四面通风。沿着长廊走去正堂,正好可见立在堂外的少年郎君。

有侍女对那等候的少年郎君屈膝:"郎君,我们殿下来了。"

韦树抬头,向那葳蕤荫下走来的少年公主看去。只一眼看去,但觉得绯红鲜妍,气势夺目。而走来的暮晚摇,也一眼看到了他——

少年郎君立在堂前,风姿郁美,气华高然。

他仰面看来时,阳光落在身上,周身雪光潋滟,卓然生辉。

暮晚摇此生从未见过这样干净、清冷的人。他整个人就如浮屠塔上的一层雪光,让人生不起半分戏弄感。

……舅舅没骗她,这人资质,绝对是暮晚摇见过那么多男子中的上等。

但唯一问题是……暮晚摇站在堂前,收了自己脸上的戏谑不屑,正经问一句:"韦巨源,敢问你今年多大?"

韦树看着她:"十四。"

暮晚摇沉默:"……"

……难怪舅舅不着急两人成婚,含糊地说多认识几年再说。

暮晚摇今年已经十八了,面对一个十四岁的少年郎君,就算对方再貌美……她也下不去手。

暮晚摇腮畔微红,干咳道:"你来长安做什么?"

韦树声音也如雪一般清冷:"洛阳待不下去了,老师让我来长安。我打算参加明年的科考,希望公主能帮我在长安找些房舍、仆从,日后我会报答殿下的。"

暮晚摇侧过了脸,微笑:"好说、好说。"

一时间,二人都沉默了。

暮晚摇悄悄看眼韦树,见对方虽那般小,看着却沉静冷然。

暮晚摇悄然看他时,他不动声色地移开了目光,脸颊微红。显然他对李

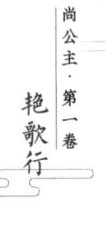

执的安排心中有数，并有点尴尬。

暮晚摇便淡然地安排对方喝茶。

她与韦树聊了一整个下午，不过是聊些洛阳风土人情。韦树虽然年少，谈吐修养却显然是名门大家才能养出来的。

一时间，不谈风月，二人倒也宾主尽欢，其乐融融。

李执对公主的婚事有自己的考量，太子自然也有自己的考虑。

东宫中，韦树前脚刚走，太子就得人通报。

太子幽静独坐半晌，转着手中鎏金杯，吩咐人："……将杨嗣召回长安。到底是和六妹青梅竹马一起长大的，他对六妹的回长安，就一点反应也没吗？"

被为难的小厮苦笑："太子殿下，您也知道杨三郎脾性桀骜。是您安排杨三郎去陇西边军历练的，这么急急地把人召回来，杨三郎会不高兴吧？"

太子隐怒："脾气大的他！青梅竹马回到长安，他关心难道不是正常的吗？非要等李氏被洛阳韦氏笼络去了，他就高兴了是吧？让他回长安来，想练兵的话，孤给他羽林军中的职务。"

"他的任务，首要就是和六妹搞好关系，将金陵李氏给孤拉拢来！"

如此一番，自然有快马加鞭出了长安，前往陇西去寻杨三郎。

太子希望在丹阳公主的婚事上，安排的能是自己的人。

而自己人中，杨三郎杨嗣从小和暮晚摇青梅竹马，又一直是太子的伴读、洗马，是最值得信任的了。

于是整整一年，暮晚摇都被夹在太子和李家的谋算中。一边是杨三郎，一边是韦七郎。

岭南的书信依然往来，但因为距离太远、书信不方便，暮晚摇起初还关心过言二郎，后来跟着太子忙碌，她压根将岭南的言二郎忘到了脑后。

当日岭南潇潇暮雨中的少年郎君，不过是氛围所托出的情愫罢了，又有什么重要的。

暮晚摇从最初的偶尔问一句言二郎书信，到后来即使对方来信了，她也不问不看。

知道公主的兴趣已经过去了，春华等人也不再拿言二郎的信烦公主。

不过言二郎信中内容有趣，会与他们讲一些岭南风情、传奇。春华、方桐等人每月看言二郎的信，都看得津津有味，争相传阅。

这一年的十月份，言石生如自己预算的那般，得到了广州被派去长安科考的名额。

这一年，言家大郎娶妻后，家中就将办完婚事后剩下的所有值钱物置换成了金锭，全都塞进了言二郎的包袱。

刚过完年，他们就催促言二郎去长安，不要误了二月份的科考。

而整日喝酒、对儿子前程从不过问的言父，在言二郎要离家前一夜，将言二郎叫到了屋中。

毕竟自己父亲曾是中过进士的，言二郎当然要听一听他父亲对自己的考试有没有什么建议。

建议倒是没有的。

但言父也确实给二郎做了安排："……我是远离长安圈子久了，没什么能帮你的。但我有个老友，现在是太学博士。不过是个六品的小官，也没什么前途，但正好对你有利。

"我早就书信我那老友，让他收你做弟子。你到长安后，就投奔他去吧。

"二郎，你是个主意比谁都大的孩子，几个子女中，为父最不担心也最担心的，就是你了。只希望你不管福祸，都莫忘了家里，不要一人独扛。有什么为难的，例如缺钱了，就告诉我们。"

言二郎目中微热，不说话，只跪下，向父亲正经叩拜。

言父叹道："你那老师已经答应收你为弟子了。不过他说，你的名字不好，他要帮你改名，你可愿意？"

言二郎低声："自是听老师与父亲的。"

言父点头，看儿子跪在面前，他心中唏嘘，也不知二郎此次一走，未来会是什么样子。自己当年在长安没求得一官半职，不知道二郎会不会也跟自己一样。

然唏嘘过后，言父突然从怀中珍重地摸出一玉佩，神神秘秘地交给言二郎。

言二郎有些蒙。

言父神秘道："这是你母亲还在世时，就让我保存的。这是咱们家娶媳妇的祖传定情信物。只是你们几个孩子太多了，为父不知道该传给谁……想来想去，就传给你吧。"

言二郎微木然："……大哥刚成亲，大嫂都没见过这玉佩。而我去长安是考试，您却把定情信物给我？"

言父焦急道："为父就是督促你别总想着考试、事业，赶紧娶妻生子！你到长安托你老师找一门好亲事，肯定比在岭南好啊。人家长安的好娘子看不上其他的，咱们这祖传的定情信物总不露怯吧？

"总之，你已经十八了！最好今年就成亲，明年就让我抱孙子！你是家中老二，你大哥已经成亲了，你别让你下面的弟弟妹妹都没法安排婚事。"

言二郎无奈收下玉佩。

但他心中不以为然，显然一心求官，并不在意亲事。

这一年的元月，公主府上的侍女和卫士们，收到了言二郎最新的信。

公主今日不在府上，且公主也早就不关心言二郎了，众人读信，自然不等公主。

春华和方桐被围在中间，春华声音轻柔地给众人念信中内容："……二郎说他已经来长安了，改日有机会就与我们见面。"

众人欢呼。一年的书信往来，让他们都喜欢上了言二郎。

春华又"咦"一声："言二郎说他老师给他改名了。他日后不叫言石生，而是叫言尚……"

春水破冰，长安日暖。

被自己老师赐名的言二郎，现今的言尚，站在了长安街上。

长安城里，冠盖如云，车马辐辏。他初时被长安的繁华所惊，有些不适应，但跟着一胡人车队进城后，看到更多的百姓、街头的"斗声乐"等活动，倒也觉得有趣。

言尚买了一刚出笼的叫"古楼子"的胡饼，吃了几口后收进背着的包袱中。他兴致盎然地在街上边走边看，目不暇接。

忽然间，数匹人马从远方驰来。街上行人慌忙让开，言尚自然从众。

他本是看热闹地随意一看，却看到了衣着鲜艳的当街骑马而行的青年男女贵族中，为首的，是一女郎。

她华裙步摇，叮当清脆声中，与旁边一锦袍劲装郎君同行，对方的马比她快一步，她也不着急。

帷帽纱帘被风吹开，露出马上女郎的面容。

散在马背上的裙裾鲜艳摇荡,姣好雪白的面容如春水波生。修长的玉颈,如云的乌鬓。

那般活色生香的美。

就如云雾散开,满街萧索,言尚看到她骑马而来,绮罗杂沓。

围观百姓轻语:"那便是丹阳公主吧,好风采。"

暮晚摇与那些行人擦肩而过时,忽听到身后有人唤——

"言素臣!"

另一温声如玉:"刘兄来了。"

后者那清润声音,如珠玉撞竹,竹叶摇瑟。暮晚摇御马停步,蓦地回首向后方看。

她看到人群熙攘,有一人背对着她,青山玉骨一般,和另一人走入人群中,看不清了。

旁边的郎君停下马等她,淡声问:"熟人?"

暮晚摇回过神,美目望一眼淡漠无比的杨三郎杨嗣,嚯笑:"哪有? 估计听错了。"

而公主府上,侍女春华字句清晰地念出——

"改名为言尚,字素臣。

"尚者,敬也,崇也。素臣,乃是素王之臣的意思。素王是孔子的尊称。老师如此取名取字,是让我修孔子之道,传经天下,修文古今。"

第二十三章

来找言二郎的,是刘文吉。

同是岭南出身,言尚又是一个极擅交朋友的,哪怕刘文吉再是恃才傲物之人,他在长安和言尚重逢,都觉得一阵激动。

刘文吉笑道:"收到你要来的信,我早就开始按照你的要求,在长安帮你物色房舍……"

言尚当即作揖:"辛苦刘兄……"

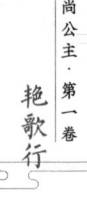

刘文吉一把握住他的手摆了摆，示意不必如此。

刘文吉还红了下脸："不过我也没找到太好的房舍，目前只找到了永乐坊的永寿寺。那里只是离热闹地段稍微远一些，但也没有到贫瘠的地步。住在寺中，还正方便你安心读书……"

言尚便再次道谢。

其实刘文吉找的住舍离言尚自己的要求还差得甚远，他连永寿寺都嫌太热闹。

不过刘文吉的好心，言尚自然不辜负。

说起这个，言尚就想起一事，道："我的老师窦公得知我来长安后，帮我绕了些关系，让我去太学临时读两天书。"

刘文吉一怔，然后有些酸："有位太学博士做老师，你运气真好。"

此年代书籍何等珍贵，而太学中的书又是少有的浩如烟海。

哪怕马上就要科考了，言尚的老师能让言尚临时去太学……也颇让刘文吉在意。

因他自己父亲当年在长安当官时做的是御史，而御史向来是得罪百官的一个职位。刘文吉的父亲就没为刘文吉在长安留下太多资源。

言尚看一眼刘文吉。

他微笑："我请求了我老师，他许可刘兄与我一起去太学了。"

刘文吉："……！"

他猛地当街停下步，用难以置信的眼神看着言尚。

言尚一贯地和气好说话，这对于在长安尝尽人情冷暖的刘文吉，何其难得，竟有双目微润之感。

刘文吉握着言尚的手，使劲摇了摇。他几次张口，说不出太多感激的话，最后道："素臣，你如此帮我，刘某日后绝不负你。"

言尚道："些许开口之情而已，何至于此？"

刘文吉摇头："我到长安才知道，很多时候，哪怕是旁人随口一说就能相帮的事，旁人又为何要为你张口？只有你会这么做。"

言尚默然，半响后道："我也并非没有私心。你我同是岭南一脉，日后为官，旁人必然将你我视为一体。那你我自然要相互扶持，同仇敌忾。就如刘兄为我找房舍一般，我自然也会帮刘兄进太学。"

刘文吉笑起来，道："行。不多说了，我请你吃酒去！"

言尚拒绝:"刘兄是知道我的,我素来不饮酒。"

刘文吉吃惊:"不是吧言二郎,到现在你都不饮酒?真的一口不碰?你就没有破例的时候……"

两个书生的身影混在人群中,说话声也渐渐远了。

背后与他们相隔了很远的暮晚摇一行人骑马出城,也不过是贵族男女游玩踏春。

各不相干。

次日,言尚和刘文吉相携着去了太学。在门口递了腰牌准入后,言尚和刘文吉对视一眼,都从对方目中看到许多压抑下去的兴奋与激动。

一位年长师兄来领他们进去。他对言尚客气地多说了几句话,对刘文吉只是敷衍地点了下头。

好在刘文吉正在观望太学的宏伟,没有太在意。

师兄领他们到一学堂前:"窦老师吩咐说,到科考前,这间学堂都随你们来去。太学书馆里的书,也任由你们取阅。"

言尚道谢,在师兄匆匆要走前,连忙多说了一句:"请问师兄,老师何时有空,可让我去拜访老师?"

这位师兄回头看了这个老师刚收的弟子一眼,看对方文质彬彬,他印象不错,就答道:"老师最近被他老友借去编史,恐怕没空见你。"

言尚礼貌道:"那待科考结束,我再拜访老师了。"

师兄诧异地看他一眼,知道对方领悟到了老师的意思——科考没有结果的话,并没有见面的必要。

师兄走后,刘文吉轻声跟言尚说:"你看到了吧?这里处处狗眼看人低,连你老师都……"

言尚打断:"刘兄慎言。"

刘文吉挑下眉,不再说什么了。

深吸口气,二人踏入学堂。见稀稀拉拉的,只有几人在学堂中的一排排小几前坐着,翻看手中的书卷。

刘文吉自然无可无不可,倒是言尚正儿八经地站在门口,向屋舍中的各位学子躬身作揖:"小生初来乍到,见过几位师兄。"

没有人抬头。

满室静得让人尴尬。

言尚见没人理会，便收回礼数。

却忽而，一个年轻郎君本拿小几当凭几，随意侧坐着翻书，闻言抬头朝门口看来，随口问："来自哪儿的？"

言尚看向这个替自己解围的郎君，温声："岭南，言素臣。"

那个问话的郎君没说什么，倒是其他几个书舍中的人扑哧一声笑，看着门口的言尚和刘文吉："岭南不是蛮荒之地吗？还有人读书？听说你们日日茹毛饮血，读书有什么用？"

刘文吉当即面色铁青。

但他也知道初来乍到得罪人不好，便努力忍怒道："岭南只是偏远，也是大魏国土，如何就不能读书了？"

书舍中几个人互相看一眼，笑得更不怀好意了。其中一个人站起来，道："那请问，你们读的什么书？张太傅前年给小儿编的书看过吗？"

竟拿编给小儿的书这般辱人！

刘文吉面容涨红，怒火冲天。他上前一步握紧拳头，一拳挥出。对方微惊后退，虚张声势："你还敢打人不成？！"

刘文吉一拳要挥出时，一手从旁侧拦住。言尚拦住刘文吉，同时回头对那挑衅的学子说道："不知师兄来自何方？"

对方高声："我乃陇西关氏一族的嫡系！"

言尚温和道："陇西关氏，自然是大族。听闻关氏在陇西几乎垄断所有官职，你们一脉世代在陇西，即便是朝廷派出的官吏到了陇西，也要看关氏的脸色。如此英豪之气，我这般岭南来的小人物，自然佩服。"

对方目露得意之色，甚至面容和缓："过奖。没想到连你都听过我关氏之名。"

那初时开口询问言尚和刘文吉来自哪里的年轻郎君并未掺和他们这事，此时饶有趣味地看着他们。

果然言尚下一句道："那关兄可知，到了这里，陇西关氏，是被长安、洛阳、金陵等地的真正世家所瞧不起的？科考初定之时，他们商议正音时，直接将陇西排除出世家行列，说你们粗蛮野人，只会打仗，没有传承。

"据我所知，这些年，关氏在长安并不如意。你们在陇西称霸一方，然没有经学传世，到底不入主流。长安中人瞧不起兄台，就如兄台瞧不起我这样岭南出身的一样。"

对方已被气得全身发抖,怒目而视。

言尚含笑,作揖后结束了话题:"……如此可见,出身哪里,似乎区别并没有那般大。"

众目睽睽,对面学子竟被一个新来的人辩倒,当然不服,他面色变来变去,张口要骂时,一个人进了学堂门。

少年声音冷清淡漠:"都在吵些什么?你们不愿读书,去外面约架吧。不要打扰旁人。"

众人看去,见是一眉目如雪的少年郎君步入。他们脸色微变,敢怒不敢言,重新坐了回去。

言尚则盯着这个清光熠熠的少年漠然走过他们身边,若有所思。

当日傍晚,言尚邀请今日那最开始帮他们解围、后来也没有与其他人一同为难他们的年轻郎君去吃酒。

也邀了那最后来的、斥责了所有人、间接为他解围的少年郎君。

前者笑嘻嘻,一听说是吃酒,就答应下来。后者却是理也不理他们,还是言尚口才了得、能言会道,才说动了这个少年。

刘文吉作为言尚的同乡,自然与他们一起。

言尚邀请几人去北里吃名花宴,据说这是全长安最贵的宴,只是开席,便要三百文。刘文吉一听都心疼,言尚却面不改色。

让那被邀请的年轻郎君和少年郎君,都多看了言尚一眼。

入了席,自顾自倒酒,年轻郎君介绍说自己叫冯献遇,他满不在乎道:"我祖父经过商,平时也被那群人看不起。言素臣你今日训斥他们,说得可真过瘾。"

刘文吉知道言尚不吃酒,便主动将言尚面前的酒换成了茶,转头看言尚:"不瞒诸位,我认识言二郎许多年了,倒是第一次见到他还会有辩驳人的时候。我们言二郎,可是一个从来没脾气的下凡菩萨啊!"

言尚答:"任人可欺只是蠢,并非没脾气。"

他又对那少年郎君道:"观郎君年龄尚小,也该少吃些酒才是。"

对方瞥他一眼,没说话。

冯献遇在旁笑道:"你们不认识这位吧?他叫韦树,今日多亏是他在,那些人才没有说下去……"

言尚:"可是洛阳韦氏?"

韦树冷淡看他:"你倒是对世家大族如数家珍。然而你若想攀附,可错了。我是家中庶子,韦家资源并不倾向我。"

言尚语气平和:"若相交只为利用,你未免太小瞧我。"

如此胸襟。

韦树看他一眼,不说了。

之后他们自是吃酒吃菜,天南海北地聊。韦树不怎么说话,那冯献遇显然很清楚韦树的事,每看韦树一眼,就似笑非笑,让言尚心中有所思。

中途,刘文吉出去更衣,韦树受不了冯献遇一直时不时看自己的目光,放下箸子:"我知道你为何一直盯着我看,不就是因为我有尚公主的嫌疑吗?如此嫌恶,何必多交?"

冯献遇一怔,然后大喊冤枉:"你可说错了!我是羡慕你!我巴不得被哪位公主看上,从此仕途平步青云……"

韦树愣住,显然没想到对方这般没有志气。

言尚从中说和,为双方倒茶,问道:"巨源说的尚公主,自然也是求官的一个途径。只是不知是哪位公主?"

韦树答:"丹阳公主。"

言尚口中茶当即喷了出来,咳得满脸涨红。

第二十四章

从吃酒开始,言尚都表现得进退有度,行事说话让人如沐春风。他突然喷茶而出,呛得自己连忙掩袖遮挡,让同座的冯献遇和韦树都惊住了。

言尚边咳边道:"抱歉,是我失态了……"

冯献遇探究地看着那面容涨红、狼狈不堪的言二郎,再看向韦树,果然,韦树这个少年,神色比之前更淡了。

韦树道:"对方是丹阳公主,就让言兄这般震惊吗?"

言尚咳嗽缓了。

他无奈地低头看眼自己衣襟袖口被自己弄脏的茶渍，略有些心疼。毕竟今晚这名花宴下来至少五百文，而衣裳脏了，他回去又得换。

因为比起公主来，他更关心钱，言尚重新面对韦树时，就镇定了很多："只是觉得巨源你小小年纪，那位公主恐怕大了你很多……让人很意外。"

他脑中不受控制地想到了那位眉眼妍丽的女郎。

确实很美。

然而再美……那位公主马上就要过十九岁生辰了吧？韦树看着才十四五岁大。

说一句老牛吃嫩草，不算过分。

想到暮晚摇当初临别时亲自己那一场，言尚不禁怀疑自己是有什么样的毛病，会和韦树一样在某方面讨了丹阳公主的喜欢。

言尚睫毛微垂，观察韦树。因他年龄小，席上那几人照顾他，并不让他多吃酒。

是以到现在，除了从不碰酒的言尚，不管是离去更衣的刘文吉，还是如今趴在食案上的冯献遇，都面色染红，只有韦树依然清清冷冷，周身气质通透干净。

韦树掀眼向言尚看来，顿一刻后，声音都轻了一分道："你如何知道我与丹阳公主年龄相差大？你如何知道丹阳公主今年多大？莫非……你认识公主殿下？"

言尚面不改色，非常自然："我一介平民，到哪里认识公主殿下？不过是丹阳公主的名气比较大，我听说过而已。"

他的话说服了韦树。

确实，陛下膝下只有两位公主，丹阳公主大名鼎鼎，不是别的原因，而是她和亲过。

和亲后重回长安，丹阳公主自然为人所瞩目。天下人的眼睛，都盯着她。

韦树道："……是我老师希望我与殿下……但具体如何，尚未可知。和亲本是为了大魏，如今回来亦被人说三道四。不管未来如何，现今，我是觉得殿下有些可怜。"

言尚默然。

半响后道："可怜谈不上，这本该是身为公主应当担负的。但社稷江山被托付到一个女子身上，未免是天下男儿的耻辱。"

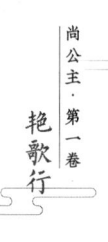

韦树眼睛轻轻一亮，看向言尚，道："言兄说得对。"

他道："若有朝一日，你我同处官场，希望这样的事再不会发生了。"

言尚笑而不语，只是再次倒茶，以茶代酒，起身敬韦树一杯。

冯献遇在旁边看戏看了半天，为这二人的思想境界悚然一惊。

这二人竟这般投缘，都从和亲公主谈到该如何当官了……

这不是一个怪物。

是两个。

"你们在说什么？"言尚与韦树以茶代酒敬对方时，刘文吉回来坐回席上，奇怪地看着这里不同寻常的气氛。

冯献遇正要以一个闲聊的语气解释，言尚接了话头，对刘文吉笑道："没什么，我跟韦巨源聊一些新兴酒令而已。"

言尚心知刘文吉有些傲慢，瞧不起攀附权贵之人，怕韦树尚公主的事落到刘文吉耳中，刘文吉又来讥讽什么。

他不动声色地转移了话题，韦树看了他一眼没说话，冯献遇也是笑了笑，不加反驳。

晚风寒月，醉酒熏人。冯献遇笼着袖子，哼着小调：今天认识的几个小朋友，都很有些意思啊。

暮晚摇这边，公主府上迎来了一位哭丧着脸的客人，乃是晋王妃。

目前还活着的三位皇子中，晋王是最不起眼的那位，晋王妃自然也跟着成了长安的小透明。而且这位王妃乃是续弦，更加没有地位。

其他王妃有各种玩乐、追捧，晋王妃左右看看，好像只有刚回长安的丹阳公主，大约能理解自己处境。

晋王妃拉着丹阳公主抹泪了一个时辰："……成亲三年，我都不能为我们殿下生下一儿半女。妹妹，我相信你能理解我身为人妻，却不能为人生儿育女的苦……"

暮晚摇被逗笑了。

她手支下巴，似笑非笑："我怎么就能理解了？难道我嫁过人，就一定能理解嫂嫂你想生儿育女的心？"

晋王妃瞠目了一下，道："因为妹妹你也膝下无子……"

打帘在外面的春华等侍女面面相觑，心想这位王妃难怪不讨长安人士的喜欢，怎么说话呢？专踩她们殿下的痛处吗？

她们殿下是嫁过人，但谁说嫁过人就一定想生孩子了？她们殿下可是恨不得阉了对方啊。

果然，侍女们听到自家公主凉凉的声音："抱歉哦，嫂嫂。我真的不理解你。我此生都没有为谁生儿育女的打算，但你若愿意，我可以送你些美人到我五哥床上，帮他生孩子。"

晋王妃："……"

晋王妃泪落得更凶了，哽咽连连："我不也是为了皇室子嗣嘛！妹妹你何必这样戳人心？"

暮晚摇以为自己说得太过分了，没想到这位王妃说："我这几年送了不少妾室去你五哥床上，可是我们府上就是没有子嗣。我都怀疑、怀疑……"

暮晚摇也开始怀疑了。

她好奇地小声："我五哥是不是不能生？身体有什么毛病？"

晋王妃哭道："奉御医看过说没问题。然而我们王府就是没有子嗣。"

没有隐秘八卦可听，暮晚摇烦了。

她换个坐姿，闲闲地打个哈欠："那我又不是送子观音，你跟我说这些做什么？"

晋王妃抬目，目光闪烁而充满希冀："我听说永寿寺的送子观音非常灵验，想请妹妹陪我一起去。"

暮晚摇拒绝："你自己怎么不去？"

晋王妃道："我不想我们王府的事尽人皆知。妹妹与我一起去吧，我去求子，你去求姻缘！"

暮晚摇到底是被晋王妃的絮絮叨叨弄得很烦，左右她也确实没什么事，便答应陪晋王妃去一趟永寿寺。

这日下午，言尚独坐屋舍。外面气候阴冷，光线黯淡。他在屋中秉烛写书，厚厚的卷轴一层层堆如山，摆在案头。

此年代的科考若想及第，除了正规入考外，还可以将自己平时的诗文整理成卷，由达官显贵做媒，向知贡举等主试官投牒自举。

如此，主试官可根据考生的平日才学，决定最后成绩。

这种方式，称为"行卷"。

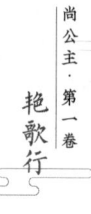

刘文吉素来瞧不起这种方式，他从来不参与这种。

但言尚倒是自家知道自家事，无可无不可之下，他和冯献遇对"行卷"都很有兴趣。

二人约好了一起去某位相公（对宰相的尊称）门下投卷，首要任务，便是能先拿出一份出众的卷子。

言尚一整日窝在屋中，便是忙着整理旧文、修改旧文，加以汇集。

天外忽飘起一点雨丝，他起身去关上门窗。

暮晚摇陪晋王妃来永寿寺转了没一会儿就无趣了，晋王妃去虔诚拜佛，暮晚摇则想走人了。这时候，侍女来说，韦树来找她了。

暮晚摇连忙抓住这个借口，从晋王妃身边躲走，说和韦树去寺后的小竹林中说些话。

韦树与暮晚摇在绿林幽幽中散步，说起行卷之事："我已准备好了文卷，还望殿下改日帮我推举。"

暮晚摇"嗯"一声。

他们考生自己是不能向主试官推举自己的，必须有达官显贵作保才行。

韦树再问："殿下可知道今年礼部派来主持考试的主试官是哪位？"

暮晚摇微笑，正要答时，天上"滴答"一声，一滴雨落下。

竹林生雾，刚下雨时，暮晚摇和韦树就退出竹林。只退出半途，雨便下大了，噼里啪啦，撞击声重。

雨帘中，韦树忽道："殿下，我突然想起，我一个师兄便借住在永寿寺中。如今雨大，侍从们恐在前院躲雨，我们不妨到我师兄屋舍躲雨？"

暮晚摇斥："这么多废话做什么？带路！"

韦树面突然一红，低声一句"得罪"，便拽住了暮晚摇的衣袖，带着她匆匆出竹林。

三绕五绕，出了林子只见雨更大了，好在韦树那位师兄就住在竹林旁边。

韦树拉着暮晚摇冒雨奔跑过去，暮晚摇站在廊下擦自己脸上、衣上的雨水，韦树敲了敲门："言兄！"

屋中没有人答，却一声哗然，好似什么倒了的声音。

韦树一顿，一把推开了木门，再次道："言兄，你可还好？"

一道温和男声擦过暮雨,从小山堆般的案上卷轴后响起:"还好。"

听到这个声音,站在韦树后方整理仪容的暮晚摇隐约觉得耳熟。

她心不在焉地一边用手抚着贴在脸颊上的湿发,一边向那案头看去。

只见那个本来跪在案头低头整理书籍的人,从层层书卷后,一点点站起来。

悠远的长眉,漆黑温润的眼睛,高挺的鼻子,清秀的面部轮廓……时间变慢,自下而上,他一点点地露出秀逸眉眼,噙笑朱唇。

晴浦晚风寒,青山玉骨瘦。

雨声噼里啪啦敲着檐顶,竹叶瑟瑟被风吹摇,天地在一瞬间静下。

冷雨繁密,滴滴答答,蜿蜒的岁月如同河流,晚来几个天寒?

站在屋舍门口廊阶上,一阵凉风吹来,擦拭着乌发、衣裳的暮晚摇,猝不及防、目不转睛,看到了言二郎。

第二十五章

暮晚摇目光掠过韦树的肩,看到言尚。

但这位公主实在淡定,言尚看到她,瞳眸尚且不受控制地缩了一下,暮晚摇却只是闲适无比地继续弹她衣裳上的水珠子。

她依然云鬟花容,裙曳鎏金,美目顾盼神飞,一如那日在街头看见她与众贵族男女一道骑马时的风采。

韦树向言尚行了个礼:"言兄。"

言尚压抑自己看到暮晚摇时心中的波动,对韦树尽量彬彬地回礼:"巨源怎么来了?"

他知道韦树和暮晚摇的关系时,确实想过自己有可能遇到暮晚摇。但他以为比起韦树带暮晚摇来,应该是自己先去公主府上拜访才是。

言尚心中想,他登公主府门,也许暮晚摇不见他,不在意他。但他若是不登公主府门拜访,等丹阳公主突然想起他的时候,便又是他的错了。

言尚说话时,他睫毛轻微颤抖,行礼的姿势略有僵硬。熟悉他的人,自然能看出他心中翻滚的惊涛骇浪。

不过这到来的两人，都不是熟悉言二郎的。从他们的角度看，言二郎分外有礼。

韦树便侧身，将自己身后那漫不经心地拧着袖子的艳丽少女让了出来，介绍："言兄，这位是丹阳公主。"

暮晚摇美目似笑非笑地看向言尚。

言尚便继续弯着腰行礼："原来是殿下，小生惶恐。"

静静的，没有人说话。

韦树轻声，略带质疑："殿下？"

暮晚摇金玉一般清贵又慵懒的声音这才缓缓响起："你是该惶恐。"

言尚抿唇，知道她说的是什么。

然而眉目不抬，言尚立在倒了半地、堆了半个案头的书卷后，察觉到她目中那诡异的分量。独属于二人的诡异情感在此间生起，韦树分毫不察。

韦树再将言尚介绍给公主："殿下，这位便是我说的师兄。他来自岭南，在家中排名第二，单名一个尚字，字是素臣……"

韦树话没说完，就被暮晚摇毫不留情地打断："你叫言尚？"

言尚心想：来了。

听这问题，她恐怕早就不看他的信了。

上次告别时，他还叫言石生，现在改名为言尚。高贵骄傲的丹阳公主竟然不知道，这可是苍生的罪过了。

言尚低声解释："小生老师帮小生改的名。"

暮晚摇盯着他不说话。

便是韦树，也终于察觉气氛好像不太对了。他以为是暮晚摇瞧不上自己这个不是世家子弟的师兄，向来清冷的少年，难得主动帮言尚解围："今日我与公主商谈一些事，不防遇上大雨。我临时想到言师兄住在这里，便带着殿下来躲雨。"

言尚能说什么呢："自是该扫榻相迎的。"

暮晚摇嗤笑一声。

韦树回头看去，暮晚摇侧过脸，她脸颊上还沾着雨水，睫毛连雾，玉面皎白，金钗华胜。韦树向她看去，她也不回应。她如往常一般高贵典雅，就是不知她在哼什么。

韦树沉默了一下，只好重新将话题转向言尚："方才敲门时听到声音，不知师兄在做什么?"

言尚温声:"你方才敲门时,我在整理行卷的文赋。用的书目太多,一时找不到,堆在案头的书倒了,所以巨源才听到声音。其实没什么事。"

韦树道:"我帮你看看。"

言尚做出感激状:"多谢。"

暮晚摇在后凉凉道:"那个言什么。"

言尚:"……"

他无奈回头,看向终于迈步进他的寒舍的公主殿下。

而韦树诧异地看眼暮晚摇。暮晚摇确实不是一个脾性柔顺的女郎,但她平时也没有失礼得连刚介绍过的名字都记不住、不给人面子啊?言兄这是……如何得罪了殿下?

暮晚摇向言尚抬下巴:"言什么,你便是这样待客的吗?"

言尚默了一下,竟忍不住被她的刻意刁难给弄笑,他有些迟疑:"舍中只有凉水,因我一直在忙……恐没有热茶招待殿下。"

暮晚摇手指绕着自己耳边垂下的几缕微湿长发,慢悠悠:"我被雨淋了那么久,头发湿了,衣裳湿了,明日生病了怎么办?言什么,你这么不会待客吗?"

言尚何等聪敏。她一发难,他就知道她想要什么。

他侧头对皱起眉、有些不赞同看向公主的韦树道:"巨源,你先帮我看文稿,我带殿下去里间整理一下仪容。"

言尚进了里间,暮晚摇跟在他身后。

他进了内舍后便找出一条干净的巾帕,又去舀水,打算让公主净面。他背对着暮晚摇忙碌,低声:"请殿下委屈一些,这巾帕是新的,未曾用过。我这里没有女郎的衣衫可换,只能拿巾子擦一擦。我再为殿下煮一碗姜汤……"

暮晚摇盯着他。

他比当初分开时长高了。

暮晚摇也是身量高挑的娘子。以前她到他下巴,刚才跟在他身后时,她发现她个子只到他肩膀偏上了。

他面容和气质也稍微变了一些,更加清润无害,清致十分。

他只是穿着寻常的文士服,用木簪梳着发,然他凝目看人时,已经能让年轻些的娘子面红耳赤了。这是自然的，他本就长得好看，在岭南那种地方都让暮晚摇多看了他几眼，何况是到了长安这样繁华的大都市。

言尚还在絮絮叨叨，身后暮晚摇已经非常不耐："装什么装？"

言尚一顿，他放下了手中活计，转过身，看向身后几乎与他擦着肩的暮晚摇。他有些僵硬，听到外面的翻竹简声，知道是韦树在忙。

韦树越是在帮忙，他越不应该背对着韦树和公主在里间发生什么。

然而暮晚摇显然是要将韦树支开，来质问他的。

她向前一步。

言尚向后退。

暮晚摇施施然走向他。

言尚无可奈何地后退。

他垂下长睫，压低声音不让外面的韦树听到："我改名为言尚的事，写信告诉过公主府。殿下可能是太忙，才不知道此事。"

暮晚摇几乎是踩着他的脚步，一步一步地迫着他，向他走来。

言尚继续后退，语速加快："我前两日才到长安，没有登公主府门拜访，是因为我想先准备考试。待科考结束，我定会登门拜访的。我并非不尊重殿下，我确实有安排的。"

暮晚摇笑盈盈地看着他，戏谑而冰冷。

"咚——"

言尚撞上了身后的墙，退无可退。暮晚摇一径向前，言尚迫不得已，伸手扣住了她的手腕，让她不要再靠近了。

言尚语速更快："我确实前两日遇到了韦树也确实从他口中知道了他和殿下的关系但我并没有因此利用也没有想从中得到什么好处！我仅仅只是知道而已……知道不是罪过吧？"

韦树在外疑声："言兄？"

言尚高声："无事！木桶摔了一下。"

也不知韦树信没信，反正他既没有开口，也没有走过来。

言尚长舒了一口气，就这么一会儿的工夫，他已经额上渗汗，心脏跳得极快。而他低头，看被自己扣住手腕没有再往前而来的公主殿下——暮晚摇似笑非笑地看着他。

她低笑："有没有背着你的好师弟偷情的快乐感？"

言尚:"……"

他微沉了脸,低声:"殿下慎言。"

暮晚摇唰地沉下脸,冷冰冰看着他:"跟我摆什么脸色?我爱怎么说就怎么说。"

言尚心里一叹,再次低声:"殿下教训得是。"

接着,他再道:"殿下声音小一些。"

说完这个,他自己都尴尬,因觉得自己简直就是在证实暮晚摇的话——背着师弟偷情的诡异感。

言尚连忙让自己不要多想,君子于世,行端立正,岂可被暮晚摇扯着,自缚手脚?

暮晚摇微笑。

她问言尚:"来了长安,怎么不登门找我?"

言尚道:"我不是说了吗?我打算考完试再登门拜访。"

暮晚摇美目轻扬,若春水勾扬,一波又一波地拂向他:"我说的不是那个。我是问你行卷投的是谁门下?"

言尚诚实道:"是张相公门下。"

大魏没有专设宰相一职,采用的是群相制。朝中没有官职叫宰相,但行使宰相一职的,其实有好几位。言尚口中的张相公,便是几位宰相里最喜欢提拔新人的了。

显然言尚打算去碰运气。

暮晚摇心里一琢磨,就对上了号。她沉着脸:"找那个张老头行卷都行的话,为什么不向我投卷?"

言尚缓缓抬目,沉静目光,静静看她。

暮晚摇挑下巴,示意他说清楚。

言尚手还托着她的手腕,隔着袖子,感受到她手骨的纤细柔软,她柔柔弱弱的,十分惹人怜爱。然而那不过是假象。

言尚慢吞吞:"找你行卷的话,你会帮我?"

暮晚摇诧异看他一眼,然后扑哧笑了。

她美目飞扬,乐不可支:"……确实不会。"

她一把挣开他的手,揉了揉自己的手腕,咬下唇,侧头看来:"我会好好折腾你一番。"

言尚心想，我就知道。

他默然不语时，暮晚摇却又拧起眉，道："不过你找张相公行卷的话，张相公可是和这次的主试官旧日有过罅隙。二人面和心不和，恐怕张相公递过去的行卷，主试官心里会有意见，不利于实现你的目的。"

言尚请教："敢问主试官是哪位？"

暮晚摇道："韦树都不知道，我会先告诉你？"

言尚："……"

暮晚摇："你不是很厉害吗？等我告诉韦树了，你慢慢找你的好师弟打听吧。"

正在这个时候，外头韦树道："殿下，你的侍女们来寻你了。"

暮晚摇没吭气。

她和言尚对视一眼，二人竟有些默契地收了方才那番对峙的态度。

韦树在外等了一会儿，掀开帘子进里间时，看到的便是暮晚摇坐在矮凳上擦着发，言尚在烧水。好像方才自己听到的窸窸窣窣的说话声，只是自己的错觉一般。

暮晚摇忽地抬目，向韦树瞥来一眼。她美目流波，对他嫣然一笑，烂漫若花开。

韦树一怔，然后脸爆红，再不及细想，扭头就退了出去。

言尚一声叹。

暮晚摇立刻："叹什么气？好好烧你的水！关你何事？！"

言尚回头笑看她一眼，被她瞪回去。

韦树觉得自己好似听到了里面的吵架声，他再次掀开帘子。

里面依然岁月静好。

暮晚摇娴静优雅地坐着擦发，言尚沉默地烧水，抬头对他微微一笑。

韦树沉默，却依然觉得……哪里不对劲。

公主的侍女们找来后，暮晚摇也不在这里多留。

不等侍女们进来和言二郎惊喜重逢，暮晚摇就出了门，由春华撑着伞，众女浩浩荡荡地走了，去寺庙前院寻晋王妃会合。

韦树倒是想了想，还是留了下来，打算等雨停了再走。

韦树难得留宿在这般粗陋的房舍，倒也没有贵族子弟的毛病，他冷冷淡淡淡的,看着适应得还不错。

夜里二人抵足而眠,自是不必赘说。

雨下了一夜。

从永寿寺出来的晋王妃忧心忡忡,担心自己一来求子、天就下雨,不知到底是吉兆还是凶兆。暮晚摇敷衍地安慰了这位王妃几句,便把王妃送走,关上公主府门,回头就开始审问府上的仆从。

坐在正堂,雨淅淅沥沥连着四方天地,只有灯火憧憧,四方所设的"悬黎屏风"上的古画美人映着火光,缥缈朦胧。

暮晚摇让人把言二郎寄来的一封封信拿出来。

她拍案,质问府上人:"所以你们都知道他来长安了,都知道他改名了,却没有一人想到应该告诉我一声?"

众女中,春华大着胆子顶了一句:"殿下不是……已经忘了他,说再不想听到他的消息了?"

暮晚摇一怔。

她忽地侧过脸,看向檐头向下滴落的雨水。

如果不是今日重逢,她确实已经忘了他了。

然而今日在寺中见到他,看到他从书案后一点点站起来,露出面容……千万般说不出的滋味,重新涌上心头。

岭南淅淅沥沥的雨水声下,她在马车中将他拉上来,强迫地亲他……重新浮现。

她又想起这个人了。

春华观察公主侧过脸后的淡漠神色,小心判断公主的心情,道:"要不,殿下召言二郎登门?"

暮晚摇顿一下,淡声:"不必。既然他是如此薄情的人,也不必登我公主府门。"

"散了吧。"

众人被公主的话说得丈二和尚摸不着头脑,不知道言二郎怎么就薄情了……连言二郎的信都懒得看的人,明明是殿下啊。

不过没人敢说。

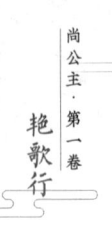

言尚确实很会做人。

第二日天晴后,他就带着致歉信,亲自登公主府门拜访。

不过可惜的是暮晚摇不在。

言尚只留下了致歉信,等暮晚摇回来的时候,他人早就走了。

春华观察公主的脸色,道:"言二郎既然已经来了长安,日后登我们府门的机会,必然多的是。"

暮晚摇卧在美人榻上,手支下颌,慵懒道:"小小一个书生,快别整天拿来烦我了。"

春华:"……"

如此,公主府上人就真的搞不清楚公主对言二郎的态度了。

第二十六章

暮晚摇在帮韦树投了行卷、得到了此次科考主试官的认可后,得到了太子殿下的召见。

暮晚摇被请去东宫,太子却迟迟不来。

正殿中清寂非常,只有暮晚摇一人坐着。

她心里冷笑,知道太子这是在给自己下马威。

然而今日的丹阳公主,早就不是以前那个因为别人给了冷脸就羞耻得恨不得死去的小娘子。

现在的她,哪怕旁人一句句话戳上心头,她也能唾面自干,再骂回去。

太子妄想通过冷落她来让她惶恐不安,是不可能的。

自然,暮晚摇也知道,依附于太子,自己应该表现得乖巧一些,才能让太子殿下信任。

然而暮晚摇既不想乖巧,也知道乖巧这种态度,在政治上作用不大。

反正她后方站着金陵李氏。

先后留下的子嗣,就只有她一个了。若不是她同母同胞的亲哥哥死了,有金陵李氏在,现在的太子,又怎么可能是太子呢?

昔日李氏在长安权势何等煊赫,如今虽败回了金陵,但到底瘦死的骆驼比马大。

太子会因忌讳而忍让她的。

清楚知道这点,所以即便东宫的主人迟迟不来,暮晚摇也施施然,让侍女们递茶递瓜果。

她随意找了一本画册,就闲然无比地坐在殿中,边看边吃,好不惬意。

如此一来,太子镇不住她,就不得不出场了。

太子的声音从侧门后传来:"六妹来了?"

暮晚摇抬头,见相貌端正、衣着常服的太子殿下从外而来,一边将脱下的大氅递给侍女,一边眼睛瞥了下被暮晚摇嗑了整整一盘的瓜子。

太子眼睛轻微地抽搐一下,看暮晚摇起身,恭敬又含笑地向他行个礼。

太子压下自己对暮晚摇那散漫态度的不喜,示意暮晚摇坐下。

待殿中的侍女重新换了茶盏,人都退下后,太子才揉着脖颈,和暮晚摇叹道:"孤刚才被父皇召去,问了些吏部的事,才让六妹久等了。"

太子愁绪满满:"父皇病又加重了,孤看着父皇的样子,心里实在难受。"

暮晚摇心中冷笑,想你估计巴不得那老头子赶紧死了,好让你登位。

但是皇帝这么多年都不死,太子能不气?

暮晚摇却装作听不懂那些,她和自己的哥哥一起虚情假意地忧愁了番父皇的身体,才诧异地看太子一眼,慢吞吞道:"吏部不是三哥的人在管吗?父皇怎么问大哥你?"

太子和煦道:"确实是三弟的人在管。只是之前吏部出了一个错,孤和三弟因此争了几日,父皇才过问的。"

暮晚摇"哦"一声。

看太子盯着她不放,暮晚摇笑吟吟:"我不懂这些。我和三哥又不熟,关系也不好,大哥你是知道的。他那边在做什么,我从来都是避着的。"

太子微笑点头。

正是因为这个妹妹和三弟的关系不怎么样,自己才能轻松将她拉拢过来……只是近日嘛……

太子手托着茶盏,非常随意地用杯盖磨着杯缘。

他眼睛盯着水中茶渍,口上似闲话家常:"不过方才和吏部那边对话时,孤才得知六妹最近因为行卷的缘故,和吏部那边走得比较近。听说六妹还亲自领着人,一起去见过新任的考功员外郎?"

吏部考功员外郎，负责科考。

暮晚摇和韦树，确实去见了。

这也没什么可否认的。

暮晚摇便只是笑了下，没说什么。

太子脸色淡了，放下茶盏，看向暮晚摇道："你似乎不怎么与杨三郎一起玩？"

暮晚摇道："我与他性情不是很合。因为我脾气大，他脾气也大。我和他在一起总吵架，玩不到一起去。"

太子微笑。

他眯眸，似追忆往事，道："杨三郎从小就是个倔驴子，天老大他老二，谁的话也不听。孤记得那时候，也就只有你一哭，他被你哭得不耐烦了，才会收了脾气回头找你。"

暮晚摇默然，然后轻声："……那时候大家都很小，和现在也不一样。"

太子点头，道："是啊。谁想到现在，杨三郎的脾气没有变，倒是六妹你的脾气变了。曾经那般柔弱得只会哭鼻子的小丫头，而今也是动不动阳奉阴违，不给人面子啊。"

知道太子在讥嘲自己明明站队太子却还是帮韦树，暮晚摇面不改色道："韦七郎是我舅舅的弟子，年龄又小，还被韦氏排挤。我舅舅让我关照一二，我随手为之。即使我不出手，韦七郎有韦家的背景在，磨上几年也会出仕。我不过是卖个人情。"

太子哂笑，说："不提他也罢。你打算何时与杨三郎完婚？"

暮晚摇："……"

她蓦地抬头，看向太子。她目如冰雪，冰雪冻成冷刃，猛一下刺过去，像是一刀子戳上人心口，竟让人生出几分不忍心。

太子叹口气，声音温和下来："六妹，我并非逼迫你，我也是为你着想。乌蛮那边的战争打了一年了，听说很快就能结束了。蛮夷那边没有礼数，父子之间用同一个妻子都是常事，何况这任乌蛮王是新冒头的？"

太子并不知道现任乌蛮王是以前那位的长子。

太子现今只是语重心长劝暮晚摇："等乌蛮结束了战乱，大魏作为他们的父国，他们一定会派人来长安朝见父皇。到时候，你若是还没有成亲，就不怕那位乌蛮王向父皇索要你吗？难道你和亲过一次，还想和亲第二次？"

暮晚摇面容雪白,她不言不语,只是扶在凭几上的手臂紧绷。

太子道:"如果你嫁给杨三郎,有你和杨三郎旧日青梅竹马的情分,有杨家相护,有孤相护,那乌蛮王当然就不能再将你索要走了。孤知道你和亲那一年,必然在乌蛮经历了很多不好的事,才会导致你性情大变,与旧日完全不同。

"你已经性情大变了一次,难道还想变第二次吗?

"摇摇,不是每一次,你都能从深渊中爬上来的。"

暮晚摇静静看着太子。

她心想:如果我和杨三郎成亲了,金陵李氏必然不满,李氏说不定会抛弃我。而没有了李氏的扶持,我还拿什么资本来待在长安,不任人拿捏?

她要两边讨好,又不能让自己陷进去。

大家都挺不满的。

怎么好像就她一个人谁都可以,没什么想法。

暮晚摇轻轻笑了一下。

她垂着眉眼,宛如春水,风情万种。

她愁苦叹一声:"我知道了,只是我觉得杨三不喜欢我。"

太子笑:"他就那个脾气,你别多怪。他对你总是特殊一些的,不然怎么到现在都不成亲?难道不是在等你吗?"

暮晚摇笑一下。

她面容微红,睫毛轻颤。如同思春少女一般,咬着唇在思考自己的夫君应该是何等英姿。

看她并不排斥,太子见好就收,不再多提。

暮晚摇出了东宫门,脸上那少女怀春一般的酡红就收了。

待她出了宫城门,就连表情都收了。

暮晚摇面无表情地坐在马车上,等外头侍女们递牌子进出。

忽而听到马蹄声,她诧异是谁敢在宫城门前这般喧哗,掀开了马车帘子看去。

看到一个少年郎纵马而来,黑衣红襟,一身武袍。他伏在马背上,马速极快,向宫城门前冲来。

守卫们面如土色,少年郎却眉目不变,马速不收。

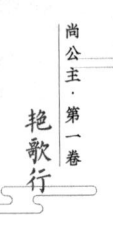

红色的发带在风中轻扬,腰间佩带的刀剑铿锵沉寂。

眉目冷峻深邃,一眼瞥来,傲然无比。

当真是鲜衣怒马,风采卓然!

整个长安,独此一份,当是杨三郎杨嗣!

杨嗣一直到宫城门下,才收了马速。他从马上一跃而下时,察觉到旁边有人注视。

他侧头看去,与坐在马车上的暮晚摇妙盈盈的水眸对上。

暮晚摇故作好奇:"杨三郎这是又要去东宫啊?你这一天三趟地去东宫,若你是女儿,恐怕现今太子妃的位置,就是你的了吧?"

杨嗣盯着她,慢悠悠:"被太子骂了?"

暮晚摇:"……"

杨嗣牵着自己的马,瞥她一眼就收回目光,淡声:"自然比不上你,每次去东宫都是挨骂的。"

暮晚摇对他虚伪一笑:"这不是太子关心我何时能与杨三郎完婚嘛。"

杨嗣慢声:"你想何时完婚就何时,我无所谓。"

暮晚摇捂唇诧异:"难道你喜爱我?"

杨嗣同样诧异:"我何必要喜欢你?没人规定做了驸马,就不能纳妾了吧?"

暮晚摇咬牙切齿:"做我的驸马,就不能纳妾。"

杨嗣颇为淡然:"你管不着我。"

暮晚摇隔着车帘盯他半响,忽而将车门掀开,将一连串的茶盏等器物砸了出去。

而杨嗣早有准备,他只稳稳退了一步,就躲开了她的怒火。

看这位公主气得伏在车上,胸如雪酥轻颤,美目喷火。

杨嗣眼睛上的睫毛弧度极小地颤了下,他移开了目光。

杨嗣道:"你脾气这么坏,还是好好养你的韦七郎吧。做我杨家媳妇,是要三从四德的。我看你是不行了。"

暮晚摇道:"那你自己去跟太子殿下说,说你讨厌我,一点都不想娶我吧!"

杨嗣道:"倒也没有讨厌你。我不是说了嘛,娶不娶无所谓,反正我能纳妾。"

暮晚摇怒瞪他半天,到底是沉默下去,将帘子扯下,不再和他车轱辘话来回说了。

杨嗣站在原地，见丹阳公主府上的马车悠悠驶远，他才收回目光，拿回自己被宫城门守卫验查身份的鱼符，牵马入城。

他的仆从跟在这位身材高挑修长的少年郎君身后，低声："三郎何必每次都气六公主？"

杨嗣不语。

仆从再说："六公主必是又被太子说了，三郎若是能够对公主笑一笑，她出城时便能心情好些。

"三郎不喜欢公主，就应该早早娶妻，断了太子殿下的念想；三郎若是喜欢公主，就不该总是气公主。"

杨嗣垂下目光。

仆从喋喋不休地同情暮晚摇，杨嗣半晌后才开口道："太子太急了。阿诺，有些事，我是不方便做的。我是不能对摇摇太好的。"

仆从一怔，问："您在帮公主？"

杨嗣短暂地笑一下，然后慵懒道："反正我是站在太子殿下这一边的。其他的，先放着吧。"

仆从对此自然无异议。

杨三郎是太子的伴读、洗马，他的天然立场就在太子这边，杨家的立场也跟随着三郎在太子这边。三郎和太子的关系又很好，三郎当然应该帮太子。

只是有些事……三郎也不是很情愿。

晋王妃又要找暮晚摇了。

这次是好事，因晋王妃上次求子后，府上的一位侍妾就怀了孕。

晋王妃惊喜不已，带着那位怀孕的侍妾登门，央求暮晚摇再次陪她一道去永寿寺还愿。

晋王妃絮絮叨叨："没想到那寺里的菩萨这般灵！我才求了几天啊，我们府上就有人怀孕了。这可是三年来的头一遭！妹妹，当日是你陪我一起去的，今日你再陪我一道去还愿好不好？"

暮晚摇烦死了。

她正要疾言厉色将这位皇嫂骂走，冷不丁一看，看到晋王妃眉目间蕴着一些轻微的哀愁色。似乎那位侍妾怀孕，王妃既高兴，却也不如她表现的那般高兴。

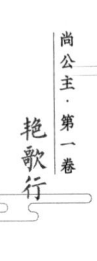

暮晚摇顿了一顿。

是了。

晋王妃盼着自己王府能有子嗣，自然是只要有人怀孕，她就高兴；然而这孩子终归不是出自她的肚皮，她连年为晋王纳妾，往自己夫君床上送女人，不就是为了子嗣吗？

长安中的贵人们都觉得这位王妃不着调，不喜欢与这位王妃打交道，然而身为一个续弦，晋王妃又岂是容易？

暮晚摇沉默片刻，少有地心软了一下，觉得没有人理会的晋王妃有些可怜。

暮晚摇咳嗽一声："仅此一次，下不为例。我再不跟着你去求子了。"

晋王妃当即欢喜，连连道："多谢妹妹！妹妹果真好心，与那些人说的完全不同。妹妹放心，永寿寺的菩萨真的很灵，嫂嫂这次还愿后，也会帮你一起祈祷好姻缘的！"

好姻缘？！

暮晚摇吓死了！

她现在就怕姻缘落到自己头上……在太子和李氏之间勉力平衡，这位王妃一点都不懂她的苦！

暮晚摇连忙道："嫂嫂为你们王府求子嗣就行了，不必关心我。我不想嫁人的。"

晋王妃："世上岂有不愿嫁人的女郎……"

暮晚摇含笑："不瞒嫂嫂，昔日我曾有个志向，是梳了发出家做女冠。是父皇拦着，我才没有那般做的。"

晋王妃怔住，不知公主话中真假。

到了永寿寺，晋王妃虔诚地拉着暮晚摇一起去拜佛。晋王妃带来的那个小妾娇滴滴地跟在王妃后，一起跪拜。

暮晚摇拜了几家后就不耐烦了，她纳闷无比，看着她嫂嫂跪在蒲团上闭着眼好一会儿，实在不解晋王妃哪来的那么多话和菩萨说。

暮晚摇就没有话要求菩萨。

那两人跪个不停的时候，暮晚摇早早等在外头。

等两人出来时，见公主正眯着眼看太阳，看寺中今日络绎不绝的人流。

暮晚摇回头对二人说："我已经拜完了。你们慢慢拜，我去玩一会儿，回头再来找你们。"

晋王妃也知道这位公主能陪自己来就不错了,实在不敢指望公主和她一样拜佛,便点了点头。

而暮晚摇将侍女仆从留给晋王妃,转身混入人群,一下子就不见踪迹了。

看公主留下的侍女们颇为淡定,好像一点也不担心公主的安危,显然公主这般撇开侍女们不是第一次,晋王妃只好不安地带着这些仆从继续去拜菩萨了。

暮晚摇撇开自己的仆从们,并不是为了去找言二郎。

她虽然知道言尚就住在永寿寺中,但她随意游玩而已,和他有什么关系?她压根就没想过要找他。

但架不住永寿寺不是大寺,暮晚摇真的遇见了言尚。

暮晚摇在寺中闲逛时,看到了一群才子相邀着在墙上题诗。

言尚玉树临风,站在一群文人间,暮晚摇远远地就看见了。

在大魏朝,寺观题壁写诗,都是雅士,为无数人追捧。在馆驿或寺观中,往往备有诗板,供往来行人题写。

这些文人通常先将诗写在诗板上,再挂到墙壁上,供人鉴赏。

许多才子文人的名气,就是从这些题壁诗中传开的。

如此雅事,在寺中颇为流行。更有那些名气大的文人,僧人们会用水松牌,刷以吴胶粉,捧乞诗。

这会儿便有小沙弥带着许多普通的诗板,让这些文人墨客题字于墙上。

周围有许多百姓都被吸引来,隔着段距离观察。

普通百姓们自然不认字,但这阻挡不了他们对才子们的尊崇向往。

暮晚摇混于这些百姓中,便饶有趣味地看到言尚被其他人扯着一起走。

言尚无奈地:"我就算了吧……我真的不必了……"

那些人拉着他:"言素臣,何必这般拘谨?大家都题壁,你怎好一个人躲着?这说不定能流传千古,你就不要谦虚了。"

言尚硬是被拽到了墙壁前。

暮晚摇在人群中缓缓走,一步步靠近他。毕竟她又不认识这些才子,只认得他一个,理所当然就看他了。

她看他推托不得后,只好拿着诗板,找了墙壁最偏僻的角落去写诗。

其他才子聚在一起指点山河，才气纵横。言尚他抠抠搜搜，字就那么一点，好似唯恐占地方，唯恐在墙上留下自己的墨宝。

他是不得不题诗，但他显然不想题诗。

然而这是同伴们的相邀，拒绝会显得不合群，自然也不能拒绝。

言尚就缩在墙角，尽力把字写得足够小，足够模糊，力求在墙上占不了多少位置，最好一片叶子就能挡住他的诗作。

他已经如此避人如此小心了，不防他身后，一个娘子慢悠悠地念出了他题写的诗，还扑哧一笑，加以评价："……你这写的什么乱七八糟的？难怪不敢把字写大，唯恐占地方，你怕丢人吧？"

言尚一回头，看到了靠在墙上睁大眼睛、嘴角翘起的暮晚摇。

乍看到她，他目光轻轻亮了一下，像有光流出一般。但言尚又微微迷茫了一下，竟一下子没有认出来她。

因他看到的暮晚摇……靠在墙上抱着手臂，如浪荡子一般瞥着他。

她穿的是男装。

言尚打量她，微笑："……殿下是偷偷溜出来玩？女扮男装？"

暮晚摇白他："你才男扮女装呢！"

"土包子你知道什么？长安流行多的是女儿家穿男装，进出宫闱也方便。谁不知道我是女的啊？就你眼瞎。"

第二十七章

言尚无话可说。

他来自岭南，确实没见过女子这么穿衣。而看丹阳公主的架势，再看周围人习以为常的反应，便知在长安，如公主这般明明是女儿家却故意穿男装者，不在少数。

他颇有些感慨长安民风的开放与豪爽。

正感慨着，人就被暮晚摇挤到了一边，他手中的诗板也被夺走了："让开！"

丹阳公主嫌人挡路，天下苍生当然都应该让道。

暮晚摇拿着言尚的诗板，根本不挂在言尚那挑好的抠抠搜搜的地方，而是往才子中挤去。

言尚跟在她身后:"我的诗作一般,实在没必要挂在太好的地方……"

暮晚摇:"你的诗作一般,你来长安干什么?碰运气吗?我看你没救了,你还是回你的岭南乡下种地去吧。"

言尚无奈,他跟在暮晚摇身后,眼见旁边几个聚在一起的文人向后一退,差点要踩到暮晚摇。他当即上前一步,伸手拦了下那个文人的后背,帮暮晚摇挡了这么一下。

暮晚摇回头,妙目微垂,樱唇半咬,娇娇俏俏地觑言尚一眼。

言尚被她这柔水一般的一眼看得脸微热,连忙侧过脸,咳嗽一声,躲过暮晚摇的凝视。

而那被言尚所拦的书生回过头,看到言尚,先打了声招呼,再看到穿着男儿装的暮晚摇。书生目中一亮:"言素臣,这位娘子是你的……"

言尚打断对方暧昧的猜测:"朋友、朋友。"

他一回头,见暮晚摇已经钻入了才子人流中。他怕她拿着他的诗板乱挂一气,连忙再次跟上。

这一次,暮晚摇终于挑选到了合适的位置。她正儿八经地拿着诗板比了比,然后挂到视线最合适的墙中央,务必让游览寺庙的人往墙上一扫,正中央刚好能看到言尚的大作。

迎着周围朋友叹为观止的目光,向来低调的言二郎难得如此高调,他掩袖猛咳嗽。

暮晚摇头都不回:"生病了你就去看病。咳咳咳,咳个没完没了?

"都到了长安,哪怕自认为自己的诗作不佳,也要把气势端出来。你自己都觉得自己不行,到了皇帝面前,你求什么呢?"

如此,说得很有道理。

言尚若有所思。

暮晚摇比他强的,就是不管她做什么,气势都极大。

他在后盯着这位公主,她小嘴叭叭说个不停,也不是什么好听的话,然而从言尚的方向看,他只关注到阳光打在她身上,她的侧脸秀气无比。

这位大胆美丽的大魏公主,黑纱幞头裹住云髻,身穿圆领缺胯袍,娇躯站得笔直,腰间蹀躞带上的小孔垂下细缕,缕上挂着小刀、香囊、玉佩等物。

是这般地英姿飒爽。

暮晚摇回头，向言尚展示自己将他诗板所挂的位置有多好，却见到他站在后，目不转睛地盯着她。他眼睛漆黑，流光似水，清澈的瞳孔中正倒映着她乍然回头时扬起来的带着几分得意的笑靥。

　　人流往来间，二人骤然这么一对视。

　　暮晚摇微怔，然后好似突然想起自己的身份，懊恼自己为什么要多此一举帮言尚挂诗板。他自己都不在意。

　　她咬了下唇，有些生气，娇容瞬间就沉了下去。

　　她一言不发地推开言尚，转身就走了。

　　言尚微愕，将这边的事略微一交代，就去追公主了——

　　他可以不追，当作什么事也没发生；

　　但是等她日后想起来，肯定又会怪他为什么不追。

　　"殿下、殿下……"言尚跟在暮晚摇身后。

　　暮晚摇停步，沉着脸训："叫什么呢？在外面能乱叫吗？"

　　言尚："那……暮娘子？"

　　暮晚摇："我们之间这么生疏吗？"

　　言尚："……"

　　暮晚摇挑眉看着他。

　　言尚迟疑："摇摇？"

　　暮晚摇果然如他预料的那般大怒："我和你的关系有这般亲昵吗？"

　　总之，就是左也不行，右也不对。

　　她就是来为难人的。

　　然而言尚是何许人？

　　他是一个能让身边所有人都如沐春风、喜欢他的人。

　　公主的呵斥在耳，言尚既不尴尬也不狼狈，他俯眼望她，目色沉静。在暮晚摇不悦地转过脸后，他仍跟着她，道："你心情不好，有人惹你生气了？"

　　暮晚摇："你怎么知道是有人惹我不高兴，而不是我见你讨厌，故意气你？"

　　言尚温和道："你虽脾气大，却不是无缘无故对人发火的人。定是有人惹了你，让你不高兴。若是你能在我身上发泄一二，也便是我的作用了。"

　　暮晚摇脸蓦地一烫，竟被他说得有些不好意思。

　　她就是一个无缘无故会发火的人。但是言尚给她修饰了一下，就好像她一下子变成一个受了大委屈、只能靠一点小脾气发泄的可爱公主了。

她并没有他修饰的那般好。

他一直跟在她身后,二人一前一后在寺中闲走。寺中如他们这般的游玩男女无数,但也有人忍不住向他们这边惊叹般地看来一眼。

因前方着男装的少女姣美可亲,跟着她的少年郎君眉目低垂,儒雅谦和。俊男靓女同行,总是惹人注目的。

言尚几句话后,暮晚摇就古怪地闭了嘴,不太好意思对他发火了。她心想算了,言尚这种脾气太好的人,跟他吵也像是拳头砸在棉花上,一点效果也看不到。何必累着自己?

她沉默不语了,言尚观察她侧容一分,再次重复道:"若是有人招惹了你,或者你有什么烦心事,其实你可以与我说一说,说不定我能帮你想到法子解决。"

暮晚摇不在意:"你地位低微,身上一官半职都没有,你能帮我想到什么法子?"

言尚道:"试试看。"

他沉淡无比,暮晚摇回头看他一眼,想到了当时在岭南他出过的几次主意。就白牛茶那次,他把她耍得团团转,而她一直到舅舅点明,才恍然大悟。

暮晚摇心中不禁一动,舅舅都说想让言尚做谋士,说不定言尚真的在这方面很厉害呢?

暮晚摇歪头打量他片刻,头向自己这边歪了歪,示意他凑过来。

言尚便说声"得罪",向前一步,几乎是与暮晚摇肩挨着肩,贴着站了。她肩膀撞上他手臂,二人都僵了下,然后就都故作无事。

继续前行,言尚低着头听她说话。

垂柳拂水,寺中香烟袅袅。

杨嗣无所谓地被自己家的嫂嫂表妹硬扯在逛永寿寺,他手负在身后,面无表情地跟在家中女眷身后时,锐目一眯,看到了不远处那对靠着墙、扶着树的年轻男女。

杨嗣一眼就认出了暮晚摇。

哪怕她男装。

只是她旁边那个少年郎……不是韦树,是谁?

杨嗣抱起了胸,若有所思地看着那对男女。

暮晚摇正在与言尚说:"……总之,就是太子不满意我帮韦七郎。韦家不太瞧得上太子,韦七郎入了朝,很大可能不会向着太子,而是被我舅舅那一方拉走。"

言尚:"为何韦家瞧不上太子?跟随太子做事,不是省力很多吗?"

暮晚摇一顿,然后言简意赅:"因为如果不是我二哥夭折了,太子位轮不到现在这位。讲究正统嫡系的大家族,自然瞧不上太子。然而太子才是势大的,我就觉得太子挺好的。

"太子日后必然是前程远大的,所以李家也不排斥我依附太子。但因为我母后就是因为李家势力太大的缘故,和我父皇生了龃龉。所以李家现在也不想和皇家绑在一艘船上了。"

言尚看她一眼,明白暮晚摇是站队太子的了。

如今问题,就是暮晚摇站队太子,可又被金陵李氏牵扯住。一个闹不好,容易两方都得罪。

她现在推举了韦树,在太子那里就落了根刺。

暮晚摇见他沉默不语,就不耐烦地推他一把:"你可有主意?不要光听我的情报,一点分析都不给我。"

言尚回神,微微笑了一下。

他慢吞吞道:"其实殿下想要在此事上既不得罪太子又不得罪李家,有一个法子。"

暮晚摇一愣,诧异仰头看他,没想到他还真能想出法子。

言尚道:"除了推举韦树,你可以再多推举几个人,为太子一方增加势力。"

暮晚摇想了想,摇头:"我不想再推举了。因为世家大族各自有自己的立场,如韦树这样的不多,他们科考必然自己就选好了队站。我即便推举,他们日后也不会在这方面报答我。"

言尚:"不是让人站队。没有人会轻而易举地站队。只是向太子表心,向太子表示你退了一步,做出了让步。"

暮晚摇一下子站住了,若有所悟。但片刻后她还是否认了:"你这个法子不错,但是世家子弟真的太麻烦了,沾上就难甩下。我已经很麻烦了,不想再找麻烦上身。"

言尚似乎早料到她会这样说,他不急不躁,一步一步引着她:"那就推寒门子弟。"

暮晚摇嗤笑:"不是世家大族,有几个人能在科考中出头?我怎么知道我推举了人,那个人就能从几千个文人中上岸?如果他及第不了,我怎么向太子表心?说我推荐了,但那个人自己不争气,我是无辜的吗?"

言尚笑而不语。

暮晚摇忽地悟了。

她抬头,与他对视。

暮晚摇眯眸,一把拽住他袖子,恶狠狠道:"你指的那个可推举的寒门子弟……是你自己?"

言尚笑。

暮晚摇瞪大美目,圆圆的眼睛盯着他:"你方才连个诗板都不想好好挂,这会儿就诱导我推举你?

"你是真的在为我出主意,还是在公事私用,为你自己牟利?"

言尚向后一退,靠在了树上。暮晚摇逼近他,审视他。

言尚微笑,柔声:"你方才不是还建议我要争一把吗?"

暮晚摇呵一声。

她玉白手指戳上他胸口,敲了两下:"找张相公行卷的事,失败了是吧?"

言尚:"唔。"

暮晚摇幸灾乐祸:"我早就告诉你了,张相公和主试官关系不好。"

言尚便扶她站好,离自己稍远一些。他弯身拱手作揖,向她行个大礼,轻声道:"那便请殿下怜惜小生了。"

暮晚摇不语。

言尚抬头,她瞥向他身后,忽脸色一变,拉住他:"我们走!"

言尚奇怪。

暮晚摇急促:"我好像看见了一个熟人,不想和他见面。"

如此,言尚就不说了,与暮晚摇一道混进了人流多的地方。

杨嗣上前来探寻,看到的便是暮晚摇拉着那个少年郎,钻进人群中不见了。

杨嗣"啧"一声,知道暮晚摇必然是在躲他了。

呵,她躲他?

他还懒得理她呢。

正好身后表妹在叫唤他,杨三郎转身掉头就走了。

和言尚混进人群，知道杨嗣武功极高，暮晚摇心脏怦怦跳，连头都不敢回。就怕自己一回头，撞上杨嗣似笑非笑的眼神。

她不想在这时候见到杨嗣。

杨嗣那个心里只有太子的人，见到了她，回头说不定就会和太子说三道四。而暮晚摇一点也不希望自己一举一动都被太子知道。

暮晚摇也不知自己和言尚跟着人流在排什么队。只是见到人多，她拉着言尚就过来了。

她心烦意乱地想着杨嗣有没有追来，忽被言尚推了一下手臂。前方有小沙弥"阿弥陀佛"一声，道："请两位施主抽签吧。"

暮晚摇愕然回头，见到这队伍竟然轮到了她和言尚。

面前案上摆了两个竹筒，里面插满了签。这个小沙弥说的，自然是让她和言尚从里面抽签了。

暮晚摇茫然。

言尚察言观色，解释给她："就如抽签一般，说是相签，就如算命一般。不管信不信，随意抽一二，不要耽误了身后人。"

暮晚摇点头。

这不就是和晋王妃求子一个心理吗？

小沙弥笑道："两位施主在心中默念自己想问的，之后从竹筒中抽签。女施主取左边的，男施主取右边的。那签上所写，自然是二位心中所想的答案。"

暮晚摇都不跟嫂嫂好好拜佛，又怎么会信这个？

她大约明白眼前不过就是求一个心安的骗局罢了。

人来寺中求心安，女的不过是求姻缘求子求夫君平安家人平安，男的不过问姻缘问前程问能娶几房美妾。这签上写的，左右不过是些吉祥话，不管你问什么，放之四海而皆准。

暮晚摇也无意搅别人的局。

她在心里随意想了个姻缘：我倒要看看我这个不想嫁人的公主，能抽到什么。

她从竹筒中抽了一根象牙签出来，向签上扫了一眼，握着签的手猛地紧了一下。那签上写道：

"落花风伤春,怜取眼前人。"

眼前人……

暮晚摇手持长笏,怔怔抬目,向一步之外的言尚看去。她古怪的眼神盯着他,将他上上下下地看。他侧脸温润,只是默然不语。

见言尚表情似乎……与她一般无二?

言尚手中持笏,也是盯着看了很久,才抬目,与暮晚摇对视。

言尚打破沉默:"你算得……准不准?"

暮晚摇干笑一声:"好像不太准。"

言尚松了口气,微笑:"我的也不准。"

二人和平地"哦"一声,转身将笏放回竹筒。但大约是笏上内容影响到了两人,两人都有些心不在焉,暮晚摇持笏的右手碰到了言尚的左手。二人一颤,手中的长笏一起掉了地。

两人一同蹲下去捡。

暮晚摇捡到了言尚的笏,她瞥到笏上的字:

"紫袍金玉带,百官我为首。"

暮晚摇握紧这枚长笏,心中骇然生涛。

她猛一下抬头,看向言尚:紫袍金玉带,百官我为首……这是宰相笏!

是宰相笏!

言尚问的是前程?

他拿到的是宰相笏?

言尚捡到了暮晚摇的长笏,看到了"怜取眼前人",他静默片刻,望她:"你问的是什么?"

暮晚摇美目与他相望。

她本问的是姻缘,但是看到了言尚这个宰相笏,方才被他们丢弃了一半的话题,被暮晚摇重新捡了起来。

她心中有了主意。

她望着言尚笑:"我问的是要不要推举你。"

怜取眼前人。

晋王妃在这里求子成功,言尚又相到了宰相笏……不禁让暮晚摇对这个永寿寺也产生了一些微妙的信服感。

如果他日后真会那么厉害……那她在最开始助他一把,日后就该他回

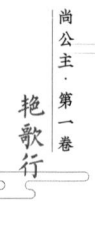

报她了。

　　想到此，暮晚摇美目生光，一把扯着言尚，将言尚拉起来。

　　她匆匆将两人手中的笋丢给那小沙弥，拖着言尚就出了人流。

　　回到了寺中后院，熟门熟路，暮晚摇推开了言尚所住的那间寒舍的门。言尚莫名其妙就被她一路拉回了这里，还不等反应过来，他就被公主猛力一推。

　　言尚跌坐在案后，愕然仰头，看暮晚摇俯身向他探来。

　　他警惕地向后靠，试探："殿下这是……"

　　他才抬手，他伸出的手被暮晚摇一把握住了。

　　暮晚摇握住他的手，眼睛盯着他，笑盈盈："你不是想让我推举你吗？我答应了！"

　　言尚这般谨慎之人，此时见她态度前后反常，当即含笑拒绝："不必了……"

　　暮晚摇："我就要推举你，你敢拦我？"

　　言尚："……然而我不一定能及第……"

　　暮晚摇温声："无妨。只是一试。"

　　言尚提醒她："我也不会站队太子。"

　　暮晚摇笑容更真切，柔声："我不介意。"

　　她松开握他的手，手抚上他的面容。她温柔地看着他，然不是看情人的目光，而是看一头即将上她食案的猪的激动眼神。

　　言尚毛骨悚然间，她手抚着他的面容，喃喃自语道："你长得这般好看，我怎么早没想到呢？你长成这样，确实很容易及第啊。"

　　言尚："……"

　　他恭敬问："殿下何意？"

　　暮晚摇瞋他一眼，流波勾魂，道："如你这般的美少年，正是中枢最喜欢的了。你不知道，其实做官嘛，脸还是很重要的。"

　　言尚不知道说什么好，半晌只好干干道："多谢殿下夸奖。"

　　暮晚摇笑一下，她道："好了，既然我要帮你，那现在我们就开始，我告诉你怎么讨主试官喜欢吧。"

　　言尚被她调戏得几分不自在的面容，此时一肃，道："殿下请讲。"

　　当夜，暮晚摇在言尚的寒舍留了很久。

晋王妃直接撑不住走了,侍女们在外等得有些困顿,有些累到极致的,干脆趴在马车上枕着膝盖打盹。

而寒舍中灯火如豆。

俊美的少年郎君坐在灯火下,信笔写字。

一身男装的暮晚摇在他面前漫走,悠悠然:"你说你诗作写得不好,这其实也无妨。主试官选取诗赋,其实不是看你诗写得多好,而是看你诗中有没有玉堂金马之气。

"看你的诗作是不是高华堂皇,辞藻富丽。说实话,你们这些能够及第的进士,能做些什么呢? 一开始,不过是拍拍朝廷的马屁而已,写些让我父皇高兴、多夸我父皇的诗作而已。

"你越是会夸,主试官便越会嘉许。你将你的寒俭之气收一收,如何富丽堂皇,便如何来。你多练练怎么夸人,怎么不动声色又辞藻华丽地夸人吧。

"哦还有,到时候去尚书省考试的时候,你将自己收拾得好看些。"

暮晚摇做梦道:"说不定主试官看在你的脸上,会点你一个'探花郎'当一当呢?"

言尚咳嗽不住,给自己倒茶。

被暮晚摇剜一眼,恨他这个薄脸皮太不争气。

如是一番,到了很晚,暮晚摇才从寺中离开。她的行迹,自然也让一些探寻她行迹的人心中觉得诡异。

二月中科考那日,天下了雨。

言尚、刘文吉、冯献遇等人相携入尚书省。几人收伞时,才看到有马车停在院门外,韦树撑伞而出。

少年韦树浮雪一般干净,吸引了诸人。

言尚与众人一道看去,见马车帘子轻轻掀起一角,隔着雨帘,暮晚摇向这个方向看来。

他猛地别过了脸。

旁人以为她是在看韦树,言尚却知她在看他。她难得在他身上花了那些精力,她一定要看到成果。

"下一个。"

到了言尚。

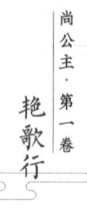

言尚收伞，由人搜身。旁边有一位文臣站着，面无表情地看着这些考试的文人。

众考生不知，这是新任的吏部考功员外郎，正是他们此次考试的主试官。

主试官便站在院门口看他们进试场，他们无人认识，自然也无人会主动攀附。

主试官听到下属报名少年郎名叫"言尚"，蓦地耳朵一动，想到了前两日丹阳公主送来的行卷。

他不觉向言尚看去一眼，看少年郎君长身俊容，玉骨清寒。雨水沾袍，不多狼狈，反让他的气质更为清透。

主试官怔了一下，若有所思：……这位应该是今年考生中最俊的了吧？若是诗赋差不多，那便点一个探花郎吧。

自科考立下第一日开始，探花之意，本就是看脸。

第二十八章

雨水连天，考生们一一排队进入尚书省院门参与科考。

冯献遇排在言尚身后。

他见一个文官立在门前不言不语，又一直盯着言尚看，不觉心中一动。

他已经参加三年科考而未及第，他与刘文吉这样对官场充满希冀、不信有人伪作的人不同，也与言尚这样第一次参加科考、对考试内幕一无所知的"新妇"不同。

他见那位文官盯着言尚看，心中就一顿，想莫非这位文官是什么大人物？而言素臣并非如他自己说的那般朴素，言素臣在长安是有什么人当靠山的？

冯献遇不禁目色暗暗。

想到前段时间几人一起行卷，韦树有自己的关系自然从来不与他们相随，刘文吉向来不屑此事也不与他相随。只有言尚和冯献遇二人不停周转于各位达官贵族的筵席上，抓紧每一次机会向那些人推举自己……

然而若是言尚有其他机缘，那与他一路扶持、互相鼓励的自己算什么呢？

冯献遇这般想时，再听到考生中的窃窃哗然。他回过神，随着哗然声向后看去，见是韦树撑伞而来，众考生皆在观望。

这些考生大多在二十左右，而毫无疑问，韦树是所有人中最为年少的。他少年风流，玉致清冷，丝毫不为其他考生的各异凝视而多关注一眼。哪怕同是世家子弟，如此风华矜傲者，也是少数。

而众人都能看到，他是从丹阳公主的马车上下来的。

看来确实如传言说的那般，韦七郎到长安后没有去依靠韦家的势力，而是去攀附了丹阳公主。

众人一时感慨，寒门子弟更是几多嫉妒，想道：攀附公主，得以及第，有什么了不起？若是把此机会给自己，自己能够攀附上丹阳公主，自己一定比韦树做得更好！

冯献遇听着周围人的各异声音，再看韦树根本不理会周围人，既不理会旁人的羡慕，也不理会旁人的巴结。韦树入了考生的排队中，还施施然从袖中取了一卷书来，闲然无比地撑伞看了起来。

冯献遇："……"

少年郎君那淡然之状，让他这样几次都不能登科的人，好生羡慕啊！

正羡慕着，搜身的官吏已经不耐烦地点了他的名："下一个，冯献遇。"

冯献遇连忙收回视线，专注自己的考试。

暮晚摇已经将机缘送了出去，就没有再多关注科考的事。

行卷推举，不过是顺手为之。她并没有想手伸太长，让此次科考变得不公正之余，也犯忌讳。

虽然，对于很多无门行卷的人来说，有人能提前让主试官看到自己的所有作品，已是不公正。

然而，哪怕是世家子弟，行卷后也不一定就会录取。行卷不过是求个眼缘。科考自然私下有些不公正，但朝廷官吏原本只被世家子弟垄断，如今有个机会让寒门子弟和世家子弟一起参与考试，已经是进步了。

凡事过犹不及，不可一蹴而就。

二月中科考，三月初张榜。中间半个月的时间，暮晚摇都没有和吏部的人见过面、打过招呼。

二月底时，暮晚摇参加一个赏花宴。

宴上许多贵族男女，还有一些官员与家眷也在其中。许多年轻郎君见到丹阳公主这般美艳，有些心思目的的，便都凑上来攀附。暮晚摇瞧不上这些人，转身就躲开了。

侍从们将那些巴结公主的人挡开。暮晚摇便坐在水边，摇着羽扇，等候另一位公主来与她见面。

此时，有一位官员竟说服了那些卫士，挤到了公主身边，向她弯身行礼："凉风美景，美仆相伴，殿下好生春风得意。"

暮晚摇坐在凉亭围栏旁，观赏着绿波春水中的红尾锦鲤。她回过头，辨认半天："哦，是考功员外郎啊。"

对方笑道："正是下官。"

是吏部这次科考的主试官。

春华在一旁端着一碟鱼饵喂食水中的锦鲤，侧过头，见这位官员正对暮晚摇笑得几多讨好。

暮晚摇兀自笑一声，大约明白这个人看中的不是自己背后的太子，就是背后的李家了。

暮晚摇兴致盎然："你来见我有什么事吗？难道三哥待你不好，你不想待在吏部了，想向我讨个其他官职当当？"

这位员外郎当即满头大汗，连忙苦笑："殿下说笑了！小官才当上吏部员外郎没有几日，实在不想丢了这份美差啊。"

吏部是三殿下秦王的势力所在，吏部的人几乎都以秦王殿下马首是瞻。若是今日他和公主的对话传了出去，让人觉得他背叛了秦王殿下，那可就不好说了。

暮晚摇见他害怕，不禁扑哧笑起，美目弯弯，如月牙清湖一般。

这位员外郎赶紧说自己的目的："是吏部已经定了今年的科考登科名单，准备递上尚书省批阅，若是无误，之后经过门下省与中书省，过两日，这份榜单便会张贴出来了。"

暮晚摇若有所觉，不禁倾身向前。

这位员外郎低声："既然名单已经定了，下官来告知殿下一声，不过是向殿下卖个好而已。

"此次登科考生两千，共取二十二人。陛下未有圣意，今年便不会再多取人。其中，殿下实在眼光独到，推举的二人，皆是榜上有名。"

暮晚摇不禁停住了，心脏跳得怦怦然。她屏气凝神，听员外郎的下一句。

而公主身后的春华也忘了喂鱼，她微微出神，有些慨叹：一共两千人，却只取二十二人吗？

科考及第，何等艰难。

然而又听殿下推举的两人皆榜上有名，春华不觉伸长耳朵去听，又心中隐忧，不知刘郎是不是在这二十二人之中。

若是刘郎再次落榜，以他的心高气傲，该是何等打击呀？

员外郎继续低声卖公主好："韦七郎自是不必说，少年之才，便是秦王殿下亲阅了他的卷子，也说一声好。我们将此人点为了状元。

"而殿下推举的另一位言素臣，此次答卷也分外不错。然在二十二人中，不过排名中等。但是因此人相貌出众，我等权衡之后，尚书亲自批准，将此人提为探花郎。"

暮晚摇："……"

她怔得扇子都忘了摇了。

韦树是状元已让她惊喜了。

言尚还真因为脸长得好被点成探花郎了？

她当日一句戏言，原来吏部人真的这样录取名额啊？

难怪呢，官场中人，就没有长得丑的。清秀已是最低要求，毕竟这些官员日后都有面圣上朝的可能，岂能让陛下天天面对一群长得不怎么样的官员呢？

员外郎看公主发呆，不觉唤道："殿下？"

"好！"暮晚摇回神后笑道，"多谢你提前告知我这个消息，我领情了。日后若有什么事，你尽可来找我。"

员外郎的目的达成，含笑退下。

暮晚摇心中愉悦，继续坐在水边。春华则是在员外郎步出凉亭后，她咬了咬唇，将手中端着的一碟鱼饵交给旁边侍女，寻了个借口，匆匆出凉亭了。

暮晚摇看在眼里，但并不在意。

"刘公留步！"

姓刘的员外郎刚出了凉亭不远，身后有女声唤他。他停下步回头，见追来的，是丹阳公主身边那个方才一直伸长耳朵听他们谈话的貌美侍女。

春华过来，屈膝向员外郎行了一礼，低声："我有一事求刘公。"

员外郎连忙:"不敢不敢!娘子是公主身边的侍女,若是公主都解决不了的事,求下官也无用。"

春华短促笑了一声。

她其实听公主说她有心推举寒门子弟时,尝试向暮晚摇推荐过刘文吉。

然而暮晚摇道:"他自己都不来我面前求,我为何要主动帮他?"

刘文吉那般傲气,怎么可能在公主面前低声下气地求助?此条路断了,春华也不好说什么。

而今追上员外郎,春华不过是想打听一下消息。

她咬了咬唇,忍着羞赧道:"只是想问一下刘公,今年榜上二十二人名单中,可有一人名叫'刘文吉'?"

员外郎抚着胡须想半天,纳闷:"似乎不曾见过。此人怎么了?"

春华目中暗下,微笑:"没什么,奴婢只是问一声而已。"

她心中忧愁,想等放榜了,自己该如何安抚刘文吉——

言尚第一年就能中,还是探花郎。

他二人同是岭南出身,刘文吉自来又觉得自己强于言尚。

这般结果一出,刘文吉恐怕最是难以接受的吧?

冯献遇也找了一些人的门路,混入了这场赏花宴。只是他当然走不到丹阳公主那样的大人物身边,不过是找机会讨好一些边边角角的官员。然而那些官员看到他后,皆神色有异,避之唯恐不及。

冯献遇怔忡间,见之前见的那位在尚书省院门口检查他们这些考生的官员,和丹阳公主的侍女站在一起。

那日丹阳公主送韦树去尚书省,她的侍女穿着男装骑着高头大马,自然被冯献遇一眼认出。

而过了这么久,今年科考的主试官是谁,也在考试结束后公布了。

冯献遇便认出,是今年的主试官在和公主的侍女说话。

观察对方神色,那主试官一直春风满面……难道是来提前向公主报喜的?

冯献遇凛然,猜测出:科考名单已经定了!即将张榜!

今年已是他的第四年考试,若是仍然不得……冯献遇怔立许久后,不再去讨好身边那些避着他的官员,而是心中下了一个决定。

当夜,庐陵长公主的宫观外,迎来了一辆马车。

冯献遇一身雪白缁衣,从车中出来。他玉簪束发,长袍飞扬,面容清俊,立在夜风中,颇有些零落萧肃之感。

他让自己的小书童驱车回去后,仰头看长公主的宫观,心中情绪复杂。

庐陵长公主是当今陛下的胞妹,在陛下初做皇帝的时候,这位公主帮了陛下不少。后来陛下完全掌权后,对这位长公主便投桃报李,极为宠爱。

庐陵长公主的丈夫逝后,这位公主就不再嫁人,而是束起了发,做起了女冠。因为长公主带头做女冠,一时间,长安贵族女郎不少人竞相模仿,自愿当道士竟成为一时潮流,实在好笑。

然并不是公主做了女冠,就表示她要修身养性,不吃荤食了。出家做道姑,不过是长公主一个"我不想再嫁人"的表示。庐陵长公主身边养着的美少年,可从来不少。

当朝陛下为了表示对这位长公主的支持,还专门为她修了宫观。这位庐陵长公主的宫观,奢华辉煌,毫无道观该有的简朴之风,只比寻常的公主府更为华丽。

四年前,冯献遇第一次来长安科考时,就因为年少貌美,被这位长公主看上了。

但他当时自诩为有妻室之人,自然拒绝了这位长公主。

从那以后,冯献遇就与科考断了缘。虽然没有人明确说过,但是冯献遇自己知道,他被排斥多年,一定是这位长公主交代过什么。

而今四年已去……人生有几个四年让他蹉跎啊?

冯献遇仰头凝望着宫观上的匾字,向前踏出了步。自这一步起,他再无回头路了。

庐陵长公主并没有让冯献遇无功而返,甚至也没有为难他。

侍女通报后,冯献遇就被领入了长公主的寝舍内。

帷帐飞扬,红烛高烧,庐陵公主手持高烛,长发散至脚踝,从朦朦胧胧的帐后走出。

冯献遇看去,见公主已是三十多岁,但保养得体,面上一点细纹也没有,非但如二十岁女郎一般肤色娇嫩白皙,她神态间,还带有成熟女子才有的风流韵味。

长公主笑道："冯郎四年不登我门，今日忽然到来，是何事相求啊？"

冯献遇默然不语，掀袍，向她跪下。

长公主笑而不语。她一手持高烛，一手托起冯献遇的下巴。借着灯火，她观察他那闭目屈辱的神情，兀自觉得有趣。

长公主："哟，看来是大事啊。但是只是跪一跪我，却是不行的。"

冯献遇仍不说话，却是手伸到自己的襟口，将衣裳扯了下去。他跪在地上，袍子散在腰间，光洁年轻的长躯映在火光中。他抬起脸，清俊的面上，目中有星火微光，摇摇落落。

似有水色，蒙蒙生雾。

庐陵长公主看得目中生艳，呼吸微重。她尝遍男色，对得不到的，又向来念念不忘。如此长夜，美男子在她面前脱衣而跪，她如何把持得住？

长公主手指托着冯献遇的下巴，俯身就要吻来。

冯献遇脸微微一偏，她的吻只落在了他颊面上，掀起了几绺面上碎发。

长公主冷笑，也不着急："怎么，到了现在，还想装模作样？"

冯献遇抬目看她，隔着灯火，有些东西，好像一重重被他从体内驱逐而出。到了这一步，又何必矫情？

他喃喃道："我要功名。"

长公主道："好。"

她高声向外吩咐："让今年吏部的考功员外郎来见我！"

再一次的，公主俯身，面容与脸色苍白的男子相贴，笑嘻嘻："冯郎，离员外郎到来，还有段时间呢，且看这一段时间，你能不能伺候得我满意。

"你的名次如何，便取自你服侍得如何。"

冯献遇看她半晌，张臂，将她抱入了怀中。他抱着她，走向帷帐深处，走向重重荫翳深渊中。

放纵的情色让人既厌恶，又癫狂。若是不能拒绝，不如沉溺。

考功员外郎瑟瑟发抖地站在庐陵长公主的寝舍外，他来之前，就被长公主派来的人告知公主的目的了。员外郎不禁面色发苦，心想这该如何是好。

他愁苦间，公主的寝舍门开了，侍女们让他进去。

员外郎低着头，只匆匆抬目看了一眼，就垂下了视线。这一眼，他看到了长公主慵懒地靠坐在榻上，一个郎君衣衫半遮，跪在她脚边，正为公主剥荔枝。

庐陵长公主不与人废话，张口就讨要今年的科考名单，她懒洋洋道："二十二人是吧？去掉一人，把冯献遇的名字加上去。日后陛下问起，自然有我担着。"

就知道自己这一次来的目的在此。

员外郎也不敢多瞒，苦涩道："回禀殿下，今年二十二人名单，大都是世家子弟。世家子弟的名单不好去掉，若是去了，日后被人发现，下官的官位恐怕就要到头了。"

庐陵长公主讶然："二十二人尽是世家子弟？不可能吧？寻常时候，不是哪怕是做面子，你们也会加上几个寒门子弟的名单吗？今年就没有？"

员外郎硬着头皮："今年的世家子弟极为出色，个个才情卓然。"

庐陵长公主冷目盯着他。

员外郎额上渗汗，半晌后咬牙："只有一人是寒门子弟。"

庐陵长公主笑了："那就把这人去了，换了冯献遇。"

员外郎抬头："然而此人是丹阳公主相保的！此人的排名还被尚书亲自指为探花，不如寻常人好操作！"

丹阳公主相保！

跪在长公主膝边的冯献遇蓦地抬头，看向员外郎，说出了他的第一句话："竟不知道丹阳公主除了推举韦七郎，还推举了其他人。此人是谁？"

员外郎自然对美少年记忆深刻："来自岭南的言尚，字素臣。他的字很不错，这一次的诗赋都写得好。得探花郎，实至名归。"

冯献遇听着"言尚"的名字，眼皮猛地一跳，想到了言尚那清润无比的面容。

探花郎！

既有丹阳公主相保，何必装模作样与他一道行卷？此人竟伪善至此！

冯献遇失望至极，向来隽秀的面容竟显得几多狰狞，他咬牙切齿，笑一声："竟然是他！"

庐陵长公主俯眼看向他："你认得此人？"

冯献遇收敛自己的情绪，道："不过是一伪君子，欺世盗名罢了！"

庐陵长公主手支下颔，若有所思："点他为探花郎啊……"

通常按照习俗，点为探花郎的人，相貌都是最出色的一人……庐陵公

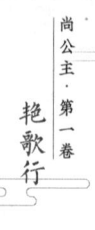

主迟想时，冯献遇咬牙，握住了她的手。

他仰头，对她露出一个有些扭曲又有些自怜的笑："殿下忘了答应我什么了吗？"

庐陵长公主俯眼看他。

她现在对冯献遇还是很满意的，不想惹自己的新宠生气。

她当机立断："就把这个言什么的换下，我冯郎也是相貌俊逸的美男子，当一个探花郎绰绰有余了。"

员外郎急了："然而丹阳公主那边……"

庐陵长公主不屑道："丹阳那个小丫头片子，有什么可怕的？她一个和过亲的公主，拿什么跟我争？放心吧，我会压着那个小丫头的。"

长公主都这般说了，员外郎只好答应下来，回去告诉尚书。

三月初，春雨如酥。

暮晚摇照往日那般，闲着无事，就驱车去东宫，打算听听太子的教诲。即便外面下了雨，她也无所谓。

坐在车中时，暮晚摇忽听到骑马在外的春华到马车边，一声低语："殿下，是言二郎呢。"

马车停下，暮晚摇掀开帘子，见果然站在道旁，撑着伞向她请安的郎君，正是半月不见的言尚。

春雨细润，浸湿了他半边衣袍。而他挺身立于雨中，却依然端正秀美。

暮晚摇扒在车帘后，纱帛下，香肩半露。雨水飞上她的眼睫，打得她眼中光清凌凌，湿润澄澈。然而她一张口，就阴阳怪气："半个月不见，今日竟能见到大忙人一面，我真是三生有幸啊。"

言尚礼貌道："其实半月来，我有登门拜访过。只是殿下大约太忙，且我去的时候不好。但整日待在府上等公主回来，又难免多一些闲话。如此，倒是我对不起殿下了。"

暮晚摇面色微缓，道："你今日要干什么？"

言尚无奈道："本是欲登门拜访的……今日本打算哪怕厚着脸皮，也要在公主府上多待段时间，等到公主回来。总不能一次都见不到殿下吧？"

暮晚摇道："看看，你的时间多不凑巧。我正好要走呢，还不知道什么时候回来。"

言尚便当即道:"那我改日再来……"

暮晚摇盯他片刻,慢慢道:"我怎么觉得你是故意算着我的时间,不想与我多待呢?"

言尚面容微僵。

他确实觉得自己和暮晚摇的关系太古怪……想把这个古怪的关系变得正常一点。

但暮晚摇好像变聪明了,竟然看出来了。

暮晚摇淡声:"行了,上车来吧,我有一个好消息要告诉你。"

言尚踟蹰间,暮晚摇已经推开了车门。她坐在车中,艳丽无双下,眼神又很冷淡。她忽远忽近,不可捉摸。

言尚沉默半晌后,收伞撩袍,登上了马车。马车才重新行起。

坐在车中,言尚温声向暮晚摇解释:"我只是不愿误了殿下的清白之名。"

暮晚摇瞥他一眼,懒得跟他解释自己没什么清白之名。

左一个杨三郎,右一个韦七郎,在整个长安圈中人眼中,她是个左拥右抱的公主。

暮晚摇对言尚道:"明日便要放榜了,你知道吧?"

言尚:"嗯。"

暮晚摇看他,将他打量半晌。她忽然觉得自己眼光确实好,随便遇上一个人,随便推举了一下,这个人就要及第了。

她当即又高兴起来,笑吟吟道:"吏部员外郎提前告诉我,韦七郎是状元,你是探花郎呢。"

言尚一怔,然后向她一拜。

他目中微有喜色,又沉静十分,只握拳于嘴下,轻轻咳嗽一声。

暮晚摇觑着他这装模作样的样子,不禁哂笑:"想笑就笑出来,忍得这么辛苦,你累不累?"

言尚抬目,与她四目相对。

公主对他眨眨眼。

言尚摇摇头,到底笑了出声。温温浅浅,如溪流缓游,与他平日那般礼貌客套的笑完全不同……

他是个温雅自省的人,从来没什么大笑的时候。便是如现今这样浅浅一笑,就已与平时的端正很不相同了。

暮晚摇看得心中一烫,别过了脸,不再看他,心中不屑:笑得那般勾人,一看就不是什么正经探花郎。

言尚柔声:"多谢殿下,殿下……"

暮晚摇斥:"离我远一点!不要靠近我!"

言尚被暮晚摇的变脸弄得怔住,很是迷惘,不知他又怎么惹她了。

暮晚摇是要去宫城,她打算到了宫城后下车,让马车再送言尚回寺庙。

只是到了宫城下,暮晚摇却不用下车了,因已有太子的人等在宫门口。

太子的仆从撑着伞过来,通报之后,丹阳公主马车掀开了一角帘子,公主千娇百媚的面容露出。

仆从隐约看到好似车中还坐着一人,但看不真切,公主的冰雪眸已经盯着他了。

仆从道:"太子殿下有其他事出宫了,叫奴等在这里,防止殿下白跑一趟。另外,太子殿下有一个消息,托奴告诉殿下,供殿下思量。"

暮晚摇奇怪:"大哥有什么话让你传给我?"

仆从道:"太子说,明日便是科考放榜之日。今日吏部将此次录取的名单送去了中书省,太子看到了名单,发现与之前说好的不一样。

"太子尚且没有在名单上批字,便是要奴告诉殿下一声,殿下推举的两人,韦七郎仍是状元,但之前那个探花郎,被人顶替了。榜上再无言二郎的名字。太子殿下让公主殿下看着办吧。"

一时间,只听雨声哗哗,天地阒寂至极。

第二十九章

雨水声几乎将外面仆从的声音遮挡住。

然而断断续续的话还是飘入车内,言尚如同被浇个透心凉。

他静靠着车壁,将外面的人与坐在自己身边的公主的对话听得一清二楚——

丹阳公主怒不可遏,质问:"探花郎不是吏部自己指定的吗?为何临时被顶替？是谁做的？"

仆从答："是庐陵长公主让人改的。吏部尚书不好忤逆长公主，就直接将改好的名单送上了中书省。正是殿下提前与太子殿下打过招呼，看到名单的时候，太子殿下才觉得不对，没有批字。但到底是长公主殿下，太子说做晚辈的，总要给长辈一个面子。"

暮晚摇手指抠着车窗棂子，语气冰冷："那姑姑是把探花郎替换成了谁？"

仆从："一个叫冯献遇的白衣书生。这人今年已是科考第四年了，他攀上了长公主，殿下最好不要招惹。"

言尽于此，确定丹阳公主获得了该知道的讯息，仆从就撑着伞告退了。

"哗啦"一声巨响。

暮晚摇恨恨地关上车窗门。她的马车依然停在宫门口没有走，但骑马在侧的侍从和侍女，也不敢在这时招惹殿下，问殿下现在去哪里。

同坐一车，言尚看去，见暮晚摇眉目间尽是戾气，将她美艳的面容衬得几分肃冷凶煞。

她气得胸脯起伏，一把将车中小几上的茶盏杯子全扫了下去。沉重的"咚"声中，器具被扫到了车中茵褥上，虽没有摔坏，却也没有人将器具捡起。

暮晚摇怒："什么冯献遇，听都没听过……"

言尚看着她："我听过。"

暮晚摇一怔，向他看来。

言尚道："我刚进太学读书时，被大士族子弟瞧不起，冯献遇便为我解过围。之后一来一往，我们倒成了朋友，我对他颇有些了解。没想到他能攀上长公主殿下，有这般机遇。"

暮晚摇："……"

她不可置信："你说他是朋友？是朋友会抢走本属于你的东西？我姑姑是个什么样的人我比你了解，她可不玩政治，不过喜欢养些美少年。你这位朋友攀上我姑姑，除了卖身，你以为还有什么其他途径？"

"你以为所有的公主都如我这般好说话吗？"

言尚看着她，默然不语。

暮晚摇发泄了半天，兀自气得不行，她又将自己的姑姑骂了半天，但她看去，见言尚冷冷淡淡地坐在对面，也不发火，也不宽慰，就听着她发怒。

暮晚摇瞪他："你自己到手的功名被人抢走了，你就一点反应也没有？

没什么话要说的？"

暮晚摇冷目如冰："在我这里，你不求的话，我是永不可能替人出头的。"

言尚依然静默。

好一会儿，在暮晚摇将把怒火发到他身上时，他才缓缓道："此事到了这一步，殿下觉得我能说什么呢？"

暮晚摇怔住："……"

言尚看着她："是该恳愿殿下为我出头吗？殿下你会吗？为了我得罪长公主殿下，和长公主殿下结仇？我一介庶民，难道我应该做出伤心的样子，哀求殿下，让殿下为我去找长公主？"

外头雨水敲窗，在他沉静眼睛盯着她时，暮晚摇心脏骤地一缩，有些怔忡。她的一腔火气，都为此收敛了一二。

是啊。

言尚算什么呢？

不过是她在岭南时认识的一个乡巴佬。

她在很短的时间被他打动过，但她和言尚都清楚，那不过是氛围使然，根本算不了什么。

离开岭南后，她翻脸不认人，他也从不提过去。他们保持着一种默契，没有人想打破。

暮晚摇自己都一身麻烦，怎么会为一个认识了没几天的平民出头？也许她在某方面赏识言尚……然而在权势面前，那点赏识，真的不算什么。

想到这里，暮晚摇垂下眼，蓦地有些难堪。

她有些狼狈，又有些憋闷地："我以为你至少会表现出伤心来。"

言尚静半晌，说："我还是不用这些情绪左右殿下了。"

暮晚摇垂着目，见他倏地起身。二人的衣料在狭小车间轻微擦过，他起身时，暮晚摇鼻尖再次闻到他身上清雅的降真香……车门打开，潺潺雨丝飘进窗一些。

暮晚摇抬头，见言尚要下车了。

她忍不住："言尚！"

言尚回头，看她。

暮晚摇沉默片刻，四目相对，紧绷的、压抑的情绪在二人对视的眼波中流动。如同冰山下蕴着火山，他们拼命地克制，不让那火山迸发而出。

暮晚摇缓缓道:"你如何知道,我便不会为你去找上长公主,为你讨个说法呢?"

言尚:"这样嘛。"

他说:"便是殿下要去,我也是要阻拦的。"

暮晚摇诧异看他。

他微微一笑,声音轻柔:"殿下你想过吗?太子殿下让人等在这里,将明天张榜、今天改名额的事告诉你,便是想让你出头,想让你和长公主斗。我不知道你们内部有些什么要得到的,但你在被太子殿下往外推出去,帮太子殿下。

"殿下你与长公主相斗,你性格若是强势一些——而你性格本就强势,你与长公主一定会斗得你死我活。今年科考出事,吏部难逃其责。最后事情到了陛下案前,也许你和长公主会各打五十大板,也许我和冯献遇都能被录,太子殿下又能从中得到什么呢?"

暮晚摇顺着他的话思考。

她比他知道的内情多得多,言尚一提点,暮晚摇就想到了:"……也许太子的目的,是想将吏部从我三哥那里抢过来。是啊,太子权势已经很大了,然而录取官员的途径被掌握在秦王手中,太子始终不甘。这几个月来,太子都在和三哥若有若无地试探。"

她越说越流畅、越肯定:"到最后,也许我和长公主都是输家,赢的人只有太子。"

言尚默然点头。

暮晚摇问:"然而这与你有什么关系?若我为你出头,你能够得回原本属于你的,你为何反而要阻拦我?"

言尚已经下了马车。

旁边春华体贴地为他撑起伞,而他立在雨中,向公主车马拱手而拜:"因我担不起殿下为我出头的大恩。"

他在雨幕中抬目,衣袍上很快沾了雨水:"殿下帮我行卷的恩情,我尚且能报答。但殿下为我出头得罪长公主的恩情,要我如何才能报答?殿下的恩情太大了,我只有以死相报,没有别的法子。"

暮晚摇沉静。

其实还有个法子可以报答。

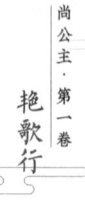

就如冯献遇献身庐陵长公主一般，言尚可以以身相报。

然而言尚此话，便是说他不是那样的人。太大的恩情让他后退，他都不愿以死相报……何论其他呢？

暮晚摇收了一切表情。

她坐在车中，一动不动，多看他一眼都觉得厌恶。

她闭了眼，怒道："滚吧！"

车门关上了。

春华同情地将伞送给了言尚，看言尚深一脚浅一脚地行在雨中，一步步要走回那永寿寺。

少年郎君背影清落，袍袖潮湿，看着几多可怜。

春华叹口气，心中浮起许多迷惘色。

刘郎如此，言二郎也如此，冯献遇又为了一个功名和言二郎反目……向上走的路，便这般难吗？

言尚到下午时才回到了永寿寺，中途在泥水中摔了一跤，他回到自己屋舍的时候，已经一身狼狈。

低头看眼脏了的衣裳，言尚叹口气。

过了半刻，他重新换了身衣服坐到书案前，怔坐了好一会儿，才抹把脸，让自己冷静下来。

他摊开案上的书简宣纸，开始练字，就当修身养性。到长安后，他跟韦七郎结交时，学了这个法子。

世家大族的子弟都有一笔好字，韦七郎告诉他，想要一笔字，没有别的法子，只能日日练。寒门子弟看世家子弟觉得羡慕，然世家子弟于才学一道，确实走得更远。

从那之后，言尚便坚持每天练字。就是心情不好时，他也打开宣纸练字。

如今，蘸着浓墨，反复写了几张大字后，言尚的情绪终于慢慢平静下来，让他能够思考一些事了。

他重新摊开一张宣纸，沉默许久，将"冯献遇"三个字写在了纸上。

然后，他开始写自己认识的冯献遇是一个什么样的人，祖籍何处，祖上做些什么，来长安多久，平时性情如何，与哪些人打交道……若冯献遇本人在此，定会惊恐万分。

因言尚似在分析他，且分析得极准。

而将冯献遇的生平写了整整一张宣纸后，言尚又重新铺开一张纸，开始写自己到长安后结识的朋友。通过自己结识的，通过老师结识的，通过师兄弟结识的……整个关系网罗列出来，其实有些恐怖。

因弯弯绕绕间，好似真的有能和长公主搭上线，或者与哪位位高权重之人搭上线的。

若是旁人来看，定想不到言尚来长安不过一个多月，竟认识了这么多朋友。

他擅长结交朋友，绝非口头说说。之前半个月，暮晚摇讽刺他是"大忙人"，也是因为他并不总是只盯着一个丹阳公主府。

他的朋友太多了，他需要一一应对。

而今这个关系网放在了眼前，言尚扔笔，盯着自己写满了人名的这张纸，又有些沮丧。

到底是起点太低，时间太短，哪怕他结识了这么多朋友，在这时没有什么人能够帮上忙。

言尚将所有纸卷成一团，暂且丢开。

靠着古物架，他疲惫地以袖盖脸，闭上眼睛假寐。

他不觉畅想，若是自己认识的朋友都是丹阳公主那个层面的，那自己想要把此事变得简单化，就方便很多了……

暮晚摇气冲冲地回到公主府上，又发怒了一下午。

也许心情不好，又也许沮丧至极，天刚黑，她就睡觉去了。

愤愤不平、觉得自己被长公主打了脸的暮晚摇将火气忍了一天，她以为睡觉能好受些。但是她梦到了和亲那两年发生的一件事——

"夫君！夫君！"乌蛮部落王庭帐与帐间，年少的大魏公主跌跌撞撞地追着一个很不耐烦的高大男人。

她摔在了地上，周围的乌蛮人只是用戏谑的眼神看着她，间或有觉得可怜的。

十六岁的暮晚摇跌坐在地，仰头，看到乌蛮王迟疑地停了步。她抓住这个机会，一把拽住男人的袖子，哀求道："秾华是从小就跟着我的侍女！夫君，你将她还给我吧，我、我可以帮夫君找其他美人……"

三四十岁的乌蛮王生得人高马大，满身刺青，如雄狮般威武。他可笑地回头看着他天真的妻子，道："本王只是要你一个侍女，你还要换？换来换去，还是那个人吗？"

他敷衍道："明日本王就把你的侍女送回来。"

暮晚摇怔忡。

远处，两个魁梧的乌蛮人拖着年少貌美的侍女，那侍女又挣扎又哭喊："殿下，殿下救我——"

暮晚摇鼓起勇气，再次求道："不行。夫君你将她还回来。明日不行的，半个时辰，就半个时辰……"

她苦苦哀求，衣袂在土地上拖出了一道道黑污。

在和亲之前，她只是一个柔弱的小公主。和亲后，也不过是一个任人摆布的傀儡。

她太柔弱了，她根本争不过强硬的乌蛮王……然而她的侍女不行！

真的不行！

周围人都在看热闹，让人羞耻不堪。跪坐在地的年少公主忽然从袖中拔出匕首，挥向那个几分诧异的乌蛮王……

"殿下！殿下！"

她受够了！她想杀了这个夫君！然而她太柔弱，用尽力气也只伤了那人的手臂。之后她便被关了起来，除了吃食，别的再不管她。那些乌蛮人说乌蛮王震怒，绝不饶她。

"放我出去！放我出去！"暮晚摇哭着拍门。

直到两日后，乌蛮王的长子蒙在石打开了窗子一条缝，有些同情地与她说："你那个侍女，已经死了。你别再哭了，没用的。"

蒙在石叹道："公主啊，你太弱了。你如果不能强硬起来，你身边的人，全会这么消失的。"

被关在屋中、靠着墙抱膝而坐的少女仰头，目光空茫地看着那透过窗缝与她说话的少年乌蛮王子。长发凌散，一身污泥，她脑海中只重复着那个少年同情的声音——

"你那个侍女，已经死了。"

其实之前也死了些人，之后也会死人。但只有秾华的死，让暮晚摇瞬间崩溃，让她怀疑自己是做错了什么，为什么连身边人都护不住……

大魏公主本应是高高在上的，她柔弱些也没关系，有人会护她。然而到了乌蛮,这些野蛮人,根本不将她当回事……他们的羞辱,折磨,日复一日,年复一年……

蒙在石的声音再次响起:"你要强硬起来。"

隔着窗子,他吹声口哨,向她伸手,似笑非笑:"怎么样,与我合作吧,公主?"

暮晚摇倏地从梦中惊醒,睁开眼,发现自己心脏兀自猛跳,整张脸滚烫无比。

她捂着心脏,蓦地眉心一垂,下定一个决心。

暮晚摇赤脚下床,喊外头侍女:"与我一道去长公主府上!我绝不能就这样算了!"

"她可以为她的冯郎争取别的,但她不能动我的人!"

公主府上灯火渐亮起,侍女春华和侍从方桐等人都起来了。春华服侍公主,知道公主要去与长公主对上,不觉心惊害怕。公主唤她进屋,她抓紧时间嘱咐方桐几句,千万不能让公主做傻事。

永寿寺中,雨将窗子推开一点,飘入室内的雨帘,惊醒了伏在案上闭目浅寐的言尚。

言尚揉了揉额头,起身去关窗子。他手扶在窗上,忽然不动了,因看到寒夜大雨中,方卫士向这边走来。

二人隔窗而望。

方桐拱手,焦急道:"言二郎,此事因你而起,你不能放任不管!我家公主为了你,要去找长公主算账……离天亮还有几个时辰,她要把名额改回去!"

言尚目中有些怔忪。

方桐唤:"言二,言二郎?你不会就让我家公主为了你,去得罪不该得罪的人吧?"

言尚回神,连忙道:"自然不会!"

方桐松口气,言尚已经开了门:"方卫士,你是骑马而来的吗?借你马一用!"

夜雨簌簌。

马车前悬挂的灯笼在雨幕中飘摇，憧憧火光在暗夜中静谧无声，只听到车马辚辚声。

马车到了庐陵长公主的宫观外，春华撑着伞，暮晚摇一身华裳，下了马车站在观外，仰头看着自己很少来的这座府宅。府门口的守卫也疑惑地看着丹阳公主驾到，不知丹阳公主深夜来访是为何。

她面容冷淡，深吸一口气，抬步就要迈上台阶，身后重雾大雨中，传来剧烈震地的马蹄声，有人声音清而急，伏在马上——

"殿下！"

暮晚摇心无旁骛，从来不搭理无关人事。春华都回头去看，她却只提起裙裾踩上台阶。

正要让守卫进去通报时，身后伸来一只手，握住了暮晚摇的手腕。因身后来的那人力气太大，暮晚摇又站在台阶上，她竟被拉得趔趄一下，被身后人扯得转过了身。

鼻尖撞上郎君带着潮气的胸脯。

他心跳得厉害，她摇晃要摔时，被他抱住了肩。

一道台阶，二人如同在长公主府门前拥抱一般。

暮晚摇站在台阶上，与言尚幽静又松口气的眼眸对视。他眼中神情又复杂，又迷惘，又带着几分不认识她一般的打量。

还有一些流离的星火，在他眼中渐渐亮起。

夜雨中，他搂着她肩，缓缓俯下身。

他贴着她的耳，温柔低声："我知道你要做什么，我有更好的法子，跟我来。"

第三十章

言尚将暮晚摇带回了马车上，嘱咐道："去北里南曲。"

被他扯回车上、自始至终懒得挣扎的暮晚摇挑了下眉。

因丹阳公主没有反对，外面的仆从自然无异议。马车重新行了起来，向言尚说的地方驶去。

而暮晚摇盯着言尚，冷嘲道："想不到言二郎如此沉得住气，到了这一步，还有心思去找女人睡。"

北里，是长安知名的眠花宿柳之地。若是文人墨客来了长安，却从未去过北里，那是要被人嘲笑的。

而北里又分中曲、南曲、北曲。三曲中，南曲排名第二，是中、上档次的烟花女子住的地方。

可见言二郎何等气魄。

言尚无奈地摇了摇头，道："去北里南曲，是因要去那里寻人的。容我细细为殿下解释……"

暮晚摇打断他的解释："我方才直接登姑姑的宫观，就能将此事解决了，谁告诉的你，让你来阻拦我？"

马车行驶，风雨夹杂着灯笼时时拍上车顶华盖。

车中轻轻摇晃，言尚看着对面的公主，垂下长睫："我不是说了吗，不想你为此得罪长公主。"

暮晚摇道："你想多了吧？我得罪姑姑，与你这样的布衣得罪长公主，效果能一样吗？姑姑能把我怎么样？那点代价，值得付出。"

言尚说："不值。"

暮晚摇目中喷火，瞪向这个反驳自己的狂妄书生。

他目光不躲，直直看着她："殿下为何要为我做到这一步？我不过与殿下见过几面，情谊实在普通。殿下为何要对我这般好？"

灯笼火光从窗棂缝隙透入一点，照在少年郎君斯文秀雅的面容上，明明灭灭。这点光影模糊之美，他直视来不容回避的目光，都让暮晚摇一时怔住。

暮晚摇扬了下巴，略有点高傲、漫不经心："你以为我是为了你？错。我只是不容自己被别人欺负到头上，还要委屈忍耐而已。别说今日是长公主，就算是太子殿下，我也照样要闯一闯，惹一惹他。"

半响，言尚声音微静："是这样吗？"

暮晚摇眼睛看着头顶的华盖，飞起的那一点眼尾之光，被窗外投来的火光照得金光熠熠，美艳无双。

言尚凝视着她，看她傲慢道："就是这样啊。"

言尚垂下了眼。

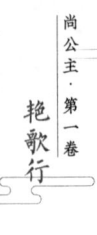

再一刻，暮晚摇听到言尚那清玉相撞般不紧不慢的声音："那我也是这样。纵使我知道殿下亦是公主，哪怕与长公主当面，长公主也不能拿公主如何，但我到底不放心。长公主是陛下的亲妹妹，在长安的根基又比殿下你深。若是出了事，我总怕旁人更偏向长公主。"

暮晚摇面无表情："这与你何干？我会不懂这个？"

言尚温和看她，静半响后说："纵然知道殿下不会因此受伤，可我总是要亲自看过，看到殿下无恙，我才能心安。"

暮晚摇："……"

什么叫"会说话"？

这就叫"会说话"。

言尚三言两语，硬是让暮晚摇没办法再摆出一张冰山脸面对他了。暮晚摇甚至有点不好意思，脸颊微烫，尴尬地侧过脸咳嗽了一声。

而言尚继续道："所以最好的法子，此事突破口不要通过长公主。我还是不希望殿下和长公主为这种小事交恶。殿下也许不在意为太子做衣裳，但是我不愿因为我的缘故，让殿下陷入两难。"

暮晚摇美目转了回来，流飞水眸，似带着一丝笑意，向他看了回来。

幽静雨夜，少年公主与他同车，就这般向他滴溜溜觑来一眼。瞳心清黑，眼白洁净，她亦嗔亦喜地看过来，言尚心中觉得滚烫，酥酥麻麻感顺着脊骨向上攀爬。

太热了。

他转过了脸，不敢迎上她的凝视。

这下淡定自若的人，换成了暮晚摇。她施施然地换个坐姿，伸出手指，轻轻地向言尚肩膀戳了一下："哎，那谁。"

言尚转头看来。

她笑盈盈："就算这样，你可助我不得罪长公主，但你还是欠我一个恩情啊。"

言尚微笑："自然该是这样。"

看他一点讨价还价的意思都没有，这人明明满心算计，偏偏正直得不得了，暮晚摇哼一声，觉得有点没意思，不想逗他玩了。

她转过脸不再理他，任性又无理。

言尚这才将他想做的事告知："殿下可能不知，冯献遇经常去北里南曲过夜。他这人喜欢饮酒作乐。今日出门时,我遇到几个朋友,说约了冯献遇在北里喝酒。我们去北里,便能找到他。"

暮晚摇一下子重新转过脸看过来了,既惊讶,又幸灾乐祸。

她掩口:"欸?他不是攀上我姑姑了吗?怎么还敢去北里这样的地方?不怕被我姑姑发现啊?"

言尚道:"那大约是只饮酒,无关风月吧。"

暮晚摇瞥他:"玩女人就玩女人,说得这么文雅,就不是了吗?"

言尚无奈看她:"殿下还要不要听我说下去?"

暮晚摇闭住自己忍不住发表评价的小嘴。

言尚再道:"殿下恐怕不知,冯献遇是有妻女的。"

暮晚摇瞪大了眼睛,碍于言尚嫌她多话,她捂着嘴,眼睛却瞪得格外圆,看着有几分娇憨。

言尚避开她的目光,手紧扣着案几,让自己心情平静,不要受她影响。

他温声:"他的妻子,在一年前便过世了。他的女儿,我前段时间还见过。但是前天,我去冯献遇家中找他的时候,他说女儿去舅公家住了。这不太寻常。"

暮晚摇托腮,如同听故事般,听他抽丝剥茧。她想,看来他是真不想她卷入太子的谋算中啊。

"……所以,他做了攀附长公主的决定后,怕长公主为难他女儿,就将女儿送出了长安?然而他怕这个都不妥当,便分了两队人,明面上是送去舅公家,暗里却另让人将女儿送去一个安全的地方?"

"啧,小心思还蛮多嘛。"丹阳公主如此评价道。

马车到了北里南曲,车门打开,言尚先下车,他撑着伞,回头便见暮晚摇提着裙裾,也要下车。

言尚怔住:"……我去做此事便可以了,殿下怎么也跟着下来了?"

暮晚摇美目乜他,她跳下马车,他只好撑着伞去扶她。而她漫然道:"这么有趣的事,我要亲眼见证。"

言尚微不自在。

他道:"可是这是北里……"

浪荡子、游侠儿、风尘女、红尘客……只是站在这里,便能闻到空气中浓厚的胭脂香味。

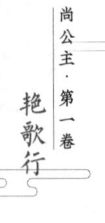

这尚且是因下雨天客少的缘故。

平时北里灯火达旦,可比现在热闹得多。

暮晚摇一把推开这个支支吾吾挡在她面前、觉得她不应该逛北里的书生:"让开,别挡路!"

她大步向前走,走了两步,又回头,咬下唇看言尚:"我们要去哪个门呀?"

言尚叹口气,只好迎上,领着暮晚摇去自己的目的地。

他早该懂的。大魏民风开放,长安更是了不得。那大名鼎鼎的丹阳公主,说不定早穿男装在北里逛过许多次……倒是他狭隘了。

不过今夜是为了掩人耳目,他们都不愿让长公主事后查到此事。所以到了北里,就让公主的车马返回,停在外面,暮晚摇一个仆从也不带。

言尚和暮晚摇进入北里南曲,敲开一扇门,却不是从正门入,而是施施然从后门入。

让暮晚摇诧异的是,言尚才去敲了那后门,门就从里面打开了。替他们开门的人不是别人,是暮晚摇公主府上的侍卫长——方桐。

方桐拱手请安后,对言尚说:"二郎放心,我已经绑了冯献遇那厮了。殿下和言二郎随我来。"

暮晚摇瞪言尚:"你让我的人帮你做事?你请教我了吗?"

方桐怕言二郎挨骂,有些不安地想要解释。没想到言尚直接干脆道:"是我的错。"

暮晚摇盯了言尚半天后,从他身边走过:"下不为例。"

言尚低笑,跟着她:"是。"

开门的方桐,目瞪口呆,只觉得言二郎……果真厉害。

从后门进入此楼,三人在池苑间穿梭,因为下雨,三人没有遇到什么人。然而快要进楼时,一个娘子睡眼惺忪地打开一扇窗,愕然看到三个人在后院行来。

男的也罢了……怎么还有女的呀?看妆容打扮,不像她们这里的人啊。

方桐一下子紧张起来,想该不该打晕此女。

言尚面向那扇突然开了的窗,礼貌询问:"我三人在此迷了路,敢问娘子,'蜜香阁'是哪间房?"

那个娘子也是傻愣,竟真的指了一个方向给他们。

言尚客气道:"多谢。"

娘子红了脸,讷讷低头,连声说不用谢,关上了窗。

暮晚摇看言尚:"呵。"

言尚:"殿下想说什么?"

暮晚摇瞥他,慵懒道:"没什么。只是觉得你这张脸,实在好用。"

那娘子分明是看言尚长得俊美,才给他们指路,又因为害羞,而关上了窗。言尚能让一个烟花之地的女子都害羞……不愧是他。

言尚只好当作听不懂暮晚摇话里的嘲讽了。

走了半截,暮晚摇又道:"常来这里吧?"

言尚无奈道:"我初来长安,忙着读书都来不及。殿下觉得我像是喜欢来这种地方的人吗?"

暮晚摇盯他片刻:"确实不像。"

她悠然道:"旁人是来享乐的,你像是被别人享的。嗯,我误会你了。"

方桐在旁忍笑,言尚只能装没听见了。

他们进了"蜜香阁",里面早有一人被五花大绑、嘴里塞了布条。那人被扔在黑漆漆的屋子里,非常慌张。

等方桐点了火烛,将他嘴里的布条拿去,被绑的人抬头,看到进来的暮晚摇和言尚,一愣之后,反而冷静了。

这人自然是被方桐提前绑来的冯献遇。

冯献遇今夜一人在北里买醉,也不知道怎么回事就被人敲晕。现在看来,是言尚找自己算账啊。

暮晚摇坐下,打量着冯献遇,确实长得还成。

她冷淡道:"绑你,是让你帮忙做件事。在天亮之前,你去敲长公主的门,不管你用什么法子,都必须要我姑姑将放榜名额改回去。探花郎不是你的,便绝不会是你的。"

冯献遇坐在地上,初时慌张,此时反而气急而笑:"公主殿下说得何其简单。我岂能左右长公主殿下的想法?"

暮晚摇漠然道:"所以接下来几个时辰都给你。我只要在张榜时看到我想要的名额。"

冯献遇:"我若是不肯呢?"

言尚道:"你看她是谁呢?"

他向方桐使个眼色,在冯献遇诧异的目光中,方桐出去,一会儿,将一个五大三粗的、同样被布条塞住嘴的婆子扯了进来,一把丢在地上。冯献遇看到这个婆子,神色瞬间变慌。

他不敢面对丹阳公主,愤恨的目光如毒蛇般盯着言尚:"言素臣!"

那婆子嘴里的布条被扯走,她慌张地跪在地上直磕头:"客人,我什么都说,绝不隐瞒,不要杀我!这位冯郎三年前救过老婆子一条命,之后老婆子一直帮冯郎做事。前两日冯郎让我将他女儿送出长安,我便托人悄悄帮冯郎做了此事……"

在三教九流中混惯了,她看到那坐下来、长裙曳地的女郎何等貌美明艳,而她旁边站着的卫士何等威武挺拔,那少年书生又是芝兰玉树之貌,当即知道这些人自己惹不起。

惹不起,自然就什么都说了。

她边说边给冯献遇磕头:"冯郎,老婆子对不起你!但是老婆子也要活命,他们拿了我的孙女,我也是无法……"

冯献遇怒极:"言素臣,你如此卑鄙吗!牵连无辜算什么!"

言尚不理会他的质问,只温声道:"已经派人连夜出城,按照这位大娘的提示,去找你女儿了。若是天亮前名单改不过来,你也许就再见不到你的女儿了。"

暮晚摇闻言,诧异地看眼言尚:欸?有派人去找这人的女儿吗?

她看向方桐,方桐茫然摇头。

暮晚摇便懂了:哦,言尚又在骗人啊。

被五花大绑、坐在地上的冯献遇衣袍和面上发丝一派凌乱,他瞪着言尚。看到言尚面容虽温,却如此心狠,当即也是一心冰凉。

他软了态度,哀求道:"言二、言二!你我相交一场,我之前也没有对不起你,你何必将我逼到这一步?你还如此年少,又有丹阳公主这样的人保你,你为何不能放过我一次?今年放过我一次,明年说不定你便可以成为状元!

"状元不比探花郎好吗?你为什么偏偏要和我争这个探花郎?!"

言尚静看着他。

看他如此狼狈,言尚也有几分不忍。言尚缓缓道:"我不曾与你争什么探花郎,是你非要与我争。你若是好好与我商量,若是提前与我说,我未必不会帮你。你却在这时候攀上长公主,将原本是我的抢了去。

"我若是想要追究,却也不是什么错吧?"

冯献遇怒笑:"与你商量?如何与你商量?难道你会助我功名吗?难道我说了,你就会让我一次吗?好,哪怕言素臣你真的光风霁月,是世间难得的君子,是我冯献遇看错了你!然而,科考排名,是你想让就能让的吗?

"你知道什么?你什么都不懂!你初来长安,就能攀上丹阳公主这样的人物,你怎知我在长安四年,都遭遇了多少冷眼?你知道我为了能得到一个名额,吃了多少闭门羹?"

他激动不已,愤怒不已。

说到情动处,他的目中甚至有水光闪烁:"我知道,你瞧不上我,觉得我是靠下作手段,才抢走了你的名次。但是难道我便愿意这样吗?我若是和你一样,在最开始就接受公主的示爱,我何必走到今天这一步?"

暮晚摇不满道:"哎,说什么呢?"

她可没有示爱。

言尚则怔忡地看着冯献遇,道:"你是在向我诉苦吗?"

冯献遇冷笑,又继而颓然,他喃喃道:"言二,你可知道,四年前我刚来长安时,那时刚刚成亲,妻子又怀了身孕,我何等春风得意。那时候在一次宴上,长公主向我示意时,我心高气傲,拒绝了她。我何等傲气,想着怎能对不起我的妻子?然后我得到了什么呢?

"整整四年的打压!整整四年!"

他目中浮起恨意:"我妻子是怎么死的?是因为我不能考取功名,家中用度不够,全被我拿去结交朋友、去读书了。我妻子也是富家小姐,长安如此富贵之地,可我妻子是被饿死的……活生生饿死的!

"我妻子死后,我便想通了。什么名节,什么气度,那些有什么用?我一个书生,我只要功名!只要有了功名,起码……我能够养活她们。难道攀附长公主,我便不觉得羞耻吗?难道我愿意将我唯一的女儿送走吗?

"我肝肠寸断,可这些有什么用?"

冯献遇瘫坐在地,目中星火摇动,水光欲落未落。

他终于仰头,看向高高在上的丹阳公主。对方明丽的面容艳色逼人,那是何等高贵,那才是他想要的。

他喃喃道:"长安……长安。这个地方多么好,多少人想留下来,可最

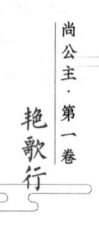

后,真的又有多少人能留下来呢?"

舍中静谧。

无人说话。

方桐叹口气,目中生起不忍。他军伍出身,长安崇尚的是文武双全,如他这样的纯武人是瞧不起的。他看冯献遇这般崩溃,便有些同情。

而他再看去,见言尚目中光闪动,怔怔看着冯献遇,似被打动;公主殿下却面无表情,好似根本没将这个人的话听进去。

暮晚摇冷漠道:"你已经诉苦了小半个时辰了,留给你的时间不多了。天亮我看不到名单,你就再看不到你的女儿了。"

冯献遇:"殿下!殿下不能放过我这次吗?"

暮晚摇道:"我很理解你的苦处,但是你碍了我的路,我不能让。"

冯献遇当即惨笑,他跌坐在地,心想一个公主,怎么会理解他?

这时,言尚缓缓开口道:"我千古寒士,欲求学,欲求名,自然不易。然人生一世,君子九思。既是读书人,何以连读书人的气节都要丢掉?凡事有可为者,也有不可为者。

"我有许多话欲说给你,然而话到嘴边,想你会觉得我不过是站着说话不腰疼,这些话便不提也罢。只是世道艰难,人人如此,你可以说是整个世道将你逼到这一步,然而扪心自问……若你妻子病时,你哪怕放下读书之事,去为她乞一碗粥,带她去寻名医,也许她就不会死了?"

冯献遇大脑轰地一空,脸色苍白,想到了自己妻子最后的病容。

言尚低声:"你去弥补你的错误吧。今年科考不中,还有明年,后年……而哪怕一直不中,又有何妨?你可以去做幕僚,可以做谋士,甚至可以去边关从军……你可以走的路太多了,你并未到绝路,你不过是自己不甘而已。"

他背过身,便是不欲再多说了。

暮晚摇示意方桐给冯献遇松绑,让冯献遇当即去找长公主。暮晚摇看言尚心情不佳,她竟难得地生了同情心,伸出手,在他后背轻轻抚了下,状似安慰。

言尚有些落寞地看暮晚摇一眼,对她一笑,示意自己无事。

这一幕落到身后趔趄站起的冯献遇眼中,冯献遇冷笑:"你说得冠冕堂皇,你和丹阳公主之事,又与我的事情有什么区别?你不也是成为公主的裙下之臣，去跪伏她，去巴结她，去献身于她吗？"

言尚蓦地回头："闭嘴！"

他向来清雅的面容，难得流露出肃穆之色。他道："我与殿下清白之身，岂拿你龌龊的行径揣摩我与殿下？"

他向暮晚摇道："殿下，此人口不择言，不必听他疯话！"

冯献遇怔愣看二人，然后神色古怪。

暮晚摇懒懒看言尚一眼，看出他此举，还是为冯献遇说情，不想她给冯献遇治罪。

暮晚摇才懒得理他们呢，她只要名额改回来就行。

她冷漠道："方卫士，你亲自带这个冯什么去长公主府上。"

方桐带走冯献遇，那个被绑来的婆子也松了绑。不过暮晚摇和言尚直接就走了，根本没理那婆子。

言尚有些心神恍惚，他出了门，就走得有些随意，眼看着不是往后门去，而是进了楼。

暮晚摇盯着他萧肃背影看半天，知道今夜冯献遇的话让言尚也多了很多思考。她想一想，便也没有独自离开，而是跟上言尚，看他要走去哪里。

眼前忽然灯火通亮，耳边听到丝竹靡靡之声，立在大堂楼前的言尚回过神，蓦地一愣，发现自己竟然不知不觉走进了正堂里。

暮晚摇笑嘻嘻的声音在后："回过神啦？"

言尚回头，见暮晚摇还跟着他。他一下子觉得不好意思，怎能领着公主走到了这种地方。

他说："是我恍神了，我们回去等冯郎的消息吧。"

暮晚摇："不，我累了一晚上，要看看歌舞。你与我一起。"

言尚能说什么呢？他只好掩下自己心头的千头万绪，跟随着公主，一起登上了楼。

一入了大堂，一切都不一样了。两个站住楼前的龟奴眼睁睁看着一个女郎趾高气扬地走进他们的地方，好像并不是他们这里的娘子……然而这位女郎太过理直气壮，倒把旁人衬得心虚，不好意思拦她。

言尚在后，给瞠目结舌的守门龟奴匆匆塞了些铜钱，这才进去。

但言尚才进去，还没怎么回过神呢，就见刚才还高傲的暮晚摇蓦地转过脸，慌慌地向他大步走来。

言尚茫然间，暮晚摇冲过来，抱住了他的腰，还转个身，让自己靠着墙，被言尚挡住。言尚僵硬，温香软玉突然冲过来，让他根本没有反应过来。反应过来时，他面容涨红地挣了下。

怀里低着头的暮晚摇："别动别动，有熟人！"

言尚："……又有熟人？"

暮晚摇已经不回答他了，显然熟人走近了。

她紧紧抱着言尚，整个脸埋在言尚怀里。言尚僵硬片刻，却也配合着她，迟疑地将手搭在了她肩上。二人立在角落里，言尚背后人来来去去，扫眼过来，只觉得是一个恩客在抓着他们楼里的漂亮娘子行事。

身后有脚步声沉稳。

言尚一边搂着暮晚摇，一边定下神，柔声："小娘子可有想我了？"

暮晚摇从他怀里抬起脸。

她仍搂着他的腰，仰头看着他微红的脸，努力忍笑："你不会就不要乱来，闭嘴好了，别逗我笑。"

言尚："……"

言尚便只好做一个沉默的恩客。

不过他目光随意向外方一扫，便看到一个肩宽腿长、面容英俊的少年郎君领着几个武士一样的人，从后大步走来。言尚心中一顿，隐约觉得自己见过此人。

他思量间，目光与这人对上。

杨三郎杨嗣面无表情地看言尚一眼。

对方淡然地收回了目光，杨嗣看眼对方抱着一个娘子在墙角，也知道这个急色的人在做什么。

杨嗣扯动嘴角，步子一转就与言尚擦肩而过。

然而杨嗣垂着目，又觉得刚才见到的那个人很眼熟，在哪里见过……一个场景突地浮现，杨嗣想起了永寿寺中，自己见过的暮晚摇和一个少年郎君同行。

言尚搂着暮晚摇，正要松口气时，身后脚步停住，杨嗣又重新回来了。

杨嗣站在他身后，淡声："我们见过。转过身来。"

暮晚摇紧张无比，紧紧掐住言尚腰间肉。她慌了一般在他怀里拼命蹭，暗示他想办法躲掉杨嗣。

言尚腰被暮晚摇紧掐，俊朗的面容微扭曲，差点被公主掐得断气。

……知道她在躲人。

但是他也是人，她掐死他，还有谁帮她啊？

第三十一章

言尚并不认识杨嗣。

但在杨嗣站在他身后让他转身、公主快掐死他的时候，电光石火间，他一下子想起这人是谁了。

当初在永寿寺，暮晚摇就拉着他躲过这人。

现在，暮晚摇又要躲……

言尚不禁心情有些古怪，不知这二人是什么关系，公主到底是烦身后人，还是怕身后人……

脑中念头纷乱，并不耽误言尚相帮公主。顺着暮晚摇掐他的力度，他精神松出一线，直接就轻"嘶"了一声，向后退半步，袖子甩到了怀中所拥女郎的脸上。

怀里低着头的暮晚摇脸被打了一下，一蒙：……她这算不算是被打了？

不等她想清楚言尚有没有打她，言尚就将她一推，身子一转，声音隐怒："你这个娘子好不知趣，服侍郎君都不会。还不快滚？"

他那么一扯，就将暮晚摇从他怀里向外扔了半步，而他再侧过肩，正好挡住了杨嗣看到暮晚摇的可能性。

暮晚摇这才反应过来，她连声都没敢出，怕对自己太熟悉的杨三郎认出自己。捂着自己被言尚袖子抽到的脸，暮晚摇低着头猫着腰小跑，笃笃笃向楼上跑去了。

全程不敢回头面对身后局面。

因为心思不稳，她跑上楼梯时还被绊了一下，而她直接提起裙裾继续跑。

让身后的言尚为她捏把汗。

等暮晚摇跑上了楼，从言尚的角度，总算看不到丹阳公主的身影了。

这时，言尚才回头，向身后让他转身的杨嗣行了个叉手礼。

抬头时，言尚恰到好处地表现出了惊讶："这位郎君，我们见过？"

杨嗣少年挺拔，如剑之直烈。他没有看言尚，而是仰头，在看方才那捂着脸、嗒嗒嗒被言尚赶走的小娘子。

人已经看不见了，杨嗣却觉得哪里怪怪的。

杨嗣道："这种地方，有娘子能穿得起材质这般好的衣裳，用得起那样的步摇吗？"

言尚微顿，正要解释，杨嗣身后跟随的一个小厮已经代为解释了："三郎，住在南曲的小娘子们，可是很富的。更不用提中曲的那些娘子了。"

杨嗣勉强接受了这个解释，将目光收回，看向了言尚。

言尚面容温润，早在等着他了。

杨嗣盯他半晌，慢吞吞："你是不是在攀附丹阳公主？"

言尚："……"

他神情不变，微笑："郎君这话从何说起？小生只不过是托公主代为行卷……"

杨嗣嗤笑，打断他的解释。

杨嗣道："你们这种人，我不知道你们在想什么吗？尤其是你这样的……自以为有几个才华，就想尚公主。先前在永寿寺，你不就和摇摇那个丫头混在一起吗？"

摇摇。

言尚心头波澜微动，略微皱了一下。

他问："小生自知自己斤两，万万不会行不可能之事。郎君确实误会了，不过不知道郎君是哪位，和丹阳公主这般熟……"

杨嗣淡声："弘农杨氏长安一脉，杨家三郎。"

言尚便说"失敬失敬"。

然杨嗣却看出此人并不如其他那些人一听自己的身份，就热情迎上来。这人行事自有一种疏离客气在……也许就是因为他这样，暮晚摇才会答应帮他行卷？

不过杨嗣都懒得理会这人姓甚名谁，和暮晚摇关系到底多好。

杨嗣只教训："初到长安，看你的样子也是想科考的，却是天天在北里这种地方厮混？被长安的风花雪月迷花了眼，你这种人，有什么资格去攀附摇摇？"

言尚无言。

但为了不说出暮晚摇的事，他羞愧道："……郎君教训的是。"

杨嗣冷目盯着他："我也不管你到底有什么小心思，但若让我知道你利用了摇摇，或者欺负了她，我定杀你。

"我杨三在长安杀个人，还不是什么大事！"

言尚眉心微动，半晌后道："郎君似乎对我有些误会……"

杨嗣"嗤"一声，他如冷面阎罗一般，看言尚这般儒雅风流的气度，根本懒得和这种人打交道。不过是因为前段时间在永寿寺见过，顺便威胁一下罢了。他并没有兴趣了解这个人。

而且说不定过上几天，这种人就从丹阳公主身边消失了。

威胁完了，杨嗣抬步就走，他身后的人连忙追随这位桀骜三郎。又一群娘子围上去，胭脂香粉往杨三郎身上凑："三郎好久没来了……"

隔着胭脂香气，杨嗣不耐的声音响起："滚！别挡路！"

站在原地的言尚睫毛轻轻一颤，猛地看向那个即将出了楼的杨三郎。

那句"别挡路"，话中的桀骜不驯，和暮晚摇平时说话的语气……何其像。

这二人，关系不浅。

那到底是谁在模仿谁的语气呢？

言尚敏到极致，只从杨三郎随口一句话，就听出了不同寻常。而他心中再不能平静，等到杨三郎已经走了，言尚才自嘲一笑。

他想这些做什么？

不管是暮晚摇模仿杨嗣，还是杨嗣模仿暮晚摇，或者是那二人认识得太久了、不自觉会变得很像……和他什么关系呢？

关键还是明日登科张榜的事。

关键还是刚才他那一袖子，有没有甩得暮晚摇发怒。

言尚问过了人，在楼上一间雅舍找到了暮晚摇。

因此楼彻夜长明，他关上门入内，不用点灯烛，便看到了暮晚摇。

然而她不是如往常那般趾高气扬地等着训他，而是小小地蜷缩在一张长榻上，手臂撑在被她挪到左手方向的凭几上，正手撑着腮，闭着眼睛，大约是睡着了。

云鬓微斜，唇儿微翕，如雪面上隐隐浮了一点洒在眼角的金粉。灯下睡美人，最是无瑕动人。

她睡着了也是优雅端正的公主模样，让人说不出一点不雅来。

初看到她睡着，言尚怔愣了一下，第一反应是转过身，觉得自己不该看她那般无邪的样子。但他只背身平息了一会儿，又迟疑一下，回头向她俯眼看去。

这一看，见她手臂大概撑不住腮帮，摇摇晃晃地睡着睡着要倒了……言尚连忙几步过去，在她咚一下歪倒欲摔时，手撑在了凭几上，托住了她倒下去的脸。

暮晚摇的脸砸在了言尚的手上，这一下，暮晚摇睁开了眼，被惊醒了。

她眼中雾蒙蒙，仍带点刚睡醒的懵懂感，呆呆地仰头看着突然跪在自己面前的少年郎。

暮晚摇蒙：咦，怎么睡醒了，还有个美少年在床边？这是来服侍我的吗？

言尚看她睡眼惺忪，叹口气，手撑着她的脸扶着她坐起来，柔声解释："让殿下久等了。殿下睡着了，刚才差点摔倒，我才扶了一下，不是有意冒犯殿下的。"

暮晚摇回了神："哦。"

她坐端正，掩口打个哈欠，困得眼泪都要流出来了："杨三走了啊？"

言尚："是。"

他顿一下，试探道："杨三郎似乎很关心殿下。"

暮晚摇："他不是关心我，他就是凶巴巴地见我不顺眼。方才要是看到我在这里，他不光会训我不知检点，还肯定会去太子面前告我的状。"

暮晚摇打着哈欠，说话含含糊糊的："咱们今夜都是从后门进来的，行事比较隐秘。显然你不想掺和太子的事，那咱们今晚的事，就不能被杨嗣那个大嘴巴知道。"

言尚怔怔看她，轻声："是我让殿下为难了。"

他见她这般困，还撑着和自己说话，心中不知为何酸了一下。

言尚从怀中取出一方干净的巾帕，柔声："殿下擦擦眼角的泪吧。"

提到自己困得流泪这事，暮晚摇刚抚上面颊，就想起一事。

她一下子精神了。

瞪向言尚:"你刚才在下面,是不是用袖子打我脸了?"

言尚叹:"是我不当心,殿下痛不痛?"

暮晚摇拍榻板:"特别痛!你说怎么办?"

言尚迟疑:"殿下要打回来吗?"

暮晚摇飞眼向上,看着虚空:"你补偿就行,我才懒得打你,我手不疼吗?"

看出她跋扈之下的温柔,言尚微微一笑,他轻声问殿下打到了殿下哪里。暮晚摇自己都忘了,因为根本不疼。可她就指着自己的脸颊乱指一通,说这里这里,那里那里。

反正整张脸都被打得疼,也许明天就肿了。

言尚便耐心无比,说声得罪,就出去寻了冰片来,捂在巾帕里,帮她擦脸。暮晚摇后退不肯,言尚便说是自己的干净的帕子,不是这楼里别的娘子用过的。

他手托着她的脸,几乎是虚搂着她,轻轻地拿帕子为她擦脸。

他也知道她在找碴,却也不说什么。

只是看暮晚摇太困了,和他说两句话就掩口打哈欠,言尚更加温柔:"殿下去睡吧,我守在外面,我一人等消息便好。殿下已为我操劳这般多,我实在羞愧。"

暮晚摇也确实撑不住了。

她摇摇晃晃地爬起来:"行,我去睡一会儿。你守在外面,别让人进来啊。"

她不忘威胁:"本公主最讨厌被人看到睡容了,你要是……"

言尚道:"殿下放心。"

暮晚摇回头,看他一眼。他站在灯烛旁,玉竹般的风采。

暮晚摇便抿唇,心中不知为何生起一片柔软。她不再多说什么,直接进了屏风后,上床睡觉去了。

而言尚今晚要不要睡,是不是打算熬一宿,丹阳公主并没有关心他的意思。

清晨鼓响。

自太极宫正门城楼上,第一声报晓鼓响起,一重重鼓声,从正中鼓楼依次向外推进,荡起一圈圈波纹。

鼓响三千声,随着这鼓声,皇宫、皇城、里坊的门,依次开启。同时,城内一百几十所寺庙,晨钟撞响。

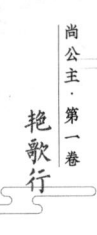

下了一夜的雨早就停了。整个长安在三千鼓声中，在日光下，醒了过来。

新一天开始，市坊街头，人流来往，重新变得繁华热闹起来。

暮晚摇推开窗子，站在北里南曲一楼的二层阁楼上，眺望着整个生机勃勃地活过来的大魏。这样繁华热闹的长安，激起大魏每个人心中的自豪。

正是这样的长安，让冯献遇念念不忘不愿离开；也让她这个和亲公主日夜思念，想要回来。

有人在外敲门，暮晚摇淡淡"嗯"了一声，门推开，方桐进来了。

方桐低声："殿下，昨夜冯郎登了长公主的门。天亮的时候，长公主亲自驱车进了宫城中枢。想来，名单是要改回去了。"

暮晚摇："言尚呢？"

方桐："因为要去看榜，言二郎方才等属下回来，就走了。走之前，言二郎嘱咐楼里为殿下备下了早膳，已经付过钱了。殿下现在要下去用膳吗？"

暮晚摇笑了一下，语气忽地揶揄："欸？我还以为他昨天那么沉稳，是不在乎张榜成绩。原来他还是在乎的啊！"

公主回了头，向方桐扬一下下巴："用过早膳，咱们就进宫，等我父皇上完朝，向我父皇请个早安吧。今天张榜这事，我得避嫌，就不去看了。

"不过结果如何，你们要记得报给我。"

方桐自然称是，他服侍着公主用了早膳，两人又偷偷地从后门出去，与在北里坊门外等了一宿的春华等其他仆从会合。坐上马车，丹阳公主浩浩荡荡地进宫去了。

科考张榜，早有无数文人才子围在榜下。

言尚到此地的时候，这里已经被人围得水泄不通。不知是文人们在等张榜，许多豪强人家、富贵人家都在这里停着马车，准备看今年谁能及第。

每年能够及第的才子，都珍贵无比，是要被这些豪强世家争抢的。若是有看对眼的，直接会拉着人定亲成亲。

这种潮流，叫"榜下捉婿"。

言尚在太学读书了半个月，认识了不少人。他一路过去，就一路跟人打招呼，人缘之好，让冷冷清清坐在贴榜位置对面酒肆间的韦树盯着言尚看了半天。

众人都在和言尚说话：

"言素臣，今日去永寿寺找你，怎么没找到你？"

"言二，你怎么才来？"

"言素臣此次一定会有好成绩。"

言尚微笑着一一回礼，一一回答众人的客套关心。

坐在酒肆二楼，韦树身边的书童看着下方那长袖善舞、被人围着的言二郎，惊得目瞪口呆。

书童："七郎……他怎么认识那么多人？他不是来长安才一个月吗？"

日光如雪覆来，十四岁的韦树清清淡淡地喝着茶，并不在意："总有人天生人缘好些。就如我天生人缘不好一般。"

韦树可比言尚早来长安将近一年，然而韦树在长安，真没交下什么朋友。一是他太过年少，寻常世家子弟如他这般年龄，还在读书，根本不会来参考科考；二是，嗯，他确实为人冷矜，还是言尚主动地非要跟他做朋友，按他本来的性子，韦树是谁都不交好的。

书童立刻为自家郎君鸣不平："郎君你哪是人缘不好？你只是懒得和人交际罢了……"

韦树看了小厮一眼，书童闭嘴。看自家郎君淡声："言素臣有言素臣擅长的，我自有我擅长的。各人运势不同，行的路不同。我并不嫉妒他，你倒也不必为我找话。"

这般闲闲说着话，有一批浩荡骑士敲锣而来。在鼓楼上的小吏远远看到马蹄飞起的尘土，连忙登上鼓楼敲钟，示意下面人散开，榜单要贴了！

《登科记考》记下这一年的及第名额。

共两千人参与考试，中枢录取二十二人。

状元：韦树（是年十四），第一年及中；

榜眼：郑涵铭（是年三十三），已考十年；

探花：言尚（是年十八），第一年及中；

余下十九名进士分别为……

张榜后，榜下一派哗然。有高兴的，有悲愤的；有被抓着袖子问是否娶妻的，有坐在地上号啕大哭的……

韦树根本没露面，让自己的书童去看了眼成绩，他就悄然离开，没有被谁扯住脱不开身。

而言尚在下，看到自己名字出现在探花郎上，他心中微微松口气，又想到为了这个成绩一路走来的艰辛、昨夜崩溃掩袖的冯献遇，心中不觉怅然。

他定定神，掠过自己的名字，再去看榜上还有没有其他熟人及第。

可惜除了韦树，再没有他认识的。刘文吉再一次落榜了……

科考之难，岂是一语说得清。

言尚回头时，好似在人群中看到了神色悲戚的刘文吉。他迟疑间，刘文吉看了他一眼，转身就走了。言尚追去两步，就被人群淹没了。

他惊恐地被一群仆从包围了——

"是言尚言素臣吧？郎君家中可有妻室？我家郎君想为你做个媒……"

"哎，郎君你走什么？难道是瞧不上我们卢家吗？"

"不娶妻也行，纳个妾吧。我家娘子上至三十，下至十三，皆可供郎君你挑选啊。"

"言郎，言郎！你别躲啊！"

长安人民的热情豪放，让言尚这个来自岭南的土包子目瞪口呆。他确实听过"榜下捉婿"的习俗，但也没想到夸张成这样。

热情的长安人士拼命地往他怀里丢名帖，让他一定要去看看自家女郎。又有人一直挽着言尚的手不放，言尚这般擅长与人交际的，都挣脱了几次手，还挣不开……

还有夸张的书童，跪在地上抱着他的大腿，号着让他一定要去见一见自家郎君，自家郎君特别想认识他这个新晋探花郎，想和他做朋友，成为"世交"。

言尚这般好脾气的，都有些气急败坏："诸位，言某只有一身，一身也许不了这么多家亲事啊……请诸位放行，我回去与家父商量一下可行？"

言尚撒谎不眨眼："等我半个时辰，我定回来给诸位一个交代。"

好说歹说，言尚从包围圈中挣了出来。

实在是众人一听"探花郎"，便知道这人一定长得好看。长安那些花枝招展的娘子，哪个不想嫁个相貌出色的如意郎君？

所以其他进士倒勉强可以应付，言尚从人群中挤出来时，后背已经湿了一层汗，苦笑连连。

他感谢自己大哥整天让自己锻炼，不然方才在那轰烈人潮中，他非得被挤死憋死不行。

言尚擦把额上的汗，再回头看眼身后依然热情高涨的长安人士，他摇摇头便要躲了。不防他随意一瞥，看到了对面酒肆门口，冯献遇脸色苍白地站在那里，定定看着他。

言尚顿一顿，走了过去。他一言不发，向冯献遇行了个礼。

冯献遇仍盯着榜下那些热情的人群，道："我的女儿，可以还我了吗？"

言尚站在他旁边，低声："昨夜情急说了谎，我并未让人去绑你的女儿来。不过是知道冯兄在意小娘子，拿小娘子刺激冯兄而已。"

冯献遇看了旁边的少年郎一眼，心中惨淡之时，竟也松了口气。

言尚道："其实冯郎将小娘子的去住安排得那般隐秘，该知道即便是丹阳公主，也没本事一夜之间找到小娘子。冯兄不过是关心则乱，又涉及小娘子的安危，不敢出一点意外。是我利用了冯兄的心理，实在惭愧。"

冯献遇倚着酒肆的旗杆，闻言淡声："我就这么一个女儿，日后也许不会再有其他孩子了，我当然心疼她。你拿她威胁我，我不得不说，你小小年纪，揣摩人心的本事实在是让我甘拜下风。"

冯献遇却又冷笑："然而言素臣，你莫要小瞧了这天下人！莫以为以你的这般小手段，就能把天下人如我这般玩弄。你好自为之吧，长安会给你教训的。"

言尚温和道："多谢冯兄的教诲。只是冯兄尚且年轻，为何说再不会有其他孩子了？"

冯献遇淡目看他。自己这般挤对言尚，言尚都温温和和的。哪怕对言尚很气怒，冯献遇也不禁佩服言尚的好修养。

冯献遇道："你言素臣，猜不出为什么吗？"

言尚顿一下，轻声："是因为冯兄仍打算继续侍奉长公主，所以……冯兄此生不会再有其他子女了？"

冯献遇："嗯。"

二人便都静默，不再说话了。

显然，冯献遇已经放弃其他路子了。他已经攀上了长公主，不想前功尽弃。他一定要在长公主这里挣得一份前程……有长公主相护，哪怕今年他败了，明年的科考，一定会有他冯献遇的名字。

冯献遇对科考，已经有了某种执念。

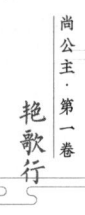

他没有得到过，就一定要得到试一试。哪怕结果也许不好……可他就是要得到一次看看。

冯献遇问言尚："言二郎昨夜将我教训了一通，大道理许多，今日怎么不说了？怎么不劝我不要想着侍奉长公主了？难道一夜之后，言二郎就觉得我不再下作了？"

言尚看他："冯兄倒不必这般。冯自然选了这条路，我又何必多说？我并不觉得冯兄侍奉长公主，便是下作之人。冯兄既然选了这条路，便好生走下去吧。旁人是无权对你的选择质疑的，冯兄自己认定便好。"

冯献遇怔怔看着他。

言尚微笑："只要冯兄下一次，不要再行顶替之事。其他的，冯兄不必看旁人眼色，坚持自己的便好。"

冯献遇盯着言尚看了许久。

好一会儿，冯献遇才苦笑，收回了视线。

冯献遇眯着眼，看着那榜下熙攘人群，看着头顶日光，他喃喃道："言二、言二……以前总觉得你是伪君子，对谁都好，对谁都记在心上。我心里嘲你也不过是趋炎附势的人，现在看来……也许你是真君子，是我看不透。

"是我看不透啊。"

冯献遇道："但愿日后，还有和你同朝的机会。我倒要看看，你到底是怎样一个人。"

东宫中，此时也在讨论着言尚。

因清晨天亮，长公主进宫将名额改回去，太子批字，这名单，最后才真正定了。

据长公主说，是冯献遇哭哭啼啼，非说他和言尚的情谊如何深，觉得自己愧对朋友……长公主被吵得不耐烦了，又宠爱自己的这个新宠，就干脆进宫改名了。

太子与自己的幕僚说起此事，叹道："可惜了。本想看到丹阳那丫头和姑姑能够闹一场。"

幕僚之一道："长公主忽然要将名单改回去，实在不寻常。恐怕丹阳公主还是使了手段的，只是这次比较委婉，竟没有选择大闹，实在不像丹阳公主的脾气。"

太子若有所思："查一查，看丹阳府上是不是进了新的幕僚，给她出主意。这次手段实在温柔……孤不信是丹阳那个性子会用的。"

"你们在说丹阳公主什么？"

太子和幕僚们在宫殿中说话，就有一大咧咧的少年声从外传进来了。也不用通报，这少年进殿，大步走来，意态潇洒，正是杨三郎。

众幕僚起身行礼，心里叹，只有杨三郎能在东宫不用通报就进来。

太子看杨嗣直接盘腿坐下，一身汗味，不禁瞪少年郎一眼："你不通报就算了，现在连回府洗漱一下都懒得了？怎么不懒死你？"

杨嗣瞥太子，道："我为了户部在外面跑了一晚上，一晚上没合眼，你还要我洗漱？我回府洗漱一下，可能就直接睡过去了。耽误了殿下的事，殿下可别怪我。"

太子厌烦地摆手，示意侍女拿巾子给杨嗣擦擦汗，才听杨嗣懒洋洋说道："我跟户部那尚书聊了一晚上，他终于答应睁只眼闭只眼，放殿下的人进户部了。那老头子本就快到辞官的年龄了，我看他自己都不想干了，正好给太子行个方便。"

太子满意点头。

老皇帝之前和金陵李氏斗法，好不容易斗倒李氏，把李氏斗回了金陵，皇后逝后，老皇帝也一夜之间衰老了，对政事再提不起精神。而这正是太子要出头的机会。

太子要将朝上的人一点点换上自己的，待整个朝堂都由自己控制的那一天，便是老皇帝该做太上皇的日子了。

如是，幕僚们再说了一阵子话，到了中午该用午膳的时候，幕僚们纷纷告辞。

而杨嗣盘腿坐在原地，动也不动，显然是打算在东宫用膳了。

太子瞥了他好几眼，看这人毫无自觉，只能不耐烦道："要用膳也行，你去换下衣服再来吧？"

杨嗣这才不情不愿地起身，跟着侍女去换衣了。

午膳开始，太子妃今日特意做了一道菜，来与殿下一起用午膳。见到杨三郎也在，太子妃眼角抽一下，却已经习惯了。

这个杨三郎来东宫来得太勤，用个午膳不过是寻常行为。

只是用膳时，太子妃看在太子的面子上，不免关心杨嗣："三郎，你也

老大不小了，家中可有为你说亲？"

杨三郎抬头，淡漠地看太子妃一眼。

杨嗣还没回答，太子已经道："他的婚事我说了才算。"

太子妃脸上的笑容几乎维持不住，僵硬地抿了下唇，觉得太子对杨三郎也太好了，简直是把杨三当儿子在养……关键杨三也不是太子的儿子啊！

太子真正的儿子，都不见太子多上心呢！

不过说起婚事，太子就想起了丹阳公主。

太子问杨嗣："你这段时间有见过六妹吗？"

杨嗣非常坦然地："没有。"

太子见他说了一句，又低头吃饭了，不禁恨铁不成钢："你都不曾去看望她一下吗？"

杨嗣诧异："我为何要去看望她？她要是有心，应该来看望我才对。"

太子："……"

太子箸子拍在案上，微怒："你这头倔驴，气死孤了！"

旁边太子妃吓得一抖，以为太子要发怒了。结果太子缓了一会儿，又重新拿起了箸子。

太子还忍不住："多吃点菜，总吃肉怎么行？"

太子妃在旁酸酸地疑惑：杨三真的是太子流落在外的儿子吧？可年龄不对，太子也生不出这么大的儿子啊。

第三十二章

放榜结果出来了，传回丹阳公主府，暮晚摇对自己辛苦一晚上的结果很满意。

既没有得罪庐陵长公主，也没有得到糟糕的结果。

言尚还是有点用的嘛。

然而侍女春华虽然早已知道刘文吉榜上无名，但她仍抱着一丝希冀，出去问了下。得知果真没有刘文吉的名字，春华叹口气，对情郎的状态有些担心了。

如她所料，及第的是其他人也罢，不光及第，还是探花郎的那个人是与刘文吉同出岭南的言尚，而且刘文吉素来觉得言尚不如自己，那刘文吉必然比之前更为难受了。

因为担心刘文吉，春华便向府上告了假，出去寻人了。

她果真没有在刘文吉所租的地方找到刘文吉，幸好现在言尚也在长安，春华便周转了一下，去永寿寺询问言尚，看言二郎是否知道刘文吉所在。

言尚正在屋舍整理书籍，准备出门应宴。中了探花郎，最大的改变，就是来邀宴的人格外多。大世家不参与，中水平世家却不少。言尚想在长安稳住根基，必然需要这些人的相助，自然会积极参宴。

长安就是这样的，甚至想要当官就是这样的。

就如冯献遇之前积极参宴、无知无觉导致妻子饿死他才知道那般，冯献遇正是知道交友的好处，才会那般行事。只是可惜交友也没成功，妻子也不在了。

春华将来意告诉言尚，以为言尚会告诉她几个刘文吉可能去的地方。

不想言尚比她想象中的为人更好。

正整理书籍的言尚听闻找不到刘文吉，眉心轻轻一蹙，道："我与你一起去找人吧。正好我也要见刘兄，与他说开一些话。"

春华："这样不好吧？会耽误你的宴……"

言尚道："参宴什么的，左右是些闲事。不去也无妨。"

他当即和春华一起出门，将自己不去参宴的消息告诉一个等在寺外来接他的小厮，然后就和春华一起走了。春华感动无比，觉得有言尚这样的朋友，刘文吉到底不满什么？

言尚和春华一起去了好几个地方都没找到人，最后天黑的时候，春华已焦灼万分，言尚面色微微一暗。

他说："我们去北里看看。"

春华一愣。

她干笑："二郎真会说笑，刘郎怎会在北里这样的脂粉之地……"

言尚看她一眼，目色微温，他并没有多说什么，只温声："也许是我想多了。"

然而言尚没有想多。

他们确实在北里中曲一个楼里找到了刘文吉。

刘文吉喝得酩酊大醉，满面绯红。

他坐在二楼一栏内，正在欣赏楼下正中央一名妓踩在鼓上的舞蹈。也不

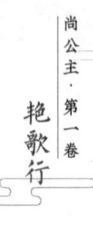

知那名妓跳得是有多好，刘文吉拍掌大笑，并把自己身边早已备好的绸绢向楼下扔，送给那名妓。

刘文吉疯癫，哈哈大笑："给娘子缠头！

"给娘子一个好兆头！"

昂贵的绸绢从楼上飘下，落在名妓赤脚所踩的大鼓上，将那蒙着面纱的名妓吓了一跳。仰起头，名妓看到刘文吉的俊逸面孔，心中一动，就向楼上屈膝，娇滴滴道："多谢郎君。"

刘文吉便再饮一杯酒，向楼下致意。

身后传来不可置信的女声："刘郎！"

刘文吉回头，眯着眼，蒙蒙地看到貌美如春的女郎，与自己多年的好友站在一起。

他的好友修匀如竹，依然气质极佳。那女郎却面色惨然，蹙着眉看他。

刘文吉醉醺醺地摇着手中酒盏："素臣、春华……是你们啊，来，共饮！"

言尚轻轻一叹，对春华道："他喝多了，我们先带他离开……"

他语调温和的话在热闹的大堂中，被衬得声音很低，大约只有站在他旁边的春华能听到。

刘文吉听不到言尚说什么，只看到言尚侧过脸，秀致眉目面对着春华。

刘文吉一下子涨红了脸，扑过去："言素臣你干什么？你是不是抢了我的功名，又要抢我的女人？！"

春华惊讶地瞪大眼，大脑空白，看着这个跌跌撞撞扑来的郎君，和平时所见的情郎完全是两个人。

言尚挡在春华面前，搂住这个步伐不稳、口上放肆不住的酒鬼，略微头疼。这便是他不爱饮酒的缘故了。

言尚向春华看一眼。

春华点头，压抑了自己的情绪，上来扶刘文吉，柔声："刘郎，我们先走吧……"

刘文吉嚷："你们背着我在说什么！你们在眉目传情什么？！"

他声音嚷得大，周围玩乐的人都看了过来，指指点点。

言尚皱了眉，当机立断，一把捂住刘文吉的嘴，不让刘文吉再乱说。

而春华脸色青青白白半天，周围窥探的、暧昧指点的目光让她羞愤，但她到底是听了言尚的话，没有和一个酒鬼计较。

这个酒鬼被言尚半扶半抱,却更加生气,一下子扑过去,抓住春华的手。言尚一个没挡住,刘文吉已经拽着春华:"春华,你不能不要我,不能连你也瞧不起我……"

春华目中生软,低声:"刘郎,我不会瞧不起你的。"

刘文吉醉眼蒙眬,盯着她,却忽地冷笑一声:"你是没有瞧不起我,可你也没有向着我,帮我!"

春华急道:"你这话从何说起?"

刘文吉一指身后的言尚:"他走了公主的门路,才能得到探花郎,别以为我不理会你们的事情,就不知道!"

春华勉强道:"……那也只是行卷。行卷并不代表结果……"

刘文吉看着春华,低声:"那你为什么不帮我行卷?你不是公主府上的侍女吗,你不是公主身边最看重的人吗?只要你帮我说句话,为什么我不能是探花郎?为什么今日的荣誉,不能加于我身?"

春华怔怔然看着刘文吉,万没想到刘文吉有这个想法。

而言尚看刘文吉显然是心魔在心、已经藏了多日,如今不过借着醉酒而不吐不快,言尚轻轻一叹,直接拉下了四周的帷帐,将这片空间和其他地方格挡开,无人再能窥探。

言尚盯着刘文吉,其实他也好奇刘文吉一直是怎么想的。

向来傲慢的人,是真的不可一世,从来不肯低头吗?

春华被刘文吉握着手,对方的酒气喷到她面上,她手也被抓得疼。但她忘记了这些,她只是不认识一般地看着刘郎,喃喃:"我欲帮你行卷,是你自己嫌我多事,不肯的……"

刘文吉高声:"然而贤惠女郎,是郎君说一声不用,你就再不动作了吗?你日日能在公主府见到言二,你日日看言二像条狗一样去讨好你的公主,你为什么就不能、不能帮我、帮我说哪怕一句话……"

春华目中渗了泪。

她说:"是你说不要的。

"而且我们殿下脾气硬,你不去求,她怎么可能因为我一句话就帮你?

"你可知哪怕是言二,也不是那般顺利。也有人想抢言二郎的……"

刘文吉大声打断:"我不想听你们这些辩解!"

他推开了春华,向后退,撞在了案上,跌坐在地。案头的酒倒了下来,

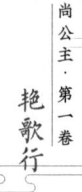

淋在了他衣袍上，乌浓一片。他发髻微乱，几绺碎发拂在面上，苍凉憔悴。

他手指言尚，惨笑："而言二你扪心自问，你的才学真的比我好吗？你的诗赋真的强于我吗？明明不是！谁都知道不是！可是为什么你行？为什么你能行？"

他靠着帷帐，痴声："难道不愿意走门路，想靠自己的能力，就是错的吗？因为人人行卷，我不行卷，就永远轮不到我吗？世事为何如此不公？天地为何如此不仁？

"为何必须向权势低头，为何必须要摧眉折腰，打断自己一身傲骨？多少才子因为门路而不能及第，又有多少人及第后荒芜数年一事无成，只能离开长安……为何总是世家强，为何总是我们弱？"

他茫然间，言尚清和的声音响在他身后："因为自古以来，定规则的人，就是世家权贵。不是乡野豪强，也不是平民寒士。闾左豪右，天下兴亡，什么时候是你刘文吉就能说的算了？

"你瞧不上世家之权之贵，然而今日科考，正是他们让权的结果。也许他们不是主动让权，但其中一定有希望这个社会变好、才说服其他人一起让权的人。天下是所有人的天下，百姓才是天下支柱。这个道理，谁不懂呢？

"世道已经在一点点变，可惜你生不逢时，你既没有生在百年前连读书也不可能的寒门中，也没有生在千年后人人公平的社会……你总是说着不公、不公，为何不能是你去改变这不公，总是等着前辈们为你去改变？

"刘文吉，你到底是为什么想及第，到底是为什么想当官，你有想清楚吗？如果为了权，你就折腰。为了名，你就不要折腰。这般简单的道理，何必要旁人说？"

刘文吉茫然地回头，呆呆地看着言尚。

他扶着头，又好像听进去了，也好像没听懂。

言尚看着他这般糊涂，叹口气，向刘文吉走来："这也是我这两日在冯兄的事上思考的问题。冯兄觉得不公，你也觉得不公，难道我便觉得公平了吗？你说我诗赋不如你，然而你的实务、谋略、思虑，又哪点如我了？若是真比如何出策略，如何解决实事，你们真的比得过我吗？

"我常年拿我的弱项与你们一起拼个前程，我尚没有觉得以诗赋登科是在为难我，你们反而一直觉得是我挡了你们的路。然而这世间，又有谁是一直如意的？

"你今日喝多了,我的话也许你醒酒后就忘了。但我希望你能够记起一点……我素来不爱说人不好,却也不得不说,你性情如此刚直,若是不改,在长安,是要吃大亏的。"

刘文吉仰头看到言尚蹲在了自己面前,他张口:"言二,我……"

言尚温和道:"你喝多了,我就不与酒鬼多说了吧。"

说罢,他抬手在刘文吉后颈一劈,将人劈晕歪倒了。

言尚回头,看眼泪眼蒙蒙的春华。

春华擦掉眼泪,过来与他一起扶起晕过去的刘文吉。之后他们一起送刘文吉回去,彼此沉默。

春华要走之时,言尚喊住她:"春华娘子。"

夜色蒙黑,春华回头。

言尚道:"他的话,你不要放在心上。他性情如此,却并非什么恶人。待他酒醒后,会与你道歉的。"

春华摇头,泪水又差点流下来了。

她盯着立在夜风中的少年郎君,惨然道:"言二郎,为何我喜欢的郎君,不是你呢?"

言尚愕然,眸子一缩。

春华抿了下唇,再次擦去眼中泪,转身出院,骑上马走了。

她心中之失落,言尚岂能明白?

原来在刘文吉内心深处,一直在怨春华没有帮他。原来春华在他心中,已经有了很大的瑕疵啊。

春华一路落泪,一路骑马回公主府。回到府上,又怕公主问起,她就与人说自己身体不适,早早躲回屋中去睡了。之后眼睛肿了两日没法见人,又是躲了公主好几日,就是后话了。

刘文吉酒醒后,从言尚那里知道自己醉酒时说了什么。言尚隐去了刘文吉对自己的不满,只说刘文吉说了什么伤春华心的话。

刘文吉慌了,连忙来公主府找春华道歉。

然而春华因为一直告病的缘故,既不去服侍公主,也不出去见刘文吉。刘文吉等了几日,渐渐绝望。

等春华的眼睛消肿了,到公主面前服侍的时候,得知他们要去参加曲江大宴。

春华为公主梳发,纳闷:"为何我们要去参加曲江大宴?"

每年烟水朦胧时,曲江之宴,是当年及第进士们的大宴。陛下亲自在曲江开宴,壮士、探花等进士在杏园办宴,朝廷为他们掏钱。每年的曲江大宴,都会邀请权贵们参加。

大多数权贵们,都愿意结识这些新晋进士,有的想招才,有的想招婿。

这几日,是状元、探花们最春风得意的时候了。

不过丹阳公主很少参加这样的宴。因为暮晚摇既不想从他们里面招驸马,也没有本事从其他权贵手里抢人才。那又何必去?

所以春华没想到,暮晚摇郑重其事地说,她今年要去。

春华手中托着公主一路乌黑浓长的秀发,俯眼端详公主,心中一动:"莫非殿下是为了言二郎……"

没想到暮晚摇手中玩着一把玉白簪子,闻言居然眼皮一掀,笑吟吟:"我是为了他呀。"

春华愕然,差点摔了手中梳子,以为殿下对言二郎、对言二郎……

暮晚摇却只是支着粉腮,眉梢含笑,盈盈道:"哎呀,毕竟这两日,可能是咱们的言探花,最春风得意的时候了,少见两天,也许就再见不到了。"

春华茫然。

见暮晚摇幸灾乐祸:"及第有什么了不起,风光几天而已,不还是做不了官吗?有追求呢,来巴结我。有傲骨呢,就多熬两年,等朝廷什么时候想起来他们这些进士了,再给他们安排官职。

"只要想想咱们脾气那么好的言二郎要在长安蹉跎好多年,也许跟他那个没用的父亲一样熬不下去滚回岭南,我又同情他,又……有点期待。"

春华嗔道:"殿下你也太坏了!"

其实丹阳公主说得不错。

大魏的官场制度就是这样。科考是道坎,过了这个坎后能不能当上官,又是一道坎,当了官后能不能向上升,再是一道新的坎。

多少人老死在长安,不能及第;多少及第进士撞破南墙四处求人,当不上官;而九品芝麻官,又也许熬一辈子,才能升个八品小官……

不过呢,其实如果真想当官,朝廷也是给开了门路的——要么等几年,要么继续考。这一次的考,比科考难无数倍,而且不再是考诗赋了。

暮晚摇若有所思,想到那日在永寿寺里看到的言尚的宰相笏,她倒想看看,那个算得准不准,言二郎能不能熬过这道新关。

春华想到刘文吉说自己不帮他,便叹口气,对公主柔声:"殿下明知道言二郎陷入新的难题,为何不直接帮他一把,反要他来求呢?"

暮晚摇唰地拉下了脸,不高兴道:"我爱让他求,不行吗?"

侍女当即不敢再多话。

言尚及第后,给岭南去了信,告诉家中自己这边的消息。他又问起兄长和嫂嫂的情况,问自己何时能抱上侄子;再严肃地督促三弟好好读书,读得差不多了就来长安科考,不要都十六七岁了,还整日拿着竹竿在乡间充当野大王跟小孩子玩。

最后提起小妹,言尚便温柔很多。他随信给家人带了礼物不提,更是专门给妹妹捎了许多长安这边的胭脂水粉、绫罗绸缎。言尚自己也不懂,就觉得什么好看,乱给妹妹买一气。

到最后,钱都花得差不多了,才意犹未尽地歇了。

而曲江大宴,言尚这个探花郎,当然是要去的。他也想打探自己接下来该怎么做,而且运气好,在曲江的紫云楼若是能够面圣,得到圣意恩赐直接当官,这难道不是一件好事吗?

曲江大宴,也许是他们这些新晋进士,在及第那天面圣后,能够再次见到皇帝的唯一机会了。

毕竟上一次陛下高高在上,随意敷衍了他们两句;而这一次,陛下也许会来摆驾曲江来参宴。这是难得的机会。

曲江杏园,烟水明媚。这一日彩幄翠帱,鲜车健马。

进士们与权贵们车马停在园门口,一一进来参宴。

丹阳公主的马车停在杏园门口时,先是今年的状元郎韦树下了车,韦树回身,扶暮晚摇下马车。而原本盯着状元郎的小厮们,看到状元郎是和公主在一起,就不敢凑上来为难公主了。

暮晚摇看到这么多车马和人流,"哟"一声:"人好多呀。"

韦树问她:"我们直接去宴上吗?"

暮晚摇乜他:"你步步紧跟我,让我很不方便,你知道吗?"

韦树垂目。

暮晚摇看他年少清冷，虽生了些怜爱心，但她到底是个脾气差的公主，就催他："我知道，你跟着我，是怕那些如狼似虎的人缠着你。那你去找言二郎好了，有他护着，那些人吃不了你的。"

想到一群人会拥上来，韦树脸色微微发白。

他又微有羞涩，强撑道："殿下错了，我并不是怕人来找我。"

暮晚摇哂笑瞥他。

身后传来一声冷嗤。

一个男声响起："这般大了，还如一个不能断奶的孩子般缠着公主殿下，七郎你真是越活越回去了。"

此话一出，韦树面色当即冷下，抿紧了唇。

暮晚摇回头，见一个端正地穿着红色官袍的年轻郎君向这边走来，并在她凝视时，向她请安。

暮晚摇瞥过去，红色官袍，当是四五品的官职。这人面色端肃，眉目紧蹙似常年皱着，容貌又和年少的韦树有一些相似……暮晚摇道："韦家的？"

对方颔首："韦楷见过公主殿下。"

暮晚摇："没听过。"

对方脸色微变，有些怒意。

暮晚摇懒洋洋地看韦树："他谁？"

韦树唇角轻轻一勾，有些爱公主这般不给对方面子。他道："这位是我大哥，如今的秘书丞，是从五品的官。上一辈在朝为官的人不提，我大哥是我们这一辈官职最高的人了。"

简单说，韦楷是韦家这一代培养的接班人，和韦树这种外室养大的没人疼没人爱的小可怜完全不同。

暮晚摇道："从五品的官呀，我还以为韦家多厉害呢，原来也没有啊。我记得那个谁，杨嗣他那个身上挂的太子洗马的官职，好像也是从五品对不对？"

韦树点头："太子洗马与秘书丞一般，都是从五品上的官职。"

暮晚摇拍手，眼皮向上掀，做出思考状，她笑吟吟托腮："让我想想，杨嗣今年多大来着？是十八，还是十九来着？虽然他那个太子洗马，完全是太子宠他给他挂上的吧，但到底也是个官嘛。

"我看杨嗣在我面前也没有这么大的威风，韦家大郎倒是比他有五品大官该有的风采多了。"

韦楷盯着这位公主殿下。

半晌，韦楷收敛了自己周身的气压，拱手："殿下教训的是，我出于爱弟之心教训自己弟弟，倒是得罪了殿下。"

暮晚摇见对方识趣，便哼一声，不多说了。

而韦楷转向韦树，淡声："你离家出走也闹了一年，该够了吧？家中为你安排好了官职，明天去找我便是。"

韦树道："不劳费心，我不用家中帮我安排官职，我能考得状元，也能考得其他。"

韦楷冷目盯这个不省心的庶弟许久，拂袖而去："随便你。你最好有骨气当一辈子纯臣，不用依靠韦家。"

韦树看着自己大哥的背影，向来冷清的少年，竟然开口倔了一句："我本就是想当一辈子纯臣的，本就不想依靠韦家！"

韦楷回头瞥了他一眼，嘴角扯了扯，连评价都懒得评价。

暮晚摇若有所思地看看这两个兄弟吵架，心中想看来韦树在家里确实是个没人爱的小可怜。然而韦树运气还是好，他生在韦家，他身上的标签就是洛阳韦氏。

可是，暮晚摇很愁。

韦树如果和韦家关系这么差的话，自己舅舅想通过韦树和韦家结亲，到底有没有用啊？

不过……暮晚摇看看韦树，想到少年小自己整整四岁……脸色便淡了。

暮晚摇不耐烦地赶韦树："赶紧走赶紧走，别缠着我不放。"

也许韦楷刚才说他像个不能断奶的娃娃，刺激到了韦树，韦树这一次真的走了，没再缠着暮晚摇。

不过今日之宴，熟人真是一个又一个。

暮晚摇才走了两步，另一道声音从后而来："六妹。"

暮晚摇回头，看到过来的一对年轻夫妻，便微微笑："原来是五哥和五嫂啊。"

五皇子晋王殿下和晋王妃一起来参宴，在如今活着的三位皇子中，五皇子最不起眼，又是气质最为柔和的。而比起上一次相见，晋王妃还是清减了

很多，眉目间笼着很多愁绪。

这位稍微柔和的晋王殿下本是和自己的六妹打招呼，冷不丁看到六妹身后的侍女，一怔之下，目中闪过惊艳色："妹妹这位侍女……"

暮晚摇瞥一眼被晋王打量后努力往后缩的春华："以前的秾华死了，现在的这个是春华。秾华是因为有男人跟我抢她，她被折磨而死的。五哥感兴趣吗？"

晋王："……"

反应过来妹妹是警告自己不要打春华的主意，晋王干笑道："六妹何必说那些扫兴的？"

那暮晚摇就说些不扫兴的吧。

暮晚摇转向晋王妃，笑吟吟："我还没恭喜过五哥呢，听说五哥马上就要有第一个孩子啦？"

谁知她这话一落，晋王妃脸色一白，露出几分伤心的神色。

暮晚摇茫然。

晋王声音也淡了："没有稳住胎，胎死腹中，人也没了。"

暮晚摇："……"

她怀疑五哥的子嗣是被诅咒了吧。

言尚这边则刚来，就迎上匆匆而来的韦树。他还茫然时，就见到韦树身后跟着的一串人。

言尚："……"

韦树见到他，眼睛一亮，向来言简意赅的少年奔过来，一把拉住他手臂，低声："言兄，对不起，得罪了！"

不等言尚反应，韦树已高声："探花郎在此——"

所有人的目光，全都转向了言尚。

言尚僵立原地，眼睁睁看着大批人向他这边奔来。而韦树身子一矮，向他身后的灌木钻了进去，躲了开。

言尚被热情的群众包围，毕竟适婚又俊俏，还有才学的少年郎，太难得了。

在杏园门口，此时，杨嗣从马上一跃而下，潇洒无比。与他一起骑马的人，今日不是什么乱七八糟的朋友，而是一个娇滴滴的小娘子。

这个小娘子，是杨嗣的表妹，赵灵妃。她一身骑装，生得娇俏可亲，杏眼雪腮，然而跳下马的动作，并不比杨嗣慢多少。

赵灵妃被自己表哥扶着下了马,不满道:"都是阿父非把我赶来这里参宴,让我挑夫婿。挑挑挑,有什么好挑的? 我就不喜欢这些整日吟诗作对的文人,长得文文弱弱,酸不酸啊? 我还是喜欢能够舞刀弄枪的当世大英雄!"

赵灵妃非常夸张地:"尤其是探花郎,居然是靠脸来选! 长安真是没救了!"

杨嗣警告她:"姨父让我今日照看你,你别给我惹乱子。"

赵灵妃:"呸,你以为我愿意跟着你啊? 跟着你最无聊了……"

杨嗣呵:"你倒是想找舞刀弄枪的大英雄呢,但是姨父可不是这么想的。你什么时候拧过你阿父了,再说吧。"

说完,他瞬间被赵灵妃从后踹一脚。

杨嗣转头就要收拾自己这个表妹,赵灵妃当即笑嘻嘻地跑开,杨嗣大步踏出要捉她时,身后有人打招呼,杨嗣就带着几分漫不经心的态度看过去。

等杨嗣跟人打完招呼,进到杏园找赵灵妃时,见赵灵妃竟然没有走多远。

他疑惑地走过去,见表妹脸红红地站在那里,呆呆地看着一个方向。杨嗣顺着看过去,是一群人围着一个人。

他在表妹眼前打个响指:"回魂了!"

赵灵妃眨眼,瞬间娇滴滴,挽住他手臂:"表哥,那个是今年的探花郎吧? 你帮我问问他是谁啊,我觉得嫁给他也不错的。"

杨嗣被她的矫揉造作弄得一阵恶寒,甩开她的手:"……"

他当即嘲笑:"你不是说不嫁给花花架子、只有一张脸的人吗?"

赵灵妃叹道:"可是他也太好看了啊。"

杨嗣奇怪这是得有多好看,才让赵灵妃这种大咧咧的娘子突然变得娇滴滴起来。

他看去,正好那被围着的少年郎转过了脸来。言尚嘴角挂着无奈的笑,眉目轻蹙,端的是清明朗月、欺骗世人——

是杨嗣那天在北里看到的那个吃花酒的轻浮少年。

第三十三章

杨嗣听表妹说是探花郎,他再盯着那被人围着的言尚,对言尚的看法变成了——

一、巴结丹阳公主，也许还主动献身，谁知道呢；

二、巴结成功了，长公主居然改了一次又改了回去，看来暮晚摇对这个人有点上心；

三、张榜前一天晚上，还跑去北里喝花酒，被抓个现行。

总之，是一个花花肠子、自以为风流倜傥却早被人看穿的寒门子弟。

杨嗣对痴痴看着言尚方向的赵灵妃说："他这种人，配不上你。我们走。"

赵灵妃甩开杨嗣的手，并不关心表哥的看法。

杨嗣看她一改平时骄横的作风，拂了拂耳边发，整了整仪容，还低头对自己的一身骑装露出了懊恼神色。

她气得拍自己脑门："如那般文质彬彬的郎君，喜欢的都应该是温柔贤惠、如仙子般气质的娘子吧？哎呀，我怎么穿的是骑装啊？我应该穿长带飘飘的齐胸裙出来啊。"

杨嗣："啧。"

他一个没看好，赵灵妃就刻意娇滴滴地向那新晋探花郎的方向前去了。

杨嗣倏一下沉下脸："赵五娘，你给我回来！你这样不懂事的话，下次我就不带你一起出门了。"

但是赵五娘赵灵妃——他表妹跟没听到他的话似的。

杨嗣当然不惯她，立在原地，就不再走过去了。

而言尚那边长袖善舞，他这几天应付这些家仆已经应付得很得心应手了。

几十张嘴在他周围绕了一圈，他也抽空回了每个人的话，谢了每个人的好意，感激了每个女郎的爱慕。言尚态度温和，说话不紧不慢，又能够一个人应对这么多人，还不冷落一人，一会儿，周围就静了下来。

一个个满意地被言尚哄走了。

言尚叹口气，看自己周围终于空了，也长舒口气。

后方忽然传来一声少女笑声："扑哧。"

言尚回头，见是一个如长安最潮流那般穿着骑装的妙龄少女。少女躲在一绿藤缠柱的长廊后，一双杏眼含水望来，在他定睛看去时，对方羞得红了脸，赶紧缩到了柱子后。

言尚沉默。

他实在是对人心看得太清楚了，尤其是这位小娘子的姿态，是他这两日来天天面对的。不过这位娘子也是这两日来最大胆的,其他娘子都是让仆从传话,这位娘子竟自己来了。

然而可惜。

言二郎对情啊爱啊,不是很感兴趣。他离开岭南时阿父希望他早日成亲,但是言二郎却觉得也没必要那般着急。他尚且年少,刚到长安,根基不稳。若是一中探花郎就成亲,未免把之后的路堵死了。

他暂且还不想依附于长安的任何一股势力。

想到这些,言尚便向着那娘子藏身的廊柱方向弯身拜了一拜,转身就要走了。

躲在柱后偷看他的赵灵妃一蒙:"……"

寻常套路,不应该是说几句话什么的吗?

看言尚走得一点迂回都没有,赵灵妃连忙跳了出来,喊道:"郎君!"

对方没有回头,赵灵妃干脆:"这位探花郎!"

言尚心里叹气,人家都喊破了,他不能再当作不知道了。

他回头对她微笑,适当表现出诧异:"这位娘子是在叫小生吗?"

赵灵妃看他向她望来,日光勾勒出他脸部柔和的轮廓,勾勒出他秀雅的长眉、冰琢般的瞳眸。

他是这样这样好看、这样这样有气度,和平时所见的那些世家子弟,完全不同。

赵灵妃再是装得柔弱,也不改她本质大胆。

看着这样好看的美少年,她再次看得呆住,自己都没有反应过来的时候,赵灵妃已经脱口而出:"郎君,我倾慕你。"

言尚:"……"

他诧异无比,睫毛猛地颤了一下,显然没想到对方这么直接。

而赵灵妃说完后就懊恼自己太直接了,但已经说了,她干脆更直接了:"郎君,我阿父是当朝国子祭酒,我是赵家第五女,名唤灵妃。郎君,我倾慕你,很愿意嫁你。"

言尚温和道:"然而我身无功名,怕委屈了娘子。"

赵灵妃:"我家清贵,不嫌委屈。"

言尚:"我出身岭南,与娘子家世不配。"

赵灵妃:"我家也是清贫起家,不是所有大家都很富贵的。我们正好相配。"

言尚:"娘子并不了解我……"

赵灵妃若有所思地看着他,忽然一笑:"郎君,你是在拒绝我吗?"

言尚微微笑了一下,道:"我很感谢娘子喜爱我,如娘子这般春晖一样的女郎,是尚万万配不上的。尚怕委屈娘子,更怕让娘子失望。且我此时并无成家的想法,娘子该配更好的郎君才是。"

赵灵妃盯着他,缓缓叹:"你连拒绝人都这般温柔,不伤人情面啊。"

她道:"我有点了解你了,也更加倾慕你了,怎么办?"

言尚愕然,开始觉得这位娘子很难缠。

他蹙眉时,赵灵妃饶有趣味又满眼爱慕地盯着他。正是二人一追一躲、很是纠结时,一个女声淡漠打断他们:"让路。"

二人同时回头,见丹阳公主金色裙裾如晚霞一般辉煌,直直向这边走来。身后的侍女们为公主托着长裙,看到言二郎,侍女们刚眼睛一亮想打个招呼,公主就直直走过去了,她们只好赶紧跟上。

言尚乍看到暮晚摇,眼睛微微地缩了一下。

暮晚摇笔直走来,看都不看这对谈情说爱的年轻男女。但她也不拐弯,走的路这么直,眼看就要撞上两人。那只能是赵灵妃和言尚各往旁边退开两步,给公主让出了位置。

暮晚摇从他们中间擦身过去,她走得也不快,神色仪容都如往常那般慵懒又华贵,香风袭人。

而她这一走路,就迫使一对有情人被迫分成了楚汉之交。

言尚心脏莫名地"咚"了一下。

看到公主走过去,赵灵妃嘀咕:"她还是那么难说话啊。哪有根本不看人家在说话,直接从人家两人中间走过去的啊?"

赵灵妃回头:"郎君……"

言尚对她短促一笑,温和又不容置疑:"赵娘子,我尚有些事与殿下说,告辞。"

"哎……"赵灵妃正要追,杨嗣从后走来。

杨嗣:"看不出人家在躲你?"

赵灵妃:"明明是男儿本色,欲擒故纵!"

杨嗣嗤一声,懒得理她。

"殿下、殿下……"言尚在廊中追上暮晚摇,对方跟没听到似的等都不等他。

他不得不伸手,拉了她一把。

暮晚摇停了步,看向他抓她手腕的手,似笑非笑:"言二郎,忘了告诉你,在长安,我是高高在上的公主。让人看到了你抓我手,我是可以治你'以下犯上'的罪的。"

言尚无奈:这不是因为她根本不等他的缘故吗?

言尚松了手,道了歉,垂目不看她的面容,怕自己分心:"当日殿下助我得探花之事,一直没有来得及向殿下道谢。殿下看何时有空……"

站在廊中,侍女们懂事地后退数步,避免打扰殿下与人说话。

而暮晚摇侧过脸,看着绿荫葱郁的杏园风景,她漫不经心:"不必了。我举手之劳而已。你现在也帮不上我什么忙,等你日后有成就了再报答也不迟。"

言尚默然,飞快地抬眼看了她一眼。

沉默弥漫。

暮晚摇不耐烦:"还有事吗? 没有事我便走了。"

言尚道:"我与赵五娘没有任何关系,也不会有任何关系。"

原本不耐烦的暮晚摇蓦地向他看过来,冰雪眼眸直刺向他。

她冷冰冰又几分警告:"你跟我说这个干什么? 难道是你觉得我在乎?"

言尚看着她,声音沉静、安抚人心:"我只是觉得既然与殿下在一条线上,就不必让不必要的事情影响我与殿下之间的信任度。我是觉得,我如今若是成亲,对殿下没什么太好价值。

"为了让殿下信任我,我自然该让殿下知道,我目前没有成亲的打算。殿下与我谈事时,不必考虑我会受其他不重要因素的影响。"

暮晚摇盯着他。

慢慢地,她露出了笑,有些揶揄。

她缓缓倾身,眉梢轻轻地扬了那么一下,再次重复方才的话时,不再是咄咄逼人的暗示,而是柔情缱绻的呢喃:"你跟我说这个干什么?"

言尚后退,撞上了身后柱子,停下了步。

暮晚摇笑盈盈:"很好,我收到你的诚意啦。不过长安美娇娘这么多,你真的不心动吗? 若是能入赘哪家,说不定直接飞黄腾达了,不好吗?"

言尚看两人之间的误会消除,便松口气,微笑:"我倒是没想过用这种

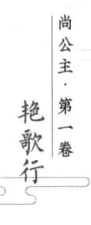

方式飞黄腾达。"

暮晚摇不屑地哂笑一声。

暮晚摇："真不爱美色啊？"

言尚苦笑："我在岭南时，不是就说过我志不在此吗？"

暮晚摇："我不信。"

而她忽又调皮靠近，说："伸手。"

言尚不解地伸出手。

她染着艳红丹蔻的长指，一下子抓住了他修长的手。两手相挨，言尚轻轻地颤了一下，有些难言地蓦然抬头看她。

她低着头，睫毛如翅如羽。

言尚看得怔住时，手心忽然一痒。原是她手指在他掌心慢悠悠地划过一道，丝丝缕缕，如羽毛在手心挠过，那酥麻一下子蹿去了骨子里。

言尚心脏再"咚"一下。

情难自持，一下子露底。他瞬间反握了她的手，在暮晚摇看来时，言尚又一下子收回了手。

他有些空茫地侧身往后再退两步，声音微乱："殿下！"

暮晚摇看到他的狼狈，掩口而笑。

她道："刚才赵五娘在你手上这么划一下的话，你也能坐怀不乱吗？"

言尚抬头，眼中冰火压抑着："殿下觉得我是风流花心之人？"

暮晚摇收了笑，哼道："我只是提醒你，你也是男子，不要真把自己当圣人。我就划了你的手一下，你就受不了地往后退。十七八个美人赤身站在你面前，你能无动于衷？"

言尚反问："为何我不能？"

暮晚摇认真道："你要是能的话，说明你不正常。你还是趁早阉了自己吧，我府上正缺你这么一个内宦能人。"

言尚忍，她这是第二次恚他净身了。

暮晚摇道："所以说，你对女色的见识，太浅薄了。你这种乡巴佬，再练一练吧。"

言尚半晌道："……多谢殿下的教诲。"

暮晚摇理所当然："我教得挺好的，你是该谢。"

她向他眨一下眼，几多揶揄调皮，又暗蕴风流。然后她又不管他面容滚烫，转身就潇洒走了。

言尚忍笑，看着她还是那般概不负责的态度，太坏了。看她背影彻底看不到了，言尚才收整自己的情绪，回到席上。

曲江西面是杏园，举办状元、探花宴；南面是芙蓉园，芙蓉园中有紫云楼，是皇亲国戚才去的地方。

暮晚摇在杏园绕了一圈后，听说皇室宗亲们都去了芙蓉园，她便也干脆过去打个招呼。

今年这个曲江大宴，皇亲们来得挺多的。暮晚摇上了紫云楼，跟自己的亲戚们打招呼。

她选择坐在了玉阳公主旁边。

玉阳公主是她的四姐，为人温柔，驸马是京兆尹陈述白。玉阳公主和三皇子秦王殿下是同胞兄妹，暮晚摇和秦王关系一般，甚至可以说不太好，那和玉阳公主关系自然也一般了。

玉阳公主的驸马今日没来，她一人坐在这里，看到暮晚摇来，觉得亲切，邀暮晚摇一同坐下。

然而暮晚摇唇角噙着一丝笑，坐下后就托着腮自己想事去了，没有和有些无聊、不停偷看她的玉阳公主说话。

暮晚摇揉着自己的手，想到方才言尚被她划手心、被她吓住了的样子，她就乐不可支。

该！

她最讨厌看到言尚那副万事在他掌握中的平静和气模样了，好像她说什么做什么，他都能预料到一样。

他能预料到她？

做他的春秋大梦去吧！

暮晚摇岂是他能控制的！

不过，方才握着他的手心，他的修长手指微曲，她手搭在他手心上，其实她也恍惚了那么一下……"砰"，一个东西砸来。

砸到了暮晚摇的脸上。

暮晚摇："哎哟！"

她被砸得脸痛，低头一看，砸中自己的是一个栗子。而她目中喷火地抬头,越过旁边战战兢兢的玉阳公主,看到了隔着两张案,洒然向后歪靠在柱子上的杨三郎杨嗣。

杨嗣似笑非笑地看着她:"想什么呢,眼含春水的? 莫不是刚才去了杏园一趟,看中哪个人了?"

暮晚摇不耐烦:"关你什么事?"

杨嗣呵了一声:"学我说话的学人精,你说关我何事?"

听杨嗣说自己是学他说话,暮晚摇又是心虚,又是恨他直接,她左右看看,抓过自己面前盘子里的一盘栗子,就向杨嗣那边砸去。

而杨嗣武功多高,暮晚摇那么砸过去,他手一捞,就捞中一枚栗子,在嘴里一咬,抬头对她一笑:"蛮好吃的,多谢了。"

暮晚摇:"那你全都吃了吧?"

接着,她劈头盖脸地一个个砸过去,枪林弹雨一般。

被围在中间的玉阳公主:"哎哎哎,你们不要吵了……"

太子和秦王、晋王三兄弟说说笑笑地进来,太子一进来,就看到杨嗣和暮晚摇互砸栗子,玉阳公主如一只可怜兔子般瑟瑟躲在了角落。其他皇亲也躲了开,就杨嗣和暮晚摇把这里弄得乌烟瘴气。

太子一看,就火气向上冒,被气得想要吐血。

太子怒:"杨三,你又在干什么?!"

不过是打发杨嗣来和暮晚摇好好相处,太子就这么一会儿工夫不看着杨嗣,一回头,好嘛,杨嗣又和暮晚摇打开了。打得这么热闹,这像是有成亲的迹象吗?

看丹阳公主盯着杨嗣的眼神,恐怕撕了杨嗣的心都有了。

杨三郎身上被刁蛮的公主扔满了栗子皮,他吊儿郎当地逗着暮晚摇,太子那么一吼,吓得他一僵,侧过头,看到太子正怒瞪着他。

杨嗣顿一下,道:"怎么了? 我在和六公主交流感情啊。殿下你不是说我和公主好久没见,多坐坐交流交流感情吗?"

太子:"……"

恐怕这感情越是交流,自己看中的婚事越是要吹了。

三皇子秦王在旁边看太子一副快被杨嗣气死的表情,忍着心中的狂笑。幸好自己身边没有这种专拉后腿还打骂都没用的人。太子心机深沉,什么都好,可谁让太子身后没势力,无法丢开杨三郎呢?

三皇子是武人出身，道："我手下人这么不听话，早乱棍打死了。"

杨嗣眼中还带着三分吊儿郎当的笑，闻言，看向三皇子，眼中的寒气和桀骜不驯，丝毫不掩饰……

太子叹气："承之，今日曲江大宴，父皇一会儿还要过来，你就不要在今天给我惹事了吧？"

"承之"，是杨嗣的字。

只是太子平时很少这么叫，一旦这么叫，杨嗣就知道自己太过分了，太子要到忍耐边缘了。杨嗣收回了自己面对秦王的不羁目光，没有让火点燃。

太子无奈地向杨嗣勾了勾手，道："收拾收拾，跟我一同去杏园，见见今年的新科进士们。"

杨嗣："我还要跟摇摇联络感情……"

太子："不用你联络了，你给孤出来！"

暮晚摇看杨三郎被太子骂着出去了，而其他两位皇子也跟着太子去杏园了。她心知肚明那几个人都是去拉拢新科进士了，忍不住笑起来。

太子平时一副老成样，总是训暮晚摇不听话，难得看到太子快被杨三郎气死的样子……挺解气的。

玉阳公主挪了回来，有些敬佩地看着暮晚摇。

她小声："六妹，你好厉害，我好羡慕你。"

暮晚摇愣住了。

她扭头看自己这个总是温温柔柔、没有存在感的四姐，怀疑自己听错了："你羡慕我什么？"

玉阳公主："杨三拿栗子砸你，你就敢砸回去。我却不敢，怕给我哥惹麻烦。而你敢砸，可以这样任性，真好。"

暮晚摇匪夷所思地看着这个姐姐。

玉阳公主低声叹："你以前和亲前，所有人宠着你、让着你，都对你好；你现在回来了，还是可以想做什么做什么。你总是可以不受约束，真好。"

暮晚摇欲言又止。

她不受约束？

她要是真的不受约束，她怎么不砸玉阳公主，却砸杨三郎？难道不是因为玉阳公主身后站着秦王，而杨三身后的太子，正好也是自己效忠的，所以自己不怕吗？

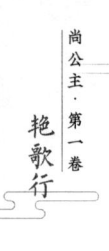

自己这种有选择的任性，居然让玉阳公主羡慕。
……自己四姐平时都过的是什么日子啊？

太子一行人，去了杏园。杨嗣收整了一下自己，重新成了听话的太子跟班。太子让他闭嘴不要说话，杨嗣就仰着头，打算随便应付应付。

太子慰问了一番新晋进士们，就如储君那般收拢人心，大家都很给太子面子，其乐融融。

不过日后如何，等到了官场再看吧。

太子也知道这些都是世家子弟，各有算盘，不到官场不好说，便只是做个面子上的功夫。不过转了一圈后，回到探花郎言尚那里，太子目中一动，再次敬酒。

言尚以茶代酒。

太子直接放过言尚旁边坐的那位年少状元韦树，想也知道，韦树就算不跟韦家干，也要代表金陵李氏干，这种人根本拉拢不来，不用费心。

而太子再盯着言尚，心中想这个人，可是庐陵长公主折腾了一晚上最后还是上位的人啊，可是丹阳公主在自己面前提过的人啊。

这种人，没有背景，若是有能力，倒是很适合为自己做事？

太子与言尚说话时，态度就比对其他人时更亲切："言素臣是吧？虽然中了探花，但朝廷一时之间也分不出这么多官给你们，恐怕你们得等几年。你日后有何打算？"

言尚道："不过是读书，继续考试罢了。没有其他打算。"

太子颔首："可愿入我东宫做一幕僚？"

太子身后那个正在发呆、思绪已经飞出去的杨三郎收回了自己的思绪，看向言尚。杨嗣皱着眉，从后撞了太子的胳膊一下，示意太子不要让这个人进东宫。

太子当作没察觉杨嗣的作怪，继续温和等言尚回答。

言尚一愣，然后露出和正常人听到这般招揽后又激动又慎重的神色，掩饰了半天，却还是有些欢喜地拱手："愿为殿下效劳。"

站在言尚旁边的韦树诧异地看了言尚一眼，觉得这好像不是言尚会说的话。

太子那边却很满意。

太子有兴趣地道："那孤便考考你吧。"

太子说了一个书名，问了其中一个古策，请言尚辩解。

言尚："……"

言尚有些惭愧："这……小生刚刚才开始读这本书，还没读到殿下问策的地方，见解恐怕粗陋。"

太子："……"

太子愕然，回头看杨嗣。杨嗣挑眉，示意：我早说过这个人不学无术，你非要问。

太子确实没想到丹阳公主推举的人，这么无才！

那……可能就是只会诗赋？

太子对言尚失去了兴趣，敷衍鼓励道："你有机会，将这本书仔细读一读……多读一读。"

这次他也不亲切唤对方"素臣"，也不再提"入东宫当幕僚"的下一步了。

敷衍几句，言尚怅然若失地看着太子一行人走了。

言尚落座，周围人纷纷安慰他。

待言尚应付完了大家的热心，给自己倒了杯茶，坐在旁边的韦树看他："你不是五天前就开始看这本书了吗？到现在还没看完？"

言尚抬目微笑："最近酒席多，耽误了读书。"

韦树别目，说："太子不是傻子。"

言尚无辜："可我也确实在看那本，确实没看完啊。大家都能证明我是向巨源你借的书。"

言尚再笑："似乎方才我刚进杏园的时候，帮巨源你挡过一次……"

韦树道："你读什么书，读到什么程度，我怎么知道？此事与我无关，我也不关心。"

言尚笑："那就麻烦巨源遮掩了。"

韦树"嗯"一声，揭过此事不提。

陛下驾到，众人回紫云楼。

太子和杨三郎与其他人分开走。

太子问杨嗣："言素臣方才那般作态，你看着像是做戏，在拒绝我吗？"

杨嗣："我觉得他就是花花肠子、不学无术，你不要把人想得太深了。殿下你整天阴谋来去，累不累？"

太子盯他两刻："……我倒是求你什么时候能稍微用点脑子。如果六妹推举了此人，此人却并不站我这方，或者背后有其他人指点呢？"

杨嗣默半天，说："可他只是一个探花郎而已。"

太子若有所思，道："也是。终究只是个探花郎而已。无论是真是假，此时都不重要。"

太子放下这事，重新打起精神，登上紫云楼，去拜见自己的父皇了。而杏园那边，听说陛下驾到，众位进士激动不已，商量一二后，也试探着过来，看能不能登楼参见陛下。

皇帝陛下是个瘦而寡的中年男人，他身上有帝王之势，然神色恹恹，今日摆驾紫云楼，本就是见一见今年的新晋进士。

不过紫云楼这边，倒是家宴的成分更高些。

难得见到子女们都在，皇亲们都在列，太子、秦王、晋王、庐陵长公主、丹阳公主、玉阳公主……皇帝坐在高处，神色疲惫，叹口气。

太子和秦王正在争论一些钱财的问题，听到皇帝的叹气，都停下，向皇帝看去。

皇帝厌烦道："你们两个一见面就吵，能不能让朕安静两日？"

众人一顿。

暮晚摇笑道："我也不耐烦总听你们说政事，我还听不懂。父皇，今日咱们就该有约，只谈风月，不谈政务。谁先犯规，罚酒三杯！"

皇帝看向自己这个最小的女儿，神色有些恍惚，好像在幼女身上看到另一个人的影子。幼女窈窕，都已经十八了……

皇帝掩下目中哀色，点了头。

秦王在旁坐着："只谈风月？六妹妹难道要跟我们谈男人？"

暮晚摇反唇相讥："你脑子里只有这点内容了！"

秦王："你倒是一贯牙尖嘴利……"

皇帝头痛："行了行了，你们两个也别吵了……摇摇，朕记得你以前乖巧可爱，如今怎么脾气这么大？"

暮晚摇一静。

她微笑："脾气大有什么不好吗？"

殿中气氛蓦地滞住，都想到了她是因为什么而变成这样。

太子打圆场:"摇摇其实还是很乖巧听话的,今日就当家宴,我们都不要吵了。摇摇,我记得你箜篌一绝,我们也很多年没听过了,你今日愿意为大家奏一曲吗?"

暮晚摇看眼她的父皇,微微笑着点头。

韦树、言尚等进士被内宦领着登楼,听到了奏曲声。内宦领他们站在门口,不要打扰。言尚看去,见殿中的灯烛都灭了,黑漆漆中,月光从楼阁外投入。

只有暮晚摇独自跪坐在幽暗中,手抚箜篌,垂着秀眉润目。

如神女般,悠远娴雅,静美异常。

第三十四章

众进士被内宦领着等在门后,里面的皇帝家宴只窥得小小一角。

言尚因是探花,与韦树立在众进士之前,他能够比后面的进士们看到得更多:他看到满室灯灭,只有一树半人高的莲花缠枝灯烛,立在暮晚摇身后,为其照明。殿中皇亲们无人说话,都于昏暗的光中,欣赏着丹阳公主所奏的箜篌。

见丹阳公主跪坐于地,金丝织就的绣着凤鸟的长裙、素白偏透的披帛,铺散在她身后。

与她跪下姿势一般高的凤首箜篌被她拥于身前。那箜篌龙身凤形,缨以金彩。暮晚摇垂首时,素手拨于弦上,霎时间,便有泉水自天上来之清越声响彻阁楼。

那箜篌声清亮空灵,有飘虚感,如同水面震动一般。而乐声空灵广泛,又何等宜人心魂。

所有听到丹阳公主奏乐的人,都微微发出慨叹,怔怔看着那垂首弹奏的少年公主。

皇帝幼女暮晚摇,昔年博于才,精于乐,绝于貌,又兼性柔质醇,乖巧玲珑。

多少长安大好儿郎,曾想过尚这位公主。

而今时过境迁,暮晚摇再次弹奏箜篌时,殿中诸人,包括神情怅怅的皇帝，都好似再一次看到当年的丹阳公主。

言尚立在门外，看着暮晚摇，又听着她弹箜篌。一片昏暗中，只有她周身带着清和柔光。

刹那间，言尚如同被钉在原地般，大脑短暂空白，周身血液如同被凝住。缓缓地，他后背酥酥麻麻间，竟然开始出汗。

暮晚摇白日戏弄他时说，他于女色太过浅薄。

那时言尚不以为然。

而今看她弹奏箜篌之静美，他才知他是如何浅薄……

言尚艰难地移开了目光，移开目光不再多看。他不敢再多看一眼，不敢再多想一瞬。视线余光中看到其余进士都有些出神地听着乐声，只韦树清清淡淡的，比其他人好一些。

言尚心中难堪，垂下视线开始默背书，让自己转移注意力。

楼中奏乐，一曲终了，暮晚摇起身，侍从们抬走箜篌时，诸人才反应过来，稀稀拉拉地发出赞叹声。

暮晚摇抿唇一笑，她自然弹得很好，她只是现在不喜欢弹箜篌了而已。不过在家宴上奏一奏，也没什么。

殿中灯烛重新点亮，堂中明亮之时，暮晚摇回到自己的席位上坐好。

众人的赞叹不绝声中，秦王感慨道："摇摇这般才貌双全，不知便宜了谁家好儿郎。"

暮晚摇手捧酒樽的手一顿，满室蓦地一静，她抬眼，看一眼秦王。

坐在秦王旁边的晋王觉得三哥在故意挑事，默默远离三哥时，又小心地为暮晚摇多说了一句话："摇摇才回长安没多久，可以多休息两年。婚嫁什么的，还要听父皇的才是。"

秦王冷笑。

瞥一眼那个神色古怪的太子，再瞅一瞅自己身旁那个胆小的晋王。

暮晚摇的婚事当然被人盯着，只是暮晚摇和秦王不是一线，秦王见缝插针，就想硌硬一下太子。或者说，在父皇面前试探太子。

毕竟，太子拉拢暮晚摇，图谋暮晚摇身后的李家势力，谁人不知？秦王是不羡慕，他背后的势力可比太子强多了……然而自己势力这么好，太子却是长子，终究不甘！

秦王便道："我说错什么了？女大当嫁，咱们大魏又不兴什么'好女不二嫁'的说法。难道因为摇摇和过亲，就不再嫁人了？父皇，儿说得没错吧？"

皇帝没有理会秦王的挑拨，看着这里面心思诡谲的众人，再看眼捧着酒樽、神色冷淡的幺女。

皇帝静默着。

他看眼神色略有些紧绷的太子，当然知道太子因为母家出身不高，一直想要壮大势力，依靠暮晚摇能拉拢到金陵李氏，自然是上上之策。

然而皇帝和先后斗了那么久，才将李氏打压下去，岂容李家再次鼎盛？

李家在皇家这边，在长安这边，就剩下一个暮晚摇了。他们不可能放弃暮晚摇，也一定为暮晚摇安排了别的路数……想要李家重兴。

然而还是那句话，皇帝不想要这个结果。

皇帝默想着，再看向幼女时，忽见暮晚摇抬头，冰雪一般的眼眸，骤一下和皇帝对上。

皇帝怔一下，目中有叹息遗憾色。

刹那间，暮晚摇脸色微变，收回了目光，将樽中的酒液一饮而尽，烫得她心肺难受，咳嗽了两声。旁边的玉阳公主递上帕子，这位公主，尚没有弄明白怎么大家都不说话了。

而皇帝看着暮晚摇，心中想：可惜了。

按他的意思，李家已经回金陵了，暮晚摇若是一辈子待在乌蛮做那个和亲公主，是对局势最好的。

然而乌蛮乱了，现在又在打仗，暮晚摇前夫已逝，和亲现在在一团乱的乌蛮中好像也没意义。暮晚摇回长安了，那便回来吧。

然而，为何又要有婚事上的麻烦呢？

不管是太子那边，还是李家那边，给暮晚摇的准备，都太好了些，都会让李家重兴。而按照皇帝的意思，最好，暮晚摇嫁个一辈子成不了事的，或者干脆就别嫁了。

快快乐乐当个公主，养几个面首，享受一辈子，就如庐陵长公主那般，不好吗？

自然，也许自己一死，庐陵长公主今日的地位就不会有了……然而，寻常人家的女孩子一辈子都享受不到的，庐陵长公主早就看尽了。

暮晚摇何必非要站队？何必非要有地位，非要长久呢？

皇帝没有接秦王的话，殿中的人便都垂着头，心思各异。而服侍皇帝的内宦何等机敏，在此时插话，缓解殿中的气氛："陛下，进士们来拜见了。"

皇帝颔首："让他们进来吧。"

早已等在门后的众进士，鱼贯而入，拜见殿中主人。

太子等皇子已经见过这些进士了，暂且不提，正心乱如麻地想着皇帝刚才在暮晚摇的婚事上不说话是什么讯号；而殿中其他人，则好奇地看向今年的进士。

他们初初看到为首的少年郎，见韦树年少，又容止风华，不禁一叹洛阳韦氏好风采；

榜眼是个老男人，随便看一眼，就掠过；

后是探花郎，众人再次一怔。

本以为状元郎的风采已经极佳，但架不住状元郎实在太小了，让人生不出什么想法。然而这位探花郎，却是真的眉目温润，身如松竹，真是一个琼枝美树般的美男子，遍堂生辉啊。

庐陵长公主轻轻"啊"了一声，眼睛一下子亮了，差点将手中的杯盏摔了。她激动得差点站起，幸亏旁边侍女努力压着长公主，才没让长公主当堂失态。

庐陵长公主见过多少美男子，然而探花郎这般又好看又清肃的，实在让她心痒。

就是皇帝，都是第一眼落在韦树身上，第二眼落在言尚身上。皇帝之前就见过这批进士，今日再次看，觉得这个探花郎，也许是一朝从寒门一跃而起，周身气质比之前那寒酸样，好多了。

皇帝道："今年的天子门生都很不错，朕就考考你们吧。太子、秦王，你们最近在吵什么事来着？"

皇帝这才一问，太子和秦王还没有回答，就先听到暮晚摇的笑声。

言尚垂目而立，眼睫轻轻一颤，却端正无比，一眼都没有抬头去多看一下。这般态度，让面对着其他那些忍不住偷看公主的进士们的皇帝，对他满意了一二。

暮晚摇笑吟吟："父皇，你方才还说今晚不谈政务，怎么这就又要谈了？父皇该罚酒三杯才是。"

皇帝一愣，然后莞尔："就你这个丫头斤斤计较。"

他却也没否认，下面的人连忙为陛下倒酒。

丹阳公主这般嬉笑一语，终于让已经很紧绷的殿中气氛和缓了过来。

太子回复皇帝话时，便也带着三分笑意："是这样。儿臣最近刚接管户部，三弟管户部要钱。然而国库实在拿不出钱，就和三弟多争了两句。"

秦王接口："父皇，儿臣掌管吏部、兵部，哪个不要钱？大哥卡着钱，儿臣不服气。"

太子道："并非我卡着，而是真的没有钱。"

秦王冷笑："大哥莫非在诳我？前两日我还见大哥给工部批了一大笔钱，工部那般不入流的小门户都能拿到钱，怎么就吏部和兵部拿不到？"

杨嗣在太子身后回以冷笑："秦王殿下怎么不看看除了工部，连我们户部自己都没有批钱？给工部批钱当然是有批钱的道理！"

秦王冷目盯着太子那个跟班杨三郎，知道这个杨三郎说的话就代表太子，他不悦道："南蛮五部战乱，边关不需要粮草吗？这都是大事。大哥既然掌管户部，就该厘清才是。"

眼看杨三郎又要反驳，皇帝道："好了，朕大约知道你们双方的意思了。那就拿此为考题吧，今日进士们畅所欲言，看能不能给出个解决法子吧。"

众进士顿时头大，他们还没有入官场，眼下这是要选择站队吗？最好是两不相帮。可是两不相帮的话，就得想办法生财……这可是为难了大家。

算术本是末流。

世间真正擅长理财者，也许有。但是户部没有，陛下的内务府没有……就大部分世家，也不过是买些地买些铺子，就那么放着，谁会真正去研究如何生财啊？

皇帝看着他们，等他们的答复。

韦树为状元郎，只能是他先说。

他也是一时愕然，没想出什么生财的法子。好在他才思敏捷，就这么两三刻的时间，就大略将所有见过的管理钱财的法子想了想，道："户部上次普查大魏人口，似乎已经是十年前的事了。十年间，恐有不少人为贼为流，又荒废了不少田地。户部可重新普查，重新分地，将田赋税等重新算一次，也许能多出不少。

"还有贪官污吏们，都可整治一番。

"再有，一些田野豪强，这些年也发展出了不少……"

韦树一一说来，上方的太子连连点头，皇帝也面色和缓，有赞许意。

因此子条理清楚，逻辑极好，他边说边想，就整理得很不错了……韦树说完后，太子觉得可惜，想若是韦树能为自己所用就好了。

太子看着韦树："巨源之后上个折子给孤，将你今晚说的重新整理一下。"

韦树拱手称是。

但韦树出了风头，他后面的其他进士则脸色青青白白，难看十分，简直恨死韦树了。

怪韦树太聪慧，把他们想说的全都说了，他们还能说什么？这个人，也太不给其他人留活路了吧？

果然，韦树之后的榜眼答策时，就支支吾吾、满头大汗、前言不搭后语，让皇帝侧目了半天：榜眼就这种水平？

太子挥挥手，理解韦树把这些人能说的都说了，也不指望那些进士还能说些什么。太子放过榜眼，接下来就是探花郎言尚了。

太子盯着言尚，不抱什么希望。因为这个人连书都没读过几本……能得探花，说不定真如杨三郎猜的那样，是暮晚摇相保，也是运气好。

言尚也在沉思。

他该藏拙。

毕竟刚在太子跟前表现出不是很有才的样子，现在突然畅谈，前后不一致，恐成太子眼中钉。而再过几个月，他再露才，有多读了几个月书的理由挡着，太子就不会太盯着他了。

然而言尚也不打算什么都不说。若是什么都不说，沦为了庸才，这里便没有人能记住他了。

所以他说一点有用的，但也不要抢了韦树的风头，才是最好的。

言尚便慢条斯理道："臣以为，想要生财，除了土地、商铺之类寻常法子，与他国之间的贸易更为有用。不只是陆上贸易，海上贸易同样重要。如臣这般出自岭南，朝中诸人多认为岭南时荒僻之地，臣刚来长安时，有人甚至好奇，岭南人不是茹毛饮血吗，为何会有书读？然而岭南有些特产稀品，却是中原没有的。例如荔枝，在长安一时为贵；在我们岭南，却是遍地可见，寻常无比。"

他这般说，这里坐着的人都笑了。

言尚再道："若是广开商路，将寻常的与不寻常的来回转换，不是好很多吗？再者，臣认为，钱财也不必扔在库中发霉，流动起来，将人力、物力调动起来，才能发挥作用。"

他随便说了两句，皇帝本不在意的目光，盯向了他。

太子身子前倾，想听他继续往下说。

然而言尚抬目，微笑："只是一些拙见，还不成熟。臣目前只能想到这么多了。"

太子不觉失望。想到底是寒门子弟，见识新鲜些，却也还是太粗陋。不过到底和其他人不同，太子点了点头："你也写一个折子，给孤。"

言尚说是。

之后再是其他进士，众人支支吾吾，都没说出什么来。于是所有人说完，太子只要了韦树和言尚的折子，大家也觉得正常。

而如此转了一圈，皇帝对进士们的考量便结束了。有韦树和言尚在前面挡着，皇帝勉强算满意，吩咐人给这些进士赏赐，独给韦树的和给言尚的最为丰厚。

太子目色微暗，想父皇为何给言尚那么丰厚的赏赐？难道言尚比自己认为的更为出众吗……太子回头，正想和杨三郎使个眼色，和杨嗣商量一下，就见杨嗣心不在焉地在吃酒，眼神飘忽，好像又开始发呆了。

太子："……"

太子真是恨铁不成钢。

皇帝笑呵呵看着言尚："言素臣，朕看你年少风采灼灼，有些心动，不知你家中可有妻室？"

太子一愕，然后恍然，明白原来父皇给言尚和韦树一样丰厚的赏赐，不是有其他心思，而只是想赐婚啊。然而想赐婚谁呢……太子眼皮直跳，预感不好。

言尚一怔，也实在没想到自己的婚事居然被这么多人关注。

这两日天天被问也罢了，连皇帝都关心。

言尚只好答："尚未有妻室。"

他忍着自己去看暮晚摇神色的冲动。

他才跟暮晚摇说自己不会成亲，但是如果皇帝赐婚……他不能拒。

暮晚摇会如何想他？

他心中焦虑，拼命想法子时，头顶皇帝笑道："那真是太好了，言素臣，你觉得朕的小女儿，丹阳配你如何啊？"

言尚一下子抬头，满目错愕。

皇帝越看越满意。

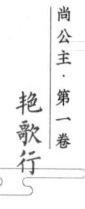

言尚背后无人，清寒之士，还不知道什么时候才会入官场。而且言尚又年少，相貌好，才华好，这可是今年的探花郎啊。
　　所有人不都希望他给暮晚摇指婚吗？那他就将暮晚摇指给言尚。
　　这样一来，至少三四年内，暮晚摇都能让他高枕无忧了。
　　听闻皇帝此言，暮晚摇倏地抬头，看向父皇。
　　太子心沉下，微微握拳。而那发呆发了半天的杨三郎一下子回神，看看言尚，再看看暮晚摇。杨嗣一下子有些怒意，觉得皇帝实在太过欺负暮晚摇。
　　第一次成婚是和亲；第二次就配一个没有背景的探花郎打发？
　　是否对暮晚摇太过残忍？
　　难道暮晚摇于皇帝，只剩下利益，一点亲情都没有了吗？
　　杨嗣要站起，几乎刹那就要说出自己愿意娶暮晚摇，自己要和探花郎争一争暮晚摇。
　　若是这世上没有一个人对摇摇好，他入局又何妨？
　　杨嗣被太子一把拉住，死死按着不让他在这时出头。杨嗣怒瞪太子，太子向他摇头，示意先看看，不要在此时入局。

　　众人沉静，言尚出神。
　　若是、若是……皇帝将暮晚摇指婚于他，他不能拒绝，也许并不是一件坏事？
　　他和暮晚摇之间……
　　言尚心乱如麻时，听到暮晚摇慵懒又肆意的一声笑，她声如玉撞，带着一丝决然："父皇说什么？儿臣可不愿嫁这个乡巴佬。"
　　言尚一愣，向她看去。
　　她目光冷冷地盯着他，缓缓站了起来。
　　二人四目相对，许多光景在对视间一一浮现，又一一消散。
　　言尚看着她，见她倔强、忍耐，又冷漠地别过了眼，不再看他。
　　她从席中步出，跪在了言尚身旁，向上拱手："他这般出身，才学浅薄，父皇若是疼儿臣，就不该让儿臣嫁给这样不堪的人。"
　　皇帝沉默，问："言素臣，你觉得呢？"
　　言尚轻声："殿下金枝玉叶，是臣配不上殿下。"
　　暮晚摇跪在他身旁，听他这么说，她睫毛一颤，几欲落泪。可她抿着唇不语,眼中波光粼粼。他向她看一眼,她不知道自己有没有读错,可是她觉得言尚没有生她的气。

他那一眼中温和万分,包容万分——

没事,别怕。

没有人可以勉强你。

没有人可以勉强她。

至少在此刻,言尚是帮她的。

他这般地好,这般这般地好。

第三十五章

众目睽睽,丹阳公主拒绝皇帝的指婚。

不只拒绝,她跪在地上,更是用最冷酷的字眼,中伤自己旁边的言尚,顺便将自己和言尚的关系跟皇帝透露了一些,免得皇帝多疑——

"我前年年底去岭南时,就认识这个言二郎了。他们家在岭南不过就是种地的,再靠他们阿父进士的名头弄些钱。就这般身份,也来攀我吗?一个从岭南那种地方来的人,见识有多浅短,父皇需要我多说吗?

"到长安后,这个言二郎借用我与他相识的旧交情,求到我府上让我帮他行卷。我看在他可怜分上,帮了他。然而帮了他,也不代表什么。他也许是有点才华,可我和他自来出身不一样,看到的事物不一样,我与他没有任何共同话题。我好歹也是堂堂公主,嫁给这种乡巴佬,和嫁一个行将就木的老头子有什么区别?

"父皇,你若是疼爱我,若是看在我母后的分上,就不应该这般让女儿受委屈。"

言尚跪在她身旁,听着她那铿锵的、戳人心的冷漠字句。他垂着眉眼,没有人知道他在想什么。

这副样子,看在那庐陵长公主眼中,何等揪心。

听到自己哥哥要把言尚配给丹阳那丫头,长公主揪心,不甘美少年这般便宜别人；现在看到丹阳拒婚，长公主还揪心，想这个侄女的嘴也太毒了，太不给人面子了。

今日丹阳公主拒婚这段话传出去，言二郎在一段时间内，那都肯定被人指点，成不了亲了。就算庐陵长公主这种玩世不恭的人，都觉得暮晚摇不嫁就不嫁，何必拒绝得这么狠？

大殿没有人说话，进士们讷讷不敢抬头，韦树微皱眉，觉得暮晚摇用这样的话说言尚，未免太过分。

而皇帝本淡淡听着暮晚摇的话，在暮晚摇提起"看在我母后的分上"，他神色微地一顿，有短暂恍惚感。

暮晚摇仰头看他。

这一刹那，皇帝看着女儿倔强不服输的样子，心神空荡荡中，想到了昔日那个同样倔强、非要和他对着干的女人。

他要除李家，皇后就要保李家。他只是想把李家赶出长安，皇后却恨不得杀了他……

自从二皇子夭折后，皇帝与皇后离心，直到皇后过世。

暮晚摇刻意提先后……是分他神，剜他心，往他胸口戳刀子。

天家父女啊……感情残酷到了这一步。

皇帝目有惨然之色，望着女儿水光流动的黑眸，他淡声："罢了。既然丹阳不愿意，言素臣也不愿意，这指婚就算了。丹阳何必做此态，朕是你父皇，难道还会逼你婚吗？也值得你特意下跪。

"都起来吧。"

这一晚的宴，到了这一刻，便有了寥寥收场的意思。

皇帝之后再没说什么，陪着他们又应付了不过半个时辰，就摆驾回宫了。而皇帝一走，筵席自然散了，各人就此离去。

言尚与韦树行在一起，其他一些进士担心地和言尚站在一起，鼓励言尚，说这也没什么，不必放在心上。

而从他们旁边，暮晚摇漠然无比地走过，便是韦树跟了一步，也被公主的侍女拦住了。

暮晚摇今夜不打算再和人说话了。

暮晚摇很后悔。

她只是想凑热闹，看言尚风光一场而已。

早知道一场曲江大宴，父皇会给她和言尚指婚，她说什么都不会去了。

然而已经于事无补了。

她用最恶毒的话去说言尚、中伤言尚，哪怕他脾气再好，也一定会难过。他那般自尊，昔日尚且总刻意和她保持距离，今夜她这般说他，他当是再不会帮她了。

谁还会帮一个当面拒婚，还把自己说得那般不堪的女人呢？

她弄丢了一个很好的盟友。

暮晚摇回到府上，坐在内舍妆镜前，盯着自己映在铜镜中的苍白脸颊。她手抚上自己的面颊，对着自己那双冷淡的眼睛，轻声自语："没关系，别人不帮我，我自己帮自己。

"我才不会认输，我才不会被你们打败。"

暮晚摇高声向外喊："春华！"

一直候在外的春华当即："殿下？"

暮晚摇笑道："我要饮酒，给我拿酒来。"

春华迟疑："现在？这么晚了，殿下该睡了……"

暮晚摇："怎么，连你们也要忤逆我？我说的话，已经这么不管用了？"

春华勉强道："那婢子去吩咐人为殿下热酒……"

她听到公主在内拍木案的张狂声音："我不要喝热酒，就喝冷水酒！直接取来喝就好！"

外头的侍女们不敢再接话了，只能忧心忡忡地去为公主拿酒。

而暮晚摇眼神上飘，空寥寥地开始点酒名："把府上的好酒都拿来！我要喝京城的西京腔，虾蟆陵的郎官清和阿婆清。我要喝蜀地的剑南春烧，还要喝乌程的箬下酒……"

侍女们听得心惊，心想这么多种酒混一起喝，不是等着醉死吗？

然而……也罢。

公主府上自然不缺酒，一坛坛酒很快都被抱进了公主寝舍，一排排摆在一张长案上时，十分整齐。

暮晚摇将仆从都打发了，自己便坐在地上，打开酒坛，开始自饮自酌……

她喝了许多酒，喝得自己意识有些昏沉，喝得自己不那般难受，暮晚摇才舒展开了长眉,露出了笑容。

和亲之前,暮晚摇只能喝一些偏甜的酒,但是和亲后,大概是乌蛮人实在太野蛮了,暮晚摇跟着他们喝酒,之后和蒙在石在一起时,蒙在石又总是喜欢给她灌酒。

她被灌醉后,那些高山啊,石岭啊,碧水啊,在眼前晃着晃着,就变得不那么让人难以接受了。她渐渐也喜欢上了喝烈酒的感觉。

……她的酒量,便这样被迫练出来了。

回到长安后,暮晚摇收敛自己在乌蛮养的一些坏习惯,端起公主该有的架子。然而她心知肚明,有些习惯,就是会陪伴她一生。成长的烙印,她再遮掩,也不可能毫无痕迹。

暮晚摇独坐一人喝酒,喝得正快活时,门敲了两下。

方卫士的声音在外:"殿下,言二郎来府上求见。"

暮晚摇托着自己因饮酒而有些滚烫的脸颊,侧过脸,一时间以为自己弄错了时间,自己听错了。

她不是刚从宴上回来没多久吗?她不是刚拒了婚吗?言尚怎么可能登门拜访?

嗯,一定是弄错了。

暮晚摇便没有理,继续喝自己的。

方桐在外等了一会儿,他已经习惯公主动不动不理人的毛病,便重复一遍:"殿下,言二郎求见您。"

暮晚摇这次确定自己听清楚了。

她细白的手上捧着一只琉璃杯,她仰起脸,月光照下,落在她发丝凌乱的脸颊上。暮晚摇揉了揉脸,真真切切地愕然了。

然后暮晚摇停顿一下,说:"不见。"

方桐便走了。

一会儿,方桐又回来了,站在公主寝舍门外:"殿下,二郎拜托属下,求您一定要见他一面。"

暮晚摇怒了。

她说:"不见!说了不见就是不见!有什么好见的!"

方桐道:"言二郎说他要在外面等殿下半个时辰,他有话与殿下说,希望殿下……"

暮晚摇不耐烦地打断:"你到底是他的仆从还是我的仆从? 总是替他传话干什么? 我说了不见,你听不懂吗? 我与他之间没什么好说的,该说的话我在宴上都说了,他大可不必来羞辱我,也不用来跟我告别。

"我准他日后再不用讨我喜欢,再不用见我了!"

公主话说到了这个份上,再说下去,恐怕方桐就要被杖打了。方桐便不敢再多说,出去回话了。

暮晚摇便继续饮自己的酒。

过了半个时辰,方桐居然又回来了。

方桐在公主门外徘徊许久,想到言二郎说殿下一定不会打他。秉着对言二郎平时行事妥当的信任,方桐鼓起勇气,再次战战兢兢地敲门了:"殿下……"

暮晚摇微笑。

她在内柔声:"方卫士,我今夜不杀你,你便不快乐,是吗?"

方桐快被吓死了。

他只能说服自己要相信言尚,飞快道:"属下只是来告诉殿下一声,言二郎走了。"

寝舍中寂静。

好一会儿,方桐听到暮晚摇低凉的声音:"哦。"

方桐低声:"言二郎留了话给公主,他说——"

半刻前,言尚离开公主府,将话留给方桐,让方桐转告公主。

他声音清清和和,如月下清霜:"这话本该我亲自与殿下说,但殿下既不愿见我,方卫士转达一声也是可以的。请方卫士告诉殿下,我不敢生殿下的气,也没有怪罪殿下那般不留情面。我知道殿下有自己的为难之处,殿下说那样的话,只会更加伤心。

"请殿下不必伤心,我与殿下的情分,不会因那几句话而改变。我心中不怪殿下,也请殿下不要怪自己。"

"咣——"

暮晚摇手中的琉璃杯脱手,摔了下去。

她听到方桐尽量模仿言尚说话的语气,然而言尚说话时那不紧不慢、温静平和的语气,又岂是一般人可以模仿的?

方桐纠结时,面前的门被拉开,披散着长发的暮晚摇站在了他面前。

暮晚摇腮上挂着酒熏霞红,眼睛却迸发着前所未有的光。春衫赤足,她又纤娜,又强硬。

她赤足向外迈出一步,一把扣住方桐手腕。

她语气急促:"去——你去将他给我追回来!"

"不是有话要与我说吗?我要他亲自站在我面前,亲口告诉我!"

杨嗣和太子离开了杏园。

原本杨嗣该回自家府邸,太子却说:"今晚睡在东宫吧。"

杨嗣神思飘忽,随意应了一声。

他还在想那宴上发生的事。

回到东宫,太子妃正迎上太子,想和太子说一些琐事,太子就道:"杨三来了。"

太子妃一顿,然后懂了:"妾身不会让人打扰殿下与杨三郎的。"

杨嗣全程心不在焉,洗漱后他进了给自己安排的房舍,靠墙而坐还没一会儿,太子就进来了。杨嗣瞥对方一眼,见太子坐在了墙的另一面,盯着他。

太子吩咐:"落锁吧。"

杨嗣茫然时,听到宫人在外应声,之后铁锁从外将门锁上了,宫人退下。

杨嗣:"……"

他盯着对面那个端正威严的青年,被气笑:"殿下是在防贼吗?把我锁着也就算了,何必将自己也锁起来?怎么,殿下怕我做什么?"

太子看着他,道:"将孤一同关进来,是孤打算亲自看着你。杨三,孤今夜会一直看着你,直到你冷静下来。无论如何,你不能出去,不能去找摇摇,更不能一时冲动,在这时候说你要娶她。"

杨嗣脸色蓦地冷下,眼中神色变得尖锐,又一瞬间如同野兽一般凶悍。

沉静在二人之间徘徊。

二人盯着对方。

好久,杨嗣懒洋洋笑:"这真是太有意思了。不是你一直劝我娶摇摇吗?我现在点头了,你却不同意了?"

太子道:"孤自然是一直支持你和摇摇的。只是今夜父皇的态度你也看到了,至少短期内,摇摇的婚事不定下来为好。杨三,你并不是只身一人,你背后有整个杨家。你纵是不听孤的,难道要整个杨家去对上父皇的铁拳吗?"

杨嗣怒而跃起。

他长身而立,手指门外,高声:"那难道就这样不管了吗?任由皇帝欺负摇摇?"

太子声音冷静:"父皇不想摇摇嫁人,你看不出吗?!只要暂时不嫁人,她就不会出事。你要是不想杨家变成第二个李家,就徐徐图之,不要任性。"

杨嗣向后退一步,靠在墙上。

少年面容冷淡,低笑一声:"冷静吗?"

太子看他半晌,缓缓道:"摇摇是我妹妹,我纵是利用她,却也不会心狠如我父皇。这点你总认吧?我起码不想她嫁回乌蛮去,起码不想赶她离开长安。我还在促成你与她的婚事……若是你们真的成亲,你便能护住她。只是这事需要时间,我现在还不到与父皇翻脸的时候。"

杨嗣冷笑一声,不语。

太子看他这般,叹口气,道:"她是我妹妹,但你才是从小和我一起长大的好友。我宁可她吃亏一点,也不愿你跳入火坑,你懂吗?"

杨嗣道:"你就是太爱算计了。"

太子沉默半晌,然后道:"总比看你去送死强。"

他淡声:"睡吧。今夜我会看着你。就如……当年看着你,不让你带她离开这里一样。"

杨嗣一下子静下,头向后靠,撞在墙上。

想到了那一年,自己听到他们要暮晚摇去和亲,自己愤怒不平,想带暮晚摇走。

然而他带不走她。

太子亲自看押他,杨家日日找人说服他。当他被放出来时,早就于事无补。

杨嗣自嘲一笑,淡声:"当年如果不是你看着我,她根本不用嫁去和亲。"

太子点头:"不错。然后你们杨家也因你一人而葬送了。你从此和暮晚摇远走高飞,带着她东躲西藏。你一个男的倒是无所谓,有想过我那个娇滴滴的妹妹能过惯那种生活吗?

"她当年不会跟你走。现在你也不能娶她。一样的道理。"

杨嗣垂目,半晌后,他坐下。收了自己周身的戾气,他轻声:"我只是不忍心……你们太心狠了。"

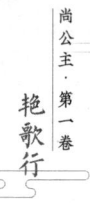

太子道:"那你就等我筹谋,何时时机到了,你就娶她,亲自保护她。"

杨嗣道:"我护不了。"

不等太子发怒,他侧过头,透过窗子,看外面的月色,缓声:"我从小看着这个妹妹长大,我虽然不忍心,但谁让我是杨家三郎。我如果没有抛家的勇气,我什么也做不成。

"我才不想娶她。我只希望这世上有一人真心待她,而在这之前,我尽量……只能尽量对她好一些。"

太子说:"你必须娶她。"

杨嗣不耐烦,翻身躺卧,将被子盖住头:"睡觉!"

太子叹口气,不再逼迫了。

言尚被方桐追了回来,被一路领进公主府,领入公主的寝舍门外。

方桐等人退下,示意殿下在里面等着。

言尚走到门前,便被里面的酒气熏得有些头晕。

他惊愕一下,沉思片刻,敲了敲门。

暮晚摇娇而冷的声音响起:"自己不会推门进来吗?"

言尚默然,推开了门。

他迟疑关门是否有损公主清誉时,暮晚摇不耐烦的声音继续响起:"你不关门,是想冻死我吗?"

言尚便关门,转身。

帷帐重重,没看到公主的身影。

言尚疑惑:"殿下?"

暮晚摇道:"你就要守礼到这个地步,一步都不往前走?"

言尚轻叹一声,听出她一句比一句不耐,估计快到忍耐边缘了。他站在这里,被满室的酒气包围,目光一扫就扫到了好多空坛子。不知那个酒鬼是喝了多少酒。

言尚有些后悔自己来了。

显然他不觉得自己能和一个酒鬼说清楚。

然而已经来了,就看着办吧。

言尚掀开一重重帷幔,向里面走,寻找公主。忽然,一个人从里撞了过来,向他抱了过来。

女郎两只纤细的手臂，紧紧抱住他的腰。

她整个身子埋入他怀中，脸贴在他胸口。

言尚僵硬，两臂张开，不知该如何是好。他张口结舌："殿下……"

暮晚摇埋于他怀中，紧抱着他的腰，轻声："别那么守礼，别那么急着推开我。让我抱一下，就一下。"

她声音若碎，空荡荡的，让人想到秋日落叶，冬日枯雪。

她太不好受了。

言尚顿半天，手臂落于她后背，搂住了她。

他俯下头，拥抱住她。他圈住她，将她搂于怀中，轻声温柔："别那么难过，殿下。"

他微微一笑，柔声："我便是觉得殿下会很伤心，想着总是不放心，便想无论如何，我今夜该见殿下一面。该亲口求殿下一句话。"

暮晚摇仰起脸，眼神迷离，喃声："求我什么？"

言尚望着她："求殿下，不要与臣生分了。"

——他是这般会说话，这般给她面子。

明明是他该生气该不理她，他却求她不要与他生分。

第三十六章

今夜注定所有人都睡不着。

皇宫中的清宁宫，是皇后的寝宫。自皇后仙逝，清宁宫就被封了起来，再没有人住了。

而今夜从宫外回来，皇帝竟然到了清宁宫。

宫人们慌乱地简单收拾了一下，皇帝坐于清宁宫的大殿中，面前案上摆着一盘黑白棋。

这棋局在封宫的时候就已经存在了，皇帝不让任何人移动，而今皇帝重新回到这里，见到这棋局竟然还如当初，不禁悲喜交集。

然而他抬目，本应坐在棋局对面、与他对弈的那名女子，早已不在了。

皇帝撑住了自己的额头，低头咳嗽。

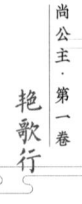

服侍皇帝的内宦听到咳嗽声，连忙进来，见到陛下如此，顿时明白这是睹物思人，陛下在想念皇后。

然而何必呢？

皇后不是被皇帝自己害死的吗？

内宦不敢多提先后，只小心翼翼："陛下，清宁宫凉，不如让人把炭烧着吧？您也到了该吃药的时辰了。"

皇帝摇头，道："朕只是坐一坐。朕的身体早就不行了，今日的药就不用喝了。"

内宦再劝，皇帝却不再说话了，只是怔怔看着这盘未下完的棋局。

内宦心中叹气，先后乃是金陵李氏教养出来的大家闺秀，雍容华贵，自生来就该做皇后。皇后蕙质兰心也罢，偏偏于政事上一点就通。而皇后背后的李家又何等势大。

这犯了皇帝的大忌。

皇后是必死的。

因皇后若不死，死的……也许就是陛下了。

然而在皇后去后，陛下的身体一年不如一年，似乎心力交瘁，精神已经跟随皇后走了。

因为身体不好，皇帝不断放权，如今这朝局，几乎是太子和秦王、晋王三位皇子在管，皇帝三日一朝，连奏折都很久不看了。

正是放权放得这般厉害，才造成太子和秦王斗得这般厉害。

然而，这是好事吗？

皇帝缓缓道："今夜丹阳拒婚，你觉得如何呢？"

内宦抬头，见皇帝眼睛看着的是棋局对面，并不是在和自己说话。皇帝问的，是那个已经不在了的皇后。

果然，下一刻，皇帝喃喃自语："是，摇摇从今夜开始就会明白，依附谁都不可靠，她得有自己的势力。太子擅谋，秦王擅武，晋王性柔。你说这三人，谁才能得到这个位子呢？"

皇帝似疑惑："说起来很奇怪，大概是朕太擅长帝王心术了，朕总是很看不惯别人在谋划。每天看到下面几个孩子斗来斗去，朕都觉得可笑，都想……将他们全收拾一通。"

皇帝沉默半天，好像在听对面的人说话一般。

他笑了笑，道："你放心，朕只是说想收拾，却到底没有收拾，不对吗？只要摇摇不太过分，朕就不会伤她。二郎真的不是我杀的，为何你总也不信我？为何你总觉得我会这般心狠，连自己的亲生儿子都会杀？"

停顿片刻，皇帝面容微肃，似被激怒，他自言自语道："不错，是一定范围内。你放心，朕也没几年活头了，且看看他们能成长成什么样子。在朕临死前，朕一定会将所有的隐患拔掉。

"你纵使再说朕心狠，朕也一定会这么做。"

内宦在旁边听得一身冷汗，心想皇帝这病情越来越严重了。现在竟然出现癔症，和一个早就死了的人聊了这么久……

内宦怕皇帝整日神神道道地与先后说话，哪一日就疯了，忍不住打断皇帝的话，强行插入皇帝和一个不存在的人的聊天中："陛下，您放权放得这般厉害，真的不担心有一日被架空吗？"

皇帝看一眼内宦，哂笑道："朕掌权三十载，民心所向。你真以为现在朝臣们纷纷站队，就是他们有多忠心那几个皇子？不过是因为朕不管事而已。这朝局这般乱，不过是朕给他们机会搅浑水而已。

"朕若真想收回权，易如反掌。帝王之威，忠信所向，士人们的信仰，你这样小小的一个内宦，怎么会懂？"

内宦便说惭愧。

可他又疑惑问："那陛下为什么要让几位皇子掌权？为什么要看他们搅浑水？陛下要做什么？"

皇帝漠然道："没什么，不过是在朕临死前，掐灭所有隐患而已。"

内宦听不懂，但看着皇帝的癔症不再发作了，就插科打诨，伺候皇帝回寝宫休息，不必多提。

此夜丹阳公主的府上，言二郎进去后，侍女们都松口气，觉得有言二郎在，今晚应该妥了。

而对于言尚来说，他无法拒绝一个喝醉酒的公主。

他自己不饮酒，所以通常都是他在最后照顾酒鬼。

言尚以为今夜也差不多。

按照他对酒鬼的认知，对方要么特别胡搅蛮缠，要么特别乖巧听话……言尚想暮晚摇平时就那般气焰高涨，喝醉酒岂不更能折腾？

然而他想错了。

暮晚摇比他想象中乖得多。

她除了缠着他要他抱她,也没有其他过分要求。

到后来,言尚拒绝不了,只能暗道惭愧后,被迫入了公主寝舍,坐在了公主的床榻上。

帷帐放下,暮晚摇被他抱于怀中。言尚心脏一直狂跳,却说服自己,如同照顾自己妹妹一般照顾这个少年公主就好了。他不必多想,今夜特殊,明日公主就会忘了这些的。

而不断这么自我说服着,言尚的身体总算不那么僵硬了,让一直靠着他的暮晚摇感觉明显舒服许多。

可是她埋于他怀中,却清楚地听到他狂烈的心跳声,怦怦怦,在夜中格外清晰。

暮晚摇暗笑,想这个人看着那般镇定,原来其实也没有嘛。

言尚有起身动作。

暮晚摇一下子抬头,指责般地瞪他为何要走。

她自以为自己在瞪人,但她双目含雾,眼尾流红,又兼散发让面颊显得更加小巧。这样子,非但不凶悍,还透着楚楚可怜的感觉。

言尚心软,低声:"我只是想找人拿帕子为殿下擦擦脸,这样殿下明日起来会好受些。"

暮晚摇一下子了然。

言尚以为她喝醉了。

他以为自己在哄一个醉鬼,却不知暮晚摇酒量了得,轻易不醉。可是言尚这么温柔地待她,暮晚摇又不想说破。她情愿由他这样抱着她,让她感觉好受一些。

暮晚摇不说话,只是抓着他的衣袖,就那般看着他。

看着看着,她就将言尚看得心软了。

他侧过头,微微咳嗽一下。昏昏月色照入,暮晚摇隐约看到他耳际有些红,霎时狼狈。

他无奈地坐了回来,搂着她:"好吧,我不走了,殿下睡着就好了。"

暮晚摇:"今晚都不许走。"

言尚:"……这于理不合。"

暮晚摇："不许走。"

言尚默然片刻，她再次抬头看他，他俯眼与她清凌凌的眸子对视一会儿后，点了头。

暮晚摇这才放心了。

她重新窝回他怀中，他身上淡淡的降真香一直萦绕她鼻端，而他怀中那般暖，又不灼烫，是格外合她心意的温度。

暮晚摇茫茫然，心想原来有人的怀抱是这种感觉啊。

既不会冰冷得让她害怕，也没有滚烫得让她窒息。

他总是和她遇到的其他男人都不一样。

然而暮晚摇又不信，男人间的区别，能有多大呢？

暮晚摇悠悠想着那些，闭上眼，轻声喃喃："以前我二哥还活着的时候，我生病的时候他就会这样抱我一整晚。可是他后来不在了，我就都一个人待着了。"

言尚微默。

他想到了暮晚摇说的二哥，是曾经的太子。那才是先后所生的嫡子。

风华绝代，文武双全。可惜天妒英才，他十五岁时坠马而死，少年早夭。

据说天子与先后悲痛万分。

言尚温声："那公主将臣当作兄长，也是可以的。"

暮晚摇："……"

她就是装醉，也忍不住冷笑："你忘了我比你大半岁吗？言二弟弟？！"

言尚："……"

他道："殿下可真是难哄啊。"

暮晚摇："是你自己说错话。你再这样，我就要叫你弟弟了。"

言尚："是，都是我的错。是我不好。"

暮晚摇扑哧笑起来，唇角翘起。她悄悄地伸展手臂，更紧地抱住他的腰身。

这不怪她。

今晚她本打算自己一个人熬的，是他非要过来说那般惹她委屈的话。确实都是他的错。她就想任性一把，暂时丢掉外面那些事，想做什么就做什么。

而她此时，就是想和他这样卧在床上。哪怕他不是很情愿。

可谁让他脾气好呢？

脾气好，就应该被她欺负。

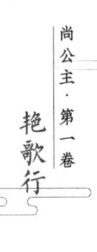

月色照入，清寒移砖。

言尚渐坐得有些身子发僵，也不知道怀里的公主睡着没有。

他向后靠了靠，背靠上身后的墙，却又一顿，因发现自己的腰被公主抱得太紧，无法挣脱。他展开手臂，发现自己腰以下被箍着，完全移动不了。

言尚蹙眉，有些发愁，想该怎么在不惊动暮晚摇的情况下，把暮晚摇移回床上、解脱自己。

他沉思时，暮晚摇忽然开了口，原来她还没睡着："其实嫁给你挺好的。"

言尚一愕，低头，看到她乌发下露出的一点雪白面颊。

他叹道："殿下怎么还醒着？"

暮晚摇闭着眼，自顾自地说："嫁给你其实挺好的。你虽然心思多，再磨炼几年，大概就滴水不漏了。但是你为人正派，对谁都好。不管你是真君子还是假君子，我眼看着，你是打算一辈子这么下去了。哪怕你是假君子，装一辈子，也装成真君子了。

"而以你的道德水平，一旦你娶了我，不管喜不喜欢我，你都会对我很好，会特别疼我，会一心为我着想。我没有遇到过一心为我好的人，但我觉得如果我们成亲了，你就会那样。你的道德约束住了你，它约束着你不会负我，不会让我难过。你不会和其他长安子弟一样嫖妓，不会跟他们学坏。你连酒都不喝，就是为了时刻清醒。

"虽然我觉得你活得太累了。但是你的累，能够对我好，我有什么不满意的？我们若是成了亲，你会答应我每个要求，会我说什么你都尽量满足。你会帮我画眉，会为我调胭脂，会服侍我。

"而且你脾气那么好。我不知道谁能让你真正生气。你不会骂我，不会生我气，不会转头不理我，不会惹我掉眼泪。我若是太任性了，你也一定只是叹气，无奈看我一眼。你那般宠爱地看着我，我还有什么会不喜欢的……"

她说着，声音渐渐低了，说得自己都有些痴了。好像她真的能够想象到他们成婚后的生活一样。

她缓缓从他怀中抬起头，看向沉默的、低头看着她的言尚。

言尚眼中神色复杂，静静看着她，没有说话。

莫名的、压抑的情愫，在二人眉目流转间轻轻荡着。

柔情缱绻，迷惑惘然。想近不敢近，想退不舍退。

便只是静静看着，好久，言尚才声音微哑："然而你拒婚了。"

暮晚摇笑了笑。

她重新垂下了眼，睫毛覆住眼中所有神情。

她有些落寞地淡声："因为我就是不甘心。命运被掌握在别人手中，当年要我嫁人我必须嫁，现在随便指派我还得点头。那我的人生始终是任人宰割。我才回来长安多久啊，父皇就想再一次地将我打发掉。

"我不甘心。我宁可在太子和李氏间寻平衡，我也不要出局。我要保护我身边的所有人，我要我身边的每一个人，都再不用牺牲。我要权势，那我现在就不能出局，不能嫁人。"

言尚没说话。

暮晚摇忍不住心情烦躁："你怎么不回答？"

言尚便道："我原本以为殿下拒婚，有一重意思，是怕自己现在和我成婚，影响我的仕途。怕陛下打压殿下，顺便打压到我。没想到是我自作多情，殿下根本没有为我着想过。"

暮晚摇愕然，抬头看他。

他眼中带着一丝笑。

她便一下子知道他不过是开玩笑，是逗她开心了。

暮晚摇轻轻"啊"了一下，忍不住伸手，捧住他的脸。

他僵硬一下，她却跪直，不让他退，柔声："你又在找借口为我说话了……你人真好。我本来确实没有想到你，但是你这么说，我准你日后想起这事，觉得我是为了你好了。"

暮晚摇郑重其事："你要觉得我是一个为你着想的好人，把我前面说的那些不甘心都忘了，就记得我是为了你好了。"

言尚忍笑，道："臣遵旨。"

暮晚摇便跟着他一起弯起了眉，他太神奇了，三言两语就让她不难受了。可是她还是担心，她忍不住再次重复问："你真的不怪我拒婚吗？不怪我那么说你吗？"

言尚不厌其烦，摇了下头。

他道："你若是不拒得狠些，陛下说不定会继续逼你。你越是将我说得不堪，陛下才越觉得你的决心大。"

暮晚摇低下眼睛，几绺碎发散在面颊上。

她难得觉得对不起他。

她咬唇，不安道："但是我这么说你，明日传出去，那些想和你结亲的长安人家，可能都要重新考虑了。没有人会上赶着和一个刚被公主无情拒婚，还被说得那么不堪的人成亲的。"

言尚道："无妨。我本就告诉你，我短期内没有成家的打算。我嫂嫂已经怀了孕，我在家中排行第二，下面的三弟到现在都还没开始好好读书，小妹年纪更是小，都远远不到说亲的年龄。

"我便是一两年不成亲，对我三弟和小妹的影响都不大。"

暮晚摇闻言有些高兴了。

她重新仰头看他，巴巴地搂着他腰，蹭过去，显得有些亲昵。

她柔声："你为什么一直不想成亲呢？"

言尚踟蹰。

暮晚摇不高兴道："我喝醉了酒，明天就什么都不记得了。你都不能把实话告诉我吗？"

言尚道："不是我不告诉殿下，是我自己也没有想清楚。"

他微微蹙了眉，有些自我怀疑道："我对男女情爱，确实不太感兴趣。成家于我，不过是一种责任。既然是责任，不过是履行责任罢了。那在我必须履行责任之前，我对情爱并不感兴趣，自然就会一直不太想成亲了。"

他微红了脸，有些赧然，低声："我这样是不是有些奇怪？"

暮晚摇点头。

言尚："……"

他忍不住瞪她一眼。

暮晚摇便笑起来了。

她撒娇一般："你这种想法就是很奇怪啊，我点头有什么不对？旁人十八岁男儿郎，哪个不是慕少艾的好年龄？看到美娇娘，就眼睛发直、走不动路？而且喜欢一个人是多美好的事啊，和喜欢的人一起亲嘴、搂搂抱抱、滚来滚去，是多么快乐的事。

"你却不感兴趣。你不奇怪，谁奇怪呢？"

言尚礼貌地笑了一下，显然客套十分。

他尊重别人的想法，自己不感兴趣却也没办法。

暮晚摇目中浮起调皮色。

她不笑也自带三分嗔意："你对女色不感兴趣，肯定是你没见识过。没关系，我教你。"

不等言尚反应，她向前一扑。言尚本只是靠着墙，她这么大力侧扑而来，一下子将他压倒在了床褥间。

言尚心脏停跳一刻。

他一把握住她的手，声音微绷："殿下！"

然而来不及了。

暮晚摇唇角含着笑，眉目微垂似阖，眼尾荡着晕晕酒熏红色。她压着他，开始扯他腰间带。

言尚惊愕，与她相抗，衣领却被扯开一段，露出长颈来，玉润干净。

而她另一手将他发带扯掉，他的乌黑长发就铺散在了枕间，如墨水打散在水中。

少年长颈微扬，雪白下，筋骨之力如弦一般紧绷。

暮晚摇晕晕然，唇瓣轻咬，眉间微蹙，似痛苦，又似欢喜。

她像妖精一样跪在他身前，眼中荡着春波。床帷流苏摇曳，一重重帷帐如月光一般掀来。喘气剧烈间，他握着她的手，不让她乱来，然而她这么一通折腾，他的肩头露出，衣袍显然凌乱了。

言尚声音不再那般平和了："殿下……暮晚摇！"

霞飞双靥，她的唇挨上他脸颊，他一下子偏头，她不以为然，气息拂上他的颈，一路如月光铺陈，蜿蜒向下。言尚的呼吸乱了，散发拂在面上，他开始急促，开始不受控制。

而察觉到他的紧绷和滚烫，暮晚摇露出了然又调皮的笑，埋身入褥子下。她这般逗他时，才知他筋骨舒朗，都怪平时穿的衣袍太宽松，根本看不出来。

言尚一看不好，一把搂住她，将她紧抱在怀中，不让她继续。

暮晚摇脸被迫挨着他的胸膛，她不以为然，轻轻伸出粉红灵舌，那么一点。言尚眼中光涣散，他急促地"唔"了一声，身子下弯微弓，轻轻颤抖，额上也渗了汗。

暮晚摇正要再撩拨，听他除了无奈地叫两声殿下外，终于开了口——

"殿下与你前夫，也是这样吗？"

瞬间，气氛冷了下去。

暮晚摇抬头，看向他有些绯红、渗着汗的俊容，和黑如墨玉的瞳眸。

她脸上没有了丝毫表情，道："你真厉害。"

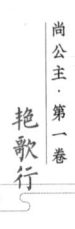

"不愧是言尚。

"你真的很清楚哪里是我的死穴,一踩就准。你不光会用言语安慰我,还会用言语激怒我。言尚,你真的……很懂怎么说话。"

言尚沉默。

她不再撩火,他便能慢慢坐起来了。他屈起腿遮掩自己身体的变化,她却早已了然,不屑嗤笑他的虚伪作态。

言尚不理会她的讽刺目光,坐起来后,拢了自己的衣衫。长发散于脸与肩上,这一刹那,哪怕衣衫凌乱,他也形容典雅,不容侵犯。

言尚缓缓道:"殿下喝醉了。"

暮晚摇冷声:"你这么聪明,你知道我有没有醉。"

言尚再静默一下,又道:"殿下只是不想守礼,想肆无忌惮,想与我嬉玩而已。殿下不想与我有任何以后,谈论任何可能,殿下只是今晚太不开心,想拿我寻乐而已。"

暮晚摇不否认,道:"不行吗?"

言尚说:"不行。"

暮晚摇怒:"你!"

他向她看来,目如清雪,让她一下子哑火。他说:"我不是那般人,殿下若想找人玩乐,长安的小倌多的是,想献身于殿下的人也多的是。其中并不包括我。我不以身侍君,我以为殿下知道。"

暮晚摇盯着他,怒火欲喷,又面容红透,有些羞愤。

她被拒绝了……她之前就隐约能猜出他的为人,但她以为他对她终究不一样,以为他不会拒绝……

似自己最肮脏恶心的一面,被他看到,被他用目光凌迟,她一下子接受不了。

低头将脸埋于膝上,她怒道:"你滚吧。"

言尚温声:"殿下睡吧,臣在外守着,就不打扰殿下了。"

暮晚摇埋脸于膝上,根本不想多看。听到他下床的动静,听到他的脚步声,她心中空茫茫的。

又听他脚步停下,轻声:"殿下只是想岔了,明日就好了。殿下好好歇着吧。"

暮晚摇:"我没事。"

她装模作样地压抑下自己心中的羞耻,慵懒一笑:"我今晚拒绝你一次,你今晚拒绝我一次。我们扯平了。"

言尚："嗯。"

他出了内舍。

暮晚摇抬头，见内舍没有人了，她心中哀号，将自己红透了的脸埋入枕间，懊恼万分——

她居然被拒绝了！

她一个千娇百媚的美人，居然被拒绝了！

她以前的男人，都挺迷恋她的身体的呀，到底是哪里出了毛病……言尚居然拒绝了她？

她对自己的魅力产生了怀疑。

第三十七章

清风映窗，山屏滴翠。

坐于窗前，侍女们为公主拿着篦子梳发，暮晚摇则在对着案上摆着的金鸭香炉添香。

她正在等朝政时间过去。

府上已备了宴，约一些臣子来吃宴。这几位臣子，都是昔日从丹阳公主府中出去的。他们中如今官位最高的，是户部侍郎，在户部中，仅次于户部尚书了。

经过那日拒婚事件，暮晚摇已经想清楚。单单在太子和李氏之间寻平衡不够，她还要壮大自己的势力，加大自己身上的砝码。

三足鼎立才有立场，不然不过是为他人作嫁衣。

暮晚摇心中琢磨着，要不动声色拉拢朝臣为自己所用，最简单的，就是先将从自己公主府上出去的那些朝臣拉拢住。因士人对忠信的尊重，这些从公主府上出去的人，一日暮晚摇是君，暮晚摇就是他们的旧主人一日。

这毋庸置疑，背主之人会受人唾弃，暮晚摇起码知道这些人哪怕选了新的立场，也不会背弃她。

她要通过这些人，再拉拢更多的人，在朝政上拥有更多的话语权，就如背后势力不够大的太子平日做的那样。

暮晚摇不是一个心机深沉、天生会政斗的人。相反，她是一个曾经天真、现在也没多聪明的少女。很多事情，她都是吃过亏，才会恍然。

她的母后曾是政斗一把好手，然而她母后还活着的时候，父皇母后将她宠得无忧无虑，她半点没有接触过政治。

之后到了乌蛮，那些蛮人野蛮粗鲁，他们又懂什么。蒙在石倒是野心勃勃，然而她和蒙在石各取所需，互相帮助。她于政治一途，始终很浅显。

现在回到了长安，她依然是懵懵懂懂地自己从头学起。没有人教她，摔跤了就爬起来从头再来。她一点点琢磨，总会懂这些……反正她跟在太子身后，可以偷师太子。

她也不需要自己多么举足轻重，能够牵制住太子和李氏，让两方都不能将她逼得太厉害，就够了。

谁也不知道未来的局势会变成什么样，只能走一步算一步。

暮晚摇想着这些，手中拨弄香炉的添香动作却不停。

她移走云母隔，手持香箸，将炉腹内灰雪样的霜拨弄走。然后在香灰上戳透玲珑窍，等死灰复燃。

春华问："殿下要用什么香？"

暮晚摇："降真香。"

她是想到言尚身上的香气。那产自岭南的香初时她只是闻个新奇，那香味如兰似麝，清甜醇厚，却哪有宫中御用的龙涎香韵味长久？

然而那香在言尚身上却挺好闻。

暮晚摇有些不服气，便想自己调香，调出和言尚身上用的降真香一样的味道。这样闻多了，她就不会再觉得他身上的香好闻了。

暮晚摇放下香箸，用帕子擦擦手，将那片有着细腻美丽冰纹的云母覆回香灰上。

春华及时上前，手捧放着香饼的香盒来。暮晚摇从银盒里拈起一粒降真香粒。那香粒滚入云母片，暮晚摇拨弄净炭相烘，等气息变得更加浓郁。

然而暮晚摇叹口气，示意将香炉拿远些。

春华一边让侍女端走香炉，一边不解："殿下不喜欢这香吗？"

暮晚摇："没我想象的那般好闻。没有人身上的好闻。"

春华微静，猜到公主说的是言二郎，便闭嘴不多话了。

她总不能怂恿公主召见言二郎吧?

那算什么样子呢?

公主最好的选择,是要么杨三郎,要么韦七郎,总和言二郎混一起……对公主的前程并不好。公主自己也知道,那做侍女的,便不应该只为了哄公主高兴,而怂恿公主走不好的那条路。

暮晚摇托着腮,心情郁郁,又问了一遍时辰,看邀请的朝臣们什么时候会过来。

时间差不多了,暮晚摇就示意侍女们去准备筵席饭菜,准备歌女舞女。她打算今日那些臣子离开的时候,送酒送美人,自己要做一个对下臣关怀的好主公。

趁着这段等人的时间,暮晚摇与春华闲聊。她看自己的侍女似乎眉间神情郁郁,好似笼着愁丝一般。

暮晚摇一顿,道:"最近没有与刘文吉见面吗?"

春华一愣,然后默然,知道自己频频与刘文吉交好,殿下果然是知道的。春华摇了摇头,轻声:"奴婢与刘郎之间出了些问题,奴婢需要想一想。"

暮晚摇哼一声:"那你可想快点。他日日来公主府想见你,都被打发出去了。他再多求两日,长安说不定就要传遍我养面首的风言风语了。"

春华羞愧:"是奴婢让殿下辛苦了。"

暮晚摇不在意这些,随口道:"你们这些人的事呢,自己看着就好了,我是不多管的,也别让我拿主意。我连自己的生活都过不明白,是不会给你们出主意的。

"不过你们都听好了。你们若是要从我的公主府中出嫁,我是不许有人做妾的,降低我的档次。到时候你们想出府,我人人赠十金,谁也不偏袒。

"侍卫们要娶妻,总是要求高些。那就二十金好了。"

侍女和侍从们纷纷惊喜道谢,谢殿下出手大度。毕竟寻常人家,十金都可以过一辈子舒坦的日子了。

而闲闲说着这些,春华出去了一趟,拿回了两封书信。一封是给春华自己的,暮晚摇当然懒得看自己的婢女收到什么信;另一封却是请帖,古朴素雅,帖子背面还压着一枝兰花。

香气清雅无比。

暮晚摇看到这帖子,心中微微一动。

她却不看,让春华读请帖是什么。春华看了,笑道:"殿下,今年佛诞日迎佛骨,言二郎邀您一起去看佛骨。"

暮晚摇一愣后,神色却不改。她只是偏了下头,让自己眼睛看向窗外,不让侍女们捕捉到自己真实的情绪,看到自己忍不住翘起的唇角。

自那晚她和言尚双双拒绝对方后,两人再没有见面了。她有点尴尬,又觉得言尚不算什么,自己用不着主动找他。

而他在读书,不再来找她,暮晚摇却又有些不高兴。

现在嘛……

暮晚摇道:"佛诞日迎佛骨? 他倒是好有心情。"

春华笑道:"那殿下应不应呢?"

暮晚摇说:"看我那日有没有时间吧。"

春华心中为殿下排好了时间,特意将佛诞日空了出来。

公主和言二郎已经又大半个月没见面了,这半个月来,公主整日和朝臣们打交道,时不时心情不好,就会对府上人发火。公主府战战兢兢大半月,如今有喘口气的机会,自然人人都祈祷言二郎能够让他们殿下的心情好一些。

不提暮晚摇那边如何和朝臣们打交道,言尚与韦树这边,则是在及第后,被中枢安排着,待诏弘文馆。

待诏的意思是,现在没有官,但随时可能有,等着朝廷的安排就是。而这些待诏的人,虽不是正式的官员,朝廷却也会补一些俸禄,勉强让他们开支。

这笔俸禄不过是面子数,数额极低,根本不够及第士子们的日常交际与花销,也没人将这笔俸禄放在眼中。

即使对言尚来说,这笔俸禄,也不过是微乎其微。言尚至今花的大笔钱,都是他父兄从岭南为他寄来的,让他颇为惭愧。但他也只能忍耐,想等真正当了官,这个缺钱的难题就能过去了——

因为大魏的官制,尤其是长安这些京官,俸禄是非常可观的。

大魏对官员的优惠与照顾,远非其他朝代能比。

而对言尚来说,待诏弘文馆,最大的好处,就是读书格外方便,远比以前方便。他在岭南接触不到的书、在太学国子监接触不到的书,弘文馆都有收录。

弘文馆召集天下名士,藏书二十余万,是天下书籍最为丰富的地方。

言尚与韦树讨论后，得知他们想当官，目前有三条路可走——

一、等朝廷召见，不知猴年马月；

二、丹阳公主可以直接带他们面圣，向皇帝为他们讨官，但暮晚摇几乎没有可能会这么做，言尚也不想走这条路；

三、则是考试。

为解决科举出身后等待入仕所产生的问题，大魏设置科目选，每年十月举行。其科目有博学宏词、书判拔萃、三礼、三史、三传、五经、九经、开元礼、明习律令等，考试优等者，不论获得出身年数多少，皆立即入仕。

科目考，远比科考要难。

因科考是数千个寻常人中录取及第人士，而科目考则是每年遗留下来的所有进士，一同参考。

而言尚再一打听，顾名思义，这些名号极多的科目考的是全才，并非只有诗赋，让言尚松气不用再比自己的弱项之时，又陷入了新的愁苦中。

他诗赋不行，所有才华……应该更不行。

因这些进士寒门子弟极少，大部分都是世家子弟。而世家子弟出身，自小看的书、接触的事物，都远比言尚要多。他们都考不上，更罔论言尚这样的寒门子弟。

但无论如何，总是一条目前最好的出路。

言尚在见过自己老师后，和老师讨论一番，便决定考博学宏词科。无他，只因博学宏词科在科目考中为首，登科者所受尊崇最高。登科者直接入仕不提，官职也比其他的要高。

韦树家学渊博，自然瞧不上其他的，他直接选的是博学宏词科。而言尚踟蹰许久后，也选了博学宏词科。目前任务，就是比其他人多花些时间读书，让自己在弘文馆中所待的半年时间，不要荒废。

清晨天未亮，言尚离开自己在永寿寺所租的寒舍，出寺步行，直接去弘文馆。他将时间掐算得很准，等他过去，弘文馆会正好开门。

只是对言尚来说，有一件烦恼事……

言尚从永寿寺后门出去，到了巷子，看到三四个仆从探头探脑，他不禁一声长叹。果然，那几个仆从看到他出来后，转头就跑没影了。而一会儿工夫后，言尚在巷中走，一个妙龄少女骑在马上，跟随着他。

正是赵五娘赵灵妃。

赵灵妃日日来堵他的门。

赵灵妃原本想在言尚面前做出一副大家闺秀模样，但她很快发现大家闺秀太过柔弱害羞，应付不了言尚的口才。赵灵妃干脆本性暴露，以真实性情面对言尚。

例如此时，言尚在前走路。

赵灵妃在后骑马跟随，口上道："言二郎，你不要难过。虽然因为公主拒婚的事，那些想与你结亲的人都打消了主意，但我还在啊！他们不跟你结亲，是他们没眼光。我们长安人士，不是所有人都那般没眼光的。我就知道言二郎你很好，你千万不要一蹶不振。"

言尚："……"

他无奈道："娘子觉得我像是备受打击的样子吗？"

赵灵妃抿唇而笑，她笑嘻嘻："我就是鼓励你嘛。我阿父是国子监祭酒，你读书有什么难事，都可以找我帮忙啊。二郎你有大才，我都看在眼中的。"

言尚温声："娘子，我已说过许多次，我真的暂时没有成亲的打算……"

赵灵妃："没关系呀。咱们做不成夫妻，还能做朋友嘛。"

言尚被她噎住。

他是真的第一次遇到这种锲而不舍、脸皮极厚又言笑晏晏的女郎。无论他拒绝多少次，赵灵妃都不以为然，理由是反正他还没成亲，她跟他做朋友也行。

然而她那架势，岂是要做朋友的样子？

她巴不得立刻绑了他成亲吧。

言尚道："娘子你这般行事，不怕郎君厌烦你吗？"

赵灵妃奇怪道："可是你脾气这般好，我又没有得罪你，你怎么会厌烦我？"

她骑在马上，伏身，忧心问："你厌烦我吗？"

言尚一怔，侧过头看她一眼。这般英姿飒爽、性情极好的娘子，其实是很难让人讨厌的。因为赵灵妃把握着那个度，既不会逼得太紧让言尚不适，又不会远离到让言尚忘记她。

言尚低声："我并不厌烦娘子，但我也没有喜爱娘子。我实在……实在是无心此事，娘子你如何才肯放弃？"

赵灵妃道："大路朝天，你我不过同行一路。你走你的路，我骑我的马，你不必管我就是。"

言尚:"这世间有许多男儿极为优秀,我可向娘子介绍……"

赵灵妃答:"可我只觉得你好。"

她若有所思:"原本我只觉得你长得好看,是绣花枕头。但和你认识了这般久,我发现你脾气也好,气度也好,还朋友众多,谁和你见面你都认识……我觉得我还不够了解你,你也许比我看到的更好。

"我又不是傻子。我见你这般好,心里喜爱得要紧,如何舍得放弃呢?"

言尚无言。

这……真是太为难他了。

他真是怕了赵灵妃了,然而他无法对一个仅仅只是爱慕他的女郎口出恶言……言尚只能想其他的法子。

时间到了四月八日,佛诞节。

佛骨从天竺运到了长安,诸王亲到安福楼恭迎佛骨。坊市间、古寺中,个个喧哗热闹,百姓围观。

长安人士用缯彩做成龙马云凤的模样,用纸竹扎出僧佛鬼神的模样。声势浩大,幡花幢盖,罗列二十余里,人人摩肩接踵,络绎不绝。

这只是长安大街上的景象。佛骨今日会在长安各寺间轮流,公然让百姓们参拜。为了迎接佛骨,长安各寺垒砌了万余座香刹,古刹下,僧徒梵诵,士女瞻礼。

肃穆庄严,为一大乐事。

言尚邀请暮晚摇一起看佛骨入寺时,便问过公主府上的仆从,得知暮晚摇在长安的时候,每年都是去大魏最为出名、规模最大的大慈安寺。

暮晚摇在大慈安寺有供养佛灯,她只要在长安,几乎每年都会去看她供养的佛灯,增添香火。

想来丹阳公主如今回了长安,她在佛诞日这一天,定是要去大慈安寺的。

言尚早早便去了大慈安寺,等候公主。佛寺今日喧哗热闹,人声聒沸,即便是公主,也不能在今日让人腾出地方,但又怕百姓冒犯王侯。所以暮晚摇今日,很大的可能,是便装出行。

言尚观察着人群中的女郎。

想暮晚摇明耀如明珠,她即使着便装在人群中,他也定能一眼看得出。

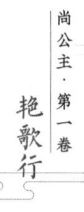

言尚就这样看了一上午……看得眼睛都酸痛了，也没有看到暮晚摇。

言尚微怔，以为暮晚摇忘了与他的约定。毕竟他只是送了请帖，她既没说来，也没说不来，他以为她会来，完全是按照她平时的脾气判断的。她不否认，就应该是答应的意思。

然而，若是她今日有事，不来呢？

言尚心中不知是焦虑还是失落，他下午时又多等了一个时辰，忽然，福至心灵，想到了一种可能。

这种可能，让他心脏怦怦，快要跳出胸膛。

言尚逆着人流，急匆匆赶回自己借住的永寿寺，重复自己在大慈安寺找人的过程。而这一次，他看到一尊香刹下，女郎与其他人一般双手合十，仰望高僧，静静地聆听大师的教诲。

她立于人群，穿绯红石榴裙，亭亭玉立，身形袅娜。没有平日那般富丽堂皇的明艳，今日她的妆容朴素，倒像是哪家偷跑出来玩耍的小家碧玉。

她身后只跟随着三四个侍女和卫士。

言尚看得怔忡，心中百感交集，血液滚烫。

他以为她那般任性，从来只管她自己，她今日要去，也会去大慈安寺；没想到她会来永寿寺这样的小寺。

而且说不定他已经让她等了一上午，她却仍在寺中，没有离开。

暮晚摇正不耐烦地听着那高僧嘀嘀咕咕不知道在讲些什么，忽然有人从后戳了下她的肩。

她以为又是哪个对佛教虔诚的寻常百姓挤进了人群，她懒得理这些百姓，就往旁边挪了挪，给身后人让出位置。

没想到肩膀又被戳了下。

暮晚摇抿唇，再次让。

肩膀再次被戳。

暮晚摇："……"

身后这人是有多胖？她都让出这么多位子了，怎么还戳她？

暮晚摇才不会好脾气，她让了两次后就烦了，凶神恶煞地回头，挑眉就要和人吵架。但是她一回头，便看到了言尚。

他面如冠玉，气质淡泊，对着她一张臭脸都还保持着唇角的笑。

而再往后看，果然是春华等人让出了位置，让言二郎过来了。

因高僧在宣讲佛音，下方人说话听不清。暮晚摇张了口，言尚没听到她在说什么。

言尚低头："什么？"

暮晚摇向他翘下巴，示意他贴耳过来。

言尚附耳低头，她的声音贴着他的耳膜，有些脆，又有些媚。

而她语调嘲讽："我是说，咱们冰清玉洁、冷酷无情的言二郎终于姗姗来迟了啊。"

言尚耳朵一烫，向后退了一步。

暮晚摇一把抓住他手腕，不让他走，她板着脸，看着有些不高兴。

言尚知道她什么意思，他无奈，勉强地凑近她耳边，低声："这里人太多，说话声听不见，换个地方吧。"

他的气息拂在耳珠上，暮晚摇一下子捂住了自己的耳朵，她耳朵红透，瞬间明白刚才她和言尚说话，言尚为什么躲开了。

气息喷在异性的耳上，确实很……暧昧。

暮晚摇撩眼皮看言尚。

他不动声色地移开目光。

然后隔着衣袖，他反过手来，轻轻抓着她手腕，带她往外面走。春华等人要跟上，暮晚摇回头瞪他们一眼，侍从们便停步看天，继续聆听佛音了。

二人行于永寿寺后院的竹林中。

这里总算没人，而一进了竹林，言尚就说声抱歉，放开了握住暮晚摇手腕的手。

暮晚摇揉了揉自己的手腕，看他一眼，没有说话。

二人沉默地走路。

自那夜后，这才是他们第一次见面。一见面，就不禁想起那晚上的事……如果言尚当时没躲，他们就成事了。

而即使他躲了，现在……还是很尴尬。

暮晚摇咳嗽一声，打断两人之间古怪的气氛："你这一个月在忙些什么？"

言尚垂目低声："我与巨源相商，一同考博学宏词科，到今年十月便会有结果。接下来数月，我都会忙于此事。"

暮晚摇干干道："哦。"

然后两人又没话了。

慢慢地，暮晚摇却又有些生气，气他为什么不说话，难道要自己想话说吗？凭什么要她想话？她哪来的话？她都一个月没见他了，哪来的事情和他说？

她又不了解他！

气愤之下，暮晚摇当即快走，将言尚甩在了身后。

言尚惊愕，只一刹那，就见刚才还与他勉强算并肩的公主，一骑绝尘般快步走了。

言尚只好追上："殿下、殿下……殿下！"

他不得不再次伸手握住了她手腕，让她停住了步。她抿着唇看来，满脸写着不痛快。言尚与她望一眼，低声叹："是我不好，我不说话，让殿下尴尬了。"

暮晚摇挣开他握手腕的手，侧过脸看竹叶："……你知道就好！"

她冷冰冰："我看你忙得很，你今日找我不会就是看什么佛骨吧？有事就快说，我还有其他事，没空与你耽误时间。"

言尚从怀中取出一本折子，递给她。暮晚摇疑惑地接过，翻开两页，眼皮轻轻跳了跳。

这是一本人名册子。

不只有人名，还有生平记事，出身哪里……格外详细。

言尚说："我在弘文馆认识了些士人，发现这世间有些士人，其实并不想站队。他们愿意投靠人，但也不愿一辈子绑在一艘船上。我听巨源说，如韦家这样的大世家，更是从不站队的。再加上金陵李氏的教训，韦家求的便是长存，而不是显贵。所以韦家应该不会依附任何一个皇子，顶多是会分出一些人，到处帮些忙。"

暮晚摇若有所思。

言尚看她，突然道："殿下了解巨源吗？"

暮晚摇一怔，然后霎地沉下脸，以为他是指责她和韦树关系近。她道："关你什么事？难道我不能和旁的男子交好吗？"

言尚一愣，知道她误会了。他解释道："我只是想借巨源的事，告诉殿下一些世家的心思。

"如巨源这般与家族有矛盾的,估计他要走的是纯臣之路。前些日子,据说巨源还与他大哥吵了一架,闹得满长安都知道韦七郎和韦家不和。而我认为,韦家让整个长安都知道韦巨源与他们不和,显然是要韦巨源脱离出韦家所在的圈子,让巨源另走一条路。毕竟仔细想想,巨源又不打算攀附皇权,韦家大郎何必当众指责他弟弟? 想来,不过是让韦家不只有一条路走。"

暮晚摇一点就通,道:"你是说,韦家其实默认韦树与我交好,希望韦树走的路和其他韦家人不同。如果韦树赢了,韦家好;韦树败了,韦家也不损失。韦家虽然真正培养的是韦家大郎,但他们其实也从来没有放弃过韦树? 韦家只是不愿意绑死,作茧自缚。"

言尚颔首。

他再说:"从巨源这里,我得出了一些不成熟的猜测。我寻思着,我还是不够了解世家,每个世家的情况不一样。韦家、李家这样的顶级世家和其他世家所求不同,而其下的中上世家,求的是显贵,求的是更上一层楼;再往下,刚脱离豪强寒门不久的世家,所求的自然还不同。

"我认为,筛选出合适的世家来合作,不求显赫的世家,其实很适合殿下你。就如我这份名单上的人一般,这些人会对殿下很有用,但又不会求攀什么从龙之功。殿下将名字背下,可以拉拢他们。我之后就会将折子烧掉,不会留下痕迹。"

暮晚摇怔忡,握紧这本折子。

显然,她和言尚都是政治新手。但是言尚比她擅长 …… 有些人,可能就是天生擅长吧。

暮晚摇不禁惆怅,又有些感动。她没想过言尚身上没有一官半职,都能帮上自己的忙。

她看向言尚,轻声:"多谢你教我。"

言尚一怔,然后微笑:"殿下帮我行卷,这是我该做的。而且我也不知道我想得对不对,只怕误了殿下的事。"

暮晚摇摇头:"你向来八面玲珑,应该不会错的。你本可以不跟我说这些,却还是借着佛诞日来告诉我这些 …… 我是该谢你的。"

她说:"我如何报答你呢?"

言尚迟疑,想到了缠着他不放的赵灵妃。他顿了顿:"确实有一事想麻烦殿下。"

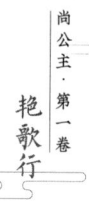

暮晚摇哼一声，最不喜欢的就是她每次一问他有什么需要，他就总是有需要。

他就不能单纯帮她一次，别无所求吗？

每次都有求，这个人真是市侩到了极致！

和她将关系撇出公私分明、撇到了极致！

暮晚摇道："让我帮什么忙？"

言尚："现今我待诏弘文馆，还住在永寿寺这样偏僻的地方，每天去弘文馆路途太远。我想求殿下帮我找新的房舍，搬离永寿寺。最好新房舍能多些禁忌，限制寻常人来往过密，和百姓距离稍微远一些。"

他是委婉地表示希望新住处能够要求多一点，让赵灵妃不能每天想见他的话，只要在永寿寺等一等就能见到。

想如果有了距离，那位女郎应该就能知难而退了吧？

暮晚摇一口答应。

言尚以为暮晚摇答应帮他找新房舍，怎么也得有段时间。

但才过了两日，暮晚摇坐马车来接他，说她已经帮他看好了新的房舍，邀他一起看，看他满不满意。

言尚感动于暮晚摇竟然难得这般把他的话放在心上，她以前可是根本只顾自己，不听他说什么的啊。

马车渐渐向丹阳公主府驶去。

言尚："……？"

他心想难道看新的房舍前，公主殿下要回她自己府上，邀请他喝杯茶吗？

这……也行吧。

马车在公主府门前停下了，暮晚摇和言尚一同下车。

言尚默然无语，盯着丹阳公主府门上挂的牌匾。

一瞬间，千万念头在脑中一一闪过，让他惊惧。

他有些艰难地道："殿下说要帮我找房舍……总不能指的是让我借住殿下府上吧？这，我是万万不肯的。"

暮晚摇横他一眼："我怎么可能让你住在我府上？"

言尚放下了心。

暮晚摇让她看公主府对面的大院："这才是我为你找的房舍。"

言尚:"……"

他更加艰难地道:"就在公主府对面?"

暮晚摇肯定:"就在对面,一条巷子而已,与我公主府面对面,距离挺近的,咱们说不定出门就能撞上,以后你说不定得天天给我的马车让路了。"

言尚无言。

……他真不该让公主帮他找房舍。

第三十八章

暮晚摇兴致勃勃,带言尚去逛那公主府对面的府宅。

言尚初时还抱希望,想也许公主府所在的此坊,也有普通点的房子。但是随着暮晚摇带他参观,他就知道自己是妄想了。

这院子标准的三进院,配置格外完整。

刚进去,便有阍室、门楼、耳房,再往后是极宽敞的南面不设墙的正堂。此为外宅。

之后过"二门",进内宅。院子一下子就变得景致丰富起来,不再如前院那般生硬庄严。后院有湖、假山、池阁。言尚和暮晚摇走过湖水畔,见湖里的鱼儿还在欢乐地吐着泡泡。

内宅先是一座二层阁楼,这叫寝堂,属于女主人处理后院琐事的地盘。而再往后,便是一间间厢房……

言尚眉心轻跳,觉得配置这般完整、连外宅的阍室都有的院子,他来到长安后,只见过一次——言尚轻声:"之前我拜访张相公时,见张相公家中有阍室。没想到这家宅子也有。"

暮晚摇回头看他一眼,目中赞许。

她道:"不错,阍室一般是只有宰相家中才有的。因宰相门庭若市,每日拜访宰相的人极多。于是宰相的府宅,一般会在正堂外设阍室。来访的客人先在阍室登记,再在门楼耳房等候。

"待宰相有时间了,便会召见他们去正堂。"

言尚颔首:"原来如此。"他顿一下,"所以这家府邸,原来是宰相的吗?"

暮晚摇笑盈盈："不错。我公主府对面，原是一位相公的府邸。他一家老小已经在此住了十几年了，不过前段时间他犯了些错，太子把他贬去地方做官了。这宅子就空了出来，一直还没有人买呢。"

在大魏当官者眼中，只有京官才是好前途，一般去地方上上任，不少官员一听就垂头丧气，甚至直接拒绝不去就任。

也是一件趣事了。

自然，暮晚摇口中的那位宰相还是去地方当官了的。

而暮晚摇本来无所谓，她家对面的院子空不空，跟她有什么关系。她和一个老头子做邻居做了很多年，也没做出什么深厚的感情来。

但是言尚不是托她找房子吗？

她一下子就想起对面空了没多久的院子。

而且……暮晚摇想到当日在永寿寺时，自己看到的言尚的"宰相笏"。她确实半信半疑之时，将这家府邸和言尚联系到了一起。

暮晚摇极为兴奋，觉得自己此事办得格外漂亮。这处院落，不比她的公主府奢华，然而对于官员来说，规格已经是极高的了。

她掰着手指头替言尚数："你嫌你原来住的屋子太小，这地方可不小，院子很大呢。

"你说想方便些，去弘文馆不会太远。这院子何止是去弘文馆不远，去宫城里的三省六部都不远。

"你说想多些禁忌，离百姓远一些。这处坊内的住宅，离百姓都挺远的，寻常百姓也进不了坊内，完全符合你的要求。

"怎么样，很不错吧？"

暮晚摇回头看言尚，见言尚在发怔。而察觉她的注视，他对她微微笑了一下。

暮晚摇的心一下子就冷了，如一泼冷水浇来。

她认识言尚也不是第一天，她当然知道这人客气惯了，对谁都以礼相待。而他此时的微微一笑，就是那种非常客气、礼貌的浅微笑意。

笑没笑到他心里去。

暮晚摇唰地沉下了脸，一言不发，转身就出院子。言尚还在头疼为难时，见旁边方才还笑嘻嘻、开心得不得了的暮晚摇掉头就走，他看到她小脸冷沉，紧抿双唇。

暮晚摇掉头出院子，走了几步，就进了自己的公主府。

她直接进内宅，气闷得胸疼，在一处依水长廊徘徊几步，气得简直想骂人。而她余光看到侍女们怯怯躲开，言尚问路后跟了过来，他看到了她。

暮晚摇面无表情地坐下，心中极为委屈。

她难得帮人一次，为人着想一次，言尚却不领情，还笑得那么虚伪？他为什么不领情？难道她找的地方不好吗？难道她在欺负他吗？

言尚到暮晚摇面前，蹲了下去，看她半晌。

她侧过脸，不搭理他。

言尚叹："殿下怎么了？"

暮晚摇这次连肩膀都转了过去，完全不看他。

言尚只好起身，再次蹲到她面前："恕我愚钝，这次我真不知道殿下在生什么气。殿下总是要告诉我，才能解决问题。你我二人都很忙，何必在这种小事上浪费时间？"

暮晚摇本置气不想理人。

可他说得……有道理。

她为什么要在他身上浪费时间？

暮晚摇便看向他，口气很冲："你不知道我不高兴什么吗？你托付我找房屋住，我帮你了，但你显然不领情，觉得那房子不好。而且我知道你为什么觉得那房子不好！"

言尚看她。

他微微笑，柔声："是吗？可我怎么觉得，你并不知道。"

暮晚摇一下子挑眉，觉得他在瞧不起她的智商！

她怒气冲冲："还能为什么？你就是不想与我做邻居罢了！你就是嫌我麻烦，想和我保持距离。你觉得一两个月见一次面就行了，想到如果你住到这里，以后说不定能天天见到，你就得天天跟我打招呼……你就头疼。

"你心里想，这个公主这么跋扈任性，以前有距离拦着，偶尔哄一哄就行了，以后说不定得天天哄，那怎么受得了？"

她神色活灵活现，模仿他的语气，还带着三分怒气冲冲。

然而她貌美年少，这般气冲冲，看在言尚眼里……却是几多可爱。

让他不禁莞尔。

暮晚摇更气了，一下子站起来，差点要被他气哭了："你这次是真心地笑！你在笑话我，我看出来了！"

言尚连忙站起来，收了自己脸上的表情，伸手隔袖拉住她手腕。

言尚道："我哪里会嫌弃殿下？我能走到今日全靠殿下提携，殿下对我这般好，我怎会不领情？我确实不满意这房子，然而绝不是殿下的缘故。若是有缘能和殿下做邻居，是我千年修得的福分，我怎会不满？"

暮晚摇迟疑一下，偏头看向他。

因为他这人说话一向拣着好听的说，她一时也不能判断出他是真这么想的，还是口上敷衍。

暮晚摇气焰弱了些，却仍是昂着下巴："那你既然不是不想与我做邻居，又是为什么不满这房子？这么好的房子，你有什么不满的？"

言尚："就是太好了，我才不满呀。"

暮晚摇愕然。

言尚拉她坐下，跟她解释："殿下高高在上，从未为金钱苦恼。殿下不明白，你看中的这院子，我也觉得它很好，无论是风水还是布局，都是极好的，但我真的买不起。我不过是一个岭南乡下种地的，我怎么买得起宰相府邸？"

暮晚摇蒙了。

显然在她的认知里，她第一次听到有人给这种借口。

她张口结舌："买、买、买不起？"

言尚："嗯。"

暮晚摇有些急："然而这院落格局风水都好，想要的人很多。你不买的话，说不定明儿就被别人买走了，就再遇不到了。"

言尚说："那也没办法。"

暮晚摇抿唇，有些不乐意。

因为她本来看中这房子，心里想的就是和言尚做邻居。而今言尚不与她做邻居了，那肯定会是其他老头子来跟她做邻居。丹阳公主大为不乐。毕竟一个糟老头子，和一个美少年的差距，实在有点大。

原本她不嫌弃，但现在……这不是有言尚对比吗？

暮晚摇有心想替言尚买下这房子，但又知道他不会占她便宜。

于是折中一下，暮晚摇说："那我掏钱给你买下，你慢慢还我钱。"

言尚说："我至今还待诏弘文馆，博学宏词科十月份才考，而且还不知道能不能考中。即便考中，朝廷分给我的官，不是九品，最好也就八品。一个八品官，我何时才能还得起殿下的钱？"

暮晚摇："可你又不会一辈子做八品小官啊。我觉得你能升得很快啊。京官很值钱，一点都不缺钱的。"

言尚莞尔："多谢殿下对臣的信任。然我不能盲目自信，对不对？我明明住不起这般好的院子，为什么要提前住呢？"

他实事求是："而且这般大的院子，我一个人怎么清扫？不是得买仆从吗？我原本计划是待有了官身再添仆役。而今八字没一撇，我又是买房又是买仆从……我实在承受不起。"

暮晚摇不说话了。

她垂下眼，长睫乌浓，覆住眼中神情。

言尚温声："所以，多谢殿下的美意，然而我还是另寻其他住处吧。"

他起身，向暮晚摇弯身行礼，便打算告退了。

他听到暮晚摇在背后的声音："那如果是我将这房子暂时先租给你住呢？"

言尚回头看她。

暮晚摇已经下定一个决心，便含笑说服他："你既然不想要这房子，然而我不愿意和旁人做邻居，那我干脆自己买下这房子好了。我不光会买下这房子，还会给里面增加仆役，打扫院落。

"我将房子租给你住，你什么时候有钱了想向我买，到时候我再卖给你，如何？"

暮晚摇起身，拉住他的手，将他拉回来。她的手搭着他的肩，让他坐在长廊栏杆下。

她站在他面前，俯身诱惑他："毕竟这院子真的很好啊。你从这里去皇城，骑马也不过半刻的时间。日后你是要做官的，你到时候再去找其他合适的房子，你确定你一定能找到吗？

"而且你便那么没有志气，觉得你没有上朝那一日吗？待你到了要上朝的时候，你想想从其他坊去皇城得多远，从这里去得多近？你每日要读书，要做许多事，难道不应该在这种小事上节约时间吗？

"在长安来回换房子，哪有那般容易？"

言尚被她推着坐下，她手搭着他肩，指头轻蹭他脖颈。他有些不自在地侧过了脸，后背僵硬而笔直地靠着廊柱，不禁有些讶然，又微默。

他有些意外，暮晚摇怎么这么想和他做邻居？

言尚低声:"然而即便殿下租房子给我,这么大的院落的租金,我可能也掏不起。"

暮晚摇眼中流波微扬,知道他松口了。

她再接再厉:"凡事看你有多少,而不是看你给多少。你看我像是缺钱的人吗?我会指着你那点租金过日子吗?这样吧,你自己看着给就行了。毕竟这院落真的很好,你错过了,就没了。"

她又想起一事:"而且这是前宰相住过的,他说不定还留了很多书,带不走,不都会送给你吗?"

言尚心中琢磨,真的有点被说动了。

只是还有一事让他迟疑……

言尚不看暮晚摇,然而他眼睛垂下,却仍能看见她立在自己面前,那纤细的腰身、委地的裙裾。她周身的香气也笼着他。

言尚苦笑。

他道:"殿下为什么非要我住下?"

暮晚摇说:"因为邻里关系很重要,彼此能够照应一二。有选择的条件下,我更喜欢你这样的人和我做邻居。"

言尚默然。

再静了半晌,他缓缓道:"那我将我现今每月的俸禄,都给殿下做租金,可好?"

不等暮晚摇回答,他咳了一声,羞愧道:"自然,这俸禄实在是少了点,若我十月份……"

暮晚摇笑吟吟:"无妨。我不在意。"

她俯下身。

言尚本能向后靠,远离她倾来的脸。

她手仍搭着他的肩,小指指腹在他颈上擦了那么一下:"现在,与我一起喝杯茶,如何?"

言尚依然垂眼不看她,身子却已完全僵住:"……嗯。"

之后,便是言尚琢磨着搬家的事。

说起来唏嘘,自他及第后,他和韦树的关系尚可,但刘文吉整日买醉,心情抑郁;而前两日,他们一行人和冯献遇见面时,冯献遇也搬出了原来住的房子。

冯献遇直接搬去了庐陵长公主的府邸,让人在背后指指点点,刘文吉更是直接不屑于理会此人。而韦树嘛,本来他就冷清,冯献遇如何,韦树一点也不关心。

是以冯献遇搬家那日,只有言尚和少数几人去了。看到言尚始终态度如一,那探花郎顶替的事,竟没有旁人知道。冯献遇心情复杂,没想到自己那般对言尚,言尚竟然没有在背后跟任何人提。

而他服侍长公主,本来名气就不好了,若是再让人知道他顶替过言尚……那在长安士人的圈子里,名声就彻底毁了。

对士人来说,名声何其重要。

言尚陪冯献遇收拾行装,二人又沉默地吃了酒菜。临别时,言尚祝冯献遇此去能得个好前程,冯献遇勉强笑了笑,向他拱手。两人如今云泥之别,难得言尚还送他。

将酒一饮而尽后,冯献遇喊住言尚:"言素臣。"

言尚彬彬有礼:"冯兄有什么要教我的吗?"

冯献遇挣扎半晌后,说:"小心长公主殿下。"

言尚讶然,有些不解这话从何说起。冯献遇提醒这一句,已经是最大限度了。他怕自己说得再多,会被长公主怪罪。

冯献遇走后,言尚仍不懂冯献遇的话。他心里琢磨,难道是因为探花郎顶替那事,让庐陵长公主对他生起了不满?

然而当日他处理此事是通过冯献遇的,手段这般温和,长公主为何会不满?

言尚百思不得其解,只好先将此事放下。饶他再心思玲珑,也猜不出长公主对他的企图。

此事不提,言尚欣慰地发现,赵五娘已经好几日没有来永寿寺缠他了。莫非是赵五娘终于想清楚他不是良配,要放弃他了吗?

此是好事。

言尚连忙去庙中烧了两炷香,祈祷赵五娘早日找到命定姻缘,不要再纠缠错误的姻缘了。

而赵灵妃数日不来找言尚,自然不是因为她突然移情别恋,而是因为她被她阿父关了起来。

原因是杨三郎杨嗣到赵家,大放厥词一通,说自己这个表妹看中了探花郎言尚。

国子祭酒赵公一打听，得知言尚的出身，就不乐意这门婚事了。赵公自然想将自己这个整天耍刀弄枪的小女儿给嫁出去，所以才整日催着女儿四处赴宴。

但是赵家这样的世家，求的是更上一层楼。赵公攀附权贵攀附得自己整天掉胡子，愁得不行，只恨自己家里最大的亲戚，也不过是杨家那样的世家。女儿如今还要自甘堕落，他怎么肯？

于是赵灵妃就被关了起来。

隔着一扇门，父女二人对骂。

赵公吹胡子瞪眼："你要嫁，就得门当户对。言素臣是万万不行的！"

赵灵妃在屋子里跳脚："你都没有见过他，你怎么知道他不好？阿父，人家说莫欺少年穷，你怎么这个道理也不懂？"

赵公冷笑："杨三已经跟我说了！那言二郎就是个整天吃花酒的狂放之徒，运气好才当了探花而已！早知道你看中他，我就不让你去杏园了。"

赵灵妃抱住手臂，呸道："你这个老头子好没道理，一边说让我嫁人，一边又不让我嫁我喜欢的。你整日想着荣华富贵，都想疯了吧？阿父啊，咱们家又不缺钱，你何必一门心思要攀大世家呢？你看我几个姐姐，有一个过得舒心吗？"

赵公道："这本就是你作为女儿的命数。灵妃，你要听话。我改日重新帮你找个好儿郎……"

不管他再怎么说，屋内的赵灵妃却不再理他了。赵公叹着气走了，屋中赵灵妃来来回回地踱步，心中寻思着如何骗过她阿爹，早日出门。她和自己阿父的理念不合，多说无益。

她真是急死了！

这么久不去永寿寺，言二郎不会都忘了她了吧？

暮晚摇坐在自己府上内院的三层阁楼上，摇着扇子眺望远方风景。

公主府上这座三层小阁楼，几乎傲视群雄，将四周地形看得一清二楚。显然，也包括隔着一条巷的对面院落。

暮晚摇今日就见那对面院落有了仆从，在来来回回地搬东西。

暮晚摇用扇子抵着下巴，一边眺望对面院子的景致，一边心猿意马。

她早给对面买好了仆从，地契也拿到了自己手里，跟言尚的房子租金也写好了,就只等着言尚搬家而已。

看今天对面那动土的样子,是在搬家吗?

暮晚摇眯着眼,心想怎么、好像、隐约……没看到言尚啊?

春华端着一盘水果过来,见公主在这里已经坐了一个时辰了。春华循着公主的目光看向远方:"殿下能看得清?"

暮晚摇:"……看不清。"

她瞪春华一眼,又反应过来:"我只是在发呆,谁告诉你我在看什么了?"

春华忍笑:"是。殿下最近很喜欢咱们府上的这座三层阁楼,婢子已经让人好生收拾。马上到了夏日,天气热了,殿下坐在这里吹些凉风,也比下面舒服些。"

暮晚摇再瞪她一眼。

另一个侍女进来,通报道:"殿下,晋王妃来了。"

暮晚摇:"……她怎么又来了?"

晋王妃这个人,为晋王府上求子,估计都求疯了。

她这次来找暮晚摇,是又想去永寿寺拜佛了。但她嫌丢脸,所以想拉着暮晚摇一起。

下午时无聊,又有侍女们怂恿,暮晚摇半推半就被晋王妃拉着出门去永寿寺了。

到了永寿寺,暮晚摇只是意思性地拜了拜佛,就出了庙。她在寺中随意走动,春华在后唤她:"殿下,言二郎住的屋舍,是在南边,不是西边,殿下走错方向了。"

暮晚摇:"……"

她恼羞成怒,觉得侍女们怎么都误会自己:"谁说我是要去看他?我不能自己在寺中随便走走吗?"

侍女们愕然,眼睁睁看着暮晚摇走了和她们相反的方向,走得斩钉截铁。显然公主也不知道她要去的是哪里,但反正不是去看言二郎。

暮晚摇确实是随意在走,闲逛中,她看到了寺中一个坊,就好奇过去。

长安各大寺庙,除了能够借旅人房舍住外,还修有养病坊,专门照料那些无家可归的孤儿。有时候赈灾,更是直接在寺中的养病坊进行。

暮晚摇无意中进了永寿寺所设的养病坊,刚推门进去,就有一个小沙弥过来向她请安。

而发现这里是养病坊后，暮晚摇就打算离开。她转身时，身后传来熟悉的男声："殿下？"

暮晚摇回头，眼眸微瞪，看到了言尚。

言尚一身青袍，手中端着一碗粥，蹲在一群小孩子中。也不知道哪个小孩子手脏，在言尚的雪白衣领上抓出了一道黑印，让暮晚摇看得直拧眉。

而这里不光有言尚在，还有其他一些暮晚摇不认识的士人，也在那群孩子中照顾。

言尚一声招呼后，士人们都站起来要向公主行礼，暮晚摇看到一群小孩子懵懂地看着她的眼睛，连忙摆了摆手，示意他们不必多礼。

言尚放下了手中的碗，与他的朋友们交代了两句，就过来与公主说话了。

暮晚摇立在养病坊的门口，看他目光温和地看着她："殿下真是心善，竟来养病坊照顾这群无家可归的孩子。若不是我亲眼见到，我都不敢相信。"

暮晚摇脸红了。

她就是随便走走，她根本没有在养病坊帮忙的心思。

但是言尚这么一说……她咳嗽一声，道："我偶尔也会帮忙的。"

春华等侍女静静望着公主，被公主威胁地看回去。

暮晚摇忍着脸颊滚烫，连忙转移话题："你今日不是搬家吗？怎么在这里？"

言尚诧异："殿下怎么知道我今日搬家？"

暮晚摇说："出门时看到巷子里停着车马。"

言尚了然，解释说是他的朋友们派仆从来帮他搬家。而他既然要从寺中搬出去，有些旧物便不打算要了，打算捐给寺中。捐赠的时候，言尚看到这些可怜的小孩子，干脆将米面都赠了出来。

于是一群士人和言尚一起在这里熬粥煮饭，又拿着书教小孩子们识字。如暮晚摇推门时所见。

暮晚摇点头。

若她所料不差，这些士子中，真心帮人的也许有，但估计也有不少是来刷名声的。沽名钓誉，士人们都喜欢这么做。只是不知道，言尚属于哪一种呢？

言尚说："殿下既然来了，要坐一坐吗？"

暮晚摇心中一动，想偶尔刷一刷好名声，有利于自己在政治上的地位提升。于是她含笑应了言尚的邀请，进了养病坊。

暮晚摇看了半天，干脆进一个棚子里，拿起书本，开始教这些小孩子念书。

她坦荡无比，心想自己不会煮粥做饭，难道还不会教人认字吗？

半个时辰过去。

黑着脸坐在一群孩子中的暮晚摇鼓着腮帮子，看他们不顺眼：她教不了！

这群小孩子太笨了！

她教不了这么笨的小孩子认字！

暮晚摇那般脸色沉沉，她又有公主的气势在身，板着脸不说话时，她府上的侍从们都会战战兢兢，何况这些才几岁的小孩子？

暮晚摇就坐了这么一会儿，屋子里就此起彼伏，孩子们开始哭了。

暮晚摇一下子更生气了，蓦地将书拍在案上："哭哭哭！我最烦有人哭了！就是让你们认个字而已，有多难？再哭我就让人打你们了！"

她这么一说，小孩子们哭得更厉害了。

而小孩子越哭，暮晚摇头被哭得疼，更加生气。

就是这般怒火冲天时，言尚进来了，问："怎么了？"

而一看到他出来，小孩子们哇哇大叫着，跑着奔向他："哥哥，那个姐姐好凶啊！"

"哥哥，我们不要认字了，你让她走好不好？"

"她还说要打我们！"

小孩子们又是扯言尚的衣带，又是抱他的腿，言尚温声细语地安抚一番，抬目看向暮晚摇。

暮晚摇顿时心虚。

她道："我没有打人……我就是、就是拍了下案木而已。我一根手指头也没动他们！"

孩子们呜呜咽咽："她骂人……"

暮晚摇好委屈："我根本不会骂人好不好！"

顿时，两头各有各的委屈。

小孩子们觉得暮晚摇太凶，要打他们；而暮晚摇觉得自己这般温柔，实在太过难做。

双双委屈得不行的时候，言尚叹口气，只好进来了，坐到了暮晚摇旁边。

暮晚摇气哼哼地坐在他身后，看他将她拍在案上的那本书拿了起来，柔声:"这位姐姐只是脾气有些急,并没有要打骂你们。她是好心来教你们读书的……她的学问,比我要好得多,你们要多多向她学习才是,怎么能赶人走呢?"

小孩子们抽泣着,被言尚拉着跟暮晚摇道歉。

暮晚摇脸色缓了下来,却也不知道该拿这群小孩子怎么办。于是她就躲在言尚身后,看他怎么教这群这么笨的孩子读书。

她实在是……见不得有人笨成这样,还是一群笨蛋。

言尚左右安慰,让所有人都静了下来,乖乖跟着他认字。暮晚摇花了半个时辰也就让他们学会了一个字,言尚都能让他们读顺一句话了。

而且很明显,小孩子们也很喜欢言尚。

方才暮晚摇在时,他们恨不得躲得离暮晚摇十丈远。而现在言尚在这里,哪怕那个凶煞无比的少年公主挨着言尚,小孩子们也推推拉拉,排排围住了他们,期盼地看着言尚念书给他们。

言尚最后轻声:"……好了,再多你们也记不住,今天将这几个字记住,改日我有空时抽查便好了。"

小孩子们仰头:"可是言哥哥,你不是要搬走了吗?"

言尚一愣,然后目中浮起怜惜色,知道自己一走,管这群孩子读书的人,估计就没有了。他只能道:"我有空回来看你们。"

小孩子们听他果然要走,一个个便忍着眼泪,恋恋不舍,哀求着他不要走。

暮晚摇在后看得稀奇连连,又顿下心思,想言尚大概是真的对这群孩子很好。

一个人可以长期在同伴之间伪装,因为他有所求;但如果他对一群跟自己没有任何利益关系的小孩子都这么好的话,那……他也许就是这么好吧。

一个小女孩哭得眼红,大声道:"哥哥,你有娶妻吗?"

言尚:"……"

他面容古怪,只觉得自己最近怎么频频被问到这个问题。

他道:"尚未。"

小女孩欣喜道:"那我日后长大了,嫁给哥哥好不好?"

言尚:"呃……"

暮晚摇立刻抓住他的手腕。

那小女孩没有等到言尚的回答,却也实在大胆。她凑过来搂着言尚的脖颈,就在言尚脸上亲了一口:"哥哥,我好喜欢你呀。"

暮晚摇:"你做梦!"

小女孩儿哇哇大哭,被她吓得跌坐在了地上。

而看暮晚摇还有站起来继续发火的架势,言尚连忙握住她的手,不让她发脾气,吓到这群孩子。

一刻钟后,孩子们总算被言尚赶了出去。

暮晚摇脸色难看地坐在言尚旁边。

言尚无言看她。

他柔声:"你和一群小孩子在生什么气?"

暮晚摇道:"她都亲了你啊!"

言尚:"……只是小孩子啊。"

暮晚摇:"她说要嫁给你啊!"

言尚:"……只是小孩子啊。"

暮晚摇见他这么不以为然,更是烦闷不已。她脱口而出:"可是我都没有亲过啊!"

此言一出,屋中瞬间静下。

言尚侧过了脸,躲过她的凝视。

他唇动了动,似要说话,却又喉咙滚动,将话压了回去。

往返两次,他都没有说出话来。

暮晚摇觉得空气有些热,让人心慌,便愈加见不得他不说话。

她不悦道:"你想说什么?"

好久,她才听到背对着她的言二郎低声:"……你真的没有亲过吗?"

暮晚摇:"……"

与他一同坐着,双双沉默。

第三十九章

院中小孩们打闹玩耍,屋棚下坐着的一对少年男女却双双沉默着。

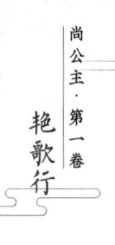

——你真的没有亲过吗？

言尚一句话，将暮晚摇问得哑口无言。

他二人是最奇怪的关系了。

不算朋友，不算情人；比朋友好一些，比情人差一些。他们在一起，总是长时间的无言以对，长时间的尴尬，长时间的移开目光……

暮晚摇手指微屈，叩着案头的木料，后悔自己刚才在小孩子面前的失态。她不禁想她亲他的那少数几次：

一次是被他的情怀感动，情难自禁；

一次是被他的体贴打动，情难自禁；

前段时间还有最后一次，是被他的善解人意打动，还是情难自禁。

好似她总在情难自禁一样。

暮晚摇仰头，呆呆看着棚子上空。尘土在空气中飞舞，她看了半天后，以一种古怪的语气道："……那些怎么能算是亲呢？"

亲一个人，怎么会是那种样子呢？

言尚坐于她身旁，垂着的乌睫轻微颤了下，唇向内抿，他没说话。

暮晚摇滴溜溜的美目乜向这个又不说话的人，盯他那坐得笔直而僵硬的背影半响。

暮晚摇："那个言什么。"

言尚低声："嗯？"

暮晚摇："说句话。"

言尚默然片刻后，道："那些不算亲，算是……强迫吗？"

暮晚摇无话可说。

于是双双继续沉默。

困窘久了，棚内的气温开始升高，让人周身不自在。

暮晚摇又是烦躁，又是憋闷。她几乎忍不下去这种尾大不掉般的古怪气氛，正要发作时，一个仆从站在棚外说话，解救了二人："二郎，你的书都要搬上马车吗？"

暮晚摇和言尚齐齐松口气，然后彼此又望了对方一眼。

言尚唇角带着礼貌客气的笑："我去看看我的书？"

暮晚摇淡然地跟着站起，她心不在焉道："我也去看看。"

言尚："……"

他一言难尽地看她一眼,然后暮晚摇瞬间反应过来自己说了什么,顿时觉得羞窘万分,恨自己在这时候走神。

显然言尚是找借口和她分开,结果她随口一句话,又跟上了……闹得她好像刻意一般。

然而丹阳公主说出的话,又岂能收回?

暮晚摇看他:"怎么,不行吗? 我只是看看你的书,说不定哪本就能送给养病坊的孩子。"

言尚叹:"殿下宽仁。"

暮晚摇不领情:"拿你的书慷你的慨,宽仁什么?"

言尚便不说话了。

待走出棚子,虽然二人依然一前一后,但有了距离感,总算没在棚中时那般紧绷了。

到了外面有了公主的侍女们相候,暮晚摇走到了前面,跟自己的侍女们在一起,和言尚岔开了距离。

到言尚的寒舍,暮晚摇见屋子果然快被搬空了。她现在心不在焉,就想随便找个借口敷衍过去,赶紧离开此地。

所以她直接和言尚擦肩,装模作样地做出好心的模样帮他收拾架子上的书册。

言尚:"殿下不必如此……"

暮晚摇:"啰唆。"

她背对着他整理书籍,言尚看她背影片刻,便也不再说什么,而是和仆从进里间,去收拾其他东西了。

暮晚摇随意地翻着这些书,春华在旁帮她整理。一册册书被取走后,暮晚摇看到古物架最里面,有一个小木匣。她随手取过,要将木匣递给春华。然而春华背身在整理其他书,没有接住公主递出的匣子。

"砰"。

匣子落了地,里面的东西都散了出来,将暮晚摇吓一跳。

她心虚地看眼内舍的帘子,看言尚没有出来,也许他没听见动静。她松口气,连忙蹲下身,收拾木匣。

这木匣里放的都是一些随手写的、比较零散的字句,看着像是来往信

件，但应该只是言尚写废了的草稿而已。暮晚摇把草稿收起来的时候，随意往纸上瞥了几眼，就不禁看住了。

她拿起草稿一目十行，翻看起来：

这应当是言尚写的书信。只是有些错字，有些画掉的东西，被他删了，便不方便寄出去。

暮晚摇随手一翻，见他写的书信极多，给这个朋友，给那个朋友；给言家父亲的，还有给言家小妹的。他今日关心这个朋友上次说的什么病有没有好转，明日随信给另一个朋友寄出钱财，接济那个穷得快吃不起饭的朋友。

他给言家小妹言晓舟写信，殷殷切切关心妹妹的日常。刚开始在信上写给妹妹寄两匹布，下一刻就将两匹布的字给删了，改成寄出四匹布……他惭愧地说自己不懂女孩子的心思，不知道小妹喜欢什么，干脆让小妹自己挑好了。

他在信中嘱咐大哥大嫂照拂家里，劝着不要让阿父喝太多酒；

劝三弟收闲心，好好读书，哪怕不想当官，考个进士也行；

跟这个朋友说上次寄来的什么东西已经吃过了，觉得不错，感谢对方的来信；

问那个朋友上次定下的成亲日子还有没有改，若是没有改的话，自己会准时赴宴……

总之，林林总总，皆是言尚的日常书信往来。

都是一些琐碎事情，但暮晚摇想来，每个收到言尚信的人，都会觉得此人体贴吧。朋友的任何一句话他都记得，任何一个病痛他都挂心……暮晚摇翻着这些信纸，有些出神。

有些羡慕言尚的这些朋友。

"殿下？"言尚的唤声将暮晚摇从那种有些低落的情绪中唤醒。

她仍蹲在地上，手捧他废了的草稿，仰头，看到言尚从里间出来，正关心地看着她。

言尚看到她仰起脸，有些寥落的眼神。

言尚向她伸出手，温声："是摔了木匣吗？没事，我整理就好。殿下不必担心。"

暮晚摇看着他伸出的修长玉白的手指，心想他不知道向多少人伸出手。

她错开他的手，自己站了起来，将怀里的信扔过去，语调敷衍："没有弄丢一封,你自己检查一下。"

不等言尚道谢,她转身就出了屋子,春华有些茫然地跟言二郎道歉后,出去追公主了。

言尚则拧起眉,若有所思。

暮晚摇离开言尚的屋子,直接去找那还在拜佛的晋王妃。暮晚摇冷淡地说自己身体不适先回府了,迷茫的晋王妃怕自己被丢下,只好跟公主一起上了马车。

当日暮晚摇回到公主府上,下车时看到自己府门对面仍在动土……她一个眼神也没给。

然而当夜用过晚膳,暮晚摇坐于内宅的三层阁楼,摇着扇子吹风。侍女春华为殿下端来点心,见他们公主府对面的府邸亮起了灯火,府上开始忙了起来。

一个侍女来报:"殿下,言二郎刚刚回府,说今日感谢殿下在寺中的帮忙,他来向殿下请安。"

暮晚摇手扶凭几,漫不经心:"不必请安,我也没帮忙,让他回吧。"

侍女道:"言二郎送了茶过来……"

暮晚摇懒洋洋:"退了吧,我公主府不缺茶叶。"

侍女便退下了。

春华仍站在暮晚摇身后,观察公主的脸色半晌,踟蹰道:"殿下,我向您请个假。"

暮晚摇看过去:"怎么了?"

春华道:"我哥哥嫂嫂来长安定居,还有我老母也来了。我想去帮忙。"

暮晚摇点头:"我知道了。"

春华谢过公主,见暮晚摇仍是坐在原处,盯着他们府对面灯火通明的府邸出神,春华犹豫半天,还是想关心公主:"殿下怎么了?"

暮晚摇诧异:"什么'怎么了'?"

春华:"自从下午回来,殿下就不对劲。平日言二郎来请安,殿下有空的时候还会见一见。今日却不见。不见也罢了,殿下还坐在这里看对面府邸……奴婢很不解。"

暮晚摇不语。

晚风下,她侧脸如玉,美艳不可方物。然而那美艳表皮下,藏着的却是冰封的一颗心。

春华蹲在暮晚摇身边，有些怜惜这样的公主。

犹记得，她初初到丹阳公主身边服侍的时候，有些害怕，因为听说权贵人都不将仆从当人看。然而很快春华就放下心，因为她的主人，暮晚摇实在是一个很柔和的少年公主。

她不会打骂仆从，会如朋友一般和仆从聊天；就是她去和亲，她也将大部分仆从解散，不忍心仆从都跟着去乌蛮受罪……

可那都是以前了。

现在人人都觉得丹阳公主脾气极大，整日阴晴不定。长安的人，有谁知道暮晚摇带着他们从乌蛮杀出来那夜的残酷，有谁知道暮晚摇亲手在乌蛮放的那把火？

丹阳公主不是聪明得可以机关算尽的公主，但她对自己身边人的看重，是春华见过的唯一。殿下心灵如此温柔，然而他们都不知道。

跪在暮晚摇裙边，春华柔声："殿下，我跟随了殿下这么多年，殿下有什么话，都可以与我说一说。便是奴婢帮不上殿下的忙，殿下发泄一下情绪也是好的。"

暮晚摇俯下眼，看春华一眼。

她有些诧异，又有些好笑："怎么，你觉得我在难过？"

春华安静看她。

暮晚摇收了自己唇角那丝笑，眯了眼眸，脸上表情变得空白。

就在春华以为暮晚摇什么也不会说的时候，暮晚摇低缓喑哑的声音在夜风中徐徐响起："其实也没什么大事，就是有些羡慕言尚身边的人。"

春华半懂不懂。

暮晚摇再自嘲道："然后我突然发现，原来我在他那里，并不特殊，并不唯一。"

春华："殿下这是什么意思？"

暮晚摇道："他从来不给我写信，不叮嘱我有什么伤痛。他不关心我夜里睡得好不好，不问我最近在忙什么。他就像根木头，我戳一下，他动一下。我不戳，他就跟死了一样。

"以前在岭南时他勉强还会关心我，时不时送点东西，时不时逗我笑一下。

"现在到了长安，从他今年二月份进长安，到现在快五月了。三个月的时间,其实我都没跟他见过几次面。我怪罪他不来请安,于是他来请安了;我怪罪他不说话,所以他说话了。我以为他这人就是这样,但是今天下午才发现,他只是对我很冷淡,对别人,他格外好。"

春华静默半晌,低声:"殿下不知道言二郎的难处吗?"

暮晚摇唇角上翘,有些自嘲。

她说:"我知道,他为了避嫌嘛。怕他太关心我,我对他上了心;怕他对我太好,我和他的关系变得扯不清;怕他来公主府来得太勤,被人误会想尚公主。他也确实挺难的,既要不得罪我,还要不让我误会。

"既告诉他他是关心我的,又要告诉我这只是朋友之间、君臣之间的关心,没有别的意思。他这么长袖善舞,维持住现在这么艰难的局面,连我都忍不住同情他,赞他一声好手段。"

春华再次静默。

然后轻声:"这样不好吗?"

暮晚摇道:"其实挺好的。我也无心于他,我也希望他不要有其他心思。只是,我只是……"

她望着幽静夜色,望着笼在夜雾中的对面府邸,轻轻用扇子盖住脸,只露出一双眼睛。

暮晚摇幽声:"我就是很嫉妒那些可以让他无所顾忌待人好的人。

"我嫉妒言晓舟,怎么会运气这般好,有言尚这样的兄长?这样的兄长整日给她写信,问她吃得好不好,住得好不好,有什么想要的,有什么喜欢的。这样的兄长天天记挂她,今日给她送布,明日给她寄零嘴。言晓舟说声不喜欢,她哥哥就再不寄了。

"他跟言晓舟整夜整夜地写信,都是没什么内涵的内容,然而他们就写得很开心。他跟自己妹妹讲故事,说长安风俗,又说待自己这边稳妥了,接妹妹过来住……他怎么对言晓舟那么好?"

春华轻声答:"因为那是他妹妹啊。"

暮晚摇:"为什么我不能是他妹妹呢?我一个大魏公主,我怎么没有这样对我好的哥哥呢?"

春华无言。

以前二皇子还活着的时候,待殿下也很好……但是二皇子死后,一切都变了。

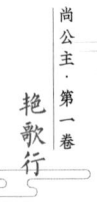

先后变了，皇帝也变了……丹阳公主身边的每个人，不是在利用她，就是在等着利用她。丹阳公主身边再没有什么纯粹的感情，所以暮晚摇才会羡慕言二郎身边的人吧。

春华为了安慰公主，违心道："……也许言二郎只是沽名钓誉。"

暮晚摇："然而他不对我沽名钓誉。"

她自嘲："我是不是有些要求太高，有些过分？"

春华忍泪："希望有人对自己好，这算什么过分？"

侍女跪在公主脚边，伤心落泪，心中实在怜惜公主。

总说皇帝是孤家寡人，但是现在暮晚摇，和孤家寡人又有什么区别呢？

没有朋友，没有亲人。放眼望去，都是敌人。偌大的长安城，暮晚摇不信任任何人。

春华替公主伤心半天后，擦干泪，心里下了一个决心。她的心脏怦怦跳，握住公主的手，问："那殿下到底想从言二郎身上得到什么？"

暮晚摇没听懂春华的话，垂眼看侍女："什么意思？"

春华大着胆，第一次怂恿公主："殿下如果只是想和言二郎上、上……床的话，倒也容易，给他下药就行。反正他现在就在咱们隔壁。"

暮晚摇一怔，她眼皮上掀，竟真的认真考虑了，然后摇头："也不只是睡觉。我还想要他一直待我好，他的脾性太好了，我希望我身边也有这么一个人。我贪恋他能那么对我。"

春华心中叫糟，心想这可不是好现象。

殿下想要的，似乎开始多了起来……

春华道："可是殿下又不会嫁他。"

暮晚摇"嗯"一声："是啊。"

寂静夜色中，春华轻声："这有些难办了。"

暮晚摇怏怏地重复一遍："是啊。"

静了很久后，暮晚摇听到春华极轻的声音："殿下……这不是好现象。长痛不如短痛，殿下不如试着断了吧，省得日后受伤。"

闭着眼的暮晚摇，睫毛轻轻颤抖。她的鼻息拂在盖在脸上的羽扇上，良久，春华都没有听到她说话。

春华轻轻一叹，起身时，终于听到沉默许久后，暮晚摇轻声："我试试。"

春华目中一热，俯眼看向那蜷缩着身子、如婴儿一般窝在母亲怀中的公主殿下。暮晚摇闭着眼，背过身，背影纤细瘦弱。

已窥得情的一面，便因惧怕而后退，而放弃。

春华知道这很难……但是一个和过亲的公主，她确实没有太多任性的资本。

收放自如的感情，对暮晚摇才是最好的。

暮晚摇确实是一个足够冷心冷肺的公主。

说着要试试，接下来数日，她就当真再没问过言二郎一句，没再坐在阁楼上，看着对面府邸一眼。

言尚日日要出门去弘文馆，暮晚摇也日日赴宴，日日去见大臣、见太子，同处一条巷，两人却硬是没有碰过面。

暮晚摇恢复成之前那个不动任何感情的冷情公主。

黄昏时候，下了雨，言尚出了弘文馆，站在廊下看着雨水叹息。

长安多雨，但今日早上出门时天还是晴朗的，言尚忘了带伞，哪知道傍晚就开始下雨了。

弘文馆现在就剩下他一个人，连借把伞都难。言尚便立在廊下看雨，等着什么时候雨能小一些。

他等雨停的时候，望着天地间的大雨，不禁心魂出窍，想起了一些往事。

想到他和暮晚摇的几次缘分，都是大雨之下。

他第一次在梅关古道的大雨中见到暮晚摇时，那个傲慢的、摇扇而坐的女郎，谁知道她就是大名鼎鼎的丹阳公主呢？

之后两人认识得越来越久，之间牵绊好像总是跟雨有关，就如笼着一层蒙蒙雾气一般……

言尚想到这里，嘴角不禁带上了一层细微的笑。但他很快回神，又出神想到了其他的事。

他想到，自从入了五月份，他就没见过暮晚摇了。

有时候去请安，公主府的人都说公主不在。不知道她为什么不见他……是他做错什么事了吗？

言尚回想两人最后一次见面时，他仔细筛选，也没觉得那天发生过什么异常的事。

难道是他问她"你真的没有亲过吗"那句话？可是，她不是那种会因为一句话记仇这么久的人……她明明是一个记仇多、忘仇快的小公主。

雨水中，言尚心绪乱飘时，忽听到马车辚辚声。

他眯眸，看向黄昏暮雨下，一辆华盖马车悠悠驶来。看到这般装饰华丽的车，言尚心口不禁跳了一下，生出了些古怪的心思。

想难道、难道是……暮晚摇？

她知道他被困在弘文馆，过来接他吗？

这种不该有的期待让人心脏怦怦跳，让人多了些无措的心思。言尚怔怔立在原地，心中说服自己一定是想多了，怎么可能是她？

然而他脑中另一个声音说，怎么不可能呢？她就是这般嘴硬心软的人啊，她就是会莫名其妙做出这种事啊。

马车停在了弘文馆面前。

言尚站得越发僵硬，他眼睁睁看着这马车停下，却不知道自己该不该上，该如何面对好久没见的暮晚摇……直到一道女声从车中响起："言郎怎么还在这里？"

这不是暮晚摇的声音。

言尚瞬间冷静。

他看去，将马车辨认一番，赶车的车夫，是他没见过的。车帘掀开，是一张蕴着少妇风情的美人脸。

不是暮晚摇。

压抑下心里那一丝说不清道不明的失落，言尚拱手而拜："原是长公主殿下。"

庐陵长公主靠在车窗，看着那站在雨下的少年郎，看到他修身如竹，大袖被雨水淋湿。长公主目色一暗，含笑道："言郎，何必这般客气？你被困在雨里了吗？不妨上车，我送言郎一程。"

言尚温和道："不敢劳烦殿下。臣在弘文馆再等一会儿……"

长公主："言郎，雨这么大，你要等到猴年马月？上车来吧，正好我有些话，想问你。"

言尚微顿。

想到了冯献遇曾说，让自己小心庐陵长公主。言尚认为，自己和长公主若真有结仇的可能，那也是当日探花郎名次顶替一事……言尚不愿得罪长公主，若是有机会说清楚此事，也可。

言尚便撩袍上马车，温声："臣恭敬不如从命。"

长公主轻笑："言郎，我便爱你这样温柔体贴的人。"

她懒洋洋地，将车中炉中一味香熏了起来，招手轻轻挥了挥，让香散透整个车内。

这日傍晚，雨水连城。言尚上长公主马车的同时，暮晚摇的马车，正悠悠驶入巷子，向着公主府行去。

她刚刚从太子那里回来，此时坐在车中，沉思着最近朝上的事。暮晚摇方才得知，太子所管的户部又缺钱了……如今这事，逼得大家寸步难行。

然而太子在做什么？哪里需要那么多的钱？

自己若是能帮太子解决此事，是不是自己的地位就会升高？

想着这些时，侍卫在外翘了下窗："殿下，前面还有马车停着。"

暮晚摇本能觉得是言尚。

因为一条巷子，除了公主府，就是他的府邸。

只是言尚一个穷鬼，他居然有钱买马车了？

暮晚摇不想见言尚，正要吩咐自己的马车先后退、给言尚的让路，外面就有少年声音清冷传来："殿下。"

是韦树的声音。

暮晚摇掀开车帘，看到仆从撑着伞，清寒似雪的韦树立在雨中，向她拱手而拜。

前面那辆马车，显然是韦树的，而不是言尚的。

暮晚摇懊恼自己猜错，她也许久未见韦树了，眼睛不禁一亮。翩翩美少年，容与风流，谁不喜欢呢？

暮晚摇笑吟吟："巨源有事来见我吗？留府上一起用晚膳吧。"

韦树怔了一下，然后道："我是来找言二哥的。言二哥搬了新家，我第一次来，没想到是在殿下公主府对面。"

暮晚摇："……哦。"

站在雨中的韦树，和坐在车中的暮晚摇面面相觑。

韦树疑惑地仰头看着公主。

他不是一个会来事的人，也不知公主此时的尴尬。公主不说话，他便只

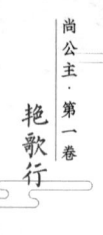

是沉默而望，不能如言尚那样替公主解围……

没有人解围，暮晚摇窘迫无比，恨得一下子放下了帘子，不再理韦树了。

言二哥。

叫得好亲切……叫得未免太亲切。

第四十章

春雨繁密，细落如沙。

马车前悬挂的两只灯笼，照得雾与夜雨一样永长。

庐陵长公主的马车在宫门关闭之前，出了皇城。

车中，长公主亲自为言尚倒一杯茶，言尚礼貌道谢。

靠着车壁而坐，言尚手捧茶盏，闻着车内靡靡暖香，打量了对面的庐陵长公主一番。

其实他从未细看过这位长公主。

在曲江夜宴那晚，庐陵长公主必然是与众皇亲坐在一起的。然而那时言尚的注意力在皇帝的赐婚上，在暮晚摇倔强不服输的表态上。

皇亲那般多，连坐在暮晚摇旁边的玉阳公主，言尚都没有细看；更何况这位坐得更远的庐陵长公主呢？

言尚对这位长公主的认知，也只是来自冯献遇和暮晚摇的只言片语。暮晚摇说她姑姑喜养美少年，冯献遇被长公主看中。言尚心中慨叹之时，并没有和这位长公主结交的打算。

只是既然冯献遇说长公主似乎对他有些误会，按照言尚平日那左右逢源的作风，他势必是要消除这误会的。

于是，在长公主的凝视下，言尚只是非常礼貌地轻抿了一下茶盏，就将茶盏放下，摆出一副要与她相谈的架势来。

长公主似笑非笑。

言尚拱手致意："殿下说有些话想询问臣，不知是什么意思？"

长公主只是随意找了个借口，哪里是真的有话问。

她便盯着那案上的香炉，盯着那炉中飘逸的缕缕香烟，随口问言尚："听闻你与冯献遇是好友？冯献遇常在我面前夸你。"

言尚心中一顿，暗自琢磨长公主这话，到底知不知道冯献遇将名额改回去的事，是他和暮晚摇逼迫的。

如今，只能一点点试探……

大约是车中空间狭窄，长公主身上的香气又太香，言尚略有些不适应，头有些晕。

但他这人素来不在明面上露出端倪，便仍是继续："实在惭愧，当日探花郎虽是臣，但对臣来说，冯兄更有探花的才气……"

庐陵长公主"嗯嗯"两声。

她还真不知道冯献遇将名额改回去是言尚的本事。

她现在只焦虑言尚为什么还能撑住。

长公主道："当日冯郎本求过我一事，那事对你不太好，但他之后大约惭愧，又重新推举你。你可知其中缘故？"

言尚试探出了长公主并不知道实情。

他微微一笑，恰当地疑惑问："不知是何事？臣当向冯兄亲自道谢才是。冯兄为人热忱，私下帮臣，臣却没有察觉……"

他不动声色地，将当日发生的事补充前因后果，一点点植入长公主的记忆中。只是他这般做时，感觉心跳蓦地有些加快，心中一阵烦躁，颇有些口渴。细琐的变化，让他倍感焦虑。

长公主一目不错地盯着言尚。

言尚俯眼，温温和和地向她说着什么，她一个字也没听进去。雨夜依稀的光薄薄一层，照在少年郎君脸上。

睫毛覆在眼上，他眉目清晰，唇鼻分明。本生得一张好皮色，然而他的气质反而将皮相都压住了。

他谈吐不俗，说话时神态沉静，旷古悠远。见此人第一眼，不会觉得他太好看，反而会先觉得言尚气质淡泊，儒雅文静。而在这好气质之后，才会去注意他那清隽温雅的相貌……

言尚心跳更快，后背开始渗汗。

他语速不变，心中却开始警惕了。因他这人自省惯了，一言一行都是深思熟虑后才动，如此刻这般心慌意乱的样子，于他并不常见……言尚简单结束了对话，让马车停下。

长公主诧异:"言郎怎么了?"

言尚温和道:"临时想起要去见一位友人……烦劳殿下停车。"

长公主看他坐姿笔直,面色微微有些红。他依然端正,但端正得有点僵硬了……识尽男色的她心中了然,知道这人中招了。长公主微微倾身向他,言尚向后靠车壁。

长公主诧异道:"言郎,你怎么出汗了?"

言尚语气微急促:"请殿下停车……"

长公主从怀中掏出帕子,怜惜地为他擦汗。那丝丝缕缕的香气再次萦绕鼻端,言尚竟有些难忍……平日暮晚摇也经常离他这般近,但他从未觉得女子身上的脂粉香,竟这般恶心过。

他更加烦躁,头更加晕。

电光石火间,言尚一把握住长公主拂在他脸上的手,抬起头来,目如电一般刺去。他捏她手腕的力道极紧,长公主叫一声,觉得骨头都要被捏断了。

而他冷目看来,长公主被看得竟然心虚,但才一愣,言尚握着她手腕的手就一松。

"咚"!

言尚闭上目,后脑勺撞上车壁。他没有抵抗住那香炉中藏着的药力,晕了过去。

长公主拍拍胸脯,俯眼看那面容涨红、昏迷中也呼吸沉重的美少年。她轻轻一笑,用脚尖踢了踢晕在车中的言尚,目光瞥向少年腰腹以下的部位。看隐隐有些痕迹变化了,长公主目露贪色,自己的呼吸都开始随之沉重了。

她迫不及待地催促马车:"快些回府!"

她蹲在地上,眷恋地手抚晕过去的少年面容,呢喃陶醉:"言郎啊……你怎么可能抵抗得过我这香呢?"

她就是靠着这种香,才无往而不利啊。

反正她是长公主,只要她不是要谋反,不是要动政治,皇帝都睁只眼闭只眼……如今她不过是贪恋言尚,喜欢对方的年轻力壮,这有什么关系呢?

车中香气昏昏,将长公主的面容映得混沌不堪。

丹阳公主府上。

暮晚摇正在握着箸子拨弄香炉,调弄香料。

春华已经向她告假，离开公主府，这时候伺候在暮晚摇身边的，是以夏容为首的几个侍女。这几个侍女笨手笨脚，帮公主一起调香，然而她们越是尝试，公主越不满意。

暮晚摇沉着脸："不是这种香气！不对！"

夏容快哭了："殿下，这是奴婢从宫中学来的最正统的调香方式了……"

暮晚摇正呵斥着自己的侍女，方桐方卫士在公主寝舍外报："殿下，韦七郎登门了。"

暮晚摇一阵诧异。

韦树方才不是说他要去隔壁，拜访言尚吗？难道是拜访过言尚后，言尚提点这个向来不理会外物外人的小少年，让对方来向自己请一下安？

暮晚摇轻轻哼了一声，放下调香的箸子。她不觉得韦树没事的话会主动来见自己，大约只有言尚会这么做。而她现在对言尚毫无兴趣。

暮晚摇说："不见。"

但只过了一会儿，方卫士又来了："韦七郎说有要事与殿下说。"

暮晚摇顿时一哂，对自己的侍女们撇嘴："看看，我就知道巨源无事不登三宝殿。他可不是专门来看我的。"

这般说着，暮晚摇去换了衣、绾了发，悠悠然去前厅，好奇韦树找她什么事了。

韦树立在厅中，背影瘦极，正是年纪尚小那般清而俊的模样。他明澄无垢的气质让暮晚摇怔了一下后，韦树回头，看到了她，他睫毛轻轻一扬，目光微亮。

韦树直接干脆："殿下，我从隔壁来。"

暮晚摇走进正堂，没好气："我知道。刚才不还在巷子里遇到了吗？"

韦树看着公主走进来："言二哥不在府上。"

暮晚摇脚步一顿，说："那就大约还在弘文馆吧。大概是天下雨，他忘了带伞，被困在弘文馆里了吧。"

韦树说："可是言二哥与我约好了今晚同宿，一起读书。"

暮晚摇："……"

她深深凝视着韦树，诧异了："你们还有这么好的交情呢？"

韦树奇怪看她一眼，不知她为什么关注这么偏的地方。韦树要说的，显然不是这个："殿下也许不了解言二哥，但是我知道，他不是会随便爽约的人。哪怕真有事,他也一定会托人告诉我。

"我在他府上等了半个时辰,都没等到他回来。殿下,言二哥说不定出了意外。我只能来求助殿下!"

暮晚摇脸上奚落的表情收了,若有所思。

不错,言尚那种谨慎到极致的人,他与谁若是约好,一定不会爽约。

上次他和暮晚摇约着去佛诞日看佛骨,暮晚摇故意使坏,既不和他约具体时间,也没有约具体地点。就那样,暮晚摇下午姗姗来迟的时候,言尚都没有迟到多少。

如果他爽约,说不定是大事……

暮晚摇抿了唇,说着不再管言尚的事,但是现在察觉他大约出了事,她还是忍不住焦躁,在堂中踱步。

而韦树直接道:"殿下,哪怕是我多心,也求您帮我这一次。上次您虽然拒婚言二哥,但殿下误会了他,他并不是殿下口中那般……"

暮晚摇望向韦树,默然。

她认识韦树这么久,知道这个人有多冷淡,平时根本不管别人的事。韦树却因为言尚来求她帮忙……言尚的好人缘,再次让暮晚摇心情古怪。

暮晚摇美目盯着韦树,轻声:"你希望我如何帮你?"

韦树道:"请殿下与我一同出府一趟,现今皇城已经开始宫禁,只有殿下的腰牌能进去。我想求殿下与我走一趟,进入皇城门下省,去弘文馆看看言二哥在不在。"

暮晚摇踟蹰。

韦树拱手,语气微急:"殿下,事不宜迟,不可拖延!"

暮晚摇:"你为何这般对言尚?"

韦树愣一下,道:"若是今日是我出事,言二哥也一定会为我这般奔波。"

暮晚摇烦躁。

但她被韦树请求,身边跟随的侍女们中,怂恿她远离言尚的春华不在,而其他侍女显然都被言二郎的风采折服,很关心言二郎。此时听到言二郎不妥,众人一起请求暮晚摇。

暮晚摇本就摇摇欲坠的决心,很快被摧毁了。

她也确实、真的、可能、也许、有点……担心言尚。

暮晚摇当机立断:"走!与我出门!"

既然下定决心，自然是一定要在今夜见到完好无缺的言尚。

暮晚摇和韦树坐车进了皇城，到弘文馆前，发现弘文馆早已闭馆。暮晚摇坐在车上，派人与外头撑伞的韦树一起去打听情况。

一会儿，韦树立在车外："据说言二哥上了长公主的马车。"

暮晚摇一愣，然后道："……这样啊。"

马车门开着，韦树听暮晚摇语气古怪，蓦地抬眼看去。

暮晚摇看着上方虚空，发着呆："我姑姑嘛……喜好美少年。你现在可放心，他不会出事。大约言二郎得她喜欢，说不定二人现在正春风一度，我们就不去打扰了吧？"

韦树目有怒意。

他难得有些生气，向前一步，手扶车辕，反问："殿下认为言二哥是那种会攀附长公主的人吗？殿下认为言二哥若是受到羞辱，也没关系吗？"

暮晚摇一愣，然后神色一紧。想到言尚……哪怕不想管他，可只要想到他那般万事在握的人会被人这般羞辱，想到他会凄然，暮晚摇心中就涌起怒火来……这是她提拔的人，长公主凭什么碰她的人！

她心中生起寒冰，一下子握紧手，脱口而出："不、不行……我不能让他出事！"

她寒了眉目，当机立断："巨源，上车！我们去长公主府上要人！"

韦树心中一松，却又道："殿下若与长公主交恶……"

暮晚摇沉思片刻。

她摇了摇头，道："我不会与姑姑交恶的。我已经不是那夜只会傻傻去要人的人了……"

她是一个一点点学着政治的公主。冯献遇那晚发生的事，言尚的手段，教会了暮晚摇另一种可能。很多时候，她不必将事情做绝，她可以用更平衡的方式来对付敌人。

风雨催车，马车重行。

暮晚摇对外头的卫士盼咐："在进长公主府门前，帮我找到一只猫。"

她要去姑姑府上找自己丢了的一只猫，用这种借口进长公主的宫观！

夜雨繁密，马车在街巷中飞快奔驰。

争时夺刻!

暮晚摇声音在寒雨中急促:"快些! 再快些!"

因马车行得快,车中不稳,连韦树都要扶着案木才能平衡身体。灯笼光照入车中,照在女郎冰雪寒霜一般的脸上。

韦树看着公主拧着眉思考,不断地拧着袖子……他有些愣,没想到暮晚摇会表现得比他还担忧。

此时长公主的宫观寝宫中,言尚悠悠转醒。

帷幔委地,红烛高烧。他睡在一张床上,撑臂起身时,已觉得口干舌燥,身体起了变化。

模模糊糊的,帷帐后传来长公主的笑声:"言郎醒了?"

殿中再没有他人了。

长公主掀来帷幔,手捧一杯茶,向言尚袅袅走来。此时的长公主与方才马车上的已经不同了。

那时长公主还有点端庄典雅的样子,如今她散着发、披着轻薄纱衣,香肩雪乳半露,向言尚走来时,眉眼间尽是勾人魂魄的风情。

她坐于床畔,将手中的茶递过去。

言尚不语。

长公主眼睛盯着他腰腹下,笑道:"没下药。到了这里,你觉得我还需要下药吗?"

言尚自然无比地屈起了腿,用衣料挡住自己的变化。他神色不动,接过长公主手里的茶,借茶水来平复自己狂跳的心声。

当长公主坐在他身边时,身体本能的感觉让他凛然僵硬,他目中生暗,竟产生了不合时宜的幻想……言尚别目,不让自己多看长公主一眼,专心地喝茶。

他脑中飞快转着念头。

庐陵长公主观察着他,心中疑惑,想怎么到了这个地步,言尚还没有向她扑过来? 他看到她,怎么反应这么平淡? 难道药没有起作用?

然而庐陵长公主观察着言尚,一瞬间就笑了。

见言尚握着茶盏的动作虽尽力平稳,可他修长的手指在微微发颤,连杯子都要握不住了。

他呼吸平稳,可他颈上已经渗了汗;他一言不发,可他连看她一眼都不敢。

庐陵长公主一下子握住言尚捧着茶盏的手。

言尚手一颤，手指的颤抖瞒不住人，茶盏从他手中摔出，茶渍淋湿了衣袍。茶水落在衣裳上，折出了乌黑的痕迹。

长公主呼吸加快，声音沙哑："郎君，你的手怎么这么凉？郎君，我帮你暖暖手吧。"

说罢，她低头吻上他的手指。

言尚快速将手向外抽："殿下！"

长公主冷笑，呼吸拂上他的耳。她轻轻一推，就将他本就不稳的身体压倒，扑在了帷幔间。她握着他的手，看他额上汗渍落下，张开喘气的唇瓣微干，她看得心旌摇曳，仰脸就要亲上他的唇，却被他一把捂住嘴。

言尚喘息难忍："殿下自重。"

长公主道："到这个时候，你还不懂吗？要我自重什么？郎君，你还是不要辜负了良辰美景才是。"

帐子摇落。

里面男女如搏杀一般争斗。

长公主渐不耐，语气带着警告："言二郎，我是看着你有意识，与你有个趣味而已。你不要敬酒不吃吃罚酒。这于你又没有什么损失，你就不要装出这副清高的样子拒绝我了……"

她笑着，呼吸拂在他颈上："你若是伺候得好，明日我就找皇帝陛下，给你推官……"

言尚蓦地睁开了眼。

长公主已经不能自控，言尚却忽然有了力气，一把拽住她的手腕将她从自己身上拖起。他情绪不稳，随时都游走在失控的地步，只简单一个动作，额上汗落得更多，神志都一瞬昏然。

长公主摔在床褥上，大怒："言二郎你……"

言尚打断她的声音："殿下一味享乐，如此辱臣，就断定臣没有日后与殿下算账的可能吗？"

长公主眯眼，觉得好笑："你与我算什么账？难道你指的是摇摇那个小丫头片子？她怎么可能……"

言尚道："十年读书，一日为臣。殿下这么肆无忌惮，难道阻我官路，能阻我一辈子？殿下可知，你今日所有都依附于皇帝陛下，而一旦皇帝陛下不再庇护你，你要因为今日的一念之差，将自己推入深渊吗？"

长公主："我兄长怎么可能因为这种小事……"

言尚冷目看她："殿下就断定陛下长命百岁，能庇护你一辈子？陛下百年之后，殿下难道决定一头撞死在陛下的棺椁上，跟随陛下一起走？殿下就不为自己留一条后路？就不想着殿下今日的风光……日后还能继续吗？"

长公主脸色蓦地一变。

说者无心，听者有意。

言尚不知道皇帝的身体状况，但身为皇帝的妹妹，庐陵长公主最清楚自己那位皇兄的身体，恐怕撑不了几年了。前两日听说他还吐血，还出现了癔症……长公主的一切依附于皇帝，她费尽心思推荐名医给皇兄治病，然而……

长公主收了自己的欲，声音沙哑："你什么意思？难道你能帮我？"

言尚："我可为殿下献策。"

长公主烦躁："不行……我不能碰政治。我若是碰了，皇兄现在许我的宽容都不会有了。你懂什么……我还是今日有酒吧。"

言尚语气飞快："不是让殿下碰政治，难道不碰就没有其他法子吗？难道殿下日常和政治就一点关系都没有吗？殿下难道求的是什么永世长存，大富大贵吗？那我帮不了殿下，我只能帮殿下在陛下百年后，不会被清算……殿下，三思！"

言尚靠着床柱，她再次迎上，他握住她的手腕。推拒时，他手又一松，失了力气。

言尚心中生起惨败之意，他已经想不出更好的法子。难道今夜注定……

他闭目忍耐，方才那段话耗尽了他的力气，言尚现在连推开的力气都没有。但是长公主伏在他身前半响，又忽地抬头："你且说说如何助我。"

言尚一下子抬目看向她。

他道："殿下容我起来，我写给殿下。再请殿下，给我解药。"

长公主悠悠看着他，揶揄一般笑："言郎，我可以容你起来，可以容你写字，可以容你与我好好说话。但是言郎，哪来的解药？这世间男欢女爱，哪有什么解药？"

她唇贴他耳，诱惑道："今夜之情，是本宫许你的赏赐。你可以不要，但本宫不会收回。"

雨水瓢泼。

暮晚摇和韦树一前一后下了马车，暮晚摇戴着幕篱、怀中抱着一只猫，韦树撑着伞。他二人站在庐陵长公主府邸的后门。

暮晚摇蹲在地上，让怀里的猫钻出去。那猫自然要躲雨，左右张望一番，猫爬上了墙，钻入了长公主的府邸中。

暮晚摇松口气，然后高声："我的猫丢了！与我登长公主府门，找回我的猫！"

韦树跟在暮晚摇身后，暮晚摇却将他一拦，说："你现在不要跟我进去。我要你帮忙撒个谎，一会儿瞅准时间，你进公主府找我。"

韦树道："我平日不撒谎。"

但他顿了一下："但今夜为了言二哥，说谎也无妨。"

长公主坐在榻上，看言尚强撑着坐起，伏在案上写字。

汗水淋漓，他一边写，一边向她解释。

其间，他不断地停笔，不断地闭目，握着狼毫的手也一直在颤抖。

药效始终在侵蚀他的意志。

让他经常大脑空白，经常忍不住绮念……

长公主欣赏着他这般狼狈模样，渐渐地，变得神色凝重起来。

这么多年来，言尚是第一个被她下了药，还能强撑着与她谈条件的人。言尚心性之强，起初让她更加喜欢他、垂涎他，后来便让她开始觉得可怕了。

若有选择，最好不要与这种人成为敌人。

言尚低声："……就是此般，如此行事，可保殿下平安。"

他回头看她，扶着墙起身，勉强地向她拱手。

长公主看着他苍白憔悴、身体微微发抖的样子，心生怜惜，道："……我不碰你便是，我看你实在撑不住，不如借你我府上的美婢吧。"

言尚摇头，说："臣归家心切，殿下的好意，臣领了。"

言尚离开数息后，长公主拿着言尚留给她的字条，反复看后，心生迟疑。觉得言尚太过可怕，是不是该将此人追回来，干脆杀了……

她举棋不定时，得到外面通报："殿下，丹阳公主来找她的猫。"

长公主愕然，一下子想到丹阳公主曾拒婚言尚，而丹阳公主在这时候上门……长公主兴致盎然，让人开门，她倒要看看这个侄女要什么。

第四十一章

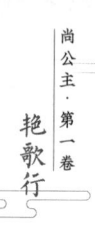

暮晚摇踏入庐陵长公主府上。

夜雨绵绵,长公主这座宫观的其他人都歇了。只有庐陵长公主重新换了衣,看着戴着幕篱的暮晚摇领着她的卫士们,大步走入正厅。

长公主府上的卫士们严阵以待,暮晚摇带来的卫士们手按在腰间刀柄上。双方隔雨对峙,紧张局势一触即发。

庐陵长公主端详着自己这个侄女。

昔年也是千宠百爱哄着长大的少年公主,那时候谁笑话暮晚摇一句,暮晚摇都能红着眼圈哭鼻子……那时候长公主怎么想得到,有朝一日,暮晚摇腰背挺直、大步流星,毫不畏惧地进入自己的府邸。

长公主:"摇摇,你带着兵闯入我的府邸,这是要做什么?"

暮晚摇下巴尖锐,向上翘一点。幕篱掀起一角,露出她掩在纱帘后的面容。

暮晚摇黑岑岑的眼睛盯着长公主:"姑姑,我的猫丢了,我是来找猫的。这猫是我新得的,最近十分宠爱。姑姑自小疼爱我,也请姑姑再多疼我一次,让我将我的猫找到。"

长公主盯着她,若有所思地笑:"你的猫,怎么能跑到我的地盘呢?摇摇看不好自己的东西,事后找寻,好像没些意思。"

暮晚摇说:"我不管其他的,也没那个本事。我只是要找我的猫而已,我与姑姑是一家人,血浓于水,我既不想让姑姑难堪,也请姑姑顾及我的面子一些。

"大动干戈不必,舞刀弄枪也不必。我与姑姑二人私下将此事解决,最好不要惊动他人。不过是一只小猫,姑姑说呢?"

长公主盯她半晌,目光微微闪。

她们说着猫,但姑侄二人心知肚明,不只是猫。

暮晚摇不愿和长公主硬碰硬,长公主又哪里愿意和暮晚摇硬碰硬呢?她的恩宠是皇兄给的,而暮晚摇曾是皇兄最爱的小女儿,现今嘛……太子对暮晚摇似乎也不错。

原本庐陵长公主也没太在意，但今夜言尚与她说的那些话，让她惊惧后怕，不禁担心皇兄若是没了，自己的后路在哪里……

这种踌躇，让长公主的气势比往日要收敛很多。

她一时间竟庆幸，言尚已经离开了，自己没有酿成大错。

长公主问暮晚摇："只是找猫吗？"

暮晚摇肯定："只是找猫。"

长公主深深凝视侄女片刻，向自己的卫士点了头："你们配合摇摇的卫士们，领着他们一起去找猫，务必要找到。我要看看，我府上什么时候多出一只猫了。"

她看着暮晚摇笑："摇摇与我去正厅吃酒，等等你的猫？"

暮晚摇观察姑姑的神色，看姑姑老神在在，一时间，她也判断不出姑姑将言尚藏在了哪里。

然而无妨。只要她的卫士去搜，总会有蛛丝马迹。她不指望能在长公主这里搜出言尚来，她就算想，庐陵长公主也不会让她如愿。

暮晚摇这么大张旗鼓，其实是要逼着长公主，让长公主自己放过言尚。让长公主投鼠忌器，今夜、日后，都不能再对言尚动心思。

府上两方人马去搜一只猫，暮晚摇则跟着长公主去正厅吃酒去了。说是吃酒，姑侄二人却都不说话，气氛僵冷。

长公主是心不在焉，一会儿想言尚给她出的主意，为何是那种主意；一会儿又想言尚现在在哪里，会不会跟暮晚摇配合，反将自己一军。她坐立不安，时不时地看眼外面的雨，几次问猫有没有找到。

暮晚摇比长公主淡定些。哪怕她心中焦虑，她也稳稳地坐在这里牵制着姑姑，好让自己的卫士哪怕找不到言尚，也能找到其他蛛丝马迹。

正这般煎熬之时，深夜大雨中，又有侍女通报，说有人求见。

长公主厌烦："不见！"

侍女怯怯道："是韦七郎，来寻丹阳公主的。"

长公主一愕，想不通韦七郎是从哪里冒出来的。暮晚摇已经惊诧地开了口："巨源怎么到这里来找我了？快让他进来。"

暮晚摇扭头向长公主解释："今夜我请巨源来府上用晚膳，不巧我的猫丢了，我就出门找猫。我嘱咐巨源留在府上等我的，不知他怎么来了。"

庐陵长公主盯着暮晚摇，本能觉得不对，但她无话可说。

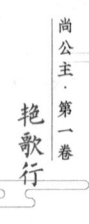

片刻间，冷风裹雨入室，厅中灯火微微一晃。

韦树已经踏入长公主府上的正厅。

这清雪一样的美少年让庐陵长公主紧盯着他，倒不是看上韦树的美色，毕竟……韦树太小了。庐陵长公主看的，是这个韦树和丹阳在玩什么把戏。

韦树向长公主请了安后，告诉暮晚摇："殿下怎么还不回去？太子殿下派人接殿下进宫，有些政务和殿下相商。"

太子殿下。

庐陵长公主眼皮一跳，心里有点慌，换了个坐姿。

暮晚摇奇怪看韦树："现在正宫禁着呢，太子殿下怎么叫我深夜进宫？什么政务这般着急？"

韦树答："大约是上次说的户部缺钱一事。殿下不是问太子缘故吗，太子殿下大约临时想起来一些重要的信息，要殿下亲自去听。"

暮晚摇长眉拧起："可是我还在找猫……"

庐陵长公主打断："摇摇，一只猫有什么重要的？太子既然找你，你就进宫去吧。不要让太子久等了。"

庐陵长公主是忌讳太子的。

因为她为了让皇帝安心，自己一点不碰政务。但同时，对储君，因为对方可能在未来掌控自己的命运，庐陵长公主本能是有些怕的。何况太子这个人，心眼多，谋算多……庐陵长公主从来不敢和太子对上。

暮晚摇还未说话。

韦树又想起一事："殿下快跟我走吧，太子也要言二郎进宫，但我方才去隔壁敲门，言二郎竟然不在。好奇怪。"

暮晚摇讶然："这么大的雨，他不在家待着，难道出门闲晃吗？找找吧。太子要见他，我也没办法。"

言二郎！

庐陵长公主眼皮再次一跳。

方才暮晚摇说起太子已经让她心慌，现在言二郎都跟太子扯上关系了……长公主不安地手抚茶盏，干笑一声："言二郎？是那个探花郎吗？"

暮晚摇望来："姑姑记得他？"

庐陵长公主含糊道："那日宴上匆匆一瞥，你又拒了那人的婚……言二郎风采谁人能忘。"

暮晚摇说："那日拒婚时，我也没想到他会搬来做邻居……太子要见他，我也不能阻拦。"

庐陵长公主笑得很勉强。

她看出暮晚摇和言尚关系恐怕不浅，不只是什么拒婚的关系。今夜暮晚摇说是找猫，可是自己前脚才带走言尚……暮晚摇这找猫的时间，实在卡得太巧。

然而很多事说破就没意思了。

庐陵长公主已经开始催促："既然太子找你们，我这里就不留了。"

暮晚摇似不情愿，还在沉思，外头卫士冒雨进来。方卫士怀里抱着一只雪白的小猫，向里面两位公主说道："殿下，猫找到了！"

暮晚摇欢喜，从方桐怀里抱过自己的猫，高兴地亲了半天。她这才回头面向脸色阴晴不定的庐陵长公主，向长公主道别，说自己要进宫去见太子了。

暮晚摇走得毫不犹豫，好似她今晚就是来找猫的。

庐陵长公主喊住她："摇摇。"

暮晚摇回头，面容明艳，眼神冷淡，漫不经心地："嗯？"

庐陵长公主缓缓道："你我姑侄一场，到底是血亲。姑姑问你一句话，希望你据实相告。你和言二郎，到底是何关系？"

暮晚摇眼睛微微睁大，她猫一样妩媚的眼睛，与怀中抱着的那只慵懒小猫，简直一模一样。

而她好似极为惊讶长公主为什么这么问，想了半天后，暮晚摇道："我和他没关系，太子喜欢他。"

长公主追问："太子真的喜欢他？"

暮晚摇一顿，心想难道言尚和长公主聊过天，言尚跟长公主说过什么吗？

暮晚摇不能判断，便只是含糊地点了下头。

看长公主若有所思，挥手放行。

暮晚摇和韦树出了长公主的宫观，一出去，暮晚摇就将自己怀里的猫丢给了方卫士。

她咬牙切齿："这猫竟然挠了我好几下，气死我了。"

抱怨这么一句，她也没忘记正事。

暮晚摇边走向马车，边小声嘱咐韦树："不管言尚如何，经过我方才那一闹，姑姑肯定是不敢让言尚再待在她府上。我又把太子这个人拉出来强调了好多遍，言尚的危机得到解决了。"

韦树点头，却道："但是殿下岂不是让言二哥在不知情的情况下，站了队？"

暮晚摇摇头，轻蔑道："没事，我姑姑胆子小得很。她也就玩玩男人，根本不敢碰任何政治有关的事。她没有地方去证实我话中真假的。"

顿一下，暮晚摇道："不过为了防止她生疑，为了让她下定决心放过言尚，你坐上我的马车，拿上我的腰牌，去宫门前走一趟。也不用真的进宫去见太子，绕那么一圈，让我姑姑觉得太子确实在今夜召见我，就可以了。"

韦树问："那殿下去哪里？"

暮晚摇咬下唇，她轻声："我回公主府守着去。姑姑若是放言尚回去，我得回公主府，看看是真是假。"

说着，暮晚摇向方桐看一眼，示意方桐将马牵来给自己。立在大雨中，她的肩膀、衣裳已经沾了很多雨水，只有幂篱挡着，脸上没有水而已。

暮晚摇要上马而走时，韦树轻轻拉了她的手一下。

暮晚摇看他。

韦树看着她，轻声："殿下比之前，性情冷静了很多。"

暮晚摇一怔，想到她今夜这般冷静，也是跟某人学的……暮晚摇却只是道："我会长大的啊。"

她上了马，向韦树再次确认一下。韦树上了她的马车，马车和卫士们离开长公主的府邸。到半途，找个机会，暮晚摇和韦树兵分两路，各自行动。

为了麻痹长公主，暮晚摇将所有的人留给韦树，让她的人浩浩荡荡地去宫门前走一圈。自己则只是独自骑马，快速返回公主府。

哪怕心中觉得庐陵长公主被这么一闹，会放过言尚……但暮晚摇总要亲自确认一下，才能放心。

快马入巷，雨如刀霜，倾覆袭来！

"驾——"暮晚摇伏在马背上，忽勒紧马缰。

她已骑马入了公主府所在的巷子，雨水哗哗下，她隐约看到前方有一个人在走。

那人走在雨中，长发半束，袍袖尽湿。他袖子委垂在地，似十分艰难，他走得很慢。细看之下，他脚步虚浮，背脊甚至轻轻颤抖，料峭孤硬……

暮晚摇立刻下马："言尚！"

那人好像没听到她的声音一般，仍在走路。

暮晚摇诧异，她从马上跳下，也不用去牵自己的马，快步就向背对着自己的人走过去。她从后迎上，一把拽住这人的手，将人拉住："言尚！"

他回了头。

果真是言尚。

但是……暮晚摇吃了一惊。

因言尚垂着眼，浓黑的长睫滴滴答答向下落着雨水。他整个人衣衫都湿透了，长发也不如往常那般好好束着，而是一半散下，几缕发丝贴着脸。他平时端正有礼，进退有度，但此时暮晚摇拉住他的手，他才回了神。

他撩起眼皮，漆黑如墨的眼睛这会儿才看过来，眼底渗着细微血丝，就连唇瓣，都微微颤抖，苍白无比。

他憔悴无比，状况看着很不对。

他定了一下神，好像才认出暮晚摇。

雨幕下，言尚定定地看着暮晚摇半天，勉强笑了一下，声音干哑："……殿下？"

暮晚摇蹙眉怔忡，察觉她握着的少年的手，极为滚烫。

她抿了下唇，简单说下情况："韦树说你出事，我和他去长公主府上找你。但看来你比我们更有手段，自己先出来了。你好手段。"

言尚盯着她，怔忡诧异。

他的状态已经很不好了，憔悴虚弱，可是暮晚摇站在他面前，她只看出他好像在走神，看不出他到底如何了。

半响后，她才听到他轻声："你去长公主府上找我？你去那里找我干什么？"

暮晚摇说："……自然是因为长公主对你有企图啊。难道你甘愿落在她手中？"

言尚俯眼看她。

他怔然："然而这和你有什么关系？"

暮晚摇："……"

她一下子觉得他太不对了，他居然用这种语气和她说话……正常时候，他不应该是感谢她救他吗？为什么他的语气，听起来这么质疑？脱去了客套的、礼貌的那层表皮，言尚好像不懂她为什么要多管闲事一样。

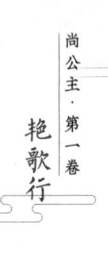

明明这是他的事，她何必蹚浑水？

言尚说："你还得罪不起长公主，你忘了我说的了吗？"

暮晚摇淡下了脸，说："是韦树要管你，不是我。"

言尚站在雨中，雨水淋在他脸上，他静静地，又开始出神。

暮晚摇开始恼羞成怒，开始不自在。好像她做了好事，他不领情，他反而用看怪物的眼神看她……看也就罢了，他看着看着还走神了……

暮晚摇忍怒，心想反正我今晚是听韦树的话这么做的，放在平时，我才不会管你。

暮晚摇甩开自己拉着言尚的手，背过身，面向自己的公主府大门。

她非常冷淡地："既然你没事了，就回去休息吧。我让人通知韦树……"

她向前走，要进去自己的府邸。身后却伸来一手，将她手腕拉住。她被扯得转过了身，重新面对言尚。

暮晚摇怒："你干什么……言尚！"

他向她跌了过来。

暮晚摇惊骇下张臂搂他，却和他一起跌坐在地，抱着他坐在了雨水中。而他身子向下滑，灼灼的唇擦过她的脖颈。暮晚摇浑身激灵，他的额头贴着她的颈，闭上了眼。

他只来得及喃声："我不行了……摇摇。"

暮晚摇坐在地上，茫然地接住他僵到极致、崩溃到极致的身体。他额头抵着她的颈，睫毛刷着她颈间柔细的肌肤，刷得她跟着面红耳赤，迷惘无措。

暮晚摇怒，又着急："谁让你叫我'摇摇'的？你……你到底怎么了？！姑姑对你做了什么，为什么你身体这么烫……言尚，言尚！"

雨水浇灌，四野漆黑。寂静的巷子里，言尚已经靠着她，彻底晕了过去。

嘴唇苍白，闭上的眼里藏有明显的红血丝。他倒在她怀里，又冰冷，又滚烫。

第四十二章

言尚的问题，其实不难发现。

起初暮晚摇被他压下来、两人一起坐在雨中时，因为他昏迷不醒，她才茫然无措。但是等公主府的人将言尚带回府上，言二郎奄奄一息地卧在床上，暮晚摇立在床边瞅了几眼，她就知道是怎么回事了。

他身体那般热，整张俊秀的脸都红得不成样了。暮晚摇掀开褥子，向他腰腹下瞥两眼，唇角轻轻勾了勾。

站在公主身后的其他侍女一边被言二郎的状态骇得羞红了脸，一边也很着急。

侍女们跟在公主身后出了屋舍，关上门后，就忧心与公主说："殿下，那长公主太狠毒了吧，怎么对二郎下这么重的药？"

她们愤愤不平："二郎这般清正守礼，要是真顺了那位殿下的意思，清誉就被毁掉了。"

她们巴巴看着暮晚摇："殿下，怎么办啊？"

暮晚摇眼睛看虚空，道："韦树不是去宫城转悠了吗？快马加鞭让人去通知他，让他别转了，干脆直接进宫，找尚药局的医师来。就说、就说……嗯，我身体不适，要他们快点派人。"

一个侍女屈膝行礼，听公主的吩咐匆匆出门去了。

暮晚摇行在廊间。

她刚从外面回来，摘了遮挡发容的幂篱，但是她还没来得及换衣裳。此时的暮晚摇，衣衫仍有些湿，不如平日所穿的衣裳那般华丽，胜在轻便灵动。

她若有所思地走了两步，回头看向还跟着自己的其他几个侍女："你们还跟着我干什么？"

侍女面面相觑后，派一个代表出来与殿下小心翼翼道："殿下，我们派人去追韦七郎，再等韦七郎进宫找医师，再等医师回来……这么长的时间，二郎得、得……说不定真的要被弄得不行了。"

暮晚摇说："这是他的命。"

说完，她就沉默了，又有些迟疑。

她都救了言尚了……想到要是因为自己的疏忽，真把言尚给弄死了，她也有点不安。

她身为女子，其实是不太理解男人的欲到底有多强。然而她又知道，男人身上的那二两肉，通常不受他们的理智控制。他们的情感和生理有时候是分开的。

男人对女人的迷恋,很多时候他们自己都控制不了。

暮晚摇想,言尚也控制不了吧?

就算他想做圣人,可他到底不是圣人。

她这么放任不管,还真的有可能憋死他……暮晚摇缓缓说:"找两个貌美大胆的侍女进去,他昏迷着不能动,送进去的人,不要……委屈了他。"

侍女们愕然,万万没想到殿下沉思后,说出的话居然是这样的。

殿下竟然让侍女去伺候言二郎……

暮晚摇不再说话,快步离开,将侍女们撇在了身后。回到自己的寝舍,暮晚摇先换衣梳发,又有侍女去给浴斛中添水,安排公主洗浴。

等待的时间中,暮晚摇坐在自己的榻上,一杯接一杯地喝水,心烦意乱。

她越喝水,越是心乱。

她的脑中不受控制地去想言尚面容绯红、奄奄一息倒在她怀里的样子;又去想貌美的侍女红着脸,大着胆子扯开他的衣襟,去亲他,去搂抱他……

暮晚摇难以忍受,"砰"的一下摔了杯子,将屋中服侍的侍女吓了一跳。侍女们来看公主,见地上丢着茶水和茶渍,而暮晚摇蓦地起身,拉开门出去。

"殿下!"众女跟上。

暮晚摇推开了言尚所卧的房舍,屋中燃着清新的、调人情绪的冷香,两个侍女正蹲在床榻边,正要向床上的郎君伸出手。

帘子一把被扯开,小风袭来,一只细白的手腕从后抓来,将那个即将挨到言尚手臂的侍女手一把按住。

力气重得侍女当场落泪。

两个侍女惶然回头,见是面如寒霜的公主殿下。

暮晚摇冷声:"不许碰他!"

侍女们:"可、可……二郎要不行了啊。"

暮晚摇向床榻上扫去一眼,见那少年面上除了红透外,还多了一层青灰颊色。他额上尽是汗,睡着也不稳,身体时而轻颤……

暮晚摇不忍别目,只说:"不许碰他。"

暮晚摇先将担心言二郎的侍女带出去,她正心烦意乱该怎么说时,一个侍女惶惶地从外跑进来:"殿下,殿下,韦七郎回来了!"

话音一落,暮晚摇一怔。

侍女哭丧着脸解释:"奴婢才安排人去找韦七郎,七郎他就回来了……"

暮晚摇想到韦树，心里忽然有了主意。

她跟侍女说："不许告诉巨源里面言尚的情况。他要是知道我要把你们扔进去伺候言尚，巨源又得跟我吵，说我羞辱人。"

侍女们默默点头。

暮晚摇再对那个哭丧着脸来回报说"韦七郎回来了"的侍女斥道："慌什么？他回来了，就让他再出门一趟啊。难道因为他才回来，就不请医师了？"

侍女们得了命令，纷纷各自去忙碌。

于是，韦树心慌意乱，他担心言尚的身体，匆匆回来，还没见到公主和言二郎的面，就再一次被催着出去了。

而暮晚摇吩咐侍女们去熬点汤水、等着医师后，把身边侍女们都派了出去，她在房舍外徘徊两步，左右看看无人候在这里。

暮晚摇一咬牙，自己推门进屋了。

她心虚一般地关上门，就怕侍女们疑惑她为什么要进去。暮晚摇快步掀起帐幔，坐于床畔边，俯身轻拍昏睡中言尚的脸。

她喊了两声："言二？言尚？言尚……你已经完全听不见外面动静了是吧？"

她俯身，艰难地将他搂抱起来。他滚烫的身体贴着她，急促的心跳声让暮晚摇做贼一般地心慌。

她拿帕子去给他擦脸上的汗，他只虚弱无力地靠着她的肩，颓然无比，气息微弱。

暮晚摇自言自语一般："我不能把你让给其他女人。因为你好不容易从我姑姑那里出来，你都这样了都没有碰女人，我若是轻而易举将你交出去，岂不是违背了你的意愿？"

她看向床帐上方流动一般的花草，轻喃："你是见到我才倒下的。说明你放心地将自己交到我手中……就算我不想管你，可是你这般信任我，我也不能害了你啊。"

她低声："医师还要很久才会到，我不会让其他人碰你……只能我帮你纾解一二了。希望你醒后，完全不记得这件事。

"咱们桥归桥路归路，谁也别管谁，好不好？"

这般说着，她目中竟有流光浮动，若雾蒙蒙。

想到自己不要再理这个人，理智上她知道这是对的，不见到他的时候她

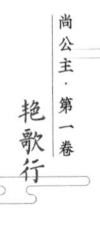

也觉得自己可以做到……反正她记性这么差，反正她谁都不爱。

可是当她抱着他坐在榻上，当她搂着他的肩，当她低头与他贴额时，看到他的面容……她心中仍生起惨淡感，生出万千倍的不舍来。

他是这么好的一个人，对谁都这么照顾……可为什么不对她最好呢？

暮晚摇忍下心中情绪，攥紧手中帕子。她闭了目，不忍多看，不想多看。隔着一层帕子，她将他的衣襟扯来，将他的衣带拉下。

帕子罩下，贴着他，她的手在另一边，攥着这方帕子。

他控制不住地喘息……听在暮晚摇耳中，暮晚摇闭上的睫毛颤抖，不受控制地红了腮帮。

她忍不住睁眼看了一眼，又立刻飞快地闭上眼。

只手下动作，任火浆灼烧。

暮晚摇在里面待了很长时间，侍女们在外听到断断续续的男子沙哑的喘声，她们站得如木头人一般，不敢多想，也不敢问。

大约半个时辰，韦树冒着雨再次回来后，才有侍女大着胆子请教里面："殿下，医师来了。"

半晌，少年的喘声停了，她们才听到公主那慵懒的、带着一丝沙质的声音："让人进来熏一下香，将窗子开一会儿，再等医师进来。"

有侍女呆呆道："可是二郎不是病着吗？ 开窗好吗？"

暮晚摇冷声："反正都成这样了，再开一下窗有什么关系？"

侍女们从公主的声音里听出一丝恼羞成怒来，顿时再不敢多话了。

而再一会儿，暮晚摇才推门出来。

侍女们偷偷看一眼，见明明还是公主那副典雅的样子，此刻暮晚摇却面若桃花，眸底噙水。

暮晚摇向她们要帕子擦手，侍女们连忙送上。然而擦了手，暮晚摇仍皱着眉，一副厌恶且恨的模样。

她终是道："你们带韦巨源去照顾言二郎吧。夜已经深了，就让巨源在府上歇下好了。我去洗漱，今夜有事不要再找我了。对了，让医师也在府上歇着，就说……雨夜路滑，我担心老人家的安危，就不让他回宫了。"

丹阳公主转身便走，连医师都不再见一面。众人觉得公主何其任性冷漠，竟都不再理会言二郎了……然而到底是公主，他们又能说什么呢？

公主府上请的这个医师，没有白请。

前半夜医师为言尚扎了针，让言尚终于能睡下。后半夜，侍女们就将医师再次喊醒，说言二郎发了高烧。

医师摸着胡须，表示理解。毕竟又是下药，又是淋雨……发烧很正常。

且这个郎君忍耐力实在太强，居然熬了那么久……熬了那么久后，身体终还是吃不住了。到底是年轻人，这般胡来。

医师也不问这个被下了药的少年为何会在丹阳公主府上，在宫中当医师的，自然早就明白很多事情不必过问，只看病才能保平安。

韦树第二日来看了言尚一眼，言尚仍昏睡着，脸上那层青灰死气却没了。

暮晚摇又催着韦树去读书，别在她府上待着，败坏她的名声。韦树诧异她哪来的好名声，却到底是被暮晚摇赶出了府，赶去弘文馆读书了。

暮晚摇原本想把言尚搬出自己的公主府、搬到对面去，但是那个医师却说言尚现在状态不稳、最好还是不要轻易挪动。而暮晚摇一提要将言尚丢出去，身边侍从都求她不要这般狠心……

暮晚摇无言，恨言尚人缘太好的同时，也不得不忍着让这个人在自己的公主府中养病。

然后暮晚摇又因为嫌弃侍女们总去看言二郎醒了没，她干脆连喂药的活儿都自己接手了。

如此在众人看来，暮晚摇亲自照顾病中的言二郎，每日亲自喂药、亲自过问……殿下待言二郎，如此与众不同。

可惜暮晚摇也才悉心照顾了言尚两天，她就病倒了，倒是让公主府一阵兵荒马乱。

言尚在长公主那里发生的事、住在丹阳公主府养病的事，这些，春华都是不知道的。

春华早早向公主告了假，去见自己的亲人了。

她幼时家中出了事，成了官奴，又因缘巧合，去伺候丹阳公主。丹阳公主是个对侍女很不错的主人，过了些年，断断续续地，春华重新找回了自己的家人。

她阿父已经病逝，但阿母还活着；她有一个兄长，整日偷鸡盗狗，不学

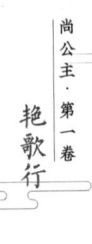

无术。

这个兄长还娶了媳妇,婚后夫妻俩打打闹闹。也多亏春华时不时地接济,她兄长一家才能过得不错。

原本春华随公主和亲去了,这家人以为再见不到她了,哭了一顿,将长安的房子都卖了,卖的钱财送给春华做盘缠后,一家人失落地离开了长安。

而今春华回来,这家人眼看着春华所跟的那位公主不可能再和亲了,春华应该也不会走了。

一家人商量之后,打算重新搬回长安住,平时也能和春华来回走动。

春华心中感动。

她哥哥是个浪荡不学好的,嫂嫂也实在彪悍,然而哥哥嫂嫂帮着她照顾阿母这么多年,之前她眼见前途没了,哥哥嫂嫂还将家中钱财都赠了她。

她的家人有些小毛病,但这不过是下层百姓都会沾染的一些小问题。待他们过得好了,慢慢就会改正了。

而春华也是需要亲人陪在自己身边的。

这次离开公主府,春华便是去帮哥哥嫂嫂一起盖房子。说是帮忙,她的作用不过是给钱。

她嫂嫂平日彪悍,侄儿也调皮,但是他们见到春华后,都殷勤无比,不让春华干一点活儿,不让春华碰一点柴米油盐。

她嫂嫂说:"咱们春华是伺候公主的!在公主府上都好吃好穿,不用干粗活,哪有回来自己家却干活的?春华你好好歇着吧,这些我们来便好。"

春华分外不好意思,便只好帮着哥哥嫂嫂照顾几天侄儿侄女。

却是这一日,春华领着自己的两个侄儿侄女在乡间田垄间行走时,遇到了一个故人。

那故人驾着车,端坐车中,如世间所有贵人一般,装模作样地慰问百姓。然而他在车中定睛一看,便见到了立在田野间、衣袂飞扬的貌美少女。

他一怔,从车中出来,惊讶道:"春华?"

春华回头,一愣后屈膝行礼:"晋王殿下。"

她道:"晋王殿下怎会来此?"

晋王叹:"孤管着工部,最近太子让工部造水车,孤只好亲自来乡间看看选址。"

他望着春华,道:"幸好孤来了,不然还不知道能见到你。你怎么在这里,难道丹阳那丫头居然跑来这里玩了吗?"

春华礼貌地回答了殿下,然后因为晋王殿下在这里,她只好领着自己的侄儿侄女,跟着这位殿下在乡野间行走,并回答晋王关于此间地形、土壤的问题。

晋王时不时看春华一眼,唇角含一丝笑。

尚书省六部之中,工部其实是最弱的。毕竟士农工商的地位自古如是,士人们向来不把工部放在眼中。只有没什么地位前途的,才会被扔到工部去。

晋王管着工部,也是因为自己两个兄长斗得太厉害,他插不上手,当然只能在工部养老了。谁知道工部这么无聊的一部,竟然能让他再次遇上这位春华娘子……晋王心中蠢蠢欲动。

他性情温善偏柔,然而再偏柔,也是男子。现在只觉得在乡野见到春华是自己的缘分,千万不能错过了。

当夜,春华在无奈下将晋王带去自己哥哥嫂嫂家,一起用晚膳。

晋王亲切温和,让她哥哥嫂嫂少了很多害怕。而晚膳中,晋王不断地看春华,让这家人若有所思……

饭后,春华被迫陪晋王坐在外面说话,嫂嫂在院中洗碗,与丈夫说:"那个晋王看着喜欢咱们春华。若是成事了,春华入了晋王府做妃子,不是比跟着一个公主当侍女,更前途远大吗?"

她丈夫犹豫下,说:"可是……"

嫂嫂说:"春华又识字,又有文化,还长得好看。你放眼看看,咱们认识的人,哪里有配得上你这个小姑子的?平白让人糟蹋了去。既然如此,不如和晋王做亲家。我看晋王和善可亲,是个十分知礼的。"

她丈夫问:"可这事咱们也做不了主……"

嫂嫂笑道:"下点儿迷药,把两人关一间屋子。我不信那个晋王不喜欢咱们小姑子。等到天亮,小姑子就能进王府了!"

丈夫问:"哪来的迷药?"

嫂嫂说:"常日婆婆崴了脚怕疼,那野郎中不就给了咱们一包迷药吗?放心,没事的。春华会感谢咱们的。"

丈夫迟疑半天,终是拗不过妻子。而他想到妹妹若是成了晋王府后宅的人,自己一家成了晋王的亲家,也确实是好事……

他妻子见他点头,立刻也不洗碗了,擦擦手,就回去找药,安排这桩美事。

人一生了贪念,自会被诱惑,又会自我说服,觉得自己是对的。

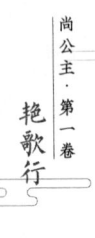

丹阳公主府上。

在昏昏沉沉、时醒时睡了两日后,言尚的烧退了,终于能从病榻上起来。

醒后的言二郎温文尔雅,礼貌询问侍女们如今的状况。

侍女们十分喜爱清醒后言二郎的脾气,自然争先恐后地回答,将他昏倒在路上、被公主带进府后的事情如数家珍说出来。

言尚刚醒来,仍半散着发坐于榻上。发丝贴面,又因大病一场,他的面容清瘦了很多。

看上去,少年衣袍宽松,款款起身时,恍如神仙中人一般,比平时更好看。

言尚问:"殿下……因照顾我,而病倒了?"

侍女们:"是。不过不碍事,殿下只有一点头晕,喝两日药便好了。"

言尚问:"我能去看望殿下吗?"

侍女面面相觑半天后,敌不过言尚清润明朗的气度,点了头:"……殿下在睡着,二郎看一眼便好。二郎不要做什么,不然殿下醒后怪罪我们。"

言尚温声:"几位娘子放心,尚还是知礼的,不会让你们为难。"

侍女们红着脸道:"二郎的品性,我们自然是信的,也盼着二郎让我们殿下脾气好一些……我们怕殿下醒后找理由跟我们发火。"

言尚颔首。

他温雅如玉,卓然生辉。比起昏睡时那个奄奄一息的言二郎,众人自然更喜欢这个对所有人都礼貌体贴的人。

回隔壁自己的府邸换衣洗漱后,言尚重新回到公主府。

住得近便是这点好,拐几个门,就能见到人。

言尚在外敲了门,里面没人应。他自己推门进了公主的寝舍,坐于她的床榻边,俯身看那尚睡着的少年公主。

言尚俯眼看她,轻声唤:"殿下?"

暮晚摇果真睡着,她安静乖巧,侧身枕着自己的手臂,一头青丝铺床。言尚伸手,用手背贴了贴她的额头,见她没有发烧,他才微微放下心。

言尚便坐在她床边出神,就这般看着她。

他专注地审视着她,审视着自己和暮晚摇的交情,审视着两人结交的一幅幅画面。

他那日硬撑着走回府邸，在府门外遇到暮晚摇。那会儿心神已经恍惚，他倒下去的时候……却是觉得自己是安全的。

然后她果真救了他。

她既去长公主府上要人，之后又没有把他丢开，而是将他带回了公主府。言尚并不记得这几日自己昏睡中发生的事，但他起码知道，暮晚摇是因为看护他而病倒的。

因为他。

可是为什么？

如他这种拿圣人当目标的人，去无缘无故地帮助任何一个人，都是可以理解的。看到有人倒下，就出手相助……这是他言尚才会做的事。

这不是暮晚摇会做的事。

她到底是为什么要对他这样？

言尚缓缓伸手，他将手搭在暮晚摇的手上，俯眼看着。

言尚轻声："我与殿下相交一场，一半是因为殿下确实活泼可爱，一半是因为野心和利益。

"我不与殿下断交，不与殿下交恶，一半是因为我怜惜殿下的不易，一半是因为我不愿放弃和殿下相交的好处。

"我纵使对殿下好，也带着功利之心。殿下却是、却是……为什么要一次次地帮我，一次次地对我好？

"殿下这样的大恩，让我如何才能相报？"

他拉着她的手，自言自语，已是情绪有些不稳。不然如他这样滴水不漏的人，怎么可能在一个病人的床边拉着对方说心事。

他的心事，本是一句话都不会说出口的。

言尚望着暮晚摇发怔时，见暮晚摇睫毛轻轻颤抖。

她大约是要醒了。

言尚不动声色地将自己的手移开，不再握着她的。他又将被子为她盖好，将她散在脸上的长发拂开。

昏昏帐中，暮晚摇睁开眼，便看到言尚坐在自己床边。

暮晚摇："……"

他安静地坐着看她，这么平静，让暮晚摇一下子恍惚，还以为他二人的关系什么时候这么好了……他居然坐在她床边。

因为言尚太淡然了，暮晚摇一下子没有反应过来。他扶着她坐起时，暮晚摇居然乖乖地被他扶了起来，憷然安静。

言尚低头看她，道："殿下因为照顾我，生病了，所以我来看看。"

暮晚摇眨眨眼，明白过来现在情形了。

她一下子别过脸不看他，漠然道："看完了你就走吧。既然病已经好了，就不用在我这里坐着了。"

言尚望着她，缓缓道："殿下的身体似乎不太好，总是轻易生病。"

之前在岭南也是，同样在林野间走了一日，其他人都好好的，只有她中了瘴气倒下去了。

现在又是这样。

她不过照顾了他两天，就病倒了。

暮晚摇诧异地看他一眼，没想到他连这种别人注意不到的小事都能察觉。然而她再想到他可是言尚啊，他心思之细之多，发现这种事，并不困难。

哪怕自从她和亲回来，除了言尚，没有任何一个人发现这个问题。

暮晚摇敷衍道："一些旧疾而已，不碍事。"

言尚温声："那殿下该好好休养才是。"

暮晚摇有些烦了。

他坐在她这里，就很影响她，他轻声细语的说话声，也让她心烦；就是他垂目时纤长的睫毛，都让她想到那晚他靠着她肩膀时的零落模样……她真的受不了这些。

暮晚摇开始赶人："关你什么事？你就不要再虚情假意装模作样了吧？你整日这样累不累？我知道你的好心了，我也很理解，你赶紧走，回去休息吧。"

言尚静默看她。

半晌后他道："殿下现在似乎很不愿见我，是我做错了什么吗？"

暮晚摇说："没有。你很好。"

言尚轻声："我哪有殿下好？"

暮晚摇："……"

她忍不住回头看向他，见他目光盯着她，她却心里毛骨悚然，说："你没事吧？你居然觉得我比你好？你问问世人对你我的评价，再不要说这种惹人发笑的话了。"

言尚微微笑了一下。

他说:"其实这次大病一场,让我想了很多事,我有些话想告诉殿下。"

他看她一眼。

暮晚摇顿时后背僵硬,因他这一眼中的力道,让她直觉他要说什么可怕的话。

言尚说:"我先前待殿下不够好,打算从此以后改了。请殿下给我这个机会。"

暮晚摇看他倾身,看他拉住她的手。她已经被他弄傻了,只顾着呆呆看他的眼睛,心慌无比——

他这副样子,温情似水、目若含情。

他不会是要跟她告白吧?

不会是因为她看顾他两日,他感动不已,要以身相许吧?

不、不用这般客气,不用待人这般好吧?

言尚握着她的手温声:"先前我待殿下总是不够上心,因只将殿下看作是多见过几次面的朋友而已。我又心中迟疑,不愿背上尚公主的名声,所以总是刻意与殿下保持距离,也许间接伤害到了殿下。"

暮晚摇面无表情,忍着心中恐慌——

他这是真告白啊。

她心跳怦怦,面红耳赤,想拒绝,又想听他怎么说,想将手抽出,又不忍心。

她纠结万分,看他的眼神便一言难尽。

言尚道:"然而日后不会这样了。从前我帮殿下,是为了一点道义。从此后我帮殿下,除了道义外,还会有情谊。"

暮晚摇将"情谊"听成了"情意"。

她脸已经红透,手心开始出汗。她不安至极,紧蹙着眉,垂着眼都不敢再看他。

她不想接受他的告白。

可是、可是……他人这么好。

毕竟他这么好。

言尚松开了握她的手,撩袍,在她床边跪了下去。在暮晚摇震惊的目光下,他说:"我愿从此投靠殿下,为殿下出谋划策,真正帮助殿下。我愿做

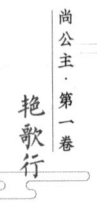

殿下的家臣，对殿下再无保留。"

他看着她的目光温和有力，又情谊真切，出自肺腑："愿为殿下弩，从此为君驱。"

暮晚摇："……"

她沉默半响，快跳出胸膛的心跳回去了，说："……就这？"

跪在她面前的言尚，抬眼疑惑看她。

第四十三章

美少年态度真切，话语如刀，杀得她一颗芳心，片甲不留。

偏偏言尚还有些不太明白，他诧异看她，意味很明显：他认为这是自己最有诚意的报答了。

然而言尚又聪慧。

暮晚摇才露出一个一言难尽的表情，他瞬间就反应过来她误会什么了。

言尚一怔，然后沉默。

片刻后，他缓声问："不然呢？"

——除了这种报答方式，不然他还能怎样？

是能娶了她，还是以身侍君啊？

他有那种资格吗？

暮晚摇与他对视一眼，睫毛微微一颤。她心中又羞，又恼。羞自己的自作多情，恼确实也不会有更好的法子……她拒婚是三月份发生的事，现在也才不过是五月。

俩月时间而已，暮晚摇当日拒婚，难道今日就愿意了？

不可能的。

她也有野心的。

想来想去，竟然是言尚给出的方式是最好的。他总是一个妥帖到极致的人。

然而有时候这妥帖，明明知道是对的，却依然让人不悦。明知道有些事不可能，可是一点希望都没有的时候，仍让人发怒。

坐在床榻间的暮晚摇，黑玉一般清凌凌的眼睛盯着跪在她床前的少年。

她将迁怒之火发泄到了他身上，冷笑问："怎么，你愿意做我家臣，我就会同意吗？我缺幕僚，缺家臣吗？"

言尚垂着眼："殿下自然不缺家臣幕僚，但殿下府上的人都出去效力太子了。殿下身边正缺人手，为什么不用我呢？"

暮晚摇："你能帮我什么？"

言尚："殿下且说说看。"

暮晚摇脱口而出："太子现在缺钱缺得厉害，我要帮他弄钱，你能帮我想出法子吗？"

言尚："能。"

暮晚摇："……"

她一阵无言，看一直低垂着眼的言尚抬头，向她看来，微微笑一下。他的笑容温和清浅，又充满让人信赖的力量……暮晚摇能说什么呢？

暮晚摇只能拍床，重新找一个发怒的借口："谁准你在我睡着时进我房舍的？我要将放你进来的人杖二十！"

言尚果然道："是我的错。殿下不要牵连旁人，罚我便好。我是一时心急……听说殿下因我而病，我若不能亲眼见到总是不安……而我若不趁此时进，恐殿下醒来，又是不肯见我。

"殿下位高权重，若是不想见我，我根本找不到向殿下表心的机会。"

暮晚摇一愣，他娓娓道来缘由后，她出神地看着他，脸色好了很多，然而又带着一些迟疑。

……她是真的不太懂言尚这般思前想后，是真心还是假意。

若是假意，他都装成了这个样子……谁能说他一句不好呢？

而要说拒绝言尚做自己的家臣……暮晚摇是很任性，但她没有任性成傻子。她手边可用的、听她话的人不多，言尚主动投靠，她就因为不喜欢他而拒绝……她哪来的资格？

言尚这种人物，连太子都不投靠，却投靠她……她该庆祝才是。

暮晚摇心中不悦，又不想拒绝。她只巴巴地拉住被子躺回床上，生闷气："想做家臣你就做吧，随便你吧。"

言尚这才起身，暮晚摇背对着他睡在床上，没有听见他离开的脚步声。她正疑惑，就听身后人道："我方才见殿下的手好似受伤了，不知是什么缘故？"

暮晚摇茫然，她自己看了看自己的手，看到玉白手背上的三道红色抓痕，她才想起来："是猫挠的。"
　　言尚说："那臣去请侍女进来，为殿下的手上点药。"
　　暮晚摇听到脚步声，她心中一动，忽地翻身坐起，屈膝而坐，面朝他的背影："站住！"
　　言尚回头。
　　见方才还一脸不高兴的暮晚摇，这会儿眉眼弯弯，眸若春水地拂向他。
　　她衣衫凌乱、发丝如墨，坐于床上，一双妙目含笑望来，柔弱而清盈，这是何等活色生香的美人。
　　言尚飞快垂眼不看，手臂却僵硬，袖中的手微微握紧。
　　暮晚摇娇嗔道："让什么侍女上药？言二郎你都趁我睡着进我的屋子了，还守什么礼？干脆你亲自给我上药好了。"
　　言尚干干道："这恐怕……"
　　暮晚摇："我的手，是去长公主府上被猫挠的。"
　　言尚眸子一缩，顿时不拒绝了。
　　暮晚摇哼他一鼻子，就知道他一旦知道自己是为了他才受的伤，他那道德感就会逼着他听话了。
　　看言尚出去取药了，暮晚摇轻轻一叹，眼睛望着虚空。她没有了方才还露出的勾人的妩媚，而是眼神空空地发着呆。

　　言尚坐于床畔，手握着暮晚摇的手，将药粉轻轻撒在她手背上。
　　许是吃痛，她瑟缩一下。
　　言尚握住她的手不让她躲，而是低头，在她诧异时，在她手背上轻轻吹了吹，柔声："吹一吹就不痛了。"
　　暮晚摇扑哧一笑。
　　她道："你傻不傻？你当我是三岁小孩一般哄吗？"
　　言尚抬头望她，与她笑眼对上。她嘴上怪他，眼睛却在笑。他眼睛不自控地飘移了一下，却也跟着她淡淡笑了一下。
　　二人间的气氛终于不再那般僵冷，开始有些和谐了。
　　言尚边为暮晚摇上药，边问暮晚摇："殿下，不知这两日帮我看病的医师，是哪位？"

暮晚摇瞥他:"你要干吗?"

言尚说:"自然是道谢啊。"

暮晚摇:"……宫里尚药局的人,这是他们该做的事,就不必道谢了吧?"

言尚温声:"谢总是要谢的。殿下只需告诉我一个名字,待我进皇城的时候,会找机会托人向那位老人家道谢送礼。倒不会是什么值钱的,只是一片心意,殿下且放心。"

暮晚摇语气古怪:"……你连一个老头子都要谢?他做什么了?他就是给你扎了几针而已,我可是……"

言尚抬头看她。

暮晚摇却蓦地咬舌,收回了自己没说完的话。

她红着腮,眼睫潺潺若飘,心道还是不要让他知道那晚,是自己帮他纾解的事了。

他若是知道了,那多尴尬。

其实君臣关系也挺好的,起码很安全。

不然……以她二人这种若即若离的关系,她和言尚迟早玩出火来。玩出火也罢,谁能灭火呢?

言尚误会了暮晚摇的突然住口,以为她说的是她看顾他,他笑道:"所以我不是报答殿下,来为殿下做家臣了吗?"

暮晚摇敷衍地哼一声,说:"那你就尽好你的责任,想想怎么让我在太子那里有面子吧!"

一夜过后,丹阳公主这边进入虚假的郎情妾意时期,侍女春华那边却是天翻地覆的变化。

清晨醒来,发现自己赤身与晋王睡在一起,春华的大脑轰的一下如遭雷劈,脸色瞬间惨白。

她张皇地抱着自己的衣裳向后躲,这般大的动作,也惊醒了晋王。

晋王起来,搂她的肩,对自己昨夜怜惜过的美人并没有当即抛弃:"怎么了?可是哪里不适?"

春华靠墙抱衣,面如纸白。晋王的手搭在她肩上,她抖得更加厉害。

蓬乱的发贴在脸上,她心凉如冰,一下子想到了刘文吉。

刘郎、刘郎……她还在与刘郎置着气,刘郎日日去公主府找她她都不见。她还没有原谅刘文吉的口不择言，却也没有想和自己的情郎断了。她只是、只是还在纠结……

然而发生了这种事！

春华惨白着脸抬头，看向晋王："为何、为何我会与殿下如此……"

晋王微默，露出一个古怪的笑，道："这得问你的家人了。

"是他们将你送上本王的床榻的。不然你以为，本王再心慕你，也不会那般卑鄙吧？"

春华脸更白了，眼睛睁大。

泪水从她眼中滚落。

她难忍地闭上眼，感受到极大的羞耻。

她泪落如珠，却要为自己的家人下跪，颤着咬牙哀求："是他们做错了……殿下不要惩罚他们，他们不是有心算计殿下的……"

乡野穷民，无知百姓，天真地以为算计一场就能拿捏住高高在上的王侯……春华跟随公主那么多年，她深知这些王侯的骄傲。

他们可以自己要，但谁也不能逼着他们要。

晋王看美人落泪成这样、楚楚可怜，心里一叹，更加怜惜她。

晋王道："春华，你这是何必呢？你现在是孤的女人了，就算是你的家人……嗯，孤也会看在你的面子上，不去计较的。"

春华咬牙咬得自己舌尖都流血了。

心知可能性极低，然而她还是切切地仰头，哀求晋王："不知殿下、殿下……可不可以放过小女子？奴婢、奴婢也有情郎……奴婢不愿、不愿……"

晋王一愣，沉默了。

他有些不情不愿，毕竟这个美人很得他的心。但是春华哭成这样……晋王本身性情偏柔，说难听点就是优柔寡断。他犹豫半天，左右为难。

晋王到底是在春华的泪水攻势下，心情不悦地离开了。

回到自己的王府，刚进门就被一个急匆匆出去的小厮撞了。晋王火冒三丈，一鞭子挥过去，觉得是谁都不将自己放在眼中。

晋王回书房，他的幕僚听到了晋王回来，连忙过来安抚殿下："殿下，千万不要动怒。您要忍耐……您只有性情和顺了，才能在那两位皇子的夹击下有一线生机。"

晋王颓然。

他的几个兄长都是有本事的。

以前的二皇子文武双绝将他们一众兄弟压得喘不过气也罢，反正二皇子已经没了；现在的太子手段阴狠，什么都想算计；秦王母妃娘家势力大，秦王自己的王妃势力大，秦王还掌兵权……在这些人的压制下，晋王若是脾气不好一点，不软一点，早被踩死不知多少次了。

晋王坐下，想到一个小小侍女都敢拒绝自己。而自己为了维持自己的形象，居然就同意了。

他叹气："这种处处受人压制的日子，何时才是个头……"

幕僚便再次劝，说陛下就喜欢他听话，晋王可千万不能不听话啊。

如是一番，晋王慢慢情绪好了过来，重新变得恭谦温和。幕僚们离开后，晋王妃过来，过问晋王是怎么了，为何好好地会发脾气，鞭打那个小厮。

晋王与自己这个继王妃感情是不错的。毕竟二人都是被压着的，同病相怜，反倒看彼此很顺眼。

晋王就将自己昨夜与春华的事说了。

晋王妃听说晋王幸了一个女子，心中微哀，却又忍下，道："是丹阳公主的那个侍女吗？好似之前见过。"

晋王道："对，就是她！就数她最好看，本王一眼看中。"

晋王妃想到夫君至今没有子嗣，她虽然心中妒忌，却为了子嗣，无论如何都是咬牙劝着夫君多幸女子的。

此时她便忍着心中不快，说："那不如臣妾去寻丹阳公主，管她要了这个侍女？一个侍女而已。臣妾去说，殿下也不用坏了自己的形象。"

晋王心动了。

但是想到那日暮晚摇似笑非笑地跟他提什么她那个死了的侍女，晋王心里一寒，摇摇头……

他喃喃自语："还是算了，自从丹阳从乌蛮回来，孤就总觉得她这个丫头哪里变了。好像狠了很多……就还是不招惹她了吧。"

晋王妃心里啐一声"孽种"，面上却还是笑着，顺了晋王的意思。

而晋王则在琢磨着：他是不是该在这时候有个子嗣了……那两位兄长应该不会介意才是。

陛下的身体一日日坏下去了，说不定哪天就……他要是一直没有子嗣，储君之争可就完全跟他无关了啊。毕竟能成为九五之尊的人，不能没有子嗣。

春华这边，晋王走后，她也换好干净的衣裳。

她面如寒霜，面对自己这对在她的凝视下低头不安的兄嫂。

她的老母在旁边劝："进王府多好啊，春华你怎么不知道珍惜，现在还怪你兄嫂……"

最是亲人，最是剜心。

春华心尖一痛，强忍着那股痛意，冷笑道："你们以为进王府是什么好事吗？晋王到现在都没有子嗣，你们就觉得这是正常的吗？我们殿下与我说，这是晋王为了不招人眼，强行没有孩子的。不然他怎么可能……

"你们真以为晋王府是那么好的地方吗？"

她这么一说，自己这几个没有文化的家人才慌了。

她哥哥慌道："你的意思不会是晋王自己杀了自己的孩子吧？不可能吧？"

春华怒得跺脚："哥哥！这种话你怎么能乱说！说出口就是杀头的罪！"

吓得她哥哥立刻闭上嘴。

而她嫂嫂也六神无主。虽然她想要自己的小姑子攀富贵，可是晋王府要是那种地方……嫂嫂哆嗦道："那、那现在怎么办啊？春华，一晚上而已，你不会怀孕吧？"

春华一愣，然后目中再次凝泪。

她道："那得劳烦嫂嫂帮我熬一碗狠些的药了……我不能怀孕的。"

她是他们家唯一有文化的人，其他人自然听她的。

她嫂嫂已经急忙忙向外走，春华想起一事，又出了门追上嫂嫂。

春华握着嫂嫂的手，多次嘱咐："一定要药效狠些……不然像我们公主那般……"

她蓦地闭嘴。

想到了丹阳公主在乌蛮时遭遇的那些事，目色沉痛。

她既心疼殿下，却也害怕自己遇上和当年殿下一样的事。怕一次打胎不成，就得遭更多的苦……若是可能，哪个女子会对自己那般狠心呢？

天朗气清。

春华好不容易收拾了自己这边的事，说服自己只要晋王不说，没有人会知道。

春华回了公主府，去见暮晚摇的时候都心跳咚咚，唯恐晋王已经来找过公主，让公主交出自己。

然而她回到公主府的时候，却发现暮晚摇不在。

一个侍女说："殿下与言二郎一起进宫，求见太子去了。当是一些政事吧，我们也不懂。"

春华愣："殿下……和言二郎和好了吗？"

侍女肯定点头："必然和好了。言二郎这几日常在我们府上，殿下都没有赶人走。"

春华怅然若失，自己的事暂且放一边，她开始担心暮晚摇……

远离一个人，时间久了就习惯了；若是常和那人在一起，真的能够控制感情吗？

暮晚摇与言尚同车。

二人虽同车，却坐得隔段距离。

暮晚摇在想自己一会儿见到了太子怎么开口；言尚则是抓紧这段时间，低头看书。

马车先进皇城，再入宫城。到宫城的时候，车停下，外头的卫士去让人查看鱼符。就这个时候，车门被从外撞了两下。极轻的声音，力道也不重，车中人却都听到了。

言尚眼皮一掀，被那敲击声打乱读书。

见暮晚摇绷着脸，掀开车帘，伏在车窗上。她根本都没看到外面的人，就先开始斥了："杨嗣，你无聊不无聊？是不是你用石子打我的马车？"

外头那一身窄袖红衣的少年郎，正是杨嗣。

他漫不经心地抚着自己所牵马匹的鬃毛，回过头来看向马车，他露出一个英俊又无谓的笑。

他说："这么早就巴巴进宫？难道还等着在太子那里用午膳吗？"

暮晚摇："你有脸说我？我看想用午膳的人是你吧？"

杨嗣笑得露出白齿，在日光下夺目灿烂，没有一点阴郁色。

少年风流，摇晃着手里的马鞭，差点扫到旁边的卫士。而他再端详暮晚摇几眼，见她容颜不错，情绪也很平稳。他便向前走两步，手撑在车辕上，向暮晚摇打了个响指。

他慢悠悠地："天气这么好，你还坐马车，不闷？下来与我一起走走。"

暮晚摇说："不是我一人乘车。"

杨嗣一怔，脸色微沉。他一下子身子前倾，推开了马车门。而这一下子，他看到了车中除了暮晚摇端坐外，还有一个人。

那人坐在光线暗的地方，格外静雅。那人从头到尾不说话，让杨嗣还以为车中只有暮晚摇一个。

那人向杨嗣拱手行礼，声音温润："杨三郎。"

杨嗣再盯此人，将他清隽容貌盯了半天，想起来了："……言探花！"

暮晚摇笑起来："什么呀，人家叫言尚……你乱给人取名字。"

她笑靥如花，眉目流波，杨嗣被她笑得尴尬无比，脖子都红了。然而他却做着不耐烦的样子，冷冷瞪她一眼。

杨三郎嗤声："我本来就记不住人名。"

杨三郎淡着脸看言尚，目中不悦："他来干吗？"

暮晚摇："当然是有事，可我为什么要告诉你？"

杨嗣眼睛落到暮晚摇脸上，他顿了一下后，又再次看了车中那少年郎一眼。杨嗣探寻的目光停顿了一二刻。

之后，什么也没表示，杨嗣好似随意地退开两步，不再管他们。

少年郎立在马旁，向暮晚摇懒懒地挥了挥手："那我先走了，一会儿东宫见。我让太子给你留午膳？"

暮晚摇连忙："不用！我说几句话就走，我不在东宫用膳。"

杨嗣上了马，纵马而走，暮晚摇扒在车窗口喊，也不知道他有没有听到。少年背影料峭冷寒，肆意风流，并没有再回头看她。

关上了车门，暮晚摇看向沉静坐于车中的言尚。

见他在出神，暮晚摇便咳嗽一声，解释："他是杨嗣，就是太子身后的跟屁虫。我之前几次躲他，也是为了不想让太子知道我去了哪里……唔，你之前也见过几面的，不知道你有没有印象。"

言尚向她看来。

半响，他说："殿下与杨三郎说话似乎很自如，不用思考太多。"

暮晚摇："因为他这个人就是很简单啊，跟他说话拐弯抹角他也听不出来。当然是有什么说什么了。"

言尚说:"我不是说这个。"

暮晚摇:"嗯?"

言尚拧眉,半晌后缓缓道:"……我是说,殿下与杨三郎的话,似乎很多。"

暮晚摇不解,用眼神询问他这是什么说法。她和杨嗣认识很多年,多说两句话,也没什么吧。

言尚却也不说了。

他心想,殿下与他似乎并没有这么多话。他和殿下在一起经常沉默,经常无言以对。然而殿下和杨三郎……却你来我往,不怕冷场。

马车重新行起,言尚垂目,静静翻着自己手中的书。

而暮晚摇好似忽然才想起一事,她带点恶意又带点真心讨教,含笑问:"我好似从未跟你说过,李家希望我与韦巨源结亲你是知道的,太子这边其实是希望我与杨嗣结亲。

"你既然是我的家臣,那你帮我出个主意,我到底嫁哪个比较好?"

言尚:"……"

第四十四章

言尚说:"我说不好。"

暮晚摇:"可我偏偏要听你说。"

坐于车中,言尚沉默许久。

然而暮晚摇显然不放过他,她一直盯着他看,非要他给出个答案。

好一会儿,言尚才缓缓开口:"殿下想听我的私心话,还是听我的分析?"

暮晚摇听他说"私心",心里"咚"了一下。但她很快反应过来应该是她想多了——言尚这种人,他的私心和她以为的怎么可能一样?

她无所谓地笑了一下,反正她对婚姻早就没想法,不抱期望。如今问言尚,不过是想欺负他罢了。

暮晚摇慵懒道:"那你就随便分析分析吧。"

言尚望着她,轻声:"若是不含个人感情,我认为二人或许都可以。"

暮晚摇："……你在逗我吗？"

言尚无奈道："然而若是私心一些，我心中认为韦巨源虽然年龄小些，然而殿下只要多等他两年，他是非常适合殿下的。"

暮晚摇瞥他："你这么说是因为你和韦树交好吧？"

她怀疑道："你是不是因为和杨嗣关系不好，才反对我嫁杨三？"

言尚不可控制地皱了一下眉。

哪怕他脾性极好，也因为她这种猜测而顿了一下。

所幸他这人脾性好到了极点，他只顿了一个呼吸，就调整过来了情绪。

言尚说："我不会因为私人情感左右殿下。况且杨三郎只是与我有些误会，说开了便好，我岂会无故诋毁他？"

暮晚摇笑吟吟："是，你不会诋毁任何人。我就等着什么时候驸马住进了我的公主府，你与我的驸马和睦相处，日日恩爱吧。"

言尚无言。

他继续将话题拉回之前的："我建议殿下选韦巨源，是因为比起太子，其实李家为殿下的安排才是更好的。虽然太子日后是储君……然而殿下已是公主，保持明面上的尊重已经足够了，太子能给殿下的，韦家、李家也可以。

"再者，韦家走的是'长存'之路。这样的世家，轻易不会牵扯进任何不合时宜的事。殿下选了韦巨源，韦家和李家合作，两大世家联手，殿下夹在中间会好一些。

"更好的，是韦巨源和韦家的关系不是太好。所以殿下即便选了韦巨源，也只是代表和韦家合作，韦家的那些人，因为不管韦巨源的缘故，他们轻易也不会管到公主头上。这样公主嫁了人，仍然能很自在。殿下与巨源在长安生活，韦家在洛阳，李家在金陵……天高皇帝远，总是轻松一些。"

暮晚摇有些惊呆。

她本只是逗一逗言尚，哪里想到言尚居然真的给她分析了这么多出来？

而听了他的分析……暮晚摇扶了扶自己发髻间的步摇，奇怪地打量他："你是不是被巨源派来给他说媒的？你口口声声他有多好，你是收了他多少好处？难道巨源心慕我？"

她掩口，喃喃自语："他小小年纪就会慕少艾了？是不是太早了点……"

言尚忍耐地看着她，他侧过了脸，攥紧手中的书，紧抿唇。

暮晚摇瞥去，见他鼻梁挺直，面容掩在阴影下，投了一重荫翳……他不说话，但对于他这种脾气好的人来说，这个样子便是已经有些不悦了。

暮晚摇扑哧一笑。

她道："怎么了，言尚？生气了？"

言尚轻声："臣不敢。"

两人在车中隔段距离，暮晚摇伸手也够不上他，她又犯懒，便直接抬腿，裙裾如莲荡开。马车中，女郎鞋履抬起，脚尖在他膝盖上轻轻点了一下。

言尚一僵，低头看向她踩在他膝上的珠履鞋尖。艳色轻轻晃悠，玉足裹在其下，她钩了一下又一下……

膝盖都被她踩得有点僵，言尚只好看向她，还试图说服她："殿下不要这样。"

暮晚摇："你接着说啊。我就是跟你开个玩笑而已，我不信你真的是替巨源说媒的。"

言尚有些无奈，向她看过来，接着说："我确实不是替巨源说情。因在我看来，殿下若是与杨三郎……其实也可以。"

暮晚摇好奇了："这个又怎么说？"

言尚抿了下唇，垂下眼睫，他似极为认真地替她分析她的婚姻："因我虽然觉得站队不好，但如果太子未来是储君……殿下想赌一把大的，未必不可以。何况殿下和杨三郎自小一起长大，青梅竹马，关系非他人能比。

"我见殿下和杨三郎说话时的神态，就知……你二人其实很信任彼此，他对你很好。若是……你们成婚了，即便有个太子在管着，杨三郎应该也会护着殿下。从个人情感来说，殿下有和杨三郎的这段旧情，嫁给他其实也稳妥。"

暮晚摇："你说了等于没说。"

她道："你觉得韦树也挺好的，杨嗣也挺好的。你真是谁也不得罪啊。反正驸马是谁，你都觉得不错。你就没有一点个人想法？做我的家臣，你就打算这么和稀泥下去？"

言尚垂目。

暮晚摇又训他，将他说了一通。他待她训完了，才说："我自然有个人想法。殿下想听吗？"

暮晚摇都习惯他这种温暾不得罪人的作风了，她没好气："说说看。"

言尚道："若论我的私人情感，事实上我私心是不愿意殿下选他们任何一个的。"

暮晚摇瞬间怔住了。

她向他看过去,见他盯着她。

这时,马车已经到了东宫外,车停下了,外面的仆从向公主请示下车。他们却听公主声音急促:"等一下!"

车中,暮晚摇紧盯着言尚,一目不错:"说话不要说一半。你为什么不愿我选他们任何一个?"

言尚背靠车壁,安静至极。他目光温和地看着她,柔声:"若有可能,我私心希望殿下不被任何利益所左右,能够嫁给自己真正喜欢的人,和自己真正喜欢的人齐眉举案。

"殿下第一段婚姻是利益,是牺牲。难道第二段也要这样吗?

"若是可能,我希望殿下有自己的喜好,有自己真正想嫁的。这世间一定有真心爱护殿下的,让殿下觉得什么利益都不如选他好。我私心希望殿下能遇上这样的人,能得到真正的幸福。

"所以,若是私心而论,我是不愿殿下选他二人中任何一个的。"

言尚真诚道:"我希望殿下嫁给自己喜欢的。"

暮晚摇怔怔看着他,痴痴看着他。

他话音温和,目光温和,气质温和……他娓娓道来,却如一把刀尖锐无比地插入她的心房,刺中她早已封闭的内心。她心中有些委屈,有些难过。这样的话,从来没有人对她说过……

而言尚向她伸手,微笑:"车停了,殿下还不下车吗?"

暮晚摇眨眨眼,掩去自己眼中一瞬间的失神。他手掌向上抬,是一个托着的姿势。她将手腕放上去,便被他轻轻托住,被他带着下马车了。

到东宫见到太子,暮晚摇已经整理好了自己的所有情绪。

她的一点心软只在方才露出了一瞬,她踏入东宫时,便重新全面伪装起来,又是那个冷傲的丹阳公主了。

言尚跟着她一起进去,但是并没有进去见太子。因为言尚如今没有官身,还不够资格面见太子。

言尚在外厅等候暮晚摇时,再一次见到了杨三郎杨嗣。

杨嗣坐在东宫院子里一棵桃树下,他眯着眼盘腿而坐,望向言尚:"言素臣是吧?太子殿下要我接见你。"

这般说着,杨嗣手上正扒拉着一个九连环,哐哐当当半天。

有东宫侍女看不过去,跟杨嗣小声:"三郎你小声点吧?殿下罚你在院子里思过,你纵是要玩九连环,也不要弄得声音这么大,让我等在太子殿下那里不好交代。"

杨嗣无所谓地摆了摆手:"知道了知道了。"

他果真声音小了点。

但是摆弄着手里的九连环,杨嗣苦大仇深,显然解不开。

杨嗣:"……"

他本来想一边解九连环,一边高高在上地将言尚警告一顿。然而他卡在了第一步上。

言尚在旁默默看了他半天,起初还行了叉手礼跟这位杨三郎打招呼。但是杨三郎面子上挂不住,专心解他的九连环,没搭理言尚。

言尚在旁边站了半天,杨嗣一张脸就越来越僵硬,越来越绷。

任谁在另一个人面前显摆,却丢脸丢成这样……都会不自在。

杨嗣心烦自己怎么想到玩九连环的,想来想去,只能怪自己看到言尚进来,想对方一副文质彬彬的模样,想给对方一个下马威……哎,可是他练拳都好,干吗解九连环!

解不开实在尴尬。

杨嗣尴尬至极时,听到那个言二郎讨厌的声音响起:"你将你右手拇指所搭的环下面那个环向右侧绕三圈,再转向左手中指所搭的环……"

杨嗣目光不善地瞥过去:"这种小孩子玩的游戏,能难倒我吗?你是觉得我解不开吗?"

其实言尚都看着他在同一个角度绕了三次了,三次大禹治水、过家门而不入。言尚也是看杨嗣脸色越来越难看、额头上都开始渗汗了,他才开口提醒。

而现在杨嗣瞪过来,言尚便笑了一下,温声:"郎君自然能解开,多花点时间就好。只是郎君这般英武之人,将时间浪费在这种无聊琐事上,有些大材小用。郎君应该做更重要的事。"

杨嗣:"……"

他哑口无言。

非但无话可说,说不出斥责对方的话,他还觉得仿若一缕春风吹入心房,将他安抚得极为熨帖……杨嗣作为一个从小被太子骂到大的混世魔王,是几乎听不到别人夸他的，而言尚这么一说，杨嗣就忍不住沾沾自喜。

他忍不住在心里自我说服：他说得有道理。

虽然心里认同，杨嗣面上却不显。他无聊地将九连环放下，不再丢人了。少年郎坐在花树下，探寻地看着言尚。即便是坐着仰头的姿势，杨嗣也气势昂然，如剑如电，稳稳压着言尚一头。

杨嗣道："不要以为你会说话，我就会认同你。这里是东宫，不是其他地方。"

言尚叹："郎君似乎对我有些误会，且容我解释一二。"

杨嗣嗤声："开玩笑，我对你能有什么误会？"

言尚心里微妙地不舒服了一下。

他安抚杨嗣，竟像是安抚另一个暮晚摇一样。因杨嗣这个语气……和暮晚摇实在是太像了。

像得言尚这种心细如发的人，一阵阵地难受。

到底是多好的关系……才能像成这样？

言尚忍下心中那点不适，在面上保持着温和笑意："那请郎君先说一下，对我偏见为何如此之深。若只是上次在北里见到我，郎君觉得我品性不佳，我倒是可以解释。"

杨嗣："一边和公主交情好，一边吃花酒，你觉得你品性没问题？"

言尚道："郎君难道不是一边为公主抱不平，一边坐在北里与我碰面吗？"

杨嗣眉毛扬起，冷声："你什么意思？"

言尚："郎君有自己的缘故，我自然和郎君一样。"

杨嗣若有所思。

他说："之前在永寿寺时我便碰到你和摇摇一起，你二人当时为何躲我？"

言尚自然不会说暮晚摇怕杨嗣在太子面前告状，他诧异道："那次应当是意外吧。我那时尚不认识郎君。"

杨嗣呵一声，并不相信，但是他也找不到证据。

杨嗣再次："你还与我表妹纠缠不清。"

言尚愣，这次他是真的迷惘了："你的表妹是哪位？"

杨嗣怒，一跃而起："你这么快就忘了她了？她是赵五娘赵灵妃！我表妹可是日日在我面前提你，你难道在吊着她吗？"

言尚明白了。

他苦笑，为难叹气："不瞒三郎，我一直在拒绝赵五娘，甚至为了拒绝赵五娘，我都搬家了……我已经做到了如此，郎君还让我如何啊？"

杨嗣愣住了，他神色古怪："……你居然为了躲她搬家了？难道你还真的是正人君子？"

正人君子这种认定嘛，得别人来说，自己夸自己就没意思了。

言尚便不说话。

杨嗣绕着他走两圈，扔出自己最后一个疑问："那你是如何在和摇摇婚事吹了后，还和她走这么近的？"

言尚道："因感怀公主殿下扶持之恩，而我在长安又没有根基，便只能选依附于太子了。"

杨嗣："……依附于太子？"

言尚奇怪道："难道公主不是和太子一条线的吗？我做公主的家臣，岂不是和依附太子一个意思吗？"

杨嗣皱眉。

他想说公主和太子当然不一样，但是他看言尚坦然的神色……便将话收了回去。可能这个乡巴佬以为是一个意思吧。

而这般说开后，杨嗣发现自己对言尚竟然没什么误会了……言尚再向他行礼询问，他就哼了一声。

杨嗣："你还是解释一下你那日出现在北里的缘故吧。"

言尚眼皮微微跳了一下，心想这个杨三郎，恐怕是个不动脑子的，都过了这么久，居然还要他解释这种事。

言尚心里对杨嗣多了层认知，面上却不表现，温声细语将自己出现在北里的缘故解释出来。

这时候的东宫正殿中，暮晚摇将自己的主意也堪堪说完：

"……这便是我的意思了。大哥既然要钱，自家人是最好的切入口。这些年来，姑姑靠着父皇的恩宠，大肆搜刮珍宝，圈养美少年。姑姑那里攒着的宝物，绝对不少。我的意思，便是大哥和姑姑通个话。

"要姑姑让个利。而有了长公主以身作则，大哥你都从她那里拿到钱了，管长安其他大家要钱，不就很正常了吗？"

太子沉思。

他道:"这便是最难的了。其实我早就想过,长安世家、贵族这般多,国库缺钱的话,找他们要便是。可惜你知道我交好的世家没几个……若是从姑姑下手,自然是最妥帖的。但这麻烦之处,是姑姑为何要帮我?姑姑难道不会去父皇那里告我的状吗?"

暮晚摇含笑:"这点大哥放心,我帮大哥去找姑姑说情便好。我定会为大哥办好此事,让姑姑心甘情愿地掏钱。其实姑姑也不容易,难道她自己就不怕父皇百年之后,她无人可依吗?她只是被父皇压久了,不敢找大哥的关系而已。

"若是我帮大哥去说情,姑姑一定会松口的。"

太子若有所思。

他似笑非笑地看暮晚摇一眼:"不过是之前探花郎名额之事,你和姑姑有了些矛盾,我还以为你早忘了,没想到却是等着这个机会报复姑姑。摇摇,你现在很记仇啊。"

暮晚摇反驳道:"大哥这话说得没意思。我这是在帮你啊。公报私仇有什么错?"

太子笑。

他确实不在乎什么公报私仇,甚至暮晚摇和长公主有仇,他反而很高兴。

储君之争,本就是站队之争。谁的队都不站,看在太子眼中,就和敌人也差不多。而庐陵长公主平日的作风,本就有点问题……太子想要威望,很需要拿长公主开刀。

只是碍于皇帝,太子不好开刀罢了。

但如果暮晚摇帮他安抚下长公主,让长公主心甘情愿被搜刮,太子自然是喜欢的。

太子起身,拍了拍暮晚摇的肩,欣慰道:"六妹,你终于能帮大哥做点事了。"

暮晚摇唇角噙一丝笑,目光不在意地瞥向窗外。

她没有其他作用的时候,太子觉得她赶紧嫁给杨嗣就是她的作用了;而她现在有了其他作用,太子就不会催婚太厉害了。

言尚给她出的这个主意……确实很不错。

暮晚摇下定决心,心想言尚这个幕僚,她是收定了。

然而暮晚摇本是漫不经心地看窗外一眼,却一下子看愣住了。她看到院中,言尚和杨嗣竟然站在一起,杨嗣与言尚勾肩搭背,一起低头摆弄着什么……

暮晚摇疑惑间,太子也看到了。

太子:"……杨三不会又给我惹什么祸了吧?"

暮晚摇:"……"

她看一眼太子那惊弓之鸟的表现,禁不住抿唇忍笑,心想太子是被杨嗣坑了多少次,才会看到杨嗣做个什么,都有不好预感啊?

然而暮晚摇不得不感慨,言尚人缘之佳。

刚在路上时言尚还说自己和杨嗣之间有误会,现在看着嘛……这误会应该被解除了。

暮晚摇和言尚离开东宫,杨嗣就进去,跟太子说言尚都跟自己说了些什么。

太子随意道:"也罢。他帮六妹,至少现在和帮我是一个意思。"

杨嗣又跟太子说:"那你有一事必然不知道。这个言素臣很不简单,他跟我说,他上次出现在北里的缘故,是因他那晚就知道长公主替换探花郎名额的事。他是专门去北里找人,解决此事的。"

太子无言看他一眼。

直觉自己发现了一个大秘密的杨嗣愣住,说:"怎么了?"

太子道:"……你竟然是亲口听言素臣说,才知道那事是言素臣动过手脚的?"

杨嗣:"……"

他说:"原来你早就知道了吗?你刻意查过了?"

太子漫不经心:"也没有刻意查。只是问了下那夜几个人的行踪,就差不多推算出来事情是如何发生的了。不然你以为之后在曲江夜宴上,我为何想拉拢言素臣?只因为他是探花郎?每年的探花郎,可是最多的啊。"

杨嗣木下脸,盘腿坐下。

过了一会儿,他忍不住怒而拍案。

太子瞥他。

杨嗣隐怒:"所以你早就知道此事,还看我一直犯蠢那么久?你、你们……"

他忽然一愣,恍然道:"言素臣必然也知道你已经知道了那事,所以他今天才会无所谓地将事情告诉了我。因为他觉得你早就知道……所以其实是你们都知道彼此知道,独独我不知道?我一直以为他是吃花酒去了?"

太子顿半晌,终是仰头,忍不住大笑,道:"孤也实在没想到你傻了这么久啊!若是事事都要孤告诉你……孤到底要你何用啊?"

杨嗣见他大笑,更是气得脸红脖子粗,一把将面前的案板掀了,他怒而扑过去:"你们这种聪明人,真是太过分了!混账!"

院中桃花纷落,侍女静默,蹲在屋檐下喂猫。

暮晚摇与言尚坐车而归,中途,言尚温声:"殿下病刚好,回去歇息吧。长公主那事,既然是我引起的,自然是我去长公主府上为长公主和太子搭线。"

暮晚摇默然:"长公主欲睡你而不成,这就是你给她出的投靠太子的主意?让她牺牲一点财宝,被太子在长安打面子?"

言尚微笑。

他说:"只有这种方式,能让不参与任何政治的长公主殿下,卖给太子一个好。"

暮晚摇:"然而我看你却是公报私仇。我不信你想不出更好的法子,你分明是不喜欢长公主,想看我姑姑吃亏。"

言尚道:"怎能这样说?"

却也没否认。

暮晚摇瞥他,发现他眉目温和,面上笑意也比以前真挚了许多。显然他现在向着她,不再如以前那样顾忌着太多分寸,很多话都不会说,很多事就是做了也不告诉她了。

他与她的距离,走近了一些。

暮晚摇看到他笑,便心中不自觉地跟着欢喜。他使坏的时候,竟也这般光明正大,让她实在……钦佩。

她嗔道:"然而你只是要姑姑吃这么一次亏吗?你没有什么后续手段,就放过姑姑了?我觉得不像啊。"

言尚望过来,反问:"殿下为何觉得我不会就此算了?"

暮晚摇望天,轻声:"因为你那日反抗得实在剧烈啊。"

言尚:"……"

暮晚摇面无表情,像是在说别人一般:"你神志都不清楚了,见到我你连面子功夫都没了,你那个时候的样子……让我觉得你完全要不行了。你被姑姑作弄到那个地步,如果只是小小报复这么一下,我觉得不太符合你的作风。"

她望天思考:"你当时脸那么红,身子那么烫,你抓着我的手不放,你绷得特别紧,你……"

言尚面色浮起一丝尴尬,他快速道:"殿下不要说了!"

暮晚摇促狭地看他。

看他侧过脸,耳珠有点红。他咳嗽一声,将话题拉回去的样子实在有点刻意:"其实太子一旦开始管长公主这事,长公主后续都不会太好。因为事情一旦开闸,就不好收回了。而你姑姑的把柄,实在太多了……

"日后太子殿下只要缺钱,只要想起来,他都会用一用长公主。而这么一点点放任下去,迟早有一日,太子会忍不住对长公主出手,长公主今日的权势,会完全被太子收回。"

暮晚摇瞪圆眼,说:"你这个人真可怕。人家只是想睡你一下,你就要报复到人家什么都被收回啊……你对想睡你的女郎太狠了吧!"

言尚瞪向她。

看她目中揶揄,满是戏谑。

他被她欺负了一整日,被她言语挤对这般久,此时终是忍不住,回了一句:"我真的对想睡我的女郎太狠了吗?每个都是吗?"

暮晚摇一愣,然后唰地脸红了。

第四十五章

暮晚摇瞪大美目,欲盖弥彰般声音抬高:"什么每个人?你说的每个人是谁?"

诚然,言尚这么聪明,他当然知道她一直想睡他……但是她也没有睡成啊!

他不是和她很有默契吗?

不是从来不涉及这方面的事吗?

为什么要说出来?难道觉得她和她姑姑是一样的人,看到好看的男人

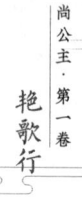

就控制不住吗？

看到公主红着脸并隐隐有点生气的意思，言尚也后悔自己一时嘴快，没有忍住。

他拧眉闭嘴，睫毛有些颤，连自己都不懂自己方才为什么没有忍住要说她。大约是被她说了一整日，哪怕泥菩萨也有三分脾气；大约是她和杨三郎那般般配不提，又故意拿她的姻缘来刺激他……

男女之间，本就有些情绪容易失控。

言尚反省自己还是没有沉住气时，已开始道歉了："臣说的是之前的事，来长安后、中探花郎后，不是有很多人说亲吗？臣是说臣拒绝了她们，并不是对每个娘子都如对长公主那般的。

"男女慕少艾本是正常之事，不行下作手段，单只是喜欢我，这是我的荣幸，我何必要因为女郎喜欢我而羞辱人家呢？"

他这般解释之下，暮晚摇脸色好看些了。可是她听到他亲口承认许多娘子喜欢他，又扬高眉，心里有些不悦了。

恨他就是太好了，所以喜欢他的人才多！

才男女不忌！

暮晚摇阴沉着脸，眼睛在车中转了一圈，从案上的果盘中拿了一颗蒲陶塞入嘴里。

言尚则俯眼盯她，奇怪她为何还是不高兴时，见小公主忽然抬目，掺了星光般明亮的眼睛向他猝不及防地看来。

言尚不解时，见暮晚摇忽然露出笑容。

她媚眼流波，从案上果盘中抓过一颗蒲陶，向他坐过来。她细玉一样的手指伸到他唇边，要将蒲陶塞入他口中。

言尚僵硬靠后，暮晚摇跪在矮座上，伏在他肩侧，气息喷在他耳上。

言尚后脑勺都有些麻，听她硬要把蒲陶喂到他嘴里，还威胁他："你吃了我就不生你的气了！张嘴！"

言尚："殿下……"

暮晚摇催促："吃嘛、吃嘛！"

他禁不住她的嬉闹，又恐惧她扑过来后自己扛不住，左右为难的境地他也不容易。

所以昏昏然间，言尚被她催得张开了口，将她指间拈着的蒲陶咽入嘴里。

暮晚摇俯眼看他，凑在他唇角的指尖忽然那么一勾，言尚就不小心含了进去。

刹那间的泛酥感。

言尚脸涨红，连忙张口让她的手出去，他又取出帕子给她擦手。

心神迷离间，慌张要道歉，然而张口时，他又发现嘴里含着她塞来的蒲陶，含着东西说话何等不礼貌。

言尚面容难堪。

而暮晚摇自己拿了帕子擦手，难得见他这么慌乱，不禁促狭一笑。而这还不够，她紧盯着言尚，果然，下一瞬，言尚蓦地蹙眉，脸有些僵。

暮晚摇一下子欢喜得睁大眼睛，手抓着他的肩笑道："你是不是咬了？是不是咬蒲陶了？特别酸是吧？酸得你牙疼是吧？"

言尚脸此时已经红透了，狼狈至极，连忙侧过了身。然而暮晚摇跪在旁边伏在他肩头拍他肩膀，凑过来非要看他的神情，看他被口中水果酸得受不了的样子。

他越是难堪，她越是高兴，拉着他不让他躲。

冰火两重天。

一边是恨不得就此去世的酸，一边是她靠近带来的惹人沉醉的酥。

口中酸涩至极，言尚从没吃过这么酸的东西。他禁不住佩服方才暮晚摇面不改色吃下去，居然一点表情都没露。

可是她使坏，非要他也感受一下那个蒲陶的滋味。

言尚这般脾气好的人，都被她捉弄得额上出了汗，心中还开始怪罪是谁放了这么酸的蒲陶给公主吃……就不怕丹阳公主发火吗？

放在平时暮晚摇必然发火，然而此时暮晚摇太喜欢这蒲陶了。

她趴在言尚肩上欣赏他半天。

他难受得不行，蹙着眉，整张脸红透，水光沾在乌浓长睫上，身体轻微颤抖，手要抓什么却找不到……而暮晚摇太喜欢他这副虚弱又强撑的样子了！

但是看久了，看他这左右无措、想吐又不好吐的样子，暮晚摇终是有些怜惜他，将帕子递到他口边，柔声："吐吧吐吧，实在吃不下去就吐出来吧。你真的太弱了……这点酸都受不了。"

言尚到底没有将蒲陶吐出来，他闭着目，强忍许久后将蒲陶咽了下去。暮晚摇给他递一杯茶，他才缓了下去，靠着车壁，轻轻舒口气。

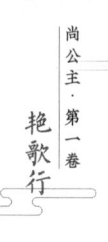

言尚睁开眼，见暮晚摇戏谑地盯着他。

她小脸绯红，目光明亮，看着他笑盈盈。

显然他的受难时，是她的欢乐日。

言尚禁不住道："殿下太坏了。"

暮晚摇哼道："是你太弱了！我看你赶紧练练吧，日后万一出个什么事，敌人给你一口酸的东西，可能还没大刑伺候呢，你就全招了。"

言尚反省："殿下说的是。可否将这盘蒲陶赠我？"

暮晚摇一呆，没想到他还真要练……他对自己未免也太严苛了吧？

暮晚摇不喜欢这种对自己要求太高的人，她觉得无趣，摆了摆手随便他了。

被暮晚摇戏弄了半天，到在长公主府前下车时，言尚神色已经缓了过来。他下车后，刚想行礼送暮晚摇离开，那马车却根本不等他行礼，几乎他人一落地，马车就走了。

言尚无话可说。

还是他熟悉的暮晚摇作风啊。

不管上一刻和他如何好，下一刻永远是翻脸不理人。

此事不能多想，多想徒然无用又让人心乱。言尚转身叹气，整理仪容心情，登门，拿上丹阳公主的名帖，拜访长公主。

庐陵长公主接见了言尚。

庐陵长公主在那晚放言尚离开后，就有些左右摇摆。既觉得这个人心性厉害，杀了永绝后患才好，反正对方现在没有官身，杀了也容易；又因为暮晚摇来过一趟，话里话外将言尚和太子扯在一起，让长公主忌惮。

而长公主拿着言尚给她出的向太子服软的主意，已经犹豫了好几日。

原本她还怕自己这么卖太子一个好，被自己那个皇兄察觉，收拾自己。但是好几日太子那边没有动静，长公主开始担心是不是言尚是哄骗她的，或者太子根本不屑用她？

长公主心焦如焚时，言尚登门，让她松了口气。

言尚深谙敌人的心理，越是上赶着，对方越犹疑；越是往后拖，对方反而比他着急。

所以言尚上门重见长公主，用了比上次在床上还轻松的谈判技巧，轻松让长公主松了口气。

长公主不再将言尚当成一个只能在床上取悦她的美少年,而是用对谋士的敬重态度问:"……那依言郎看,我是否该主动向太子捐赠钱财呢?"

言尚温声:"若是主动,放在旁人眼中,那殿下对政事未免太敏感了。"

长公主:"请言郎教我。"

她虽然自己也有幕僚,但是这些年,她幕僚的作用都成了给她四处搜刮美男子。那些幕僚已经被长公主自己养废了,而一事不烦二主,长公主干脆直接问言尚自己该如何。

言尚眼神微妙地闪了一下,有些诧异,怎么这么简单的事还要问自己。这位长公主难道还真的这么信赖自己?

不可能。

那只能是长公主无人可用。

言尚心中了然,面上仍挂着温和的笑:"殿下府上养着这么多男色。随便让一人犯点错,让太子抓住把柄,之后殿下去赔罪,如此不是简单吗?"

长公主点头,她确实不敢碰政治,唯恐自己沾手一点,被自己那个皇兄削了权。言尚这个主意出了,她自觉反正就这么一次,下不为例。

当然,长公主也看得出言尚让自己用这种方式,有点想落她面子的意思。

长公主失笑,想到底是年轻人,以为我在乎这点损失的钱财和面子?也罢,他想这么小小报复回来,她就当赔礼了。

然而她却不懂,言尚谋的根本不是此时,他谋的是日后。

太子不会放过长公主这个好用的"钱袋子"的,不但不会放过,用久了,还会起贪婪。

很多事情一旦有了第一次,开了口后,想回头都难了。

庐陵长公主看言尚这般风采宜人,让人如沐春风。

自己之前那样对这人,这位言二郎也没在面上表现出来。若不是她和言尚心知肚明,任谁也看不出她之前给言尚下药的事。

这个人啊……庐陵长公主有些不甘心,问:"言二郎,我并非折辱你,而是真的很钦佩你的才华。你可否来我长公主府上做事?"

言尚说:"我今日是替太子来问话的。"

长公主怅然若失,知道对方这是委婉拒绝自己了。她恋恋不舍地放言尚离去,让自己的家仆送人。看对方那清如玉竹的翩然身形在窗外廊下走过,

长公主喜欢得流口水,然而只能放过……

家仆送言尚出门,中途冯献遇过来,冯献遇交代了家仆两句,主动说送言尚出去。

冯献遇如今是长公主府上的常客,是长公主最近最为宠爱的人,家仆们当然不敢忤逆这位郎君的话。

言尚自然无可无不可。

只有二人同行时,言尚还低声向冯献遇道谢:"……上次冯兄提醒之事,是我没有多想,反耽误了冯兄一番好意。"

冯献遇默然。

半晌后他道:"你出这种主意给长公主,也就是哄她身边没有谋士可问。"

言尚笑而不语。心想庐陵长公主若是有人可问,他就不会出这种主意了。

冯献遇再道:"等她在太子手里多吃几次亏,她反应过来后,到陛下那里一阵哭诉,说不定给太子加一个'结党营私'的罪名。到时候,太子说不定要把你推出来挡祸。

"言二,你怎么会为了出一口恶气,而出这种主意?"

他语气中隐约有些对言尚的失望,觉得自己高估了言尚的智商。

言尚诧异一笑,没想到冯献遇竟会提醒自己。

目前在长公主身边,那些面首个个巴着长公主享受荣华富贵,大约只有冯献遇是真正读书、有才华并想科考的人了……

言尚向来是投桃报李之人,对方提醒他,他便也有心拉冯献遇一把。

言尚低声:"然而这不正是冯兄出头的机会吗?"

冯献遇一愣,看向他:"……这如何说?"

二人同行,出了长公主宫观门,在外人眼中,只觉得是一对好友送别而已。没人知道言尚在说什么。

言尚说:"长公主反应过来我在哄骗她在太子那里多多吃亏后,她要告御状,就应该是冯兄拦着她。因为她权势确实太大了,她需要为陛下百年之后而做准备。但她身边的人都是贪图享乐之辈,看到长公主吃亏,肯定都撺掇着她摆脱这事。

"到那时候,冯兄当劝住长公主,为长公主分析,何谓长远之道。以色事人岂能长久?冯兄有了更多的作用,才能在长公主身边留得更久,可以谋到的东西更多。

"自然，我这般建议的前提是，冯兄想一直依靠长公主来求官求名。如果冯兄中途想摆脱长公主，那就当我没有说过这样的话。"

冯献遇怔得停在了原地。

言尚笑看他。

二人此时已经出了公主府，冯献遇看着这位少年郎君的风采，心中涩意连连，又觉得自卑。

他自以为看清了言尚的套路……没想到言尚还在其中给他留了一线生机。

若是他今日不来送言尚，也许言尚根本不会提醒他。他就徒然错过了一个好机会……

冯献遇想，自己比言二痴长几岁，自以为比言二更了解长安局势，然而现在看来……多活几年又如何？

他不如言尚，就是不如。

大恩不言谢。

冯献遇不说话，只立在公主府门前，拱手俯身，向言尚行了一个极为郑重的大礼。

言尚侧过身避让，自然不会受冯献遇的大礼。

二人不再说话，但当日探花郎顶替那点矛盾……冯献遇叹息，想那点矛盾，看来是要被言尚化解了。

言尚处理完长公主那边的事，过了几日后，长公主一个面首当街醉酒鞭打百姓之事，就被告到了京兆尹的案头。

京兆尹本是玉阳公主的驸马。

而玉阳公主的亲哥哥是三皇子秦王，按理说，长安京兆尹的天然立场，其实在秦王那边。

但是秦王还没有反应过来长公主面首打人这事有什么值得关注的，太子就带着大理寺的人，直接将这个案子抢了过去。秦王不知道太子在做什么，但是政敌的立场，本就是对方想做什么，自己哪怕没明白，也要拦着。

一个案子，扯得大理寺和京兆尹精疲力竭，让太子和秦王又斗了一把，到底是太子占了上风。

这个案子背后可琢磨的太多了。

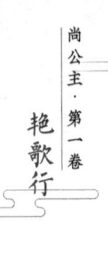

暮晚摇跟在太子身后，从头到尾见证这件事，又帮太子处理，帮太子多方说情。

她心中嘀咕，不知道言尚明不明白自己把所有人扯了进来，也不知道言尚是不是故意的。

但这是太子和秦王的事了。

言尚自然是重新整日来往弘文馆，专心读书，对这事后续一概不过问。暮晚摇见他理都不理，放下心来。

言尚却特意写纸条跟她说："殿下，不可太过沉迷权势。"

暮晚摇立刻把纸条烧了："他管我？"

她其实还有点怕言尚跟她抢功劳，跟她在太子面前抢风头。

他专心读书，是最好的。

为了表示对言尚读书的支持，暮晚摇还难得费心将自己公主府上的许多书搬去了对门，说是赠给言尚。

这让春华欲言又止，觉得公主对言尚太好。

然而暮晚摇正是春风得意之时，哪里管那些？

她因为长公主这事，终于被太子看到了，太子开始会安排她做些事。

那些大臣也不再只当她是一个和亲归来的小公主，而是会考虑她的意见。有时候暮晚摇开口，他们也会思量这位丹阳公主的立场。

丹阳公主府门前的马车，终于不再只有她那几位从府中出去而今当官的幕僚了。

暮晚摇便更加积极地参与政务，加大自己的砝码。她不光要让太子觉得她可用，还要让更多的人忌惮她。

言尚这边，则是迎来了刘文吉。

言尚忙着读书时，自然也会关心自己的旧友。

但是三月份时他和春华一起在北里听了刘文吉的肺腑之言，知道刘文吉对自己意见很大后，言尚便远离了刘文吉几分。

刘文吉心里难受，情人和友人双双对他有了看法，他终于开始反省自己。

这次刘文吉来见言尚时，郑重其事为自己当日的话向言尚道歉，又求助言尚，帮自己见到春华一面，自己要向春华道歉。

言尚迎刘文吉入了府，并不生气刘文吉之前对自己的瞧不起，而是和气建议："我自己无妨，我本就才气不如你，你心中不平也正常。何况你向我道了歉，我自然接受你的歉意。

"然而对春华一事，我尚有些看法。因你若是想通过我来见到春华娘子，我唯恐我这个中间人让你们见了面，但是你再次伤了春华娘子的心，让我愧疚。我忍不住想问问刘兄，你日后打算如何？"

刘文吉向言尚拱手。

三个月不见，刘文吉看起来和以前那傲然模样很不同了。

他的气势收敛了很多，不再将天下人都瞧不起。刘文吉本就俊美，他收敛气势，一身布衣站在言尚这里，很有些美玉琳琅的光华之美。

刘文吉道："言二你说的是，是我之前太小瞧了这天下人。我自觉得才华最好，就不将天下人当回事。而我已在长安蹉跎了一年，终是想通了。我当用心考试，也不再排斥行卷。而即便明年还是考不上，我也当放平心态……

"不瞒你说，我在长安这一年多，家中的钱财已经供不上了。我心中惭愧，也打算学着其他寒门子弟那样，拿着诗文去卖钱，求一个名利。我也在想……若是明年我依然考不中，就不能让春华再等我了。

"我会向她求亲，向公主府求亲。希望素臣你到时候，帮我在丹阳公主那里多多美言。"

言尚连忙恭喜："那我提前祝刘兄了。刘兄如此心态才是最好的……不过只是三个月而已，刘兄当真想通了？"

刘文吉对上言尚含笑又温润的眼睛。

刘文吉脸一红，尴尬道："素臣，你也知道我的脾气……我就是努力收敛，你也不能要求我三个月的时间，就脾性大改，变成另一个人吧？"

言尚笑起来，说："我自然不会那样要求你。如此已经很好了。只要刘兄肯改，我自然是帮你的。"

他叹道："人的脾性岂是一朝一夕能改？人生百年，正是需要日日自省，方能不做错事啊。"

刘文吉："……"

刘文吉无言半晌后说："倒也不必如你对自己这般苛刻吧。"

答应了刘文吉这事，言尚自然会来公主府找春华，帮二人牵线。

但言尚身上的事显然很多。

他不光要读书，弘文馆日日去就不提了；他还有一堆朋友聚会，因他人缘好极,什么宴都有人叫他,他需要筛选,还需要不落每个人的面子;再是他又不知在忙什么,整日去西市。

长安有东市、西市之分,东市达官贵人去的多,西市则是胡商、旅人多些。

按照言尚目前所住坊市的位置,他去东市其实近很多。但他经常去西市,就有些耐人寻味了。

暮晚摇才不关心他。

她现在正是沉迷政事之时,哪怕日日进出门见不到隔壁的言尚,她也没想起来。

她突然想起来的时候,时间已经到了六月。一个月时间到了,隔壁的仆从因为都拿着公主府的卖身契,自然要来公主府领月钱。

府上管事在发放月钱时,下人们聊天,就被刚刚回府的暮晚摇听到了。

听他们说隔壁的事:"言二郎日日去西市呢,也不知道忙些什么。"

暮晚摇想起一事,停住步子,插嘴道:"我今日听一位大臣说,西市最近来了很多西域美人。他们在西市开了酒肆,那些西域美人不去北里,反而在店里跳舞唱歌。

"又漂亮,又奔放!这些美人,让最近整个长安都迷疯了。好些大臣都要去看。"

大魏没有官员不能嫖妓一说,非但没有,谁能得北里那些小娘子喜欢,还是一件美谈。

而若是哪个朝堂大官从来没去过北里,大魏不会说这人清正端庄,反而要说这人玩不起、伪君子、乡巴佬。

暮晚摇想到这里,就信誓旦旦道:"我看言尚肯定是去西市看胡女美人的。"

这般说着,她眼底藏着寒霜,满是肃杀之气。

众人:"……"

而正说着,外头就有人来报:"殿下,言二郎登门来拜了。"

暮晚摇一愣,然后眉目含春,向身后看去。听到他来,她就忍不住欢喜。

不过欢喜只是一瞬,暮晚摇很快想到言尚可能在西市酒肆对胡女们左拥右抱,她脸色冷了下去。

暮晚摇:"不见。"

来报的仆从:"呃……"

暮晚摇冷目睨去。

那仆从低着头，小声："言二郎说殿下若是不肯见他，春华娘子也可以。"

暮晚摇冷笑："……他倒是未卜先知，知道我不想见他了！居然还提前吩咐你们！"

她目若喷火，瞪向站在自己旁边的春华，眼神中不光有怒火，还有委屈、不甘。

春华原本还在看热闹，此时公主的眼睛看过来，她愣了一下："啊？找我？为什么找我？"

春华连忙向公主解释："殿下，我和言二郎绝无、绝无私情……我这就让他走……"

暮晚摇一把抓住春华的手，笑吟吟："干吗让他走？让他进来！我要听听他跟春华你有什么好说的……我倒要看看你们背着我在做什么！"

于是暮晚摇便逼着春华去让言尚进来，她还唯恐他们放不开，特意给他们安排了一间空屋子。

而暮晚摇踱步半天，干脆自己换上了一身侍女衣裳，躲到了屏风后。

丹阳公主靠在屏风后，很想听一听言尚为什么要找春华。

第四十六章

暮晚摇躲在屏风后，明显感觉到外面的春华也很紧张。

她咳嗽一声，春华才回过神，让人请言二郎进屋。

春华心中有点猜测，觉得言尚找她，无非是刘文吉的缘故。

春华心中纠结又痛苦，她不敢将她和晋王的事告诉任何人。晋王没有找公主来要她，让她松口气。然而她不知道如何面对刘文吉。

她觉得自己背叛了情人。虽然并非她自愿，可是她在没有和刘文吉断了的情况下，成了另一个男人床上的女人。和这个比起来，刘文吉只是对她口不择言，算是什么过错呢？

他起码……就是去北里，也没有睡别的女人，没有背叛她啊。

反是她成了背叛者。

刘文吉日日来公主府找春华，春华却已经没有脸面面对他。而今言尚来了……若是为刘文吉说情，她情何以堪？

就是这般煎熬之下，言尚敲门而入，看到了似站在屋中发呆的春华。

二人皆整理一番心情，向对方见礼。

暮晚摇靠着那张嵌宝钿、贴云母的锦屏风，听到他二人在外寒暄——

言尚客套地："殿下这两日如何？"

春华："殿下这两日都在随着太子参宴，除了每日回来得晚一些，也没什么别的。"

言尚低声："她既然身体不好，娘子该劝着她少吃些酒，筵席也不必去得那般频繁，多休息才是。"

春华笑："奴婢晓得，多谢二郎关心我们殿下。"

言尚尴尬地咳嗽一声。

躲在屏风后的暮晚摇唇角翘了翘：言尚拿她来当客套话和春华攀交情，她感觉还挺不错的。

不过他劝说的少吃酒就罢了吧。

一是她确实酒量非他能想象；二是她参宴就得吃酒，而要参与政务就得不停参宴。

她必须主动争取，主动参与政务。

因为她只是一个和亲公主，她身上的价值就剩下李家那点身份、皇后留下的那点身份。太子要拿她当刀用，要她去出头杀人，如果她不去，她就会再次被逼着嫁人，发挥自己身份的那点余热。

言尚他可以按部就班、徐徐图之；他正常读书就能当官、升官，参与政务。暮晚摇却没有时间，她不张扬，就得嫁人；不为刀俎，就为鱼肉。

虽然跟舅舅说嫁谁都无所谓，可是如果有选择的话，她现在……实在是太不想嫁人了。

她已经恨透了嫁人，恨透了和任何一个男人绑在一起，恨透了那种躺在任何男人的床上、屈居人下、无能为力的感觉。

暮晚摇这边在出神，言尚和春华却果然已经说到了刘文吉的事情。

春华本来不想听，但言尚那种不急不缓、徐徐道来的谈判风格，实在让人难以拒绝，让人不知不觉就听他说完了，再被他说服。

言尚说："……总之，人孰无过？刘兄既然没有犯什么原则性的错误，他又愿意为了你而改正，娘子为何不给他一个机会呢？"

春华难堪垂目。

言尚看她神色不与往常相同，不觉认真观察，见春华面上还好，手下却不自觉地绞着自己的袖子，一圈又一圈，她显然焦虑到了极点。

言尚若有所思，想刘文吉的错，不至于到这个地步吧？

言尚问："娘子若有什么为难处，或许可以说出来，我帮娘子一同想办法？"

春华抿唇，却坚定地摇头。

她不想让任何人知道她的狼狈污浊。

春华轻声："二郎，若是我做错了一件事，虽非我自愿，却会伤害到刘郎……我该如何是好？"

言尚垂目望她，半晌问："是什么样的错误？"

春华："我不想说。"

言尚思索一下，再问："那是什么程度的错误？"

春华闭目难堪："……是一旦刘郎知道，他会崩溃那种。"

言尚神色微肃，半晌问："你自己能解决这个问题吗？"

春华道："已经解决了。"

言尚盯她片刻，再次重复："你自己能解决这个问题吗？"

春华诧异他为什么重复一遍，她看向他。

听言尚声音放得更缓，似加深她的记忆："你要非常确定，你真的解决了这个问题了吗？"

春华原本觉得自己解决了，但是言尚这么一问，她就不太肯定了。

看春华露出几分茫然又不安的神情，言尚叹口气，道："我明白了。总之，似乎是娘子这里出现了什么难题。我建议娘子真正彻底解决此事。要么你与刘兄一起面对此事，要么你在与他和好之前，彻底解决麻烦。

"你若实在不愿让他知道，那你就要解决得分外彻底。娘子不愿说，我自然也不多问娘子了。只是我想告诉你，你的主人是一位公主。通常情况下，你的主人地位在整个大魏已经足够高了，她应当能帮你解决你的麻烦。"

春华一怔，连忙向言尚道谢。

说完这事，言尚却还不走。春华奇怪地看他，见这位朗朗如清风明月的言二郎，竟会露出有些尴尬为难的神情。

春华饶有趣味地盯着他。

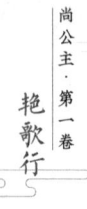

看言尚挣扎半晌后，说："一月时间已到，我本该如我之前答应殿下的那样，将我一月的俸禄给殿下。"

躲在后面偷听的暮晚摇正在心里琢磨春华是做了什么事，又听到言尚这个话，她才恍然大悟：是哦，言尚答应过她给出他自己的俸禄，因为她把隔壁的房舍租给他住。

因为暮晚摇从来不缺钱，也从来不把房子当回事，她都忘了这事了。

但是听言尚这意思……他不想给？

暮晚摇长眉扬起，心想反了他了。不过她又暗自提醒自己，日后记得要吩咐春华，以后每月言尚的俸禄，要交到自己手里亲自过目。

不然言尚有没有给她租资，她都不知道。她会糊里糊涂地就让他住她的房子，还给他院子里的仆从月钱……丹阳公主就算不缺钱，也不傻啊？

外面春华问出暮晚摇的心声："郎君是不愿给租资吗？"

言尚连忙："绝无此意！是我最近手头有些紧，钱财忙于旁的事……请多给我一旬时间，我必将此钱给出。"

春华想想，觉得这不是大事，自己可以替他先付了，就点了头，却不知道后面的暮晚摇气得跺脚，简直想冲出去推开春华自己指着言尚鼻子骂：凭什么拖啊？为什么拖啊？

春华就是太好说话了……连原因都不问一下。

春华怎么就不想一想……也许言尚是拿钱去嫖妓了呢？这、这……玩女人比租资更重要吗？

而言尚此时，居然踟蹰一下，又问春华："……娘子可否借我一点钱？"

春华："……"

暮晚摇："……"

春华大约终于听到她家公主那即将崩溃的心声，多问了一句："郎君，我知道在长安生活不易，但我家殿下连你的房舍问题都为你解决了，你的每月俸禄即便不够，那也有其他钱财入账才是。

"你是探花郎，长安宴请你、与你攀交情的人家必然不少。即便是面子功夫，他们也会赠你钱财。为何如此，你还缺钱啊？你到底将钱用在哪里？"

春华严肃道："二郎，你若想在长安长期生活，该有个规划才是。我看郎君也不是挥金如土的人，为什么这般不擅管理钱财？"

言尚被说得羞愧。

他只道:"不瞒娘子,其实我家三弟擅长管理财务,家里每月都会寄钱来,我寻常也不是很缺钱……只是最近在忙一件事,钱财才断了。待我忙完此事,就能将钱续上了。

"但娘子教育的是。日后我会注意这方面的。"

春华便答应借钱给他了。

把屏风后偷听的暮晚摇气得想吐血:……为什么不问一问他忙的事是什么?

是不是嫖妓啊?

暮晚摇是强撑着自己公主的体面,没有冲出去质问言尚。但是她真的被言尚和春华二人气得不轻——一个脾气好就算了,两个脾气好的人凑到一起了。

春华将言尚送出去后,回来见暮晚摇。

暮晚摇重新换回了自己的华裳,坐着喝茶平复自己的心情。

只是坐在美人榻上的公主殿下华裳曳地,满面寒霜,她一杯杯喝茶时,伺候在公主旁边的侍女向春华使眼色,示意公主不高兴,不要来招惹。

春华硬着头皮过来,暮晚摇瞥向她,忽然问:"是不是被哪个位高权重的人睡了?"

春华一惊,脸色煞白,扑通就跪了下去。

她结巴:"殿下怎么、怎么知道……"

暮晚摇扯嘴角:"你那副表情,也就言尚那种不关心情爱的人看不出来你的问题在哪里。他看不出来,难道我看不出来?"

春华跪坐在地,浑身发软,她唇角颤抖,想哀求公主,却不知从何说起……

暮晚摇看她这样,无语半晌,道:"你到底怕什么?就如言二所说,我好歹是公主。你一个侍女而已,又不是什么天仙国色,谁会为了你非要挑衅我啊?

"起来吧。该怎么玩,就怎么玩去吧。没人能从我这里要走你。"

她都懒得问睡春华的男人是谁,因为左右不过就那几个而已。

而暮晚摇不管再如何,都是一个公主。春华到底只是一个侍女,不想给公主添麻烦。

然而春华不懂,其实在长安,暮晚摇说是过得不如意,但能让她不如意的,也就那么几个人而已……除非春华被她父皇看上了,不然任何人看上春华，只要暮晚摇不愿意，就没人能逼迫。

而暮晚摇的父皇嘛……暮晚摇满怀恶意地想，听说父皇现在都有癔症了，他哪有心情出宫睡女人？

不过想到自己的父皇，暮晚摇就想到自己好像好几天没有进宫请安了。她收拾一下心情，临时决定进宫一趟，去皇帝面前表表孝心。

面子功夫而已，但皇子皇女都不能忘了这面子功夫。

而当夜暮晚摇突然进宫向皇帝请安，让皇帝惊喜了一把。

偌大皇宫，现在皇帝独居一宫，不召见任何人。大约是身体不好，他也不要后宫女人来伺候。

皇帝孤零零了很久，幼女进宫来陪他吃顿晚膳，他竟然高兴十分，多吃了半碗羹，让贴身黄门感激公主。

那内宦送暮晚摇出宫时，因激动皇帝多吃了饭，忍不住与公主絮絮叨叨："自从先后过世后，陛下身体就不好。陛下没有精神，刚开始的时候整日看着先后的画像发呆……好在殿下现在回长安了，该多进宫陪陪陛下才是。"

暮晚摇实在忍不住了，撑一句："母后不是和他互相折磨，棋输一筹才死的吗？还有他见到我高兴什么？他不是一直希望我老死在乌蛮不要回来吗？"

内宦一怔，然后盯着这位丹阳公主。

内宦轻声："殿下似乎在怪陛下？如今几位皇子公主中，陛下其实最喜欢……"

暮晚摇硬邦邦地说一句："反正他和母后都只爱我二哥，我二哥没了，他们难受得要死。我嫁去乌蛮，他们没一个人不忍心。"

内宦为皇帝解释："那是因为……"

暮晚摇烦了，她打断："行了我知道了。是因为政治选择嘛，他要平天下避免边关战乱，我母后要稳李家在长安的地位……我已经知道了！既然父皇身体不好，你就赶紧回去伺候着吧，别出来送我了。"

她语气冲，一开始还只是冷着脸，后来胸脯都因委屈而起伏。

暮晚摇别看身畔，她身后只有仆从，身畔空无一人。而她再抬头，看到星河烂漫，皇宫幽深。她身在其中，如此渺茫，不知归处。

暮晚摇露出几分迷惘的无措的神情来，回过神时，看向旁边的内宦。内宦看到这位公主脸上那种空茫的神情，心中不禁酸楚，却也无法多说什么。

帝王家的亲情，从来不是家事，而是国事。丹阳公主只是运气不好，她是被牺牲的那枚棋子而已……

内宦站在丹墀上，看着那位公主上了辇，在一排排通红灯笼的照映下向宫外去了。

而公主再一次想起来进宫看陛下，又不知道得多久以后了。

暮晚摇的脾气来得快，去得也快。她在宫中有些不开心，但只过了一晚，第二天就忘了，依然自如地跟在太子身边。

太子和秦王之间很有意思。一方面秦王背后的势力强，本应能压住太子；但是太子的心思重，哪怕身后支持太子的世家没有秦王多，太子目前也稳稳压秦王一头。

这日，暮晚摇和几个大臣要谈政务。原本按照习惯，通常他们要么约在公主府或某个大臣家中，要么直接去北里。

暮晚摇换上一身男儿装，已经做好准备和众人一起去北里了。谁知道骑马到半截，几个男人临时决定去西市。

他们小心劝说公主："最近听说西市那边酒肆里的胡女来了好几个漂亮的，不用给钱就能看跳舞看唱歌。听说坐在堂中吃酒，每买一坛酒，就有一个胡女来服侍……当然，殿下肯定不在乎什么胡女。不过殿下应该也没见过，一起去见识一下何妨？"

暮晚摇听他们的话，突然想起来隔壁说言尚最近常去西市，而她又在心里嘀咕半天他去那里干什么。

暮晚摇心中一动，点了头："那就去西市，我也想见识一下胡女是有多风情万种，让你们迷成这样。"

男人们尴尬。

好在大魏民风开放，他们只尴尬了一下，就热情地讨论开了，暮晚摇也没表现出厌烦不想听的态度。公主这般识趣，让几位大臣轻松了很多。

毕竟和女郎共事总是不便……如果这个女郎放得开一些，大家都会自如些。

暮晚摇与他们一起去了一家酒肆，见识那些漂亮的胡女。大约是有她在场，几个郎君便只是单纯欣赏。不过暮晚摇很快觉得没什么意思，胡女袒胸露腹的舞蹈，她只脸红了一下，就觉得也没什么太厉害的。

她们跳的舞也就是热情奔放一些，其实有什么难的？

一点高难度的动作都没有。

只是扭扭腰、抬抬腿而已……暮晚摇自己都能行啊。

暮晚摇看那群男人喜欢得不行,她自己百无聊赖,喝了两盏酒没意思后,便起身出去了。

暮晚摇到楼下柜台边,让身边同样穿男装的侍女去传了几句话后,她就跟随店家去了后院。

暮晚摇这才问起店家:"我的侍女说,你们这家店之前招待过言尚?真的是他?没有认错?"

店家赔笑:"这位女郎,如你的侍女描述的那般长相,断无认错的可能。俊一些的郎君,本就引人注意。他若常常来我店中,就是无所事事,大家也会多关注一眼。如何能认错?"

暮晚摇点了头。

她身后的侍女就给了店家一锭银子。

店家惊喜,要藏起银子时,暮晚摇笑吟吟:"不过他是一个人来这里吗?"

店家看着暮晚摇:"女郎和他什么关系?抱歉,即便女郎给钱给大方,但我们也不应泄露客人行踪。"

暮晚摇闲闲道:"我是他情人。"

跟在公主身后的侍女和侍卫齐齐看向公主:"……"

看暮晚摇心不在焉地编谎,面不改色,让身后人佩服不已:"我疑心他背着我勾引其他女人,所以来查一查。"

店家一愣,再盯着暮晚摇看半天,就有些了然了。他失笑:"娘子你多心了吧?就你这般长相,谁会背着你和其他女人来往?"

暮晚摇敷衍地笑了一下,笑意不达眼,眼睛仍紧盯着店家。

眼看这位女郎固执至极,非要弄清楚此事,店家为难半天,在暮晚摇让人又多给了一锭银子后,店家屈服了。

他低声:"娘子且跟我来。"

傍晚时候,西市很快就要关坊了。暮晚摇跟随店家在西市穿梭,已经看到很多铺子收了摊,开始关门。

店家领暮晚摇进了一家铺子,向里面招呼一声:"韩老七,有客人来!"

铺子里大嗓门响起:"什么客人?都要打烊了还要干什么?想买马鞭

人,平日趁早!"

暮晚摇怔愣,她这般雍容华贵,即便穿着普通男儿装也掩不住她的国色天香。她和这个黑漆漆的铺子完全不配,站在这里,看到四处油烟,四处火星烧过的痕迹……暮晚摇立在这里一会儿,都觉得脏兮兮的烟往自己身上扑了。

她有些受不了地后退,站在门口不愿进去,有些茫然。

她话开始迟疑了:"……言二来这里找女人?不可能吧……"

言尚不像是不讲究成这样的人啊。

领暮晚摇过来的店家正要解释,铺子里帘子一掀,一个五大三粗、脸上一道疤的男人走了出来。他如大山一般走出,嘴里骂骂咧咧,脸上尽写着不耐烦,似在嘀咕都要打烊了,怎么还有客人。

然而这个男人一抬头,看到立在铺子门口的人。

那女郎穿着男装,却如明珠一般熠熠生辉。

男人脸色一下子好了很多,声音都放轻了,唯恐吓着这般美人:"娘、娘子,这位娘子来这里做什么?这里恐怕没有娘子想要的东西。"

暮晚摇问:"你们都是什么人啊?"

领路店家解释:"这里是整个西市最大的卖马、跑商的地方。有不少胡商、胡人来这里接生意,不管是雇人杀人,还是送货运粮,只要钱给得够,这里都有人接活。"

暮晚摇点头,到了这一步,她已经知道言尚在西市做的事,和女人恐怕没有半点关系。

她便也没什么不愿说的了:"我要知道言尚在这里找你们做什么。"

她身后的人捧上一匣子银锭,看得人眼睛都直了。

这位女郎如此大方,那便没什么不能谈的了。大山一般高的男人将暮晚摇领进去,带暮晚摇去见了几个同样身材魁梧的男人。

他言简意赅:"其实也没什么不能说的,做生意嘛。女郎说的言二我也知道,他最近确实在和我们谈一桩生意。他给的钱足够,兄弟们最近也不过是在被他挑人,挑中合适的人,兄弟们自然就会出发了。"

暮晚摇心跳如擂。

她手心被自己捏出了汗。

她听这个人说话,什么出发、什么跑路……她僵立着,心里隐隐有了一个答案。

那个答案在她心口跳着，蠢蠢欲动。

她觉得自己猜出言尚要做什么了。

暮晚摇的喃喃自语，和对方给出的答案，男女不同的声线混在了一起："……找人去乌蛮。"

"砰。"

跟在公主身后的方桐，手一抖，将抱着的装满了银锭子的木匣摔到了地上。满屋子的人都看过来，盯着地上乱滚的银子。方桐呆立许久，看向暮晚摇。

他看到公主目若含泪，光华流动。

暮晚摇将话说到了这里，就是方桐，都猜出了言尚要做什么——

他派人去乌蛮，打探消息。

乌蛮离长安何其远，所以他要花大笔钱财，才能请动人去那里。

这个铺子里的人说："他安排我们几个兄弟去乌蛮，在那里最少待半年，让我们打探乌蛮如今的局势，南蛮如今是什么情况……因为我们这里有胡人，相对大魏人更安全些。他便只请胡人接这个活儿。"

铺子里的人疑惑道："那位言二郎难道是什么朝廷大官吗？他打听乌蛮干什么？"

铺子里的人看着暮晚摇，不安地问："这位娘子，是不是大魏要和乌蛮重新打仗了啊？咱们不是、不是有派和亲公主吗？都有公主嫁过去了，怎么还要打仗？"

另一个人道："你消息落伍了！听说乌蛮好像乱了，咱们嫁过去的那位公主已经回来了……说不定就是因为公主回来了，才要打仗。"

铺子里的人越说越害怕。

方桐呵斥："不要乱猜！朝廷没有要打仗，你们好好做你们的生意便是。"

暮晚摇好像没有听到他们的话一样，她脸色白如雪，睫毛垂如羽翼。她发呆了半晌，蓦地转身，向外跑去。她骑上马，当机立断离开这里——

"驾——"

暮晚摇先骑马去了皇城内的弘文馆，弘文馆已经闭馆了。她御马掉头，直接回自己的公主府。

马到巷中，她跳下马，马被公主府守门的人牵住，暮晚摇看向对门："言尚回来了吗？"

公主府的人连忙回答："方才见到言二郎回来了，殿下要找他？奴让人去请他过来，殿下，哎殿下……"

暮晚摇听到言尚在，直接迈步，就登上了对门台阶。

言尚所住的府邸，严格来说一切都是暮晚摇张罗的。但是暮晚摇把房子租出去后，她从来没管过这里一次，从来没有踏入这里一步。

暮晚摇直接闯入，吓了院子里的仆从一跳。幸而他们很多人去公主府时偶尔见过这位公主，便也没有人敢拦路。

但是不敢拦公主是一回事，不能让公主乱闯，是另一回事。

一个仆从快步追上公主，急声："殿下，您可是要找二郎？不如殿下在正堂稍等片刻，奴去请二郎……"

暮晚摇："让开！"

下人："殿下！殿下！您不能这样乱闯，这不太好……"

然而没有人能够忤逆公主。

下人们闭了嘴，看暮晚摇直接推开了言二郎的房舍门，迈步进去。下人们张口欲言，但只怅然地看着公主根本没给他们开口的机会……

暮晚摇进屋，眼睛扫一圈，就看到屏风后一个人影。

她直接绕去屏风后，道："言尚，你为什么要打听乌蛮的事？那是我的事，谁让你多管闲事……"

她的话一下子收了。

因她看到自己要找的人站在屋内，听到她声音时回头，立刻有些慌地掩住了自己的衣襟。

然他刚沐浴完，只着一身中单，长发披散而下，潮湿水汽在单薄的中衣上压出一片痕迹。他伸手掩住，也没掩住什么……

暮晚摇看到一片雪光清柔，月色流动。水淋淋漓漓，原来少年儒雅温和下，也有这般秀美的时候。

她瞬间哑声，与言尚四目相对。

面面相觑。

二人脸瞬间全红了，但暮晚摇傻了一般看着他，竟然不知道转身背对。

言尚拉住衣带的修长手指轻轻发抖，他深吸口气，闭目后再睁开："……你先将门关上。"

暮晚摇涨红着脸，慌慌张张，又乖乖地出屏风关门了："哦。"

第四十七章

　　暮晚摇出去关门的时候，言尚抓紧时间匆忙系自己的衣带，略有些懊恼。

　　他回来换身衣服、晚上还要出去，原本一点意外都没有的事，可谁能料到丹阳公主突然闯进来？

　　只有她想去哪里便去哪里，连门都不用敲，直接进来……

　　言尚懊恼之时，听到脚步声居然又回来了。他一僵，连忙抓过床上扔着的一件杏色外袍往身上一披，想将衣襟拉紧时，又觉得自己这个动作太女气，好像在提防她一样……

　　言尚手指搭在衣带上，不等他想清楚，暮晚摇去而复返了。言尚微愕，没想到她居然真的去而复返……正常情况下，不应该是他客气一句，她直接出去吗？

　　为什么还回来了？

　　她不光回来了，少年公主那滴水一般的黑眸子向他看过来，不复方才推门而入时的气焰嚣张，这时她的眼神，有些好奇、赧然、揶揄……还有几分呆气。

　　她目不转睛地看过来，眼睛从他的脖颈往下扫……言尚侧过身，将衣领扯了一下。

　　暮晚摇现在反应过来了，不是刚才被他赶去关门的傻公主了。她看他侧身躲，就唇角渗笑。

　　她脸颊又烫，心里又高兴。她说："你躲什么？我又不是没有看过……"

　　她是看到过他的胸口的啊。

　　那晚他奄奄一息躺在她怀里张嘴喘气时，脸上全是汗，汗水顺着脖颈流入衣内。那凌乱衣衫有些被他的汗浸湿，暮晚摇当时惊骇他流了那么多汗，有些不好意思多看……但现在暮晚摇乱七八糟地想起来，又觉那时候其实不如这时候好看。

　　只披着宽松外衫、穿着中单的美少年，肢体修长，骨架匀称，如雪鹤一般昂然其华。

而他的发没有擦干净,潮湿的水滴答滴答向下滴,沾湿了中衣,那层雪色就变得有些薄透……

暮晚摇胡思乱想中,言尚侧过脸向她看来。

他眼下有些红,语气却正经疑惑:"殿下什么时候看过?"

暮晚摇:"呃。"

看他盯着她,眼见这个人这么聪明,说不定他和她多对视两眼就猜出来了……暮晚摇飞快移开了目光,背手斥道:"问这么多干什么?你还不好好把衣服穿上!"

她恶人先告状:"你这个人好奇怪!穿衣服居然不锁门!"

言尚无奈:"我在自己房中、自己家中,穿衣服为什么还要锁门?我怎么知道有人要……"

暮晚摇:"你说什么?"

言尚叹道:"没什么。殿下能不能再出去一下,让我将衣服穿上。"

暮晚摇道:"出去岂不显得我心虚?我又不看你,我为什么要心虚?你随便穿穿得了,一个郎君,为什么这么婆婆妈妈?"

言尚僵立,背对着她却良久不动。她看他好似扯了两下衣带,却似乎又纠结起来。

杏色外衫披在他身上,这衣裳颜色有些轻,男子很难穿出效果来。然这种颜色放在言尚身上,就很温润好看。

暮晚摇禁不住盯着他的背影出了半天神,咬了咬唇。

……确实,秀色可餐啊。

然后她又红脸,觉得自己这样不好。暮晚摇眼睛向床上一扫,看到了叠得整整齐齐的其他衣物,她忍不住想这些衣服被他的手抱过,被他一件件穿上……暮晚摇听到言尚低声:"殿下。"

暮晚摇曼声:"怎么了?"

言尚一径垂着头,低声低暖,几分恳求:"殿下不愿出去,起码去屏风后吧……我实在不能当着殿下的面宽衣解带。"

暮晚摇说:"……你真是太烦人了。"

话是这么说,暮晚摇还是站起来去屏风外头了。她自己其实也松了口气,因如果言尚不让她出去,就让她坐在那里盯着他换衣服……暮晚摇自己也

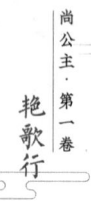

觉得有些不好意思。

她只是更不好意思表现出来而已。

这般折腾了一刻钟，暮晚摇才重新坐下，能和言尚正常谈话了。

言尚衣裳已经穿好了，长发用发带半束，披在肩上一半等着自然干。他坐在床上，靠着床柱和帷幔，和坐在斜对面榻上的暮晚摇隔段距离。

两人尴尬地坐着，默然无语。

好半晌，还是言尚先咳嗽一声，打破这种古怪气氛："殿下是想找我做什么？我晚上与人约好了出去，不好违约。"

暮晚摇说："我想也是。"

他特意回来洗浴换衣服，显然是要出门的。

暮晚摇抬头看向他，将目光放在他脸上。虽然他低垂着眼，面容一半都落在阴影光里……但是看着他的脸，总比看着他身体其他地方、让人浮想联翩好。

暮晚摇说："我知道你要派人去乌蛮半年、打探消息的事了。"

言尚不语。

暮晚摇让自己语气冰冷，不受方才所见情形的影响："你打听消息干什么？这是你该管的事吗？言二，你到底要做什么？"

言尚微微抬了下脸。

目光仍没有抬起，他反问："殿下猜不出吗？"

暮晚摇面无表情："你心眼多如马蜂窝，谁知道你什么意思。说不定你要拿我过去的事威胁我，觉得我平时待你太苛刻了，你要反抗我。"

言尚终是忍不住抬眼，看向了她。她明明猜到了却故意这么说，言尚只好自己说道："因殿下身上，最麻烦的一件事，便是与乌蛮的过去。我既然跟殿下说，要做殿下的家臣，要帮殿下，我自然要想法子为殿下解决你身上最大的难题。

"我自然也没有什么头绪。而正是因为我没有头绪，所以才需要人去乌蛮，去让我了解南蛮五部，了解乌蛮和南蛮的关系……只有知道了这些，日后若真出事，才不至于一头雾水，不知从何下手。"

暮晚摇不语。

她肩膀微微放松，手抓着案木。

其实她猜也是这样。

因为言尚没有理由害她……他只会对她好。

暮晚摇垂着眼,略有些空茫。她低声自语:"你想帮我解决我身上的麻烦,想了解乌蛮,为什么不直接来问我? 满大魏,有人会比我更了解乌蛮吗?"

她最痛苦的两到三年,都是在那里度过的啊。

言尚想知道,直接问她就好了,何必多此一举让人去乌蛮。

言尚不说话。

暮晚摇心里难堪至极,觉得他定是同情她,才不说话,不回答。他体贴至此,于她却如嘲讽一般! 有时候那温柔如刃,实在是伤人透骨……暮晚摇从手指开始,全身不受控制地颤抖。

她压着自己的情绪,却压不住声音里的几分沙哑戾气。

她为自己找面子:"我知道你为什么不问我。你觉得我记性不好,总是昨天跟我说什么,明天我就忘了。总是前一刻你和我做过什么,后一刻我就不当回事了……你觉得我记性不好,问了我我也记不住,所以你干脆不问了。"

言尚怔然。

月色从外照入。

天已经黑了,然而屋中没有点灯火。黑漆漆中,现在显然也没人有心情去点灯烛。

言尚挨着床,看向那靠在榻上的公主。她垂着肩、低着眼坐在那里,手指藏在袖中,一点痕迹不露。

他盯着她许久,他几次忍不住想起身走过去抱一抱她。言尚却强自忍下来,别过目,告诉自己不可以。

她肆无忌惮,无所顾忌。她喜怒无常,撒娇时像少女一样可爱,发怒时口不择言戾气伤人。她和他之间距离太远了,他明明知道她没有心,明明知道她想走哪条路,他不能放任她……

言尚便不走过去,只是温和道:"殿下不要这么说。殿下并不是记性差,我听闻殿下昔日才乐双绝,能才乐双绝的人,怎可能记性差?

"只是殿下之前的生活太苦了。殿下不愿意想起来,刻意地让自己遗忘。殿下心里不断让自己忘记,所以才总是记不清很多事。那些不好的事,又不会影响殿下的生活。殿下不想去记,今日记得明日忘记,又有什么错?

"那些都是无妨的。殿下且放心,从我答应做殿下家臣那一日起,乌蛮之事，本就是我要给殿下的投名状，让殿下看到我的能力。这些本就是你的幕僚、家臣们该帮你想主意的事，殿下完全不用去在意。"

暮晚摇蓦地抬眼向他看来。

蒙蒙月色，屋舍暗黑，只有二人静坐两边，中间距离远，隔得堪比银河。

而言尚对上暮晚摇抬起来的眼睛，他看到她眼中波光粼粼，月影流波。

言尚说："殿下，不要哭。"

暮晚摇当即反唇相讥："你哪只眼睛看到我哭了？自你认识我，你何时见我哭过？你眼睛瞎了吗？"

她的话还是如尖刀般，不留情面。

而言尚则是一如既往地平和，没有被她的戾气伤中。

他仍温柔地看着她，缓声："那么，殿下，不要伤心。"

暮晚摇一怔。

他说："不要那么伤心。没什么的。"

暮晚摇眼眶忽地红了。

她说着自己不会哭，不会落泪。自她受尽委屈、受尽屈辱，她就告诉自己再不会掉一滴眼泪。然而今晚，他只是说这么几句话，她就真的忍不住红了眼……暮晚摇咬着牙，强忍着泪水，只是盯着他看。

她看了他很久，忽然说："你是不是在用乌蛮的事，收买我的心，让我依赖你？"

言尚一愣，然后脸色微冷，下巴绷住。

饶是他向来和气，此时也不禁觉得可笑。

言尚说："殿下以为我是铁石心肠，我做所有事，除了利用和利益，就没有其他缘故了吗？"

暮晚摇："我不知道。因为你这人就是这样，你的心太多了，谁知道我有幸分到你的几瓣。"

言尚有些气，他身子微微后仰，张嘴想辩解，却又不知道从何说起。总之他在她眼里的印象就是左右逢源、就是无利不起早，总之他不管做什么，都是抱着某种目的……

她可真是……可真是……

他低下眼，几分颓然，几分无力。言尚说："殿下愿意怎么想，就怎么想吧。"

暮晚摇微笑："你生气了？"

她顿一顿："我只是问一问你而已，问清了你是不是在博我好感。我只是确认一下而已。"

言尚："确认什么？"

暮晚摇说："你要不是故意博我好感，那我就觉得你是无缘无故地在对我好了。"

说话间，她突然起身，向床边走来。言尚目光垂落的余光中，看到暮晚摇站到了他身边。他以为她要说什么，谁知她下一刻，就跪在了床上，张臂抱住了他。

言尚愕然，向后一靠。后背抵在床柱上，他抬头惊讶看她，她搂着他，跪在床上搂住他脖颈，将脸埋入他怀中。

言尚全身僵得不敢动，声音颤抖："殿下……"

——她突然跑过来抱他，已经抱得这么习惯了吗？

暮晚摇声音在他怀中闷闷地："我真的好羡慕言晓舟啊。"

言尚茫然："什么？"

怎么扯到他小妹啊？

暮晚摇说："言晓舟有你这么一个哥哥，你什么都替她想好、张罗好。反正你天生对她好，不用像是对外人一样。你对外人的心，肯定没有对言晓舟的好。"

言尚不知道说什么。

也是他被她抱着，神情纠结。知道她难受，需要安抚；然而这般抱着……他很挣扎。

暮晚摇却忽地来了灵感，从他怀中露出脸，小声："不如我也叫你'二哥'吧？你像对言晓舟一样对我好，无缘无故地对我好，好不好？"

言尚怔住，然后失笑："不要开玩笑。"

她是皇帝幼女，是皇亲国戚。她有自己真正的兄长，她哪能随便喊人哥哥？

暮晚摇说："你不喜欢我叫'二哥'吗？也是，叫你'二哥'的人好多。连韦树都叫你'二哥'呢。不如，我喊你……'二哥哥'，好不好？"

言尚面红，开始推她的肩让她起来。他看出她已经不那么难受，她开始促狭、开始异想天开了。

言尚重复："不要开玩笑。"

暮晚摇不管，她抱着他脖颈，倾身到他耳边，细细地、柔柔地，咬着他

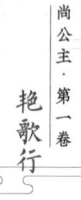

耳一般，叫一声："二哥哥……"

刹那间，她贴着言尚的耳，感觉到他耳朵一下子就红透了，他的心跳也一下子加快，颈间动脉都开始剧烈地跳。他一下子看向她，目光如炬，许多情绪在下面压着……

暮晚摇娇俏地、妩媚地、柔软地、撒娇地："二哥哥！"

她手腕被握住，人一下子被推倒在了床上。言尚声音紧绷在头顶，情绪压抑又近乎崩溃："……不要拿人开玩笑！"

第四十八章

猝不及防，翻天覆地。

只一瞬间，暮晚摇就被压在床褥间，手腕被扯在身体两边，被人扣住了。月光照入。

那光背着他们，当言尚终于受不了将她压下时，光落在暮晚摇脸上一点，却并不能照到言尚的脸上。

气氛从她贴着他耳朵调笑开始暧昧。

言尚向来从容，却禁不住暮晚摇不停地撩拨他。那声"二哥哥"摧毁他神志，他将她压下时，呼吸微乱。有那么片刻时间，言尚脑中紧绷的弦被激得断掉。

他大脑是空白的，是没有思绪的。

言尚俯眼望着身下的少女，看她一颦一笑、风流婉转。

他生平从未见过有人比暮晚摇更能诠释何谓"活色生香"。

不受控制下，思绪混沌间，他根本不清楚自己在做什么。而言尚眼睛直直地盯着她，低头侧鼻，即将亲上她水润鲜妍的、花瓣一样的朱唇。

然后同一时间，言尚发现被他按住的暮晚摇眼中流露出恐惧来。

她的身体完全僵住了。

她的眼睛里流露出的极度恐惧，如同见了什么洪水猛兽般……言尚如同一头冷水浇下。

屋子漆黑，两人的呼吸交错，却谁也没动。

暮晚摇初时看不到言尚，当他将她压倒，当他扣住她的手腕……男子和女子的力道本就不能比，原来之前言尚屡屡被她推倒，不过是他让着她而已。

当暮晚摇挣了一下发现自己挣不开时，她霎时陷入了一种绞痛心脏般的惊惧情绪中。

过往历历浮现。

强大的、可怕的男人，让她躲不了的男女之欢。黑暗中男人盯着她的如野兽一般的灼灼眼神，那些躲在暗处的浑浊呼吸和无处可逃的命运……让暮晚摇全身僵硬。

她一瞬间恍惚，以为自己回到了乌蛮。

她僵硬着，甚至克制不住地开始发抖……直到言尚轻声："殿下。"

被按在床上的少年公主眼中的光轻轻晃了晃。

言尚俯眼望着她，柔声："殿下，别怕，是我。"

是言尚的声音。

暮晚摇回过了神。

她立刻挣扎，言尚从善如流，松开了她的手腕，向后退开坐起。暮晚摇也坐了起来，她捂着自己的心脏，看向靠着床柱的少年郎。

他还有些湿漉的发丝贴在面上，一身杏黄外衫在月光下荡着柔和的暖光。

他坐在那里看她。

暮晚摇一瞬间狼狈侧头，沉默下去。

她知道自己搞砸了。

他原本是终于被她勾得克制不了，想亲她一下吧……他本来都想亲了，可是她一下子表现得很惊惧，言尚的心，应该刹那间就凉透了吧。

暮晚摇怔坐在床上，懊恼茫然，还有些痛恨自己那伤人的反应。

她为什么会害怕？

难道言尚心软一次，被她所撩，是很容易的一件事吗？

言尚看暮晚摇低着头坐在那里发呆，他这般的人物，对别人的心情，是最能感同身受的。看到她那样呆呆地坐着，低头不语，言尚心中骤然微疼。他不忍心见平时趾高气扬的公主，如今孤零零坐在这里发呆。

所以哪怕知道不应该，哪怕他理智已经回来了，言尚仍倾身坐了过去。

在暮晚摇迷惘时，她闻到了那降真香清醇安神的气息。

言尚轻轻揽住她后背，轻轻地抱住了她。

他温声:"殿下,别难过。我不会伤害你的。

"殿下也不必叫我'二哥'。我是信守承诺之人。既然说过做你的家臣,我轻易便不会改。殿下不必担心我帮你是另有所图,即便另有所图,我也永不会害殿下。

"殿下,可能信我一回吗?"

暮晚摇抿嘴。

她心说她不信。

她不信任何人的承诺,尤其是男人的。

可是言尚抱着她温柔地安慰她,他的手搭在她后背上,隔着一层薄薄春衫,她被他的气息笼罩。

所以她大概是真的昏了神。

暮晚摇轻声:"你是君子,君子之风,比我父皇还要一言九鼎,还要不会反悔。

"我愿意信你一次。"

言尚正要微笑,听暮晚摇声音再幽凉地道:"但是要是我觉得你不可信,我就会去杀你。要是你和我选了不同的立场,我就会对你下手。

"真有那么一天,你我各凭本事,谁也不必对谁留手。"

言尚叹气,看她竟是这么倔。

他搂着她坐在床上,该说的说完了,二人之间的气氛僵下来,便又开始走向尴尬了。

言尚搭在暮晚摇后背上的手臂僵硬起来,他开始蹙眉,开始烦恼接下来该说些什么。枉他向来擅长引导话题,但是暮晚摇总是不跟着他的话题走,还逼着他跟着她走……言尚现在想要引导暮晚摇的情绪平静下来,都有些烦恼。

好在正是这个时候,屋舍外传来仆从怯怯的唤声:"郎君,郎君……马匹已经牵来了,您该出门了。"

屋中言尚和暮晚摇,齐齐在心里舒口气。

因为再没有人来打断他们之间这古怪的气氛,两个人都要无措起来了。

仆从在外呼唤言二郎,心里也是纠结万分。

因丹阳公主闯进去了啊。

天黑了下来,院子里的灯笼都渐次亮起。

若说二人在屋中说话，可是怎么不点烛火？若是不点烛火，孤男寡女同处一室，谁知道会生出什么事来。

可若是孤男寡女一起在黑漆漆的屋子里生出了事，他们这些下人在外面喊人，打扰了屋子里的人……二郎脾气好，无妨；丹阳公主生气，那可怎么办？

可如果不喊人，郎君与人相约的时间就要到了啊。

仆从为难之时，听到屋中言二郎清和声音："好，我马上出去。"

仆从们松了口气。

而屋舍中，言尚也放开暮晚摇，站了起来。他向暮晚摇再次解释一下自己与人有约、要出门，但是看暮晚摇的样子，便建议她再坐一会儿，整理一下衣容再回公主府。

暮晚摇瞥向他："等你走后，我过一会儿再出门，这不是徒让人误会，觉得你我在房中做了什么，我身为女子拧不过你，必须休息一下才能出去吗？"

言尚微愕，显然没想到这一层。

暮晚摇鄙视他一眼，起身："一起走。"

二人便稍微整理了一下衣裳，就出门了。看到两人这么快地出来，言尚经过暮晚摇方才提醒，这么一眼看过，见到仆从们的眼神，他顿时神情一言难尽，心想：原来仆从们都觉得他一定和公主发生了什么吗？他和公主这么快出来，他们竟然还松了口气？

暮晚摇与言尚都不说话，方才在屋中时流露出一点脆弱神情的小公主，此时已完全不见了。

出了后院到前院，暮晚摇看到一个仆从牵着马提着灯笼，等在那里。她一下子侧头看言尚，诧异："你居然要骑马出门？"

言尚怔了一下，不知她为什么表情这么惊讶："……时间快来不及了，骑马总是快一些吧。哪里不对吗？"

暮晚摇："我以为你肩不能挑手不能提，没想到你还会骑马。"

言尚："……"

他无奈："我在岭南时第一次骑马时确实骑得不好，让殿下看了笑话。但我之后练过，已经骑得很好了。"

暮晚摇可有可无地回道："哦。"

看着她的傲然侧脸，言尚有些不服。到底是个少年人，哪怕他一心想把自己变成圣人,他到底没有真的修炼成圣人。

他忍不住多说一句:"而且我也不是肩不能挑手不能提,我听我大哥的话,每日早起都会练一会儿武的。"

暮晚摇嗤之以鼻。

言尚看她这么不信,不由气结。但是他又没法跟她证明自己并不虚弱。

暮晚摇就这样步伐闲闲地出了他的府邸,公主府门前,方桐等人早就回来了,看到公主终于从对门出来,言尚牵马跟着,众人都放下心。

言尚对他们微微点头一笑,众人顿时回以礼貌笑容,心想看言二郎还是这般温润如玉,看来公主殿下并没有折磨二郎。

暮晚摇看到了自己这边人脸上压抑不住的笑,她当然知道这些人不是笑给她看的,是笑给她身后那个人看的。

她哼了一声,仆从们连忙收了表情。而暮晚摇回头,她踩在台阶上,看向巷中那个已经骑在马上的言尚。

暮晚摇矜冷淡漠:"言尚。"

言尚向她看过来。

她说:"对乌蛮有什么疑问,直接问我就是。你问什么,我只要知道,都会告诉你。我没你以为的那么脆弱,让你什么都不敢问。我的人生,也没什么不能对人说的。只要你敢问,我就敢回答。"

丹阳公主这气势,让对面跟出来送郎君出门的仆从们赞叹敬佩。

方桐、春华等人却很淡然,知道从乌蛮回来后,公主早就修炼出了一个铁石心,些微小事,公主都能承受。

公主对乌蛮的过去并不避讳,只是她身边的人以为她避讳而已。

而俯眼望着暮晚摇的眼睛,言尚微微一笑:"是,我将殿下想得狭隘了。殿下比我以为的了不起。"

暮晚摇"嗯"一声,说:"我知道你能力很强,办事的能力比你读书的能力还要强。但是现在更重要的,是十月份的博学宏词科考试。你将心放在那上面才是,如果你考不上,又得荒废一年。我没时间等着我的家臣一年又一年。"

她当着这么多下人的面,毫不留情面。

下人都有些替言二郎尴尬。

言尚却只是笑了笑:"多谢殿下教我。"

这从容至极的心性啊,让人不得不佩服。

言尚骑马赴宴，他的心情，却远不如他表现的那般平和。

他一直在想晚上，暮晚摇躺在他床上，流露出的惊惧表情。

她的表情那么害怕……好像他要强迫她一般。

言尚在那刹那间心凉之时，还感受到一股对伤害过她的人的揪心痛恨感。

一个公主，不应该有人欺负过她才是。言尚之前一直猜她在乌蛮过得很不好，也只是以为她一个十几岁、从小都在大魏长大的小公主，不习惯异族人的野蛮生活。

然而暮晚摇的表现告诉他……不只如此。

她有些恐惧男人的压迫。

他只是情不自禁地将她压在身下，都能让她害怕。她在乌蛮，是过得有多差……才会连这个都害怕？她是只能她自己玩，不能让别人主动？

马蹄嗒嗒嗒踩在青石板上，言尚手牵着缰绳，人却在出神。

傲慢的暮晚摇，嗔笑戏弄他的暮晚摇，对他又搂又抱、情绪到了就要亲他的暮晚摇……既会撒娇卖痴，心狠起来又说不理人就不理人的暮晚摇。

千万个暮晚摇，在言尚脑海中浮现。

他怔怔地想着她，心中又是怜惜，又是喜欢。又是忍不住想走近她，又是生气她的撒手不管……她又矛盾又可爱，又好又坏。

他心中有预感自己不能和暮晚摇这样走近下去了，她会摧毁他平静的生活，弄乱他的人生规划和步调……言尚觉得自己越来越难把控两人之间那个安全的度了。

这让他烦恼又迷茫。

最好的法子，还是应该尽量退到安全的地方，不要和暮晚摇走得太近才是。

言尚如是对自己说。

到了他约好的朋友府邸门前，言尚下马将缰绳给迎上来的仆从时，心里还在这么劝自己。

身后有人高兴地喊他一声："言二哥，你来了！"

言尚冷不丁身子一僵，回头向身后看。

见是他的朋友早已等得不耐烦，亲自出门来迎他了。

朋友见言尚脸上出现空白的神色，不禁关心："言二哥，你怎么了？"

言尚："……你还是不要叫我'二哥'了。"

刚才那一瞬间听人喊"二哥"，他真的是一下子回想起了暮晚摇娇滴滴的一声"二哥哥"。

朋友奇怪地看言尚，言尚回过神，摆了摆手，苦笑着请对方不要介意。

接下来几日，言尚老老实实在弘文馆读书，他早出晚归，尽量躲着暮晚摇。不知暮晚摇是不是也在躲他，两人好几日都没有再见面了。

春华这边，却是在公主敷衍地告诉她没关系后，她下定决心，让自己忘了晋王，打算和刘文吉和好。

刘文吉收到她的书信，原本在读书，当即出去找她。春华与他约了一个酒肆见面，但是刘文吉太着急了，他急急忙忙地骑马赴约。

春华才忧心忡忡地离开公主府，打算牵马出巷子时，就听到身后传来刘文吉忐忑又喜悦的声音："春、春华。"

春华回头，见到俊美的少年郎牵着马，不安地立在那里。他向前一步，却又怕她后退，便停下了脚步。

春华一怔，她好久没有见过他了。

刘文吉目光眷恋地看着她，也只知道呆呆地看着，半晌不敢动。

春华慢慢抿唇而笑，她害羞公主府上的人看到自己这样，便侧过脸，嗔道："不是约好了地方吗？你怎么到这里来了？"

刘文吉目不转睛地看着她，口上讷讷道："因为你好久不见我了，我怕你不来……我实在忍不住，想来看看你，对不起。"

春华低头："这有什么好道歉的。"

她垂目，看到她的情郎向前走了一步。

他语气略激动："春华，你是真的原谅我了，愿意与我和好了吗？"

春华听他说什么"原谅"，心里就苦笑，想做错事的是自己啊。她胡乱又敷衍地点头，想将这个话题绕过去，不想刘文吉忽然向前走了一大步，松开了牵马的手。

他一下子将她抱了起来。

春华尖叫一声，被他抱得脚离了地。她涨红着脸，拍他的肩："刘郎，你快放我下来！"

刘文吉抱着她不肯放，仰头看被举高的女郎，他眼睛里尽是闪着星辰般的光。

他笑道："不放！春华，你是真的原谅我，真的和我和好了对不对？你不怪我了是不是？我不是在做梦对不对？"

春华脸红透了。

因公主府门口的守卫，都好奇地看过来。公主府对面府邸门口的小厮，也看过来。

春华脸红不已，拍刘文吉的肩，他却不肯放下她。他眼睛明亮地仰头看她，让春华也不由得被他的情绪感染。

她禁不住抿唇笑了，手搭在他肩上，低头看他："你这么喜欢我呀？"

刘文吉道："自然啊。我见你第一面就喜欢你喜欢得不得了，但是你太害羞，总是跟着你们公主殿下，让我想找你说话都找不到。

"春华呀，也许我有很多毛病，也许我会犯很多错，但我真的喜欢你……特别喜欢你。我见你第一眼时，就觉得我此生非你不娶，若是不能和你在一起，我的人生多么无趣。"

他仰望她，恳求她："所以春华，不要离开我，好吗？"

春华眉目含笑，心中感动不已，又被他的直白弄得脸更红了。

她也是第一眼见到他时，明明已经转身要去回报公主了，却还是不禁回头多看了他一眼。回头看他那一眼，她就心中摇动，喜欢那个清隽的少年郎。只是何其幸运，刘文吉也喜欢她，主动来跟她说话，主动来找她。

她运气是极好的。

春华小声："你先放我下来啦。"

半晌，她忍着羞涩，低声："你若是不负我，我便不离开你。"

刘文吉自是高兴至极，他拉着春华一起，二人骑马出了巷子，和好后自然出去玩。春华关心他书读得怎么样了，他也说无妨，皆是命数。

看刘文吉心境比以前开阔了很多，春华也替他高兴，陪他玩了一整日。情人之间在一起，哪怕一时一刻都嫌时间太短，自是不必多说。

暮晚摇吃多了几杯酒，出去时尚是骑马，回来时便是坐着马车。

她从一个宴上退下，如今靠着车壁昏昏入睡时，听到外头方桐低声："殿下，我看到言二郎了。"

暮晚摇不语。

言尚那晚看到了她那么狼狈的时候，他还差点就亲了她……她心情也是古怪，所以好几日不想见他。而她不见他，他也不来，就更让暮晚摇生气。

听说方桐看到言尚了，换在平时暮晚摇必然懒得理，直接让马车过去，最好让言尚看到，却发现她不理他。

但是今日大约是多吃了两盏酒，暮晚摇脑中有些晕晕的。她听到方桐说言二，心中就一动，掀开了车帘。

她看到了言尚瘦长清癯的背影，旁边还有一个小厮跟着。

他辛苦地抱着一箱书，他的小厮也抱着一箱书。

暮晚摇手伸出，从外敲了敲车外壁，冷嘲热讽道："才骑了两天马，这又不骑了。怎么，是骑马伤到了你，让你娇贵的皮肤被马磨破了，你骑不动了？"

在大魏，无论男女，崇尚的都是肆意风流，自然骑马也是贵族男女出行最喜欢的方式。

言尚正艰难地抱着书，听到那凉凉的嘲讽声音，就知道是暮晚摇。他叹气，其实他刚才就看到丹阳公主的马车了，只是他以为就如前几次那样，暮晚摇根本不会理他。

谁知道她居然掀开帘子跟他说话了。

言尚抬目向她看去，不理会暮晚摇那讥嘲，好脾气地向她打个招呼。

暮晚摇目光微微一闪。

六月份天已经开始热了，言尚额上出了点汗，颈间也有。出汗这种事放在其他男人身上必是臭烘烘的，但在美少年身上，就不一样了。

言尚身边的小厮向公主请安后，不服气地为自己家郎君说话："殿下这话说错了。是我们回来的时候，郎君看到一家进城做买卖的人，他们家的老马死在路上。那家人伤心得不行，我们郎君就把自己的马送人了。

"我们郎君是做了好事，才不是不能骑马！"

暮晚摇眼睛看向那个替言尚说话的小厮。

言尚轻声："云书，不要在殿下面前放肆。"

暮晚摇目光重新落到言尚脸上，说："看不出，你连贴身小厮都用上了。欠我的房舍租资，有没有还清？"

言尚脾气极好道："已经还了。"

暮晚摇还想再找碴，但看他额上一滴汗落下，沿着鼻梁流入唇间。她不禁神色一恍，缓下了神，说："真的很热吗？你是要回府吧？上车来，我载一程。"

言尚身边的云书以为自己家郎君这么有礼的人，一定会再三拒绝，没想到言尚竟然没拒绝，只说了声："那麻烦殿下了。"

暮晚摇目露喜色，高兴地让人停下车，她亲自开车门，拉言尚上车。

言尚不拒绝，自然是知道暮晚摇是很不喜欢被人拒绝的，他越是拒绝，她越是生气，并且还会强迫他。既然总是要被强迫，不如一开始就从了她。

坐到了车中，暮晚摇热情地将笼下罩着的冰片向言尚的方向推了推，又拿出帕子让他擦汗。

她托腮伏案，坐姿散漫，清水眸子黑滴滴，静静地欣赏他擦汗的样子。她又是明艳，又是冷漠，就盯着他看了许久。

看得言尚脖颈微红，侧过了脸，避过她的目光。

二人无话可说。

好一会儿，言尚才勉强找了个话题："殿下从哪里回来？"

暮晚摇懒洋洋道："这种客套的话，你就免了吧。反正你多说两句，我也不会对你印象好。"

言尚轻声："人和人之间说话，又不是只为了印象好不好。难道我便不能关心一下殿下吗？"

他向她看来，略有些责怪。

不知不觉，在他的目光下，暮晚摇竟觉得自己这么随便不太好。她干咳一声，坐得端正了些，老实回答他的问题："我也没什么事啊。对了，这两日，我要宴请户部侍郎。你既然是我的人，那你过来我府上，与他们都见一见，日后好互相照应。"

言尚点头，却说："我不是殿下的人。"

暮晚摇哂笑，道："随你说。"

这般闲聊两句，两人之间那弥漫的古怪气氛消退一些，二人能自如说些闲话了。不过两人都尽量把握着分寸，不将话题移到不受控制的方向去。

马车到了巷子口，车停下了，外面的人却半天没喊他们下车。

好一会儿，言尚那个小厮云书，怔怔地："二郎，咱们府门前……好多人啊。"

言尚失笑："怎可能是找我？应该是有人找殿下吧。"

暮晚摇也这般觉得，她公主府门前门庭若市还有可能，怎么可能有人找言尚这个还待诏弘文馆的人呢。

云书在外结结巴巴:"不、不是……郎君你看了就懂了。"

推开车门,暮晚摇和言尚一起好奇地看去。

看到府邸门前,堆满了货物,一个娇俏娘子立在府前,声如黄鹂,指挥着仆从们往言尚的府中搬东西。公主府那边好奇地看了半天,言尚这边府邸的仆从们被那娘子指挥着帮忙搬东西。

众人都很茫然。

而听到了马车这边的动静,那娘子一下子回头看来。

色若春晓,满是灵气。

她看到了坐在车中的暮晚摇和言尚,先诧异了一把,敷衍地跟暮晚摇行了礼,就欢喜无比地向言尚挥手。

她跟言尚说话时,还不自觉地红了脸:"二郎,你回来了啊。听说你搬家了,真是的,你干吗不告诉我呀?我是来庆你乔迁之喜的。"

这个娘子,暮晚摇认识。

因为她是杨三郎杨嗣的表妹,赵家五娘,赵灵妃啊。

赵灵妃目光又羞涩又大胆地盯着言尚,谁不知道她什么意思啊。

坐在马车中的言尚,瞬间就全身僵硬了。

暮晚摇的目光向他杀过来,她还一把掐住他的手:"怎么回事?"

言尚看向她。

不复从容,他结结巴巴道:"我、我也不知道啊。"

第四十九章

言尚对目前状态说不出个所以然,暮晚摇怒气冲冲,下了马车回府。

言尚叹口气,只能回头无奈地看向赵灵妃。

赵灵妃见他回头,便十分懂事地对他露齿而笑。

这般十四五岁的娘子正是豆蔻年华,她笑得又大方,又明丽,让一巷子的仆从都看呆了。

只言尚再次低叹一声,有些头疼。

赵灵妃被她阿父在家中关了两个月，她和自己阿父又打又闹折腾了那么久，后来终于懂得装乖了。

于是赵公就将女儿放了出来。

毕竟自家女儿活泼外向，整日被关在家里，早就蔫得不行了。

赵灵妃在自己阿父面前装乖，回过头来就欢喜地再次去找言二郎了。她心中想反正阿父拗不过自己，等多熬上两年，阿父说不定就同意了呢？

毕竟言二郎跟她说他这两年没有婚娶的考量，那她可以等两年嘛。

重要的是让言二郎喜欢她，习惯她。

如他这般温润如玉的人，他应当很难去主动喜欢哪个女郎。赵灵妃抓住这个时间，日日在他身边陪伴他。

红袖添香，日久生情，不信他不会心动。

赵灵妃先去永寿寺找人，发现言尚已经搬走后，慌了许久。幸好她在永寿寺多发呆了一会儿，碰上了永寿寺中养病坊的小孩。

得知言尚还会经常回去看他们，给他们送吃送喝、教他们读书，赵灵妃轻松就问出了言尚现在住在哪里。

赵灵妃看着那群小孩子对言尚的期待和喜欢，心中更是为言尚高兴，为自己的眼光高兴：她喜欢的郎君，是这么善良的一个人！

于是自然地，赵灵妃就来找言尚了。

丹阳公主所在的坊，拦住寻常百姓自然没问题，然而赵灵妃也不过是多花了点时间，仍然轻松进来了。赵灵妃觉得自己许久没见言尚，特意贺乔迁之喜，还备了许多礼物。

言尚只能感谢，并请她进府喝杯茶了。

赵灵妃跟在言尚身后，见他背影清肃、气质独绝，她兴奋地握握拳，鼓励自己继续努力，争取早日走进言二郎的心房。

言尚请赵灵妃在正堂喝茶，不由得再次旧话重提。

言尚："娘子何必如此呢？娘子这般日日寻我，我实则很困扰啊。"

赵灵妃说："郎君，你就当我不在好了。我只远远地跟着你，不会靠过去跟你主动说话，好不好？如果不是你找我说话，我便不上前好不好？"

言尚微蹙眉。

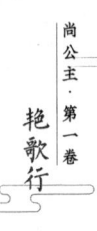

他说:"我实在辜负娘子的一腔厚爱。娘子这般,我却无法回应,娘子岂不是让我愧疚?长安的未婚郎君众多,与娘子门当户对的也极多,娘子何必非要与我交好呢?"

赵灵妃叹:"第一眼看到一个人,就心动。这种缘分,哪是随随便便就能遇上的呢?"

言尚怔一下,却说:"但我真的不喜娘子如此。"

赵灵妃看他神色微肃,有些慌。她低声道:"那、那……那我三日来见你一次,好不好?你不用跟我说话,我就看一看你,心里就很欢喜了。"

言尚轻声:"……何必如此呢?"

赵灵妃道:"你便给我个机会吧。反正不是你一直拒绝我,我失去信心再不追慕你了,就是你终被我打动,看到我的好。郎君你又没有婚嫁,何必一点机会都不给我?"

言尚说:"……恐我对婚嫁的看法,与娘子不同。"

赵灵妃目中一亮,心想他都愿意跟她讨论成亲了。她连忙竖起耳朵,听他这样的人物,对婚嫁有什么看法,自己好去改。

言尚说:"婚事对我来说,不过是一种传宗接代的责任,我实在是无意情爱。"

赵灵妃呆住了。

她说:"你的意思是,娶谁什么的,你的未来妻子是什么性情,你都无所谓?"

言尚颔首,心想他如此冷情绝爱,这位娘子总能知难而退了吧?

谁知赵灵妃红了脸,非常大胆热情道:"我、我……又不是不能为你生孩子啊。"

她比言尚想象的更加彪悍:"郎君,你想几年生几个啊?你喜欢生男还是生女啊?我都可以的。我身体非常好的!因为我从小就练武,你现在看不出来,以后就懂了……"

她眨着眼暗示他。

言尚口中的茶含着,被她噎得,咽也咽不下去,吐也不好意思吐。他掩袖咳嗽,连忙将茶放远点。

他无奈地看向赵灵妃,赵灵妃喜悦地回望。

言尚撑住额头,开始头痛。

赵灵妃开始习惯地找机会就往这边跑。

言尚为了躲她，目前大部分时候都是躲去弘文馆了。毕竟弘文馆在皇城中，赵灵妃没有鱼符和腰牌，很难进去。

赵灵妃自然央求她表哥带她进去，因杨嗣几乎每日都会去东宫，正好会进皇城。但是杨嗣被赵公交代过，他毫不犹豫地拒绝了自己表妹的要求。

然而赵灵妃痴缠着自己表哥，求自己表哥帮忙想办法。最要紧的，是让杨嗣走东宫的关系，给赵灵妃腰牌，让赵灵妃可以自由进入皇城。

杨嗣烦了。

杨嗣说："求我有什么用？我能把言二郎绑到你床上，让你们生米煮成熟饭吗？"

赵灵妃梗着脖子："……也未尝不可啊！"

杨嗣："……"

他镇了半晌，望着赵灵妃："你这么喜欢言二啊？"

赵灵妃点头。

杨嗣想到自己见过的言尚，他不能理解："你到底喜欢他什么？"

赵灵妃开始如数家珍："他长得好啊，而且很注重修养。每次我见到他时，不管他穿什么衣服，他风采都干净清朗。他说话不急不慢，会听我说什么，懂得在恰当的时候闭嘴聆听，不像你们这些臭男人一样，说爽了只顾着你们自己高兴。

"他心特别好啊。看到别人有难，不管认识不认识，能帮一把的他都会帮。他也不求回报，记得他恩情的人很好，不记得他恩情的人他也无妨。

"他朋友众多。每个认识他的人，都对他赞不绝口。就说表哥你吧，上次你还对他不屑一顾，这次你不都不说他了吗？

"还有哇……"

杨嗣冷冷看去，捂住了赵灵妃的嘴。

他是看出来了，言二郎优点太多了，赵灵妃喜欢很正常。

杨嗣微皱眉。

只是他觉得，言尚和暮晚摇的关系，也奇奇怪怪的……

杨嗣拄着下巴，沉思着。

他很少见到暮晚摇和哪个郎君走得近，以前暮晚摇年少时，她是乖巧安静,不会主动招惹任何郎君;现在暮晚摇长大了,她有目的地和男子往来,却也不将男人放在眼里。

然而杨嗣已经见过两次,暮晚摇和言尚在一起。

一次是在永寿寺;一次是暮晚摇和言尚同车,去东宫。

而且皇帝曾经为这两人指婚,只是被暮晚摇拒绝了。

一般情况下,暮晚摇即便为了避嫌,也不应该再和言尚走近。

然而那日他们同车……言尚还成了暮晚摇的家臣。

他们的关系,仅仅如此吗?

"表哥,你到底能不能帮我啊?"赵灵妃拽住他手臂晃两下,将他从思考中扯回现实。

杨嗣低头看赵灵妃两眼,缓缓道:"我不能给你鱼符,让你随便进出皇城。不然出了事,就要太子为你兜底。不过我可以帮你拖着你阿父,你去寻言二玩的时候,跟你阿父说,你是来找我玩的。这样你阿父起码不会总拦着你了。"

赵灵妃虽然没得到最想要的,但看杨嗣如此坚决,也只能点头。

她这位表哥性子强硬倔强,说服是很难说服的。

赵灵妃低头嘀咕:"我每次见到丹阳公主,都觉得她眼睛跟刀子似的看着我,吓死人了。你不是和丹阳公主关系好吗,能不能帮我跟她说情啊?我只是去见言二郎而已,她怎么每次看到我都沉着脸啊?"

杨嗣一愣,然后扑哧一笑。

目中流出一些温情来。

他说:"摇摇啊……

"你不用理她。她现在脾气就是这样,看到谁都没有个高兴的样子。"

想到某人,他甚至笑了笑,声音放柔:"……但她也没有到胡搅蛮缠的程度。你不主动招惹她,她是找不到借口来对付你的。"

赵灵妃似懂非懂地点头,望着杨嗣半天,又忽然道:"表哥,你是不是真的是为了等丹阳公主,才一直不娶妻啊?"

杨嗣:"啊?"

他愣了一眼,含糊道:"也算这么回事吧。"

赵灵妃同情一叹,道:"那你也多找找丹阳公主说话啊。你丢着不管,美人难道能飞到你怀里吗?"

杨嗣嗤笑,伸手揉一把赵灵妃的头。他淡声:"我的事,你不用操心。我心里有数,知道自己在做什么。"

他心中对自己的父母抱歉。

暮晚摇一日不嫁人,为了当她那个挡箭牌,他就一日不会成亲。

他身后有太子,有杨家。他能任性的范围太小……他不是什么智谋超群的人,他空有一身武艺。

这一身本领,却也扛不住风刀霜剑,不能保护暮晚摇。

不成亲,不娶妻,当暮晚摇每次被催婚时,他都能被拉出来,这已经是他能帮暮晚摇的唯一一件事了。

宁可让世人以为,是他不喜欢她,拖着不想娶她,也不要让人觉得他早就同意了,逼迫全到摇摇一人身上。

杨嗣垂下眼,因思量而静默下来。

赵灵妃急道:"你不着急,可是你阿父阿母好着急,整日到我家说。他们对太子都有些不满,觉得是太子逼着你非要娶丹阳公主,耽误了你的婚事。旁人家郎君像你这么大,早应该开始说亲了。"

杨嗣漫不经心:"和太子有什么关系,和摇摇有什么关系。"

他眯眯,起身站到窗前,透过层层云翳,望向遥远天边。

他抱臂而站,声音淡淡:"太子召不召我回长安,此时我都是不会成亲的。如果我现在不在长安,我应当在漠北、在陇西、在边关……我应当夜宿星河,日倚高山。我应当和将士们出生入死,应当在战场上奋勇杀敌……"

他眺望着远方,虚虚地,如同眺望着长安以外的地方,眺望着那些马革裹尸、千军万马……那些让他血液沸腾,让他充满动力。

赵灵妃望着他顾长巍峨的背影,怔怔出神。他挺拔如剑,那剑却被铁索锁住,不敢出鞘。

她觉得自己的表哥是雄鹰一样的人物,这样的雄鹰,本应高高飞在天上,飞出长安。然而现实中,杨嗣被禁锢在长安,被困在这里。

他无法施展自己的一腔抱负,无法丢下长安不管……

有朝一日……但愿有朝一日……

杨嗣回头看向赵灵妃,他目光明亮,肆意无畏。

在这一瞬间,与他沉静的目光对视,赵灵妃觉得自己好像有点理解他,有些可惜他被困在这里。

赵灵妃不想露出小女儿的同情神态，因为她有什么资格同情她表哥呢？

哪怕他现在被套上枷锁，被困守长安……但总有一日，表哥会冲出这里，会走向他真正想去的舞台啊。

赵灵妃目中波光流转，她笑眯眯道："我从来没有出过长安，没有去过陇西漠北，没有去过边关，没有见到过真正的战场和将士。希望有一日，我有机会跟随表哥出去见识一番。我也想见到表哥看到过的那些！"

杨嗣不屑："你？你还是先忙着嫁人吧。等你嫁人后，你更不可能跟我去见识了。"

赵灵妃瞪他："那你就努力在我嫁人之前，能够出长安啊。太子那般宠你，只要长安局势稍微稳一些，他就会放你走的啊。或者你跟他多求两句，他又舍不得真的困着你不放……总之，你就不能在我嫁人前，让我看到你的风采吗？"

杨嗣微愣，说："你懂什么。"

然后他又走回来，笑着揽住赵灵妃的肩，吊儿郎当道："那行吧。我尽量让你在嫁人前，带你出长安一趟。别你都嫁人了，还一点见识都没有，太丢人了。"

赵灵妃立刻踹他，他轻松躲避。

赵灵妃一下子跃跃欲试，追上杨嗣与他过招——她武功自然不如她表哥，但她从小也是喜欢练武的。虽然一直被表哥压着打，却还是想试试自己有没有进步一点。

赵灵妃和杨嗣讨论后，继续去言尚所住的巷子里，每日去蹲守言尚了。

赵灵妃很难遇到言尚，因言尚为了躲她早出晚归。毕竟晚上坊街关闭，赵灵妃要想回家，就不能在外面逗留太长时间。

如此也罢。

可怜的是赵灵妃难遇到言尚，却经常能遇上出府回府的暮晚摇。

暮晚摇大部分时候骑马，身后跟随着众多男女骑士。这位公主永是风流妩媚的样子，描金穿银，十分惹人眼球。

然而暮晚摇每次看到赵灵妃，脸都瞬间沉下，刀子一样的眼神剜她。

赵灵妃莫名其妙，不知道自己哪里招惹了暮晚摇。不过她谨记自己表哥的吩咐，不主动招惹暮晚摇，每次见面，都乖乖地带笑打招呼。

于是就看着暮晚摇脸色一日比一日难看，却偏偏没有找到理由跟赵灵妃发火。

赵灵妃庆幸，想果然还是表哥了解这位公主啊。

暮晚摇看到赵灵妃就生气，偏偏没有理由，她气得不行，把自己都折腾得上了火，嘴里起了泡。

而如此一来，她就更加生气。

这般生气下，在府上的宴席上，暮晚摇看到言尚时，都愣了一下，睁圆了眼睛。

没想到他还敢出现在自己面前！

因这次宴席请的是户部侍郎等朝廷命官，暮晚摇前两日想着让言尚和自己手下的人打好关系，大家互相认认脸，知道是自己人，互相给个方便。

但是她邀请言尚的时候，赵灵妃还没出现啊！

现在赵灵妃出现了……言尚他怎么还有脸来她的宴席上？

言尚看暮晚摇出现时，郁金长裙委地，披着沙帛，何等典雅风流。他与众朝廷官员交谈时，和众人一起回头看到她，目光都不禁晃了晃。

她实在适合这种富贵华丽的美。

然而暮晚摇与其他人说话时慵懒随意，长袖善舞；转到他时，她目中喷火，恨不得吃了他。

言尚不禁莞尔。

而看到他居然有脸笑，暮晚摇更是胸口气得闷，觉得自己嘴里起的泡更疼了。

宴席一个时辰，暮晚摇全程看着言尚都很不高兴。她本来还想将这些人介绍给他认识，现在她完全不介绍，全靠言尚自己去认识。

但是看到言尚真的凭他自己就能和那些官位高他许多的大臣交谈……暮晚摇嘴更疼了，心想怎么这些人都这么好说话，没一个给言尚一点难堪？

难堪也许是有的，然而凭着言尚的本事，暮晚摇是难欣赏到了。

筵席结束，暮晚摇迫不及待地赶人走，大臣们以为公主今日身体不适，便也不多留。

暮晚摇转身回自己的后院，听到身后追来的脚步声。

言尚叹气："殿下……殿下这是生的哪门子气？"

暮晚摇在长廊中穿行，落花空廊，杨明柳暗。一重重光斜照而来，斑驳

无比，被那灿烂无比的郁金长裙拖过。

暮晚摇蓦地回头，看向言尚。

她说："今日有没有哪个娘子又来哭着喊着求嫁给你啊？"

言尚微茫，然后霎时明了。

他目光轻轻一扬，看向她，轻声："……殿下是在生赵五娘的气？"

暮晚摇："你都知道人家是排行五了！你们什么时候成亲啊，要不要我公主府送你大礼啊？"

说完她就掉头走了。

言尚现在知道她在生什么气后，自然要跟着解释。

他跟在她身后，温声细语："排行五有什么难知道的？见面不都得介绍一下吗？况且我也没有要成亲。我不是说过这一两年，我都不会成亲吗？"

暮晚摇走得脚步极快，语速也不慢："那时候说的是我耽误了你的婚姻，你没办法，所以成不了亲。现在不一样了，赵五娘巴不得住在你府上，天天对你投怀送抱吧？那你还等什么，还不赶紧娶了人家？人家娘子都主动追来了，你怎么一点主动都没有？

"难道你这个人真的只能让别人主动吗？"

言尚被她噼里啪啦说得一阵头痛，听她一会儿说东，一会儿说西。左边在说他赶紧成亲，他还没想明白，右边她就问他主动不主动的事了……

言尚费解万分。

他见她气成这样，当即从后拉住她手腕，让她停下来，与他好好说话。

暮晚摇被他扯得转过了身，她手腕隔着袖子被他拽住，她瞪向他。

言尚看她这般，脱口而出："你……这么气干什么？"

暮晚摇一怔，然后立刻想起她没有立场生气。

她大恼，要甩开他的手，连解释都不想听了。幸好言尚立刻反应过来自己说错话了，他不应该那么问暮晚摇，他的问题让暮晚摇无话可说。

他连忙握紧她手腕，不让她走。

他耐心解释："我没有要与谁成亲，不管是赵五娘，还是别的谁。我若是有这心思，何必搬家呢？"

暮晚摇一呆，然后眼睛瞪得更大了。

她不是傻子，通常他一点，她就明白了。她不禁高声："什么？你是说你搬出永寿寺，是为了躲赵五娘吗？你根本不是想和我做邻居，根本不是想帮我，你是为了躲人？从头到尾，你都是为了她？"

言尚也呆了。

他说："是这个话没错……但是殿下说出来的意思，大约不是我的意思。"

暮晚摇："总之，你是为了她。"

她一把甩开他的手，这次走得更快了，让言尚追得很疲惫，又很茫然。

他跟着她，不由加快语速："怎么就是为了她呢？不过是躲人罢了。我这两日早出晚归，不正是为了……"

暮晚摇："又是为了她！"

言尚："……"

他无奈："那我该如何？"

说话间，暮晚摇已经进了自己的屋舍，言尚跟到了门口。

侍女们面面相觑，眼看着公主发火，赶紧远远躲开，怕公主的火气扫射到自己身上，就看那个脾气极好的言二郎扒着门，低声细语地和屋中女郎说话。

暮晚摇声音却不留情面："你不知道怎么办是吧？我看你很高兴啊。你知不知道人家是为了什么喜欢你？我给你出个主意，你去把脸毁了，人家就不追着你了！"

言尚低叹："殿下……"

暮晚摇站在妆台前，不高兴至极，抓起铜镜下匣子里摆放得整整齐齐的簪子步摇，就往身后言尚身上砸去。

言尚错愕后退，大部分簪子在他身前两三步远的地方叮当落了地，却有一根簪子威力极猛，直接向言尚脸上砸去。言尚连忙侧身躲避，那簪子尖头锐利，划过他的脸。

暮晚摇大睁着眼，看得呆住了。

待言尚回过头，她一下子看到他脸上被划出了一道血痕。

暮晚摇顿时慌张又着急，顾不上发怒，奔过去看他："你、你的脸……哎哟！"

她一下子捂嘴，被言尚抓住手臂。

言尚脸上被划出一道，渗出血珠子。他自己还没有感觉，便见暮晚摇奔了过来。然后她"哎哟"一声捂脸，言尚以为她用簪子把自己划破了，连忙抓住手臂看她。

暮晚摇捂着腮，呜呜咽咽："没什么……就是这两日上火，嘴里起了泡。你把我气得咬了嘴，现在好疼。"

言尚低头看她。

他问："可有上药？"

暮晚摇瞪："怎么上药？让人看我的嘴吗？"

言尚无言，忍不住苦笑："那现在我与殿下倒都是伤员了。"

暮晚摇捂着腮，她飞快地眨眼看他的脸，每看一眼，她就多一分心虚。言尚自己看不到，她可是看到那划痕渗的血啊……

言尚摸一下自己的脸，无言地看着手上的血。暮晚摇反手拽住他手臂，怕他生气一般，心虚道："我不是有意伤你的。"

言尚顿了下，抬头微笑："我知道。我与殿下扯平了好不好？"

暮晚摇："什么扯平？"

言尚："殿下被我气得上火，嘴里起了泡，我被殿下的簪子划伤脸。如此扯平，殿下就不要与我置气好不好？"

暮晚摇怔半晌，心想不能这样轻易原谅。可是言尚顶着流血的脸，目光温润看她……她又不好依然表现得趾高气扬。

半晌，暮晚摇说："你坐下，我帮你上药吧。"

她顿一顿："你也帮我上药。"

言尚愕然，脸瞬间红了，支支吾吾道："这恐怕不、不太好……"

她要上药的地方，和他的脸也不一样啊。

暮晚摇乜他："你若是拒绝，那你就是还喜欢赵五娘，想娶她，你根本不是存心请我谅解的。你是君子，不占人便宜。我都相信你，难道你不相信自己吗？"

言尚无话可说，有些无奈地看着她笑了一下：她现在是动不动用"君子"来堵他了。

看他对她笑，暮晚摇狡黠一笑。她看他还是拿她没办法，就只觉自己还是厉害的。

只是她一边蹙着眉拉他进屋坐下，一边烦恼地沉思：到底该怎样赶走那个赵五娘啊？

虽然毫无道理……但她就是不高兴言尚身边有其他女子围着他。

第五十章

暮晚摇让言尚坐在靠窗的榻上,她取了药粉和小匙,让他仰起脸来,好帮他上药。

她的手指挨上他的脸时,察觉指下肌肤微烫,他似不受控地抖了一下。

暮晚摇垂目望去,见他又是低垂着眼,不看她。然而暮晚摇向他的鬓角望一眼,看到他耳珠微红,便心中嗤笑。

他不过是在努力装淡然而已。

暮晚摇抿唇,觉得自己的指尖好像都要被他脸的温度给烫伤了。

然而谁又不淡然呢?

暮晚摇的情绪切换得从来都很快,之前还气得恨不得撕了他,现在她便淡然无比地托着他的脸,强迫他仰头。他略微抗拒,暮晚摇就斥:"不要乱动。"

言尚垂着眼,轻声:"殿下,用清水为我清理便好,不要用酒。"

暮晚摇手本来都要挨上旁边案上放着的清酒杯了,闻言诧异:"这是为何?"

言尚低声:"殿下知道我素来不饮酒,那便是一点都不能碰。恐酒挨上我一点……我就醉了。"

暮晚摇:"……"

这是什么神奇的娇弱体质啊。

她蓦地想起她拒绝父皇赐婚那晚,言尚来找她。当晚她喝得醉醺醺时,感觉言尚刚进去先趔趄了一下……原来那时他是有点被酒熏得头晕吗?

那他、那他后来……还能忍着不适拒绝了她。

也是不容易。

暮晚摇闲闲地"哦"一声,重新倒了杯清水过来,说:"有些痛,不要叫出来哦。"

言尚忍不住抬目,向她瞥一眼。

她促狭看他。

他咳嗽一声,移开了目光。

之后她便顺理成章地用水为他清干净伤口,将那处的血擦干,再捧着药粉，用小匙一点点撒到他脸上，轻轻碾磨开。

只是暮晚摇略有些手抖。她将他脸上的血擦干净后，看到狭长的一道划痕快划破他半张左脸了。虽然那伤痕无损少年郎君的美貌，然而……到底还是损了。

暮晚摇心中起了愧疚。

是她乱发脾气，才伤到了他。

暮晚摇用棉签轻轻为他磨着脸上的药粉，也许确实有些刺痛，他垂着的睫毛轻轻颤抖。她站在他身前，感觉到他身子绷得很紧，她往下看，见他脸上的红晕，一径流入了脖颈，继续向下。

而他睫毛上被阳光洒上一层金粉，微微颤抖，如流光飞舞一般，动人无比。

暮晚摇一时看得怔住，停下了手中动作。

言尚便以为是自己影响到了她，开口："抱歉，我不乱动了。"

暮晚摇愣一下，嘟囔："不关你的事……"

她继续托着他的脸，为他上药，然而这一次，便忍不住仔细端详他的脸了。

她其实很少认真看言尚。她心里总是对他充满了愤怒和不屑，有时候高兴起来，又把他当玩具一般。她从第一次见他就知道他是长得好看的，但是那又怎样？

丹阳公主心无波澜，死水一汪。

只有这时候，因要低头上药不得不距离靠近，她捧着他的脸，呼吸与他离得很近，看他低垂的长睫上洒着金光，高挺的鼻梁有些秀气，唇微红又轻抿，神色安然。

他生得俊，又有些偏温偏柔，鼻子嘴巴眼睛眉毛，无不彰显他性格中从容沉静的那一面。

暮晚摇慢吞吞道："言尚。"

"……嗯？"她靠得这么近和他说话，气息都拂在他脸上，言尚脸上的温度便更烫了。可他始终没有抬眼看她一眼，他是迟疑了一下，才这么回了一声。

暮晚摇说："你会不会觉得，我脾气太坏了点？"

言尚微怔，终是抬眼看向她了。他抬眼的刹那，睫毛掀起，金色阳光锁入眼中，如清湖碎光一般，好看得暮晚摇手轻轻一颤，压住了他的伤口，换得他也僵了一下。

然而他没有表现出来，让暮晚摇都没有意识到她的笨手笨脚，又一次弄疼他了。

言尚看她片刻，说："殿下为什么这么说？"

暮晚摇慢条斯理地给他上着药，慢吞吞道："这是显而易见的啊。我经常发火，经常对你黑脸，现在还动手伤了你。胡搅蛮缠，不搭理你的话；任性做作，眼里只有我自己。"

她唇角勾了勾。

她自嘲地、冷淡地笑了一下："和我这样的人相处，你会很累吧？"

言尚说："确实挺累的。"

暮晚摇："……"

她一下子就目中生火，狠狠瞪向他。

看坐在榻上、显得比她还矮的言尚微微笑了一下。暮晚摇注意到了他后倾的跪坐姿势。

若是情人，他们这个站姿，他是很适合伸手来搂一把她的腰，抱她坐在他的腿上安慰的。

可惜暮晚摇和言尚不是那种关系。

言尚的手臂撑在榻上，和她的距离既近，又努力地控着不要太累。他上半身微微向后，脸上仰，这个动作……暮晚摇瞥了瞥他的腰，心想他的腰很辛苦吧？

言尚当然不知道暮晚摇在走神、胡思乱想他的腰什么的。

他温声细语道："虽然殿下这样让人相处觉得很辛苦，但对我来说，却好似还好。"

他自我剖析时，略有些不自在地笑了下："殿下也知道我这人，与人相处向来是游刃有余，很少有人会让我觉得难办，让我不知该如何是好。时间久了，其实我与人相处……都有一些固定的套路。"

暮晚摇呵道："果然八面玲珑。"

言尚是很习惯自我剖析的那种人。他微微蹙了眉，继续分析自己："而我经常弄不懂殿下的心思，不知道殿下在想什么……因为殿下喜怒无常，总是上一刻还高兴，下一刻就翻脸不理我了。和殿下相处，让我不得不用心，倒真有一种……"

暮晚摇打断："有一种你还是个人、没有成圣人的感觉？"

言尚:"……"

他无奈道:"大约就是这么个意思吧。"

虽然暮晚摇说得很难听。

暮晚摇俯眼看他,忽然露出笑。她柔声:"其实我原本不是这样的……我以前也是很温柔的,比赵五娘性格还要好。你若是觉得五娘很可爱,其实以前的我,比她还好。那时候的我,你若见了,一定觉得我乖巧玲珑。"

她又想了想,鼓起了腮,愤恨道:"然而那时候的我若是认识了你,一定被你骗得晕头转向,被你卖了还给你数钱,觉得你是天下最好的郎君,哭着喊着一定要嫁给你吧。"

言尚扑哧一笑,大约他也想了下听话乖巧的暮晚摇会是什么样子吧。

他笑得清浅,摇了摇头,也没反驳她话里对他的挤对。他难得露出如此放松的状态,不再总是那副四平八稳、泰山崩于前而面不改色的神色了。

暮晚摇看得心中一动。

她已经为他上好了药,却舍不得放开他的脸。棉纱扔在案上,她手指仍托着他的脸,看他露出笑的样子。

她心中微漾,略有些痴态。

她喃声:"不过那也说不定。你人这么好,怎么会欺骗我一个柔弱无辜的小娘子呢?"

言尚忍不住看她一眼,叹道:"殿下总算为我说了一句公道话。"

暮晚摇看着自己的样子倒映在他仰着的眼睛里,她看痴了,怔忡道:"……为什么我那时候不遇到你? 如果那时候我就认识你……"

可能她即便仍然摆脱不了和亲的命运,事情也不会走到今天这一步。

若是她那时候就认识言尚,若是言尚那时候仍会帮她,若是他那时候在乌蛮,安慰她……她想她不会变成今日这般糟糕的性格吧。

言尚半晌不语,好一会儿才哑声:"殿下,药已经上完了吗?"

暮晚摇回神,向后退开。

她垂着眼,看言尚站了起来。他站在她面前,好一会儿,才轻声:"殿下还要我为你上药吗?"

暮晚摇抬头:"你不是不愿意给我上药吗?"

言尚温声:"只是怕唐突了殿下,怕折辱殿下的名声。我又有什么不愿意的?"

暮晚摇说:"……我以为你是怕你的好名声被我所拖累。"

言尚目中停顿,他有些见不得她这样清醒的认知。

暮晚摇总是心里什么都明白……言尚心中微痛,拉住了她的手腕,低声:"我的名声,哪有殿下重要?"

他想了想,缓缓说:"殿下,你是公主,你想是什么样子,便可以是什么样子。若是公主都要委屈自己的脾气,世间岂不是太过艰难?殿下自然可以成为一位让人爱戴、敬佩的公主殿下,忍辱负重,面不改色,不管什么样的事,都不露出一点痕迹,让身边所有人信赖你,追随你。

"可如果你不愿意那样,又有什么关系?谁规定公主必须是一个样子,天下的娘子不能有任何一点自己的脾气呢?我没有看到殿下动不动打你的仆从,顶多也就骂两句……我以为一个公主,明明想做什么就能做什么,你只是发发火,已经很好了。

"殿下……活得自在些,便挺好。"

暮晚摇抬头看他。

她不语,心中却想,言尚现在这么说,是还不了解她的过去;等他知道了,他就会和长安人士一样,知道她这个公主,名声也没多好。

言尚这个人,说他八面玲珑,然而他和每个人说话,都非常地推心置腹。他好似将每个人的难处都看在眼中,然后他感同身受……这种人很虚伪,但也很君子风范。

不管他是真是假,言二郎若是愿意一辈子这么对人,他就是君子。他这番话,打动了暮晚摇。

暮晚摇无所谓地笑了笑,垂下眼,推了推他说:"你去取药吧。"

言尚便转身,将案上摆着的药收起来,出去拿给侍女,再取新的药。趁他出门的工夫,暮晚摇将一片薄荷扔到了一盏清水中,抿唇饮水。

她红着腮蹙着眉,心想一会儿他要给她的嘴巴上药。

她得背着他赶紧漱漱口才好。

夜里,公主府灯火通明。

暮晚摇坐在内院的三层阁楼上,静静看着公主府对面的府邸出神。她身后,侍女相候不提,还有三四个幕僚也站着,陪公主站在这里。

只是公主一直坐着不说话,也不知道在看什么,让幕僚们很疑惑。

而在暮晚摇眼中，公主府对面那座府邸，灯火一直是稀薄暗着的——说明府上现在只有仆从，言尚不在。

半个时辰前，赵灵妃还等在巷子里；现在，坊门要关闭了，赵灵妃依依不舍地离开了。

而暮晚摇再在寒风中坐了一会儿，便看到对面府邸的灯火渐次亮起来了，零零星星的，好似整个院子都活了过去。暮晚摇换了个坐姿，揉了揉自己的脖颈，知道这是言尚回府了。

只有他回来后，这里才不像死水一样波澜不惊。

暮晚摇问自己身后的侍女："这几日，赵五娘依然每天早出晚归地堵言尚吗？"

今日当值的侍女是夏容。因春华说身体不适，早早去睡了。

夏容连忙回答："是，赵五娘坚持了快十天了。眼看着……还能坚持下去。"

暮晚摇一哂，心中却有些羡慕。

那般坚持啊。认定一个人，就要一生追随吗？这种心态，暮晚摇早就没了。

对暮晚摇来说，已经到手的东西，为了利益，她都可以重新扔进池中。何况那还没到手的？

然而，暮晚摇现在每日出府，看到赵灵妃就心烦。为了让她自己不心烦，她打算解决这件事了。

暮晚摇问幕僚："你们都是郎君，我且问你们，若是一个女郎对你们死缠烂打、非要嫁你们，她还家世好，你惹不起。你该如何躲掉这个女郎？"

幕僚便知暮晚摇说的是言二郎了。

他们当作不知，出主意道："若是臣，便说自己已经有心慕的女郎了。"

暮晚摇看向侍女夏容。

夏容茫然回望。

暮晚摇不耐烦地："把这个主意送去给对面府邸的仆从，让他们提点提点他们那个不会拒绝人的主人。"

夏容"哦哦哦"，惭愧自己和公主没有默契，连忙出去办事了。

但是一会儿，夏容就回来了。

她战战兢兢道："奴婢去找了最近常跟着二郎的那个叫云书的小厮。他说他们郎君早就这么哄过赵五娘了，可是根本没有用。"

暮晚摇奇怪了："怎么会没有用？"

夏容不敢告诉公主,云书说这种简单方法,他们郎君早就想到了,还用别人提点？

夏容拣重要的说："言二郎跟赵五娘说自己有喜欢的女郎,赵五娘便逼问是谁。二郎随口诌了个谎,当日赵五娘也是十分伤心地离开了。二郎以为五娘终于走了,谁知道赵五娘记住了二郎说的话,跑去找二郎胡诌的那个心慕女郎了。

"这般一找,自然知道二郎是说谎了。赵五娘回来见言二郎,非但不质问二郎为什么要骗她,还又眼含热泪地告白,请二郎哪怕不喜欢她,也不要作弄她。

"二郎那般温柔之人,他能怎么办呢？如今,也不过是躲着不敢见人罢了。"

暮晚摇道："废物。"

也不知道她骂的是言尚废物,还是身后出主意的幕僚废物。

反正站在公主身后的人一个个低着头,都不敢说话了。之后他们又出了些主意,再发现言二郎也都用过了,根本没用。众人面面相觑,看公主冷哼一声,起身走了。

暮晚摇不耐烦地道："这么简单的事,还要我亲自出马。"

夏容小声："主要也是为名声所累……"

被公主回头看一眼,她当即不敢再说话,心里发抖,暗自祈祷春华赶紧病好。贴身伺候公主,实在是太辛苦了。

次日,暮晚摇从外面回来,再次看到了赵灵妃蹲在言尚府邸门口,和侍女笑嘻嘻地聊天。

暮晚摇淡着脸,喊了一声人："赵灵妃。"

"啊？"赵灵妃抬头,见到公主回来了,连忙起身行礼,笑盈盈,"殿下今日回来得好早呀。"

她语气中带点怅然,心想言二郎今日必然又是见不到了。

暮晚摇望她："跟我到府上来。我有些话要交代你。"

赵灵妃茫然,却连忙提起裙裾,笑吟吟地跟上暮晚摇。

她跟她表哥在一起玩久了,虽然也经常看到暮晚摇冷脸,但是因为杨嗣每次提起暮晚摇就一副吊儿郎当的随便语气,便给赵灵妃一种公主并不是坏

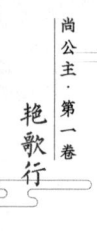

人的印象。

然而其他人却不这么觉得。

方才和赵灵妃站在府门口高兴聊天的侍女有些慌,因为知道丹阳公主脾气不好,怕这般活泼开朗的赵五娘被公主欺负。这个侍女连忙去找府上小厮帮忙,一个小厮便说去找言二郎回来。

公主要折磨赵五娘的话……大约只有二郎能拉住架了。

暮晚摇将赵灵妃带到了正堂,让侍女们先给赵灵妃上茶上点心,她自己回内宅换了身衣裳。

暮晚摇回来的时候,便见赵灵妃笑嘻嘻地站着,和她那等在正堂的几个侍女聊天。

大家气氛十分和谐友善,只是侍女们一看到公主回来了,连忙收拾表情,不好意思当着公主的面表现得和赵五娘很好了。

暮晚摇瞪这几个侍女一眼,才入座。

暮晚摇看着赵灵妃也跪坐在侧边,便道:"你知道我今日找你谈话,是因为什么事吗?"

赵灵妃想半天:"……是想与我聊我表哥吗?"

暮晚摇:"……"

她一时愕然,这才想起赵灵妃是杨嗣的表妹。恐怕在赵灵妃眼中,两个人的交集只有杨嗣。

暮晚摇暗恨。

她板着脸:"我是要与你聊言尚的事。"

赵灵妃恍然大悟,却又更迷茫了:"原来是这样……然而、然而,为什么殿下要与我聊他?"

暮晚摇言简意赅:"我要你放弃言尚,不要再追着他不放了。"

赵灵妃怔忡。

公主府所在的坊,本就位置极佳,和皇城的距离格外近。言府的人想帮赵五娘,骑上马去皇城找人向弘文馆递话、让言二郎出来,也不过一盏茶的工夫。

言尚出来时,听小厮着急地说暮晚摇气势汹汹地将赵娘子带走了,阵势十分吓人。

言尚微愣。

小厮云书着急道:"郎君,你快与我回去看看吧。若是回去晚了,殿下将可怜的赵娘子打死了怎么办?"

言尚一下子觉得可笑。

他说:"怎么会呢?她不是那种人。"

他微抿了下唇,语气微怪:"何况赵五娘是杨三郎的表妹,纵是看在杨三郎的面子上,她也不可能为难赵五娘。"

小厮根本察觉不出言尚语气的微妙,只扯着言二郎的袖子,希望言尚回去阻止两个女郎间的战争。

言尚一想也是觉得不妥。

暮晚摇脾气大,赵灵妃武功又好……万一暮晚摇什么话说得急了,赵灵妃一下子没控制住,不小心弄伤了暮晚摇可如何是好?

再来……他也非常不愿自己夹在两个女郎中间。

言尚寻思着,他得彻底解决这事才是。

这般想着,言尚就上了马,与仆从一同返回府邸。

公主府的人如今看到言二郎登门,已经非常习惯。言尚只拱了拱手,他们就放行了。

方桐带着言尚往府中走,言尚温和道:"我并不是觉得殿下会伤赵五娘,所以我也不是来兴师问罪的。我先看看情况再说。"

方桐理解:"正堂四面无墙,有屏风挡着。二郎你站在屏风后听听她们说话,就大约明白情况了。"

言尚颔首。

侍从们退下,言尚找了屏风后靠树的一个位置,还在寻思着,就先听到了暮晚摇清亮干脆的声音:"我不是因为我曾拒婚他,就不许其他女郎追慕他。我只是觉得你配不上他而已。"

言尚怔住,不禁向声音传来的方向看去。

可惜他面前隔着屏风,他只能看到影影绰绰的光影。

正堂上,被公主说得跳起站立的赵灵妃涨红了脸。

她不服气:"殿下如何说我便配不上言二郎?我容貌、家世、才情、武功，哪里配不上他？"

暮晚摇微微一笑，好整以暇。

一身金郁妆容，丹阳公主美得辉煌无比，将堂上站着的只是寻常女装的赵灵妃稳稳压住。

这自然是暮晚摇刻意去换了衣服的效果。

她掀着手中茶盏杯盖，连眼皮都不抬："在你眼中，与一个郎君婚配，容貌、家世、才情、武功，便足够了吗？难道这些足够好，你就觉得郎君应该娶你吗？他娶你，难道是因为你足够好，足够满足他的条件吗？"

赵灵妃呆住。

她小小年纪，情窦初开，还真在这方面懵懵懂懂，说不过比她年长四五岁的暮晚摇。

赵灵妃嘀咕："有什么不对吗？"

暮晚摇放下茶盏，看向赵灵妃："你可知道快十月了，马上就是博学宏词科的考试了。言尚出身岭南，他父亲说是进士，但他们家也不过是种地的。他千里迢迢，从岭南来到长安，你以为很容易吗？你以为他来长安，是为了和你卿卿我我，与你情情爱爱的吗？"

赵灵妃发愣。

暮晚摇说："你知道每年科考两千人，只取二十二人及第吗？你知道每年二十二人及第，这些进士却不能立刻当官，而是要等朝廷任命。有的人等不了这几年时间，直接就离开了长安。而消磨不起时间的人，想当官最快的方式，就是每年十月面向所有进士的科目选考试。一旦录入，即刻安排官位。这是这些没有出身的进士的唯一机会。

"所有当不了官、待诏的进士们都去争科目选，你知道这比科考，更难吗？而科目选中，最难的、排名第一的，便是博学宏词科。言尚选了博学宏词科，自是他志向远大，但同时，也说明他要全力以赴，不应有太多时间处理其他琐事。"

赵灵妃无措地道："我、我知道啊……不，我不知道，我没、没想过他处境这么难……我不是故意的，我不是想耽误他……"

她低下眼睛，愧疚道："我明白了，我再不会来找他了。"

暮晚摇说："以后也别找了。"

赵灵妃抬头："这怎么行？殿下怎么能这样？我不耽误他考试，他考完了也不行吗？难道他就不谈婚论嫁，不用娶妻吗？"

暮晚摇温声："言尚那般的人物，他要娶妻，岂会选一般女子呢？五娘，你也认识他小半年了，你当知他的志向不只是当个官而已。"

赵灵妃："……他还有什么志向？"

暮晚摇也不知道。

但暮晚摇可以编啊，可以哄骗小娘子啊："他志在民生啊。他想当官，也只是想为天下百姓做事，想让这个世道变得清正。他想让天下人都读书，想让贵庶之别不再那般压着世人，想改变世家的垄断，想怜惜那些朝不保夕的贫民。

"他一心想这个世道走向更好的方向，他的志向、眼光、境界、胸襟，都不在寻常情爱上。你若是想与他在一起，便不觉得你会拖他的后腿吗？你真的能理解他吗？如果他在家庭和国家面前，选择了国家，你会不怪他吗？如果他要为了救一万个人，牺牲一百个人，其中一百个人里有你的亲人，你能够真的支持他吗？

"你能理解他的大公无私，能理解他的心系苍生吗？你能永远如今日这般喜爱他，而不是有朝一日……恨他吗？

"如他这般的人，本就不会将男女之间的小爱放在第一位。你现在觉得你可以接受，但是日后长年累月……你永远得不到他那唯一的爱，你不会因爱生恨，恨自己为何选了这么一个夫君吗？"

赵灵妃彻底呆住了。

暮晚摇还说了许多许多，赵灵妃大脑却成了糨糊。她被公主的话揪住了心脏，她被逼得面红耳赤，后退几步。

她数次想插话，然而暮晚摇说得越来越快、言辞越来越厉……如雷电之光劈下一般，让赵灵妃直面自己的心。

终是，赵灵妃跌后，眼中已含了泪。

她喃喃道："是……我现在，是配不上言二郎的。"

暮晚摇住了口，也不逼人太甚。

看赵灵妃呆了许久后，抹干净了自己的眼泪，低声难过道："确实，如果我现在非要和他在一起，我可以凭我家中的地位逼迫他，也能逼迫我阿父不得不同意。然而我配不上言二哥的心境，我不知道他的理想，我达不到他的要求。

"我、我会回去好好练武,好好读书。我不是要放弃言二哥,而是……我要多想想,让我自己成长起来。我想和言二哥并肩而立,我想帮言二哥,而不是、而不是成为他的累赘。不是我一生理解不了他,他也不知道怎么面对我。"

赵灵妃向暮晚摇行礼,擦泪哽咽:"多谢殿下教诲,我懂了,我再不来烦他了。"

暮晚摇"啧"一声,又一个"言二哥"。

且看言尚遍地认弟弟妹妹吧。

将赵灵妃打发走,暮晚摇意气风发,悠然地喝杯茶。

一个侍女俯身,在她耳边说了一句话。暮晚摇脸一下子僵住,向一处屏风的方向看去。

看到言尚从屏风后走出,默然望她。

暮晚摇与他对望,半晌无言。

暮晚摇冷笑:"怎么,见我吓走了赵五娘,是不是觉得我很坏啊?"

言尚责备:"殿下怎么这样说?"

暮晚摇一愣。

她想了下,换种语气,戏弄道:"那你难道是听我夸了你,将你夸得天上有地下无,你对我把持不住了?"

言尚不语,安静看着她。

暮晚摇捧着茶盏的手僵硬。

她心里一"咯噔"——

他不会真的把持不住了吧?

第五十一章

暮晚摇几乎被言尚的沉默不语吓住。

他不说话是什么意思? 默认吗?

好在暮晚摇即将被他吓得头皮发麻时,他好似终于回过神,微笑着解了围:"殿下又在开玩笑了。"

暮晚摇大大松口气：他没有默认就好。

诚然，她一直想和言尚春风一度。到现在都想，初心始终不改。

然而她并不想和言尚之间出现除了"床"之外的其他关系。

暮晚摇手扇了扇风，故作怡然地站起来，嘟囔了一句天越来越热了。

然后她又像是扯开话题，又像是终于想起这事般，让人去找方桐过来。

暮晚摇微怒："谁让他带言二来的？我公主府，是闲杂人等能随便进出的吗？是闲杂人等能随意偷听我说话的吗？还有你们几个！都看到了，却都不说话！是不是哪天有刺客进了我公主府，你们一个个也都是死人啊？"

这便是指桑骂槐，说言尚不好了。

侍女们茫然又无措，被公主训得脸红，低头认错。

其实他们心中委屈，因为根本弄不懂公主对言尚的态度。

公主经常嘴上说着不见言二郎，可是他们真的拦住人，言二郎真的不来时，她又生气，把火发到侍女身上。言二郎来的时候，她也没有责怪侍女们。好几次这样了……众仆就默认言尚在公主府是不一样的。

旁人不能随便进出，言二郎应该可以。

谁知道公主现在又说言二郎也不能随便进出了。

言尚轻轻一叹，看仆从们因他受罚，他便也上前请罪。其实他过来时，他就想到暮晚摇也许会惩罚方桐等人。只是他挂心暮晚摇和赵灵妃的争执，便没有点明此事。也或者他抱着一点侥幸心理，想暮晚摇不会在意。

但暮晚摇现在在意，自然就是他的错了。

言尚道："……都是臣太过心急，忘了尊卑有别。殿下要罚便罚臣好了，方桐等人都是受我牵连，殿下莫罚得太重了。"

暮晚摇剜他一眼，冷斥："你现在倒想起尊卑有别了！"

当着言尚的面，暮晚摇狠狠给她公主府的人重新树了规矩。规矩基本都是说给言尚听的，话里话外地骂言尚。显然她为了掩饰自己和言尚之前那点对视后的意思，格外不留情面。

言尚看在眼中，只当作不知。

放在旁人身上，被公主这么奚落，早羞愧地逃了。言二郎倒是礼数周到，公主罚方桐去抄大字，他还说帮忙，让方桐感激了一把。

如此折腾，不必赘述。

离开公主府后，言尚没有回弘文馆，而是直接回府，夜里继续读书。

虽说他朋友众多，但他和朋友相约也是有选择、次数极少。大家都知道他在忙着读书，便也轻易不打扰他。同时，朋友们送了言尚不少书籍，不少前辈资料，都是为了帮他能在博学宏词科上有个好名次。

当夜夜深，言尚结束了一天的读书，坐在案前，默想片刻。

然后他悬腕提笔，将今日读的书、做的事、说的话、见的人，一一默写下来。

坚持日日练字，又有出身书法大家的朋友提点，言尚现在这一手字，和几个月前已经判若两人。他现在的一手字，笔法古朴，气势沉着端宏。见字如人，光是看这一笔字，便能窥见言尚的心性之稳着。

而言尚每日不光练字，临睡前，他都会如今日这般，将自己一天所为，全部反省一遍，看是否有什么疏漏。

这是他从自己老师那里学来的。

不过他老师的本意只是勉励他，也从未想过还真的有人会每天这么自我反省，日日坚持。

言尚将一天做的事、读的书默写后，又一笔笔画过，再在不妥的地方加以批改注释，让自己加深印象。再到最后，墨笔悬于半空，他沉思许久，久久不落笔。

笔尖所凝的墨汁滴在了纸上，淋淋漓漓，断断续续。

好一会儿，言尚手腕微低，在纸上的空白处，写下了几个字：暮晚摇。

将笔放下，端坐之时，他盯着这个名字，目光变得复杂。

丹阳公主暮晚摇啊……

在此之前，他也偶尔会在夜里临睡前自我反省时，写下她的名字。但从没有一刻，盯着这个名字，让言尚坐了这么久，不知道该怎么想，该怎么继续。

他再次想到白日时自己听到的暮晚摇喝退赵灵妃的话。

他并不知道暮晚摇只是信口胡诌，并不知道暮晚摇自己都未必多想过她说的话。但是她太会说了。

她不光打动了赵灵妃，让赵灵妃知难而退……也打动了站在屏风后的言尚，让言尚静静聆听，久久没有站出去。

他那时隔着屏风看她时，便觉得她的形象在他眼中变得何等鲜明，何等坚韧有力。

能说出民生,能说中他的心思……言尚的心被暮晚摇在那一刹那击中,他说不出话,只觉得自己好似终于寻到了理解自己所求的人。

"知我者谓我心忧,不知我者谓我何求。"

志气相投的人,何其难得?

甚至这份志气相投,远比皮相、远比心性,更打动言尚。他见她貌美可爱心动,却不如见她胸襟开阔,更为她所折服。

言尚闭了目,压下心头的激荡之意。他原先并无情爱的想法,对公主哪怕有时克制不住地想关心靠近,他也是非常努力地克制自己不要太近……然而人生一世,知己难求。

到此一刻,他才明白,若是这般与自己志气相投的人,能与自己结为伴侣,自己是何其幸运?

盛世安康,三五知己,一红颜相伴……他言尚一生所求,也不过如此了吧。

千头万绪,在言尚脑海中一一掠过。重新睁开眼后,言尚舒了口气,揉了揉因读书一天而酸痛的脖颈。

他起身,将自己反省所写的那些字,放到火烛前,一点点烧掉。他确实是这般小心之人,哪怕自己没有做什么坏事,也不会留什么痕迹。

当火烛烧到"暮晚摇"三个字时,言尚目露温柔色,微微笑了一下。

他心中已经有了决定:如这般与自己志气相投的少年公主,自己不光要助她,若是真能尚公主……那是何其幸运。

他该调整自己和暮晚摇相处时的态度了。

字条烧完,洗漱之后,言尚去箱子里取明日要穿的衣裳。他收拾袍衫时,从箱子里掉出一块玉佩来。玉佩碧绿,握手清凉。

言尚看到这枚玉佩,怔了一下,将玉佩握在手中翻看,沉吟半晌。

这是他离开岭南时,他阿父交给他的祖传定情信物,让他若是遇上心仪的女郎,就将玉佩送出去。

不过因为言尚无心此事,又因种种缘故不适合现在谈婚论嫁。他到长安后没几天,就将这块玉佩扔在了箱子里,再也没翻出来。此夜不经意见到了这玉佩,言尚心中一动。

他不知想到了什么,脸微微红。

他将玉佩从暗无天日的箱子里取了出来,和自己平日要穿的衣裳放到一

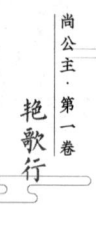

起,然后熄灯上床。

想来从明日开始,这块寄予了言父深切盼望的玉佩,终于能在言尚身上出现了。

天亮后,暮晚摇不紧不慢地吃了早膳,又翻了一会儿乐谱,看了看昨日幕僚们递上的折子。

估计早朝已经结束,时间差不多了,她才悠悠然出门,打算去东宫。

出外院,在府门前的门楼前,暮晚摇看到了一道云秀如竹的修长背影,正在和方桐还有两三个侍女说着什么话。

暮晚摇以为自己看错了,不觉眨眨眼,停住步子。

"殿下!"仆从们的请安,让那人回过了头。那人露出笑,眉目温润,和仆从们一同向她请安。

暮晚摇将他上下打量一番,风雅俊逸一如往日,只是总觉得哪里不一样了。哦,也许是他手中拿着的一束还沾着露水的粉红杏花。

看暮晚摇盯着自己手中的一枝花,言尚低头看了看,笑着解释:"是一位朋友家中养的杏花原本要死了,我与他一同研究了两个月,没想到他的花又开了。他喜不自胜,大清早就来送花给我。"

言尚晃了晃手中的那枝杏花。

露水微微溅上他的衣袍和手。

粉色照人,衬得他更是面容清隽多雅。

他随意地晃了两下花,看暮晚摇盯着,就将花向前递了递:"殿下喜欢的话,便拿去玩吧。杏花这般鲜艳多娇的花,自然配殿下这样的人物。留在我这里,反倒可惜。"

他说话一贯好听,暮晚摇已经听得很习惯。

暮晚摇:"……你大清早地过来,就是为了给我送花吗?"

虽然语气不善,暮晚摇却还是向身后的夏容使了个眼色,让侍女们上前,将这株还沾着露水的杏花收走。她确实见到这花就心里喜欢……其实更喜欢的是言尚晃着这花的闲然模样。

男子拿着花而不显得女气,可见言尚的气质之好了。

言尚微笑着回答公主:"昨日方卫士等人因我受了罚,所以我来看望。"

暮晚摇看向方桐等人,果然见他们一副感动得不行的样子,显然在暮晚摇还没出现的时候,言尚收买人心收买得非常成功。

暮晚摇嗤之以鼻,不屑理他,她抬步往外走,没想到听到了跟随的脚步声。

她匕向跟上来的言尚。

言尚跟随着她,从袖中取出一个折子给她:"昨日本该与其他幕僚一同给殿下,只是事情太忙,给忘了。想来惶恐不安,自然今日亲自走一趟了。"

暮晚摇接过他的折子,翻了翻就让旁边的侍女收了。

幕僚们本就是为她出主意的,她平日拿大主意就好。不过言尚因为忙着读书的缘故,平日给她递折子的时候很少,没想到现在竟然送上了。

暮晚摇心里嘀咕两句,也没放在心上。然而谁知言尚竟然还没走。

她要上马车时,看言尚站在府门口目送她。

暮晚摇:"……"

她这才觉得奇怪:"你平日这时候不是已经去弘文馆了吗?怎么今日这么晚还在家中?"

言尚惭愧道:"昨日读书睡晚了。"

暮晚摇:"哦。"

顿一下,她盯他半天,想到一个猜测,却觉得不太可能。但她仍迟疑着试探:"你是让我送你一程的意思吗?"

言尚露出惊喜色,说:"如此便麻烦殿下了。我正好有一些政事,想请教殿下。"

暮晚摇一愣,却是看到他脸上被自己用簪子划破的伤,心中一虚,答应了他的请求。

因为言尚早上主动上了暮晚摇的马车,暮晚摇一直心思恍惚。

她在东宫和太子谈政务的时候,也好几次走神,想到言尚早上时的笑容。总觉得他的笑容,比平时真切很多,距离和她近了很多……她没有感觉错吧?

"摇摇,你有没有听孤说话?"太子无奈地放下折子,看向这个心不在焉的妹妹。

暮晚摇回神,漫不经心:"我听着呢。大哥是说父皇身边没有自己人,但贵妃却是三哥的母亲,怕贵妃在父皇面前嚼舌根,所以希望我多陪陪父皇,为大哥多说说话。"

太子点头,叹道:"今年年底大典,正好赶上父皇大寿。孤想好好操办,让各国来朝庆。这银钱就花得多了。怕有人不满,还需要摇摇在父皇面前多为孤说说话。"

太子出身差,不过是占着一个长子的名号,才能在嫡子二皇子夭折后,成为太子。

苦于在皇帝身边没有人说话,太子就寄希望于暮晚摇。不管怎么说,皇帝膝下就只有两位公主而已。

而且暮晚摇这般可怜,既是嫡女又是幼女,看在暮晚摇是先皇后留下的唯一血脉的分上,皇帝应该每次见到暮晚摇,都会生起怜惜之情。

暮晚摇心里隐有些不开心,她非常不想去人面前扮可怜,让人来同情自己。但现在为了太子,她少不得在皇帝面前多卖点乖,让皇帝觉得亏欠她。

暮晚摇答应了太子,说会配合太子,之后她就去父皇那里尽孝心去。

太子嘱咐:"你将脾气收一收,扮演好以前的你自己。"

暮晚摇一顿,淡声:"我知道了。"

真是可笑。

她居然要在皇帝面前扮演以前的她,就为了装可怜,让皇帝同情心怜。以前的她早就死了……但是所有人怀念的、希望的,都是以前的她。

他们希望暮晚摇扮演好暮晚摇自己,不要让他们觉得愧对。

言尚一整日在弘文馆读书,不断遇到朋友。

朋友每每看到他,和他寒暄时,就会注意到他的脸:"素臣,你的脸怎么了?"

言尚摸下自己左脸上的划痕,这两日来不知道多少次回答同一个问题。

他言简意赅:"猫挠的,别人的猫,现在已经不见了。已经用药,过两日就好了。也不用帮我捉猫。"

看到向来有礼的言二郎因为被同一个问题所烦,回答这么简单,朋友怔了一下,笑起来,拱拱手走了。

然后再来一个朋友,看到他的脸大吃一惊;

再再一个朋友,忧心问他这算不算毁容;

再再再一个朋友,盯着他的脸看半天,言尚主动解释……

总之,一整天下来,每个见到言尚的人,都关心他脸上的伤。毕竟太过明显。而基本每次有人这么问,言尚都要想一遍暮晚摇拿簪子砸他的狠劲。

一遍遍回想，好几次都为此走神，让言尚不禁苦笑，觉得弘文馆待不下去了……他是来读书的，不是来天天被人关心他的脸怎么了。

想来在脸上的伤好彻底前，他不太愿意去弘文馆了。

在皇宫消磨了半日，下午的时候去一个生病的大臣府上看望，傍晚回到公主府所在的深巷时，暮晚摇已经疲惫不已。

她在马车上歇了一会儿，下车回公主府时，竟见言尚背着一竹匣书，才回来。他在夜风中归来，日日如此，让暮晚摇抑郁了一天的心情好了很多。

装了一天，她现在可以不伪装了。

暮晚摇停下看了他几眼，他看到了她，便向她行礼。

暮晚摇看到他弯身行礼时，汗水覆在颈上，莹莹透湿，连圆领里面的白衫都被打湿了。他抬起脸时，暮晚摇看到他脸上的划伤，目光闪了闪。

而她又见他汗流浃背，背了这么多书……暮晚摇："弘文馆不让你待了？你要把书全搬回来？"

言尚自然不说是自己脸上的伤闹得自己没法在弘文馆待下去。

他这人从来都是给人面子的。

他微笑："是天太热了，弘文馆的人太多，每日空气沉闷，我在那里读书也实在是脑中发昏，便打算将书搬回家，这一两个月，暂时都不去弘文馆了。"

暮晚摇奇怪道："你把书搬回家读？你家里有冰？"

言尚微滞。

他说："纵是没有冰，也比与一群人挤着好一些。"

暮晚摇盯着他窘迫的样子半响，扑哧笑了，一下子明白他是贫寒才买不起冰。

暮晚摇柔声："算了，看在你这么可怜的分上，你拿着书到我府上读书来吧。大热天的，你别把自己闷得中暑，又得耽误时间养病了。"

言尚感谢她，又望着她，温声劝道："既是天气炎热，殿下也少出门，多在府上歇歇才是。殿下身体娇弱，岂能禁得住这般日日出府呢？"

暮晚摇愣一下，然后低头抿唇笑。

她喜悦他的关心，又不愿表露出来，便只是含糊道："用得着你说？"

她说话永远这样带刺，言尚无奈地笑了一下，不说什么了。

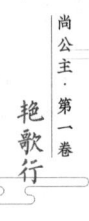

烈日炎炎的午后，公主府的外宅正堂上，屏风只留一面，其他三面都空了出来，可以看到院中清湖池树的景观。

屏风前，有笼中放着冰片，为此间消暑。侍女们都远远躲开，不在此打扰主人。

蝉鸣声伴着翻书声，清静无比。

言尚坐在一张案前，翻看书目，时而做笔记。这是一张长案，案上除了笔墨纸砚，还摆着切好的、用冰镇过的瓜果。

而在言尚后方稍微一点，放着一张美人榻。

暮晚摇原本是靠着榻，手中拿着一本书在看。只是日头昏昏，太阳太刺眼了。她拿团扇挡着眼，闭目歇一会儿。

这般一歇，便觉得这样也很舒服。

言尚看完一段书，舒展了一下手臂，回头，见暮晚摇斜靠在榻上靠枕上，团扇遮着脸，手腕露出雪白一截，手指松松搭着一本书。侍女们也看到公主殿下大约睡着了，便过来查看。

她们俯身，将殿下挡着脸的扇子微微向下扯了下，看到殿下额上的一点汗渍。侍女们回头，见笼中的冰已经化了，便张罗着重新取冰。冰重新置上后，她们想将冰笼拉近公主所卧的长榻。

暮晚摇闭着眼，模模糊糊地听到言尚和侍女们在说话。

言尚低声制止她们："冰太过阴凉，不要离殿下太近了。"

侍女道："但是殿下出汗了。"

言尚迟疑一下，温声："我用扇子帮她扇一扇好了。"

侍女们连忙："怎敢劳烦二郎……"

言尚笑一下，说："不碍事，我正好读书读得累，歇一歇便是。"

闭着眼的暮晚摇一笑，翻个身，随便他们折腾。

言尚坐在了榻边，低头轻唤她两声。暮晚摇听到了，但是她不想理他。

他大约便以为她真的睡着了，小心翼翼地将书从她手中取出，又拿出薄被为她盖上。暮晚摇正要不满睁眼，质问他是想闷死她吗，就觉得自己挡在脸上的团扇也被拿走了，一阵清凉的小风向她袭来。

暮晚摇心中一怔，没有睁开眼。

凉风阵阵，一会儿又一方帕子拂在了她额上，为她轻轻擦去额上的汗珠。

他极为细致妥帖，还伸手，轻轻拂过她脸上沾上的一点叶屑。

暮晚摇几乎毛骨悚然。

她不觉得炎热了，因她前面的日头都被言尚挡住了。他还为她扇扇子，扇扇子也罢，他的手竟然落在她脸上，帮她擦什么东西。他的手指微烫，一点点擦过她的脸，暮晚摇被他摸得面红耳赤。

她要努力至极，才能忍着睫毛不动，忍着不睁开眼。

只觉得现在要是睁开眼了……他们两个都很难堪。

言尚的手搭在她手上，用帕子将她手掌心的汗水擦掉。他喃声："殿下怎么睡着都握着拳？不累吗？"

暮晚摇心想你要是不坐在我这里，我也不用握拳抵抗啊。

她被他擦了汗，却因为他就坐在她面前，离她太近，他还一会儿动她这里一下，一会儿要为她整理一下衣裳，暮晚摇僵硬又崩溃。

她的脸越来越红，言尚竟还在慢腾腾地折腾她。

终是快要忍不住睁眼时，有侍女来报："殿下，韦七郎来了。"

言尚看过去，正在迟疑要不要让韦巨源等一会儿，就感觉到了身后的动静。他回头，见暮晚摇掩口打哈欠，坐了起来。她一坐起来，轻薄如纱的衣袖与他的手搭在一起。

午睡后的美人喘息微微，面颊绯红，如水美目诧异地向他望来。

言尚一僵，被她看得脸也红了。

他干干道："殿下睡着了，我为殿下扇扇风。"

二人对视片刻，然后各自移开目光，当作无事发生。

暮晚摇口上道："哦。"

韦树被侍女们领着过来。

暮晚摇不耐地拿着扇子扇热风，觉得闷热不已。而她打眼看到韦树过来，夏日之下，少年依然如一捧雪般走在庭下，清清凉凉，一点汗都没有。

他这般走来，一下子就让人觉得这里没有那么热了。

暮晚摇看到美少年便开心，笑吟吟："巨源怎么有空在这么大热天出门？"

言尚不禁看向暮晚摇，见她目不转睛地看着韦树。清隽貌美的少年，她一看到就欢喜，更何况是韦树这般安静的性格？

基本每次韦树来见暮晚摇，暮晚摇心情都是很好的。

韦树也习以为常。

只是言尚多看了暮晚摇两眼，微皱了眉，心想难道她看到好看的郎君，都这么直接？

她并不是看到他时会笑，她看到所有长得好看的郎君，都会笑？

韦树看到言尚也在，惊讶道："言二哥怎么在这里？"

言尚怔了一下，不知该怎么回答。

韦树探寻的目光落在公主和言尚面上，若有所思："我早就觉得殿下和言二哥……"

暮晚摇一骇。

连忙打断："巨源，不要胡说！我与言二郎清清白白！"

韦树："那言二哥怎么在这里？"

暮晚摇说："他是我的家臣，在我这里有什么奇怪的？"

韦树心想，可是你显然一副刚睡醒的样子……你让言二哥坐在你榻边，看你睡觉？

韦树面容古怪。

他心性聪慧，暮晚摇不敢让他多想，连忙问："巨源来寻我何事？"

韦树便答道："向殿下借一本孤本。我问了人，说是殿下这里应该有这本书。"

暮晚摇说："好，我去帮你找找。"

她的侍女们显然是不可能找得到书的，暮晚摇只好起身自己去藏书阁。她走之前，唯恐言尚和韦树在一起，韦树又追问他们是什么关系。暮晚摇瞥一眼言尚，言尚何等心思，立刻反应过来。

言尚跟随起身，向韦树解释："我帮殿下一同去为你找书。"

韦树看着他们一起站起来，他眼眸漆黑清冷，只默然不语。

走在前往藏书阁的长廊上，暮晚摇身后跟着言尚。

她便发了火："方才韦树问话，你为什么不说话，让我说话？"

言尚："什么？"

暮晚摇火冒三丈："他误会我们的关系，我解释我们清清白白，你为什么不解释？巨源向来对我的话持有保留意见，但他很信任你。如果你当时开口解释，他一定就信了。"

言尚静片刻。

暮晚摇不耐烦地推他:"说话!"

外头阳光透过细孔斑驳照入,廊下影与光如一重重池藻游动。

蝉鸣不绝,午后闷热。

暮晚摇听到言尚声音低凉:"我要如何解释? 我和殿下,难道是清白的吗?"

暮晚摇怔住,猛地回头看他。

他停住步子,静静望她。

他说:"也许殿下心里是清白的吧。但是我心里不清白。"

第五十二章

日头耀目,晴天霹雳。

言尚一句话在暮晚摇耳边炸开。

通向藏书阁的依水长廊上,暮晚摇停下步子,呆呆地看向比她落后了几步、先停下来的言尚。

她脑子空白了两个呼吸,才反应过来他说了什么。

暮晚摇:"……你刚才说什么了?"

言尚睫毛微微动一下,垂下眼,不说话了。

暮晚摇厉声:"你说什么了!"

言尚:"殿下没有听见吗?"

暮晚摇扬眉。

他这副默然模样,便是对他方才那句话最鲜明的表示态度了。

暮晚摇眼睛一下子就亮了起来,如被星辰擦过一般。

她尚未多想,尚未去思索他态度怎么变得这么快,她先是惊喜——

他终于不再打算和她互相拖下去了吗?

言尚是绝无可能不知道他和暮晚摇关系有些奇怪的,只是碍于形势,他和暮晚摇都是装作正常罢了。

暮晚摇是有些贼心,然而……人家不是不愿意吗?

人家不情愿,她堂堂一个公主又不是找不到男人,何必强迫人家?

搞不好言尚给她来庐陵长公主那一出报复，暮晚摇得不偿失……何必呢？

但是现在……言尚态度变了。

暮晚摇微微扬起唇角。

她面上神色变得不多，既没有露出惊喜感，也没有表现出对未来的迷茫不安。她神色淡淡地，向他走一步。

暮晚摇："什么意思？"

言尚："殿下不懂吗？"

暮晚摇扬眉，她施施然向他走去。

两个人之间左右隔着三四步的距离，暮晚摇向前走，两人的距离缩短。

暮晚摇边走向他，边问："是终于看出我的好，为我所折腰了？"

言尚："……"

诚然他决定改变两人之间的关系，始于被她气概所倾。他也诚实答复，然而暮晚摇的直接，仍让他愣了一下。

他决定改变两人的关系，但他显然还没有完全适应。

他脸有些红，被她这种强势的靠近弄得有些不自在，他忍不住向后退去，却还是垂着眼，缓缓地给了她一个答复："……嗯。"

暮晚摇："你知道你这句话出来，你和我之间的关系会发生什么样的改变吗？"

言尚叹："大约知道。"

他说："殿下不要再靠近了。"

因他已经被她逼得无路可退了。

而暮晚摇心想，你都说你心里不清白了，你还往后退什么？

她好整以暇，仍逼近他，看他膝弯挨上了长廊栏杆，被拦住退不了了。

暮晚摇目中噙笑，戏谑般："你知道我是个胡作非为的人吧？"

言尚："……知道。"

暮晚摇倾身，他后倾，一屁股坐了下去，变成了她俯身看他、他抬头仰视的角度。

阳光穿过树荫斜斜落在他脸上，他散在廊杆上的衣袍，被阳光折出一重重浓重的光，那光，再反射到他面上，如湖水一般悠着。

他便更显得清正而俊美……还因为无路可退，多了些无辜茫然感。

暮晚摇："若是想改变与我的关系，我做些什么出来，你都是能接受的吧？"

言尚："……嗯。"

暮晚摇好奇："白日我强迫你留在我的公主府，你也愿意吗？"

言尚尽量淡定："无妨。"

暮晚摇："外人说你攀附权贵，是丹阳公主的裙下之臣，有碍你的好名声，你也无妨吗？"

言尚仰头看着她，慢慢道："无妨。"

暮晚摇眼中的笑意加深。

她看他的眼神，便多了很多缠绵缱绻来。如他这般一言一行都谨慎的人，他是很难适应女子这样情绪外放的。

但是言尚只是微有些目光闪烁，却到底没有躲开。

暮晚摇闲闲道："与我上床也无妨吗？"

言尚被她噎了一下。

他虽然知道她一直……但是吧，她也太……

他尴尬又淡定，轻声："嗯。"

夏日这般热，暮晚摇也晒得头昏昏的。但她此时一点也不热，她心里已经被他勾起了兴趣，将言尚欢喜地左看再右看，越看越喜欢。

不想成亲是一回事，春风一度又是另一回事。

当然，最怕的还是需要负责。

想到此，她不放心地："与我上床后不会哭着喊着要我负责吧？"

言尚心中一顿，若有察觉："……"

那点察觉没有多想，他只以为她误会他是想靠她去得官位那样的人。

他微责备，面上隐怒："殿下将我看作是什么？"

顿一下，言尚再补充一句："但是我认为，男女之间，更应注重精神上的交流。"

他细致解释道："我现在尚未有官位，并不去想别的。"

暮晚摇压根儿没听他絮絮叨叨解释那些，她只关注他前面的回答，不由瞪大了眼。

言尚到底是经历了什么刺激，这都能接受？

暮晚摇咳嗽一声。

两人之间不说话，陷入了一阵无声尴尬。

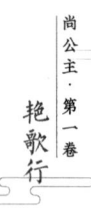

接着进入藏书阁，两人都没有再说话。

言尚是觉得他表明这种态度，就应该进退有度，不适合给暮晚摇再多压力。

他不知男女之间该如何相处，但他知道和任何人之间该如何相处——循序渐进，不应操之过急。

而暮晚摇兴奋之后，反应过来，开始猜言尚为什么态度突然变了。

她到底于情爱一事上，比较有经验，不像言尚一样，完全是白纸，随人涂抹。

思来想去，暮晚摇认为，应该是她哄退赵灵妃那段话，感动了他……暮晚摇一怔，心想那只是她乱编的话而已。

她会为他的所求、他的思想境界感动，但她自己是什么样的人，却是另一回事。她佩服什么样的人，不代表她自己想成为什么样的人。

言尚显然……误会了。他没有倾心她这个人，却倾心于她不存在的东西？他与她暧昧这般久，都能把持住，就因为她那几句话，他就不行了？

呆了一下，暮晚摇有点生气，恨恨咬住了唇。心想这个误会，自己该不该澄清？

澄清了，闹得两人都尴尬，何况已经往前走了一步的路，要怎么才能重新退回去？

而不澄清……不澄清，她就可以睡到言尚。

那就不澄清了。

暮晚摇低头乱想的时候，言尚站在她旁边，打量书架上的书。

他第一次来丹阳公主府上的藏书阁，站在这里一看，见这里收藏了很多弘文馆没有的孤本珍册，书籍又很多。

言尚心中不禁叹服，又有点自卑。

想自己离暮晚摇的距离，终是有些远。他想一步步走向她，恐是很漫长的一条路。

但他很快调整心态，告诉自己君子行事，不进则退；有则改之，无则加勉。既然已经认定一件事，当细细筹谋，而不是踟蹰不前。

儒生入世，本就不应瞻前顾后。

言尚这般思量时，看到了暮晚摇身后架子上，有一本韦树要找的书。

他便走过去。

暮晚摇低头心乱时，愕然见到他衣袖翩然，向自己的方向走来。

他过来干什么？

暮晚摇向后退。

言尚脚步一顿，却仍向前走。

暮晚摇靠在了架子上，终是想到自己是公主，怕他做什么？她抬头发愣看去，见他抬手臂，手伸到她头顶上方，将一本书从架子上取了出来。

暮晚摇看到了他取的书的封皮，正是韦树要的那本。

暮晚摇："……"

言尚俯眼看她，目中带笑。

他说："殿下以为我要做什么？"

暮晚摇涨红了脸。

她恼羞成怒："……我怎么知道！"

她瞪向他。

言尚原本觉得她这般反应有趣，忍不住逗了她一下，现在她瞪过来，他就收了那点笑意。

他移开目光，慢慢后退两步，给暮晚摇让出空间。

暮晚摇松口气，她确实不喜欢被人逼迫。言尚这种自觉给她退路的行为，颇合她心意。

暮晚摇靠在架子上，抱臂看言尚低头翻书。

他大约是想看看韦树要的书内容是什么，便大略翻看。暮晚摇盯着他半晌，缓缓道："言尚。"

言尚看书之余："嗯？"

暮晚摇："你接下来有什么打算？"

言尚一怔。

他缓缓从自己手中的书上抬起了目光，看向暮晚摇。暮晚摇似笑非笑地看着他，言尚一下子知道，她问的是他对两人关系有什么计划。

言尚便答："我自然此时位卑，配不上殿下，也不敢请殿下为我垂目。我想先读书，希望十月份能有结果。同时间，殿下若在政务上有什么疑问，我也可以……"

暮晚摇烦了，心想这和以前有什么区别。

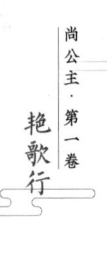

她对他的期望,难道真的是幕僚吗?

她言简意赅:"今晚来我寝舍。"

言尚微顿。

与暮晚摇对视一眼,他明白她是什么意思了。

言尚咳嗽一声,侧过脸,耳朵微红。

他低低地"嗯"了一声,暮晚摇便扑哧一笑,走过来拖住他手臂,对他默认的态度很喜欢。

两人找书回到正厅后,韦树仍在等着二人。

只是看到清雪一般的少年向他们看来,不管是暮晚摇还是言尚,都觉得不自在了一些。

暮晚摇将书递给韦树,想赶紧把韦树打发走。她要好好安排今晚的事。

一同坐下,暮晚摇忍不住看了言尚好几眼。

看他坐得那般沉静,好似什么事都没发生一样。

他那个样子……简直就是摆好了架势,等着她上啊。

韦树将书翻两下,目中微微亮,看向言尚道:"这书如今成了孤本,旁人想看也看不到。言二哥既然要与我考一样的科,不如今晚与我一同看这书,讨论讨论学问。我也许久未曾和言二哥一起睡了。"

暮晚摇:"……"

言尚:"……"

暮晚摇的目光瞪向言尚。

顶着公主那样的目光,言尚面如火烧,只是微微笑着拒绝:"恐怕我今夜有些事,不太方便。"

韦树点头。

他又看向暮晚摇:"那殿下呢?这书是殿下的,我与殿下讨教一下学问,殿下不会拒绝我吧?"

言尚:"……"

暮晚摇一呆:"……"

韦树这般看向她,目中清黑,唇红齿白。暮晚摇看到他就喜欢,怎么会舍得拒绝他任何事呢?

暮晚摇没忍住小少年的目光恳求,怜惜道:"自然无妨。"

言尚微皱眉:"……"

她将他套住,自己却走了?

言尚:"那我也一起吧。"

暮晚摇:"……?"

韦树:"……"

第五十三章

韦树说:"可是言二哥你不是说你今晚有事吗?"

言尚目光若有若无地看暮晚摇一眼。

她好整以暇,右手托腮,好像完全不知他的困境一般。

言尚面对韦树这样的问题,心里觉得羞愧。

他手握成拳,放于唇边咳嗽一声,含糊道:"只是想起来读书更重要些。毕竟许久没有与巨源一同读书了。"

韦树目光微微一闪。

他看看言尚,再看看旁边那个笑盈盈的公主殿下。韦树垂下眼,轻轻将撒在书上的一点叶屑拂去。

他年纪虽小,却敏感察觉到公主殿下和言二郎之间气氛不太对。他有点猜测……却也不敢确定。

韦树微蹙了眉,有些担忧地看他二人一眼。然他素来冷清,话说到这个地步,想来那二人心里也有数了……韦树便不想多提醒了。

当夜,三人共处一室,读书气氛分外浓郁。

一张长案,韦树捧书,和言尚坐于一起。暮晚摇一身家常软罗红裙,长发松绾如云,托腮坐于二人对面。

韦树和言尚在看书,暮晚摇却压根不看。

但是韦树提起书中的什么内容,只用说个开头,暮晚摇就能接下去。她轻轻松松地能够将书中内容默背下来,一边玩着自己纤长的手指,一边笑眯眯地将书中内容旁征博引、解释给二人听。

言尚是话说得最少的，他却看了暮晚摇许多眼，心中钦佩她的学识。

自从他认识她，他就没见她怎么认真看过书。她偶尔拿起书，看的都是一些传奇、话本之类的闲杂书册。

然而言尚是一直知道暮晚摇应当是一个很有才情的女郎。因她轻轻松松，就能提点他，告诉他科考中的陷阱和主试官的偏好。她非常随意地能够说出他写的诗哪里不好，她看他的字看两眼，就会嗤笑。

可那都是言尚从暮晚摇的日常言行中猜出来的。

他是直到今晚，看到暮晚摇不用看书就能背下书中内容，才知道她到底有多厉害。

言尚一边提笔记录暮晚摇随口指点的话，一边问："殿下什么时候读的这本书？"

暮晚摇掀眼皮，想了想："十三四岁的时候吧。"

韦树抬头："殿下这两年没有再看吗？殿下却还记得书中内容？"

暮晚摇道："以前跟我兄长一起读书，为了讨好我父皇他们，我书读得很认真的。所以过了这么多年都忘不了……其实我也不愿记住。"

她语气微怅，微微默然。

很多事她都记不住。

偏偏以前读的很多书，就如同她过往的印记般，到现在都让她忘不了。

韦树看到暮晚摇这个表情，无措了一下，觉得自己大约说到了她心里的伤口，然而他茫茫然坐着，不知该如何安慰……就见言二郎随意地将茶盏推过去，温和一笑："殿下口渴了吧？喝口茶。"

暮晚摇抿了口茶，眉目弯起，纳闷道："怎么有股怪味？"

言尚温声劝说："良药苦口。方才出去时，往茶中加了点药材。因想着殿下说一晚上话，会口渴。"

暮晚摇斜乜他："我又没说不肯喝，你说这么多话干什么？"

言尚摇头笑，重新挽袖提笔。

韦树在一旁默默看着，见那二人眉目来去、笑意盈盈。

言二哥这般长袖善舞的手段，能将暮晚摇哄住……韦树有种奇怪的感觉，觉得自己在这里很多余。

韦树压下自己脑子里的怪念头，低下头继续去看书了。言尚和他一道，依然默记下来。

暮晚摇若有所思地看着言尚，见从头到尾，都是韦树翻书，言尚在一旁看，根本不开口。

暮晚摇目光闪烁。

韦树是个不会照顾人的世家子弟，韦树根本想不到言尚读书的进度可能和他不一样，这也罢了。但是言尚从头到尾只是跟着韦树的进度，他自己一点不开口……要么是言尚不想露怯，要么就是言尚完全能跟上韦树的速度。

而按照暮晚摇对言尚的了解，他后者的可能性更大些。

他竟然能跟上韦树？

韦树可是洛阳韦氏、名门子弟啊。韦树看书的速度，和寻常寒门子弟可完全不同。言尚若是能跟上……说明他博闻强记的能力，应该是很强的。其实这个也正常……言尚若是真的如他自己所说的那么差，就算有暮晚摇提点，第一年就探花郎，实在不太可能。

只是他这人谦逊惯了，又常把他自己学问不好的话挂在嘴边……就给暮晚摇一种他真的特别差的感觉。

暮晚摇抿嘴笑，觉得自己好像发现了言尚一个掩藏的秘密，心中不禁雀跃。

她生了玩弄之心，不再玩自己的手指了，她挽起袖子提笔，取过宣纸写了一列字。再将字条攥成纸团，暮晚摇抬目，看向对面低头写字的言尚，还有他旁边那个安静读书的韦树。

趁着韦树不注意，暮晚摇扬下巴，身子前倾，将自己手中握着的纸团砸向言尚。

纸团砸向言尚的眉心，他睫毛轻轻颤一下，抬头，见一个纸团滚到了他怀里。他抬头看向对面，暮晚摇挂着下巴，对他笑吟吟。

言尚面微红，看一眼旁边的韦树。见韦树没发现，他才不动声色地拿起纸团，看暮晚摇给他写了什么。

纸团上写着："有没有背着巨源与我偷情的快意？"

言尚："……"

他看过去，暮晚摇发间的步摇轻轻晃动，金光焕烂之下，她对他眨眼睛。眼波流媚，春水盈盈，实在动人心弦，勾人魂魄。

言尚无言，握着纸团的手，却都开始发麻了。

他微微苦笑，实在没想到暮晚摇这般大胆。他挣扎半晌，韦树说："殿下和言二哥写了什么纸条？"

暮晚摇和言尚同时一骇，看去，见韦树抬头，看向二人。

如同被抓包一般，二人脸都有些僵。

还是言尚反应快，在韦树凑过来要看的时候，他特别随意地将字条重新团成纸团，跟韦树说："殿下问我书中一个典故，问我可记得。"

韦树感兴趣道："什么典故？"

言尚便如是如是、那般那般，将韦树忽悠了过去。

暮晚摇松口气，拍拍自己的胸脯。看到言尚跟韦树翻书时，蓦地抬头，轻轻瞪了她一眼。

暮晚摇咳嗽一声，正襟危坐，不再闹他了。

而这般偷情一般的喜悦，却萦绕心间，让暮晚摇心动无比。

她实在喜欢和言尚这般来往、他会回应她、替她遮掩的感觉……她实在觉得他这人真好，哪里都好，好得她就是迫不及待想和他……

暮晚摇有点后悔自己干吗要让韦树留下。若是韦树没有留下……今晚，本应该是她和言尚的好时刻啊。

然而好似无缘。

那夜韦树宿在公主府上，耽误了机会不说，反正次日韦树就走了，暮晚摇巴巴等着下一次机会。

但是下午时候，暮晚摇午睡醒来时，就听到侍女说言二郎来了。暮晚摇以为言尚是来找她玩的，便让人进来。言尚却道他老师叫他一同去山中住十日，拜访一位大儒。

那位大儒初来长安，当年大魏的科目考，便是那位大儒和其他一些名门世家一同定下来的。世家轻易不会说考试规则，那位大儒云游四海，四处传教，这次来到长安暂住，倒是很有可能传授一些经验与学问。

言尚的老师便让言尚跟他一起去拜访。

人家要去求学，暮晚摇当然也不好拉着不许人家走，只能压着不悦放人。

然而等到言尚走后，暮晚摇才见识到言尚是何等识趣的人。

她之前总羡慕言尚的那些朋友，羡慕他们能得到言尚关心。而现在言尚走了，他每日寄信过来，与暮晚摇闲话家常，有时候还随信寄点小东西，颇让暮晚摇惊喜。

例如：

"今日山中有雨,与先生对弈半日,偷藏起一枚白子。不知何时能与殿下对弈?殿下之才,必让尚敬仰。"

"山中气候凉爽,却不觉忆起殿下府上读书的日子,那般闷热之下,殿下有些受苦了。"

"看到山中茶花,欣欣可亲,不觉想到殿下。不知殿下可爱花?"

"喝了半日茶,折腾一宿,肚痛一夜未睡。殿下莫要学我一般饮凉茶。"

"晨光熹微时,看到山中雾色蒙蒙,有歌女采桑。迷茫间一时看错,以为是殿下。自叹可笑之时,又颇觉想念。"

暮晚摇一封封看他的信,看得心中高兴。言尚信中内容颇为随意,天马行空,经常是信手而写一两个字,笔迹停顿很久后,才会写起下一行字。

而他这般笔迹变化的习惯,就能让暮晚摇看出,他只要闲下来,或者想起来,就会与她写一两个字。

也不是一味关心她如何如何,而是也经常说起他的情况。说今日看了什么书,明日和老师辩驳了什么道理。他这人说话本就妥帖,闲话家常的风格,一点也没有那种讨好的意味。

就如他当她是朋友,随意与她说话聊天而已。

看他写的信,就和跟他这个人说话是一样的感觉。不卑不亢,既不为难你,也不暗示你,他聊天般的说话方式……却又处处透着关心。

这般说话方式……反正暮晚摇是学不会的。

但是她可以感受到言尚待她的好啊。

暮晚摇开始喜欢起来读言尚的信,掰手指头数他离开了多少天,自己还能读到他的几封信。这样一来,暮晚摇就想起来言尚还没到长安的时候,月月给她写信,写了大概有半年多的时间。

只是那时候暮晚摇都是让侍女读他的信,她自己从来不看。

想到她竟然从来没有看过言尚写的信,暮晚摇后悔十分,拍案唤人:"春华春华!把言尚去年写的信都找出来,我要好好翻翻。"

春华从外进来,答应了殿下一声。她形容有些憔悴,但正开心看言尚信件的暮晚摇以为春华只是病了几日,并没有多关心。

春华不是病了,而是怀孕了。

十日前,她就开始身体不适,觉得疲累、嗜睡。

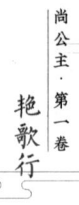

那时春华也以为自己是病了，便告了假休息。之后春华开始呕吐，看到食物就犯恶心，春华才隐隐觉得不对。

昨日下午，公主殿下有其他侍女伺候着的时候，春华终于按捺不住心头慌张，偷偷去西市找乡野郎中，想看看自己到底是怎么了。

郎中没有给她一个迂回的答案，对方直接恭喜她怀孕。春华脸色苍白，头瞬间炸裂。

想到嫂嫂给的药……难道没用吗？

那药没有用……其实也正常。

现今世人的医术水平，最高的都在宫中。乡野间的避孕药之类的，不过是时灵时不灵。春华猜，自己应当是碰到了当年和公主一样的情况。

男人的放浪让女人受苦，女人的柔弱激起男人的暴虐。热汗淋漓的荒唐之后，并非世间所有孩子都被人期盼。女人忍受屈辱折磨，若是事后不想要孩子，只能吃药。然而若是药没有用，又该如何？

下一步怎么办？

脑中惶惶的，春华面前视线模糊，隐隐约约地，好像看到当年的公主，孤零零坐在帐中，抱臂发了半日呆。之后，公主要了另一服药……

面对乡野郎中，春华声音颤颤地，隔着时空，与公主说了一样的话："……那就给我一服打胎药吧。"

隐隐约约，她在重复与公主同样的一条路。

一整晚的时间，春华服侍公主睡下后，回到自己与其他侍女一同休憩的房舍。

其他人都睡了，只有她一人坐在案前，盯着这服打胎药发呆。

她脑海里一会儿浮现刘文吉，一会儿浮现晋王。

她清楚谁是孩子的父亲。

她为了自己的平静生活，不应该让这个孩子出现。

可是……这是晋王的孩子。

是皇室血脉。

皇室血脉，岂是她一个侍女能决定去留的？万一被礼部、被皇室知道她胆敢打掉晋王的孩子……就是公主殿下，都保不住她吧。

更何况，这服乡野郎中开的药……真的有用吗？

会不会与嫂嫂之前给她的药那般无用……或者如公主当年用的药那般凶猛,几乎杀人片甲不留?

春华坐于暗夜中垂泪,怔怔看着这服药,却不知道自己到底该怎么选择。她本是一个侍女,得公主的疼爱而脱了奴籍,但是权势之下,她真的有选择的机会吗?

次日天亮,春华起来时,眼部浮肿。

其他侍女关心她最近怎么了,她只推托说是自己的病还没好。

春华心中煎熬,不知此事该与何人商量。她立在廊下发呆,等待公主睡起来的这会儿工夫,看到一个二等侍女提着裙子跑过来,欢喜道:"殿下起来了吗?言二郎回来了,过来我们府邸拜访。"

侍女们听到言二郎上门了,都非常高兴。不说言二郎风度翩翩,只是看着就赏心悦目;就说只要言二郎一来,殿下脾气就能好上很久。如此,谁不喜欢言二郎多来她们府邸坐坐呢?

春华看大家都这般高兴,也不禁跟着笑了一下,啐道:"你们去问殿下有没有醒来吧,我迎迎言二郎。"

暮晚摇听到了外面的声音,咳嗽一声,外面侍女便连忙掀帘进去伺候。听到言尚来了,暮晚摇也不急着见人,而是先缓缓梳洗。

她坐于妆镜前由侍女梳发时,听到了外面言尚的声音。他声音清如流水,那独特的说话语速让人平静……暮晚摇不觉向窗外看一眼,看到了朦胧的人影。

她抿唇忍笑,在侍女们的注视下,强行按压下去自己的欢喜,反而梳洗动作更慢了。

不过暮晚摇却是伸长耳朵,听外面春华和言尚在说些什么——

言尚道:"这是我带来的一点茶点。之前写信时就说请殿下尝尝。"

春华笑着让人收拾了,说:"郎君待我们殿下真好。"

言尚叹一声,说:"这不算什么,只是一点礼数罢了。按理我应该更关心殿下才是……但是娘子也知道我如今忙于读书,实在没有空暇忙其他的。所以疏忽了殿下,凡事也让殿下受了委屈。只能请娘子多多照顾殿下才是。"

春华:"……"

不提春华如何反应,屋中偷听他们说话的暮晚摇已经呆住了。

她本慢悠悠地从侍女手中拿过玉梳子为自己梳发，侍女们在帮她挑耳饰发簪。结果暮晚摇听到言尚这么说，手中的梳子脱手，直接摔到了地衣上。

　　她有些怔忡，几乎不敢相信自己的耳朵：

　　什么？言尚说他疏忽了她？说他让她受了委屈？说他待她这般，也不过只是一点礼数。他都还没有太关心她？他都还觉得他待她不好？

　　这、这……他都做到这种程度了，这还叫"忙于读书，没有空暇忙其他的"。

　　那他真待人好的时候是什么样子啊？那得、得……多好啊？

　　暮晚摇吞了口唾沫，有点被言尚吓到，甚至反省自己是不是思量太少了，她怎么敢和这种聪明人玩游戏……聪明的女郎，应该跟傻子玩游戏，怎么能和聪明人玩？

　　她是不是有点太高估自己了？

　　一扇门外，庭花滴玉。

　　春华望着言尚清润从容的美目，心中一动。她想言二郎这般聪慧，又向来守口如瓶，不会为难任何人……自己的难题，是不是可以请他帮忙参详一下？

　　春华正要鼓起勇气请言二郎借一步说话，却见言尚眉目微微一晃，好似听到了什么动静。玉梳子落在地衣上"砰"的一声，虽然声音不大，却还是被一直关注着屋内的言尚听到了。

　　他唇角含着一丝笑，虽然看不到里面景象，目光却看向了窗子，轻声："殿下可是醒了？"

　　屋中，暮晚摇恨恨瞪一眼身后的两个侍女，好似梳子落在地衣上发出的沉闷声音，是两个侍女的错一般。

　　然后，暮晚摇才咳嗽了一声，不悦道："干什么？"

　　她真是一点好话都没有。

　　屋外言尚却微微一笑，说道："殿下方便见面吗？"

　　暮晚摇拿乔道："不方便。"

　　说完她就后悔。

　　言尚无言，只好道："那臣先去弘文馆，午后再来向殿下请安。"

　　暮晚摇矜淡道："嗯。"

但是当日午后下起了暴雨。

暮晚摇被困在东宫里回不去,一杯接一杯地喝酒,让一旁无聊地解九连环的杨嗣看了她好几眼。

杨嗣:"怎么,跟小情人有约啊?"

暮晚摇瞪向他,正逢太子进来,暮晚摇立刻告状:"大哥,你看看他怎么说我的!他诬陷我有情人!"

太子看向杨嗣。

杨嗣:"……我就随口一说而已,公主不养几个小情人叫什么公主?"

太子:"承之……"

一听太子叫自己承之,杨嗣就脸色一僵,正襟危坐:"行吧,我错了。但是你干吗听那个告状精的话?"

暮晚摇:"呸,你才是告状精!"

她抓过坐榻后方靠腰的抱枕砸向杨嗣,杨嗣也毫不留情面地一把瓜子砸过来。看这两人又开始打起来了,太子叹口气,走向窗口,望着天地暴雨出神,当作没听到身后那两个人闹出的动静。

太子皱着眉,心想父皇说要去郊外避暑,自己是不是应该派人跟着,去试探下父皇的身体?

还有年底的大典,统共也没剩下几个月,他得安排人手加快进程……若是今年大典办得好,将秦王稳稳压住,自己在朝堂上的威望,应当能更胜一步。

只有父皇支持自己,那些见风转舵的世家才会向他倒得多一些。

想到那些世家,太子微微吐口气,心想不要着急。

南方的世家以金陵李氏为首,只要暮晚摇还是自己手中的牌……变数就应该不大。

大雨瓢泼。

言尚下午回到府邸后,就没有出门,一直在房舍中读书。

时间到了六月下旬,离十月份的考试也没剩下多长时间。他抓紧这段时间,心无旁骛,手中不再给自己留其他事务也罢,连朋友相约的各种筵席,他都一概推辞了。

一直读书读到夜色深凝。

雨似乎小了些,滴滴答答地顺着屋外檐头向下滴落,汇成潺潺溪流。

言尚结束了一天的读书课业，开始惯常审视自己一天的言行，惯常记录，惯常反省。

他在纸上密密麻麻写了很多字，最后将"暮晚摇"三个字加上时，笔墨顿了顿，继续在丹阳公主的名字后，写自己的计划和安排。他想与公主关系好起来，当然需要一步步筹谋，不可能一蹴而就。

从朋友关系到夫妻关系要走多久，其间再加上他的官职路程……言尚需要自己心里有个数。

他这不过是如常地给自己定计划，写得投入时，听到了敲门声。敲门声响了两下，却没有人说话。

言尚以为是仆从有事，便心不在焉地将手中笔放下，将自己写的纸张随手夹在了一本书中，起身去开门。

漫不经心之下，门打开，窗外的风雨扑面而来，冷不丁，言尚看到一个俏佳人背手立在他面前。

她戴着幂篱，衣衫却轻薄，黑夜中，荧荧火光照在她露出一点的香肩玉颈上。

雨夜佳人，冰肌玉骨，就这般笑着立在他房门口。

言尚看到她，目中微微亮："殿下？"

他好久未曾见她，不由盯着她多看了两眼，并迟了一瞬间，才反应过来，侧过身将她迎入屋内。

而暮晚摇颊畔滚烫，也是抬头看了他一眼。

看到他脸上之前被她所扎的伤痕已经不见了，她放下心，幸好她没有真的把一个美少年给弄得毁容了。

暮晚摇这身轻飘飘的香肩半露的华裳，言尚都不敢多看，努力将目光落在她脸上。让她进了屋，他甚至忍不住四处张望，看哪里有外衫能给她披一下。

咳。

但是这里只有他的衣衫啊。

言尚赧然挣扎之时，暮晚摇提起了手，他才发现自己只盯着她的脸，没发现她手里居然提着一个竹篓。她进了屋，竹篓就滴滴答答地向下滴水。

暮晚摇调皮道："哎呀，我弄脏你的地了。怎么办，你会不会生气？"

言尚忍不住笑："殿下又开玩笑了。"

他哪里是轻易生气的人？

暮晚摇:"哼,早晚有一天我要知道,你怎样才会生气。"

言尚随口道:"来日方长,殿下何必着急?"

暮晚摇一怔,心下奇怪哪来的来日方长。她迟疑时,他已顺手接过她手里的竹篓,问她累不累。

而还不等言尚问竹篓里是什么,暮晚摇就手抓着他的手臂,凑过来与他一起看竹篓里装着的东西。

暮晚摇笑眯眯:"今天在东宫,一个皇叔过来送了太子睡莲。我觉得很好看,就藏了点儿,偷偷带回来给你欣赏,喜不喜欢?"

她手臂靠着他,凉凉的肌肤与他温暖的手背轻轻挨上。

言尚顿了一下,却没躲开,他轻声:"为这么点东西,还冒雨过来,殿下过来擦擦发吧。"

暮晚摇瞥他:"你知道我什么意思吗?"

言尚默片刻,见她这么迂回又可爱,忍不住被逗笑。换在旁人身上,谁能从一个睡莲上,想到别的啊?

他温声:"我知道……嗯,我还没洗漱,殿下能等我一会儿吗?"

暮晚摇见他如此上道,这才笑嘻嘻地跟在他身后往内室走。她悄悄握拳,给自己鼓励。

嗯,她今晚就是来履行她和言尚早就约定好却一直没做的事的。除了一个"睡"字,别无他意。

第五十四章

言尚和暮晚摇一起将睡莲植入盆中。

因言尚之前从不是一个有空种花的人,他屋中还真没有花盆。暮晚摇呆了一下,她的睡莲是用水装着的,她还真不知道言尚连个花盆都没有。

暮晚摇便起身:"那去隔壁找个碗莲盆吧。"

说着她便要出门,而言尚拦住了她。

言尚看眼她那单薄轻纱相罩的衣裳,觉得袒胸露腹也不过如此了……唉。大魏民风开放,暮晚摇连男装都经常穿,只是穿得轻透点算什么?

言尚忍了半天，终是没有忍住，他取了自己的一件外衫披在她肩上，轻声："是我的一件旧衣。已经很久没穿了，不会有我身上的味，殿下莫要嫌弃。"

暮晚摇："……"

嫌弃倒是不嫌弃的，就是突然给她披衣服干吗？

暮晚摇挑挑眉，低头看看自己的衣着，再看看言尚那大热天、在屋中坐着他都穿得非常端正严实的圆领袍，若有所思。

暮晚摇："怎么，嫌我穿得太少，有碍观瞻？"

言尚柔声："是外面下雨，怕殿下冻着，所以请殿下多穿一件衣裳。"

说着这话，他已经推开门撑起了伞，眼看着是要出门的架势。

言尚回头看向暮晚摇，本想叮嘱她在这里等着自己，但是他一回头，看到娇娇俏俏的女郎披着他宽大的雪白外衫立在屋中，乌睫雪肤，玉润风流，他一下子微怔忡，心中有片刻滚烫怦跳之意。

暮晚摇奇怪他怎么回头看她却不说话："怎么了？"

言尚回神，收掉自己的心猿意马，轻声嘱咐："外面大雨，殿下在这里等一下我，我去隔壁找个碗莲盆好了。"

暮晚摇："哎……"

她想说让仆从去不就好了，干吗他自己要劳碌啊。

但言尚已经推门出去了，暮晚摇就不好多说了。他走后，她一个人立在他房中，又披着他的一件外衫，心里也有说不出的奇怪。

暮晚摇怔站一会儿，低头红了腮。

她还是第一次在夜里主动找郎君呢。

言尚推门撑伞出去，其实也是想看一下今晚到底是什么状态。

他出去时，见到方卫士和几个侍女立在屋檐下躲雨，目中微微一闪，心中明了暮晚摇今夜看来是做足准备，没有其他打算了。

他心里赧然了一下，微有些事到临头的慌乱。

他糊涂地想着既然她喜欢，那就随她吧。反正男子也没有什么守着贞操的说法。

只是到底应该怎么来？他有点……不是很清楚。

这对于万事习惯掌控在一个范围内的言尚来说，有些超乎他的预料。他只能硬着头皮想，应该只要上了床，就能无师自通了吧。他大约蒙混过去就行了。

而且……暮晚摇不是有经验吗?

想到她应该懂,他心里略有些不舒服,却又努力压下。想暮晚摇在岭南时提起过她前夫,她口气不喜,大约她和她前夫关系不太好,自己应当注意,不去刺激她。

上次在床上是不得不……这次就应该顺着她才是。

言尚抱着碗莲盆回来时,暮晚摇已经无聊地坐着玩了好一会儿手指了。

她回头看到他进来,见到他衣袍上沾了点雨水,便连忙去迎。

两人又一起蹲在碗莲盆边,拿着小锹,研究着把暮晚摇带来的睡莲移植进去。

暮晚摇是个十指不沾阳春水的公主,从来都是她看着别人干活,她自己是一点不干;言尚倒是有种地经验,但他从来生得清瘦文弱,他家中父亲和兄长都不让他下地,只让他在旁边看看便好。

于是暮晚摇和言尚对于种睡莲,都自觉有一套理论经验,却又双双都没上过手。

两人便你给一个主意、我给一个方法,摸索着、稀里糊涂地把睡莲种进了盆中。

暮晚摇偏头看到言尚的大袖拖在地上,衣袖上不光沾了雨水,现在还沾上了泥水。她皱了下眉,一下子呆住,心想自己为什么要和他蹲在这里研究怎么种花?

她不是来睡觉的吗?

都怪他气质太无害,糊里糊涂就把她诱拐到了蹲在这里种花!

言尚小心查看植入盆中的睡莲,看只有一点花骨朵,也心中惴惴,不知道是她皇叔送花给她的时候花就没开,还是因为他和暮晚摇哪里没做好,花给死了……

言尚转头想和暮晚摇商量一下,就见暮晚摇沉着脸,一脸不高兴的样子蹲在那里。

他怔了一下:"殿下怎么了?"

他又哪里做错了?

暮晚摇偏过头来,漆黑眼睛盯着他修长玉白手指上的泥点,不禁眉头皱得更深。她推他一把,斥道:"你不是要去洗漱吗?为什么还不去?你就打

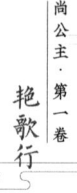

算种一晚上花？"

言尚面一下子红了，理解了她的言外之意。

他却仍有些踟蹰，看眼花盆中还不知道有没有被折腾死的睡莲："可是……"

暮晚摇催他："你去吧去吧！我来看看这花，不会死的！"

言尚便被暮晚摇催促着走了。

而言尚一走，暮晚摇就起身，丢开了这花盆。她之前是鬼迷心窍跟言尚蹲在这里看了半天花，只剩下她一个人的时候，她才懒得看什么花。

有什么好看的？

花死了就重新植呗。

她之前从岭南带回来的白牛茶树，都是死了一半，才养活了一两株。

丹阳公主颇有不好就扔的气势。

而不傻兮兮地研究什么花了，暮晚摇好奇地、有点无聊地四处张望言尚的房舍。他洗漱还不知道什么时候才能回来，她干脆在他屋中闲逛起来，消磨时间。

男子的屋舍嘛，暮晚摇也没有很好奇。而且言尚的屋舍干干净净的，什么东西都摆得清楚明白，一眼看过去，真是乏善可陈，毫无细节。

他连点秘密都不在屋里藏一藏。

就如他这个人一般，圆润通透，不给人诋毁的机会。

暮晚摇打个哈欠，跪坐在了言尚的书案上，伏下身趴了一会儿。比起其他地方，大约还是他看书的这里，稍微能多点细节吧。暮晚摇太无聊了，她顺手拿过他堆在案头上的书册，随便翻看起来。

各类书籍，有些她看过，有些她也没看过。但是暮晚摇又不打算跟他一样去考试，她没看过的书，她也没兴趣增长学识。

只是翻看中，从一册书中，掉出来一张纸，飘飘然落在了地上。

暮晚摇好奇地将这张写满了字的纸捡起来，发现这竟然不是他的读书笔记，而是一张……相当于计划书，反省书？

密密麻麻地写着见了什么人，读了什么书，说了什么话，有哪里做得不够好，哪里还可以改进……

暮晚摇骇然，心想他到底是什么怪物。

更让她骇然的是，在他这密密麻麻的自我反省的最后，居然有她的名字。跟在"暮晚摇"三个字身后的一个"婚"字就吓到了暮晚摇，更不用说不只有一个"婚"字。

还有什么时候见她，官职到了什么程度能和她进一步发展……所有的最后，指向一个结局——

尚公主。

暮晚摇面色阴晴不定，将纸张给他夹回书中，她起身在屋中徘徊，有点心乱了。

她有两个猜测：

第一种可能，是言尚现在对她这么好，都是为了尚公主那个目的。而他尚公主，是为了他的前程。

因在大魏，通过公主上位的驸马，并不少。大魏的驸马官职并不受限制，不会因为尚公主而刻意被压。许多世家嫌弃大魏公主脾气大，不想和皇室联姻；但也有很多世家子弟想和皇室联姻，毕竟在公主耳边吹吹耳边风，也许一个官位就到手了。

言尚出身寒门，想向上走何其难。之前又经历了冯献遇那件事，他应当知道了出身低微的艰难……如他这样的人，倒是很可能将尚公主和他的前程连在一起。

第二种可能，则是言尚并没有那种心思，他只是单纯地喜欢列计划，就如他那张纸上，不只有对她的计划，还有对其他事情的计划。

这倒也符合言尚表现出来的不慕权贵的品性。

可是这同样有一个很大的问题——就是他是不是有点太看重两人的关系了？

他竟是想和她修成正果？

他要一步步努力地去修成正果？

可是她那日问他，可不可以不用负责，他说他不是要她负责的那种人啊。

第一种可能，让暮晚摇生气，想再也不理言尚，和他彻底翻脸。

第二种可能，让暮晚摇害怕，不敢和他往来。

她只是单纯想放松一下，正好碰上他这个让她喜欢的……她真的没有进一步的打算。

她也不可能做那种打算。

要么不成亲，要么成亲就要将婚姻利益最大化……她傻了才会跟言尚有结果。

言尚吓到了暮晚摇，让暮晚摇在屋中徘徊时，神色不定，几次想推门逃走。暮晚摇再一次想推门逃跑时，房门打开了，言尚回来了。

她抬头看到他，目中轻轻一亮。

大约是怕自己将她一人丢在房中不好，言尚回来得非常快。可是他可以快，长发却不能那么快地擦干，衣衫也不可能如往日那般周正。

而他这般匆匆回来，身带清凉雨气，目清唇红，乌发半束。风雨从后吹向他的衣袂，翩翩间，他仿若云中谪仙人一般，颇有些风流飘逸之态。

提着灯笼回来的言尚关上门，一转头，与暮晚摇目光对上。他微微笑了一下，脸上还有点水渍，睫毛上也沾着水雾。

暮晚摇脚便如同定在地上一般，舍不得走了——

美少年啊。

怎么舍得？

踟蹰间，暮晚摇打算试一试言尚。

他站在门口有些踟蹰时，她笑盈盈地上前，挽住他手臂，将他拉扯进来。她小小瞪他一眼，嗔道："没想到如你这样的人，也这般猴急。男人啊，呵呵。"

言尚："……"

他被暮晚摇拉着坐下，有些不自在的时候，看她语气奚落，好似对男人的本色颇为瞧不上。

言尚实在忍不住为自己辩解一句："我是因为觉得将殿下一人留在房中不好，才急匆匆回来，并不是因为其他的。"

暮晚摇瞥他："难道你回来不是为了跟我去床上吗？"

言尚无言以对。

暮晚摇隔着衣裳，戳他手臂："是的话就不要否认你的色心。谁说自己心里不清白的？"

言尚抿嘴，不说话了。

他也不算否认吧？

他只是有时候会不知道怎么跟她相处而已。

就如此时……

然而此时，暮晚摇心中有自己的小九九，不用言尚想话题，她自己就会主动凑过来和他说话。

她拉着他一道坐下，手搭在他膝盖上，凑过来，闲聊一般挨着他僵硬的肩，说道："今日皇叔送睡莲来的时候，我在东宫遇到姑姑了呢。"

庐陵长公主。

言尚睫毛轻轻一掀，看向她。

暮晚摇笑嘻嘻："是因为东宫要为父皇盖一个园子，钱不够，所以又管姑姑要钱了。姑姑很生气，难得趁着进宫看我父皇的时候，跑去找东宫吵了一架。"

言尚微微一笑。

他说："长公主殿下与东宫太子吵架并无妨。只要他二人吵架，那便不是要结党。陛下就不会怀疑长公主，长公主的地位仍然得保。"

暮晚摇："然而姑姑又心痛地要掏一大笔钱！我看她火冒三丈，快要忍不住了。就怕她什么时候真的忍不住去找父皇告状……"

言尚轻声："无妨，冯兄会拦住她，解释给她听的。冯兄会让长公主殿下知道，只有忍耐到此时，日后才有出头机会。"

听他说到冯兄，暮晚摇愣了一下，才想起来他说的应该是冯献遇。

暮晚摇轻轻看了他一眼，说："而姑姑今日进宫，其实是找父皇，让父皇给你的冯兄官职。到我知道的时候，那位冯郎已经被给了一个校书郎的官职。

"虽然只是九品小官，但好歹是个官。他不用去参加明年科考了……他已经是秘书省的九品校书郎了。秘书省这个地方和中枢近，是个好去处。而且校书郎这个官位，说起来就是在书阁里看看书罢了，闲散轻松，大家都很喜欢。"

言尚睫毛轻轻扬了一下，初时惊讶，后来便颔首，表示原来如此。

他说："那看来改日我当找机会，恭喜冯兄了。"

科考自然不是唯一一个当官的途径了。

冯献遇原本攀上长公主是想参加明年科考……但是现在长公主直接为他要了一个官，也挺好。

暮晚摇观察言尚的神色，见他只是衷心为冯献遇高兴，他虽然怔忡了一下，但却没有什么怅然羡慕的表情。

暮晚摇干脆直说:"你需不需要我去找父皇,直接给你也要一个官好了?辛辛苦苦地参加十月份的考试,还不一定考得上,考不上再蹉跎一年不说,还丢人。还不如我现在直接给你要个官,你也别辛苦读书了,直接当官去吧。"

她用这话,试探言尚是不是想凭借她上位。是不是她许了他官职,就是他现在改变态度对她好的目的了。

言尚一愣,面容微肃。

他细细解释道:"我不知道殿下为什么一直觉得我想靠殿下的关系上位……若说我有这般心思,我几次拒绝殿下,纵使可以解释为欲迎还拒,但是拒绝的次数难道不会太多了吗?我在岭南时就认识殿下,之后到长安后,与殿下关系也一直不错。我若是想凭借殿下上位……何必等到现在?"

暮晚摇看着他。

他温声:"我当什么官,并不用殿下为我筹谋。殿下且放心……我眼下如何待殿下,和那些也没关系,殿下不要多心。"

他看着她的眼睛,柔声:"殿下这般好的女郎,得到郎君喜欢不是很正常的吗?何必总怀疑我用心不良呢?"

暮晚摇看着他,心想她哪里好了,又哪里是有人喜欢她就正常了?从来就没有正常过啊。

然而言尚的话让她心中温暖,让她觉得自己试探他,是自己的问题……可是她心里不安,屡次这般说他,他却总是耐心地一遍遍给她解释,说他不是那个意思……他就没有一次觉得她是在羞辱她,对她生气。

他这般好。

暮晚摇抿了唇,在烛火下看着他,她心中又欢喜,又害怕。

欢喜的是他没有想利用她,害怕的是如果他不是想利用她,那他就是真的想和她在一起啊……

这个太吓人了。

暮晚摇要被他吓死了。

可是……美色当前,她挂念了那么久却一点都得不到,又实在不甘心。

所以暮晚摇恶向胆边生,还是想留下来……起码要个福利,再逃吧?

而且万一这福利不好,让她不喜欢,她不就可以光明正大地找到借口和言尚彻底分开,让他不要打扰她了吗?

暮晚摇心中念头转了半天,看言尚温和地看着她,她一下子露齿而笑,向他张开手臂，撒娇道："抱一下。"

言尚愕然，然后红着脸，倾身来抱住她，手臂将她身子环住。

抱住她时，他闻到她身上的香气，感受到她的柔软和瘦削……心脏怦怦怦快要跳出，言尚搂她的手臂微微僵硬，却没有放弃。

然而暮晚摇不满意。

她仰头，看他一眼。

言尚何其敏感。

他低声："怎么了？"

暮晚摇似笑非笑："不是这个抱。"

言尚脸更红了。

他实在跟不上她，只好低声讨教："那是什么样的抱？"

暮晚摇心想这人是傻子吗？

她笑吟吟："是让你抱我去床上。"

言尚一怔，意识到自己闹了笑话。他尴尬地咳嗽一声，微微侧了脸。

暮晚摇故意地："怎么，抱不动啊？"

言尚无奈："殿下！"

他有些不习惯地，一手揽住她脖颈，一手穿过她膝弯，将她横抱到了怀中，站了起来。他的不熟练，完全被暮晚摇看在眼中。暮晚摇仰脸笑，在他怀里笑得蹬了蹬腿。

她笑靥如花，搂住他肩，脸埋在他颈间。步摇金簪，一步一晃。

暮晚摇坐在床上，和言尚坐了一会儿。

他干干道："那便歇了吧。"

暮晚摇含笑看他。

她有点故意奚落的意思，言尚只能起身，自己去熄灭灯烛，想等屋中黑下来了，一切应该就好了。

谁知道看到他有吹灭灯烛的架势，暮晚摇心里一咯噔，一下子拉住他手腕，不让他下床。

她脱口而出："不要吹蜡烛！"

言尚怔一下，侧头看向她。暮晚摇脸色有些发白地转过目光，不肯和他对视，他却好像一下子懂了。

言尚微微笑一下，柔声："我只是去将床帐放下。其实我夜里也不习惯吹蜡烛。屋中有点光，挺好的。"

暮晚摇才不信。

她有时候晚上睡不着，坐在自己府上的三层阁楼上看对面府邸，能看到漆黑一片。他根本就不怕黑，他和正常人一样，根本没有晚上不肯吹蜡烛的习惯。

他这么说，也是为了她。

暮晚摇又感动，又喜欢。

她嗔道："那你要浪费多少蜡烛？你这么穷，有钱吗？"

言尚道："我也没那么穷吧？"

暮晚摇抱着褥子，抬头看他，正逢他低头来看她。

他散着发坐在她面前，眼睛漆黑，气质纯然无害。

烛火在外摇曳着微光，偶尔能听到屋外雨声潺潺。

床帐内，就只有他二人这般坐着。暮晚摇红了脸，竟然难得地心跳加速，觉得脸颊滚烫。

坐了片刻，暮晚摇道："你没有想做的吗？"

言尚垂目。

他撑在床上的手指轻轻颤了下，暮晚摇看到他喉头滚了滚。

她听到他低声："我想亲殿下一下，可以吗？"

暮晚摇又气又笑，抱着枕头，她脸红透了，抓着枕头打他手臂："傻子！难道我不让你亲了吗？有什么好问的？"

他便倾身来，与她唇相挨。

暮晚摇颤一下，她手仍抓着枕头，指尖却开始发麻，打不下去他了。

他只是那般挨着，便已让她怔然。

然而他也没有傻到那个份上，以为挨一下就是亲。

毕竟就算他真不知道……暮晚摇也亲过他，言尚早就知道唇齿间的亲吻，不只是嘴碰嘴。

于是张唇启舌，于是低颌相就，鼻息缠绵。

芬芳而轻柔，初时淅沥小雨，后成淋漓试探。

他的长发散在褥上，俯身时，那有些湿的发丝就落在了暮晚摇的手背上。黑色的发丝，和雪玉一样的手指，黑白分明的颜色缠在一处，旖旎柔情，欲语还休。

"嗯……"

暮晚摇悄悄睁开一只眼看他,见他闭着目,眼下略有些红。他的睫毛覆在眼上,她听到他呼吸乱了,原来他也不总是很从容。她胡思乱想之时,他伸手,一下子搂住了她的肩,将她抱入了怀中。

暮晚摇:"啊!"

他将她揉入怀中,一下子压了下去。

暮晚摇一下子打他肩,含糊挣扎:"不要……不要压我!"

言尚的呼吸已经乱了,气息也变得滚烫。他情绪不再受控,忍不住地去抱她。而她在他怀里嘟嘟囔囔地反抗,力气那么丁点小,小猫挠一样。言尚面红耳赤,勉强定神,才听到她在嘀咕些什么。

他有些艰难地移开,侧躺下来,不去压着她。这般动作一换,亲一亲就没有了。他怅然之时,却见暮晚摇睁开眼,促狭地看着他。

她向他扑过来,将他压住,重新亲上他。

而她的胡闹,暴风雨一般,和他那样的温柔浅薄、怕伤着她的心,格外不同。

帷帐内,窸窸窣窣。

言尚渐有些难受,轻轻蹭着她,本能地伸手,在她颈上轻轻捏了捏,微有些蜿蜒向下的趋势。暮晚摇春水一般柔软,偏偏警惕。

她一把拉住他的手,睁圆眼睛:"你干吗?"

言尚情难自禁之时,又很不好意思。

他却道:"难道不该如此吗?"

暮晚摇:"我只是想和你亲一亲,你在想什么?难道你这么不尊重我,只想上我?"

言尚:"……"

他无奈至极,又难受十分,还被她倒打一耙。换成其他郎君,早就被暮晚摇这反反复复给折腾疯了。

然而言尚脾气多好。

她这么一说,他就反省自己是不是真的不尊重她去了。他便只是叹,将她重新揽入怀中,低声:"那便亲一亲好了。"

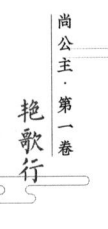

暮晚摇呆住。

她都感觉到他的身体滚烫，他还在……他就亲一亲就行了？

她被他含住口，脑中变得浑浑噩噩，支支吾吾半晌，也忘了自己在想些什么。

暮晚摇被言尚抱在怀里，听着他的心跳。

她终是有些不忍，觉得自己太残酷，道："我帮一帮你吧？"

反正她又不是没有……

言尚却含糊道："无妨，不用管。一会儿就好了。我只是抱一抱殿下。"

暮晚摇吃惊："……一会儿就好了？"

言尚："嗯。"

暮晚摇神色古怪地看他一眼，心想这人可真是没有享受的命啊。然而她也喜欢被他抱着的感觉，窝在他怀中，她有一种自己被宠爱呵护的感觉。

暮晚摇眼睛带笑，埋入他怀中，张臂抱住他。她也不敢乱碰他，怕他更难受。而她仰起脸，与他垂下的目光对视。

他伸手，轻轻在她脸上碰了碰。

言尚低声："殿下。"

暮晚摇："嗯？"

言尚微笑："睡莲开花了吗？"

他微烫的手指搭在她脸上，微微倾身低头来看她，目光温柔缱绻，又专注十分。暮晚摇微怔，反应过来他是用花在说她。她拉起被褥，挡住自己的脸，一点点缩下去，像个缩头乌龟一般。

而她藏在被子下，忍不住偷笑。

睡莲当然开花了呀。

一夜雨绵。

共枕同睡。

内舍床帷低垂，挡住风光。外间碗莲盆中的睡莲露出的花骨朵下，一点点有浅浅红色渗出，有花苞在夜色下悄悄试探绽放。

室内满是清香。

暮晚摇小心翼翼地起身，倾身，低头看言尚。她小心地把自己的长发从他手臂下扯出，又就着火烛的光，依依不舍地看了他许久。他闭目沉睡的样子，格外让人喜欢啊。

然而他要和她成亲的架势，实在吓死她了。

再不舍，暮晚摇也要狠下心，断了他的念头。

迷糊沉睡中，言尚好像感觉到暮晚摇起身。他微睁开了眼，声音低哑："殿下……？"

暮晚摇连忙："我回府去了，你继续睡。"

言尚怔一下，便要起身："我送殿下……"

暮晚摇见他还糊涂着，连忙把他按下去。她心怦怦跳，怕自己的小心思被他发现。她嗔笑："就是回隔壁而已，有什么好送的？你睡吧，别起来了。"

她难得地温柔体贴，将言尚劝了回去。

第二日，暮晚摇进宫，和太子商量一趟，回到府上就收拾行装，跟随皇帝去避暑山庄了。

公主府一半被她搬空。

春华还没有纠结出该不该打胎，就被暮晚摇带去了避暑山庄，和皇帝日日相处了。

到避暑山庄的第三日，暮晚摇去陪皇帝钓鱼，春华一人躲在房中。

她发怔了一个时辰后，将药煎好，忍着恐惧，狠心给自己灌了下去——只求真的能落了胎！

而且不被皇室察觉！

言尚连续三日来公主府求见，暮晚摇都不见。

初时她推托忙碌，言尚也未曾多想。

到第三日，言尚已经觉得不对劲。

任何一对男女，一夜之后，都不应该是这种状态。他使了些语言陷阱，轻易从公主府留守的侍从那里，套出话，得知暮晚摇去伴驾，跟随皇帝一起去避暑山庄了。

公主府的人说，最少也会在避暑山庄待一个月吧。

显然，这一个月内，公主都不会回来。

立在公主府门前,明明是六月天,言尚却如同被冰雪灌顶。

从头到尾,他的心瞬间凉透了。

他发怔了很久,猜她为什么要这样对他。

……是因为那晚不好?

她不喜欢了?

她难道是……嫌弃他亲得不好吗?

第五十五章

暮晚摇跟随皇帝去的这处避暑山庄,位于长安郊区的樊川。

樊川位于终南山下,达官贵族、皇亲国戚,纷纷都喜欢隐居樊川,也喜欢在樊川修建私人园林。

皇帝自然也在这里有自己的私人山庄。

目前太子大张旗鼓、搜刮天下珍品为皇帝修建的那处园林还不知道会如何,但眼下樊川这处山庄,却是皇帝目前最喜欢的。每年天热时,皇帝都会来此山庄住两个月。

今年是暮晚摇随行。

虽然暮晚摇是听太子的吩咐,也是为了躲言尚,才过来讨好皇帝。但老皇帝孤零零的独居生涯,多了一个和亡妻生得格外像的小女儿,老皇帝心情也极好。

樊川果然凉快许多。

长安城中贵人家中为了避暑都在用冰,而樊川山庄中,内侍端上来的李子、蜜瓜等物,都只是在地窖中储藏,不曾用冰镇过。这样的瓜果吃起来,不会太冰,很得暮晚摇喜欢。

暮晚摇与皇帝坐在一帐下,正在玩一种叫"六博"的对弈游戏。

六博是用掷采来定行棋的一种游戏,在大魏朝的贵族中,颇为流行。

暮晚摇一边与老皇帝对棋,一边在心里乱七八糟地想着心事。

她想自己得跟着父皇,多打探打探父皇对太子的态度,并努力为太子在父皇这里加筹码。因作为一个和亲公主,暮晚摇站队选择权根本没有。只有太子身为储君,是她的天然选择权,她自然要一心帮太子。

等熬到太子上位，给她封一个什么长公主当当，她说不定就能解放了。

而一会儿，暮晚摇又忽然想到了言尚，心里虚了那么一虚。

她想她如此态度，言尚那般聪明，应该就能明白她的意思了。等她在这里住上一个月，回到长安后，双方冷静下来，她就能和言尚恢复到正常君臣的关系了。

实在是她现在对他心痒难耐……若是不靠距离来强行打断，她怕自己会揪着言尚不放。

而言尚行事那般坚定之人，他的成婚计划与她的计划完全不同。她被他吓到，也希望靠自己的态度向他表明自己的立场。

言尚……应该能明白吧？

可是暮晚摇想到他，心里一团乱。想到他会重新和她划清界限，她心里不甘；想到他那夜安静的睡容，她坐在帐中抱着膝，悄悄盯着他看了那么久……若是他真的是她兄长就好了。

她可以毫无愧疚地让他对自己好，也不必担心他会一走了之。

而现在，已经过去了三天，言尚应该已经懂了。

他会不会生气？会不会难过？

一想到他那样的人物，可能会难过，暮晚摇便心如刀绞，更加不安……

"摇下棋时，倒是和你母后很像啊。"老皇帝闲谈般的说话风格，将暮晚摇从自己的思绪中拉回了现实。

暮晚摇看向对面的皇帝。

大魏民风开放，从上到下都崇尚一股英豪之气。这种开放的民风，让皇帝这样的人物虽贵为天子，却轻易不穿黄袍，不将皇帝的架子摆在衣饰上。

皇帝以前身体好的时候，常穿骑装，闹得大臣们也跟着以骑装为潮流；这几年皇帝身体不好了，便总是披着衣袍宽松的家常长袍。

暮晚摇从自己这边看去，见对面的皇帝两鬓斑白，面容瘦削，衣袍宽大，眼中流露慵怠色，却是手里玩着筹码，看着她笑。

这一瞬间，她忽然意识到这个男人是真的老了。以前他杀伐果断，从来没什么表情外露；而今，他都会对着自己的小女儿笑了。

暮晚摇顺着皇帝，问："我与母后哪里像了？"

皇帝眯眸，怀念一般道："阿暖与旁的女子都不同，阿暖与朕下棋时，从来都是落子无悔。不像其他女子都喜欢悔棋。她下棋时格外专注，并不和朕说话,也不喜欢朕打扰她。这般心有丘壑的女子,而今不多见了。"

阿暖是先后的闺名。

满天下大约只有皇帝还敢称先后的闺名了。

暮晚摇心中想看来她与母后并不像。母后下棋专注,她却只是心乱,在想别的罢了。

暮晚摇看到皇帝身后内宦的担忧眼神,心里一顿,心想看来皇帝屡屡怀念先后,让身边人很担心他的状态。

暮晚摇扔了一筹后,再走一棋。她说:"落子无悔倒是个好风格。看起来我要向母后学习才是。"

皇帝失笑:"学她干什么?学得她那样一心冷漠,满心冰雪吗?学得她……"

他微有些恍惚之色,暮晚摇却没有再多听。

因看到帐子外有侍女身形出现,焦躁不安地向这边打眼看来。那侍女是暮晚摇这次带来的侍女之一。暮晚摇心里一咯噔,想着出了事,便跟皇帝说去更衣,出去了。

暮晚摇一出去,那侍女就惶恐地来报:"殿下,春华姐姐好像不行了……她要死了吧!"

暮晚摇大脑空白一下,然后厉声:"胡说!我走的时候她不是还好好的吗?哪有人好端端的就不行了?"

侍女左右张望,看皇帝帐下一派肃静,无数侍女和宫宦都在候着。

侍女不敢说出口,便贴耳到暮晚摇耳边,极低地说了一些片段:"好似是怀孕""大出血""出气多进气少""大家都吓哭了"。

暮晚摇神色一凛,当即要回去看。

回去时,她想起来一事,又让侍女去找了皇帝的贴身内宦,向对方要一个宫中老御医来跟着。只说是公主身体不好了,其他的不必多说。

暮晚摇回到自己住处,推开侍女房直闯进去。一路上她已经听侍女说了大概,现在心里敞亮,已经大约猜到是怎么回事了。

侍女们不敢声张,惶恐地站在廊下,看暮晚摇推门进去,屋中床帐四周,也跪着很多侍女,抓着帐中女子的手抽泣不已。

"殿下!"她们回头,看到暮晚摇进来。

暮晚摇满心怒火，恼恨春华想要打胎，竟然都不敢跟她说。

是怕她不同意吗？

或者是怕她为难？

暮晚摇满腔怒火，掀开床帷，却看到躺在褥下那个苍白的、满脸冷汗的女郎，怔然间，一句难听的话都说不出了。在侍女的惊呼阻拦下，她一把掀开褥子，看到下面被染红的血……暮晚摇眼睛一下子红了。

她哆嗦道："你疯了！你疯了！药是能随便吃的吗？乡野郎中是能相信的吗？你、你……不要命了！"

春华惨然剧痛，蒙蒙眬眬间，泪眼模糊，好似看到了公主殿下。

她抽搐着伸出手，凄然又恐惧："殿下，春华不能服侍你了……春华先走一步……"

暮晚摇拽住她的手腕，声音冷厉："本宫不许！本宫绝不许！"

春华已经出气多进气少，许多话再不说就来不及了。

她满身冷汗，一脸青白，颤抖着哽咽："我知道，我做了与殿下当初一样的选择，我不是故意刺痛殿下心的……只是我真的不想要这个孩子。我有刘郎啊，我不想负他。我不想入王府，不想和我不喜欢的人在一起……

"我知道我的愿望太奢侈了。连殿下都做不到的事，我怎能做到？可我也会做梦，想着我不过是一个侍女，我没有那般重要……我只是想和喜欢的郎君在一起，成婚、生子……可以永远和他在一起。

"哪怕贫寒，哪怕拮据。我又不是公主那样的大人物，我又不必做什么选择。我只要打掉这个孩子就行了……殿下，殿下你不要怪刘郎。我去后，请殿下多照顾他。是我负他，是我对不起他。我知道殿下不喜欢他……可是他不是坏人。"

女郎缩在被褥中，她还在流血，她被暮晚摇抓着的手变得冰凉。她昔日那让所有人都喜欢的美貌，此时黯淡憔悴，再无风华之味。

站在屋中的其他侍女都低着头，或抽泣，或默然流泪。

暮晚摇坐在榻上，被握的手轻轻发抖。

看春华面上浮起虚幻般的笑意，喃喃自语："刘郎很好的，他待我一直很好。上次我还发现，他想娶我过门。我要成婚了啊，我不想对不起他……刘郎，刘郎……黄泉之下，百年之后，你我何时才能再见呢？"

暮晚摇反握住她的手："春华！不要这样……你跟着我一起从乌蛮走

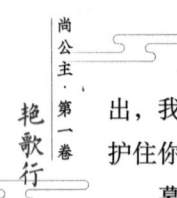

出，我们一起从那么艰难的地方都过来了。现在日子已经好起来了，我可以护住你们了。你何必不告诉我？何必要自己一人承受？"

暮晚摇唇角微发白："你只是一个侍女！你只是一个侍女而已啊！"

一片哭声中，屋外，传来一个卫士的高呼声："殿下，御医来了！"

暮晚摇立刻："快请进！"

御医说春华这胎怀得不好，眼下大人小孩的命连在了一起。若是不保胎，春华也许能保住，但是看着现在出血的程度……也许日后都不会再有怀孕的可能了。

屋里春华已经晕了过去，能做主的，只有暮晚摇一人。

听到若是不保胎，以后春华也许再不会有孩子，如同霹雳一掌拍在天灵盖上，暮晚摇脑中蓦地空了一下。

她不可避免地想到当年在乌蛮，满地侍女跪在帐篷中，围着她的床哭得快要断气时候的场景。

不保胎，就再不会有孩子。

暮晚摇是被逼到了绝境，她没有选择。她那时若是死了，身边所有人都在乌蛮活不下去。而她不能要孩子，她要是有了孩子，有血脉牵扯，她永远走不出乌蛮……

那不过是两年前的事，现在想来恍如隔世。

那时她没有选择，也没有人能够为她拿主意。可是眼下，春华是有选择的啊。春华有她在啊。

她保护不了自己，难道连自己侍女的命也救不回来吗？

暮晚摇轻声："张御医，你先努力去保春华的命。"

她回头，向方桐吩咐道："快马加鞭，我要你半个时辰内从公主府回来，将我特意让人所制的那枚保胎神药取来。"

方桐凛然拱手，一句废话不多说，转身便走。

暮晚摇立在侍女屋舍门前，呵斥侍女们不许哭，这里发生的事不许传出去。

她孤零零地站了很久，揪着自己的衣袖，想到公主府有这么一枚药的缘由。

多亏她之前不知出于一种什么心态，明明怀孕不怀孕的和她没有半点关系，她却一直记挂着当初在乌蛮时的苦境。

她回到长安后请几大御医联手制了这枚保胎药。

也许暮晚摇一辈子都用不上这颗药。

可是暮晚摇当初就是固执地想要这么一颗药的存在。

而今看……也许春华的命,能够得此保住呢。

弘文馆中,言尚所坐的案前,摆着一本书。

他手撑着额,一缕发丝拂在修长微曲的手指间。他盯着书页,却心烦气躁,很久看不进去。

发了好一阵子呆,有一位官员进来,向他打了个招呼,说外面有人找。

言尚将书合上,起身出去,到了馆外,才见到找他的人,竟然是冯献遇。

大魏官制中,八品、九品的官袍都是深碧色。但因为大魏民风豪放的原因,连皇帝都不穿黄袍,臣子们平时就算上朝都不会穿官服,都是一身常服。

所以,当冯献遇端端正正地穿着深碧色的九品官袍站在弘文馆等言尚的时候,周围路过的人已经稀奇地歪头看了他好几眼。冯献遇不以为然,等到言尚出来,他才露出笑。

冯献遇:"素臣,别来无恙。"

言尚将他自上而下打量一番,收了自己之前混乱的心绪,露出如平日一般温煦自然的笑,真诚道喜:"冯兄终于得偿所愿了。我不禁想问冯兄一句,这身官袍穿得可舒心?"

冯献遇好不容易当上官,虽是靠着长公主的缘故,却也隐隐得意。他来言尚这里,当然也不是来炫耀的。和言尚相处久了,冯献遇当然知道言尚志不在此。

由是言尚的打趣,当然也没有其他意思。

冯献遇难得地不好意思:"这官袍……嗯,确实感觉挺不错的。"

言尚忍俊不禁,笑了一声,却还是提点道:"冯兄春风得意,喜欢两日却也罢了。来往官员都不穿官服,冯兄这般穿着,未免太过显眼,有些张扬。"

冯献遇道:"果然素臣你喜欢低调啊。不过你提点得也有道理,为兄也就喜欢两日,等明日就收起来,再不乱穿了。也不知道陛下这什么心思,好好的官服没人穿,反而个个都求个性。"

言尚笑而不语。

冯献遇看他一眼,自然知道言尚从来不接这种有歧义的话,让他很佩服。

冯献遇与言尚走到了一边,笑道:"其实找你也没有别的意思,是为兄认识了几位朋友,夜里在北里设宴,你要不要一同来,为兄帮你引荐几位官场中人？"

言尚迟疑了一下，却还是说不必了，说自己最近读书事务繁忙，冯献遇的好意他已心领。

冯献遇点头，又小声跟言尚说庐陵长公主最近因为东宫要钱太频繁的缘故，很不高兴。长公主可能随时都要爆发，冯献遇会努力拦着，但也请言尚这边有个心理准备。

言尚点头道谢，打算在今晚给公主的折子上，将这事写进去。

作为家臣，有些事当然应该让公主知道。

不过嘛……言尚出了一会儿神，心想暮晚摇现在恐怕根本连他的折子都不会看吧。

冯献遇该说的说完了，便向言尚拱手告辞。言尚却喊住他："冯兄。"

冯献遇回头，他见言尚皱了眉，露出有些纠结的神情。

言尚纠结的神色，冯献遇第一次见到，倒是吃了一惊。

冯献遇："可是有什么事，为兄能帮得上忙？素臣不必多想，直说便是。你我交情在此，就算为兄帮不上忙，也会直言，素臣不必为难。"

言尚叹："也没什么为难的……其实是不知道该怎么说。"

他低头，兀自出神了一会儿，冯献遇便越发感兴趣，想知道能让言尚为难的事，到底是什么事。

好半晌，言尚才吞吞吐吐一般，慢吞吞道："冯兄平日与长公主，是如何相处的？"

冯献遇："……"

若是旁人这么问，冯献遇会怀疑对方在影射他魅主。但是言尚这么说，冯献遇实在摸不着头。冯献遇奇怪道："就那般相处啊，素臣这么问是何意？"

言尚默片刻，忍着心中别扭，再次含糊追问："那般相处是如何相处？冯兄与长公主殿下在一起时，长公主可会嫌弃冯兄……不好？"

冯献遇更迷糊了："什么不好？"

言尚："……技术不好。"

冯献遇："……"

他愕然，与言尚对视。

静静地，尴尬在两人之间弥漫。

言尚蓦地移开了目光，脸色有些僵硬。他自嘲一笑，为自己解围道："我随口问问，冯兄不必多想。"

说罢便要走，冯献遇连忙追上两步，拦住言尚。

冯献遇观察言尚半天，说："……你指的难道是丹阳公主吗？"

言尚无话。

冯献遇心里一咯噔，更觉稀奇。他其实早就觉得言尚和暮晚摇之间有问题，但之前那次言尚不承认，冯献遇便以为是自己看错了……可是现在看来，他根本没看错啊。

冯献遇静半晌，说："……你前途光明，远比我好。又不是没有别的路，你何必和丹阳公主搅在一起？"

言尚更是不说话。

冯献遇看半天，更是不能理解言尚。他都替言尚气得脸青："而她竟然还嫌弃你技术不好？"

言尚目光挪开，道："不是。我说的不是她。只是随意聊两句，冯兄不必多想。"

冯献遇："有气节的男子，不该问我这种问题，而是应该转身就走，再不和这样的女子搅和。"

言尚垂目不语，肩膀微僵硬。

冯献遇看他不表态，心里一叹气。他无奈道："那你是要如何？不如今晚与我一道去北里参宴，你练练技术？"

言尚脸微涨红，连连摆手。

他说："算了算了，我随口一言，冯兄真的不要多想。我还要忙着读书，这些琐事本就不该挂心。还请冯兄为我保密。"

冯献遇："哎，你……"

他与言尚回眸的清黑眸子一对，满腔的劝说话便都咽了下去，摇摇头。

情之一字，饮水自知。旁人如何劝得动？

只是觉得言尚这般前程远大之人，何必如此？他们皇室那摊乱事，言尚何必掺和呢？

和冯献遇分开后，言尚又在弘文馆坐了一个时辰。他逼迫自己勉强读完一篇文章，就知道以自己现在的状态，是不可能读进去了。

如此，那也不必留在这里耽误时间了。

言尚将书收拾一番，离开弘文馆，早早便回府上，想着洗漱一番后静静心，也许能再继续读下去。

跟随言尚的小厮云书看自家郎君今日一直沉静，一整天不怎么说话，这和郎君平日待人温善和气的样子格外不同。云书心里为自家郎君抱屈。

早上二郎去公主府上请安时，试探出的答案，云书也听到了。

那位公主分明是抛弃了他家二郎嘛！

果然大魏公主都这般可恶！撩拨了人，却又不负责。自家二郎品性高洁，貌与才，人与性，又是哪点不好了，竟让公主那般羞辱？

言尚即将进府之时，听到巷子里响起的马蹄声，急速万分。

他蓦地回头，目中如有星火流过一般，轻微亮了一下，向巷口看去。

然而他想多了，骑马飞驰而来的，并不是他希望的那人，而是方卫士。

方桐根本顾不上跟任何人多说话，下了马就直接进府。不提公主府的人茫然，就言尚站在自己府邸门口思量片刻的工夫，方桐已经重新从公主府中出来。

方桐满头大汗，一下子跃上马。

言尚知道自己再不说话就没机会了，他拱手："方卫士。"

骑在马上的方桐俯眼看到言尚，来不及多说话，快速道："我被殿下下了死令，必须在半个时辰内回去樊川。来不及和二郎叙旧，二郎见谅！"

言尚心里一沉，问："为何这般匆忙？殿下是出了何事？"

方桐仓促道："殿下没事，她让我回来取一枚保胎药。"

说罢，人声还传在半空中，方桐已经疾驰出了巷子，留马蹄声和尘埃在后。

言尚怔在原地。

他看公主府门前的侍卫和侍女也很茫然，他们窃窃私语讨论："保胎？谁要保胎？"

他们的眼睛，一齐看向对面府邸门口的言尚，充满了怀疑。

言尚："……"

他面一下子涨红，勉强说道："我与殿下是清白的。"

公主府的人不好意思："自然、自然。"

然而，大家心里却想，那谁知道呢？

言尚又气又羞，还不能堵住别人猜测的目光。他又不能跟公主府的人去解释，虽然自己和公主走得近，但他们一直是很守礼的，什么也没做过。

然而言尚又不是没有在夜里待在公主房间过。

虽然言尚自己知道他是待在外间，根本没有和暮晚摇同床。可是侍从们又不知道。

言尚只能一拂袖，转身进了自己府邸。

而云书跟在他身后，居然也担忧地问："郎君，殿下不理你，是不是因为……怀孕的缘故啊？"

言尚叹气："……我与殿下真的是清白的。"

仆从们半信半疑，但虽然言二郎脾气好，他们也不能太逾矩，扒着去问吧。言尚关上门，也将外面的声音隔断。

而回到了独处房舍，坐下来，言尚也开始心思不定。

保胎？谁要保胎？

避暑山庄出了什么事？

他相信暮晚摇的人品，怀孕的人应该不是她……可是她才抛弃了他，他现在对她的人品又不是很肯定了。

总之，言尚也是思绪凌乱，千头万绪，不知从哪里说起。

他忍不住提笔给暮晚摇写信，询问她那里到底出了什么事。

……虽然知道她也许根本不会看他的信，但还是应该问一下的。

一夜之后，春华和肚子里的孩子都保了下来。

春华靠在床柱上垂泪，被暮晚摇训斥一番。

暮晚摇恨春华胆小，什么事都不敢告诉自己，却偏偏相信民间的那些药；又恨事情到了这一步，也没有回旋的余地。

暮晚摇咬牙："将这个孩子留下吧。我找个庄子，悄悄将这个孩子养大，让他远离这一切，不让人知道。你依然可以和你的刘郎好，神不知鬼不觉。"

事已至此，春华伤心之时，也很迷惘。

她轻声问公主："我若是没有了这胎，再不能有孩子，真的不会有郎君接受得了吗？"

暮晚摇回头看她。

暮晚摇轻声："谁都接受不了的。"

春华脸色蓦地发白，手指揪住下方床褥。她睫毛上又沾了泪水，鼓起勇气问："那殿下……"

暮晚摇淡声："我与你不同。"

她立在窗下，看向窗外。

夏日明媚，此室独凉。

暮晚摇侧脸如冰雪般冷，她低声重复："你和我不同……你不必自毁。"

室中无人说话，静片刻，暮晚摇受不了低迷的气氛，正要吩咐春华好生休养，自己打算出去时，敲门声响起。

有侍女道："殿下，公主府发来了信件。"

大约是幕僚们每日送来的书信吧。

暮晚摇让侍女拿信进来。

许多信件中，她看到了言尚的名字。她指尖颤抖，心脏抽一下，然后立刻面无表情地将这封信越过，不打开看一眼。

只是诸多信件中，暮晚摇忽地"咦"一声，似笑非笑："怎么还有给春华你的信？连名字都没有，是不是刘文吉给你的？"

她轻笑："他倒是来信很及时啊。"

春华脸色苍白，连笑都笑不出来。公主将信扔过来，春华忍了很久，才颤着手去拆信。

然而这信件不是刘文吉给的。

春华读着信，神情都有些恍惚，颤声："……殿下，我兄长将我卖给了晋王，说我是晋王的妾室！因我兄长得罪了人，有人去拆他们房子，他们将我说成是晋王的妾室来自保……这信是晋王写来问我的！"

暮晚摇："……"

她一把抢过信纸坐下，有些恼怒："到底是怎么回事？"

是有豪强恶霸，要抢春华兄长嫂嫂的房子和田地，说要征用，为朝廷所用。

春华兄长一家很害怕，说自己妹妹在丹阳公主府上做侍女，对方嗤之以鼻，并不相信。

正逢晋王在那处地段监工工部的作业，春华兄长和嫂嫂一不做二不休，将春华的卖身契，送去了晋王府。

晋王很奇怪，问春华可有他需要帮助的。

而为了这询问，晋王妃已经被晋王派来避暑山庄，相信马上大家就能见面，谈谈此事是怎么回事了。

暮晚摇忍怒："成事不足败事有余的家伙！"

竟这般卖自己的亲妹妹！

然而又是何人以朝廷之名，霸占寻常百姓的房舍田地？

暮晚摇："……我先去应付晋王妃，让幕僚去问到底是怎么回事。"

让幕僚代表自己走一趟……幕僚嘛。

她直接越过了言尚，心想他也不是必需的。

第五十六章

晋王妃来避暑山庄，向皇帝请安，皇帝并没有见她。之后晋王妃便匆匆来见暮晚摇，毕竟这才是她这次来的目的。

暮晚摇华裳端正，接见了晋王妃。

晋王妃拿着春华兄长给的卖身契，要见春华。

二人坐在正厅中喝茶，暮晚摇闻言只是挑了下眉，压根没有起身的意思。

她笑吟吟："我的侍女正生着病，不太方便见客。"

她特意将"我的"两个字咬得特别清楚。

晋王妃自然懂。

王妃有些怵这位公主，却还是积极执行自家夫君给自己安排的任务："我知道六妹妹对自己的侍女分外看重，对这个春华最好，连奴籍都给对方脱了。但是妹妹是一片好心，却不知道春华脱了奴籍，她的去留，自然是她家中兄长说了算。"

晋王妃道："她兄长将她送给你五哥，这礼法上是十分合适的。妹妹你现在阻拦，反而不是很合适。"

暮晚摇扬眸，看着这位王妃，似笑非笑道："我是不太懂嫂嫂为什么这般尽心帮五哥要人。难道嫂嫂真的就那般贤惠，真的那般喜欢往五哥房中送女人？我这边既然不愿意，嫂嫂若是聪明的话，应该随我一同拖着才是。"

晋王妃目光微微躲闪。

她怔了一下，苦涩道："我们王府的事，哪有六妹妹你一个人住着舒心？

总之,既然我们晋王喜欢,这位春华娘子,我是一定要带走的。"

暮晚摇"砰"地将茶盏一放,扬下巴:"我若是不放人,难道五嫂还要跟我动手不成?"

晋王妃:"你!"

她站起来,苦口婆心:"你何必呢?那些男人的事,让他们去忙好了。不过是一个侍女……"

暮晚摇不耐:"嫂嫂也说了不过是一个侍女,何必要因为一个侍女跟我过不去?"

晋王妃脱口而出:"我有她的卖身契呢!"

暮晚摇眉目如雪,针锋相对:"好笑!我还是她的主子呢!"

晋王妃:"按照律法,她现在的主子应该是你五哥才是……"

暮晚摇:"难道我们皇家就只有律法吗?没有一点兄妹血亲之情吗?我不过要留一个侍女,五哥他还不情愿了?这是什么道理?父皇如今就在这山庄中,我倒想去父皇面前和嫂嫂你理论一番!"

晋王妃连忙:"别别别!"

她一个做人儿媳的,怎么可能在皇帝面前比得上公主的面子?

但是这又是晋王交代下来的……晋王妃愁苦之时,看到厅外有人影晃。

暮晚摇也看到了。

不只是晋王妃的侍女在外面着急,暮晚摇这边的侍女也在着急。

暮晚摇和晋王妃对视一眼,各自吩咐自己侍女进来。

侍女贴着暮晚摇的耳不安地说了几句话,暮晚摇脸色蓦地沉冷,而对面的晋王妃已经高声:"这是怎么回事?那个逼迫春华兄长、抢占人房舍良田的,是妹妹你的人?妹妹你这是贼喊捉贼吗?"

暮晚摇冷笑。

侍女在她耳边说的,正是那占人房舍良田的地方豪强,不是其他人。那家人姓郑,以前是作为先后的陪嫁跟来长安的。这么多年下来,就算陪嫁都发展成一方地方豪强了。

先后死后,李氏又退回了金陵,在长安不再留有势力,那郑氏豪强旧主已去,现在他们效忠的人,自然变成暮晚摇。

暮晚摇面上不显,心里也是一"咯噔",不知道这是怎么和自己扯上了关系。效忠她的人多了,她哪里一个个分辨得清?但是这一次效忠她的人,反而折腾到了春华身上，还间接把春华的卖身契送给了晋王……

暮晚摇面上放软，说："既然是自家人，那我吩咐一声，两边都是误会。嫂嫂也不要着急，一切都说开了，春华的去留，五哥自然应该给我一个面子。"

晋王妃惊疑不定，却也点了点头："那我要先看一看春华。"

暮晚摇皱眉，怕晋王妃看出春华是在安胎，当即毫不留情地拒绝，让晋王妃大恼。

晋王妃原本觉得丹阳公主在一众皇室中，算是给自己面子的。但是现在看来，丹阳公主也是瞧不起自己这个继室，一点面子不给自己。

晋王妃愤愤不平地离去，声称自己要住在避暑山庄，直接在这里等消息。

晋王妃一走，暮晚摇就吩咐让自己的几位幕僚亲自走一趟，让那个姓郑的豪强去安抚春华兄长一家，也闹清楚到底为什么要抢占人房田。若是处理得好此事，直接让郑氏哄骗春华兄长把卖身契拿回来最好。

春华的兄长就是一个浪荡子，撒泼这种事，应该做得惯。

把这件事的影响力降低，然后不能让晋王妃知道春华已怀孕的事……晋王府太缺一个孩子了，暮晚摇不想春华因为孩子的原因，入了晋王府。

夜幕凉亭，华灯幽若。

宫帐下，皇帝身上盖着一层薄锦褥子，正闭目睡在榻上。凉亭外四面有湖，锦鲤跳水，荷花芬芳。

此处格外幽静。

一位躬身而入的内宦进了宫帐内，俯身到闭目的皇帝耳边，轻声说了几句话。

皇帝似笑了一声。

他睁开眼。

龙目沉沉，看着夜色，慢悠悠道："如此说来，摇摇是替那个侍女保住了胎儿。而再看如今这摇摇死命不让晋王妃见那个侍女的架势，大约那个侍女的孩子，是晋王的。"

他若有所思："摇摇竟然不想让自己的侍女进晋王府啊。"

内宦道："六公主本就不与晋王多往来，是晋王妃总喜欢找六公主的。"

皇帝道："毕竟是金陵李氏嘛。当年多风光，现在不在长安了，然而朕都只能暂且将他们逼回金陵而已。朕若要铲除李氏，北方还好，南方的世家，朕恐怕就要失心了……摇摇的存在，还是很重要的。"

他默了一下，道："就是太重要了。"

所以有时候才觉得，幼女留在乌蛮才是最好的。

暮晚摇若是留在乌蛮，李氏不能借助暮晚摇一点点重新渗入北方，北方的世家也不能和南方联手……世家们势力这般切割着，再有寒门入仕，如此这般，皇权才能高枕无忧啊。

皇帝现在虽然不理政，但显然天下局势，尽在他掌控中。

皇帝微低头，说："其实那个侍女人了晋王府，也好。"

内宦心里一"咯噔"，心想皇帝的意思，是想让丹阳公主和太子分心吗？为了不让太子得到李氏的助力？

内宦悄声："陛下若是想，可以让人悄悄给晋王妃露个底，让晋王妃知道那个侍女怀孕的事。晋王太需要一个孩子了……晋王妃若是知道那个侍女怀孕，会不顾一切地要带走那个侍女。

"毕竟晋王没有孩子，实在有些可怜。"

皇帝哂笑。

皇帝说："朕懒得动手，懒得管他们这些小孩子的事。

"你看着吧，这件事，没这么简单。你我且看他们会如何使手段，把这件事闹出个结果来。"

皇帝望着幽若安静的湖水，湖水无波，湖水下面的波澜，却从未有一日停止。

良久，皇帝缓缓说："成安，你说这天下做皇帝的人，是仁心最重要，还是野心最重要，或者背后势力最重要，焉或者手段最重要？你说这天下，要成为一个皇帝，到底怎样才是最合适的？"

名叫成安的内宦小声说自己不知道。

皇帝疲惫道："你随便说说吧。"

内宦想了想："也许只有背后势力强大，才能坐稳龙座。"

皇帝淡声："那也会受背后势力的牵制啊。怎么坐上的皇帝宝座，必然会怎么失去。"

内宦："那便需要有御下的强力手段。"

皇帝："御下强狠无情，只会让人怕自己。时间久了，闭目塞听，没人敢告诉你天下真正的样子了。你掌管着朝臣，却看不到百姓。"

内宦为难:"那便是仁心最重要吧。爱民之心最重要,只有爱民,才会对天下有共情博爱之心。"

皇帝道:"恐怕只有仁心没有手段,最后也不过为奸臣把持朝政。"

内宦额上渗汗,实在说不出来了。

到最后,他只能苦笑:"所以还是陛下您最厉害。您已三年不理朝政,这天下……却依然掌控在您手中,什么也瞒不过陛下。"

皇帝哂。

他说:"然而我老了。"

成安心中不舒服,戚戚唤了声"陛下",已不忍心多说。他跟随陛下几十年,而今自己都老鬓斑白,更何况陛下呢?若是先后在还好一些……可是现在,陛下真的是孤家寡人。

皇帝也默然,不再和内宦讨论这些。

皇帝闭上了眼,重新睡了过去。

内宦为皇帝盖上被褥,听到睡梦中,皇帝模糊地说了一句:"阿暖,我没有杀二郎。"

成安一怔,低头俯视皇帝瘦削疲惫的面孔,目中含泪,默默退了下去。陛下心魔已成疾,无药可救。

晋王妃日日去烦暮晚摇,目的就是要见春华一面。

暮晚摇也怕自己态度太坚决,让晋王妃生了疑心,便让春华稍微收拾一下,见了晋王妃一面。

春华在病床上,容颜有些枯损,让晋王妃吓了一跳,觉得和当初自己见到的那个美人完全不同了。

但是晋王妃也因此略微满意,若是春华容貌太盛,对她自己也是一个威胁。

晋王妃得寸进尺,见了春华后,晋王妃就想让自己带来的医工给春华诊脉,看看到底是什么病,怎么养得这么憔悴。

春华骇然,死活不肯,唯恐自己怀孕的事被晋王妃发现。

晋王妃正逼迫着春华,暮晚摇从外推门而入,说:"这里有专门伺候父皇的奉御医在,嫂嫂你班门弄斧干什么?"

晋王妃被暮晚摇不留情面的话说得面红耳赤。

晋王妃只道:"是我们殿下听说春华娘子病了,关心之下才……"

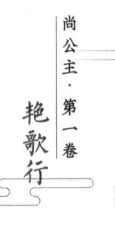

暮晚摇:"这里有奉御医在,不用操心。"

暮晚摇脸色冰冷,说完就往屋外走。晋王妃只好跟着她一同出去,于是旧话重提,说起春华的去留问题。

屋中,春华心焦无比。

她最恨自己无能,如今成了公主的拖累。

不管她是想落胎,还是她不想进晋王府……她都是不想成为公主的拖累啊。公主已经很不容易了,公主好不容易走到今天这里,怎能被她耽误呢?

春华心中煎熬,既想念刘文吉,不知他如今在做什么,又恨自己怀孕,却因为怕再也无法怀胎,而不忍心打胎……她太过为难,觉得左右都是一条死路。

公主如今为她兜着,也不过是护着她,不忍心她和自己的情郎分离。然而……她焉能忍心看公主因为她而受到晋王威胁?

毕竟……那也是一个王。

公主身为女子,天生就比王低一头。

春华颤颤从床上起身,扶着墙,一点点走到门口,去偷听外面暮晚摇和晋王妃争吵的话。

暮晚摇和晋王妃几日来日日因为春华的去留而争执。

晋王妃有卖身契,她占着理;然而暮晚摇性格强硬不放人,晋王妃根本没办法。

何况现在又多了一个关系,说那个逼迫春华兄长一家送出房田的人,是效忠公主的豪强。

晋王妃也是着急,怕对方认了错,那春华兄长没脸没皮地过来讨要卖身契,再有暮晚摇推波助澜……自己抢不走春华。

抢不走春华,会影响晋王妃和晋王的关系。

今日眼看着又是争不过暮晚摇,吵不出结果,晋王妃心烦意乱,已经打算走了,却突然,晋王府的一个卫士闯了进来。

那卫士不顾公主还在,直接高声向王妃禀报:"王妃,不好了!我们殿下被人射中了大腿,倒下去了。"

晋王妃惊,脸吓得白了。

那个卫士快速地看了旁边的丹阳公主一眼,眼神很奇怪。

暮晚摇忽地站起,眼皮直跳,有不好预感。

果然那个卫士快速道:"是那姓郑的一个武夫,站在角楼上,射中了我们殿下。我们殿下本来只是去见春华娘子的兄长,那姓郑的却也在。姓郑的不知道这边是我们殿下,从二层楼上一箭射下来,射中了殿下大腿。"

暮晚摇顿时惊怒:"胡说!"

她的唇开始颤抖:"我已让幕僚去了解情况……"

说话间,她这边的人也来通报了。

一个卫士气愤道:"殿下,那家姓郑的起初不认得您派去的幕僚,因那几个幕僚没有拿信物,只说是公主府上的人,对方不承认。咱们几位郎君都被打了出来……后来他们认出来了,才把人请进去。可是那个姓郑的射中了晋王,害怕不已,来问殿下怎么办。"

那卫士厉声:"郑家这一次抢占良田房舍,是因为户部要收租,他们要从民间征税征钱!他们是为了太子!"

晋王妃冷笑:"原来如此。看来确实是听令于公主殿下了。暮晚摇,你当真不知此事吗?"

暮晚摇睫毛颤抖。

她半晌道:"我是知道的,我应当是知道的……豪强有钱无权,只能依附世家和皇室。郑家是我给壮的胆子,只是我只知道豪强去收租,我并不知道背后这么多事……"

晋王妃:"但正是他们有你壮胆,才伤了你五哥!"

暮晚摇头晕了那么一下,向后退了两步。

晋王妃怒火中烧:"暮晚摇!你太过分了!我要去向陛下告状!那姓郑的是你母后留给你的人,你管不好人,现在还把你五哥给伤了。你五哥只是想要一个侍女,你就这般过分。"

暮晚摇张口,却又忽地收住话,觉得这一切都太奇怪了……太巧合了。

好似背后有一只手在推着这一切。

要她和晋王决裂,要她和晋王敌对。

春华成了其中的一个起因,一个牺牲品……暮晚摇沉眉,心想到底是谁在推着这一切。

对方是要她倒霉,还是要通过她,再去让谁倒霉?

晋王妃看暮晚摇不说话,转身就要去找皇帝告状。此时局势逆转,她已经成为赢家。只要到皇帝面前告一状……竟敢伤自己的兄长,暮晚摇这般不顾骨肉血亲之情，岂不让人寒心？

暮晚摇冷冷地看着晋王妃的背影，心中也开始煎熬。

她攥紧手，拼命想这件事的背后谁会得利，自己该如何自救，将自己从这件事中扯出去。思前想后，似乎春华是必须被牺牲的那一个。

暮晚摇煎熬之际，屋中门突然被推开，春华趔趔趄趄地撞了进来，跪在了地上。

一瞬间，暮晚摇和春华对视。

春华目中噙泪，悲意和诀别之意不容置疑。

暮晚摇脸色发白，开口想拦，春华却抢在她之前，高声对晋王妃说："王妃殿下，我愿意跟随您走！我已怀了晋王的骨肉，我愿意入晋王府！只求王妃做主，请晋王不要在此事上牵扯我们殿下。

"我们殿下绝对没有伤害晋王殿下的意思。是下面的豪强太厉害，太无知，太狂妄……"

晋王妃："姓郑的是丹阳公主所养的豪强！郑家的意思就是丹阳公主的意思！"

暮晚摇厉声："那我必然会给五哥一个交代！"

晋王妃被吓得住口，呆呆看着暮晚摇。

而春华跪在地上，膝行两步，扯住晋王妃的衣角："请王妃不要去陛下那里告状……我愿意跟随王妃回王府，请王妃给我们殿下一点时间，我们殿下会给王妃和晋王一个交代的。"

暮晚摇站得笔直，面容如雪，却侧过脸，不再看春华一眼。

之前她那般维护春华，到了此时，已经维护不住的时候，她表现得冷漠无比，不再花费一点精力。

而晋王妃看美人落泪，支支吾吾，烦得不行。但她又心挂晋王，便看向暮晚摇。

暮晚摇强忍着自己的愤怒，让自己理智，勉强说："放心……此事不会这般结束。"

要么是郑家出了问题，要么是晋王那里出了问题，再要么……是另有一只手在背后推着一切，将一切巧合凑在一起。

而今对方的目的已经露出冰山一角。

想要暮晚摇和晋王决裂。

或者说……想让太子和晋王决裂。

再或者，挑拨暮晚摇和太子的关系。

晋王妃走后，暮晚摇在屋中踱步。她神色变得很奇怪，恨不能自己亲自出去弄清楚这件事。但是她不能去，她现在名义上还在陪陛下避暑，名义上，晋王受伤的事，还没有被知道……

一个郡王受伤，绝非小事。

晋王现在勉强因为春华的缘故同意和解，暮晚摇就要给出一个充满诚意的道歉来。

按照暮晚摇的想法，目前最好的法子，是先将此事压下去，和晋王私了。

和晋王私了，不要让太子知道，不要让太子也牵扯进来。因为就怕太子入场，对方要借此来攻击太子用人无度，在皇帝面前状告太子。

暮晚摇一杯接一杯地喝水，手指发颤，心脏狂跳。

她回到长安这么久，第一次意识到自己牵扯进了一桩阴谋中。她第一次要靠自己的能力去化解……暮晚摇抿着唇，心里已经定下了一个章程，就开始写信。

一面向太子写信，告诉太子背后也许有人在推动此事；

一面向自己的幕僚写信，让幕僚再去见郑氏，弄清楚郑氏到底有没有问题，到底还可不可信。

郑氏是一方豪强……弃用可惜，最好在此时压下，再秋后算账。

只是一封封书信写出去，到安排自己的幕僚做此事时，暮晚摇忽然顿了一下，陷入思量。

按照她的本来意思，她应该让跟随自己多年的幕僚去办此事。

但是他们才去见过郑氏，有人被打了出来。

而且说不定这些幕僚中有人出了问题……自己如果再派这些可能有问题的人去，这件事也许更加结束不了。

暮晚摇脑海中，不禁浮现出"言尚"的名字。

她咬着唇，兀自蹙眉。

说实话，她很不愿意用言尚，很不愿意让言尚去做这事。

因为他在忙着读书，因为自己还刚伤了他，正在冷落他……若是让言尚去做此事，那她之前的冷落，算怎么回事？

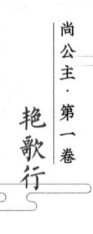

可是言尚又真的很合适。

他脾性好，便轻易不会在处理此事时动怒；不会动怒，就不容易被背后的人牵着走。他说话技巧极好，轻轻松松就能说服人，让人听他的说法。

若是办一件需要主事人性格强硬的事，那言尚那种温和性子，自然是极不合适的；可是如果暮晚摇是要让郑氏低头，要调和郑氏和晋王之间的矛盾，还要解决郑氏抢占百姓良田房舍的矛盾……言尚这种擅长调解矛盾的人，不是最合适的吗？

纠结许久，暮晚摇还是为了此事能够漂亮落幕，而写下了言尚的名字。

希望他没有置气。

希望他帮她一次，帮她去调解郑氏和晋王之间的问题，不让人有可乘之机。

丹阳公主的信发出去后，幕僚们自然收到了。

几位幕僚本就在帮公主办事，收到信后，他们看到暮晚摇要言尚为主，让他们这次都听言尚的安排。

几位幕僚怔了一下，心里略有些不服气。

虽然他们之前没有办好事……但是他们跟了公主这么多年，公主现在却让一个十几岁的少年郎站在他们面前，让他们听那个少年的话？

然而心里再不舒服，他们还是去寻言尚了。

夜里，几位年龄可以当言尚父亲的幕僚敲开言家府邸的门，将公主的信给言二郎看，并说自己等人，这次全程听言二郎的话。

言尚看到暮晚摇的信，默然片刻，点头答应。

言尚脾气一贯如此温和，幕僚们松口气告别。等人走后，小厮云书来收茶具，看到二郎仍坐在厅中出神，二郎手中捧着公主那封信。

云书怕郎君看到公主的信而心里难受，就道："看来殿下还是信任郎君您。让那么多人听郎君您的话。"

言尚抬目，看了云书一眼。

他说："她不是最信任我，她是觉得我的脾气，最适合处理此事。"

"她是觉得我脾气好，会说话，最适合去办这种帮人调解矛盾的事。"

云书愕了一下，然后支吾道："那、那也是说明郎君的本事，被殿下看在眼中。虽然公主只是看中您的一个能力……但这也是信任嘛。"

言尚微微笑了一下，闭目不语。

次日下午，言尚和几位幕僚一起骑马出城，去豪强郑氏家中走一趟。

那些幕僚怕郑氏这次再次把他们赶出去，特意带了卫士。但是这一次郑氏显然已经知道自己得罪了公主和晋王，知道自己犯了大错，正心焦时，看到公主还派人来，也是大大松了口气。

郑公亲自出门相迎，一腔求助公主的话还没说出来，便看到田野间，为首而立的，是一个风采翩然的少年郎。

上次被他们打出去的几个幕僚没好气道："这是言二郎，殿下让言二郎这次带你们去跟晋王道歉。"

郑公连连点头，领着言尚进府，说："实在让殿下费心了……殿下不弃郑氏，是郑氏的恩人……"

言尚温和道："殿下不弃郑氏，是因郑氏乃一方豪强。弃了的话，殿下实力大损，她才舍不得弃。"

郑公愣了愣，觉得这位言二郎说话是不是太直接了点？

就是跟着言尚的几个幕僚都露出奇怪的表情，面面相觑，心想言二郎平日说话不是这样的风格呀。

言尚只跟着那位领路郑公，问道："老伯是郑家现在的家主吗？"

郑公点了点头，羞愧道："前几日几个年轻儿郎不懂事，竟敢射晋王。我已经将那两个孩子绑了起来，一会儿随郎君一起去向晋王赔罪，随便晋王要杀要剐……郎君可要去看一下他们？"

言尚依然态度温和，道："不急。"

郑公表情微微放松。

之前公主派来的幕僚神色肃穆，言辞激烈，让郑家以为公主要弃了他们，害怕不已。这次看公主派来的人这般面嫩，年少又性情柔和……可见殿下是要这位脾气好的郎君领着他们去跟晋王道歉的。

公主即便要收拾郑氏，也是之后的事。

郑公心中琢磨着待这事过去，私下如何向公主赔罪……哪怕公主要杀几个人，他也咬牙忍了。

而同时，郑公心中又微有得意之意，心想豪强还是厉害的，等再过上百年，豪强成了世家……自己就可高枕无忧了。

郑公心中琢磨着这些时，听到言尚好奇般问："我来之前，听说郑家多

437

年来鱼肉百姓，乡下所治之处，百姓不敢有一句怨言？"

郑公一愣，然后连忙回道："郎君恐是听错了！郑家绝对没有鱼肉乡民！郎君若是不信，可以去问那些乡人……"

言尚笑了笑，说："何必问呢？既是郑氏治下，自然无人敢说郑氏的坏话。毕竟我总是要离开的，而这天下，却缺不了郑氏这样的豪强。"

郑公觉得对方说话怪怪的，他已有了些不悦，但看在公主的分上，还是没有表现出来，只当是年轻人不会说话罢了。

但是言尚身后的几个幕僚表情已经很奇怪了：言二郎并不是不会说话的人。言二郎实际上是最会说话的人了……言二郎这是要做什么？这和公主交代的计划不符合啊。

公主不是这么安排的！

言尚跟随郑公走在田垄间，看到绿野汪汪，百姓安居……郑公也露出一些得意之色，言尚却不等他多吹擂自己，就说："这些便是强占百姓的良田吗？今年收成应该很好。"

郑公一怔，勉强说："这也是为了给户部交钱……公主管我们要钱，我们管百姓要钱。自上而下，大家都很难。"

言尚颔首。

郑公走在前方，感慨一般说道："郎君啊，我知道你什么意思。你恐怕是不满我这样的豪强在乡，然而我们也是为皇室、为世家做事。这些百姓啊，你看他们总想去告状什么的，其实他们已经过得很不错了，至少没有饿死，在我郑氏治下，没有出现民乱，没有流民，不是吗？"

他没有听到言尚回话，不禁侧头去看，却发现自己旁边已经没有人了。

郑公惊愕回头，见言尚和他已经隔了六七丈的距离。

少年郎立在田垄上，修身如玉，挺拔如竹。

言尚微微笑，说："所以，抢占良田是真，射伤晋王是真，将殿下的人赶出去也是真。

"年年鱼肉百姓，致使百姓无家，出走他乡。这偌大田地，便都是郑家的了。我先前还诧异，此间怎么如此地广人稀，和我们岭南也差不了多少？毕竟这里可是万年县啊，长安治下的万年县，和我们那般荒僻的地方怎么能比？

"若是有郑家这样的豪强在，便不怪为何会地广人稀了。

"此次若不是你们侵占那家人的妹妹，正是公主的侍女，若不是晋王正好在附近……谁知道郑家都在做些什么？"

隔着段距离，言尚温淡话语传去，田间所有人都听到了。

田野间还在劳碌的百姓站了起来，看向那位少年郎君；言尚身后的幕僚面面相觑，不安地看着言尚；幕僚旁边的卫士们手扶腰间刀剑，还有人持弓持弩，怕郑家发难；郑公身边的人脸露愤怒色，眼看就要冲上去，被郑公拦住；郑公的面色也是青青白白，却到底压抑下去。

郑公说："年轻人，你似乎对我们意见很大。难道这便是公主殿下的意思？"

郑公冷冷道："你还年轻，什么也不懂，就不必站在制高点，批判我等该如何治理乡野了。"

言尚说："我本也没有批判的意思。"

他微微出了一下神，说："其实这次公主殿下是让我来调解你们之间的矛盾。她想大事化了。然而她到底不清楚我的性情，这件事到底不应该如此草率收场。这天下没有这般道理，我若只为尔等调解……那些百姓何辜呢？

"我虽不求名，有时候却不得不为之了。"

郑公警惕道："你是何意？"

六丈之外，言尚道："向郑公借一样东西，我便结束此话题，按照公主的吩咐来做事。"

郑公脸色微缓，问："你要借什么？"

言尚衣袍若云飞扬，他立在风下，玉质兰心，彬彬有礼道："借你项上人头一用——"

说话间，所有人未曾反应过来时，他手一伸，夺过旁边发愣卫士手中的弓弩。众目睽睽之下，言尚手中的弩对准郑公，"砰"，一支箭射了出去。

一箭射在郑公眉心，郑公瞪大眼，血从眉心流下，他不甘地倒地。

言尚手中的弓弩还没放下，郑公身后的郑家卫士一时茫然，竟反应不过来。

好半晌，风猎猎之下。

先是周围田间百姓中有人喝了一声："好！"

紧接着，众人纷纷回神。

言尚身后幕僚中一人叹道："言二郎之名……今日之后，便会传遍长安吧？

"如此当机立断，让人血脉沸腾……然而我等不敢为啊。"

大魏人慕英豪之气，言尚当众杀人，众人的第一反应不是杀人者偿命，而是当真解气。

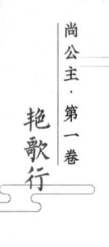

樊川之下的避暑山庄。

比所有人都更快一步的，是皇帝先收到了这个消息。

得知丹阳公主派去的幕僚中的一位少年，当众杀了郑公。

皇帝叹："好气魄！"

他顿一下："那少年郎从今之后，不管会不会下狱，名声会先在长安传一波吧？名士之风……正是所有人崇尚的啊。"

内宦道："但当众杀人，该偿命才是。"

第五十七章

"杀人者偿命？"内宦的话到耳中，皇帝喷一声，先笑了，"这道理，在大魏恐怕是行不通的。"

大魏人人崇尚英豪之气，便是文士出行都是提刀佩剑。人人有一腔热血，整个社会从上到下的风尚就是这样。

即便知道杀人者偿命，依然不断有游侠、豪侠十步杀人，为天下人敬仰。丹阳公主府上那位少年郎所为，也许会为他自己找点麻烦，但恰恰符合了整个社会崇尚的品性。

这般前提下，偿命的可能性不大。

皇帝慢悠悠："你信不信，就算刑部去抓人入狱，都不敢将此人当犯人，而是要老老实实请人进狱，好吃好喝地供着。

"这事有点棘手啊。一方面是律例大典，一方面是民心所归。那个敢当众杀人的少年郎倒是有魄力，就是不知道刑部有没有顶住压力，杀人或放人的魄力。"

内宦想了想，说："刑部是秦王部下管辖的。如今要不要那人偿命，恐怕秦王得头痛了。"

皇帝叹道："所以说好气魄啊。

"只杀一人，就将隐在局下的所有人全都拉入了麻烦中。事情闹大，放到了明面上，众目睽睽之下，背后推手反而不好操作了。

"连郑家家主都直接杀了,他提着郑家家主的人头去向晋王赔罪,晋王还有理由不接受歉意吗?而郑家家主都死了,恐怕真有人针对此事用了什么阴谋,这一招釜底抽薪,直接断了路子,也让背后的阴谋没法子继续走了。

"再是公主自己的人杀了自己的人……丹阳公主的魄力,也要为天下人折腰了。无声息间,连摇摇的名声都要被刷一波。

"谁都看不惯豪强,谁都知道他们鱼肉百姓。但是豪强攀附世家,毕竟势强……一时间能当机立断做下这种决定,这份气魄胸襟,非常人能比。

"这种人,不为官还好。只要他挺过此次牢狱之灾,一朝入朝为官,必是众望所归。他在朝堂的开局如此之好,可是比别人辛苦奋斗大半辈子都好得多啊。"

皇帝越分析,越是感慨,干脆直接坐了起来。

聪明的人不少,朝堂大臣没几个笨蛋。但聪明是一回事,人人都知道如此做会有好名声……有没有魄力敢做,就是另一回事了。

毕竟谁也无法保证,杀人者就不会偿命。谁也无法控制舆论,无法控制中枢的审判。

既然无法控制,那么敢做,就不得不让人钦佩了。

这些年来,皇帝放手朝政,不多理会,这是第一次,让皇帝对一个人生起了兴趣。

皇帝问:"此人是谁?如何做了摇摇的幕僚?怎么没有人召他入朝为官啊?朝廷放着这种人才不用,太子是如何监国的?"

内宦连忙躬身赔笑:"陛下,他叫言尚,今年堪堪十八,字素臣。"

皇帝疑惑:"言尚?名字听着有些耳熟。"

内宦干笑着提醒:"是今年的探花郎,陛下之前还想为他和丹阳公主指婚,只是被丹阳公主拒婚了。"

皇帝:"……"

他的脸色一下子变得古怪了。

内宦也觉得奇怪。

内宦干干道:"也许正是陛下的指婚不成,反而给他和丹阳公主结了缘?他跑去给丹阳公主当幕僚了?"

皇帝脸色越发古怪,似有很多话想说,但又强行压了下去。

半响,皇帝才道:"所以这个言素臣,现在就给摇摇当个幕僚?"

内宦自然早已去查过这人了："今年十月的博学宏词科之试，言素臣和状元韦七郎都报了名。若这位言郎能挺过这次牢狱之灾，今年的博学宏词科，他必有好名次，不会有任何人会在这里卡着这位郎君的。"

皇帝说："若他能上岸，官位一开始就不会太低。"

皇帝突然问："言素臣在长安没有人脉吗？没有人在背后指点他如何行事？"

内宦答："他只是朋友众多，却都是到长安后才认识的。若说在长安的人脉……他只有一位老师窦君，是个太学博士。恐怕除了教教学问，也没什么人脉给这位郎君用。"

皇帝若有所思："那么世家可是要盯着这种人物，抢着用了。"

能留在长安的世家，若说他们有些小心思也罢，但他们没有一个是傻子。

内宦观察皇帝脸色，见皇帝垂着目，脸色阴晴不定，就建议道："陛下若不想这位郎君被世家所抢，不如直接出手，亲自召见这位郎君，让这位郎君直接为陛下所用。"

皇帝思忖片刻，却还是摇了摇头。

皇帝重新躺了回去，慢悠悠："不必。只不过是有胆量当众杀人而已……接下来这出戏怎么唱，朕还要再看看。"

万年县下郑氏所治乡野间，田垄碧绿，风动云涌。

郑公当众被杀，倒在地上。

众人抬目看去，言尚手中还握着那把杀人的弩，对着郑氏一族人。

所有人都傻了。

跟在郑公后面的郑家卫士们大脑空白，惶惶地想着家主竟然当着自己等人的面被杀了……完了，一切都完了。

冲动之下，他们就想冲上去擒拿这个杀人凶手，绑去郑家祠堂，给郑家人一个交代。但是这些卫士抬头，对上言尚沉静的目光，再看到搭在他臂上的铁弩……再看到言二郎身后的公主府卫士们，纷纷抽出了刀。

言尚手中弩仍对着他们，缓声："郑公是我必杀之人，不然我无法做出交代。你们若反抗，我已杀人，当不惜再多杀几人。"

郑家卫士们更加惶惑。

其中一人紧咬牙关，目眦欲裂，发着抖怒吼道："你敢杀郑公！郑家当地豪强，不会放过你的！"

言尚微笑:"我等着看看豪强的威风!"

他转头,看向自己身后跟随的卫士,淡声吩咐:"将郑公的人头砍了,包好与我带走。"

他再看向那些郑家卫士,道:"尚今日便在此,提着郑公人头去向晋王赎罪。你们今日若是想杀我,便来杀吧。"

说罢,转身便走。

四周田野间百姓们看得目中崇拜,不断追问那人是谁,为何这般气派,连郑公都敢杀。

郑家在万年县经营这么多年,上面依靠李氏和皇室,百姓们无一人敢反抗。真有敢反抗的,全都逃离万年县,流落出去成了山贼或流民。反正郑氏也没有不给人活路,百姓们都是忍着……这位郎君却只说了几句话,就杀了人!

言尚转身走,根本没有再去郑家府邸的意思,看他的架势,是准备提着郑公人头,直接去拜访晋王。

幕僚们心肝颤颤,聪明地跟在他身后。他们看这位少年郎面容依然清隽,如玉面上一点血渍都没有溅上,目光也依然明亮清澈……可是言尚刚刚才杀了人!

他们被骇住,心中既是敬佩少年血性,又是恐惧言尚的行动果敢。

他们追着言尚:"郑家不会放过郎君的,他们不敢动公主,却说不定会与你为难。"

言尚不语。

幕僚们再颤声:"二郎,你如此作为……是要下牢狱的!公主殿下都无法保你!"

言尚看了他们一眼,微颔首:"我知道。"

回头看眼身后被抛下的田野间那些聚在一起的百姓,还有急匆匆转身跑去向郑家报信的郑家卫士,言尚目光有些幽邃。

他说:"所以必须抓紧时间,将殿下交代的事情办完。"

郑家府邸中,一众郑家人正忐忑地等着公主派来的人过来与他们清算。

在他们的想法中,他们是公主的人,公主就算暴怒,顶多杀几个人……他们已经打算将侵占春华兄长田舍的几个郑家子弟、那射伤晋王的子弟,都交出去。哪怕这几人被杀,他们也忍下接受了。

他们躲在祠堂中商量着该如何向公主殿下求饶，便有卫士脸色惨白地闯进来，哆嗦着跪下："郑公、郑公……被公主派来的那个言二郎杀了！"

郑家祠堂，一瞬间以为卫士是开玩笑。一个家主被杀……怎么可能？殿下怎会这么对他们？

卫士快要哭了："那个言二郎站在六丈外，问清郑家所为，知道领路的是家主后，直接就提弩杀人了。那些百姓还在旁边叫好，现在他们已经骑上马，大概要走了……"

"什么？！"郑家人一下子怒了，气得发抖，"只是小小一个幕僚，这般胆大！官府的人不管吗？这天下没有王法了吗？天理昭昭，他竟然公然挑衅律法……我郑家绝不饶他！"

几个血性年轻人听到郑公死了，当下就要冲出去提剑报仇，被一些年长的拦住，说去请官府中人，请官府做主。

王子杀人与庶民同罪！

天下哪有那般肆意杀人的道理！

晋王府中，晋王正在养伤，面色发白地迎接言尚等人入室。

摊开的包裹中，新鲜的血还流着，郑公死不瞑目的铜铃眼睛瞪着晋王。

晋王没有被之前的箭伤吓死，却要被这个人头吓死了。

晋王脸色发青："言二郎这是何意？"

言尚温和："这是公主殿下给殿下您的交代。郑公乃是郑家家主，家主已伏法，殿下若还有其他需求，请一并告知。我们公主殿下与晋王殿下您兄妹情深，绝对没有伤害殿下的意思，望殿下深思。"

晋王好久，才勉强笑道："摇摇的心意，孤接受了……孤本来就没有怪摇摇的意思……这都是、都是下人们闹出的事……"

晋王做出这般唯唯诺诺的样子，看言尚等人离开后，他恼怒至极，让人将这颗人头丢出去。但是闭上眼，好像都能看到郑公盯着他……晋王吓得不行，打着哆嗦。

暮晚摇如此赔罪，他还能说什么呢？

连自己的臂膀都砍了……若是晋王再不接受致歉，倒显得晋王绝情了。

言尚出了晋王府，刑部的人已经立在晋王府门口，等候他们了。

跟着言尚的公主府卫士们手按在腰间刀柄上，警惕地看对方。言尚身后的幕僚们，互相看一眼，长叹一声，知道该来的要来了。

一位刑部大员身躯凛凛，面容严威，负手站在晋王府外的庭子里，正在观看墙壁上所绘的壁画。

言尚出来，衣衫飞纵。

那刑部大官回头，将他上下打量一番："你便是言二郎？就是你当众杀的人？"

一个跟在他身边的，大约是郑家子弟的人上蹿下跳，指着言尚无比激动道："郎君，就是他！就是他杀了我们家主！"

那刑部大官目露厌色。

他虽和郑家有些交情，被郑家请来办此案，但是路上听了前后缘由后，他就知道自己被郑家坑了……这种案子，岂是好相与的？

这位大官根本不理会旁边郑家子弟的聒噪，一双虎目，紧盯着那从晋王府出来的清瘦少年郎。

言尚弯身拱手，大袖飞扬，温声："正是在下。"

刑部官员目露感叹色，感慨对方面对自己等人，竟然面不改色。他表情不那么严肃了，只说："言二郎，我等办案，听说你当众杀人，不得不请你配合，与我们去刑部走一趟了。"

似怕对方不肯，他竟然多补充一句："若郎君是清白的，我等查证之后，自然会放郎君出来。"

言尚说："本该如此，不敢阻挠郎君办案。"

看对方如此好说话，刑部大官松口气，连忙使眼色让身后官吏去将人捉来。

但是如此一路回刑部，长安中这些性情豪放、热爱八卦的民众，显然听到了传回来的消息，一个个当街围观。刑部都不敢绑言尚，只让对方骑马跟随，就这般，民众们仍激愤指责：

"那郑家不该杀吗？言二郎乃是英雄，你们却要杀人者偿命，你们这官怎么当的？"

"你们是不是跟郑家串通一气了？"

"豪强好大威风！世家都不敢这样吧？"

长安民众的彪悍，一国都城民众的大胆，远非其他地方可比……刑部的人本是按照常理来捉人，此时回刑部却一个个面如土色，好像他们是恶人

一般，气愤不已。

郑氏子弟躲在人群中，看到群情如此，也是慌乱，连忙跑着逃出去跟自家人通气。

刑部大官沉着脸，没好气地让己方人赶紧走，别让人再围观了。

而有好事的世家子弟坐在酒肆楼上，自上而下观看下方刑部办案人被民众堵着的为难样，忍不住嗤笑，道："刑部这次难办啊。"

却也有心有余悸的："没想到民众这般厌恶豪强，看来那郑氏多年来，名声实在不够好。

"郑家这次要完了。"

众人默然。

又有人问："可有世家想在此次捞郑家的？"

几人看看对方，不禁嗤笑："郑家不是丹阳公主的人吗？哪有世家想捞的？

"而且就算舍不得豪强……我世家立世，又不是与民为敌，看到百姓这般激愤，也知那郑氏必然太过分了。我等也不愿百姓这般苦寒啊。"

众人默然，匆匆喝了两盏酒后，各自回家去报告自家家主。

东宫之中。

刑部人将言二郎带走去刑部的时候，东宫太子才知道了言二郎当众杀人的事。

杨嗣原本正昏昏欲睡、无聊地听着太子又在和那几个大臣讨论政事，听到言尚事情的前后，杨嗣不禁一声叫好，将沉思的众人吓了一跳。

太子不悦地看向杨嗣："……三郎这是刚刚睡醒？"

他这是嘲讽杨三郎在别人谈论政务的时候，一径昏睡，到了现在听到言尚的事，才一下子睡醒了。

和太子相交多年，杨三郎早就脸皮极厚，根本不在乎太子不痛不痒的讽刺。

杨嗣起身，只穿着白袜，在议事堂中踱步。

他生性豪放，生平最喜欢这种英豪之气。平日言二郎行事总给他一种阴谋诡计的感觉，让他不喜。只有这般少年英气，才令他所钦仰。

杨嗣拍掌叫好："那郑氏家主正是该杀！将百姓蹉跎至此，霸人田舍，不知悔改，还妄图让公主为他们兜着……这种人，杀了最为解气！言素臣此举，才是大丈夫所为！"

太子看他:"你似乎忘了郑氏之所以霸人田舍,是为了收租收钱。而之所以收租收钱,是为了交给户部,弥补户部的缺钱漏洞。你这般为言二郎叫好,岂不是在说孤错了吗?"

杨嗣道:"殿下用人前不能分辨,惹下这种麻烦,本就错了!"

在场中人一片吸气,感叹杨三郎好大的胆子,敢当着太子的面这么说。

杨嗣推门就要出去:"那帮刑部人说不定会为难言二郎,二郎的牢狱之灾恐怕免不了。不行,我得去刑部看一看。他们若是敢为难言素臣,我便要好好教训教训他们。"

堂中人没有一人拦得住,就看杨三郎这么扬长而去了。

他们面面相觑,又回头看太子,心想杨嗣的行为就代表太子。杨嗣跑去刑部大闹,不就说明是太子授意的?

他们看向太子,见太子若有所思,并不派人去将杨三郎追回来。

众人道:"殿下,这事东宫恐怕会惹祸上身……"

太子却道:"不一定。此事……且看有没有人继续下场。"

自然有人继续下场。

樊川的避暑山庄中,暮晚摇听说言尚杀了郑氏家主,眼前当即一黑,跌坐在地。

她气得几乎吐血,恨言尚完全将她的意思扭曲!

她让他将事情压下……他这是将事情放大了。

放大了也罢,他还把自己送进了牢狱!

暮晚摇怒极:"言尚、言尚……浑蛋!"

她咬牙切齿之时,却又钦佩那人的胆量。明明知道她是什么意思,还要跟她对着来……他莫不是在报复她对他的不理不睬?

暮晚摇气得头痛,若是有可能,她真想冲出去狠狠骂他。然而暮晚摇捂着心脏,说服自己不要生气,不要生气……事情到了这一步,要利益最大化,不能生气,不能意气用事。

言尚给她开了这么一个局……她就算再痛恨,再舍不得,也得自断手臂,以示天下了!

暮晚摇踱步许久,拼命思考如何才能将局势扭转成最有利自己的。

良久良久,她咬着牙,整理一下衣容便要去见陛下。

然而内宦将她拦下,说陛下不见任何人。

暮晚摇脸色变来变去,皇帝这条路走不通后,她干脆回到房舍,回到书案前,开始给东宫写信:

"愿意自断臂膀,惩治郑氏,与郑氏划清界限,从此再不用这一家。

"愿以郑氏之祸,告诫天下豪强!勿以民为奴,勿以民为肉……

"乞东宫整治天下豪强,请世家自查豪强之风。豪强为祸天下,非一日之行。当趁此机会,查清天下豪强这些年的账……"

深夜时分。

东宫灯火仍彻夜长明。

一干臣属对坐两边,太子取了丹阳公主的信件,阅后传给众臣子。

臣子们大悦:"公主之善,之气度,当为天下表!"

太子颔首。

他微微露出笑,因一整日,他就在等着,看暮晚摇会不会采取行动。

暮晚摇采取了。

她的政治觉悟……终于上了一层楼,终于知道什么才是最好的。

太子道:"明日朝上,将丹阳公主的请示传给众臣。豪强之风,确实该整治了。"

如此一治,豪强多年来搜刮之财充公,户部就再不会缺钱了……

太子道:"既是要整治豪强,然而天下不良行径,岂止是豪强?"

臣子们揣度太子之心,一人便想到一事,说道:"庐陵长公主多年来圈养美少年,占民良田,放任自己人手欺民闹事……长公主惹众怒多年,殿下不可不查。"

太子正是等着此话。

既然要动手,言尚要名声,暮晚摇要名声,难道东宫就不要吗?

太子道:"希望姑姑有这般配合的觉悟。"

庐陵长公主府邸被官寺的人围住之时,长公主近乎发疯,意识到太子是要拿她动刀。

原本豪强之事,她还作壁上观,而今看来,太子根本是要将她和那豪强连到一起来治?

庐陵长公主这才发现，从一开始，自己就错信了言尚。

言尚说太子会保她。

她也信了。

但是太子一次又一次……这次直接来治罪，要从她府上抓走犯事的人，要审查长公主多年来的案子！

庐陵长公主大怒："我要见陛下！我要向皇兄告状！暮朗！你真是混蛋！你真是心狠……连自己的姑姑都不放过！"

暮朗，是当朝太子的大名。

没人敢叫。

可见庐陵长公主是如何气疯。

来搜查公主府的人，敢动别人，却不敢拦长公主。长公主气得自己驱车，就要亲自去樊川见皇帝，向皇帝告状。

她已经驱车半里，马车却被人拦住。

以为是那帮搜查长公主府邸的人连自己都不放过，长公主气得抽鞭而出。她从马车中跳下，一鞭甩出，打在了拦车的人身上。

却是俊朗的青年郎君，被她一鞭抽到，长发微散落在颊上，鲜红一道。

冯献遇愕然向她看来。

长公主见到是他，先是惊，然后怒："怎么，连你也要拦我？滚开！"

冯献遇一把抓住长公主的手，逼迫长公主回到了马车中，躲开周围民众的围观。在车中，他撩袍跪在长公主面前，仰头恳切："殿下，这是您难得刷一次好名声的机会，岂能放过？这是太子殿下与你合作最重要的一个环节，岂能半途而废？"

庐陵长公主冷笑："合作？到了今天这一步，我算是看出来根本没有人想和我合作，都是在哄骗我，利用我……"

说着说着，她面容惨白，浑身发抖。

只觉得若是皇帝一死，恐怕自己是真的要跟着一起死了……

冯献遇急声："殿下不可如此！我可为殿下去见太子一面，与太子私谈，请太子明示。太子若是真不肯留殿下一条生路，殿下再去向陛下告状也不迟。而今天下，郑氏为人唾弃，殿下怎能将自己和郑氏放到同一水平，失了民心？"

庐陵长公主茫然地看向他。

好半晌，她才迟疑着点了头："冯郎，我便信你一次。太子不拿我当姑姑……到头来，我竟要靠自己的情郎来救自己。"

她惨然一笑，头靠在车壁上，向来明媚妖娆的面容，此时黯然无比。

冯献遇低下头，轻声："殿下不必如此绝望。事情不到那一步……太子必是认您为姑姑的，太子拿您动刀，也不过是不避嫌而已。您只有配合好了，日后才有生路。"

庐陵长公主俯眼看着他，静静道："那你就去做吧。我养了这么多面首，却没有一个当用。搜查公主府的人到了府前，一个个都吓得四处逃窜。偏偏你还敢来找我，不怕被我连累……冯郎，多谢你。"

冯献遇睫毛轻轻抖了一下。

他微偏过头，绷住脸，不让自己去看这个女人那般萧索的表情。

他如此作为，也是不希望她倒台。他既靠她当了官，日后还得靠着她继续升官……只是她的萧索，也让他心中黯黯，想着天下局势，朝夕祸福，实在难说。

如此如此，所有人都行动了起来。

夜里，内宦再一次将事情的最新进展报告给皇帝。

称言二郎如何入狱，民众如何为他请求；

称暮晚摇如何决然，自断臂膀，为民请命，请求查办天下豪强；

称太子是如何在朝堂中肯定丹阳公主的请书，太子又是如何对庐陵长公主下手……

皇帝慨叹："精彩。

"没有一个人落下，没有一个人拖后腿。局势变化如此有趣，牵一发动全身。本是一个侍女怀孕问题，小打小闹到了这种程度，朕对他们……越来越感兴趣了。"

第五十八章

皇城关闭后，位于尚书省右厢的刑部，迎来了秦王。

年过五旬的刑部尚书请秦王入堂谈事，秦王一路负手而走，脸色冷沉。

到进屋坐下,喝了杯水后,被外头暑气熏得一身热汗好似才缓解了些。

秦王长长吐口气,看向躬身立在一旁的刑部尚书。

他冷呵一声:"舅舅且说说,如今是什么情况?"

刑部尚书是秦王殿下的舅舅,但君臣有别,他此时也很头痛,道:"无非是按照律法,当众杀人的言二郎该杀;然而据说这几日皇城外,日日有百姓聚众相闹,还有那些不好好读书的士人,也不知此时瞎折腾什么,天天上书褒奖言二郎所为。"

看眼秦王阴晴不定的脸色,刑部尚书道:"照他们的说法,言二郎杀了人,反而成了圣人,该被供着了。"

秦王道:"如今局势,可不是被供着了吗?"

秦王道:"好大气魄!杀一人而得天下士人之心,得天下百姓之心。这时候要是把他杀了,我等和他怕是都要青史留名了。

"不过他留的是好名,我等留的就是'酷吏'恶名了。"

刑部尚书道:"然而若是不杀他,律法如何解释?难道官寺要鼓励这般杀人行径吗?日后有人路见不平拔刀相助,想杀谁就杀谁,这世道不就乱了吗?"

秦王说:"那便杀了他。"

刑部尚书不语。

秦王瞥他这个老头子一眼,冷笑:"怎么了舅舅,不让杀说不合律法,孤现在让你杀,你又不敢了?"

刑部尚书苦笑,道:"殿下明鉴。我等都是士人出身,当官除了为民做主,不也是求一个名吗?杀了言二郎,这名……便是没了。老臣年纪大了,还真下不了这个狠心。"

秦王"哦"一声:"让你杀你不敢,让你不杀你说不行……看来舅舅是要把这个难题丢给孤了。"

尚书低头低声:"老臣本就是为殿下效力。只要殿下下令,老臣就算不想杀,也会批字杀的。"

秦王不语了。

他因为娘家关系,自入朝就轻易掌兵部、刑部、吏部三大部。

尚书六部之中,吏部排名第一,之后才是太子所管的礼部和户部。

而太子掌户部,是杨家等人操作的结果,掌礼部嘛……则是太子的先天好条件,皇室宗亲是肯定会把礼部交给太子掌的。

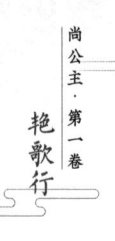

所以说，太子掌财，秦王掌兵。

秦王从来就不觉得储君之争，自己会输给太子。

今日事情落到这一步……也让秦王暗恨。

原本想靠一个侍女，送入晋王府，将暮晚摇一军，让暮晚摇和太子离心，甚至让太子因站豪强那一方而失民心……谁料到暮晚摇那丫头今非昔比，竟在第一时间就反应过来，自断臂膀，砍掉了自己身后的豪强。

郑氏一族啊！

暮晚摇那丫头居然有这种魄力，不光断自己的，还上书让太子整顿天下豪强。

豪强虽是豪强，却到底不是世家。暮晚摇没有动世家的利益，那些世家这么多年来估计也有不少烦豪强的……正好趁这个机会里应外合，将权势重新归整。

暮晚摇没有拖后腿。

而太子那般在秦王眼中本就阴险狡诈的人，更是没在这个环节出了纰漏。

所以事情到这一步，暮晚摇损失了一个侍女，看似和晋王有了纠葛……然而暮晚摇为太子做出的牺牲更大。看在暮晚摇自断郑氏的强力相护的面子上，太子也不会跟暮晚摇在这件事上离心。

到底不过是一个侍女而已，哪有一方豪强重要？

秦王叹气，真不知道局势是怎么走到了这一步。自己没有捞到好处不说，刑部现在还被太子架上了火坑，天下人都在看着刑部会怎么审这个案子……

良久，秦王冷笑："太子想让刑部一部来担恶名，哪有那般好事？"

他有了主意，吩咐刑部尚书道："明日你就上书中枢，说言二郎为国为民，天下大义，刑部不敢独审。要召集……三堂会审，言二郎是功是罪，要三堂会审后才知道。"

秦王戏谑道："这些士人，不是要把言尚捧成圣人吗？呵，孤倒要看看，这个捧出来的圣人，何时会反将他们一军……这次言二郎是合了他们的心意，但孤不信言二郎所为，永远合他们的心意。"

三堂会审，即刑部、御史台、大理寺同案审判。

刑部是秦王舅舅所掌，自是秦王这一边；大理寺卿是杨家人所掌，自是太子那一脉。

而御史台嘛，行使监察权，其实不属于三省六部中的制度。不过这一次，中枢直接让人进御史台，从三省中的中书省直接调人下放，中书省要有人进御史台，目的就是想听一听，这个案子会如何审。

大魏的官制，是三省、六部、一台。

台是御史台，六部是三省中的尚书省其下设的六部。而三省，则是中书省、门下省、尚书省。

大魏朝中枢行政，一般程序是中书省商议后拟旨，门下省审批，门下省审批后要求天子审批，之后命令会下放到尚书省。尚书省的六部，是负责执行中枢命令的。尚书省只有执行权，没有决定权。

这般制度下，大魏朝又采取群相制。

造成的结果便是，大魏朝的相公们（宰相），都是出自中书省、门下省。尚书省是没有人有资格当宰相的。这一次中书省调人去御史台，便是几位相公想旁听这个案子，看看大家要怎么审判。

三堂会审的提议上书中书省后，中书省很快批准，太子也无异议。天下的士人和学子本就关注着此案，此时听到朝廷没有让刑部专断，而是三堂会审，一个个都松口气，知道朝廷还是谨慎的。

太学中，众学子就聚在一起，讨论此事。

有振臂一挥者，踩在石案上，向四方聚来的士子学子们高呼："言二郎不能死！言二郎若是死了，岂不是说民心之向都是没有意义的吗？我等读书这么多年，难道只为求名求利，置天理于不顾吗？

"长安士人中，我首推言二郎！就冲他敢杀了那郑氏家主！若是我在场，我必然也杀！"

下方有人不屑，看上面高呼的人唾沫横飞，心想若是你在场，恐怕早吓得屁滚尿流，哪里敢杀人。但是上方呼呼的人总体上没说错，言尚所为符合了这个时代的普世观念，大家都认为他做得对。

一旦有人呼呼，一个个士子便聚过去，一起签字，联名给朝廷上书，为言尚说情了。

无外乎是法外有情、人治天下之类的道理。

毕竟太学学生，手执一笔，文人热血，算是和下面的百姓接触最多的了。

一个个学子聚过去签字，为言尚正名。韦树刚来太学，便被这般剧烈的群情给吓了一跳，还以为他们要聚众闹事。待弄明白他们是要上书朝廷为言

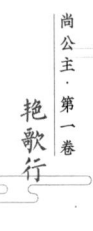

二郎说情保命后，韦树微微吐口气。

反正他们要真的聚众闹事，韦树肯定掉头就走了。

韦树到这里来，也是想到太学有直接向朝廷上书的权力……他如今见不到丹阳公主，又不想去求助韦家，便想试试这个法子。没想到他才来，早有人比他更先想到这个主意了。

而今看他们激动地联名上书……韦树想了想，慢吞吞地混在人群中，打算也凑个数。

只是上面宣讲呼吁的人，声音极大，好似和言尚关系极好。

韦树心不在焉地想，也许真的是关系很好吧，他并不清楚。

韦树的书童跟着自己郎君混在人群中，韦树安静地站在角落里，清冷沉默，不和其他人同行。

书童回来了，激动地与自家郎君分享："七郎，我打听清楚了。那个在上面呼喊着让大家救言二郎的人，根本和言二郎没说过几句话。大约就是言二郎去了弘文馆后，有一次回来太学见他老师，对那个人笑了笑，对方就将言二郎引为知己了……这不是有病吗？"

韦树："唔。"

他低声："言二哥人际关系一直很好。"

说不定不是有病，对方是真的为言尚所折腰。

书童才不信，书童觉得自家郎君才是言二郎真正的好友。可是眼看如今这么好的出名机会，被一个莫名其妙的学子所占，自家郎君却混在人群里充数……他着急道："七郎，你应该跳出来，以二郎好友的身份当领头人，而不是在这里留个名就走……言二郎若是从牢狱中出来了，只会记得领人救他的人，怎么会记得你这个混在人群里的人呢？"

韦树说："言二哥不是那种人。"

他顿一顿，非常抗拒道："如此就很好。我不愿出风头。"

书童："……"

他恨铁不成钢："七郎，你是怕和人说话吧？！这有什么可怕的！大家都是人，你和他们说几句话怕什么？"

十四岁的少年郎，韦树面容突地一红，似被自己的书童说中心事。

他却仍一派冷淡清凉、万物不扰的状态，只偏道："我没怕和人说话。我只是不想和乌合之众混在一起而已。"

书童道:"郎君你是要当官的人,你都没有几个朋友……"

韦树道:"结党营私才是罪,我这般不是罪。而且谁说我没有朋友?言二哥不是吗?公主不是吗?我与公主的关系挺好的。"

书童:"……"

那是关系好吗?

丹阳公主明明是见你长得好看,才会一看到你就笑啊。真要说起来,丹阳公主和言二郎的关系不是更好吗?

唉,好愁。

书童心想,七郎的老师,明明是丹阳公主的舅舅李公。李公早就说过希望七郎能和丹阳公主结亲……自家郎君来长安,不也抱着这种目的吗?

而今这结亲嘛……看自己郎君这架势,好难。

这些天,太子大力整治豪强之流,世家也多多少少地自查,配合太子。一时间,整个长安都热闹了起来,每天都有快马加鞭的书信送去东宫,让太子审批。

郑氏一族都被下了狱不说,乡野之间的豪强之列,人人自危,四处求救。但昔日多容忍他们的世家,这时候都闭门不见,不愿惹祸上身。

一时间,官寺来查,有直接认罪请求赎罪的,有期期艾艾送出七成家产保平安的,也有直接下狱的,还有被打死的。

百姓们积极向官寺举查,昔日总是三推四请的官寺,一时间办案速度极快。

而这些天最为影响大的一件事,是太子亲自去查了庐陵长公主。

太子向皇帝上书,说庐陵长公主不能管住自己的下人,多年来闹事不断;且庐陵长公主既是当了女冠,修了宫观住,为何不戒男色,四处搜刮美男子?

很多事,不纠察的时候大家睁只眼闭只眼,要查的时候,那都是罪。

据说皇帝为庐陵长公主说了几句话,长公主的宫观才没有被充公,继续住着。但是长公主府上的财产充公半数,哪怕长公主哭哭啼啼要见皇帝,太子以皇帝避暑静养为由,不让长公主前去打扰皇帝。

到此时,长安明眼人都看得出来,庐陵长公主的威势被太子亲自打压,皇帝不救,日后庐陵长公主在长安,不能再如往日那般嚣张了。

而那些自觉自己容貌长得好的士人,齐齐松口气,也不管长公主根本看不看得上他们,反正都自觉从女魔头手中逃过一劫。

这般热热闹闹地整治之下，整个长安，好似都焕然一新。十日后，三堂会审之日，言尚被从刑部请出。

刑部人怕有人说他们折辱言尚，还殷勤地让言尚洗漱了一下，换了身衣服。

然而就算这样，皇城外太学生们、寻常百姓们也围在那里不散，口中嚷着什么"名士当如言素臣""朝廷不能杀言二郎"之类的话。

皇城外民众的吵闹声，隔着宫墙传了进来。押走言尚的刑部官员瞥言尚，以为言尚听到墙外的民众高呼会要么羞愧不安，要么感激涕零，没想到看过去……那位清隽少年郎，好似在走神。

言尚确实走神了，一直走神走到进了大堂，看到了审判他此案的各方官员。

御史台的人、大理寺的人、刑部的人，一眼望去，泾渭分明，一眼就能认出哪边是哪边的人。

言尚在这里看到了熟人，杨三郎杨嗣。

十日前，言尚被押入刑部大牢时，杨嗣来刑部一趟，大闹一番后，大意是让刑部好生供着言尚，若是知道他们折辱人，大理寺会直接将案子抢走。言尚自是感谢了杨嗣一番。

而今日……杨嗣大马金刀地坐在大理寺那边为首的位置，他解下自己腰间的佩刀放在案上，刀锋向外，凛然锋利。

如此架势，大有若是这个结果让他杨三郎不满意、他会直接动手的意思。

刑部那边的人暗自鄙视杨三郎的不讲究，心里却奇怪这种喜欢动武的人，应该和他们秦王殿下混在一起啊，怎么就能跟着太子办事？

太子那种阴谋诡计不断的路子……这位杨三郎真的能适应？

除了刑部和大理寺，言尚第一次见到了御史台的人。让他微怔的是，众人对御史台那边派来的人都非常敬重。

杨嗣抱着胸，不耐烦道："还等什么？赶紧审吧。太子殿下让我今日来监督你们，你们谁也别想从中作梗。"

一老人声音笑叹道："三郎啊，怎么在东宫这么多年，都没有养出多点耐心呢？太子平日就这般管你的？"

立在大堂正中的言尚看去，见那位老人的声音一出，堂中所有人都站了起来，一起面向堂外迎去。

连杨嗣这种大咧咧的、因背靠太子而嚣张傲气的人都站起来，主动去扶那位从外而来的老人。这位老人虽须发皆白，但精神矍铄，走入堂中的步伐也不见蹒跚，反而大步流星。

杨嗣尴尬道："刘相公，您怎么也来了？"

言尚眉心微微一动，听杨嗣称呼对方为相公，便知这是一位宰相亲自来了。他微肃然，没想到自己竟然劳动一位宰相前来。

有人搬来了矮凳请刘相公坐下，刘相公入座后看向言尚，将言尚上下打量一番。

刘相公略有些好感地对言尚笑了笑。

言尚忙俯身行礼。

刘相公这才随口回答杨嗣："今日在政事堂办公时，几位相公说起三堂会审，都有些兴趣。如今长安，言二郎的名气可是如雷贯耳，我们几个老头子，好奇这是什么样三头六臂的人物，才得人这般欣赏。

"正好今日公务不忙，我便过来看看。你们审你们的案子，不必在意我。"

政事堂，位于中书省，是大魏朝几位相公理政的地方。

大魏朝说是群相制，其实宰相们最多的时候也不到十人。而今的宰相，也不过堪堪五位。

言尚之前行卷时拜访的那位张相公不提，今日所见的刘相公又是一位。加起来，言尚竟然已经见过一半的宰相了。

言尚心知肚明，如今自己被推在了风口浪尖上，稍有不慎，就会满盘皆输。然而若是赢了……这便是他入朝之前，最好的开局了。

今日局势如此重要。

而如此重要之下，言尚扫一番堂中这些人，心中又忍不住走神，更添郁色。

十天了。

所有人都来围观过他这个稀奇人物了，不管是刑部还是哪里的人，每天都有人来看他，问他话，要弄清楚那天他和郑氏起冲突的具体过程。

十天来，可以说除了皇帝陛下见不到，连太子，言尚都见过一面。太子说让他不必着急，说天命在他，让他多等几日，便能出去。太子自然是来收买人心的，言尚也做出被对方感动的样子。

双方都很满意。

然而……这么多的人来过，为何暮晚摇对他不闻不问呢？

听杨三郎说，她并不是不管这回事，她很积极地入局，替太子出头，提出整治豪强的议案。她积极配合太子，主动切割郑氏豪强不说，将依附她的

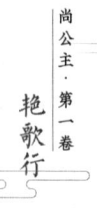

所有豪强都重新整治一番，向太子投诚。

杨三郎不耐烦地说，暮晚摇平均每日要给东宫上书十余次，把人烦得不行。

而长安中，开始有丹阳公主贤圣的名声。

她这般积极入局，为何却不问他一句，不看他一眼？她是公主，不方便亲自来看他也罢，为何都不让仆从给他递一句话，关心他一下？他入了狱，连太子都来装模作样一番，她为何连面子功夫都不做？

连君臣之谊都不要了？

她纵是生气他的自作主张，可是过来骂他一通，训斥他一番，那也是她的道理。而今这不管不问……才是最让人寒心的。

言尚闭目。

堂上人唤："言二郎，开始了，将你那日行为重新说一遍。"

言尚回过神，让自己不再想暮晚摇，将心思放到眼下，多日来，他再次不厌其烦地重复那天发生的事……

三堂会审了整整一日。

其间有高位者严词厉色，质问言尚所为是不是为了沽名钓誉，收买民心；言尚不卑不亢回答。

有上位者好意安抚，话中留陷阱逼问；言尚说话不急不缓，并不受激。

有郑氏族人被提审而来，本高声质问言尚，却被言尚说得张口结舌、羞愧无比。

有人和言尚对峙，有人为言尚说话……

刘相公一直抚须，静静观看。时而看看言尚，时而看看针对这人的人。他不表态，这里的人就当他不存在。

到了傍晚时，基本众人都已疲惫，半数之人，都已经有些偏向言尚。

其实他们本就偏向言尚……只是职责所在，不得不审。

定好次日出审判结果的结论后，三堂会审结束，众人送刘相公出门，言尚也被重新提回牢狱中。

一整日的精神紧绷，让言尚疲惫不堪。

这些朝中臣子，没有一个好相与。杨三郎混在他们中，简直如傻子一般干净明白。

言尚不得不提起全部精神应付这些人，也顾不上结果如何，言尚认为自己已经尽力。

回到牢中，牢门重新被锁上，有狱吏殷勤地送来饭菜，言尚因为精神绷得太累了，也没有心情吃饭，好声好气地让人将饭菜重新带下去。

狱吏劝道："郎君，你也不必慌乱。我看我们府君的意思，大概明日就能让你出狱了。只要大理寺和御史台那边没有意见。而大理寺必然没有意见……御史台，应该也不会有意见才是。

"听说刘相公走的时候，不像是不喜欢的样子。郎君，你好歹吃两口，明日说不定又要审呢？"

言尚温声："我实在吃不下，且让我歇歇。明日再用膳也是可以的。麻烦你们多日来照料我了。"

狱吏连忙说不用谢，又好心道："郎君那你先睡吧，后半夜我与人换班时，再过来为你送一次饭。"

言尚："不必如此……"

对方却很坚持："如二郎你这样为我们百姓说话的人，已经不多了。二郎，你一定要从这里出去。日后你做了父母官，还记得今日一食一饭，记得我们这些百姓……便是我等的福气了。"

言尚目中光微动，他点头对小吏笑了笑，不再拒绝了。

到底是牢房，刑部的人想照顾言尚，也不可能真的把豪宅给他搬过来。

也不过是旁的犯人没人管饭，他这里按点送；旁的人直接睡在稻草上，他这里下面铺了褥子；旁的人除了睡就是发呆，他这里还有蜡烛、有书本，供他醒着的时候看书。

基本众人都默认言尚一定会出去，没人会刻意为难。

言尚稍微用清水洗了下脸，就躺下披衣而睡，想明日说不定又得舌战群儒，他得养精蓄锐。

不知道睡了多久，忽感觉到有什么在推自己的手。

他迷糊中向靠墙的方向挪，那东西仍跟着，再一次在他枕着的手上踩了踩。

窸窸窣窣，一直不停。

言尚迷糊中睁开眼，模模糊糊中，看到一个妙龄女子衣罗绮，曳锦绣。

金红相间、绣着彩凤的华美长裙铺在狱中稻草上，裙下露出一点翘头珠履。一点点踩言尚手的，正是这珠履。

言尚仰头，对上暮晚摇似笑非笑的眼睛。

言尚一下子坐起，身在牢中，他没有穿囚犯的衣服，却也不过一身中衣。幸好这是夏日，不会太冷。

他靠墙而坐，长发微散，几缕拂在面上，仰头看她时，目中若有星碎水动，颇为动人。

她忽然出现，如同梦一般，言尚一时都反应不过来到底是梦，还是她真的来看他了。

只是突然看到她，见她高贵美丽一如往日，垂着眼皮，漆黑眼睛盯着他看……心中若有无限柔情拂上，又有些许怨怼之意。

言尚心跳如鼓擂，他喃声："殿……"

暮晚摇蹲下来，就蹲在他面前，让他不用仰视她了。她手伸到自己红唇前，轻轻"嘘"了一声。月光从头顶小窗照入，落在她脸上。

她就在他面前，又清澈，又妩媚；又无情，又含情。

暮晚摇目若春水，缓缓流入言尚心脏："不要大声说话。我悄悄进来的，不想被人知道。按理说，我现在应该还在避暑山庄，陪着我父皇避暑。你这种小人物，我根本就不应该过来看一眼的。"

言尚盯着她。

这一刻，她刻薄的语言，让他确定她不是梦，是真的了。

他说："那你来干什么？"

暮晚摇："欣赏你现在有多倒霉啊。"

她一目不错地看着他："看言二郎入狱，这可不是能够常见的。看你衣衫不整，这可不是常有的。看你如何屈辱，如何被人审视，将你当贼一样防着……这可不是常有的。"

言尚无言。

许久，他才低声："所以你是生我的气，才不肯见我？是觉得我不听你的话，你才不高兴？"

暮晚摇冷笑。

她伸手，冰凉的手，一把捏住他下巴，让他看着她。

她说："你知道我当日听到你杀了郑氏家主时，什么心情吗？若是你当时在我面前，我会直接一巴掌扇过去。"

言尚："……那殿下现在是不想扇我巴掌了？"

暮晚摇看着他，低声："你是不是故意的？觉得我不搭理你，用这种方式让我不得不看向你？"

　　言尚反问："难道郑氏所欺压的百姓，在殿下眼中一点都不重要？你就觉得我只是在和你置气吗？"

　　暮晚摇反问："你没有和我置气吗？"

　　言尚眼神微微飘一下。

　　暮晚摇再次重复："你没有和我置气吗？"

　　他抿唇不答。

　　暮晚摇便笑，她凑过来，几乎与他贴着脸，让他僵得靠着墙不敢动。

　　听她与他贴面而语，审视着他："所以言尚，你也不是那么没有私心。你生气我不理你，生气我掉头就走，生气我不看你的信……你既要为民做主，也要小小报复我，让我不得不跟着你的步调走……你算计了我，你还觉得我这些天不理你，是我错了吗？"

　　她气息拂来，香气轻柔。

　　他面容已红，袖中的手指蜷起。

　　他却垂下眼，道："你既然生气，更应该来见我，质问我，喝骂我才是。"

　　暮晚摇看着他，她微妙笑一声："初时我是这么想过，但是我偏偏不如你的意。你想见我，我就不见你。你能奈我何？"

　　他忽地抬目看她，目中略有些怒意，却又被他努力压下。

　　他深吸口气，让自己心情平静："殿下……"

　　暮晚摇打断："我今夜来，是来惩罚你的。"

　　言尚一怔，奇怪看向她。

　　她垂着眼，纤长手指仍抚着他的下巴，低下的眼睛，盯着他修长的脖颈、颈下玉润肤色，看了一眼又一眼。

　　过了一会儿，她俯身而来，亲上了他的唇。

第五十九章

　　女郎倾身贴面，月光照得她侧脸莹白清润。

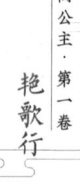

非浅尝辄止，而是潺潺深入。

言尚："唔……"

他僵得全身不敢动，头靠着墙，大脑像是炸了一般。他不会思考，脑中一片茫然，不知这是什么状况。

她是这般温暖、醇香、美好，如甜浆一样流入他的四肢百骸，侵入他心肺。让他呼吸滚烫，身体麻痹，精神不由自主地亢奋起来。

可是这是惩罚吗？这不是奖励吗？

言尚模模糊糊地，脸红得不行，心想这怎么会是惩罚。他之前以为是他亲得不好，她对他失去了兴趣，她再也不想亲他了……然而这般甜蜜，仍向他涌来，她再一次回来了。

不只是倾身亲吻。

言尚僵硬中，暮晚摇更是手搭着他的肩，她大约嫌倾身的动作太累，裙裾一扬，她坐在了他的腿上，坐在了他怀中。

二人的气息在幽暗中交换，她手指仍有些凉，掐着他的下巴。而她香软可亲，坐在他怀中，她低下眼睛，与他仰起的眼睛对视。她看到他眼睛下的肌肤已经红透了，她手指拂上去，灼灼无比。

感觉到他的腿都僵硬了，因她从未和他这般亲近过。

暮晚摇无声地笑一下，似戏谑他的无能。

言尚颤颤地，在她那般戏谑的凝视下，张了口，递了舌。他心如鼓擂，并不排斥，只想靠近……然而舌尖只是点了一下，暮晚摇便停了。

他倾身相随，她一径向后退，鲜妍的唇瓣，不让他碰到一点。

言尚愕然看向她。

暮晚摇依然亲昵地坐于他腿上，伸指勾了勾他的脸，似笑非笑："你要是动，这就是福利，哪里是惩罚？"

言尚："……"

他多么聪敏，对上她有些恶意的戏弄目光，一下子明白了她的意思。

言尚低声："只许你主动，不许我回应？"

暮晚摇懒洋洋地："嗯哼。"

言尚蹙了眉，始知她的可恶。不让他回应，这果然是折磨……他侧过脸："殿下自重。"

暮晚摇："啧。"

她低头亲一下他的眉，看他睫毛也微微颤抖，她忍不住，再在他睫毛上轻轻亲了一下。言尚抬头忍耐看她，暮晚摇懒洋洋："自重，刚才怎么不叫我自重？现在倒想起来了？"

他推她，脸涨红："方才是我不对，现在你……"

暮晚摇才不如他的愿，看他的嘴张张合合又要说出她不喜欢听的话，她再一次俯身，亲上他的唇。

言尚头向后仰，脖颈露出，喉结轻滚。暮晚摇冰凉的手就顺着他的喉结向下，绕啊绕，缠啊缠。小蛇一样地漫无目的，羽毛一样地撩来撩去。让他白玉般的肌肤生了晕红色，红色漫入衣领，衣带领子都早已挡不住她。

言尚手不禁按在她腰上。

她便又无辜了。

似笑非笑地俯眼看他。

言尚气息已经完全乱了，他有些恼地看着暮晚摇，暗恨自己定力不够。她在漫不经心地勾他的火，在冷漠地旁观他露出不堪的模样……她戏弄他，嘲讽他，折磨他。

言尚用尽所有力气，才让自己搭在她腰上的手移开。

他失神地想他竟从未能好好地碰一下她的腰，抱一抱她除了后背的以外地方……眼神闭目，平复呼吸，气息不再那般急不可耐了。

他低声："殿下不要如此。"

暮晚摇笑得有些无所谓，而且她目中明亮，看到他不行，她禁不住开始兴奋。

看着以圣人为目标的少年因她而流露出这种不堪神情，看他忍不住一次次想回应，但是她每一次停下来，对他都是一种折磨……他终是忍得肌肉绷了起来，手搭在她肩上就要将她推倒。

暮晚摇说："你想做什么？这里可是牢狱啊。你想这般和我开始？"

言尚喘气，目中微红："那你想做什么？"

暮晚摇盯着他："你推我一下，就是以下犯上！我的仆从在外等着，我喊一声，就让他们进来将你拿下。"

言尚不可思议地看着她。

暮晚摇俯身，再次亲他，在他唇间呢喃："你拒绝我，也是以下犯上。我就让方卫士进来，看看你是怎么对公主殿下的。"

言尚:"你……啊。"

他突觉得自己可耻无比,竟被她完全牵动心魂。于是他再一次反省自己于女色是不是太过无状,他心中默念红颜枯骨,默念四大皆空。

暮晚摇:"……"

她瞪圆眼,还真有些被他气到了。他脸上的汗、鬓角的湿、绷紧的身,在他的强大意志下好似都成了外物。

他的不能回应本是折磨,现在被他自己这般控制……那她还玩什么?

玩一具尸体吗?

暮晚摇眼眸轻轻转一圈,无声一笑。

言尚心中默念让自己不要受暮晚摇影响时,突听到暮晚摇有些低凉的声音:"春华要离开我了。"

言尚一怔,心中静了一下,停下自己的反省,睁开眼看这个坐在他怀里的公主殿下。

暮晚摇垂着眼,有些无所谓道:"不知道你知不知道,之前我有让方桐回公主府取一枚保胎药,就是给春华的。三哥跟我玩阴的,要我和五哥结盟,和太子离心。

"我当然不肯。所以我顺了你的意,去拔掉豪强。但是春华回不来了。因为她是必须被牺牲的一枚棋子,她必须进五哥府上,必须要在某种程度上让我和五哥搭上关系。

"他们都计划得很好。我也反击了,我让他们的计划失败了。他们想不到我真的会舍郑氏,想不到虽然春华进了五哥府上,我仍然靠舍豪强这一招,而不与太子离心。然而不管怎么说,我都失去春华了。"

言尚看着她。

他抬臂,抱住她。

他和她不一样,她的搂抱是撩拨,他的搂抱是温暖,是安慰。他衣衫不整,发丝凌乱,可他此时拥抱她时,紧紧将她抱在怀中时,暮晚摇仍感觉到他对自己的爱护。

言尚轻声:"别难过。"

暮晚摇脸埋在他颈间,她眼睛一眨不眨地盯着他的喉结,口上却满不在乎地如同跟他闲聊一般:"春华怀了五哥的孩子。她回不来了。她嫁不了想嫁的人,也不能再做我的侍女。

"从乌蛮回来的人，跟在我身边的侍女其实只活下来春华一个了。她现在也要走了……我什么都没有了。"

言尚紧紧抱住她，他再一次地柔声："别难过。"

暮晚摇唇角轻轻一勾，这一次，她的手顺着他的衣领掠进去时，她感觉到他瞬间僵了一下，然而他没有再躲了。

暮晚摇心里呵一声，心想圣人一般的言二郎，这是打算牺牲色相，来安慰她了。

她手贴在了他腹上，隔着一层薄薄中衣，言尚按住了她的手。

他闭着眼，下巴抵着她肩，脸上尽是汗，颈颊一派红。

他发着抖："可以了……殿下不要继续了。"

暮晚摇就不。

她贴着他的耳，轻轻咬一下，笑道："你这般排斥干什么？之前我姑姑欺负你的那晚，我就这样帮过你啊。"

言尚大脑轰一下。

他一下子睁开眼，看向她。暮晚摇却不看他，手仍游走，唇仍贴耳。

她慢条斯理地，在他耳边将那晚发生的事跟他描述："你那时候倒在巷子里，可是我把你带回公主府的。你真是个傻子，以为御医扎两针就能让你好起来？哼，没有我，你怎么能好起来？"

香气缕缕，绕他心房："你真傻。我以为你总会想起来的，没想到你真的从来也不去想。你这般心思玲珑的，却想不到这种事……你说可笑不可笑？"

"言尚，言尚……言二哥哥，"她娇滴滴地亲他一口，搂着他的肩，又笑又红脸，"天啊，言二哥哥，你怎么这样傻？你是真的不知道男女之间是怎么回事吗？"

她仰头，舌轻轻点他下巴，笑盈盈："我是不是第一个亲你的啊？是不是第一个抱你的啊？是不是第一个……为你做这种事的女郎啊？"

言尚扣住她手腕。

他神经已近乎崩溃，已经十分凌乱。冰火交加，他又痛快，又难受。他还要忍着不动一下，因为他只要回应一下，她就会停手。

她这般可恶。将他吊在半空中，上也上不去，下也下不来……他闭着目皱着眉，神情难堪十分："你太坏了……你不能这样……太脏了，太脏

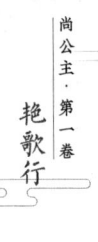

了，住手！摇摇！"

而到了这一步。

岂是他一声"摇摇"，她就能收手的？

傻子。

暮晚摇心想。

而看他这样难受，她就更加声情并茂地向他描绘那晚发生的事。

于是言尚脑海中，不受控制地，好像真的想起来曾经发生过什么，与眼前的这一幕相重合。

只是那一晚是他无知觉地躺在床上，这一次是她使坏地坐在他怀里。

但都是她。

都是她。

她伸了手，睁了眼，玉白的纤长手指勾着他的汗渍。她如一尾调皮小鱼，钻入他怀中……

突然，听到了脚步声，言尚猛地僵住。

他在牢房中，还听到了隔着不远的说话声——

方桐："干什么呢？"

狱吏："郎君见谅，我是来给言二郎送晚膳的。"

方桐怀疑："大半夜你送什么饭？是不是下了毒？"

狱吏快吓哭了："没有没有！这是我和言二郎约好的……"

那两人隔着不远的对话声传了过来，暮晚摇只是愣了一下，却察觉言尚全身僵硬，然后"唔"一声，他向后靠墙倒下去了。

他闭着眼，睫毛上沾着水雾，脸上一片红一片白，还咳嗽了两声。

暮晚摇低头看自己的手，微微一笑。

方桐将那个狱吏带走了，自然不会让人来打扰公主。

然而言尚这边，也被吓得结束了。

他咳嗽着，好一会儿才缓过来，神色便变得更加难堪。

他被弄出了痕迹，而他睁眼看到暮晚摇的手，脸更红一片……他想拿帕子给她，却想到如今牢狱中，他身上哪来的软帕？

言尚尴尬地："殿下……没有带帕子吗？"

暮晚摇横他一眼，慢悠悠地从自己袖中取了一方手帕，擦了擦手。言尚见她有帕子，才松口气。

暮晚摇似笑非笑："你操心我干什么？我衣裳整齐，鬓角不乱，从上到下没有一丁点儿痕迹。而你呢？"

她目光向下瞥，扫下他腰腹以下。他尴尬地用褥子挡住，暮晚摇嘲讽道："你身上的痕迹怎么办？怎么跟人交代？明日跟人说，你睡了一觉，牢狱环境这么差，却挡不住你做春梦？"

言尚发窘，微微瞪她一眼，半晌道："我自然会想法子的。"

暮晚摇低头观察他，看他额上渗了汗，唇抿得那么紧，可是那却掩饰不了他被她的口脂沾红的痕迹。

暮晚摇戏谑："怎么，我是不是折辱你了？现在的我在你眼中，是那晚折辱你的姑姑吗？在你眼中，我像姑姑一样可恶吗？"

言尚低着眼，却轻轻摇了摇头。

暮晚摇怔一下。

他垂着眼，不敢看她，浑身麻得有些疼，却依然温声："这不是折辱，你不是你姑姑。"

暮晚摇冷冰冰："为什么不是？因为我比她年轻漂亮吗？"

言尚："因为我心里有你。"

暮晚摇："……"

他抬了目，看向她。

他轻声："你生气我不听你的吩咐，但是你数日不肯见我，不肯给我留一句话。我的心被你伤得凉透了。你不应该这般对我。我若是哪里做得不好，你应该告诉我，而不是不告而别。

"而今、而今……你又这般来撩拨我。"

他有些困扰地蹙了眉："难道这样子，就能让你消气吗？"

暮晚摇无言。

这样子能不能让她消气呢？

他连这个时候，对她说话都温温和和的。她明摆着告诉他不许他动，他都忍了下去。他随她胡闹了这么久……她只是用春华引出自己难受，他原本不愿，最后都随她了。

他是这么好的一个人。

暮晚摇出神时，看他向她望来。

妙盈盈的目光在半空中对视，后知后觉般，暮晚摇开始害羞了。而她一脸红，他就跟着脸红了，目光也移开了。

暮晚摇忍笑，看他这般尴尬的样子，她对他的气一下子就消解了。

暮晚摇扑哧一笑："这样子真的能让我消气。我不怪你杀郑氏家主了。"

言尚低头，不敢看她眼睛，半晌道："……那便好。"

暮晚摇"嗯"一声，站了起来，不再坐在他腿上了。

她施施然后退两步，果然如她所说，言尚衣衫不整，而她从头到尾都没有被他碰一下。感慨他的忍功的时候，暮晚摇也欢喜自己今晚在他身上作的恶。

但是暮晚摇说："今晚发生的一切，都不代表我对你的态度改变了。"

言尚微怔，说："你……还在生我什么气？"

暮晚摇的意思是他对两人未来的详细计划仍然让她害怕，言尚却不知道她到底哪里不喜欢。

她对他来说，如同谜一样。

他总是猜不准她的心思。每一次他对她的计划，都被她中途打乱，让他不知道接下来怎么办……现在言尚茫然看着她，已经不知道两人这算是怎么回事了。

暮晚摇才不回答他，她折腾了他一番，转身便出牢狱了，留他继续一人待着。而等到看不见言尚了，暮晚摇才红着脸，捂着自己怦怦的心脏，感觉到分外的快活。

他无知觉时，和他清醒时，果然很不一样啊。

她真的蛮喜欢的。

此时东宫，深夜灯不眠。

太子仍在处理公务，杨嗣则盘腿坐于一旁，珍惜无比地擦着一把刀。

太子道："我让你见刘相公，问他对言二郎的看法，刘相公怎么说的？"

杨嗣漫不经心："他挺欣赏言二的。"

太子颔首："那明日审判结果出来，言二郎应当就可以出狱了。"

杨嗣依然不在意："唔。"

太子坐于案后，静静思考了一会儿，忽抬头看一眼那一直在擦刀的杨嗣。他缓缓说："明日你亲自走一趟，邀请言素臣去你府上大宴，庆祝他出狱。"

杨嗣:"啊?"

他抬头看向太子。

太子微微一笑:"这段时间,你为言二郎的事不断奔走,日日去刑部大牢看言二郎,就是怕刑部有人虐待言二郎。你对言素臣关心如此,只要他还想在官场混,他一定会对你感恩的。

"你在你府上设宴,到时候孤前去你府上,与言二郎见面。你的行为代表了孤,在言二郎眼中,这些都应当是孤在照应他……"

杨嗣冷冷道:"你的意思,是收买言二郎的人心?我这些天的所为,你不阻拦,就是为了能够收买言二郎的心?"

太子反问:"不然呢?你每天咋咋呼呼去刑部大闹,你真的以为看不到?不是我纵容,你去得了吗?"

太子道:"这件事上,我算是看出来了。当日曲江宴上,言素臣说什么读书太少,不管他是真的没读过几本书还是读过却敷衍我,总之,我是真的看走眼了。以为他也就是哄哄庐陵长公主改掉探花郎的本事,现在看,他一箭成名……我已经不信他是热血在怀,随意射出的那一箭了。

"这种人,若是不能为我所用,便要毁掉。我自然不想毁他,所以才求才啊。"

杨嗣站了起来,目光冷寒,道:"可是他是摇摇的家臣。他帮摇摇,摇摇帮你,这不是一样的道理吗?你何必非要把他从摇摇身边带走?"

太子瞥杨嗣,微笑:"到底是隔着一个六妹。人心隔肚皮,不能不防。

"何况你也说了,刘相公很欣赏他。刘相公是中书省的,中书省我可伸手不进去。我如果不能给言二在我身边安排一个官位,说不定就要被中书省抢走了。中书省当然也很好……但是如果言素臣确实一心向我,那他去中书省才是好的。他如果不是一心为我,我便不喜欢他进中书省。

"中书省左右所有朝务,我只想让真正的自己人进中书省。"

杨嗣看着太子许久。

他道:"明日我不会设宴,不会去请言二郎,不会帮你从摇摇身边抢人的。"

太子目光瞬间冷下,看向他。

半响,太子语气温和一些,道:"三郎,不要胡闹。"

杨嗣:"摇摇身边没有几个人可用,只要有才的,都要被你抢走。你既然要用摇摇,何必总这般逼迫她?说得好听,招揽人才,整治豪强。你什

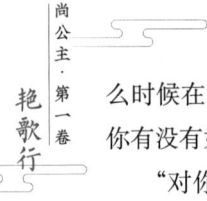

么时候在意过豪强祸不祸民？你从来就不在意，你眼里只有政治，只有对你有没有好处！

"对你有好处了，你就出手。对你没好处了，流民闯入长安，我看你眼睛都不会眨一下。"

太子："你是第一天认识我吗？"

他讽刺地笑一下："怎么，现在才看我不顺眼了？"

与杨三郎对视，太子一下子暴怒，将书案上的折子灯盏全都挥了下去。

书舍中的巨大动静吓得外面端来夜宵的太子妃等人一抖，听到书舍中太子高扬的怒声："嫌我手段阴险！不是我如此手段，你以为就你这般高调的行为，长安有人能护住你？你想做什么就做什么，不是我在兜着……你以为谁给你的本事？难道是杨家吗？！杨家待你的用心，有我花在你身上的一半多吗？！

"翅膀硬了，瞧不上我的手段了……你杨三郎倒是光明磊落！你的光明磊落，都是我给你的！"

太子妃在外瑟瑟发抖，她身后跟着的侍女们手中端着的盘子都吓得快端不住。太子很少发这么大的火，太子竟然在和杨三郎吵……

书舍内传来杨嗣的声音："我从来没有嫌弃你不好，说你不好！我当然知道你很不容易，当然知道我今天的一切，都有你罩着。所以你做什么我都支持你，你想要什么我都帮你……我就是你手里的刀！我就是会为你的理想去出生入死！

"但是你不能这么对摇摇！你之前怎么对摇摇我不都不说吗？我只是要你不要太过分了……你起码给她留一点自保能力，留一点能用的人！起码在有一日你要抛弃她的时候，让她不至于沦为鱼肉，任人宰割！

"我什么都听你的！我只是这一次不想听你的！"

太子怒："你给我滚！"

下一瞬，站在书舍外的太子妃等人，惊惶无比地看到书舍门被拉开。太子妃看到杨三郎怒气冲冲地冲出来，看到她时，杨嗣愣了一下。杨嗣大约想对太子妃打个招呼，但是唇颤了颤，到底没说话，而是穿上鞋就走了。

太子妃："三郎、三郎……"

太子妃叫不住杨三郎，再颤颤地进了书舍，去看太子。她看到青年立在屋正中，书册纸张全都散了一地，杯盏灯烛之类的也摔倒一片。帷帐纷飞，太子面色难看十分。

回过头,太子看向太子妃。

太子妃小声:"就让杨三郎这般走了吗?"

太子面无表情。

太子妃说:"宫门禁了,他方才好像提着刀走了,忘了拿腰牌,估计出不了宫……"

太子忍耐闭目。

终是哑声道:"……给那个蠢货把腰牌送去!"

杨嗣出了东宫,向宫外走的时候,才想起来自己忘了腰牌。但他又生着气,不想回去看太子的冷眼。

好在他只在宫门口徘徊了一会儿,就有东宫的人来送腰牌了。

杨嗣看送腰牌的内宦一副欲言又止有话说的样子,但他根本不理,拿上腰牌就出宫了,让身后内宦叹气。

杨嗣出宫门后,本打算直接回府,却没想到路过尚书省,他在牢狱那边门口,看到了一个眼熟的人影。

那个女郎被卫士护着上了马车,将自己裹得十分严实。

然而杨嗣何等熟悉她?

他一眼认出了是暮晚摇。

杨嗣微怔,心想她怎么来这里了?

看眼牢狱方向,杨嗣若有所思:难道她是去看言尚的?

唔……她这行为不同寻常啊。

次日,三堂会审的结果出来,言尚当堂被释放,堂中人都要恭喜他自由。

只是大理寺这边今日派来的人是一个陌生官员,不是言尚熟悉的杨三郎,让言尚不禁思考了下发生了什么事。

言尚出了尚书省,出了皇城,便被等在外面的太学生们、百姓们围住。

他应付这些人时,忽然看到了一个红袍少年郎从角落里路过。

是杨嗣。

他看到杨嗣走向一辆停在路边的马车。

言尚正想去打个招呼,看到杨嗣在马车上敲了敲,车门打开,露出了里

面的人的面容。

言尚愣住，虽然只有一眼，但他昨晚才被这人折腾过……是暮晚摇。

他心里忽一阵难受。

想暮晚摇和杨嗣偷偷见面？

为什么？

暮晚摇悄悄坐在马车中，为了怕人认出，她还换上了侍女的衣裳。

她等在这里，是想等言尚路过的时候，看他一眼，或者戏弄他一下。她此时应该在避暑山庄，不方便在这里出现。

但是……言尚出狱了啊。

她还是想第一时间看到他，并且吓吓他。

她坐在车中托着腮，想得自己闷笑时，车壁被人从外敲了两下。

下一刻车门打开，却不是熟悉的人，而是杨嗣跳入了车中。

暮晚摇："……"

杨嗣关上车门，与她同坐，好整以暇地看着她，忽而戏谑笑："看到我怎么这个表情？怎么，来等言二却等到我，不开心了？"

他说："你是不是喜欢言二？想嫁给他？"

暮晚摇脸色淡下去，移开目光："你是来教训我不该喜欢他，该和他保持距离吗？"

杨嗣盯着她。

许久，他道："我巴不得你有喜欢的郎君，有想嫁的人。我巴不得你能得到幸福呢，摇摇。"

第六十章

杨嗣跳上马车，坐在暮晚摇对面，暮晚摇只是皱着眉，却也没有赶他下去。

因她和杨三郎的交情，本就如此。

只是他和她提起言尚，又说起什么希望她幸福之类的话，让她一下子发怔，偏过脸，奇怪看他。她认识他这么多年了，这不像是他能说出的话。

暮晚摇："……为什么跟我说这个？"

她反问："我喜欢他如何，不喜欢他又如何？"

杨嗣笑了笑。

他的笑容干净明朗，像冬阳一般，有少年郎的那种无畏又洒然的风格，与长安其他贵族郎君的矜傲自持都不同。

杨嗣非常认真地看着暮晚摇："不喜欢就当我没说。但是你如果喜欢言二的话，那就告诉我，我帮你仔细观察他，看他适不适合你。什么地位、身份，你都不用多想。你只看你的心，然后告诉我。摇摇，我们认识这么多年，纵使我是帮太子的，你也应该知道，我不会害你，对不对？"

暮晚摇静静看着他，一时眼睛如有清光照在湖面上，流光溢彩。

她垂下眼，攥紧自己的手。

她喃声："不合适的。"

杨嗣："你何必管合适不合适？就问你自己喜欢不喜欢啊。你不能每段感情都为了利益而付出，不是吗？你好歹是一个公主，难道想嫁一个郎君，就必须听别人的？"

暮晚摇微有些茫然。

这是言尚之后，第二次有男子鼓励她去喜欢她想喜欢的人。

暮晚摇失笑："你在说什么啊？那怎么可能不管？"

杨嗣淡声："那你现在追求权势做什么？你想要权势，不就是为了什么事都能自己做主吗？你有了权势，还不能喜欢自己想喜欢的，那你何必现在这么操劳？人立于世，不必总是循规蹈矩，不必总是说服自己，总是应该任性一把，为自己而活。"

暮晚摇怔怔看着他。

他俯眼向她看来，冷淡的眼神中，光突然柔了下来。他俯身，伸出有些粗糙的指腹，在她脸上轻轻搓了一下。

暮晚摇愕然，后仰身，没想到他突然会掐她的脸。她恼道："说话就说话，动什么手脚！"

杨嗣揶揄："怎么，现在连碰你一下都不行了？还说你没有喜欢言二？"

暮晚摇嘴硬："就是没有！关你什么事！"

杨嗣："啧。"

他似笑非笑："你这个学人精。学我说话，学我做事……怎么就不学我

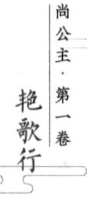

的脾性呢？我要是你，才不会像你这样不敢承认。"

暮晚摇瞪大眼，眼睛猫儿一样，又妩媚又警惕。她涨红脸，想反驳"谁学你了"，但是一对上杨嗣那看透一切的眼睛，她又将话憋了回去。

低头自嘲一笑，她手心攥得更紧了。

是啊，杨嗣怎么会看不出来，她就是在学他。恐怕她回到长安的时候，他就看出来了。

她为什么要学他？

因为他是她身边、她认识的人中，最肆意、最潇洒的人了。从小就上房掀瓦，从小就想做什么做什么。杨嗣他阿父、太子殿下，从小就是被这个祖宗吊在后面，给他收拾烂摊子的。

暮晚摇很羡慕杨嗣啊。

她在乌蛮时过得那么委屈。当她想改变自己那柔和的性情时，她不由自主地就想到杨嗣。她想变得像杨三郎一样，想发脾气就发脾气，想看谁不顺眼就不理谁……

所以她学杨嗣行事，学他说话。不知不觉中，暮晚摇真的把自己变得和以前很不同了。

然而性格大变又如何呢？很多事依然是要冷静的。

暮晚摇垂眸，不与杨嗣再说言尚，反而问："你怂恿我这样，是不是因为你不想娶我的原因呀？"

杨嗣："我不是早说了吗？我无所谓啊。反正娶了你也能纳妾。"

暮晚摇瞪过去："你！"

他一下子笑了起来。

杨嗣伸手摸摸她的头："行了行了，总之我该说的说完了。你偷偷来见言二的事我也当没看见，不过你这里有没有带什么好一点的能送人的礼物？"

他望天道："我昨天和太子吵了架，我想带点礼物去东宫赔罪。"

暮晚摇瞥他："你真是没有诚心啊。赔罪道歉还要从我这里搜刮，太子知道了多寒心？"

杨嗣笑眯眯："他怎么会知道？你不去告状，他就不会知道啊。你要是告状，我就跟他说你不想嫁我想嫁言二，你看太子怎么收拾你。"

暮晚摇："你胡说八道！根本没有的事！"

杨嗣："那你就是哭着喊着想嫁我了？"

暮晚摇被他气得半死，抬手就要打他，而他手臂随便一格就控住了她，让她根本打不到他。

暮晚摇气："你滚吧滚吧！方桐，把我带的酒给杨三郎拿上，赶紧让他走！"

杨嗣被暮晚摇赶下了马车，附送少年公主被他气红的脸，还有他怀里抱着的酒坛。

杨嗣随意地挥手摆了摆，跟暮晚摇告别，就要走了。暮晚摇看着他的背影，又喊住他："杨三哥！"

杨嗣后背微微僵了一下。

她和亲归来后，第一次这么喊他。这一声，好像让他回到少年时候，好像那个娇娇的小公主，仍无忧无虑地跟在他身后，柔柔地拉着他的衣摆，说："我不能让你走。大哥让我看着你，你要是走了我没法跟大哥交代。"

那时她被他的冷脸吓得面容雪白，却仍是倔强地跟着他："杨三哥，你去哪里？你也带我一起好不好？杨三哥，你不要不管我，不要丢下我呀。"

杨三哥，杨三哥。

午夜梦回，如同魔障一样折磨着他。

她嫁去乌蛮和亲后，杨嗣在梦里，就总是梦到那时候的她。可是他还是丢下她了，还是不管她了……他带不走她，帮不了她。他将她丢在了梦魇中，弄丢了她，再也找不回来。

是他不好。他当不起她一声"三哥"。他不是好哥哥。

杨嗣僵立半晌，静静看着皇城前方的喧嚷人群。他的心因为那一声"杨三哥"而痛不欲生，又要强行压下去。

杨嗣回过头，看向掀开马车帘子望着他的暮晚摇，露出了和往日无异的笑容。

他吊儿郎当地开着玩笑："摇摇妹妹怎么了？"

暮晚摇瞪他，又低声："我知道你不娶妻，是挡在我前面对我好。杨三哥，我知道的，谢谢你。"

杨嗣啧啧："你想多了吧？谁是为了你？我这般英俊潇洒，不想早早成亲，和你有什么关系？"

暮晚摇又气又笑地白他一眼。

她说："那你喜欢什么样的女郎？我帮你看看好不好？"

杨嗣盯着她："你这是承认你想让我帮你看看言二，跟我在这交换条件呢？"

暮晚摇恼羞成怒:"没有！我只是关心你的婚姻大事！想找到一个女郎能制住你,别让你再整天气我!"

杨嗣便仰着头看天,真的认真去想他喜欢什么样的娘子了。

他说:"我喜欢性情温柔的、贤惠的、听话的、说话柔声细语、办事无微不至的那种。但也不要小家碧玉,她最好再长得天仙一样,性格大方能带出去见人一些,和我志气相投,能理解我的想法……"

暮晚摇:"……"

她阴阳怪气道:"我随便问问而已,你想法还真的不少啊？"

杨嗣笑眯眯看向她:"娶妻嘛,当然要认真想了。你不是要帮我相看吗,那你好好帮我找呗。"

暮晚摇沉默半响。

见他开玩笑中也透着几分真,她才幽幽道:"你和我看异性的眼光,还真的是出奇一致啊。"

杨嗣怔一下,一下子想到了言尚。

他"唔"一声,托下巴沉思道:"你是说言二？言二若是女的,倒是很符合我的要求啊……他家中有没有什么妹妹啊？"

暮晚摇警惕:"没有,你别随便肖想人家的妹妹!"

言晓舟才多大啊,比赵灵妃还小些呢。言晓舟平时被言尚保护爱护得那么好,被她哥哥无微不至地呵护……暮晚摇虽然很嫉妒言晓舟,但她要是敢打言晓舟的主意,言尚会不高兴吧。

杨嗣看她那个防备他的眼神,他就奇怪她防备什么呢。杨嗣翻个白眼,反正他也就是随口说说,这次便是真的走了。

言尚那边,虽然被人群围着关心,但他七窍中仍分出一神,盯着皇城斜对角、屋舍角落里的那辆马车。

他看到杨嗣被赶下车,然后仍笑嘻嘻地和车中人说话。掀开帘子,惊鸿一瞥之下,只看到一个轮廓。

但言尚不可能看错。

他看到暮晚摇脸红了。

隔着距离,他只看到她脸红,却没看到她其他神情,因为帘子很快放了下去。

言尚不知道暮晚摇是被杨嗣气得脸红，他想到的是另一个可能……他心头略有些怔忡，想怎么能这样。

她昨夜才和他……今日就和杨三郎……她是不是太不注意男女之间的界限了？等他见到她，他、他当与她说此事才是。

她既然和他好，就要和其他男子保持距离才是。

言尚心不在焉地想着这些，眼睛仍时不时地看眼那辆马车。他看到杨嗣走了，因为他一直盯着那个方向，杨嗣随意一抬头，看到他了。

杨嗣愣一下。

言尚向那边颔首致意，他看到杨嗣便也笑起来了。杨嗣也不过来打招呼，而是举了举手中的酒坛子，大意是说自己要去喝酒了、改日再和言尚相聚……言尚面上温和地点头，心中却想，那酒坛子好像也是从暮晚摇车中拿下来的。

她赠酒给杨三郎。

言尚心中便更乱，甚至有些恼自己不喝酒。暮晚摇像个酒鬼的样子，他总是不喝酒，会不会和她差距太远……杨三郎和她关系这么好，有没有可能是因为那两人都爱喝酒的缘故？

然而喝酒不喝酒……哪有那般重要？！

紧接着，杨嗣走了，言尚再等了一会儿，见那辆马车也走了。

言尚一怔，心里最后一丝念想也被打破。原来她不是来见他的啊……初时看到那马车，他还以为……是他想多了。

暮晚摇原本是要见言尚的，但是杨嗣跟她说了一通话，杨嗣虽是在鼓励她，暮晚摇却被他说得发现自己太不冷静了。

明知不可能，她竟还想见言尚。

明知不可能的事，就应该控制住啊。

所以杨嗣走后，暮晚摇呆呆在车中坐了一会儿，也让人驱车走了，不打算见一见言尚了。

言尚从牢狱中出来，一时间成了长安士人中出名的人物，谁都想来结识他。这也罢了。

那些营救他的人，言尚出来后，按照他的风格，他也一定会一家家登门拜访，去道谢。如此一来一往，言尚给自己定下了两日时间，处理这些人情上的账。

言尚也登门去拜访刘相公了。

虽然那日三堂会审时,刘相公没说什么,但是言尚清楚自己能够这么快出来,一定和刘相公的态度有关。言尚专门挑了一日去拜访,即便刘相公不见他这样的小人物,言尚也一定要做足姿态。

宰相府的守门小厮拿到言尚的帖子后,并没有让言尚多等,而是殷勤请他进去。

言尚心中一顿,心想按照宰相府门前门庭若市的风格,自己这么快被接见……刘相公一定也是想见一见他的。

刘相公府上的正堂中,不只有刘相公一人,还有另一位宰相,张相公。

张相公曾经得过言尚行卷,但是并没有帮过言尚。这让言尚不得不转投暮晚摇,让丹阳公主帮他。

刘相公在家中邀请张相公来吃茶,管事来报说言二郎求见,刘相公让人进来,张相公就愣了一下。

张相公说:"好嘛,我说你好端端地请我吃什么茶。原来是为了言二郎?"

刘相公抚须而笑。

刘相公说:"三日前的三堂会审,这个言素臣给我的印象实在不错,我有心想提拔他。听说你当日得过他的行卷却没有帮他,我便想问问你对他的看法了。"

张相公便回忆自己当初看到的行卷。

张相公摇头道:"实在没印象。恐怕这人才情一般,让我实在记不住。"

刘相公便道:"一个人如何,不是只看才学如何。我看朝廷这套选官制度,什么时候得变一变了。不然把言素臣这样的人才拦在外面,尽招来一些迂腐的只会吟诗作赋、半点政务也不会的人,实在没道理。"

张相公不语,选官制度当然要一点点变,但他们都是大世家出身,这种动自己利益的事,即使心中有数,也不会说太多。

张相公转话题:"看来你是真的很看好这个言二郎。怎么,是想收这个人做弟子,还是想把你的宝贝孙女嫁给他啊?"

张相公此言一出,屏风后传来一个少女娇嗔的声音:"张爷爷怎么这么说?让人怪不好意思的!"

张相公:"……"

他看刘相公,刘相公抬头抚须,认真看天上白云。张相公惊愕无比地扭动脖颈,看向南面那张素面屏风。

方才没注意,他现在才看到,这屏风后影影绰绰,竟是站着一个妙龄少女。

那少女快速地从屏风后探了一个头出来,跟张相公打声招呼,听到了脚步声,她又快速地躲回屏风后了。

这位正是刘相公最宠的孙女,刘若竹小娘子。

小娘子今年已经豆蔻年龄,但是刘相公宠爱孙女,看哪个郎君都看不上,不愿把孙女嫁出去。

而今天……这都隔着屏风相看了,刘相公的心思,显而易见了。

张相公一下子对言尚产生兴趣了,刘相公把自己的宝贝孙女都拿出来了,他倒要仔细看看这个言二郎,到底是什么样的风采,能让刘相公这般看重。

言尚过来时,便向刘相公和张相公请安。

张相公看他:"你是不是向我行过卷,我却没搭理你?你现在有没有怪我当初不理你啊?"

言尚笑了笑,说道:"相公日理万机,怎能总是盯着我等这样的小人物?行卷本是一个机会,有也好,没有也没什么。怎能因为对方不赏识自己,而心生怨怼呢?且张相公多年来为朝廷选举了那般多的人才,尚敬佩还来不及,怎能因自己没得到相公的赏识,就怪相公?

"相公这般问,让尚惭愧了。"

张相公面色古怪,看向刘相公。

刘相公挑眉,对他笑一笑,意味深长:看到了吧?此人就是这般会说话。不然当初三堂会审,他也不可能一个人把三方人马全都说服。

偏言尚不卑不亢,态度温和,并不是那类急切献媚的风格,就很让人生好感了。

张相公跟刘相公使眼色:我看出来你为什么欣赏他了。他和你年轻时的作风一样啊,谦谦君子,八面玲珑。

刘相公唇角笑意加深,却笑而不语。便由张相公做主,继续问言尚几个问题,角度刁钻无比。

刘相公的孙女，刘若竹躲在屏风后，悄悄看言尚。

前几日她阿爷回来，就与她说了。说现在有一个言二郎，阿爷非常看好。若这个言二郎懂事，知道登府来拜，就让她相看一番。若是言二郎不懂事，都不知道来拜，此事便作罢。

所以三日前，刘若竹就开始浮想联翩，想是什么样的少年郎，让阿爷这般喜欢。

她父母做主不了她的婚事，全凭阿爷做主。刘家上下都信任刘相公的眼光，刘若竹想了三日这个少年郎该是什么样子，而今她躲在屏风后悄悄看——

看他身形萧肃，灼然玉举，颇有古风。

他的声音很柔和，说话极有自己的一套韵律，不紧不慢，那个张爷爷问话问得尖锐了，他语气也不见急促，可见是个很有自己章程的人。

他时而侧过脸，时而微笑。

原来他的眉毛那般悠长，眼睛里不说话时也带着三分笑意。他的鼻子很好看，抿唇时的样子也很有气质……在光影斑驳的大堂前站立，刘若竹的心已经深深被他牵动。

"晴浦晚风寒，青山玉骨瘦"。

他就是那"青山玉骨瘦"啊。

刘若竹红着脸，捂着怦怦心脏，心里非常满意阿爷要为她做主的这门婚事。她就等着阿爷什么时候跟言二郎提起……虽然言二郎现在出身差一些，但是阿爷眼光不会错，刘若竹根本不担心这个。

她只忧心这位郎君会不会喜欢自己。

她希望他喜欢自己，而不是看在阿爷的面子上对她点头。

张相公问了些问题，言尚对答如流。

张相公和刘相公很快看出，言尚的学问还是可以的，只是诗赋这方面，他实在普通，挖掘不出什么才华；但是问起政务见解，言尚的回答就不会如他对诗赋那样毫无见解了。

张相公点了头。

刘相公便更满意了。

刘相公笑道:"你从三堂会审走过,已经是朝廷不可多得的人才了。我如果直接让你进中书省当官,你意下如何呢?"

言尚从那位刘相公追着他不停问朝廷几个部之间的话,就猜到对方有意授官了。不过言尚也有自己的想法。

他温声:"自是不敢驳相公。只是尚已经读书数月,即将参加十月份的制考。尚虽不才,却仍想试一试自己的本事。难得能在弘文馆,有如此多时间读书,当是人生难得一机会。尚不愿浪费,亦有许多不解的问题,想讨教刘相公,只是怕相公嫌麻烦而已。"

气氛一下子微冷。

张相公挑了挑眉,似笑非笑。如他这样在官场沉浸多年的人,当然一下子听出言尚的拒绝之意。哪怕对方说得再委婉。

哇。

刘老头被拒绝了。

这出戏好看。

刘相公面不改色,盯着言尚半晌,点了点头:"你想多读书,有一辈子的时间。不是说你现在在弘文馆为了制考要读书,等你当官了,就高枕无忧,再不必读书了。你当一生手不释卷,才能弥补自己和他人的差距。"

他暗里损言尚出身寒门,和世家子弟的差距甚大。

言尚拱手:"多谢相公教诲。"

刘相公:"嗯。"

如此又寒暄了两句,言尚告退。

他离开后,刘相公就沉了脸。

他的孙女从屏风后跑出来,跺脚怪罪:"阿爷!你怎么这样!你都没提我的婚事!"

张相公故意道:"刘老头怎么不收人家当弟子了,怎么不把孙女许给人家了?是不是因为人家一句话,你就看不上人家了?"

刘相公瞥自己那个不嫌事大的同僚一眼。

刘相公道:"言素臣性子竟有傲气一面,我是真没想到。呵,既然有傲骨,那我便要多磨磨他了。"

张相公啧啧:"还没当人老师呢,就要磨人家了。素臣可真是可怜啊。"

第六十一章

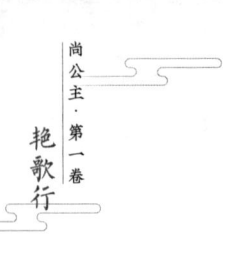

郑氏族人全部被发配南疆，预示着这波轰轰烈烈的豪强整治开始收尾。

庐陵长公主交出了皇帝曾专为她建的宫观，搬去了其他行宫养心。

许多美男子都被迫离开了她，下狱的下狱，远走的远走。当日风光无限的庐陵长公主，今日躲在长安郊区一行宫，颇有些凄凉。

七月流火之日，冯献遇从官署出来，特意去郊外拜访长公主。

院中景致依然精致，花草繁茂，冯献遇一路走来，却总觉得不过是强撑面子，维护长公主的那点威严罢了。

隔着帷帐，冯献遇拜见长公主时，见帷帐内，有两个年龄轻些的戏子正跪在那尊贵无比的女郎脚下。两个戏子嘻嘻哈哈，正在逗公主开心。

庐陵长公主掀眼皮，看到冯献遇来，挥手就让身边人退下。两个戏子不甘心地退下时，狠狠瞪了冯献遇一眼，觉得就是这个人总是劝说长公主把自己等人送走，实在可恶。

冯献遇神色不变，他到底是士人，心有傲骨，哪里会和这些不懂事的戏子计较。

待室中清静了，冯献遇才向长公主报说："豪强之整治渐渐收尾，太子殿下私下说，感谢殿下做出的牺牲，他不会忘了的。"

庐陵长公主冷笑，慢声："但愿他真的不会忘。"

冯献遇不语。

知道她是强充脸面才这么说。现在主动权在太子手中，长公主……到底依附于皇帝，一旦皇帝不管她了，她便是弃子了。

长公主低声，微有些哀意："你说，陛下为什么不肯见我，为什么不再疼一疼我呢？是不是因为现在有丹阳那个丫头陪在他身边，他就忘了我了？还是他是在给太子造势，所以给太子面子？我皇兄为什么这么对我？"

冯献遇半晌后道："雷霆雨露，皆是君恩。陛下天威难测，谁又真的说得清呢？总之，殿下如今在此处休养，比还在长安要好些。待过些日子，比如年底大典，殿下进宫重新见了陛下，也许就能恩宠如昔了。"

长公主幽幽道:"我弄不懂我皇兄这个人的心思。说他爱权,可他轻轻松松就把兵权和财权全都交了出去,给他的儿子们磨炼;说他不爱权,可他还是牢牢把控着一切方向;说他疼爱皇子,然而这次晋王腿受伤,明面上没人说,他就当不知道;说他不疼爱皇子,可是他都给太子、摇摇机会去赢得声望了……"

"我弄不懂他。"

冯献遇道:"殿下不必操心那些。殿下是长公主,只要陛下还在一日,殿下不做得太过分,就没人敢动殿下。这一次他们也只是动一动那些附庸殿下的人而已。只要殿下忍耐,仍有回到从前的可能。"

庐陵长公主轻声:"冯郎,你且过来。"

帷帐微扬,站在帐后的冯献遇身子微微一僵,抬目看向帐后的女郎。

长公主幽声:"好久没见到你了。你自从去做了那校书郎,来看我的时候少多了。我颇为想念你。冯郎,过来,让我仔细看看你。"

冯献遇静了静,才起身走向前。

帘帐掀开又落下,珠玉声轻轻撞击。

帐后影影绰绰中,郎君与女郎搂抱在了一处。他一身清凉,她面若桃红。

情潮淹没他们,即将退去的夏日午后蝉鸣声低弱,偶尔响起两声。

避暑山庄之行结束了。

夏日结束,豪强之整治落幕,皇帝人不在长安,却看了整整一个月的戏。

这出戏由他的儿女们齐力唱完,也许只有玉阳公主没有参与其中,让皇帝将他们每个人的心思仔细看了一遍。

看够了戏,天也不热了,皇帝便摆驾回宫。丹阳公主陪驾一个多月,也终于能返回公主府了。

一个月的伴驾,让公主和皇帝的感情亲昵了很多。

偶尔会有玩笑声。

丹阳公主陪皇帝用膳时,还学会了撒娇、逗趣。皇帝心情愉快,喜欢小女儿重新变得贴心。

不管真假,所有人都在努力扮演着自己的角色,都在努力将自己的形象演好。

只是从避暑山庄离去时,暮晚摇仍将春华从晋王府接到了自己身边。暮晚

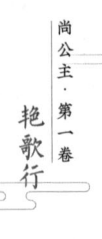

摇的说法是，她可以将春华送给晋王，但是晋王要正儿八经地纳春华进王府。

一个公主的侍女进了晋王府，也许做不了贵妾，但能给的尊贵，晋王一定要给。

这一个月，晋王大约也精疲力竭，再加上暮晚摇刚失去了郑氏一族，正是心情最差的时候。晋王便不触她的霉头，轻松答应了认真纳春华进府的要求。

七月底，暮晚摇在自己的府巷门口下车。

倒不是马车不肯进巷子，而是巷口有人，挡住了马车的路。马车还要跟巷口的人协商、让人让路，暮晚摇已经不耐烦地下了车，华美裙裾散在了地上。

有两个侍女跟随公主殿下下车，中间没有春华。春华躲在另一车中，身体不适，不便下车伺候公主。

暮晚摇看到了言尚。

他当然不知道她什么时候会回来，所以在巷口看到，也不过是巧遇。

暮晚摇见到他在巷子口弯着身，周围围了一群稚童幼子。言尚和他的三两个仆从手中都端着铜碗，在小孩的吵闹声中，他们将铜碗中的饴糖分发给小孩子们。

言尚声音清润："不要急不要急，每个人都有。"

他的贴身小厮云书嗓门比自家郎君大多了："你们乖一点，不要揪我们郎君的腰带！"

丹阳公主一行人猝不及防地出现，让这里每个人都怔了一下。暮晚摇扶着侍女的手下了马车，巷口的人全都来请安。

言尚背对着她，听到动静，他回过身来，看向她。

刹那转身，他衣袍被风掠动，发带也跟着飘逸飞扬。而他转头来看她，手中仍托着铜碗，眼睛却一瞬不错地看着她。双目湛湛，目光明亮如玉。

暮晚摇静静凝视他，目光一寸寸扫过他的眉眼，掠过他的衣领和脖颈，将他全身看了一遍。

没人说话，周围人感觉到空气中有什么很不一样。

言尚半晌才移开与她对视的目光，随人一同向她弯身作揖，声音里带着一丝笑："殿下回来了？"

暮晚摇移开目光，不看他的眼睛。她俯眼看他身边围着的小孩子们，问："这是怎么回事？你突然开始收养小孩子了？"

她非常认真地："我不接受一群小孩子和我住同一个巷。你要是日日这么吵我，你就搬出去住。"

言尚叹气笑，笑中又带着七分欢喜。

他跟暮晚摇解释道："是我家中来了信，我嫂嫂怀子十月，终于给我们家生下了第一个小孩。是个男孩子，足足八斤重。我兄长来给我写信，我心中十分高兴，便发些家中寄来的饴糖给周围小孩，与大家共享我心中欢喜。"

他微赧道："倒是我如此兴师动众，打扰了殿下回府。"

暮晚摇默然，心中想了半天，也只模模糊糊地想起来言尚的大哥是个身材魁梧的男人。具体长相暮晚摇已经记不清，但勉强记得他大哥是个很憨厚好说话的人。

正是好说话，言家大小事务才会任由言家二郎操管，大郎根本说不上话。

不过言尚现在到了长安，言家的事务重新落到了言家大郎头上。那个言大郎，现在居然都生儿子了……言尚这是在为他大哥发糖庆祝。

暮晚摇低头看看言尚周围的小孩子们，都是贵族小孩，衣着精致，面如玉雪，却一个个都扒着言尚，看似十分喜欢言尚。

暮晚摇淡声："你喜欢小孩？"

言尚笑了笑，低头看眼自己身边的小孩子，说道："谁不喜欢呢？"

暮晚摇："我不喜欢。"

空气静一瞬。

她嘲讽地看着他："是不是觉得我身为女子却不喜小孩，很不可理喻？"

言尚道："……各人有所偏爱，本也正常。并没有身为女子就必须喜欢小孩子的说法。"

暮晚摇嘴角轻轻勾扯一下，不说话了。

她再次找到了自己和言尚之间的一道极深鸿沟，在过了一个月，她正喜欢和他重逢的时候。

现实一遍遍提醒她，她与言尚有多不合适。

他喜欢小孩子，可她大约永远不会有喜不喜欢的机会。

暮晚摇不再搭理言尚，抬步向自己的府邸走去。言尚在原地微微停了一会儿，就将手中铜碗递给仆从，追了上来。

他轻轻扯了一下她的袖子，暮晚摇看去，他将一块饴糖递过来。

暮晚摇："我才不喜欢这种哄小孩子的糖。"

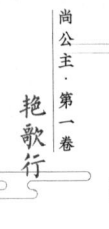

然而言尚记得在岭南时,她生病的时候,那么喜欢吃糖。

言尚道:"就当殿下与我一同庆我兄长生子之喜,好不好? 我送殿下几颗糖,殿下给我兄长一分面子,好不好?"

暮晚摇看他一眼,他抬目看她。她心里微乱,移开了目光,却没反驳。

言尚便微微一笑。

跟她跟到了公主府,暮晚摇抬步就要登公主府的台阶,她一回头,见言尚还跟着。

暮晚摇:"……你还跟着我干什么? 你这般闲吗?"

言尚脸微有些红。

他低声:"我夜里去找你,好不好?"

暮晚摇:"……"

她心情复杂,心想夜里找她干什么,总不会是盖棉被纯聊天吧? 司马昭之心,未免太明显!

暮晚摇却苦于没想明白自己和言尚之间应该怎么办,而不知怎么回答。

要她咬牙跟言尚断了,说自己从来没对他感兴趣过,他不要纠缠她,她狠不下心;要她甜甜蜜蜜无所顾忌地和言尚在一起,她怕情不自禁,也怕言尚被自己所误。

她既然给不了他承诺,便只是耽误他。

可她终是太过贪恋言尚的好……就如他塞到她手中的这枚糖一般。这般甜而不腻,才刚刚尝了一口就要扔掉,谁忍心呢?

暮晚摇发了一会儿呆,言尚再次轻轻扯了一下她的衣袖。他说:"殿下有什么话,不能进去再说吗? 非要与我在府邸门口这般纠缠吗?"

暮晚摇:"……"

是她想纠缠吗?!

是他非要说什么夜里找她,让她很纠结啊。

暮晚摇一把将自己的衣袖从他手中扯走,客气无比:"我十分忙碌,没空理你。你好好读书吧,不要整日想些有的没的,耽误你自己,也耽误我的时间。"

言尚怔一下,抬目看她,似探寻她到底是什么意思。

暮晚摇躲开他目光,怕他看出她的犹豫不决,赶紧进府。因为动作匆忙,她还被台阶绊了一下,听身后言尚似叹了一声,暮晚摇当即回头,红着脸恼怒看他。

他便移开目光,当作没看到她被台阶差点绊倒那一幕。然而他身形萧肃落拓,唇角挂着一丝笑,让暮晚摇更是羞恼。

夜里,暮晚摇推开客房的门,见春华正伏于案上写信。

因明日晋王府会派人来接春华入王府,春华住在侍女房已经不合适。暮晚摇专门为她空了一间房,她推门而入看自己昔日的侍女,春华站起来,有些仓促地向公主行礼。

春华腹中胎儿已经两月有余,尚没有行动不便,这个胎儿却时常让自己的母亲孕吐难受。

然而渐渐地,春华身上也有了母亲才有的朦胧美感。

春华迎公主入座,跪坐在公主裙裾旁边,低头:"殿下。"

暮晚摇拿过她放在案上那封信,见是写给刘文吉的。

暮晚摇随意扫了几眼,春华轻声解释:"我与刘郎说,说我病重,命不久矣。请他不要念着我,在我去后,也不要来找我。我是干干净净的,是公主府上的侍女。我不愿在我死后,被人说我与外男纠缠不清,损坏公主府的名誉。"

春华靠坐在暮晚摇膝盖边,望着虚空,轻声喃喃:"殿下在我入王府后,刘郎再写信来问,殿下就将我今日的信送出去吧。告诉他,我已经不在了,让他不要挂念我,好好生活。"

她目中噙泪,勉强笑了一下,笑得却很干:"他之前不是准备娶我吗?不是采纳什么都在准备了吗? 多好,现在也不用多准备。再遇上一个好女郎,直接就能提亲。我在信中,要他好好待人家女郎,不要跟任何人说起我。

"就当、就当……我从来没有与他好过一样吧。"

暮晚摇拿着信的手指轻轻颤一下,感觉到自己的心脏猛地被攥住,要喘不上气一般。

她难受得要紧,偏了偏头,哑声:"我会帮你多照拂一下刘文吉。他明年要是还考不中进士,我不会再等着他四处求人,直接会给他安排官做。

"你放心。他若不和我的利益为敌,我便一直会多护着他一点。"

春华微笑:"那便好。"

室中静谧,主仆二人良久无言。

好一会儿,暮晚摇低头看到地衣上,一滴滴,有泪水溅落。

暮晚摇怔一下,跪在了地上,让春华抬头看她。

春华仰起脸,脸上果然全是泪。

春华含着泪,笑问暮晚摇:"殿下,我进晋王府,有没有帮到你?我有没有耽误你的事,有没有做无用功,有没有让你为难?"

这一瞬间,暮晚摇眼中的泪已经涌到了眼底。

她却咬牙忍住,让自己坚强。侍女柔弱,她不能弱。她还要撑着这个公主府呢。春华进了晋王府后,若是过得不好,还得依靠她呢。

暮晚摇骂道:"傻子!你当然帮到我了。你帮我争取到了时间,给了我时间去安排。

"你只是被人算计了。你只是一枚棋子。他们必须让你这枚棋子发挥作用,他们是一定要你进晋王府,才能间离我和太子殿下……你没有选择的机会,你也没有错。你没有做无用功,当然也没有让我为难。

"你只是一个侍女,不必考虑太多那些人的算计。不过日后进了晋王府,瓜田李下,我便不能多管你了。你要低调……腹中的孩子若是能活下来,成了晋王府中的第一个孩子,你要紧跟着晋王妃。只有晋王妃能保护你,只有晋王妃有立场为你做主。

"你就如服侍我一般去服侍晋王妃……"

春华哽咽,却点头。

暮晚摇咬牙切齿:"还有,和你的母兄一家断了!不要再和他们联系了!"

春华目露哀色,惨然道:"自然。我不会再重蹈覆辙了。日后我只每年给他们一点钱,却再不会和他们见面,再不会给他们机会算计我了。人这一辈子,没有亲人……其实也能过。所以殿下也不要为亲人而难过。"

暮晚摇道:"我本来就没有为亲人难过。"

春华无奈一笑,知道公主当然不承认。她仰头看着暮晚摇,低声:"那么殿下,舍了我吧。日后不要再念着我了。"

她泪水挂在睫毛上,轻声重复:"舍了我吧。"

暮晚摇从手指到心脏,因这句"舍了我吧",而痛得发麻。她绷着腮,一把将春华抱入怀中。二女身子都轻轻颤抖,春华想说这不合适,可她到底是颤巍巍地伸手,抱住了公主瘦弱的肩膀。

她想她还是帮到了公主一点。

这便好。

虽只是她一人落泪,公主一滴泪都没有。但公主心中的难受,春华想自己是知道的。

次日,晋王府果然派人来了丹阳公主府,留下了纳妾的彩礼,迎春华上了马车。

春华穿上她之前从未穿过的华裳,接受她之前从未得到过的主人才有的行礼。进了晋王府,从此后她便不是侍女,而是晋王的妾了。从婢女一跃升至主人,大家都应该高兴。

公主府也多了些祝福的声音。

暮晚摇面无表情地站在公主府门口,到底春华是她的贴身侍女,她这么专程出来看一眼,也算是给春华的面子。

暮晚摇站在公主府门口,看到对面的言尚也出来了。他立在府门口看着她,目中关切。

暮晚摇向他摇摇头,表示自己无事,他不必担心。

一切都很正常,只是马车行出巷口的时候,突然有一个人从外面钻了出来,奔向那马车,大喊着追去:"春华!春华!"

坐在车中的春华一下子僵住,手扶在了车门上,听出了这是谁的声音。

立在巷子里的暮晚摇和言尚也一下子愣住,暮晚摇还没想起来这是谁,就看对面的言尚脸色一变,言尚下了台阶就向巷口大步奔去。暮晚摇看到这般动静才猜出来,当是刘文吉。

暮晚摇一下子看向方桐,方桐等人连忙跟上言二郎。

暮晚摇也心跳怦怦,提起裙裾跟着他们追出,唯恐今日事生变。

唯恐这件事给春华在晋王府的开局造成误会。

刘文吉追着那马车,他手中拿着一封信,大喊道:"春华!春华!我知道你在车中!你骗我说你生了病,怕染给我让我不要见你。但是春华,春华!我怎么能不担心!怎么能不管你!"

他追着马车,嘶声:"你要去哪里?你没有生病对不对?春华、春华……相亲勿相忘,努力爱春华!你忘了吗!你忘了吗!"

周围卫士们堵住他,按住他。他奋力想闯出去,他和那些卫士动手,挣出他们的手,向前又奔了两步,再次被公主府上的卫士按住。

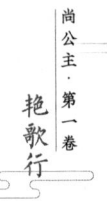

刘文吉摔在地上，眼睁睁看着那马车远离他而去，马车四周跟随的卫士和侍女有奇怪的，回头看过来。

刘文吉大喊："相亲勿相忘，努力爱春华！"

他被按在地上，衣袍上沾了泥土，他声音更大更哑。忽然言尚过去，一把捂住了他的嘴。言尚挡住那些要将刘文吉打压在地上动弹不得的卫士，他将自己这个朋友抱在怀里，只用手捂住刘文吉的嘴，让他不要发出声音。

卫士们："二郎……"

言尚声音微绷："我来！你们不要动手！"

卫士们却怕刘文吉再喊出不合时宜的话，看言二郎不肯躲，也只能动手……却是暮晚摇声音紧跟而来："你们疯了！谁许你们动言尚！都给我住手！"

言尚从后抱住刘文吉的身体，挡住他的嘴，声音带一丝颤，低声："文吉，不要出声，不要出声！事已至此，事已至此……为了她好，不要毁她名声！"

刘文吉目中含着热泪，他因为被卫士打揍，脸上沾了土，眼角也有瘀青痕迹。

他愤怒地看着言尚，挣扎着用眼神质问言尚。

言尚闭目颤声："我会告诉你一切的，我会告诉你……但是你不要去打扰她。

"要让她好，要让她去高处，要让她心无旁骛。对不对？"

言尚捂住刘文吉的手上，一滴热泪溅在他手背。

暮晚摇站在巷口，看到言尚跪在地上，一点也不嫌弃地抱住刘文吉，搂住刘文吉。

那马车远去，车中哭成泪人的女郎从始至终不曾掀开帘子看一眼。公主府的人压住了这一切，没有让这事的影响扩大。到见不到那马车了，言尚才松开手，他的手已经被刘文吉咬得满是血痕，让暮晚摇看得着急无比。

刘文吉一下子失去力气，跌靠在言尚怀里，发出惨痛哭声："为什么要这样……为什么这样！"

暮晚摇怔然看着这一切。

她走过来，蹲在言尚身边，拉住言尚的手，看他手上被咬出的血。刘文吉崩溃大哭，春华已去王府，暮晚摇只安静地蹲在这里，看着言尚的手。

言尚侧脸来看她一眼，目中依然温润。

他低声与她笑一下："没事，别担心我，先带刘兄回去。"

暮晚摇握着言尚流血的手，一言不发，脸色冷淡，她只是轻轻将额头抵在他肩上。只有这样，她才觉得自己能从刘文吉和春华的悲剧中走出来一点。

她知道，她是不可能放下这个人的。她的理智让她远离，她的心让她靠近。

言尚太好了……哪怕他对谁都好，她也不可能会舍得放开他的手。

第六十二章

春华离开公主府入晋王府，只是一个极不重要的插曲。因筹谋此事的人的目的没有达成，没有达成目的的筹谋，便也没有意义。

如今长安士人中最津津乐道的，还是言尚言素臣。

又有小道消息，刘相公曾想让言尚直接进中书省，却被言尚拒绝了。因言尚仍想试一试十月份的制考。

众士人，便又是错愕，又是嫉妒，又是羡慕，还很惋惜。

中书省是何等重要的朝廷一部！若是能进中书省，日后就算不能为宰为相，也前途光明……士人们百般奋求而求不得的前程，被言尚轻易拒绝。哪怕言尚此人人品为人所称赞，此举却到底让人羡慕嫉妒，让人心情复杂啊。

不说寒门子弟嫉妒，就是世家子弟，一时都有些绷不住。

言尚的风采传遍长安城的时候，赵灵妃正在家中小武场提着枪练武。

赵家公赵野是当朝国子祭酒，国子祭酒这个官职，品级高，但清闲清贵，是文臣们非常羡慕的一个官职。

然而这种没有实权的官职不能接触实政，对于一直努力攀附权势、想让家族更进一步的赵公来说，他是非常不喜欢自己这个官职的。

赵公沉着脸走进自家后院，又听到了小武场那边传来的舞刀弄枪的声音。这让他一下子更为头痛——想要权贵没有，是种痛；自己一个文人有一个喜欢打打杀杀的女儿，也是种痛。

但是今日再听到赵五娘在家里练武的动静，赵公不像往日一般提起女儿就头疼，反而若有所思。

赵公问身边小厮："五娘最近都在做什么？可有出门？"

小厮回答:"娘子大部分时候都在练武、读书,偶尔出门,也不过是去酒肆喝喝酒,听听说书。"

小厮多嘴一句:"娘子最近没有惹祸。"

赵公瞪眼多嘴的小厮:没有惹祸都能成了一个女孩子的优点了?!

赵公一甩袖,去了家里最不得自己喜欢的地方——小武场。

日光下,他站在长廊角落,看到少女娇小,一身骑装,额上渗着的汗在日光下发出珍珠般的光。

她目光明亮专注,手持长枪,在空旷的武场中舞得赫赫生风。每一抢,都有破空风声,让围观的家中仆从心肝战栗。

然而这般暴力的娘子,相貌又娇俏明媚,她停下来时侍女给她擦汗,她便又笑得无忧无虑了。

赵公哀叹口气,心想五娘子说亲不易,除了自己的原因,也有这个女儿武力太强的原因。早知今日,以前五娘还小的时候,就不让五娘总跟着杨嗣那小子混了。好端端一个女孩子,现在成了什么样子?

赵公唤道:"灵妃!"

赵灵妃立在武器架旁擦汗,听到自己阿父的唤声,扭头看到人,她诧异了一下。因自己阿父讨厌自己练武,父女二人经常为此争吵。赵公是连回内宅都宁可绕远路,也不想路过小武场的。

赵灵妃跑了过去,在赵公眼角直抽的凝视下,廊外的漂亮女儿连路都不好好走,她手在廊外栏杆上轻轻扶了一把,人就灵活无比地跳了过来,跳进了长廊里。

这跳跃的高度和能力……一般郎君也做不到吧?

赵灵妃笑盈盈:"阿父,你今天怎么来看我啦?难道是又要我去相看哪家好郎君吗?我说了,你挑的那些,我都看不上!"

赵公说起这个就生气:"你一个女孩子整天打打杀杀,旁人好郎君还看不上你呢!谁不怕把你娶进门,被你打得半身残废?"

赵灵妃踢着脚下石子,漫不经心道:"我是讲道理的,又不是见谁都打。好好的郎君我打人家干吗?不做恶事我打人家干吗?有的郎君自己做的坏事一堆,还嫌我不够温柔贤惠……世间却也有郎君是真的朗如明月,君子风范。这种郎君我只会敬佩,才不会打。"

她是又想到了言尚,说话间便多了很多惆怅意味,又隐有些脸红。

赵公看着她这样，顿一下道："那个言二郎，你最近没有再去找过他了吗？"

赵灵妃偏头，黑葡萄一般的眼睛盯着自己父亲："你不是不喜欢我去找他吗？说他贫寒配不上我们？我早就不找他了。"

赵公咳嗽一声，然后郑重道："我现在发现是为父太过狭隘了。言二郎是个人物，你若喜欢人家，怎能我说你两句，你就放弃了？"

赵灵妃当然不是因为自己阿父的两句话而放弃的。

她盯着赵公半晌，似笑非笑："哦，我明白了。你现在是看言二哥的名望在长安传播，又知道连刘相公都欣赏他……你着急了，觉得这种人物应该拉拢。所以你想起我来了，希望我靠旧情，拉拢言二哥，帮你在官场打开局面，帮赵家再上一层楼。"

听女儿唤言尚为"言二哥"，赵公心悦女儿和言尚的关系好。

又听女儿一针见血地指出他的心思，赵公难免难堪。

他恼怒道："我这也是为了家族好！"

赵灵妃望天，不屑地："哈！"

赵公："总之，我同意你和言二郎的婚事了！"

赵灵妃手背后："那又怎样？我才不会因为你看好言二哥，就去打扰他！"

赵公："……你这个小娘子，是不是有什么毛病？以前被我关起来也喊着要找郎君的勇气呢？"

赵灵妃道："我不是没有勇气。只要言二哥喜欢我，刀山火海我都敢闯一闯。言二哥不喜欢我，只要我喜欢他，我便有一腔勇气付与他。但是现在问题是，言二哥忙着考试，长安中想和他攀交情的人太多了。他已经事情很多了，我不想再去麻烦他，让他烦恼。

"何况我目前配不上言二哥。我听说书的讲了言二哥杀那郑氏家主的事，我才明白公主殿下当日说的是对的。我听了言二哥所为，我心中又敬佩，又害怕。敬佩他只是待诏官，却敢动手杀人；害怕他这般当机立断，我若是他身边的人，若是不能理解，恨上他找麻烦，那该如何？"

赵灵妃垂头，自嘲一笑："总之，我现在是不配和言二哥在一起的。待我什么时候能理解他了，那时他若还没有成亲，我便去找他……我希望我早日成长起来，在言二哥娶妻之前我就能理解他！"

赵公："……"

他道："你这个小娘子，是疯了吧？整日不知道你在胡言乱语些什么！"

赵灵妃摆摆手，反正她和她阿父的思想从来就不一样。吵是已经吵了这么多年，彼此理解不了，也没必要说太多的。

赵灵妃："阿父没其他事的话我继续去练武了！明日我和杨三表哥约了蹴鞠，阿父可以让我阿母也过去看看吗？"

赵公："一身臭汗，有什么好看的！女孩子要娴静优雅！"

说罢，他怒气冲冲走了。

傍晚的时候，言尚在自己的房舍中，拿药粉为刘文吉上药。

刘文吉呆呆坐了几个时辰，听了言尚的说法，又去洗漱了一下。现在刘文吉换下了那身满是泥土的衣衫，穿着言尚的旧衣，坐在言尚这里，发呆便发呆了很久。

刘文吉眼角、嘴角，都被公主府的卫士打出了瘀青。言尚帮他上药时，他却一点反应也没有，好似一点也不疼。

刘文吉无疑是清隽的少年郎，如此哪怕脸上有伤，也只是多了些可怜无辜的气质。只是平日刘文吉身上那种明亮的、向上的傲气，此时浑然不见。他整个人，都好似蒙上了一层灰。

言尚收拾了药粉后，坐在他对面，低声："……总之，就是这样。春华被人利用成了棋子，她没有办法，只能进晋王府。"

刘文吉垂着眼："可是她在进晋王府前，就怀孕了。如果不是有这个胎儿，不是怀了皇家子嗣，也许还有转圜余地。"

言尚静默片刻，道："有什么转圜余地呢？怀了皇嗣却想偷偷打掉，这是死罪。不被人发现还好……但谁能保证一辈子不被发现呢？何况，公主与我说，春华若是流了这胎，下一胎可能也怀不上了。一个女郎，若是一生没有自己的孩子，她所遭受的异样目光，有几人能够承受？

"你怎忍心，春华走到那一步呢？你是家中独子，你必然要有子嗣。纵使你现在说自己愿意为了春华放弃，可你父亲、你母亲会同意吗？他们会如何看待春华？他们会觉得这个妖女，毁了刘家，会恨你的妻子。

"春华已做出了自己的选择，你也该接受才是。"

刘文吉捂着脸，慢慢躬身，将脸埋在了手掌中。

他声音哽咽道："我明白、我都明白！你言二这般讲道理，将事情拆碎了分析给我听，我如何能不明白……可是我与春华的一腔爱恋，谁能赔给我们？我只是委屈，只是不甘。

"在我不知道的时候，春华怀了晋王的孩子。在我知道的时候，一切局势已经无法挽回。我直接跳过了生气、不甘、嫉妒……所有环节，我直接要接受我爱慕的女郎要给郡王做妾的结局。我太、太……难受了。"

言尚无言，听到了多年朋友闷在掌心中的哭声。

刘文吉肩膀颤抖，言尚无声地拍了拍他的肩，与他坐在一起，用陪伴来安慰他。言尚是个共情极强的人，他轻易就能对旁人的际遇感同身受，所以刘文吉脸闷在掌心哭泣的时候，言尚也感觉到那揪心一般的沉痛感。

言尚低声："别怪春华。"

刘文吉哽咽着。

言尚："你过好自己的人生，她的离开才有意义。"

刘文吉肩膀颤得更厉害。

言尚有些迷惘地，缓缓道："如今我们势单力薄，对此无能为力。也许待你入了朝，待你有了官位，才有法子……"

刘文吉："有什么法子？"

他从手掌中抬起了脸，眼圈烫红，热泪滚落。

刘文吉发着抖："你是想让我忍下去，怕我去做傻事，想说服我君子报仇十年不晚吗？可是素臣，君子报仇，固然十年不晚。可是我该向谁去报仇呢？这整件事……是一个怪圈啊！"

他声音变得愤恨："我去向想利用这一切的秦王去报仇吗？

"还是去向要卖了自己妹妹的春华兄长报仇？

"还是那逼迫春华兄长出卖田舍的郑氏一族？

"抑或是强占了春华的晋王？

"逼着春华入晋王府的晋王妃？

"再或者是冷眼看着这一切发展、心知肚明却出不了力的你们所有人？"

言尚发怔。

看刘文吉哆哆嗦嗦地站了起来，立在屋中。刘文吉凄然地、失望地，向言尚看过来。

刘文吉惨声："那我要报仇的人是不是太多了点？我一介文士，我是要挑战整个皇权，才能报得了我的仇吗？难道他们做的一切事，是为了欺辱春华？素臣，你知道这件事中最悲哀的是什么吗？是春华和我是被牺牲的，可是我一无所知，春华无能为力。

"我们是被牺牲的。可是整件事、整件事……我和春华甚至是最没有意义的那个部分！

"秦王在乎我们吗？他这一切筹谋难道是为了对付我和春华？晋王在乎我们吗？他只是要一个怀了他孩子的侍女进他的府，他并不关心其他的。或者是丹阳公主，或者是高高在上的太子殿下……这件事对他们的意义是整治豪强，恢复天下清明。"

刘文吉空空地站在地上，垂着脸落泪。

他喃声："我们才是最不重要的。你说，素臣，我纵使要报仇，我去向谁报仇啊？我都找不出一个直接缘故来。"

言尚静然。

他怔怔看着凄凉的刘文吉，第一次在自己的好友身上，意识到了政治的可怕。

政治是个怪物，它让所有人变得面目全非，让所有事变得无能为力。

这个可怕的怪物，吞噬着他们……悲凉的却是，无能为力啊。

再半个时辰，言尚领着刘文吉到隔壁的公主府请见。

刘文吉第一次来公主府，不是来见春华，而是拜见公主。

公主府富丽堂皇，夜里灯火通明，自有繁茂景致。刘文吉却无心欣赏，他只失魂落魄地跟在言尚的身后，看着好友修挺如竹的背影，听好友声音轻柔地与公主府上的人打招呼。

夜里暮晚摇自然不会在正堂见人。他们进了公主府的内宅寝堂，侍女们让刘文吉在这里稍等。

言尚对刘文吉温声："刘兄稍等一下，我与殿下说两句话，殿下便会召见你的。"

刘文吉无可无不可地点了点头，他眼睛空茫茫的，对一切都无所谓了。

知道他今日受到的打击太大，言尚叹口气，也不多说了。

侍女为言尚打了帘子，言尚便进去了公主的寝舍。

据说是暮晚摇头疼，下午时睡了一会儿，现在才睡醒。所以见刘文吉得等一会儿，暮晚摇现在没心情见人。

言尚进去时，见暮晚摇正坐在窗下写字。

织金如纱的帷帘飞扬，帐下女郎，发髻松绾，浮翠流丹。

言尚稀奇地盯着她素白纤长的手指看了几眼，他倒是第一次看到暮晚摇有提笔写字的时候。通常情况下，所有文字书信，都是交给身边人的，暮晚摇很少自己动笔。

暮晚摇冷声："看什么？"

言尚回神，问："殿下在写什么？"

暮晚摇淡漠地："给几个朝臣写信，让他们在朝堂上攻击贵妃最近的一些行为。"

言尚有些不解："这是何意？"

暮晚摇言简意赅："贵妃是我三哥秦王的生母。"

言尚一下子便懂了。

暮晚摇是在为秦王之前的事报复回去。

秦王让暮晚摇损失了郑氏一族，暮晚摇现在腾出手了，就要借贵妃，把自己损失的清算一下，也要秦王付出代价。

盯着公主冰冷的侧脸，言尚再次想到刘文吉之前的哭诉……政治这个怪物，让暮晚摇一下子在他视线中，都变得陌生而遥远。

暮晚摇偏了头，看向言尚："你的手怎么样了？"

言尚怔了一下，想起来他的手之前被刘文吉咬得出了血。言尚向暮晚摇走来，抬起袖子让暮晚摇看了下自己已经上过药的手，说："没什么。"

暮晚摇却蹙眉，拉住他的手让他坐下："你这上的什么药？太随便了，我帮你重新上一下。"

言尚被她拉着坐下，又见她让侍女取药来，他目中带了笑，觉得自己之前想错了。政治虽然可怕，暮晚摇却还是他认识的小公主，嘴硬却心软，最是可爱不过。

暮晚摇拉着言尚的手，一边为他上药，一边问："问得怎么样？"

言尚顿一下，说："殿下说得我与刘兄的谈话，好似别有用心一般。"

暮晚摇抬头瞥他，说："我第一天认识你吗，言尚？你不会做任何无用功的。哪怕安慰你的朋友，你也一定会安慰出一些东西来。不然我直接就见刘文吉了，怎么会让你带他走？"

她慵懒道:"说说看吧。"

她漫不经心地,一边拉着他的手,向他的手背上撒一些金色的药粉,一边又低下头,唇挨着他的手,轻轻吹气让药粉散开。

她的红唇几乎贴上他的手指……

那画面,让言尚心脏咚咚,连忙移开目光,掩饰自己瞬间的不自在。

他咳嗽了一声,才道:"春华之前就与刘兄通信。春华在被晋王妃带走后,就打算与刘文吉断了。所以她那时候就写了信,一步步铺垫,起初说自己是小风寒,过两日便好。之后说一直咳嗽,怕传染刘兄,让刘兄不要去找她。之后信断了,按照刘兄的说法,是刘兄以为她在养病。

"但刘兄一直很担心春华的病情。所以昨日殿下回了府,刘文吉今日就悄悄来,想探一探春华的病。不想他见到了春华被带走的一幕……所以这一切都是巧合,并非有人刻意为之。"

暮晚摇点头,道:"下午的时候我回来,便查了一遍公主府,没发现有内应的痕迹。只能说……每个人都有自己的心思,堆到一起,才如此巧合吧。"

她手中拉着言尚的手,已经上完了药,她沉思着这些事,忘了放开言尚的手。

言尚:"……"

他觉得他手都要被她拉得红了。

他轻轻向外挣了一下,暮晚摇才反应过来,放开了他的手。暮晚摇很淡定,言尚却心中微怅,有些失落感。他看眼暮晚摇,再看眼自己和公主之间相隔着一张案几。

这么远的距离,暮晚摇一副公事公办的样子……言尚皱眉,心想情人之间,应该不是这样吧?

他在北里时看到男女之间嬉笑亲昵,纵使正经的情人不会那般腻歪软媚,好似也不应如他和暮晚摇这般,冷静如君臣,隔着一张案,各坐一边吧?

言尚胡思乱想时,暮晚摇手托着腮,缓缓道:"我们复盘一下这件事,对一下,看你我想的是不是一样。"

言尚回神:"好。"

暮晚摇:"最开始,应当是秦王知道了晋王肖想我府上的侍女,利用郑氏的自大和晋王对春华的喜欢,发动了这件事。秦王知道也很容易,只要三哥和五哥在一起喝两杯酒,也许五哥醉酒后会透露出什么,被三哥知道了。

再或者其他缘故……反正得知这件事,并不复杂。"

言尚颔首。

暮晚摇再道:"之后,我认为,五哥也利用了这件事。五哥平时一副不插手政务、远观太子和三哥斗的样子,但是我现在想来,觉得五哥没有那么傻。三哥利用他,他就算一开始不知道,后来也不会不知道。但是五哥当作不知道,按照三哥安排的计划走了下去。

"要么是五哥顺势而为,想要走春华,可以拉拢我背后的李氏,让太子和我生分,不是一件坏事。要么是一开始,三哥和五哥就联手了。也许是太子的尊贵让他们忌惮,父皇今年以来的身体让他们发愁,太子现在又在讨好父皇建园子准备年底大典……他们怕太子因此得到父皇的嘉赏,怕储君之位非太子莫属,所以这两人联手了。"

说完,暮晚摇看向言尚。

言尚目光有些嘉许地看向暮晚摇。

他说:"秦王插手,谁都猜得出。殿下能猜到晋王也不是无辜的,比几个月前,进步了很多。殿下在政治一途,嗅觉远非昔日可比了。"

暮晚摇被他夸得脸红,咳嗽一声道:"而太子说不定也看出来了。太子就在等着我,看我到底怎么选。我选除豪强,恐怕也让太子松口气。因我若不这么选,他可能就要出手了……他到底身后背景不够,轻易不想得罪豪强。所以我出手,他才满意。之后他顺手把姑姑也加入了打压对象,应当是为了钱财。

"他要借这次机会,填满户部。不然一直没钱,东补补西补补,他也很烦。"

言尚点头,借助暮晚摇的分析,他也看出很多事来,便多加几句话。

二人这般合计着,将这些事重新复盘,一时间也看得叹息。

暮晚摇若有所思:"我一直以为五哥不贪图皇位,谁做皇帝他都无所谓……这件事五哥看着像是受害者,不管最后谁输谁赢,五哥都没损失。五哥这样乖巧,看着还跟平日一样……但如果五哥真的和三哥合作了,这才是可怕的。这说明我们一直都小看了五哥。"

言尚说:"还要再看看。"

暮晚摇"嗯"一声:"我会提醒太子的。"

她正要动笔写信时,看言尚微皱了下眉,那个一闪而逝的神色很微妙。暮晚摇看去:"你想到什么了?"

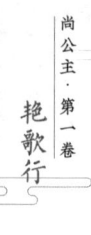

言尚看她一眼，摇头。

隔着张案，暮晚摇一下子就踢掉绣鞋，抬腿向他膝盖踹过来。

言尚膝盖吃痛："……"

他微红脸，膝盖被她玉足踹来，他僵硬着不知该如何反应，暮晚摇已经训道："有什么话就直说！你这个家臣当得这么含蓄做什么？"

言尚叹："我只是怕我猜错了，又没有证据。"

暮晚摇："有没有错跟你有什么关系？你的作用就是帮我找出所有疑点，对不对由我判断。"

言尚便只好说了自己方才那一闪而逝的想法，他慢吞吞道："殿下有没有猜过一种可能，就是所有事情能顺利发展下去，是皇帝陛下的默许？皇帝陛下想看你们这出戏，这出戏才能唱下去？"

他道："我之所以这般想，是因殿下方才说，庐陵长公主曾试图求见陛下，陛下却没见。说明……陛下应该是知道你们在做什么的。"

暮晚摇怔忡。

她与言尚对视。

她说："一开始的郑氏下场，会不会是我父皇的手笔？郑氏虽听我的，但作为我母后的陪嫁，我父皇一定插手过。那我父皇是想除掉我，还是只是除掉郑氏？"

言尚默然。

看暮晚摇脸色苍白，他安抚道："只是我们的猜测而已。皇帝陛下其实什么也没做，不是吗？晋王受箭伤的事，他都没有过问。不然此事过问起来，殿下也要受责。"

暮晚摇低下头，想到自己和父皇相处的这一个月来，父皇和气如同世间任何一个父亲……然而也许在背后，父皇观察着他们所有人，试探着他们所有人。

言尚起身，走到暮晚摇面前，弯下身将手放在她肩上，柔声："殿下别伤心，无论如何，我会陪着殿下的。"

暮晚摇一僵。

他手搭在她肩上，人立在她面前。她一下子不知道该不该推开，是该像个君主一样斥责他过界了，还是如情人一样默许他的靠近……

片刻后，暮晚摇好似没有察觉他手搭在她肩上一般，她随意地站了起来，揉着自己额头。

暮晚摇抱怨道:"想这么多好累。"

言尚笑一笑。

暮晚摇侧过肩,言尚搭在她肩上的手就落了下去。

暮晚摇道:"你出去吧,我要见一见刘文吉。春华拜托我照顾一下刘文吉,虽然我不太喜欢刘文吉……但是,嗯,我还是要问一问刘文吉的想法。他要是愿意……我现在就可以给他请官做,补偿他。"

言尚说:"刘兄恐怕现在没有心思。"

暮晚摇:"那也要问一问。"

她起身就要向外走,打算去寝堂见人。言尚拉住她的手,她僵硬。

言尚站在她身后,说:"我不走了,在这里等你回来,好不好?"

暮晚摇:"……"

她故作自然,说:"你为什么不走了?不应该回去读书吗?小心制考考不上,丢人现眼。"

言尚道:"我想在殿下这里读书……不可以吗?"

暮晚摇随口:"只是读书吗?"

言尚:"……"

身后沉默,暮晚摇回头。

她看向他的一眼,揶揄戏谑,眼波流媚。灯火下,二人目光对上一瞬,彼此心知肚明。

言尚脸红地移开目光,却拉着她的手,没有放开。

暮晚摇便也红了脸,哼道:"随便你。"

第六十三章

暮晚摇在寝堂见了刘文吉。

刘文吉依然是那副魂不守舍的样子,暮晚摇让他等了这么久,他好似也没有放在眼里。放在平时,以他的傲气,必然会流露出一些痕迹来。

他就是太傲了,不像言尚那般温润圆滑,暮晚摇才不喜欢他。

可是他现在没有傲气了，呆呆坐在寝堂的灯烛旁发着呆，暮晚摇又看得几分难受。

到底是一个从小受尽夸赞的少年天才，不像她这样经历太多，也不像言尚那样幼时便跟随他父母走过很多地方、见过很多不同人间……一个少年天才到了长安，发现自己泯然众人已经很难受，而今连那不断鼓励他、支持他的爱人也失去了。

何其痛。

侍女们鱼贯而入，又有人通报，刘文吉听到声音才抬起头，看到丹阳公主进来。他眼睛习惯性地看向暮晚摇的身后，然后怔了一下，眼睛暗下，收回视线。暮晚摇和他都心知肚明他忍不住想看的是谁。

暮晚摇进来后，在刘文吉请过安后让人坐下。言尚之前已经帮她安抚过此人。刘文吉的情绪稳定很多。暮晚摇没说太多无用的，只说了春华的期待："……她希望让我照顾你一些，你实现你的理想，去当个什么官，娶个美娇娘，一生和顺平安。"

刘文吉不说话。

暮晚摇看着虚空，淡漠无比："所以你想当什么官？是要继续科考，还是让我现在就能帮你安排个官？我现在能帮你安排，但是必然不会是什么实权官职，不过总比你跟那么多人争进士名额强。"

没想到在言尚一次次拒绝她之后，刘文吉也拒绝她了："……多谢殿下。但这是春华用自己的一生幸福换来的，我不想用。我应该还是会继续考试吧……我也不知道。"

他发了一会儿愣，道："也许我不想在长安待了，我想回岭南。"

他干干道："为了科考，我已经快两年没有见过家人了。留在长安……我如今心肝俱碎，悲不能言。我也许待不下去了。"

暮晚摇心中想：承受能力太弱了。

现在想施舍个官位可真难啊。言尚不屑，刘文吉也不屑。她一点公主的权力都行不出去，官位真不值钱。

暮晚摇不喜欢沉浸在痛苦中，她会乱七八糟地分散自己的注意力，让自己不要多想。再次看向刘文吉那个样子，暮晚摇道："春华还让我给你钱财。"

刘文吉："暂时不需要。"

暮晚摇劝道："不要想那么多。人生什么事不会过去呢？忘了就好了。"

让自己记性差一点就好了。"

刘文吉怔怔看向公主。

公主明眸雪肤，明艳动人。似乎春华的离去，对她一点影响都没有。刘文吉为此愤愤不平，然而……他到底不再是之前的他了。

他垂下眼，出着神："不会过去的。我也忘不了。"

暮晚摇坚持："会过去的。会忘了的。"

刘文吉："至少现在，我不想忘了她。过不去，忘不掉。我希望自己记住。"

暮晚摇怔忡一下，然后难堪地侧过脸，不再看他。

她冷漠道："随便你吧。"

之后起身离开了寝堂，不再关注刘文吉。只是走之前，思来想去，暮晚摇派了两个小厮去照顾刘文吉，防止他最近一段时间做出什么傻事来。

接下来暮晚摇最新的烦恼，来自言尚。

自从言尚对她委婉告白后，他就态度变得很快，十分主动地与她交好。然后经过狱中相见后，言尚对她好像又放开了点什么……现在表现就是，他经常性地赖在她这里，想找机会和她独处。

比如晚上要在她这里读书。

毕竟就住同一个巷子，隔着几扇门而已，暮晚摇都找不出"别在我这里留太晚了，回去不方便"这样的借口。

然后平时二人偶尔一对视，他都会对她笑。

有时候暮晚摇刻意不看他，都能感觉到言尚在背后静静看她。

他好像……完全进入了一种两人关系非比寻常的模式。这种新模式让他觉得他可以不那么守礼，可以稍微纵容一下自己。

暮晚摇烦恼就烦恼在言尚已经进入了这种模式，她却没有。

可是她又不想点破。

也许点破了，他意识到她没有想和他修成正果的意思，就不会再理她了。

暮晚摇反省自己，觉得自己既想享受言尚无微不至的好，又因为害怕未来而不敢和他多进一步……所以现在两人相处就怪怪的。

变成了言尚主动想站过来，想拉一拉她的手；而本来性情比他开放很多的暮晚摇，变得格外端庄正经，一个眼神都不敢乱放，唯恐他误会了她什么。

这一晚，言尚又要求留在暮晚摇这里读书。

暮晚摇无言以对，找不出拒绝的借口。因为人家就是正经读书……就是偶尔会主动和她说两句话，会来拉一拉她的手，她总不能因为这样就说人家过分，就赶人家走。

暮晚摇默许之下，便是夜里在她的寝舍中，她靠着美人榻翻一本乐谱，言尚端正坐在案前，看他那些书。

时而他有不解的向她请教，暮晚摇知道的都会随口告诉他，不知道的就等他请教他老师去吧。

一时间，二人之间倒也相安无事。

一会儿，暮晚摇合上乐谱，靠着榻就闭目假寐。她在心中默背那本乐谱，自动在脑海中将每一个调安置在乐器上，聆听那应该是什么样的乐声……如暮晚摇这般自小乐才出众的人，默背乐谱不是什么难题。

然后闭目背诵中，暮晚摇忽感觉到榻轻轻向下沉了一点，有人坐了过来。

那人身上清醇无比的降真香向下拂来，又为她盖上褥子……暮晚摇一下子知道是言尚了。

闭着眼睛的暮晚摇："……"

好愁。

他又过来招惹她了。

暮晚摇感觉到言尚在凝视自己，她只好淡定地继续装睡下去。模糊中，她听到言尚似喃喃自语："我总觉得你最近是不是在躲我。"

暮晚摇："……"

她吓得完全僵硬，让自己心神稳住，睫毛都不敢颤一下。言尚的敏锐，让她害怕。

她再听言尚自语："不过应该只是我想多了。我不太了解男女之情……也许你只是害羞，不是躲我。"

暮晚摇心中同意，心想他就这般认为下去吧，挺好的。

紧接着，听到言尚似羞赧地低语："可是你总和我保持距离……摇摇，我想靠近你呀。"

暮晚摇：……谁让你背后偷偷叫我"摇摇"了。不许叫。

有什么好靠近的啊？整天一起读书不已经很靠近了吗？还要如何靠近？这个人都快考试了，能不能脑子里不要总想着她啊！

暮晚摇心思乱飞、在心里骂言尚时，忽感觉自己指节一痒，下一刻，她的手被人拉住了。他手指轻轻搭上她指头，还似十分好奇地，在她小指指腹上勾了勾。

暮晚摇感觉自己心跳都要被他撩得不正常了。

她纠结之下，再大义凛然般想：算了算了，何必躲呢？言尚若是想，就随他吧。

他要是想对她行什么不轨之事，她就这么默认下去……水到渠成，就也不需要她再纠结了。

然而言尚不是那种人。

暮晚摇心里已经说服自己从了言尚，实际上，言尚坐在暮晚摇的榻边，只是拉着她的手，却没有做更多的。

在暮晚摇沉静的等待下，言尚低着头，将她的一只手拉着，翻来覆去地看。他低头，认真地一根手指头一根手指头地摸她。那种絮絮柔柔的抚摸，让暮晚摇生了鸡皮疙瘩不提，言尚自己好像完全不觉得他如何过分。

他只是玩着她的手，拉着她的手，便露出一丝笑，想他其实从来没有好好地看过她的手。

暮晚摇的手生得多好看啊，每根手指都细长白皙，骨节轻匀。白瓷肌肤下淡色的青筋，偶尔扬起一指时手背上浮起的细骨……肌肤又那般细腻柔软。言尚将她的手托着，和自己的手比较，越看越喜欢。

他忽抬目，向睡着的美人看去。

他的目光在她脸上睃巡许久，缓缓倾身下去。

暮晚摇感觉到他的气息靠近，以为他要偷亲她。她又羞又骇，还有一种"果然如此""抓到你了"的喜悦感。然而言尚俯身，只是轻轻地将她脸颊上一丝发丝拂开掠到耳后，他又满意地坐回去了。

暮晚摇："……"

他心满意足地重新拉着她的手，暮晚摇怀疑一只手有什么好看的。她人都躺在这里不动了，她都说服自己从了他了……他倒是上啊？

暮晚摇受不了了。

撩而不上谓之罪。她的一颗心被他这么反反复复地折腾，他倒是不急，她实在忍不了他这种不上不下的撩拨了。

言尚还在满心喜悦地低头玩着暮晚摇的手。她醒的时候他不敢这么对她，因她这个人太妩媚，又太坏，他经常稀里糊涂就被她转去其他方向，让他根本连她的手都没好好看过。

按照言尚对情爱的那点稀薄见解，他认为情人之间，总应该了解彼此。

他就想先好好看看她的手……

只是这双来自公主的、自小养得极好的玉手，言尚越看越喜欢，他忍不住俯下身，唇挨着她的手背，轻轻一吻。只这般吻一下，言尚又微不自在，觉得自己太过分了，不应如此孟浪。

他心虚反省之时，抬眼想看一看暮晚摇是不是还睡着……这一看，就让他僵硬起来。

因暮晚摇睁着漆黑澄澈的眼睛，看着他拉着她的手，又是玩，又是捏，还情不自禁地亲了她的手一下。

暮晚摇似笑非笑地看着他。

看言尚玉白的面容一下子涨红，他放下她的手，好似淡然无比地侧过了脸。言尚静一下再转过脸来，看暮晚摇坐了起来靠着枕头，依然笑吟吟地看着他。

暮晚摇戏谑："你刚才干什么呢？"

言尚顿一下，慢吞吞道："也没做什么啊。"

暮晚摇扬眉。

言尚："情人之间，这样子，不是很正常吗？"

暮晚摇一僵，这下换她对他那个"情人"的说法很不自在了。好在言尚自己就觉得自己唐突了她、不是太好，并没有注意到暮晚摇那个一瞬纠结的神情。

言尚整理好了自己的心情，也许有点博她好的意思。他望向她，微微笑："我是有些情不自禁了……因为殿下这次从避暑山庄回来，将近一个月才见上面，我是很高兴的。"

暮晚摇被他眼睛一眨不眨地看着。俊逸的少年郎君，坐于她榻边，和她衣袖相叠，方才还偷亲她的手。他眼睛如深湖一般，温柔包容，情深似许。

一下子，她也红了腮，觉得屋子有些热了。

她刁蛮不讲理，扬起下巴反驳："不准你高兴！"

言尚唇翘了一下，好脾气道："好。"

他温声:"……然而这其实也不是由我自己控制的。不瞒殿下,我从未想过我会这样。我总觉得殿下离我很远,也不愿意和我靠近。可我很想靠近殿下。我喜欢一点点去了解殿下,知道殿下的喜好,知道殿下的脾性。我想和殿下融为一体。"

暮晚摇:"……融为一体?"

言尚一怔,然后涨红脸连忙解释:"不是那个意思,我的意思是……"

他还没解释出来,暮晚摇先叹口气,道:"我明白了。"

言尚看向她,见暮晚摇从榻上跪了起来,伸臂过来,搂住了他的脖颈,将娇躯挨在了他怀中。他又僵又喜,一动不敢动时,听到暮晚摇挨着他的脸,长叹口气。

暮晚摇美目盯着他:"你在这方面,实在是太单纯,太傻了。让我都不好意思下手。"

言尚:"……"

他俯眼,道:"殿下还有不好意思的时候啊。"

暮晚摇:"……"

这话说的,在他眼里她是有多随便啊。

暮晚摇道:"反正我是比你有经验。你不如叫我一声姐姐来听听,姐姐知道你在想什么,可以帮一帮你。"

言尚睫毛覆眼,并不抬目看她。她跪在榻上靠在他怀里,香风拂来,他不敢乱碰她时,却也没有傻得完全听她的。

言尚低声:"你只比我大半岁而已,让我叫什么'姐姐'?你又在开我玩笑。"

暮晚摇撒娇:"可是我都叫你'言二哥哥'呀!你叫一声我怎么啦?"

言尚无奈:"我们的辈分好乱啊……唔。"

他的唇被堵上了。

她在吻他。

她抬起来的眼中调皮又挑逗的目光,与他垂下的清湖一般的眼睛对上。一眼又一眼,流波婉婉。

言尚搂住她的后背,想回应她时,她又转过脸,不肯再亲了。言尚抿嘴,微有些不悦她总这般自我,从来不管他……暮晚摇心里还挺高兴的:"我亲你一下,你有没有很高兴啊?"

言尚心想有什么好高兴的,总是半途而废,他根本就没有……

但是言尚微微笑了一下,没有说不好。

暮晚摇就扬扬得意,自觉得自己让他神魂颠倒,他必是喜欢极了这个吻。言尚虽不懂情爱,却极擅察觉人的心情。他一眼看出暮晚摇在想什么,无言片刻时,又觉得她可爱十分,便不忍心说什么了。

暮晚摇手指轻轻揉着他的颈,贴着他的颈低声:"言二哥哥,我知道你喜欢我,但是你不要总找我了啊。"

言尚一僵,心微凉。

半晌,他道:"你不喜欢?"

暮晚摇看不得他受伤,连忙解释:"我的意思是,你总这样找我,撩我,容易让我把持不住。"

言尚红着脸:"……胡说。我没有撩你。"

暮晚摇笑吟吟:"可是你站在我面前,就是撩拨啊。看到你,我就想像这样挨着你,让你抱抱我,亲亲我,想和你……嗯,做更过分的事。"

言尚小小瞪她一眼,却没说话。

暮晚摇就怕他这种默认态度,他越默认,越是表示包容她的胡闹。而她要胡闹下去,简直没完没了……暮晚摇赶紧说出自己真正的意思:"我理解你的心情。但是你现在忙着制考,心神总这样分散,不太好,你知道吗?"

暮晚摇煞有其事:"你一直想着我,就没法专心读书。我就觉得我自从回来,你变得不专注了很多,和以前都不一样了。言尚,你从岭南来到长安,这一步步走来太过不容易。儿女私情,绝不应该限制住你,控制住你,让你无法向上走。

"所以你不要总找我了。你且收收心,好好读书。待制考结束了……不是来日方长吗?"

言尚看向她,目光闪烁,似在判断她话中的真假。

他慢吞吞:"真的是来日方长吗?"

暮晚摇让自己表现得格外真诚:"自然。言二哥哥,难道你要依附于我吗?你难道不应该当官去,好好还我的钱,把隔壁府邸真正给买下,变成你自己的私产吗?难道你要我养你吗?你还不赶紧当官赚钱去,来还我钱啊?"

言尚笑了。

他点头,接受她的这个建议。

他说:"好,那我接下来两个月,就不找你了。"

暮晚摇松口气,心想不找她,就不会总是把她撩得不上不下了。

言尚俯眼,半晌道:"那我现在……走了?"

暮晚摇一怔,听他这么说,她又觉得不舍,才意识到接下来两个月,按照言尚那种强硬可怕的自我约束能力,她可能真的见不到他了。

暮晚摇依依不舍道:"今晚算了,再待一会儿。明天再开始不要找我了。"

言尚这才露出笑,抬目望她一眼,他目中光波流动若星。

他说:"好。"

他终是伸臂抱住她的后背,与她依存片刻。

第六十四章

每日睡前,言尚例行自我反省,审视自己一整天的行为,是否有哪一条出格。

这般思量来去,不由自主地想到了昨夜暮晚摇要他不要再去找她。言尚今日读书时,几次头脑中突然冒出来两人昨晚的对话,让人心神跟着走了。

于是夜里,言尚就理所当然地想到暮晚摇。

她在拖拖拉拉,既想拒绝他,又舍不得拒绝他。

这是言尚思考后的结论。

得出这个结论的时候,言尚一瞬间有些寒心。然而他在暮晚摇这里已经寒心过,他还撑得住这个打击。

由是此时,坐在自家书案前,言尚只是沉思,并没有露出什么异色。

他反思到底是自己的问题,还是暮晚摇的问题? 是他哪里表现出了很急切的态度,让暮晚摇害怕了? 可是她为什么要害怕?

难道她是恐惧男女之间的情爱之意吗?

言尚闭目,将暮晚摇几次在自己这里露出的异常一点点回顾。

第一次她流露出恐惧,是她被按在床上,他差点情不自禁亲她时,她怕得全身僵硬,不自觉颤抖;第二次……是暮晚摇送睡莲给他的那次。

言尚睁开眼，看向自己屋中书案旁、窗下墙角摆着的那盆睡莲。睡莲日开夜合，此时当然不是花期。言尚只是看着这盆睡莲，便想到那夜主动抱着睡莲来找他的暮晚摇。

她初时表现得很无所谓，到了床上，她也笑嘻嘻和他逗趣，与往日无异。

然而他不小心将她压下时，她再一次地反抗……且暮晚摇亲他时，给言尚感觉……嗯。

言尚略有迟疑，不知道这是不是自己想得太多了。他只是觉得，暮晚摇亲过他好多次，但她好像从来没有一次……沉迷过。

如他那般心动过。

他确定暮晚摇应该是喜欢他……但他就是觉得，她太过冷静。每次亲他时，她都像个旁观者一样，冷漠地观察着他的反应，只有他的反应才能带给她乐趣。

她喜欢的是他的反应，而不是亲吻、拥抱、上床本身这些事。

言尚心沉了许久，缓缓起身，走到那盆睡莲前蹲下，看着莲叶拥着花骨朵，满室幽香，这花却不知何时才能真正开。

言尚伸手去碰了碰莲叶，轻声喃喃自语："……是因为她之前的和亲太失败了吗？因为她太不喜欢她前夫了，所以她才这样对我？"

一个人的所有行为，都一定有过去遗留的痕迹。

言尚怔然许久，竟莫名地有些痛恨她的前夫，竟带给她这样大的伤害。

他并没有猜到暮晚摇与他反复的真正原因，但是只是觉得她是因为受过伤才不敢接纳他，已让他心中生怜，不忍心逼迫她。

罢了。

她虽然这样让他寒心，但这不能怪她。

言尚默默忍受下这次事，决定还是要多给暮晚摇一些接受他的时间。多给她一些时间，她就会知道他和她前夫不一样吧。不管她之前的婚姻如何，总之、总之他不是那般会伤害她的人。

两个月的时间……希望暮晚摇能够接受。

不过，两个月的时间，以暮晚摇那破记性，如果他在她生活中一点痕迹都不留的话，不会两个月后见面，暮晚摇又将他看作陌生人一样吧？好不容易培养起来的一点感情，又要从头开始吧？

言尚自然不希望暮晚摇再一次地把他抛之脑后，思来想去，他打算每三日，给她写一封信。

起码让她记得他这个人的存在。

三天一封信，言尚把这个时间卡得太好了。

正好让暮晚摇摇摆在"算了别想他了""刚不想他了他就来信了"两种阶段之间。

朝政上的斗争不容易，暮晚摇跟着太子和秦王每日斗得你死我活，双方不断出招拆招。且暮晚摇正在跟太子争取，将年底大典内廷之宴的事交给她来办。

年底大典是各国来庆的大事，几年才会轮到一次。暮晚摇一定要把露脸的事抓到自己手中。只要办好此事，暮晚摇不光在大魏的威望更高，在各方小国中也可以被人记住。

此事势在必得。

只要将宫中品级最高的贵妃斗得禁足了，宫中没有女主人能操办此事，这事自然可以落到公主们的头上。而暮晚摇都要斗秦王的生母贵妃了，再将秦王的亲妹妹玉阳公主挤开，自己办大宴，根本不算什么。

玉阳公主性软，贵妃性横，暮晚摇一个也不让，估计秦王那边恨死她了。

也是因为每日想方设法和这些人斗，晚上回到公主府上，暮晚摇一个人喝酒缓解自己的压力时，言尚的信成了她吃酒的"下酒菜"。

通常情况下，她坐在自己府上内宅的三层阁楼上，静静看着对面府邸的灯火，判断言尚是回了府，还是不在府。他是已经睡了，还是仍在读书。

她已经能判断出他的屋舍是哪边灯火了。

于是她没事干，就盯着他屋舍外廊下挂着的两盏灯笼看。今日看那灯笼没亮，心想他难道一夜未归吗；明日见那灯笼亮了一宿，又生气他难道是一夜未睡吗。

胡思乱想最是解压，又最是折磨人。

而侍女春华走后，每日夜里站在公主身后，捧着信为暮晚摇读言尚书信的活儿，便落在了侍女夏容身上。

夏容声音清越地读着言二郎的信："昨夜夜宿老师家中，与师母相见。老师已年过五旬，却见师母大腹便便，不得不在心中感慨老师：老当益壮。"

听到此，暮晚摇扑哧一声笑出。

夏容看向公主，见公主眼睛看着对面府邸的灯火，手中晃着一盏琉璃盏。饮酒饮了半天，公主面容酡红、媚眼如丝，却是从一脸阴沉地回到府邸开始，到这会儿才笑出声。

夏容松口气，心想还好有言二郎的信能让公主笑出来。不然公主整日发脾气，弄得她们都很害怕。

听暮晚摇托腮嗤笑："他可真促狭。必是表面上不显露什么，回到府上却说他师母大腹便便，说他老师老当益壮……"

夏容笑道："是呀。二郎如今和殿下说的话比以前多了，以前这种话，二郎是无论如何都不会说的。"

暮晚摇哼笑："是啊，他那个脾性，是一点别人的不好也不说……"

所以现在言尚和她写信时会偷偷在背后说他老师的话，才让暮晚摇又感动，又心情复杂。

……何必这般信任她呢？

就这般确定她不会抓他的漏洞，日后害到他身上吗？

如他这种人，不应该对旁人这么什么话都说才是。

暮晚摇手撑着额头："哎，头痛。头更痛了。"

就这样每天看信看下去，两月时间，也许她忘不了某人。甚至现在，暮晚摇都有些想念言尚，想见到他出现在她面前。

言尚实在是，心思多啊。

转眼夏日过，秋叶红。

俄顷秋叶落，冬日寒。

长安步入了十月，开始进入初冬。

两个月时间，暮晚摇派去监视照顾刘文吉的小厮来报，说刘文吉只是日日去北里买醉，喝得酩酊大醉，白天要么睡觉要么看书，也不和旁人交际。暮晚摇看他没有闹事，就放着不管了。

其间，暮晚摇在和秦王斗得不可开交之时，还有空去了晋王府一趟，看一看春华。春华已经显怀，身形丰腴了些，脸上蕴着母爱的柔和光辉。虽然春华眉间总是笼着一丝愁绪，但是晋王府没有虐待她，她过得还不错，暮晚摇便也放心。

只是春华想让暮晚摇摸一摸她的肚子，感受一下胎儿，被暮晚摇毫不留情地拒绝。

暮晚摇心不在焉:"我不喜欢小孩,永远不喜欢。"

春华只能叹息着,接受公主可能会很少来晋王府看自己这个结果。毕竟是晋王,公主为避嫌,不会经常来的。

十月中旬,制考那日,言尚如常出门,准备去吏部参加博学宏词科的考试。

若是成绩好了,即刻有官;若是没有录用,再等明年吧。

长安不少人都在观望,等着看言尚拒绝了刘相公后,能考得如何。言尚倒是沉着,没有在面上露出什么痕迹。

出门时,仆从牵来了马,言尚转身面朝巷子时,愣了一下。

因看到公主府的马车停在巷子里,侍女和卫士正在上马。显然,暮晚摇今日早早出了门,与他在这里遇上了。

言尚看到侍女和卫士向他打招呼,他叉手还礼,目光看向那辆马车,知道暮晚摇就在里面。

他心中一动,目中微浮上一丝极柔和的笑意:以前每日出门都遇不上,今日却轻易遇上了。她莫非是特意在等他?

言尚便过去,站在车外向车中人行礼:"殿下安好。"

暮晚摇慵懒的声音从车中传来:"今日制考?"

言尚:"是。"

然后车帘一下子拉开,暮晚摇看向车外,恰逢言尚抬头。

少年郎立在车外,青色大袖垂地。清瘦身形让他显得几分意气风流,衬得他眉目如墨,气质如玉如竹,通透玲珑。

暮晚摇看得清清楚楚,看到他扬起眼上的每一根睫毛,他鬓角的每一滴沾着的初冬清露。

风采如此。

而言尚也看着她,看到如同一团明亮无比的红跃入自己眼中。她扒在车窗上,微微勾眼,圆如猫的眼中,带点媚,带点清。她这般扒在窗口看人,他如同被扔入一团艳艳红色梦中。

她的艳丽,将周围一切衬得寡淡无趣。

二人静静看着对方。

俩月时间后,第一次看到对方。

暮晚摇姿态闲适地扒在窗上，却觉得自己的手心已经满是汗；

言尚立在下方仰望她，制考都不能让他心脏激动跳跃，这会儿快得好似不属于他。

半响，他先回了神，垂下眼，不敢再多看她，怕自己露出窘态被周围人察觉。

言尚低声："今日出门时能见到殿下，我很高兴。"

暮晚摇一言不发，唰的一下放下帘子，将两个世界隔绝开了。

马车周围的侍女和卫士向言二郎流露一个同情的目光，无声地用目光告诉言二郎，公主就是这般脾气大的人，不理会他也没什么。

言尚不语，竟看车马缓出巷子，与他擦肩。

马车即将与他擦肩时，车中传来一声只有他二人听得到的懒声："准你高兴。"

言尚蓦地抬头看向那从他面前驶过的马车，他目光明亮，感觉到了一丝动力。

暮晚摇心神不宁。

言尚去吏部参加制考，韦树也一起去了。她一直挂心着这件事，一整日都没法在东宫好好听大臣们说什么。

她终是坐不住，下午的时候就推说自己身体不适，回了公主府。

暮晚摇便在公主府中等着消息，一杯又一杯地喝水，只觉得她大约比他还紧张。

由不得她不胡思乱想。

因为制考就是比科考难啊。那么多像韦树一样才华横溢的年轻人与言尚一同考试，言尚那水平，真的能行吗？他读了半年书，真的有用吗？他连之前的州考都应付不了……现在的制考，真的不会让他头大？

暮晚摇咬唇，怨恼言尚为何不是大才子。

他要是才华横溢，她就不用这般担心了。

暮晚摇坐在正堂一边喝水一边等结果，天边传来闷闷冬雷声，这真让她觉得不祥。

言尚那边倒还好。

这一次的考试，对他来说比上次其实容易。上一次的诗赋，尽是他不擅长的；这一次要考的多了，他反而没那般没底了。

何况这一次的考试，开始问策政治。

有了问策这样的试题，对言尚来说，就容易很多。

吏部尚书、吏部侍郎等人，都亲自来看他们这些人的考试。整个堂中静谧无声，偶尔听到天边闷雷。

制考要考两日。

这是第一日，他们今夜会宿在皇城，明日再考一次，后日便会出结果。迅疾程度，比之前的科考快了很多。

刘文吉在北里睡了一整日，傍晚时，楼里的胭脂酒香，将头痛欲裂的他吵醒。

刘文吉摇摇晃晃地起身去更了衣，之后又坐回自己的位置，继续一个人喝闷酒。

他整日在这里，这家花楼的娘子们已经习惯他，知道他就是要喝酒，也不要人伺候。这位郎君生得这么俊，但整日醉酒，一看便是为情所苦。风月场中的女郎们天生对这种专情郎君抱有好感，是以偷偷嘱咐人，不用赶这位郎君走。

舞席千花妓，歌船五彩楼。

灯火通亮之夜，名妓开始登台跳舞，楼上的各位娘子便依偎着各位郎君，开始醉生梦死的新一夜。

刘文吉坐在他们中，耳边时时听到浪曲淫词，他都仿若没听到一般，只喝着自己的酒。

十来个郎君推推搡搡地从旁走过，声音极大，珠帘撞击声，娘子们跟去吆喝——

"是张郎呀，张郎怎么好久不来了？"

"可是最近户部繁忙啊？"

"哎呀，那上峰也太坏了，竟不让郎君休息两日。郎君莫恼，今夜必让你放松。"

那被唤张郎的年轻郎君哈哈大笑，身后跟着十几个巴结他、拥着他的人。他不屑至极，走过时看到刘文吉，也只是瞥了一眼，就随手抱过一个美娇娘来亲嘴儿。

一位娘子柔柔地屈膝跪坐在刘文吉身边，替刘文吉倒酒，小声："郎君，那位是户部郎中家中的十一郎，乃是贵人，您可不要去得罪。"

刘文吉醉醺醺中，看她一眼，听她轻声细语，只觉得她如自己的春华一般温柔。他勉强笑一下，低声："我如今得罪得起谁呢？放心，我不会出去的。"

这位娘子叹口气，心怜他，便坐在一旁倒酒照顾。

刘文吉："……你跟在我这里做什么？我不用娘子伺候，你且下去吧。"

那位娘子哀求："妾身才来这里不久，不愿去伺候那些腌臜之人。请郎君怜惜些我，让我留下伺候吧。"

刘文吉心中想世间谁都不容易，便也不推托了。

嘻嘻哈哈的笑闹，乃是这里的常态。

张郎多喝了两杯酒，醉醺醺中，坐在楼上不及进阁房，就开始对身边服侍的娘子动手动脚，对方假意推辞。不过是男女之间的游戏。张郎肆意间，忽然看到一位娘子坐在斜角，随意一瞥之下，见到一位美娇娘那般动人。

张郎推开身边人，指着那位娘子："把她给我弄来！"

张郎身边的所有人循着张郎的目光，看向那边。

柔弱的娘子跪在刘文吉身边，正在为刘文吉倒酒，忽然有几个郎君向这边过来，分开两边，抓住她手臂，就将她提了起来。她惊慌之下尖叫，那几个郎君笑嘻嘻："别叫别叫，张郎要你伺候呢！"

娘子目中恓惶："我不要，我不要……刘郎、刘郎救我呀！"

她向刘文吉伸出手，刘文吉喝酒喝得正是大醉之时，女子长长的指甲划过他的手背，刺痛才让他回到现实，听到了女子恓惶的求助声。

刘文吉侧头去看，见是方才陪自己坐在这里的娘子被几个郎君按压着拖走，那些郎君脸上带着心照不宣的色眯眯的笑容，娘子被拖在地，长发凌乱，衣帛裂开，撕出刺啦一声。

娘子尖叫："救我！救我！"

她恳求的、含泪的、美丽的眼眸，带着哀求，看向刘文吉。

刘文吉大脑轰的一下，就空白了。

他好像一下子看到了含着泪望着他，却总是不语的春华。

想到她那夜被拖上晋王的床时，是否也这样无助？她美丽的眼睛含泪看向晋王身边的人时，是否也这样哀求过人救她？

悲苦的命运降落在她身上时,她是否绝望无比,是否……没有一人向她伸出援助的手?

让她堕入深渊,让她一点点喘不上气,让她再也挣扎不出来那命运扑下的恶意陷阱……

刘文吉脑海中,浮现暮晚摇冰冷的眼睛。

她说:"会过去的。会忘了的。"

刘文吉听到自己当时的声音,和自己现在的喃喃声重合在一起——"过不去,忘不掉。"

至少现在。

"砰——"

花楼二楼有人推翻了案,有少年趔趔趄趄地向那群嬉笑着的年轻郎君冲去。那少年郎君厉声:"放开她,放开她——"

放开命运缚在她身上的枷锁!

放开她柔弱无辜的灵魂!

刘文吉撞了过去,撞开那些嘻哈的年轻郎君,他蹲下将衣衫凌乱的陌生娘子抱在怀中。那个张郎本来已经抱着这个娘子要偷香了,骤然被撞开,惨叫一声,跌痛得额上一头冷汗。

张郎暴怒:"竟敢跟我抢人?给我废了他——"

"轰——"

闷雷声在天,被烟柳之地的胭脂和歌舞声掩盖,楼中已经混乱。一群年轻人扑向刘文吉,刘文吉将陌生娘子护在自己身下,闭上了眼。

雷声在天。

半夜时候,丹阳公主府的门被敲开。

暮晚摇半夜被敲门声吵醒,一时以为是言尚那里出了事,急急忙忙起夜出去。

她推开门,两个自己曾派去照顾刘文吉的小厮一身血水、一身泥污地跪在廊下,哭着仰脸:"殿下,不好了,我们没有照顾好刘郎。

"刘郎被、被……废成阉人了。"

暮晚摇茫然地听两个小厮哭着说了两遍,才意识到发生了什么。她趔趄后退两步,脸色一下子苍白,褪去血色。

第六十五章

暮晚摇承认自己是自私的。

刘文吉被废,她第一时间想到的不是刘文吉本人怎么办,而是春华怎么办。

她心中一凛,第一想法是:这件事不能让春华知道。

不能让春华腹中胎儿受影响,不能让春华本人受影响,尤其不能让晋王府因此成为变数。

第二想法是:不能让言尚知道。

一是会影响言尚现在的制考;二是……

二是上次春华所引起的事件中,她让言尚去调解矛盾,言尚直接一箭射死了郑氏家主,由此才开始了轰轰烈烈的豪强之治,将所有人马拉下了水。

从那件事中,暮晚摇到底怕了言尚,怕他再给她惹出什么更大的事来。

发生这样的事,暮晚摇闭目沉思两个呼吸,便打算自己动手解决此事了。

她先冷声:"拿着我的鱼符,派人先去北里,将那个刘文吉保护的娘子找到,提防她半夜逃出城。

"在我过去之前,先拷问她,看是不是有人指使了她。到底是有人利用,还是巧合,先给我弄清楚!

"还有,都是谁废了刘文吉!不管能不能动,只要他们还在北里,先给我套上麻袋打一顿,给我将那些动手的人也废了!

"刘文吉人呢!侍医!侍御医!给我去宫中找侍御医来!"

半夜三更,丹阳公主府的灯火全都亮了起来。

公主本人华裳锦罗,亲自处理此事。卫士们也在公主的命令下各自出府,执行公主的命令。

暮晚摇深吸口气,心想她要在言尚知道此事前,将此事解决了……或者说,压下去。

方桐等卫士去北里抓人，暮晚摇则在两个小厮的带领下，去看了鲜血淋淋的刘文吉。

两个小厮陪着刘文吉晃荡了两个月，已经习惯刘文吉整日喝闷酒。今夜事发时他们都不在，还跑去跟其他娘子斗嘴耍乐。

听到动静时，他们急匆匆赶去，都没有来得及说出丹阳公主的名号来保护刘文吉，一切都已经无法挽回。

两个小厮惨白着脸，知道完了。公主一定会杀了自己的。为了将功赎罪，他们第一时间先将刘文吉从那家花楼中带出，连夜敲坊门，闹着用了公主给的权力，才迫使坊门开了，来到了公主府上。

刘文吉被安排在了公主府的客房，暮晚摇心焦如焚，在外面徘徊。好不容易等到宫里来的侍御医，又好不容易等到那侍御医出来。

暮晚摇急急看向那侍御医。

侍御医摇头叹气。

暮晚摇心一凉。

侍御医在一个公主面前说起那事，总是尴尬一些："幸好他还年少，又及时请医，日后还能正常……嗯，出恭，不会漏……嗯。不至于因此丢了性命，总是还活着的。且殿下下……可以让他留在公主府中当个宦官。"

暮晚摇脸上一点笑意都没有。

公主府上当然是有宦官的，她之前还数次拿此事开言尚的玩笑。然而这宦官，不应该是刘文吉。

暮晚摇尖长的手指掐入掌心，借助痛楚来让自己冷静。

暮晚摇问侍御医："他……醒了吗？"

侍御医露出不忍神色来："一直清醒着。"

暮晚摇怔了一怔。

她问："从头到尾？"

侍御医："是。"

她又问："整个过程他都是知道的？"

侍御医："是。"

侍御医叹："我没见过这般强忍着不肯晕倒的小郎君。全身都被汗浇了一遍，还撑着问我他是不是没救了。我能说什么呢？只能答人各有命。然后他就眼睛空洞，看着上空发呆，不再和我说话了。"

暮晚摇向身后侍女使个眼色，让她们安排侍御医在府上住下。也许这两日，刘文吉还有需要用到这位侍御医的地方。

得多亏是公主的身份，才能请到给皇帝看脉的御医。这些御医见惯了被废了根的人，又经常给宫里内宦开药，见怪不怪之下，才能冷静处理刘文吉的事。

再随便一个会看病的，都不会比宫中来的御医做得更好了。

暮晚摇在外头徘徊了两刻，才推门进去，看望一直清醒着的刘文吉。

在公主进来前，刘文吉在两个小厮的帮助下撑着身子，换了衣服，整理了自己的仪容。暮晚摇进来后看他，便见他憔悴地起来向她行礼。

暮晚摇让他躺着休息，短短几个动作，刘文吉靠着枕头坐在床上，又是面色无血，苍白无比。

暮晚摇静了一静，盯着这个俊美的少年看了半晌。毕竟是美男子，又很年少，去了根，从外表看，也看不出来。然而刘文吉给她的感觉，却再次变了。

若是之前是蒙着一层灰，这一次，便是隔着一层霜雾了。

有冷霜覆上他的魂，他变得冷了很多。和韦树那种少年清冷不同。韦树是浮屠雪一般让人向往的清寒矜傲，刘文吉是雪灾后埋在雪下、苦苦煎熬的生灵。

那种从骨子里透出的冷意，都不过是命运的馈赠。只是这命运，待刘文吉不够好。

暮晚摇静默片刻后，说："我会看着，帮你拿下那些折辱你的人。"

刘文吉看向公主，淡声："拿得下吗？"

暮晚摇微滞。

刘文吉看着少年公主连个保证都说不出，他唇角露出一丝哂笑，淡漠道："是我自己的事。殿下不过是看在春华的面子上照顾我，没有理由帮我太多。殿下且放心，我不会因此生事，给你惹麻烦。"

暮晚摇好久不说话。

她不知道该怎么和经过此事的刘文吉对话。同情吗？或者和他一起抱头大哭？

她和刘文吉的感情没有那么好，她也不能像言尚那样对人的遭遇感同身受。她确实觉得他可怜，然而……也就这样罢了。

她想骂刘文吉颓废，在家里喝酒不行吗，跑去北里干什么。

　　但是她又知道说这些有什么意思，北里又不是什么不能去的地方。

　　大魏非但不将北里这样的地方当祸害，在民风舆论上，北里反而是长安最繁荣、最让人津津乐道之所。任何来长安的人，若是没有去过北里，就不算来过长安。

　　她自己经常去，朝廷官员经常去。就是言尚，他自是洁身自好，可是他也经常去。

　　谁若是说自己从不去北里，没有人认为此人高洁，只会觉得这人不合群，故作清高。

　　那本不是什么不能去的地方……可悲的不过是朝廷官员能去，刘文吉这样的白衣书生也能去。双方产生冲突后，谁是输家从一开始就定了。

　　暮晚摇冷漠道："所以你对日后有什么想法？科考你是不用想了，读书这条路已经断了。你若是还想回岭南的话，我会给你钱财，还会在岭南给你父亲，或随便什么亲人安排个小官。保你余生在岭南安康无恙，平安度过此生。"

　　刘文吉淡声："我不能回岭南。我此时回去了，父母遭此打击，直接一命呜呼都是有可能的。为人子不能在父母膝下养老，已是不孝。再让他们知道我身上发生了这种事，不是让他们这样的白头人生生剜心吗？我不能让他们知道。"

　　暮晚摇警惕看他："那你要如何？报仇吗？对方可不是你得罪得起的……而且我说了，我本就会帮你。"

　　刘文吉看向公主，他道："公主和我无缘无故，仅仅因为一个侍女，怎么可能帮我太多？此事若是引出更大的引子，公主可以有理由。但如果仅仅是一场巧合……我觉得，也就这样罢了。对不对？"

　　暮晚摇面色有些难堪，脸色唰地沉了下去。

　　她最烦人一针见血了。

　　刘文吉变得和以前不一样了，以前他还勉强压着，不敢在公主面前说实话。现在他彻底放开，竟直接说出暮晚摇的内心想法。内心那恶兽，彼此心知肚明，被人当面点出，却不是什么愉快经验。

　　暮晚摇勉强看在他这么可怜的分上，不跟他计较。

　　暮晚摇："那你想如何？"

　　刘文吉苍白着脸，漆黑清冷的眼珠子盯着丹阳公主。他缓缓地掀开被子，下了床。暮晚摇高傲雍容，站在他面前，冷淡无比地看着他在她脚边跪了下去。

刘文吉低声："春华让殿下给我官，我没要；要殿下给我钱财，我也没要。我此前从未借春华的缘故，从殿下这里祈求什么。而今，我要行使这个权利了，不知殿下允不允？"

暮晚摇："你想要什么？"

刘文吉垂着长睫，睫下阴影完全覆住他的眼中神情。

他说："我想求公主相助，让我进宫，成为内宦。"

暮晚摇诧异，看他："为什么？ 你……想清楚了？ 那里可不是什么好去处。我也照应不到你。宫廷和外面，是不能私相授受的。我不会犯此忌讳，将手伸到我父皇的地盘去。"

刘文吉摇了摇头，说他不用殿下照顾，只要公主答应了他这个求助，他这件事，随便公主如何利用，如何处理。他日后也不会麻烦公主，也不会再和公主府联系，更不会试图和春华联系，毁了春华。

刘文吉跪在地上。

冷白的月光透过窗子，照在他单薄如雪的身上。

他就这般跪着，静静地："我思来想去，一切仿佛都是没有权而引起的。"

长安这样的地方，若想待下去，就得手中有权；长安这样的地方，若想报仇，就得手中有权。

人为刀俎我为鱼肉的日子，过够了……已经过够了！

一而再再而三，命运的冷刀次次扎心，谁能依然浑噩度日？

刘文吉仰脸，和暮晚摇对上的目光，明亮万分，充满了刻骨恨意。

不知他恨的是这个为所欲为的世道，还是那将他废了的位高权重者。

一夜过去，北里那边的消息传来。

那位娘子确实只是一个柔弱的初初到北里的女郎。张郎和刘文吉的事情发生在眼前，她当时就吓傻了，知道这事超出了她这样的人能承受的范围。

她虽不知此事会如何走向，但她起码知道，便是户部郎中家里的十一郎，如此随便废人……那也不应该。而若是让人知道事情的起因是她这么一个弱女子的话，她死无葬身之地。

那位娘子前半夜被张郎掳去，因为刘文吉的相护逃过一难。刘文吉太扫兴，张郎对她失去了兴趣，她求助后得以离开。

那娘子回去后就开始收拾细软,趔趔趄趄地跑出所在的花楼……然而刚开了花楼的后门,方桐等卫士就提着刀破门而入了。

双方撞上,要知道都有哪些人参与了废掉刘文吉这件事,轻而易举。

那张郎也不愧是那帮人中的领头。张郎在屋子里睡得昏沉,跟着他的郎君已经被废了好几人。有人屁滚尿流逃跑,来找张郎,让张郎赶紧逃:"郎君,郎君!快走快走!是丹阳公主府上的人!不知道那个被废的和丹阳公主有什么关系,丹阳公主派人来要废了我们啊!"

张郎酒一下子吓醒,他哆哆嗦嗦地爬下床,匆匆穿上裤子就爬窗往外跑。

初冬天寒,张郎跑出屋子就被冻得僵冷。但是他知道再不逃,被公主府的人抓到,也许真会被废掉。

因为丹阳公主很可能先斩后奏!

先废了他,再补救!

到底是当过几天官的,知道自己闯了大祸。张郎让自己身边的人帮自己在后掩护,自己吓得翻墙跑出北里,一路骑马,趔趔趄趄地回府求救。

天亮了。

钟鼓声相伴,一重重敲响。

户部郎中,张郎中的府邸,也刚刚睡醒。

张郎中今日不上朝,他悠悠闲闲地起了床,在后院打了一套拳后,和自己的妻妾用膳时说了几句闲话,之后去书房读书。张郎中打算上午在家中读书,下午再去户部看看今日的公务。

正是平安无事的一天之时,张郎中的书房门"笃笃笃"被敲得剧烈。

他儿子的声音在外惨叫:"阿父阿父!快救我!阿父不救我,我就要活不成了!"

张郎中火冒三丈,听出是自家十一郎的声音。这个小子被他扔去户部才历练几天,整天不好好办公务,见天找理由请假。今日竟然说什么活不成了。

张郎中黑着脸开了门,正要训斥儿子上进些,却大吃一惊,看他家十一郎凄凄惨惨、衣衫不整,脖子上肌肤冻得发紫,整个人都哆哆嗦嗦。

十一郎扑过来抱着自己父亲大腿就哭号:"阿父,阿父救我!丹阳公主要废了儿子,丹阳公主肯定马上就要找上门来了,阿父救我啊!"

张郎中:"胡说!你且放心,我与丹阳公主一同为太子做事……"

他儿子大哭着打断他:"不是那样的,阿父! 昨夜我宿在北里,跟一个男的抢一个娘子。我气不过,废了那个人的根。后半夜丹阳公主府的卫士就一家家拍北里各楼的门了……那个被废的,说不定是丹阳公主的小情人,是她相好的! 她咽不下这口气,就要也废了你儿子!"

"阿父阿父,救命啊!"

户部郎中一个凛然,顿时意识到了此事的严重性,意识到了儿子给自己惹了个大祸。

他气不打一处来,但是低头一看十一郎哭得眼泪鼻涕一把,又心焦无比。到底是自己的亲儿子,怎么能不救?

户部郎中咬牙:"来人,给十一郎换上小厮的衣服! 十一郎,你从现在开始逃出长安,去你外母家中避难。此事不解决,你就不要回长安! 什么时候为父和丹阳公主商量好了,给出了她满意的条件,你再回来!"

十一郎连忙擦泪:"是! 阿父你一定要救我啊……"

张郎中火冒三丈:"为父的官位都不知道还能不能保住,能留你一命已是极致了!"

而再过了不到一个时辰,小厮来报,丹阳公主上门。

张郎中已经整理好自己的官服,正容出去面见丹阳公主。

十一郎已经逃出了长安……起码性命保住了。

他就可以放心和丹阳公主借此事周旋了。

而张郎中十分干脆,见到公主,就承认自己儿子的错,说要辞官谢罪。

暮晚摇皱了眉,心里怨恼,骂他这个老狐狸。

官场上的人没有人是傻子。

张郎中这个户部郎中的官已经做了十年。

他要辞官,一时间还真找不到能替代他的人。

而为了给自己儿子赔罪,张郎中是金钱也赠,良田也赠,官位也送。

最后这事,势必要闹到太子面前。

而太子如今最看重的是年底大典。太子手中最重要的牌是户部。

太子怎么会让户部出事?

户部郎中这招釜底抽薪,真让暮晚摇暗恨啊。

此时暮晚摇多希望这件事是秦王,或者晋王挖出的套给他们上,这样的话她还能多操作……然而可惜，方卫士查了一晚上的结果，是没有人插手。

没有人在意过什么刘文吉。

春华那件事已经结束了。

秦王从头到尾都不知道刘文吉这个人的存在，晋王大概也不知道……刘文吉这种小人物，即使入了他们的局，他们都没有记住。

暮晚摇拍拍自己的脸，让自己更冷静些。接下来，要在东宫打硬仗了。

言尚这一日依然在制考，傍晚考试结束，言尚出吏部的时候，遇上其他几个待诏官员，又碰上刘相公。

刘相公勉励了他们一番后，收了张纸条。

刘相公瞥了言尚一眼，似笑非笑。

刘相公慢悠悠道："你们这几个待诏的，我方才看了你们的卷子，都答得不错。正好今日我夫人要亲自下厨，你们不妨到我家用晚膳吧？"

刘相公亲自邀请，哪有人敢不给面子？

而到了刘相公府上，刘相公让他们喝酒，言尚不喝，被刘相公看了好几眼。但无论如何，一伙被刘相公灌醉的待诏官，今夜都必然要宿在刘相公府上了。

言尚这种低调的人，他从不肯表现得与众不同。旁人要宿在刘相公府上，他当然也宿。

不过言尚怕两日过去了，暮晚摇会担心自己，派小厮云书给公主府上送了纸条，让公主不必担心。

刘相公府上一切事情，都被他知道。

刘相公在和自己的孙女刘若竹下棋时，听说言尚让小厮去公主府送信，刘相公拂了拂胡须，若有所思。

他的孙女跪在对面，一心为那位丰神俊朗的言二郎所挂心。

刘若竹还以为爷爷让言二郎宿在家中，是为了给自己制造机会。但是现在看爷爷这副样子，刘若竹娇声怀疑："爷爷，你是不是在使什么坏，欺负言二郎？"

刘相公笑骂："什么使坏？我这是在保护他！东宫今日很热闹……他最好不要参与为好。"

刘若竹垂下眼，若有所思，猜这到底是怎么回事。

又听她爷爷自语："但是言二郎为何给丹阳公主府送信？只看出他应该是为丹阳公主做过事的，但是一个家臣，或者幕僚，难道回不回去府邸，还要跟公主说一声？未免有些奇怪吧。"

刘若竹道："人家君臣之谊，爷爷你何必拿小人之心度君子之腹？"

刘相公大笑，说："是是是。比不上我家若竹小娘子，清朗公正，谁也不偏向。"

刘若竹红了腮，被爷爷说得有些坐立不安。

她跳起来，娇嗔道："不跟你说了，我去看看我阿母。阿母给家中客人做醒酒汤，我帮她给言二郎也送一碗。"

刘相公睨她："素臣可未曾喝酒啊。"

刘若竹跺脚，恼羞成怒："那送别的汤总行吧？爷爷你干什么呀，这般小气，一碗汤都不给人家送？"

当夜东宫又是灯火通明。

只是经常在东宫的杨嗣不在。

因杨嗣祖母生了病，杨三郎和他表妹等人离开了长安，去看望他们祖母。太子这边自然放行。

如今夜里，东宫针锋相对的，是暮晚摇和户部郎中。

因为一个刘文吉被废的事，户部郎中要辞官，暮晚摇则说太子要留下户部郎中也行，但她要求太子补偿自己，把年底大典操办之事，交给自己。

太子若有所思，挥了挥手："你二人先不要吵了。张郎中，你且下去，我和丹阳说几句话。"

张郎中下去后，太子便问暮晚摇："到底是怎么个意思？一个白衣书生被废根而已，怎么还告状告到我跟前了？我听你们吵了半天也听懂了，那个刘文吉大约在岭南时和你认识，得了你赏识。但就这，也值得你大动干戈？

"废就废了吧。一介平民而已。"

如果刘文吉身份只是一个白衣书生，也许暮晚摇心思和太子差不多。只是饶是她冷情，听到太子无所谓地说"废就废了"时，仍愣了一下。

太子的绝情淡漠，第一次让她窥到一角。

暮晚摇不悦道："便是寻常百姓，也没有废就废了的意思。明日监察御史一定会在朝中状告户部郎中，我看大哥也保不住，不如把户部郎中的官降一级,仍留在户部做事,但也不能再担任郎中一职了。他德不配位,已经不能服众。"

太子领首,道:"……也可吧。"

看太子可有可无的态度,暮晚摇松口气,知道太子也不是那般在乎一个户部郎中。她就怕太子太在乎,她这边的意见完全不被看重。

暮晚摇咬了下唇,说:"而且我要送刘文吉进宫。他已经被去了根,宫中是最好的去处了。"

太子眼眸一闪,看向她。

暮晚摇立刻:"不是给宫中安排人。他也不是我的人,日后也不会向我汇报宫中的事情。大哥放心,我没想操作什么,我只是补偿他而已。"

太子就奇怪了:"和亲归来后,我觉得你冷漠了很多。但是此时一看,原来你如此心善吗?摇摇,一个心善的人,可是玩不起政治的啊。"

暮晚摇言简意赅:"我不是心善,这么做,只是因为刘文吉虽然没有官位,但是他是言二郎的多年好友。"

太子一怔,然后肃然。

一个刘文吉他不在意,但是如果加上言尚……太子正是想拉拢言尚之时,当然不想因为这么一个人,将言尚推远。

太子道:"你此事办得对。不能因为一个刘文吉,让言二郎就此寒心。你想如何安排就如何安排吧,能安抚下言二才是最妥的。言二今日是去参加制考吧?日后他便是我等的助力……不可在此时生变。"

暮晚摇说是。

但她心中想,也许无论如何补偿,言尚都不会喜欢的。

好愁啊。

次日,一众待诏官离开刘相公府邸,言尚也去告别。

刘相公在书房翻看卷轴,言尚垂手立在旁等候。等了半晌,不见刘相公让他走。

刘若竹其实也在书房中,躲在内舍屏风后。看到自己爷爷这般难为言尚,她不禁看得着急。刘若竹悄悄弄出一点动静来,细微翻书声在耳。

言尚奇怪,本来不受那声音影响,但是那声音一直不停,他便看去。

见一个妙龄少女躲在屏风后,对他指了指手。还不及诧异刘相公的书房怎么会躲着一个小娘子，他顺着这位娘子手指的方向，看到娘子所指的，乃是刘相公手中的书卷。

奇怪，书卷难道有什么问题吗？

言尚定睛看去，这一看便微怔。

因他总觉得……刘相公手中拿着的卷轴，是制考时他的答题？

刘相公自然也知道孙女偷偷帮了言尚，他无奈之时，放下了手中书卷："现在才看到？"

言尚定神，垂目："……是。"

刘相公叹气："我拿着你的卷子看了有一炷香的时间，你到现在才看到。言素臣啊言素臣，你什么都好，就是为人太过谨慎，一点都不肯行差踏错。然而为政者，岂能永远循规蹈矩，岂能永远一步不多走呢？"

言尚答："谨记相公教诲。"

刘相公看他一贯温温和和的态度，也不知道言尚听进去几分。然而刘相公将卷轴一抛，扯了扯嘴角，心想估计没听进去几分。

如言尚这般少年人才，心中都有几分傲气。到了长安后，又步步走得稳，没什么挫折……言尚当然不觉得为人谨慎也并非永远正确。

刘相公道："吏部在批阅你们的答卷，不过他们拿的是连夜誊写的你的卷子，我这边才是你的原卷。

"我看了你之前科考时的答卷。唔，半年而已，你字写得漂亮多了。"

言尚垂袖听训。

听刘相公拉拉杂杂说了很多，言尚心中越发不解，不知道刘相公到底要说什么。到最后，刘相公终于说了："我会安排你留在中书省做事，你意下如何啊？"

相公安排官员，哪里有问下官意见的时候。刘相公如此和气，让言尚心中感激，知道对方对自己的看重。

他弯身行大礼，自是表示随相公安排。中书省这般的好去处，他有什么不满意的？

刘相公看他半天，看言尚好听的话说了一通，感激无比，却终是没有说他想听的那一句。刘相公脸色淡漠，道："怎么，言素臣，我如此待你，仍不能换你一句老师的称呼啊？"

言尚道："实在是尚已经有了老师……"

刘相公淡声:"言素臣,有礼是好事,但不是永远是好事。当上位者想听你的实话的时候,你总这么推托,反而会让人不悦。我即刻因不悦你的态度,就算不杀你,治你一个'巧言令色'的罪,也没什么。"

言尚神色微肃,感受到了一丝压力。

可以说,他到长安这么久,刘相公是第一次让他感觉到压力……那种稳稳压他一头、将他所有行径全部看透的感觉。

在这种长者面前,耍滑头只显得很幼稚。

言尚因羞愧而红脸,垂手再拜,说实话道:"……只是我不愿刚入朝就选队去站。之前我一直听公主的安排做事……如此有背弃太子的嫌疑,怕公主殿下难做。"

刘相公一哂。

却是躲在屏风后的刘若竹噘起了嘴,觉得爷爷一点都不给言二郎面子。人家才十几岁而已,爷爷何必这般?

刘相公说:"没什么嫌疑。中书省不受太子所制,也没人能说服几个宰相站队。你不想拜师,是以为你之前那个老师,区区一个太学老师而已,就能教会你所有该学的吗?好,我且问你,你想当官,是为何事?"

言尚说实话:"为民,为正,为善,为仁。"

刘相公颔首:"好,那我就当是正义仁善了。我且问你,你是为了谁的正义仁善?这天下的正义仁善,难道是绝对的吗?是受你言素臣所控制的吗?

"你就能确定你做的是对的,旁人就是错的?你就觉得你的立场是对的,旁人不服你,就是错的?

"你还想为百姓发声,为民众发声。何其可笑!你可知,这天下问政,自古以来,都是问贤不问众。只问贤者,不问百姓!你也许不服,但这就是自古以来的道理。"

言尚辩驳道:"然而天下至理,世人皆知,水能载舟,亦能覆舟。"

刘相公反问:"你拿绝境例子来反驳平时行径吗?百姓逼到绝境会反……但是绝境,自古以来每次都是灭国之祸。你一生但凡遇到一次,你我都得丧生,就不必在这里讨论如何为官了!"

言尚怔忡,面色既有些思虑不周带来的惭愧羞红,又有些被直叩内心的苍凉苍白。他睁目看着刘相公,目不转睛,忘了礼数。

第一次听到长者这般教他,打破他一直以来的认知。

第六十六章

"何谓正义仁善？由你而定吗？非你不可吗？"

"你想为民发声，你的声音能够代表'民'吗？而你所代表的人，你所帮的人，若是不领你的情，你该如何自处？或者你想帮的人，没有帮到，引来万人唾骂，你如何自处？"

"自古问贤不问众，你如何能让'众'走到人前？让人承认？"

"你只愿韬光养晦，连路都不敢选。一个圣人，各不得罪，如何为官？"

"想做圣人你该游学天下去，学孔夫子那般。当什么官呢？"

"今日之素臣，焉是昨日之素臣，又或与明日之素臣乃是同一人？"

刘相公府上的书房中，刘相公将问题抛出，直叩言尚灵魂。

也许他一时间能够回答一个问题，但是紧接着第二个尖锐的问题再次抛出，否定他第一个问题的答案……让言尚开始迷茫，开始思考难道他就是正确的吗？

他小小一个从岭南走到长安来的书生，他能够断天下正义吗？他就不会出错吗？他就不会误会，犯错吗？而他犯了错，又有人来纠正，或者愿意纠正吗？

他能保证自己永远初心不改，不会在沉浮中迷失自我，迷失本心吗？而他若迷失了，谁能点醒他？

言尚怔怔看向端坐在案后的刘相公，心脏怦怦疾跳。这位老人须发已白，多年的宰相执掌生涯让他面容气质皆严肃无比。他说话时，目光明亮锐利，直刺人心。

然而毫无疑问，刘相公又是温和的。言尚回答不出的问题，他便只是笑看着言尚，并没有批判言尚太过幼稚之类的话。

言尚大脑混沌，半响，他缓缓道："这些问题……我心中一时有答案，一时又没有。我需要仔细想一想，再给相公答复。"

刘相公抚须颔首："那你就想好再来回答我吧。"

他停顿一下，说："希望我这些问题问出后，能让你清醒点，足以应付外面等着你的事务。"

丹阳公主的马车到了坊门口,自然是来找言尚的。昨日丹阳公主闹出的那事,刘相公已经知道了。特意将言尚在自己府邸留一夜,也是为了缓冲一下……

言尚不知道刘相公说的是什么,何况他现在大脑混乱,也不能如往日那般敏锐地洞察人心。

言尚俯身向刘相公行了一大礼,如同对待父母那般。这般礼数是最为庄重的,非父母师长不能受。言尚行此礼,刘相公扬一扬眉,却也是坦然受之。

但凡言尚能够想清楚他的问题,就算言尚仍不拜刘相公为师,也不枉费刘相公特意将他留在最后、说的这段话的恩情了。

言尚出了书舍,走在宰相府宅院中,即将出内宅。

"二郎!二郎!"身后有女娇声唤道。

言尚回头,见是一身雪青色衣裙、臂挽轻纱的少女提裙向他跑来。少女这般的奔跑,让身后的侍女们都快要追不上,连声呼唤。

这位小娘子衣容简单,乌发间只插了一朵珠钗,裙角所压的玉佩,随她奔跑而轻轻飞扬。这是一位清秀简朴的小娘子,眉目间都蕴着一股浓郁的书卷气,和暮晚摇那般华丽风范格外不同。

这自然是刘若竹。

刘若竹喘着气到言尚面前,她稍站定,言尚已经向她行礼:"多谢娘子方才在书房点醒的恩情。"

刘若竹摆手,自是说不必谢。

她还忍不住多加一句:"郎君,昨夜送你房中的粥,也是我嘱咐厨娘做的呢。"

言尚一愕,然后再次道谢:"那也多谢娘子了。"

刘若竹脸微红,被他春风细雨般的"谢"字说得不好意思。

言尚清润目光抬起,看她:"敢问娘子唤我留步,是有何事吗?"

刘若竹便正正神,告诉言尚:"我追来,是怕郎君选错了路。二郎,你别看我爷爷如今这般严肃,谁都怕他,毕竟是当朝相公嘛。但是我爷爷年轻的时候,其实跟你性情一样呢,也是八面玲珑,待谁都很宽和。"

言尚一怔,这他是真不知道,也没看出来。

刘若竹笑盈盈:"我爷爷忍不住关照你,也是因为你和他年轻时很像,他怕你走错路呢。"

言尚便作揖,面朝书房的方向,不管刘相公知不知道。

而此人这般知礼,刘若竹也心生喜欢,觉得自己没有白白出来一趟。

刘若竹道:"郎君,你跟着我爷爷其实是很不错的。我爷爷是相公,他不会轻易选不合适的人。为臣者,当忠君忠政,当所有事情都交叠在一起时,还是选择这四字才没错。自古那些能够长存的世家,没有一个是想搅动什么天下风云,而是都走的是'长存'之路。"

言尚心中一动,想到了韦树所在的洛阳韦氏。

韦氏在朝中没有太显山露水的人,但韦氏一直有人在朝中担任重要官职。也许这就是刘若竹小娘子所说的"长存"之路。

言尚看着这位娘子为她爷爷"背书",却也听她侃侃而谈,不觉微微一笑。

刘若竹腮帮便更红了,却睁大澄澈眼眸:"怎么,我哪里说错了吗?"

言尚温声:"只是想不到小娘子一介女郎,于政事上却看得比尚更清楚。让尚惭愧。"

刘若竹笑一声。

她背手道:"也没什么,从小跟在我爷爷身边,见多了而已。"

她似想到什么,又紧张地怕言尚误会了自己:"不过我也不是逼迫你非选我爷爷。我只是想说这样最好……但是你若觉得不好,你自己判断吧,不必受我影响。"

言尚微笑:"那我也要向娘子行一礼了。"

刘若竹连忙侧身回避,不受他礼。

待言尚离开,背影已经看不到了,刘若竹心生怅然。又有侍女到她耳边轻语,说什么丹阳公主的马车进了坊,估计是来接言二郎的。

刘若竹便小大人般地长叹口气,更生忧虑。

她大约猜到这两天发生了什么事,只望言二郎不要受影响。爷爷看好的人才……纵是不能为爷爷所用,也不应早早被折断才是。

言尚离开相公府没有多远,就碰上了暮晚摇。

他讶然了一下,心中生感动,万想不到暮晚摇会来这里。他甚至以为她会不会是来找刘相公的……但是暮晚摇下了马,直直向他走来,他才知道原来她真的是来找他。

屏蔽脑中那些因刘相公质问而生出的万般混沌思绪，言尚一时为暮晚摇待自己的好而感动，竟颇有些羞赧。

毕竟俩月不见。

然而他看到暮晚摇看他的眼神……他就知道事情应该和自己想的不一样。

暮晚摇整理心情，对言尚露出一丝笑，示意言尚跟上自己。她笑吟吟："听说你被刘相公留了宿，我就知道你官路必是亨通了。不过吏部结果还没出来，你就已经知道了吗？"

言尚温和答："大约是去中书省吧，具体不知。"

暮晚摇心事重重，只勉强含笑点头。

她又殷勤："马车停在巷口，车中备了瓜果糕点，还烧了炭。天这般冷，你又是从南方来的，应当很不适应……"

言尚停住脚步，看向她。

暮晚摇僵硬站着。

言尚："出了什么事？"

暮晚摇装糊涂："你说什么？"

言尚略有些自嘲地笑一声："也许殿下有待人礼贤下士的时候，但殿下从未这般待我。我还是知道自己在殿下心中的分量的，若不是出了大事，殿下绝不可能亲自来找我……殿下待我没那般好。"

他这话说得，让暮晚摇很心虚。

她含糊道："我待你还是很好的呀。我只是一直脾气不好嘛，又不是故意的。"

言尚温声："我知道。所以到底出了什么事……出了什么样的大事，让你这般……像是补偿我一样？"

他心想难道是她想了两个月，还是决定和他断了关系？

可是若是如此，她不可能还来赔笑脸啊？

言尚胡思乱想时，看暮晚摇眼神轻飘，他便心中更沉。暮晚摇是何等骄傲的人，永远用下巴看他……能让她这样，得是出了多大的事？

他都被她吓得脸色有点白了。

暮晚摇低下眼睫，不敢对上言尚的目光，轻声："刘文吉被废了。"

言尚："……"

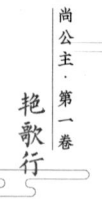

暮晚摇没听到他声音，她更是紧张，觉得自己做了大错事。

言尚低声："被废了，是什么意思？ 手筋被挑断了？ 缺胳膊断腿了？"

暮晚摇涨红脸，手心捏出汗，全身僵硬，硬着头皮："是被去了根，被废成了阉人的意思。"

言尚大脑瞬间空了。

他僵立着，有两刻时间，耳边都听不到声音。

暮晚摇抬头看他那面无表情的脸色，一下子很是害怕。她顾不上其他的，连忙拉住他的手，抱住他的手臂，就晃动他的手臂，颇有些有气无力之后只能靠撒娇的意思。

暮晚摇急急道："这、这不怪我！ 我其实有让人去照顾他，可是他自己要去北里买醉。那里那么多达官贵族经常出没……"

言尚脸上仍是没有表情的，却一直被暮晚摇晃着手臂，她一直扯他手臂，才让他回过神，让他意识到这不是开玩笑，是真的。

暮晚摇急得眼睛红，她从未见过言尚发怒，她虽然以前也说想知道他如何才会生气，但她也不想自己让他生气。总觉得他一旦生气，会是很可怕的一件事。

暮晚摇："这真的不怪我呀！ 我一个公主，你总不能让我亲自跟着他去保护他吧？ 他得罪了不能得罪的人……"

言尚轻轻推一下暮晚摇，让她不要总往自己身上靠。

他声音有点僵，但到底没有发火的迹象："……我没有生气，你不要这样。我还没有弄清楚……这到底怎么回事？ 如何得罪了不能得罪的人？ 他真的被废了？ 你没有跟我开玩笑？"

暮晚摇："我也巴不得是玩笑啊！ 他跟户部郎中家里的儿子抢女人……被人给废了……"

言尚眼睛看着她，温润又冷淡。

暮晚摇便一咬牙说了实话："不，不是抢女人。是那个人要女人，刘文吉去救，却把自己折了进去……"

言尚："那殿下现在跑过来告诉我是什么意思？"

暮晚摇："是、是……刘文吉不听我的劝阻，不顾自己还没养好身子，就要进宫去。说怕夜长梦多，一天都不能等……我、我就来告诉你了。你真的没有生我的气吗？"

她依然拉着他的手,想象中好像温香软玉能够有点儿用。

言尚心神混乱,又气又急又悲之下,暮晚摇这点心思,又让他觉得有些想笑。他手搭在她肩上,让她不要折腾了。

言尚:"你可有事后补救?"

暮晚摇睁大圆眼,真的像只猫一般:"我做了啊!我也让人去废那些害他的人!就是户部郎中那个老狐狸,把他儿子送出了长安,保住了他儿子。那老头子又跑到太子面前大哭大闹,我很生气,自然去讨道理……"

言尚:"你讨到了什么道理?"

暮晚摇垂下视线,几乎不敢对上言尚的眼睛。她拉着他的手也偷偷放下,却被言尚反手握住。她的手腕被他冰冷的手握住,他俯下脸,再次问她:"你讨到了什么道理?"

暮晚摇咬牙,半晌道:"你也知道我其实讨不了什么道理,我只能利用此事为自己谋福利……我只能听刘文吉的,将他送进宫。你要是因此怪我,你就怪吧。这不是我的错!我没错!"

她自我说服一般,一直重复她没有错。

言尚松开她的手。

然而她又急了,快哭了一般地重新去扯他袖子:"言二哥哥……"

言尚:"殿下,我不生你的气。你说刘兄要被你送进宫了,我能去看他最后一面吗?路上,还请殿下详细与我说说,到底是怎么回事。殿下话中有很多不详之处,我真的不是怪罪殿下……我就是想知道,到底发生了什么样的事。"

言尚轻声:"我想知道,刘兄是怎么被一步步逼到如今境况的。"

他大脑中,再次想到刘相公声如雷霆般的质问——一个圣人,各不得罪,如何为官?

刘文吉坐在马车中,即将进宫。

他是丹阳公主府上送进宫的人,待遇也许能比旁的人好一些。但也要面对最侮辱人的检查,要查是否净身干净。

刘文吉坐在车中,闭着眼,盖着被褥,昏昏欲睡。怕夜长梦多,他身体还未好,就要直接进宫。

自净身之后,他比以前怕冷了很多,如今盖着这么厚的褥子,他仍在车

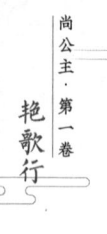

中瑟瑟发抖。

然而进了宫，没有人相助，从下面一点点做起，他只会比现在更苦。

刘文吉淡漠着，想他都想清楚了。

之前十八年的人生尽抛弃，就当自己从头来过。他之前人生浅薄，看错了太多事，太多人……十几年的天才人生何其失败。然而人如今重新翻章，他将作为一个废人活着。

不敢面朝家乡父老，不敢面对旧日爱人……一切从头开始。

"刘兄！刘兄……文吉！"缓缓排队进宫的车外，有人唤声。

那唤声从远而近，声音渐渐清晰，坐在车中本面无表情的刘文吉，也一下子听出了这是谁的声音。他闭着眼的睫毛轻轻颤了一下，睁开了眼。又是唤声一直追着，好一会儿，刘文吉才轻声让车夫停下马车。

刘文吉掀开车帘，看到骑马而来的青袍少年郎，身后还跟随着暮晚摇等人。

刘文吉静静地看着言尚下马，看那风采翩然的少年大步向这里走来。自来到长安，刘文吉一日日入尘埃，言尚的气质却一日日如珠玉……刘文吉人生的路越走越窄，言尚的路越走越宽。

正好与在岭南时完全反了过来。

刘文吉漠然地想，上天的意旨，真是有趣啊。

他垂下眼，掩去目中阴鸷。想那又如何？上天要他刘文吉一步步差，他偏不顺天意。做了内宦又如何？又有什么值得被羞辱的？

刘文吉缓缓下了马车，本想冷淡地和言尚告个别，说声再也不用见，让言尚不要再想他了。

却是他才下车，暮晚摇从马上跃下，便看到言尚一把抱住了刘文吉。

刘文吉发愣，却没推开。

言尚低声："我已经知道所有事了……是我不好，是我没有将你留下。我本该强逼着你留在我府中，不要离开；哪怕你不喜，我也要告诉你长安和你想的不一样。是我不好，是我没有做到朋友该做的事，是我总忙着自己的事，忽略了你。你最痛苦的时候我没有陪着你，没有帮到你……

"制考有什么意思，哪里比我的朋友更重要？是我错了……"

刘文吉空洞的眼中，忽然有了光，然后有了泪意。

他唇颤了颤，想说什么，却只是两行泪流下。

然而刘文吉摇头，他一把推开言尚，握住言尚的手，却只是摇头，含泪不语。

言尚！言尚！

从来都把错推到自己头上的言尚！不管他如何做、都没有怪过他的言尚！

他们一起在岭南读书，一起在他父亲的书房中背书，又一起从岭南走来了长安……而今来送他的，还是只有言尚！

刘文吉泪流不止，好半晌才说："素臣，不管来日如何，我永不会怪你，你永远是我的好友，好兄弟。"

他流着泪说："我知道你擅交际，你的朋友天南海北，所有人都喜欢你。你的好友多的是，我刘文吉不算什么。但是我希望，你能在心里给我留一个位置……记得我。"

言尚目有痛意。

他不忍看今日局面，不忍看好友泪流满面的样子，不忍看昔日意气风发的人，落到如此下场。

言尚道："什么永远记得你？你自然是我的友人。你又不是死了，你只是……进宫而已。日后我们必然还有再见的机会。文吉，好好活着，好好争一番新天地。人生不如意十之八九，然天下自有一线生机留给世人。自要去与天争一争！"

刘文吉看着他，怔忡："你怎能认我为友？怎能认宦为友？"

言尚目中光流落，低声哀道："你何必拘泥于此？宦者又如何？只是比别的男子少了一样东西而已，却也是人。这又不是你的错……人生也不必总是人人一样，换种活法而已，你何必自甘下贱？"

刘文吉："可笑我来长安近两年，还是只有你送我。"

言尚勉强笑道："我一人还不够吗？"

刘文吉怔怔笑："够了、够了……你言素臣一人，比得上千万人了。我与你相交一场，已见到这世间君子是如何模样，已经足够了！"

言尚垂目："户部郎中的十一郎……"

刘文吉冷冰冰道："素臣，你不用为我做什么。听公主殿下说，你制考很成功，要有官做了……你刚入朝，不要为我去得罪那些人。我自己的仇，我自己报。"

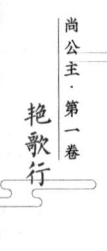

"不管来日如何光景……素臣，我都会记得你待我的心。"

言尚无话，只能再次握住刘文吉的手，默然不语。

暮晚摇立在马旁，静看着言尚和刘文吉。她目光如玉亮，手抚着浓长的白马鬃毛，眼睛只盯着言尚。

凄艾悲苦于此。

刘文吉哽不能言，言尚一直鼓励他，用温暖的声音去安抚他。

暮晚摇想，言尚真是一个让人不得不喜欢的人啊。他特意追来这里，只为了和刘文吉说这么一番话，只是怕刘文吉自甘堕落、无法在宫廷熬下去……其实日后言尚和刘文吉见面的机会可能真的没多少。

也许一辈子就这样了。

然而言尚仍要见刘文吉。

他待人好，并不只是觉得这人有用，才去交好。

他以诚心待人……难怪喜欢他的人那么多。

暮晚摇垂眼，心想我也喜欢呀。

言尚心情很不好。

暮晚摇完全能理解。

刚见过刘文吉，也许言尚自己说他不怪谁，可他心中不可能一点怨气都没有。

暮晚摇和言尚各自骑着马，沉默地回各自的府邸。和暮晚摇之前想好的待言尚制考后、她如何为他庆祝不同，两人在巷中告别，各自回府。言尚没有心情庆祝，暮晚摇也觉得是自己还不够强大，漠着脸回了自己的府。

然而暮晚摇心中难受。

言尚没有多跟她说两句话，她就猜他是不是还是怪她的。她那么巴巴地跑去刘相公那里找他，也是防止他闹事……他一定是听懂了她的意思，他什么也没做。可是他现在闭门不出，暮晚摇也很伤心。

下午的时候，暮晚摇坐在三层阁楼上，静看着对面府邸，看着言尚所住的书房。

她看了一下午，到傍晚的时候，见他屋舍的灯没有亮，书房的灯亮了。于是她就知道他一下午都在书舍，都没有离开。

暮晚摇仍然看着。

"殿下，进去歇歇吧？"侍女夏容轻声恳求。

暮晚摇抱臂而坐，摇头不语，眼睛只看到对面府邸的灯火。她在此坐了几个时辰都不动，让仆从们分外担心。

夏容转身要走，听暮晚摇冷声："谁也不许去找言尚。"

不要让言尚知道，不要让言尚那般难过之下，还要收整心情来安抚她。

夏容正打算和人商量着去隔壁请人，听公主淡漠一言后，愣了愣，屈膝退了下去。

傍晚后又过了一个时辰，天开始下雪了。

这是今年长安的第一场雪。

暮晚摇仍坐在阁楼上，没有离开。

夏容再来劝，说下雪了，请殿下进温暖的室内休息。然而暮晚摇看着对面府邸书舍中一直通亮的灯火，心想言尚都不去休息，她什么都没做，有什么好休息的？

她便继续坐在这里，一边看着雪花簌簌落下，一边看着对面府邸的灯。

时间缓缓到了半夜。

书舍的灯一直亮着。

暮晚摇看得都有些麻木了，忽然之间，看到那灯火光一晃，似有移动。有人推开了书舍门，提着灯笼，站在廊下。

憧憧灯火之光，与廊外飞扬的雪花交融。

黑夜阒寂朦胧，天地间只剩下这点灯火和雪光。

言尚持着灯笼，立在廊下，看着天地间飞舞的大雪。他在廊下立了很久，仰着头，有些愣神地看着雪花看了很久。

忽然之间，他好像感觉到了什么一样，目光穿越雪花，仰头看向对面府邸。

他看到了三层阁楼上模糊的、通亮的灯火，看到了模糊的人影，似在那里坐着。

言尚怔怔看着。

暮晚摇怔怔看着那廊下的灯笼。

他们并没有看到彼此。

但是模糊的身影，一种朦胧的感觉告诉他们，那就是他们在看的人。
风雪廊下，言尚站着看了半天，忽然下台阶，向外走去。

暮晚摇看到那灯笼光移动，她呆呆看了片刻，忽然起身，快步下阁楼。
她奔下阁楼，在侍女和仆从的诧异中，心跳咚咚，向府外跑去。
夏容慌张："殿下？ 该睡了…… 您这是要去哪里？"
暮晚摇一径厉喝："开门！ 我要出府！"

言尚打开了府门，飞雪下，看到对面府邸公主府的大门打开，披着雪白鹤氅、穿着胭脂红色长裙的暮晚摇，清晰眉目在打开的门后，一点点露出。
与他对望。
二人久久立在各自门下对望。
然后言尚下台阶，走向她。
暮晚摇等着他。
他站在台阶下，定定神，对她露出笑容。他仰头看她，目光温和："殿下，我要去趟刘相公府邸，殿下可否助我开坊门？"
暮晚摇点头。
言尚看着她："殿下可否与我一起去？"
暮晚摇目中光亮起，对他露出笑。她华美的裙裾掠过地上白雪，下了台阶，被他握住了手。

深更半夜，刘相公府邸大门被敲开，说是丹阳公主陪着言二郎来求见。
相公府人不可思议，刘若竹睡得香甜时，听到外头动静，也被吵醒。刘若竹听到言二郎三更半夜登门，实在好奇，匆匆穿上衣，就偷偷跑去看。
刘若竹和自己父母等人站在回廊，隔着不远距离，看到丹阳公主只站在内宅门口。没有带仆从，雪落在公主身上，公主并没有走来。
走来的，是言二郎。
灯火憧憧，刘相公披衣站在厢房门口，面色古怪地看着这个一步步走到自己面前的言二郎。
刘若竹也悄悄看着。
言尚仰头看刘相公，朗声清越："相公白日问我的话，我思考了一整日，现在可以给出答案了。

"世间大约没有完全偏向我的正义仁善，但是大体的标准是一样的。我只要按照大体标准去行事，既然开始做事，就不必管他人言语，我心自持，我知道自己在做什么便好。

"自古问政，问贤不问众。这是从古至今的道理，我没办法改。然而这道理，不过是因为当权者认为百姓愚昧，不堪教化，所以才不听民众声音。那我等为官者，就应广开民路才是。建私学、官学、兴教育、用寒门、改科考……当能够读书的人多了，当百姓们识字的多了，当愚昧的思想少了……这'众'，便也是'贤'，便能走到我们面前，让我们听到他们声音了。

"我一心韬光养晦，想做圣贤，这是错的。为政者，当权者，绝无圣人。圣人是当不了官的。是我之前狭隘了，想错了，我修自己的品性，也不应当局限住自己。当我困在一个'圣人'框架中，我便什么也做不了了。"

刘相公初时面无表情，到最后，他脸上缓缓露出了笑意。他听言尚侃侃而谈，便一点也没有半夜被吵醒的气恼了。

刘相公缓缓地、慢悠悠地开口，沧桑的声音在天地飞雪间传开："素臣，你当知，政治是个人和整个群体之间的互相妥协。政治不是用来苦大仇深，而是用来玩的。"

言尚跟着他的话，继续将刘相公没有说完的下半句说完："玩得好政治的人，便是要学会让别人为他妥协。"

紧接着，言尚撩袍而跪，当着所有人的面，叩天地，拜名师："学生言尚，愿跟随相公，拜刘相公为师！"

刘相公大笑，朗声："好！"

老当益壮的刘相公亲自下台阶，将跪在雪地上的言尚扶起，他大笑道："快拿酒来，老夫要与我的小学生共饮……"

凉凉女声响起："他不喝酒。"

刘相公一怔，刘府众人一怔，这才注意到那位一直站在内宅院门口安静看着他们，却没有上前来的丹阳公主。

刘相公莞尔："那便以茶代酒吧！"

暮晚摇静看着言尚拜师。

刘若竹笑吟吟地站在自己父母身旁，看言尚与她爷爷喝了茶，再与那位丹阳公主一起转身离去。今晚被吵醒，她亦是十分欢喜。就是有点奇怪丹阳

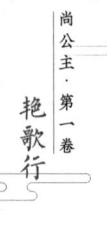

公主对言二郎可真好。

  长安沉静,大雪飞天,灯火寥落。
  言尚和暮晚摇登上城楼,坐在栏杆处,共看这天地大雪。
  言尚缓声:"殿下,我有没有告诉你……"
  暮晚摇侧头,慵懒地:"嗯?"
  言尚面容被雪照得更加玉白,他那因被雪水打湿而雾蒙蒙缠结在一起的睫毛上湿漉漉的。
  他看着天地间的雪:"我是第一次看到雪。"
  暮晚摇:"啊?"
  然后言尚侧头看她,暮晚摇才反应过来。是了,此人来自岭南,那里常年炎热温暖,哪里有雪。他确实是来到长安,第一次看到雪。
  暮晚摇低头笑,心想那他很淡定啊。
  言尚看着她低头笑,他目中也带了笑意。坐在城楼上,看着长安寥落灯火,看着千万房舍,言尚手一点点伸出,握住暮晚摇的手。
  暮晚摇冰凉的手被人拉住。
  她颤了一下,看向他。
  他道:"殿下愿与我相好吗?"
  暮晚摇面颊染霞,她眼睛弯了一下。深夜大雪中,凝视他的眼睛,她露出笑。
  既羞涩,又紧张。既害怕,又欢喜。
  她受了蛊惑一般,轻声:"愿意的。"
  他俯身来,亲吻她。
  雪如星河交映,在二人身后徘徊淋漓。
  蜿蜒不绝的城池,千万年不改的灯火。蝼蚁观天,宇宙照地,飞雪漫天。
  这长安风光,尽在眼前。